Patrick White

DER LENDENSCHURZ

ROMAN

Aus dem Englischen von
Kurt Heinrich Hansen

Piper
München Zürich

Die Originalausgabe erschien 1976 unter dem Titel
»A Fringe of Leaves«
bei Jonathan Cape Ltd., London.

Von Patrick White liegt
in der Serie Piper bereits vor:
Der Maler (1094)
Weitere Werke sind in Vorbereitung.

ISBN 3-492-11126-2
August 1990
R. Piper GmbH & Co. KG, München
Lizenzausgabe mit Genehmigung
der claassen Verlag GmbH, Düsseldorf

Umschlag: Federico Luci,
unter Verwendung des Gemäldes »Fantasia«
von L. Alvarez de Lugo
Satz: Thomas F. Salzer KG, Wien
Druck und Bindung: Clausen & Bosse, Leck
Printed in Germany

Für Desmond Digby

Eine vollkommne Frau, edel geplant,
Bestimmt, zu warnen, zu trösten, zu befehlen.

William Wordsworth

RATTENJULE Bitte ergebenst um Verzeihung – haben die Herrschaften irgendwas Nagendes hier im Haus?
ALMERS Hier? Nicht, daß ich wüßte.
RATTENJULE Es wäre mir sonst ein Vergnügen, die Herrschaften davon zu befreien.
RITA Ja, ja, wir verstehn. Aber wir haben hier nichts dergleichen.

Henrik Ibsen

Ist wahrhaft Gutes in einem Menschen,
dann kann dies ihm selbst nur unbekannt sein.

Simone Weil

Liebe ist eure letzte Chance.
Es gibt wirklich sonst nichts auf Erden,
das euch halten könnte.

Louis Aragon

1

Als der Wagen an der Circular Wharf abfuhr, tippte Mr. Stafford Merivale seiner Frau auf die Hand und bemerkte, damit hätten sie nun ihre Pflicht getan.

»Niemand«, erwiderte Mrs. Merivale, »kann mir vorwerfen, ich hätte es jemals versäumt, meine Pflicht zu tun.« Sie hätte verstimmt sein können, hätten ihre Gleichgültigkeit und der Verdacht nicht überwogen, daß jeder, der sie kannte, wissen mußte, daß ihre Behauptung nicht ganz der Wahrheit entsprach.

So strich sie die Handschuhe, die sie anhatte, glatt und fügte hinzu: »Immerhin war es für uns, finde ich, recht amüsant. Und so etwas macht dann doch immer jede Art von Unannehmlichkeit erträglich. Miß Scrimshaw«, fragte sie ihre Freundin, ohne ganz zu ihr hinzusehen, »fanden Sie es nicht auch amüsant?«

»O ja, *sehr*«, antwortete diese hastig, so daß ihre an sich wohl dunkle Stimme sich überschlug. »Jeder, der so weit fort wohnt, muß es als Wohltat empfinden, von Freunden aus der Heimat besucht zu werden. Traurig ist nur, wenn so ein Besuch nur kurz ist.«

Mrs. Merivale gab sich, als wäre sie zufrieden, was Miß Scrimshaw offensichtlich nicht war. Eine uneingestandene Vorahnung lag in der Luft, was verstärkt wurde durch das leise knarrende Holz des Wagens und das Quietschen der bequemen Lederpolster. Den Unebenheiten der Straße ausgesetzt, schwankten die Insassen hin und her, als befänden sie sich bei stürmischem Wellengang auf See.

»Ein so kurzer Besuch stellt keine Anforderungen«, tröstete sich Mrs. Merivale. »Meinen Sie nicht auch?« Diese Bemerkung, konnte sich Mr. Merivale als Mann, der er war, sagen, war fraglos an Miß Scrimshaw gerichtet.

»O ja«, antwortete diese dann auch, »das ist so bei kurzen Besuchen.«

In ihrem weiten Bekanntenkreis war es die Pflicht Miß Scrimshaws, zuzustimmen, was zur Folge hatte, daß ihre Stimme nur gelegentlich klang, als wäre sie ihre eigene. In Ausnahmefällen äußerte sie aber doch eine Meinung, und das war es dann, zusammen mit ihrem Äußeren, ihrer kräftigen Nase, ihren langen Zähnen und ihren ansehnlichen Beziehungen, was Mrs. Merivale aus Sydney veranlaßte, nicht ganz zu ihr hinzusehen und auf Billigung zu hoffen.

Mrs. Merivale suchte vorsichtig nachzufassen. »Wer kann nach den wenigen freundlichen Worten, die man mit Fremden an Bord eines Schiffes wechselte, sagen«, meinte sie, »was für Ansprüche ein längerer Besuch mit sich bringen mag.«

In diesem Augenblick ruckte und schwankte der Wagen.

»O nein, die Leute können so schrecklich sein!« stellte Miß Scrimshaw nüchtern, aber überraschend laut fest. »Ich glaube nicht, daß es damit jemals ein Ende hat.«

Dies war einer der Ausnahmefälle, so daß sich Mrs. Merivale irritiert noch tiefer in ihren Pelz zurückzog.

»Ich weiß nicht«, begann ihr Ehemann, der sich bis jetzt damit zufriedengegeben hatte, das Gespräch den Damen zu überlassen und mit sichtlichem Vergnügen zu betrachten, was sich außerhalb des Wagens zutrug, »ich habe, glaube ich, noch nie einen Menschen getroffen, der nicht bis zu einem gewissen Grade gut war.«

Es gab so vieles, das er als Mann und seiner ganzen Art nach nicht verstehen konnte, so daß die beiden Damen wie im Einvernehmen miteinander schwiegen.

Mrs. Merivale betrachtete nur mäßig interessiert die auf dem Fensterrahmen liegende Hand ihres Mannes, deren Haut in diesen ersten Jahren in einem rauhen Land wie gegerbt und fast wie ein Stück des Landes selbst geworden war. Schaudernd erinnerte sie sich an eine Eidechse, die sie einmal aus dem verdorrten Gras dieser versengten Erde angestarrt hatte.

Mr. Stafford Merivale gehörte zu jenem Schlag nicht allzu positiv, dabei im ganzen auch nicht negativ eingestellter britischer Untertanen, die bei aller Liebenswürdigkeit auch hart sein konnten und sich, verläßlich, wie sie waren, anstandslos vom Heimatland in die unwirtlichsten Gegenden der Welt versetzen ließen. Von der Krone als Landmesser angestellt, hatte er bereits weite Gebiete der Kolonie Neusüdwales durchforscht und war dabei einmal sogar bis zu der weit entlegenen, erst kürzlich eingerichteten Siedlung an der Moreton Bay vorgedrungen. Die Fähigkeit, Langeweile zu ertragen, war, wie seine Frau mutmaßte, seine Stärke, wobei ihm nicht einmal daran lag, eine mögliche Beziehung zu einer im übrigen recht reizlosen Landschaft zu gewinnen. Mr. Merivales Haut war mittlerweile wie aus Leder, rissig wie Zeltleinwand; kaum daß er selbst sich von dem Sattel unterschied, auf dem er saß. Mrs. Merivale fuhr mit dem Finger am Saum ihres Kleides hin und hatte Freude am Webmuster der erst kürzlich importierten Merinowolle. Nachdem sie ihrem Mann in das Land seiner Wahl oder Bestimmung gefolgt war, hatte sie sich wenig glücklich kurze Zeit dazu herbeigelassen, mit ihm in das an Überraschungen reiche Hinterland zu fahren. Mißgelaunt hatte sie hinter ihm auf dem rüttelnden Karren gehockt und unwillig im Freien biwakiert. Dabei hatte sie die Sache mit der Eidechse und vieles andere erlebt, das zu schrecklich war, als daß sie sich daran erinnert hätte. Mrs. Merivale verstand sich darauf, die Augen vor allem Schrecklichen zu verschließen. Ein gnädiges Geschick kam ihr, nebenbei, schon sehr bald zu Hilfe: Die zarte Gesundheit, mit der sie ausgestattet war, erlaubte es ihr, sich in ein Haus des Landsitzes zurückzuziehen, wo sie die Vorhänge von dem Mädchen sehr ähnlich wie in Winchester herablassen ließ. Mr. Merivale andererseits war zu sehr von seiner Männerwelt, in der es um Höhenlagen und Entfernungen, Boden- und Wasserverhältnisse ging, beansprucht, als daß ihm ihre Abwesenheit allzusehr aufgefallen wäre; doch machte er sich, als er seine dienstlichen Pflichten hinter sich hatte, auf den Weg zum Landsitz, um seiner anderen, der ehelichen Pflicht zu genügen. Seine Frau fügte sich, und so schob sich, während der Ständer mit dem Waschbecken störend klapperte, ein fremder Körper unter ihre Bettdecke aus Satin.

Während Mrs. Merivale jetzt am Saum ihres Kleides hinfuhr, überlegte sie, was sie ihm, den sie zum Ehemann gewählt hatte, antworten sollte.

»Miß Scrimshaw meinte nicht«, erklärte sie hinreichend geduldig, »daß *alle* Leute *nur* schrecklich sind und sonst nichts.«

Aber aus irgendeinem Grunde schien ihre Freundin in diesem Moment nicht mit ihr einig. »Fast alle!« sagte sie beharrlich.

Mrs. Merivale brach in ein Lachen aus, das in Abständen in ein taktvoll gedämpftes Keuchen überging, aber, da es tief aus der Brust kam, bei jemandem, die sich meist so gelassen gab, schockierend wirkte. »Oh, meine Liebe«, rief sie, »das ist der Nordost! Er geht Ihnen auf die Nerven!« Aber sofort faßte sie sich: Wie konnte sie nur, dachte sie verwundert – zu den angesehenen Bekannten von Miß Scrimshaw gehörte schließlich die hochwohlgeborene Mrs. Chetwynd von Saffron Walden.

»Als ich diesen kleinen Ausflug zur *Bristol Maid* vorschlug, um die Roxburghs zu verabschieden, konnte ich nicht voraussehen, daß uns dies die Stimmung derart verderben würde«, bemerkte Mr. Merivale, dessen gute Laune ihn davor bewahrte, mehr als oberflächlich hineingezogen zu werden.

»Wie du wieder mal alles mißverstehst, Stafford!« protestierte seine Frau und runzelte die Stirn.

Es war dies eine Wendung, die sie ihrem Mann oft vorhielt, obwohl sie, falls eingehender befragt, selbst sicher keine Erklärung gewußt hätte.

Miß Scrimshaw ihrerseits sah vor sich in den Schoß und antwortete sanftmütig, wie sie es vorher gewesen war: »Fast jeder, glaube ich, ist gelegentlich gewissen Mißstimmungen ausgesetzt.«

Sie war ganz in Braun gekleidet, und der Rand ihrer Haube war mit einem Kranz von braunen Moirérosen bestickt. Sie wirkte dadurch nicht gerade leberkrank, ihr Teint schien aber doch brauner, als er hätte sein sollen.

Mrs. Merivale glaubte unter dem Umhang ihrer Freundin einen von ihr ausrangierten Rock zu erkennen und genoß dies als Beweis ihrer Großzügigkeit.

»Miß Scrimshaw, wie ich selbst auch, empfand wahrscheinlich tiefes Mitleid mit diesen Armen in ihrer elenden kleinen Nußschale und dachte an die endlose Einöde und die Gefahren, die sie in der Trennung von ihren Lieben erwarten.« Mrs. Merivale gestattete sich in der Geborgenheit des behaglich eingerichteten Wagens den Luxus des Mitgefühls. »Sosehr mir die Umgebung, in der ich gegenwärtig lebe, mißfällt, ich würde eine solche Reise doch nur in einem schnellen, bequem ausgestatteten Segelschiff unternehmen. Jede Art von Unbequemlichkeit ist mir zuwider.«

Dieser Vorwurf richtete sich möglicherweise gegen ihren Mann, im gleichen Augenblick aber schaute sie mißbilligend durchs Fenster zu einem Fuhrmann, der seinen Karren beim Versuch zu wenden auf der Straße quergestellt hatte und die Durchfahrt zu blockieren drohte.

Mr. Merivale räusperte sich. »Die *Bristol Maid* erreichte, wie ich von Kapitän Purdew weiß, Hobart Town in annehmbarer Zeit und ohne besondere Unfälle. Verläuft die Rückreise unter seiner bewährten Schiffsführung ähnlich, dann besteht kein Anlaß zu irgendwelchen Befürchtungen.«

Niemand sagte etwas dazu.

Dann aber kam Mrs. Merivale auf ihre Bemerkung zurück: »Ich an ihrer Stelle hätte auf ein schnelles Schiff gewartet.« Sie schüttelte bedenklich den Kopf, meinte damit aber nicht so sehr das Schicksal ihrer neugewonnenen Bekannten als vielmehr die schwerfälligen Bemühungen des Fuhrmanns, mit seinem Karren zurechtzukommen.

»Es muß der Bruder gewesen sein«, meinte Miß Scrimshaw bestimmt. »Es ist – wie ich weiß – mißlich, auf unbestimmte Zeit vom guten Willen eines Blutsverwandten abhängig zu sein.«

Mr. Merivale lachte. »Austin Roxburgh und sein Bruder Garnet haben immer gut miteinander gekonnt. Das ist der Grund, weswegen sich Austin trotz seiner angegriffenen Gesundheit zur Reise nach Vandiemensland entschlossen hat – um seinen Bruder – ich sage es ungern, muß aber ehrlich sein – vielleicht zum letztenmal zu sehen.«

»Ist er seinem Bruder so sehr zugetan, dann überrascht es um so mehr, daß er als kränklicher Mann sich überhastet einer Brigg von der Größe der *Bristol Maid* anvertraut.« Miß Scrimshaw schien hartnäckig auf der Suche nach Gründen. »Vielleicht«, meinte sie zögernd, »war es *Mrs.* Roxburgh, die diese Entscheidung traf.«

Mrs. Merivale war so überrascht, daß sie das Interesse an dem Fuhrmann und seinem Karren verlor. »Was sollte Mrs. Roxburgh dazu veranlaßt haben?« Sie sah zu Miß Scrimshaw, von der sie offenbar eine verblüffende Erklärung erwartete.

»Mrs. Roxburgh war vielleicht nicht so sehr angetan von dem Bruder ihres Mannes.« Miß Scrimshaws Stimme klang schleppend, und sie errötete nach dieser eher sibyllinisch inspirierten als gründlich durchdachten Bemerkung.

»Nichts«, fuhr Mrs. Merivale sie an, »deutete heute darauf hin, daß Mrs. Roxburgh und ihr Schwager sich überworfen hatten.«

»Mag sein«, gab Miß Scrimshaw zu und blickte, ohne hinzusehen, auf die Straße. »Nein«, stieß sie hervor, wie um ihren instinktiven Einwand rückgängig zu machen. »Auch beabsichtige ich nicht, irgendwelchen Bekannten von Ihnen etwas zu unterstellen. Es war, wissen Sie, Mr. Merivale, eine bloße, bedauerlich oberflächliche Annahme, zu der ich im Laufe der Unterhaltung kam.«

Mrs. Merivale war voller Bewunderung für ihre Freundin und deren Geschick, sich einer möglichen Anschuldigung zu entziehen; ihre Lippen bewegten sich wie die eines mit seiner sprechenden Puppe übereinstimmenden Bauchredners.

Während Mr. Merivale sich wie hinter einen Vorhang in die Vergangenheit zurückgezogen haben mochte: Seine Stimme verlangsamte sich, als er jetzt sprach. »Ich kann nicht sagen, daß ich mit Austin näher bekannt war. Seine Frau habe ich erst heute kennengelernt. Befreundet war ich nur mit seinem Bruder Garnet.«

Einen Augenblick schien es, als wäre auch dieser redliche und unkomplizierte Mann verstimmt, als verübelte er es dem Schicksal, wie es mit ihm verfahren war. Sein Mund war fest verschlossen, sein hagerer, aufrecht erhobener Kopf wiegte sich weich auf Hals und Schulter, während seine halbgeschlossenen Augen von einem Schatten umfangen schienen, der tiefer als von den Antipoden herkam und in dem ihm sein Gedächtnis offenbar Bilder zutrug, die überzeugender waren als das, was ihm die Gegenwart zu bieten hatte. Beide Frauen spürten diesen Wandel der Atmosphäre, wenn auch keiner von beiden das gleiche Stechen von feuchten Eichenblättern auf den halboffenen Lippen lag.

»Als Jungen ritten Garnet und ich gemeinsam durch halb Hampshire«, erinnerte sich Stafford Merivale. »Zuerst auf zottigen Ponys. Dann zusammen mit Hunden. Als wir erwachsen waren, preschten wir einfach zum Spaß durch die Niederungen und entlang an der Römerstraße. Einmal, erinnere ich mich, spornte Garnet irgendwo diesseits von Stockbridge sein Pferd an eine Hecke heran, die breit wie ein Heuwagen war. Eben noch war er neben mir auf dem eingesunkenen Weg, und schon hörte ich ihn auf der anderen Seite der Dornenhecke lachen.«

»Und Sie?« fragte ihn Miß Scrimshaw, »sind Sie ihm gefolgt?«

»Ich war zu Pferde immer ein ziemlicher Tolpatsch«, erwiderte Mr. Merivale.

Was aber den Respekt nicht verminderte, den ihm das ältere Fräulein entgegenbrachte.

»Austin war von Natur aus anders – ein anderer Schlag, würde ich sagen«, fuhr der Landmesser fort. »War immer in Bücher vergraben. Ich habe ihn kaum je, kam er ausnahmsweise einmal nach draußen, im Garten herumpütschern sehen. *Arbeiten* tat er dort schon gar nicht. Er war, verstehen Sie, gesundheitlich nicht sehr robust. Eine Zeitlang vermutete man sogar, er sei schwindsüchtig. Und dann hatte er es mit dem Herzen. Merkwürdig war nur, daß ihn alles das nur um so inniger zu dem ihm so unähnlichen Bruder hinzog. Als hoffte er, etwas von Garnets Gesundheit und Kraft würde auf ihn übergehen. Ich glaube, ich war eifersüchtig auf Austin.« Stafford Merivale hielt lächelnd inne. »Er studierte Jura. Aber er hat das nie als Beruf ausgeübt. Seine Gesundheit ließ es nicht zu. Und dann heiratete er diese ihm treu ergebene Frau, die wir vorhin kennengelernt haben.«

»Mrs. Austin Roxburgh«, fragte Miß Scrimshaw ernst, »stammt sie auch aus Hampshire?«

»Ich habe nie etwas von ihr gehört«, erwiderte Mr. Merivale, »nirgends in der Gegend um Winchester.«

»Mrs. Roxburgh ist, soviel ich verstanden habe, aus Cornwall.« Mrs. Merivale versäumte es nie, ihren Mann auf Dinge, die ihm entfallen waren, aufmerksam zu machen.

»Eine *sehr* abgelegene Grafschaft!« Miß Scrimshaw schien darauf aus, ihre »Annahme« zu untermauern. »Leute mit dunklem Haar. Ich kann mich nicht erinnern, jemals mit einer Person aus Cornwall warm geworden zu sein. Meine ganze Familie«, fügte sie hinzu, »war blond. Beide, Brüder und Schwestern. Besonders auch die Töchter von Vettern. Alle hatten einen zarten, rosafarbenen Teint. Ich habe als einzige braune Haut.«

Mrs. Merivale hätte kühl reagieren können, aber sofort fiel ihr ein, daß sich Miß Scrimshaw in Gedanken auf ihre angesehene Verbindung bezog, auf die einen Titel führende Lady von Saffron Walden. Und so erwärmte sie sich mitfühlend für die arme Miß Scrimshaw, jüngste Tochter aus der kinderreichen Familie eines Geistlichen. Niemand hatte je erfahren, aus welchem Grund sie nach Neusüdwales gekommen war, und mit niemandem war sie so vertraut, daß sie von ihm oder ihr beim Vornamen genannt worden wäre. (Ihre Eltern hatten sie, ihr zehntes Kind, ob nun aus Pedanterie oder Bösartigkeit, Decima taufen lassen.)

Miß Scrimshaw, innerlich mit Besitztum und Erbe befaßt, hätte sich des weiteren über das dunkle abgelegene Cornwall ergehen können, hätte nicht Mr. Merivale in diesem Moment ganz unerwartet etwas anderes zur Sprache gebracht.

Er beugte sich vor und verschränkte die Hände zwischen den Knien, um, schien es, seinen Vorwurf um so gezielter vorbringen zu können. »Beide habt ihr euch, fürchte ich, von den Roxburghs keine sehr hohe Meinung gebildet.«

»Oh, Stafford!«

»Ich würde nicht so weit gehen, zu sagen, daß ihr die beiden *nicht ausstehen* könnt«, fügte er verdrossen noch eben, bevor er in seiner Anklage unterbrochen wurde, hinzu.

Dem Fuhrmann vor ihnen war es gelungen, seinen Karren so weit zu drehen, daß seine erhitzten Gäule an ihnen vorbei die enge Straße passieren konnten, und so schoß ihr Wagen jetzt anruckend vor und stürzte die beschuldeten Frauen in ein Gewirr aus Ketten und Bändern und stummem Protest.

»Nichts, aber auch nichts habt ihr mit ihnen anfangen können«, setzte er unfreundlich seine Anklage fort und ruckte dabei auf und ab wie eine außer Kontrolle geratene Marionette.

»Ich laß mich auf diese Weise nicht zur Rechenschaft ziehen, Stafford – das ist ja furchtbar!«

»Ein so vornehmer und charakterlich bewundernswerter Mann, wie es dieser Mr. Roxburgh zu sein scheint!« Mr. Merivales auf die schiere Ungerechtigkeit hinauslaufende Attacke hatte Miß Scrimshaw den Atem verschlagen. »Und ein so vielversprechendes Unternehmen. Die kleine Brigg und der Kapitän – Purdew, heißt er nicht so? Ein offensichtlich so aufgeschlossener, weitherziger Mann.« Das Fräulein hatte eine Schwäche für alles, was mit der See zu tun hatte, und als Mädchen einen harten Schicksalsschlag erlitten, als ein Leutnant der Royal Navy auf Antigua vom Gelbfieber dahingerafft wurde.

Der Wagen fuhr jetzt wieder auf ebener Straße, so daß die Damen sich hätten fassen und ihr Gleichgewicht wiedergewinnen können, wenn nicht der erbarmungslose Mr. Merivale einen weiteren Pfeil abgeschossen hätte. »Zumindest *Mrs.* Roxburgh, fand ich, war nicht nach eurem Geschmack.«

Was geschmacklos, um nicht zu sagen unangebracht von ihm, einem so einfältigen Mann, war.

»Was ist bloß in dich gefahren, Stafford?«

Miß Scrimshaw ihrerseits war vorerst verstummt.

»Und sie, so hübsch und ein Bild von einer Frau«, erklärte Mr. Merivale mit einer Zuvorkommenheit, die ganz natürlich wirkte.

»Hübsch? Ah ja, hm – hübsch!« räumte seine Frau ein.

»Und elegant überdies«, fügte der Ehemann hinzu.

»Sie trug einen ungewöhnlich schönen Schal.« Mrs. Merivale suchte, sich an Materielles zu halten.

»Eine hübsche Frau, ja. Aber Mrs. Roxburgh ist nicht das, was ich schön nennen würde«, brachte Miß Scrimshaw vor, nachdem sie eingehend überlegt hatte. »Schönheit hat etwas von Größe, von Adel« – sie warf den Kopf unmerklich in den Nacken –, »sie bedarf keines phantasievollen Schals, um uns erkennbar zu werden.«

»Mrs. Roxburgh ist eine Frau, keine Marmorstatue.«

Mrs. Merivale war sich ziemlich sicher, daß die Gestalt, die ihr Mann vor Augen hatte, unbekleidet war.

Miß Scrimshaw mußte ähnliches gedacht haben, denn sie errötete und fügte rasch hinzu: »Wahre Schönheit, will ich damit sagen, hat etwas Geistiges. Aber davon hatte Mrs. Roxburgh nichts an sich.«

Miß Scrimshaw hatte als junges Mädchen Verse geschrieben und sie in Aquarell mit Veilchen und Stiefmütterchen umkränzt.

»Meinen Sie, daß sie eine Dame ist?« fragte Mrs. Merivale vorsichtig.

»Dazu möchte ich keine Stellung nehmen«, erwiderte Miß Scrimshaw taktvoll.

Mrs. Merivale zog sich in sich zurück, als hätte jemand anders diese so vulgäre Frage gestellt.

»Sie ist sehr ruhig und drückt sich gewählt aus. Diesen Eindruck hatte ich jedenfalls.« Mr. Merivale hoffte damit zu Ende gebracht zu haben, was er begonnen hatte.

»Stille Wasser, wie man sagt.« Nachdem sie diese Lebensweisheit beigetragen hatte, fühlte sich seine Frau berechtigt, sich erschöpft zu geben.

Aber Miß Scrimshaw hatte Feuer gefangen. »Ich für meinen Teil«, verkündete sie und bezog die anderen in ihre Gebärde ein, »würde nie einer schweigsamen Frau trauen.«

»Ich habe das immer für eine besondere Tugend gehalten.« Durch sein Räuspern klang diese Bemerkung Mr. Merivales noch trockener.

»Mrs. Roxburgh verharrt immer dann in Schweigen, wenn andere offen aus sich herausgehen. Es gibt verschiedene Arten zu schweigen, meine ich.«

Obwohl Mrs. Merivale sich keineswegs sicher war, was ihre Freundin meinte, nickte sie zustimmend mit dem Kopf.

»Mrs. Roxburgh ist so etwas wie ein Mysterium, eine rätselhafte Person«, fügte Miß Scrimshaw seufzend hinzu.

»Die Damen, finde ich, ehrlich gesagt, lassen an ihr aber auch kein trockenes Haar«, sagte Mr. Merivale.

Miß Scrimshaw ließ den Kopf hängen. »Niemand kann schließlich von morgens bis abends Nachsicht üben.« Sie strich über ihre in Handschuhen steckenden Hände und sagte mit einem bittenden Unterton: »Denken Sie bitte nicht, daß ich mich von der Kritik an Fehlern ausnehme, die ich mit Mrs. Roxburgh teile.«

Es war dies ganz ohne Zweifel einer ihrer Tage. Sie wußten mit ihr nicht recht etwas anzufangen.

Mr. Merivale hatte die Absicht, einen Umweg über Brickfields zu machen und bei einem Mann namens Delaney vorzufragen, der versprochen hatte, ihm einen Schweineschinken bei einem Farmer in Toongabbie zu besorgen.

»Ich hoffe, ich bereite Ihnen keine Unannehmlichkeiten«, bemerkte Miß Scrimshaw.

Sie begann, unruhig zu werden und sich mit einem Seufzer für Church Hill bereit zu machen, wo sie mit einer Witwe lebte, einer redlichen Person, die allerdings keine Dame war.

»Aber nein, nicht im geringsten«, versicherte ihr die höflichere Mrs. Merivale, die mit anderen Leuten nicht viel anfangen konnte und mit Miß Scrimshaw noch nicht durch war. »Ich denke, Sie essen mit uns zu Abend. Es gibt Geflügelpastete.« Außerdem war da noch ihr Musselinkleid, das weiter gemacht werden mußte. »Wir verbringen den Abend gemütlich miteinander bei Musik oder Kartenspiel.«

»Das wäre wirklich sehr nett«, erwiderte Miß Scrimshaw unbefangen genug, als wüßte sie nicht, was außerdem von ihr erwartet wurde.

In ihrem ausgedehnten Bekanntenkreis war ihre Nadel fast ebenso willkommen wie ihre beredte Zunge, wofür sie gewöhnlich mit Geschenken, vorzugsweise aber mit verschlossenen Umschlägen belohnt wurde, die sie mit abgewandtem Kopf entgegennahm.

An diesem Abend aber war es weniger Miß Scrimshaws Nadel als vielmehr ihre Feinfühligkeit, die Mrs. Merivale sich zunutze zu machen hoffte. Beim Gedanken daran begann sie, nervös zu husten und vergeblich nach einer Tablette zu suchen.

»Das Fenster, Stafford!« beschwerte sie sich, als wäre ein Staubkorn in ihre empfindliche Kehle geraten, denn schon näherten sie sich den Ziegelfeldern, in deren Umgebung sich dieser Delaney niedergelassen hatte.

Delaney, ein entlassener Sträfling, hatte sich am Ende durch seine Tätigkeit im Transportwesen und in anderen nicht näher bekannten, aber einträglichen Jobs ein gewisses Ansehen erworben. Er hatte jedenfalls sein gutes Auskommen, wenn dabei auch sein Haus, sauber und solide, wie es hinter dem weißgetünchten Zaun dalag, recht bescheiden und ländlich geblieben und nicht anmaßend im städtischen Stil umgemodelt worden war. Als der Wagen näher kam, wurde am Eingang zum Hof ein Schwarm gefleckter, in der Erde herumpickender Hühner sichtbar, und ein alter, struppiger Schäferhund hob den Kopf aus dem Staub und gab ein kurzes, rheumatisches Gebelle von sich.

Mr. Merivale grunzte vor sich hin und streckte seine langen Beine aus. Nach dem Schließen des Fensters war der Wagen zu einer Welt für sich geworden; ihn zu verlassen, kam fast einer Auswanderung gleich.

»Kommst du mit?« fragte er seine Frau, während er mit gesenktem Kopf rückwärts ausstieg.

Der Kutscher war vom Bock heruntergeklettert, obwohl der Herr nicht zu jenen gehörte, die Hilfe beanspruchten.

»Du liebe Zeit, nein, Lieber!« sagte Mrs. Merivale kurz und fast ohne jede Emphase.

»*Sie* wird sehr enttäuscht sein.«

»Sie stopft uns doch nur mit Rosinenkuchen voll, und das vorm Abendessen. Und macht uns mit ihrem Gingerwein betrunken.« Mr. Merivale blickte zu Miß Scrimshaw, die nur säuerlich die Lippen spitzte.

»Sie wird sehr enttäuscht sein«, brachte Mr. Merivale noch einmal fruchtlos hervor.

Mrs. Merivale blickte ihrem Mann spöttisch nach, der mit jener betonten, angesichts von Untergebenen üblichen Zwanglosigkeit hinters Haus schlenderte, wie es sich die Herren in den Kolonien angewöhnt hatten. Zur gleichen Zeit raffte eine Hand den Leinenvorhang beiseite und enthüllte *ihr* Gesicht im Fensterrahmen, einen von Verzweiflung gezeichneten, maulbeerfarbenen Pudding.

All dies spielte sich in wenigen Sekunden ab, wonach sich Mrs. Merivale der ihr eigenen Trägheit überließ und in die Düsternis des muffigen Beichtstuhlgehäuses zurücksank, in dem sie und Miß Scrimshaw saßen.

Da jetzt der Moment gekommen war, zog sich ihre Kehle blutleer zusammen, und ihr Herz schlug fft-fft-fft unter den Schichten aus Pelz, Merinowolle, Kautschuk und Fleisch.

Mrs. Merivale befeuchtete die Lippen mit der Zunge und begann: »Um noch einmal auf Mrs. Roxburgh zurückzukommen, Miß Scrimshaw . . .«

Daß ihre Freundin sie nicht gehört zu haben schien, machte Mrs. Merivale nervös.

»Ich würde sehr gern von Ihnen hören« – sie stockte –, »wieso« – sie setzte ihre Worte wie die Elfenbeinsteine eines Schachspiels – »Mrs. Roxburgh Ihnen als das vorkam, was Sie« – Mrs. Merivale spürte ihren eigenen heißen Atem – »ein Mysterium nannten«; es war ein Zischen, hörte sie, mit dem sie dieses Wort vorbrachte.

Jetzt, wo es heraus war, fühlte sie sich in ihrer Wißbergierde qualvoll bloßgestellt, ein Gefühl, das durch Miß Scrimshaws hartnäckige Weigerung, weder Interesse noch Zustimmung zu äußern, nur noch verstärkt wurde. Aber keine Pythia, und sei sie es von Beruf, kann unbegrenzt in Schweigen verharren, und als sie sich am Ende der auf Antwort Hoffenden zuwandte, richtete sie ihre normalerweise durchdringenden und leuchtenden Augen mit so tief gesenkten Lidern auf sie, daß es aussah, als sei sie bereit, mehr als nur ein halb verhülltes Geheimnis preiszugeben.

»Ich kann Ihnen, Mrs. Merivale, nicht genau den Eindruck schildern«, sagte sie, »den Mrs. Roxburgh auf mich gemacht hat. Nur eben erinnerte sie mich – um es so deutlich wie möglich zu sagen – an ein leeres Blatt Papier, auf dem – wenn es behaucht wird – eine unsichtbare Schrift erkennbar wird. Verstehen Sie, was ich meine?«

Mrs. Merivale verstand es nicht.

Und Miß Scrimshaw sagte: »Wenn ich imstande wäre, das, was ich ein Mysterium nenne, zu erklären, dann wäre es keines mehr, nicht wahr?«

Die grauenvolle Logik dieser Bemerkung verwirrte Mrs. Merivale. »Aha«, murmelte sie und ließ den Mund offen, was sie bei jedem anderen ordinär gefunden hätte.

»Aber«, flehte sie, »können sie es mir nicht andeuten, mir einen *Wink* geben?« Mrs. Merivales »Wink« klirrte kläglich wie im Echo durch den Wagen.

»Ich will Ihnen etwas sagen«, erwiderte Miß Scrimshaw herablassend. »Jede Frau hat geheime Tiefen in sich, von denen sie vielleicht selbst nichts weiß und die früher oder später aufgestört werden müssen.«

Mrs. Merivale war entsetzt, sie, die niemals »aufgestört« worden war, es sei denn auf der Fahrt im Karren ins Innere von Neusüdwales; und so traute sie sich nicht, Miß Scrimshaw zu fragen, ob ihrer Meinung nach auch bei ihr so eine unsichtbare Schrift zu finden wäre.

»Oh, diese Mrs. Roxburgh!« Wie ein Klagelaut entfuhr ihr dies, ohne daß sie ihn unterdrücken konnte.

»Ah, wer bin ich schon, daß ich dies sage«, erwiderte Miß Scrimshaw. »Ich hatte einfach nur den Eindruck, Mrs. Roxburgh könnte das Gefühl haben, das Leben habe sie um eine letzte, äußerste Erfahrung betrogen. Und sie sei darauf eingestellt, dafür, wenn nötig, leiden zu müssen.«

Die Sibylle schien die Empfindung zu haben, daß sie sich mit ihrer Offenbarung über Mrs. Roxburgh selbst entschleierte, denn sie hielt zögernd inne, fuhr dann aber hastig fort: »Natürlich, jeder von uns muß, wie wir alle wissen, irgendwann einmal leiden, schlimmer sogar, als wir damit gerechnet haben. Und doch hören wir nicht auf, uns dem auszusetzen, aus vermeintlicher Tapferkeit.«

Mrs. Merivale, durch die vertraulichen Bekenntnisse ihrer Freundin alarmiert, hätte vermutlich nicht aus ihrer Verwirrung herausgefunden, wenn jetzt nicht ihr Mann in Begleitung des ehemaligen Sträflings Delaney um die Hausecke herum erschienen wäre. Immer wenn Mrs. Merivale in irgendeiner Weise aufgewühlt war, fand sie durch die Gegenwart des ihr angetrauten Mannes zu Haltung und Ruhe zurück, wenn sie es in diesem Fall auch nicht gerade gern sah, daß er den aus Toongabbie besorgten Schinken ziemlich plump an den Zipfeln des Sackes trug, in den er verpackt war.

Die beiden Männer kamen langsam näher. Der einstige Sträfling, ein Mann mit geröteter Haut und Sommersprossen, hätte sich vielleicht unterwürfig betragen, wenn er beruflich nicht so erfolgreich gewesen wäre. Bullig, wie er gebaut war, trug er doch einen Anzug von feinster Qualität und quer über die Weste eine Kette aus Gold. War sein Kragen auch speckig, wie sich bei näherer Betrachtung herausstellte, so zeigte das doch nur, daß er nicht nur Anweisungen gab, sondern weiterhin selbst kräftig zupackte.

Als die beiden ihre letzten männlichen Witze ausgetauscht und lachend verdaut hatten und Delaney dann im Weitergehen den Sack anfaßte, den er aber nur halbwegs zu tragen beabsichtigte, waren sie bei dem Wagen angelangt, wo der entlassene Sträfling den Kopf durchs Fenster schob und etwas grob, wie Mrs. Merivale fand, fragte, ob die Damen nicht hereinkommen und einen Imbiß zu sich nehmen wollten.

»O bitte, nein«, gab sie zur Antwort, »die Mädchen warten schon darauf, das Abendessen aufzutragen!«

Von ihrem Thron herunter erwiderte sie den Blick dieser grobschlächtigen Person mit Augen, zu weit offen und zu feierlich für den geringen Gefallen, um den er bat. Aber der Freigelassene war nicht umsonst Ire: Da er vorausgesehen hatte, wie er beschieden werden würde, verzog sich sein Mund, nachdem er seinen Vorschlag unterbreitet hatte, zu einem unverschämten Grinsen.

»Die Damen sind in gedrückter Stimmung«, meinte der Landmesser, die Situation erklären zu müssen, »sie haben gerade Abschied genommen von Freunden, die sich zur Heimreise eingeschifft haben.«

»Ich nicht! Und Freunde sind es auch kaum«, protestierte Mrs. Merivale. »Ich kann keine Sympathie für Menschen empfinden, die ihr Leben unnötig aufs Spiel setzen.«

Aber ihr Mann ließ sich nicht abbringen. »Zumindest Miß Scrimshaw ist traurig«, sagte er. »Meine Frau ist eher praktisch und nicht so gefühlvoll. Miß Scrimshaw aber verläßt uns auch bald.«

Delaney kniff die Augen konzentriert zu und musterte diese beiden Frauen, die dicke, schwammige in Satin und die sehnige, wendigere in Braun, die den Schnabel vorgestreckt hatte, um den Schlag zu parieren, den der Landmesser ihr scherzend versetzt hatte. Nie würde er Aufnahme bei ihnen in ihrer Welt finden, aber es amüsierte den entlassenen Sträfling, sie in seine Welt verschlagen zu sehen.

»Miß Scrimshaw ist auf dem Weg in die alte Heimat? Da wünsch' ich ihr Glück!« Er lachte gedämpft, sollten sie sich dabei denken, was sie wollten.

Mrs. Merivale kochte, nicht weil ihre empfindsame Freundin durch das Interesse eines groben, ordinären Mannes verletzt sein mochte, sondern weil ein Tabu angetastet worden war.

»Weit davon entfernt«, antwortete Miß Scrimshaw mit jenem Sanftmut, der nicht recht zu ihr passen wollte.

»Miß Scrimshaw verläßt uns«, äußerte sich Mrs. Merivale herablassend, »um sich längere Zeit zu Besuch in Moreton Bay aufzuhalten – bei Mrs. Lovell, der Gattin des Kommandeurs.«

Miß Scrimshaw, von ihrer Gönnerin mit Glanz ausgestattet, hätte sich darin sonnen können, wüßte man nicht in ganz Sydney (in den besseren Kreisen zumindest), daß der Kommandeur mit ihr eine Hausdame für seine Frau angestellt hatte, die nämlich durch viele rasch hintereinander erfolgte Geburten erschöpft war und, von der feinen Gesellschaft getrennt, in einer primitiven, abgelegenen Siedlung lebte.

Unter diesen Umständen fand Miß Scrimshaw keinen Trost darin, daß der Ire höchstwahrscheinlich nichts davon wußte.

Dieser bekam immerhin mit, daß irgend etwas an der Geschichte fehlte; er hatte nicht genug Selbstbeherrschung, sich seinem natürlichen Drang zur Grausamkeit zu widersetzen und davon abzusehen, die Federn dieser zwei törichten Vögel durcheinanderzuwirbeln. Er sah verschlagen vor sich hin, fuhr sich mit der Zunge über die Lippen und wandte sich halb vertraulich an den Landmesser.

»Ich vergaß zu erwähnen« – er senkte die Augenlider und schnalzte mit der Zunge –, »daß Mr. Isbister erst kürzlich von

Moreton Bay zurückkam, wo er Mr. McGillivray in Murrumbopple besucht hatte und ihm eine Geschichte erzählt worden war – wie man sie, schlimm genug für das Land, in dem wir leben, öfters hört.«

Die Damen seufzten, suchten ihre Ruhe zu wahren und bereiteten sich auf ein endloses Geschwätz zwischen Männern vor.

Mr. Merivale war im Begriff, dem Kutscher zuzunicken und ihm damit das Zeichen zum Aufbruch zu geben. Statt dessen lächelte er jetzt aus Höflichkeit in die Sonne, die mittlerweile niedrig an dem wolkenlosen Winterhimmel stand.

»Ja?« Er fühlte sich verpflichtet, den Mann zu animieren, tat es allerdings mit farbloser Stimme.

»Wie es scheint«, informierte der ehemalige Sträfling ihn, »waren zwei Schafhirten auf einem abgelegenen Weidegrund den Eingeborenen in die Hände gefallen. Es ging dabei – verzeihen Sie, meine Damen – um Frauen.«

Die Damen spitzten die Ohren, hofften aber, daß es ihnen nicht anzumerken sei. Hatten sie die Augen nicht vornehm gesenkt?

Delaney räusperte sich; in anderer Gesellschaft hätte er ausgespuckt.

»Na ja«, sagte er, »um's kurz zu machen und zur Sache zu kommen, so traurig es ist: Die beiden Männer – anständige Burschen alle beide – waren gerade gefunden worden, und das (mit Verlaub, meine Damen) mit aufgeschlitzten Eingeweiden. Kalt wie Stein die beiden, und ei'm von ihnen fehlte 'n Bein – ein Junge, fast noch ein Kind, aus Taunton in Somerset.«

Mrs. Merivale schien wie gepfählt; Miß Scrimshaw dagegen hörte nicht auf, eine Szene aus der Ferne zu betrachten, deren Grauenhaftigkeit sie faszinierte.

Sie sagte schließlich: »Dies ist es, wofür sich einige – nicht alle von uns – entschieden haben. In einem Land wie diesem zu leben. Leiden ist oft eine Sache der Wahl.«

Ihre Freundin, Mrs. Merivale, schüttelte sich vor Abscheu. »Sag ihm, er soll losfahren!« bat sie oder, genauer gesagt, befahl sie ihrem Ehemann. »Diese schrecklichen Wilden!« stieß sie keuchend hervor.

Als ihr Mann die Tür hinter sich geschlossen hatte, fummelte sie in ihrem Täschchen nach ihrem kleinen silbernen Riechfläschchen.

Delaney winkte nicht gerade lachend seinen entschwindenden Gästen nach.

Während der Wagen rüttelnd auf dem Landweg davonfuhr,

schienen sich Mrs. Merivale und Miß Scrimshaw in ihren Gedanken über ihr gemeinsames Schicksal einig; Mrs. Merivale hörte dabei nicht auf, mit krampfhaft vorgebrachtem Gehüstel zu protestieren. »Ich verstehe das nicht! Ich verstehe das nicht! Die menschliche Natur ist mir ein Rätsel. In einer solchen Welt kann ein vernünftiger Mensch einfach nicht leben.«

»Aber Alice, Alice! Alles, meinst du immer, hat sich gegen dich verschworen. Nimm es hin, und finde dich mit den Dingen ab. Genießen wir die Pastete, die zu Hause auf uns wartet.«

Das war ein handfester Vorschlag, der für Mrs. Merivale annehmbar gewesen wäre, hätte sie es nicht vorgezogen, in der Hysterie, in die sie sich gesteigert hatte, zu verharren.

Zum zweitenmal nun aber leistete sich Mr. Merivale an diesem Nachmittag eine unerwartete Bemerkung. »Ich frage mich«, sagte er, »wie Mrs. Roxburgh sich verhalten würde, falls sie, in Not geraten, leiden müßte.«

Mrs. Merivales Mund blieb vor Überraschung offen. »Mrs. Roxburgh?« brachte sie, sich verschluckend, vor und verstummte dann.

Die Wageninsassen wurden in den sich verdichtenden Spätnachmittag gerollt und verschwanden schließlich wie Statisten, die einen Prolog gesprochen hatten, zwischen den Kulissen.

2

Als Mrs. Roxburgh sich winkend von den abfahrenden Besuchern verabschiedet hatte, ging sie nach unten. Wenn sich auch vieles, wogegen sie im Niedergang stieß, verrostet anfühlte und ein schaler, beißender Geruch in der Luft lag, so hatte sie sich doch schon auf der kurzen Fahrt von Hobart Town an die Beschaffenheit von abgenutztem und verschmiertem Holz und den Geruch von Tauwerk und Teer in diesem Schiff gewöhnt, das sie nun auf Monate hinaus als ihre Unterkunft hinnehmen mußten. Im muffigen Halbdunkel des Zwischendecks tastete sie sich zu der Doppelkabine vor, die durch Kapitän Purdews Fürsorge und ihre eigenen Bemühungen zu einem gemütlichen, persönlich ausgestatteten Quartier geworden war. Mit vorgestreckten Händen suchte sie nach der Tür, von der sie wußte, wo sie war, und betrat, nachdem sie sich einen Moment gesammelt hatte, den engen Salon, in den sich ihr Ehemann, einen plötzlichen Ischiasanfall vorschützend, zurückgezogen hatte, noch bevor ihre Gäste sich aufbrechend zur Gangway begeben hatten.

Mr. Austin Roxburgh saß mit dem Rücken zur Tür und las in dem Buch, zu dem es ihn während des langweiligen, förmlichen Besuchs schon bald hingezogen hatte. Über seinem Anzug trug er einen Überzieher aus Köperstoff, den die vom Geräusch des gegen die Bordwand schwappenden Wassers verschärfte winterliche Luft für jemanden unentbehrlich machte, dem es an Bewegung fehlte.

Als er das Knarren der Tür und den Rock seiner Frau rauschen hörte, sprach er, ohne sich zu ihr umzudrehen. »Na, sind sie wohlbehalten von Bord gekommen?« fragte er, während er offensichtlich weiterlas.

»Ja«, erwiderte sie und lachte. »O ja«, wiederholte sie etwas ergebener. »Sie sind fort.«

»Und hat man dir im letzten Moment noch weise Ratschläge erteilt?«

»Sie waren voller Zweifel und Mißtrauen, hatte ich das Gefühl, aber als Christen, die sie sind, sind sie nicht damit herausgekommen.«

Ein vertraulicher und angenehm ruhiger Ton herrschte zwischen den Roxburghs.

Mr. Roxburgh, ohne die Augen vom Buch zu nehmen, lachte

schniefend und sagte: »Ich glaube nicht, daß die beiden Frauen in irgendeiner Weise zufrieden waren.«

»Mrs. Merivale und Miß Scrimshaw möchten gern für Damen gehalten werden.«

Nach dieser Korrektur begann Mr. Roxburgh noch einmal: »Den beiden Damen wäre es lieber gewesen, wenn sie in uns ein unglückliches Paar vorgefunden hätten, unglücklich auch über das, was uns bevorsteht.«

»Als sie uns verließen, dürften sie, nehme ich an, Gründe genug gefunden haben, weswegen wir verzweifelt sein müßten«, erwiderte Mrs. Roxburgh, »und unterhalten werden sie sich heute abend über die Aussichtslosigkeit unseres Unternehmens. Es ist ja geradezu ihr Beruf, Unglück bei anderen zu wittern.«

Ihre Stimme hätte selbstzufrieden klingen können, hätte sich im Unterton nicht eine bereits erteilte Lektion angedeutet. Wie dem auch sei, Mr. Roxburgh jedenfalls mußte sich beruhigt fühlen; er warf einen Blick zu seiner Frau, in dem sich nahezu Dankbarkeit ausdrückte. In dem durch die Schiffsluke einfallenden Licht zeigte sich, daß sein Gesicht blaß und durchscheinend war; ein Schimmer in den tiefliegenden Augen ließ auf Fieber oder Gereiztheit oder beides schließen. War Mr. Roxburgh auch gerade dabei, sich von einer kürzlich überstandenen Krankheit zu erholen, so wirkte er doch wie ein in Leiden erfahrener Mann, der ständig damit rechnete, einer neuen Krankheit zum Opfer zu fallen.

Seine Frau unterließ es, seinen Blick zu erwidern. Sie waren anscheinend ein Paar, dem die Empfindungen des einen wie des anderen vertraut waren und deren Gespräche auf ausgefahrenen, beiden bekannten Gleisen verliefen. Mrs. Roxburgh begab sich statt dessen in die sich an den Salon anschließende Kabine und kam mit einem Hemd zurück, das sie ausbessern wollte und beiseite gelegt hatte, als ihnen der Schiffsjunge den Besuch meldete.

Mr. Roxburgh hatte den Ausdruck, der Schwäche anzeigte, abgelegt und gab sich den Anschein, als sei er voll auf das Buch konzentriert.

Das hinderte ihn nicht daran, etwas irritiert zu bemerken: »Meinst du, Ellen, dieses alte Hemd ist noch brauchbar genug, so daß es sich lohnt, daran herumzupusseln?«

»Das mußt du schon *mir* überlassen«, entgegnete Ellen Roxburgh. »Ich glaubte, dir einen Gefallen zu tun, Lieber, wenn ich mich auf dieser langen Reise um dein Zeug kümmere.«

Sie saß ihm gegenüber am Tisch, band sich den Schal gegen die Zugluft fester um den Kopf und nahm die Arbeit an dem zerrissenen Hemd wieder auf. Die Haltung, in der sie dasaß, hätte sie mehr als tugendhaft erscheinen lassen können, wenn sie beim Nähen nicht so amateurhaft und linkisch vorgegangen wäre. Einmal stach sie sich in den Finger und saugte an der Wunde, bevor sie sich von der anderen Seite her wieder an die Arbeit machte. Ihr schien das alte, aber noch brauchbare Hemd gleichgültig, aufs Durchhalten kam es ihr an. Ausdauer konnte eine Tugend sein, die Mrs. Roxburgh von woandersher mitgebracht hatte, um sie jetzt an eine pingeligere Arbeit zu wenden.

Sie war von mittlerer Größe, nicht älter als dreißig Jahre und damit beträchtlich jünger als ihr Mann. Ohne die Kappe, die sie getragen haben würde, wenn man ihr zu Hause begegnet wäre, wirkte ihr Kopf größer, als es eigentlich bei ihrem Körperbau zu erwarten gewesen wäre; präsentierte er sich aber ohne Schmuck und anderes überflüssiges Zubehör an einem zur Neige gehenden Winternachmittag, dann hatte er etwas Unerwartetes an sich, wie es bei weniger leicht zu identifizierenden, in eine schlichte Fassung gesetzten Halbedelsteinen der Fall ist. Sie trug ihr Haar straff gescheitelt und gestattete ihm, nach der herrschenden Mode in glatten, strähnigen Locken herabzuhängen. Im Kontrast zu dem dunklen, von anderen mißbilligten Teint waren die Augen von einem wahrscheinlich aus Blau hervorgegangenem Grau, sie waren offen und klar oder unergiebig, je nach dem Temperament dessen, der sich darüber Gedanken machte. Dies war es zweifellos, was den Damen, deren Besuch sie gerade hinter sich hatte, verdächtig erschienen war; oder es konnte der Mund gewesen sein, dem durch die Umstände eine männliche Festigkeit aufgeprägt worden war, ohne daß dadurch ein weiblicher Ausdruck des Bedauerns oder die Anmut der Farbe zerstört worden wäre.

Mrs. Roxburgh legte die Näharbeit beiseite, sie hatte sie entweder beendet oder hatte die Näherei leid. Ihr Mund wurde lascher, und eine gewisse Härte der Augen löste sich merklich in den Gedanken auf, denen sie nachhing. Eine einsame Kindheit, der die Ehe mit einem zwanzig Jahre älteren Mann folgte, hatte in ihr einen Hang zum Träumen geweckt. Nirgends vielleicht war sie sich selbst gegenüber so nachgiebig wie bei den von ihr unternommenen Ausflügen in die eigene Vergangenheit.

Ellen Roxburgh schlang den ungewöhnlichen, aber praktischen

Wollschal, der Mrs. Merivale am Nachmittag so entzückt hatte, fester um sich und lächelte halb, während sie sich der neidischen Bemerkungen entsann.

»Wie sehr gefällt mir Ihr hübscher Schal! Er ist mir als erstes aufgefallen«, gab Mrs. Merivale zu und schüttelte den Kopf, so daß die kleinen, gediegenen Ringe, mit denen die Unterseite ihrer Haube zu reichlich ausgestattet war, aneinanderklangen.

Wippende Federn, ein Gewirr von Bändern und kaum verhüllte Habgier mischten sich in der Erscheinung der Besucherin, deren Blick von den Schultern der von ihr gönnerhaft in Anspruch genommenen Person über die in Intaglio gearbeitete Brosche sehr diskret über den Busen bis hinunter zum Saum ihres Kleides glitt. Mrs. Merivale versagte es sich hierbei nicht, sich die einzelnen Bestandteile vorzunehmen und sie eingehend zu mustern, wie wenn sie sich auf einem Gang durch ein von ihr bevorzugtes Warenhaus befände.

»Würden Sie ihn sich gern einmal umlegen?« fragte Mrs. Roxburgh und machte Anstalten, den Schal abzunehmen.

»Aber ich bitte Sie, nein!« sagte Mrs. Merivale zurückweichend. »Natürlich nicht! Bitte, verzeihn Sie mir.« Ihre seichten, flackernden Augen suchten nach jemandem, der eine Ungehörigkeit lediglich als *Fauxpas* abtun würde.

Mrs. Roxburgh stand wie angewurzelt da und verfiel in jenes Schweigen, über das die Damen später als schwerwiegend und als »Mysterium« diskutierten. Währenddessen irisierten die Farbtöne des bis zu den schweren Wollfransen von Schwarz durchzogenen Schals von aschfarbenem Grau bis zum heiteren Grün von im Winde flatternden Blättern. Die von grünen Fäden durchsetzten Fransen waren ebenfalls schwarz.

Mrs. Roxburgh rückte den warmen Schal wieder zurecht. Sie versank noch tiefer in ihm; danach zwang sie sich, ihr bedauerliches Schweigen zu durchbrechen, und bemerkte: »Es war schwer zu entscheiden, was man auf einer Reise in die andere Welthälfte mitnehmen sollte – was alles für den Sommer und was für den Winter. Mein Mann war dafür, sich auf Kleidungsstücke zu beschränken, die eigentlich nur noch zum Wegwerfen gut waren. Aber ich bestand darauf, diesen besonderen Schal mit auf die Reise zu nehmen!« Sie lachte und verstummte gleich wieder.

War sie affektiert? Leichtsinnig? Oder klang aus ihrer Stimme so etwas wie ein Echo? Die beiden Damen waren verwirrt, eine milde Feindseligkeit regte sich in ihnen; sie wandten sich dem Ehemann der Frau zu, von dem sie sich solide, praktische Auskünfte erhofften.

Das war Mrs. Roxburgh nur recht so, denn sie hatte sowieso vor, ihn einzubeziehen.

»Ellen ist nun einmal eitel«, seufzte er müde oder uninteressiert, womit die Sache für ihn erledigt war.

Mit diesem gegen seine Frau gerichteten Vorwurf konnte Mr. Roxburgh in den Augen der Besucherinnen die Grenzen dessen, was sich schickte, überschritten haben. Aber Mrs. Roxburgh fügte sich in diese Rolle, die ihr als eine von vielen auferlegt war, während die beiden Damen sich mit ihren Ansichten hinter einen Schleier aus gesellschaftlichem Geschwätz zurückzogen.

»Sie kam zu dem Schluß, daß ich sie zum Tragen von Lumpen anhielt, um sie zu demütigen«, fuhr Mr. Roxburgh mit verblüffender Offenheit fort, »als sich nämlich herausstellte«, fügte er mit einem Anflug von Ironie hinzu, »daß sie meinen Bruder bei unserem Besuch in Vandiemensland zu verführen beabsichtigte.«

Das erregte immerhin Interesse.

»Mrs. Roxburgh hat ihren Schwager bei einer früheren Gelegenheit kennengelernt?« fragte der braune Vogel so taktvoll wie möglich.

»Nein«, erwiderte Mrs. Roxburgh und schwieg wieder.

Sie sah vor sich hin und lächelte leicht, während sie mit den Fransen ihres Schals spielte. Die ganze Szene konnte, so läppisch die Einzelheiten waren, gestellt sein.

Erst in dem dunkler werdenden Salon hatte der Vorfall vom Nachmittag deutlicher spürbare Folgen. Während die Bilder ihr kamen, heranströmten und sich auflösten, saß ihr Mann hartnäckig aufrecht und wie das personifizierte Pflichtgefühl da, las oder suchte ihr gegenüber diesen Eindruck zu erwecken. Es wirkte auf sie nicht überzeugend; wenn er eine Seite umblätterte, tat er es geistesabwesend, schabte mit dem Fingernagel über den Rand oder knickte die Ecke zu einem Eselsohr um.

Ab und zu schimmerte die einheimische Blume auf und ragte vor. Sie hatten sie am Tag zuvor auf einem ihrer unfreiwilligen Ausflüge am Ufer von Sydney Cove gefunden, wo sie auf eine Brise warteten, die sie zur Heimreise flottmachen sollte.

Zuzeiten schob Mr. Roxburgh dem Kapitän Purdew die Schuld an der Windstille zu; ein andermal machte er seine Frau dafür verantwortlich; er war mittlerweile verteufelt gereizt.

»Du hättest dich doch niemals zufriedengegeben«, suchte sie ihm die Tatsachen in Erinnerung zu rufen, »wenn wir diese Reise um die Welt nicht auf uns genommen hätten.«

»Ja«, stieß er keuchend hervor, denn der felsige Hang benahm ihm den Atem und brachte ihn zum Stolpern, »es war meine Idee – und eine schlechte obendrein. Ich gehe so weit und gebe *das* zu!«

Beide hörten sie den Beschlag von Mr. Roxburghs Stock auf die harten kolonialen Steine prallen, die manchmal absplitterten, in anderen Fällen tiefer in die sandige Einöde getrieben wurden, wo die Geschäftigkeit der Ameisen wie ein passendes Abbild der Vergeblichkeit so vieler menschlicher Mühsal war.

Mrs. Roxburghs Stimme wie auch die Fransen ihres locker umgelegten, verworrenen Schals flatterten ihr über die Schulter zu ihm zurück, während sie ihm beim Klettern zurief: »Ist es nicht auch zuviel für dich? Du brauchst nicht mitzukommen, ich will nur gern sehn, was hinter dieser Anhöhe liegt.«

Ein aus der falschen Richtung einfallender, teuflischer Wind brachte ihre Stimme wie auch die Landschaft, die ihm gar nicht behagte, zum Flackern.

»So hinfällig bin ich nicht!« protestierte er mit eingefallenen Wangen, während er mühsam durch seine blutleeren Nüstern Luft zu holen versuchte.

Schweigend arbeiteten sie sich getrennt vor, bis er neben ihr auf dem Felsvorsprung stand, den sie sich zum Ziel genommen hatte. Schwer atmend gaben sie sich interessiert und starrten in die Landschaft vor und unter ihnen.

»Habe ich dir zuviel zugemutet?« fragte sie ihn zwischen den Zähnen hervor.

Er gab keine Antwort, überließ aber seine Hand ihren Fingern.

»Eine prächtige Gegend«, bemerkte er, »für die künftigen Bewohner von Sydney«, und fügte hinzu: »Wie freue ich mich darauf, eines Tages zu erwachen und zu gewahren, daß wir zu Hause in Cheltenham sind.«

»O, Lieber!« rief sie. »Da wären wir wieder, wo wir am Anfang waren! Und ich habe gedacht, der Anblick dieses blauen Wassers würde dich wenigstens zeitweilig kurieren.«

Sie zog enttäuscht die Hand zurück und nestelte an den Zweigen eines Busches, den Dürre und Wind nicht daran gehindert hatten, Blüten zu entfalten: goldene, hartschalige Kardendisteln neben grauen, behaarten Überbleibseln ihrer einstigen Pracht.

In ihrer Zerstreutheit betastete Mrs. Roxburgh unterschiedslos Totes und Lebendiges. »Du kannst nicht abstreiten, daß die Aussicht, deinen Bruder zu besuchen, dich glücklich gemacht hat.«

»Im Gegensatz zu dir.«

»Mir ging es einzig darum, zwei seit Jahren getrennten Brüdern, die einander so sehr zugetan sind, nichts in den Weg zu legen. Und so ging ich meiner eigenen Wege. Ich habe eine mir neue Welt entdeckt, die ich, nehme ich an, mein Leben lang nicht vergessen werde. Keinen Farnwedel, kein Stück Rinde. Meine Erinnerungen sind lebendiger als meine Skizzen. Ich weiß, wie du über sie denkst, und bin darin ganz deiner Meinung.«

Bei ihrem Versuch, die Situation zu entspannen, mußten ihre Wangen sich gerötet haben; sie ließ den Ausdruck nicht aufkommen, der ihm suggeriert hätte, er brauchte dieses Elixier nur bis zum letzten Tropfen auszutrinken, um dann, wie er glaubte, geheilt zu sein.

»Warst du nicht ein bißchen eifersüchtig?« warf er ihr vor.

Auf ihrer Zunge drängten sich die Antworten, die aber unaussprechlich, weil schamlos waren. »Mr. Roxburgh«, brachte sie schließlich vor, »Ihr stellt mir manchmal die unfreundlichsten Fragen.«

Daß sie ihn so nannte, war nicht scherzhaft gemeint: Die herbe Strenge seines Vornamens und ihr Altersunterschied hielten sie davon ab, ihn zu verwenden.

»Du warst mehr als nur ein bißchen eifersüchtig«, fuhr er fort, sie zu hänseln; »und daß du allein in die Farnwälder und Berge geritten bist, machte das nur noch deutlicher.«

Sie unterdrückte den Protest, den sie in sich aufkeimen fühlte, riß eine der quastenförmigen Blüten von einem knorrigen Zweig und musterte sie. »Ich würde gern wissen, wie diese merkwürdige Dolde heißt. Vielleicht finden wir jemanden, der es uns sagen kann.«

Sie war sich in diesem Moment nur bewußt, daß seine Augen auf ihr ruhten oder sie zu durchdringen suchten; das Elend, in das sie sein stechender Blick versetzte, konnte nicht bedrückender sein.

»Und er ritt hinter dir her. Um dich zurückzuholen.«

»Dein Bruder Garnet war die Freundlichkeit selbst. Alle waren sehr freundlich. Es war Pech – und leichtfertig von mir –, daß ich mich verirrte und dann auch noch abgeworfen wurde. Die brave Merle war sonst immer so sanft und gefügig.«

»Aber dann fand Garnet dich. Und brachte dich zurück.«

»Du meine Güte, ja. Ja!«

Sie hätte fast die Blüte, an der sie mit den Fingern zwirbelte, weggeworfen, denn ihre Stacheln kamen bösartig durch.

»Willst du mich nicht ansehen?« fragte er.

Sie tat das mit dem Erfolg, daß sie sich beide zu dem linkischen Versuch gezwungen sahen, sich einander ihre Liebe zu beweisen; ihre Lippen schmeckten bitter wie die Blätter, die sie bei ihrer Ankunft in einem unbekannten Land von exotischen Bäumen gepflückt hatten, ihre Wangen waren wie frisch geformt für Finger, die sie zum erstenmal zu betasten schienen. Sie hoffte innigst, daß es so bleiben möge; sie fürchtete sich vor dem, was sie erwartete, wenn sie je bis in die Tiefe seiner Augen gelangen sollte.

Als er abgerissen einige letzte Wortfetzen geflüstert hatte, schlug sie, die gewöhnlich, wenn es zu praktischen Erwägungen kam, das Wort nahm, vor: »Wir sollten umkehren, meinst du nicht? Vielleicht ist es mittlerweile soweit, daß wir segeln. Andernfalls käme mir der Verdacht, Kapitän Purdew und Mr. Courtney hätten sich gegen uns verschworen.«

»Zwei so anständige Männer«, murmelte er, den das Gewissen nach wie vor plagte, und folgte ihr.

Sie selbst war auch von Gewissensbissen nicht frei – sie quälte sich damit, daß ihr auf Anhieb klargeworden war, daß sie ihren Schwager nicht mochte: sein gespaltenes Kinn, seine zu üppige Unterlippe. Abgesehen davon, daß Mr. Garnet Roxburgh seine robuste körperliche Verfassung beschwingt und aggressiv zur Schau trug, gab er sich auch noch selbstsicher und anmaßend als heruntergekommener Gentleman.

»Ich hoffe, du fühlst dich in ›Dulcet‹ wohl und betrachtest es während der Dauer deines Aufenthalts als dein Heim.« Die Bravour, mit der er ein verklemmtes Fenster hochstieß, ließ aus bewundernswerten Gefühlen so etwas wie einen Befehl werden.

Als das Fenster hochschoß, fielen ihr wieder die Handgelenke auf, die sie schon, als er auf der Fahrt von Hobart Town die Zügel hielt, abgestoßen hatten. Aber sie mußte sich davor hüten, sich in diese höchst unvernünftige Abneigung hineinzusteigern. Dem Obstgarten draußen vorm Fenster, seinen grünen, zwischen den vom westlichen Licht durchfluteten Blättern schimmernden Früchten merkte man die fachmännische Pflege des Hauseigentümers an. Wieder durchzog es sie wie ein stechender Schmerz, als ihr angesichts dieser üppigen Szene etwas anderes in den Sinn kam, eine aus roh behauenen, verwitterten Steinen gebaute Kate mit vom Moorwind zerzausten Haferpflaumen davor und einem alten, verholzten Birnbaum dazwischen. Ihre Hände konnten von dorther noch rot angelaufen und rissig sein. Sie steckte sie weg, bemerkte dann aber, wie töricht das war, und nahm sich vor, jedem Neid, jeder unvernünftigen Abneigung in ihrem Herzen keinen Raum zu geben.

Jetzt aber, wo sie ihren Mann fern von den fetten Weiden von Vandiemensland über den felsigen Boden dieser anderen, weniger reizvollen Landschaft führte, mußte sich Mrs. Roxburgh voller Bitterkeit eingestehen, daß sie ihr Vorhaben nicht verwirklicht und die in Gebeten ständig erflehte moralische Kraft nicht gewonnen hatte.

So gezüchtigt, stapfte sie in ihren Stiefeln zwischen den Steinen zurück, bis sie sich dann umdrehen und Mr. Roxburgh zurufen konnte: »Siehst du, Liebster? Da ist sie! Es war doch nicht so weit.«

Da der notwendige Wind sich ebensowenig einstellte wie die von Mrs. Roxburgh erflehte moralische Kraft, richteten sie sich wieder aufs Warten in dem engen Salon und der sich anschließenden, behelfsmäßig ausgestatteten Kabine ein, und an dem Abend nach dem Besuch des Landmessers und der beiden Damen blieb ihnen nichts als die einheimische Blume, über die sie sich Gedanken machen oder in ihr ein Abbild menschlicher Schwäche sehen konnten. Mrs. Roxburgh fragte sich verwundert, warum sie bloß die goldene Quaste aufbewahrt hatte, aber dann besorgte Spurgeon, dieser als ihr Steward tätige, melancholische Bursche, einen Tonkrug, in dem sie ihre Beute verstockt unterbrachte, und da stand das Gewächs nun, ebenso verstockt und einer stumpfen Keule gleich, über die das letzte vom Wasser draußen reflektierte Licht hinzitterte.

Worauf Mr. Roxburgh, ohne vom Buch hochzusehen, fragte: »Hat dir irgend jemand gesagt, was für eine Pflanze das ist?«

Obwohl sie nicht erwartet hatte, daß er sich dafür interessieren würde, war sie nicht überrascht: Sie war daran gewöhnt, daß er sich in ihre Gedanken einmengte, zumindest in solche, die sich nahe an der Oberfläche bewegten.

Sie erwiderte: »Ich habe vergessen, danach zu fragen«, und betrachtete dabei mißfällig ihre zu breiten, vielleicht sogar unförmigen Hände.

»Wie alle Blumen in diesem Land – oder doch die wenigen, die wir auf unseren Spaziergängen gesehen haben – ist sie eher fremdartig als schön«, äußerte Mr. Roxburgh.

»Ich habe darüber nicht weiter nachgedacht. Einprägsam jedenfalls.« Sie fragte sich, ob ihre Stimme wohl so hart und trocken klänge, wie sie es in der Kehle empfand. »Ob schön oder nur fremdartig, mir werden sie, glaube ich, unvergeßlich bleiben.«

Ja, ihre Stimme klang häßlich, weil es ihr die Kehle schnürte, als ihre verschränkten Hände jetzt ihre still daliegende Brigg, ihre Gedanken im Kielwasser hinter sich, in Gang brachten, bis sie wieder hinter dem vom Dienstmädchen zugezogenen Brokatvorhang vor dem Silberkessel saß und auf eine Andeutung wartete, ob ihr Mann sich zu ihr an den Teetisch setzen würde oder ob sie in schweigendem Ritual den Tee allein zu sich nehmen müßte.

Als Mr. Roxburgh jetzt wieder sprach, war ihr momentan nicht bewußt, daß sie an Bord eines vertäuten Schiffes waren, und auch nicht, daß er ihr laut aus dem Buch vor sich im Schoß vorlas.

»› . . . felix, qui potuit rerum cognoscere causas, atque metus omnes et inexorabile fatum subjicet pedibus strepitumque Acherontis avari . . .‹

Eine herrliche Stelle! Hast du gehört, Ellen?«

»Ja. Ich habe gehört. Aber ich verstehe es erst, wenn du so gut bist, mir die Stelle zu übersetzen. Ich dachte, du wüßtest das.« Jetzt klang ihre Stimme nur wie die einer launischen Frau.

»Da du in fast jeder Beziehung so bewundernswert bist, vergißt man leicht, daß du nicht immer alles verstehst.«

Während er sich, hinter seinem Schnurrbart hervor summend und mit den Fingerspitzen auf die Seite trommelnd, erneut mit den Zeilen beschäftigte, sah sie sich gezwungen, aufzustehen und sich rastlos in dem engen Raum zu schaffen zu machen, in den sie gesperrt waren.

»Vielleicht mag dir dies genügen«, brachte er schließlich zögernd vor, »wenn es auch weit hinter dem Original zurückbleibt. ›Glücklich ist‹«, murmelte er fast nur flüsternd, »›wer die Ursache der Dinge erkannt hat und das unerbittliche Schicksal und das Röhren der unersättlichen Hölle zu ignorieren versteht.‹« Mr. Roxburgh hustete wegen der Mühe, die ihn die Übersetzung gekostet hatte.

Unmittelbar darauf sagte er: »Das Licht, das bei Vergil vorherrscht, läßt die Schwärze, die hier durchkommt, noch schwärzer erscheinen.« Er wischte über die Seite, als wollte er Krumen von ihr entfernen. »Ich glaube nicht, daß er den Tod gefürchtet hat.« Wieder kratzte oder wischte er. »Aus diesem Grunde – obwohl ich wiederholt gewarnt worden und bereit bin, von – unserem Schöpfer –

zu sich geholt zu werden – ist mir der Tod immer wie eine Art literarischer Begriff erschienen.« Sein Lachen kam schrill wie ein Wiehern, so daß ihr zu Wasser zerfließendes Herz gegen die Spanten pulsierte, von denen sie umschlossen war.

»Ich sollte das einschränken, nehme ich an«, gab Mr. Roxburgh zu, »indem ich hinzufüge: in bezug auf mich selbst.« Wieder dieses verzweifelte Wiehern eines Wallachs mit knochigen Rippen.

Sie war nahe hinter seinem Stuhl stehengeblieben, beugte sich vor und legte die Arme um ihn, als versuchte sie, sich ihm anzuverleiben, wie sie es geschworen hatte. »Es bekümmert mich, daß ich, was dir Freude macht, nicht so mit dir teilen kann, wie du es dir wünschst.« Ihr heißer Mund prägte ihr Bedauern in sein Kopfhaar. »Es war zu spät, als ich anfing, etwas zu lernen. Ich werde immer nur wissen, was der Instinkt mir sagt.«

»Ich möchte es gar nicht anders haben.«

Sie überließ ihm ihre Finger, an deren Ringen er drehte.

»Es gibt fast nichts«, sagte sie seufzend, »das nicht zum Besseren gewendet werden könnte.«

Aber in ihrem Fall schob sich mehr oder weniger häufig eine Art sinnlicher Apathie zwischen die Absicht und den Akt. Oder verhinderte schon am Anfang ein gelebtes Leben.

Er hatte ihr in der Tat Bücher geliehen, als erstes das kleine, das er seine »Klatsche« zu den *Bucolica* nannte, als sie mit dem Tablett in den Raum kam. Sie hatte kaum darin gelesen, denn es machte sie nervös, das Buch eines Gentlemans in Händen zu haben und nicht gebildet genug zu sein. In Händen zudem, die rauh von der Feldarbeit waren, vom Melken bei hartem Nordwind, vom Fahren zum Markt in Penzance.

»Ich werd drin les'n«, versprach sie hastig, »aber nicht bei Tageslicht, wenn das Heu noch nicht in der Scheune ist.«

Sie ging, stolz irgendwie, aber sie fürchtete sich auch vor dem Buch, das er ihr geliehen hatte.

Mr. Roxburgh mußte sich dadurch, daß sie sich auf ihn lehnte, belästigt gefühlt haben; er schien gereizt und schüttelte sie ab. »Warum, Ellen, lichten sie nicht den Anker?« fragte er, als fiele ihm das erst an diesem Abend auf.

»Weil der Wind aus der falschen Himmelsrichtung weht«, wiederholte sie gleichmütig, wie sie es sich angewöhnt hatte, und strich seinen Mantelkragen glatt, der bei ihrer Umarmung verrutscht war.

Die Blüte, die in dem angeschlagenen Krug geglüht hatte, war mit der einsetzenden Dämmerung so gut wie erloschen; ein Geräusch, das von einer huschenden Ratte stammen mochte, entfernte sich geschäftig im Halbdunkel; das Geräusch des an der Bordwand hingleitenden Wassers hätte zwei weniger erfahrenen Menschen Bewegung vortäuschen können. Der Gehörsinn der Roxburghs war so fein abgestimmt, daß sie fast aufsprangen, als sie das dumpfe Geräusch von Stiefeln auf Niedergang hörten; und als eine Hand an dem lockeren Türknauf rüttelte und ein Bart sich durch den Spalt schob und das Gesicht von Mr. Courtney, dem Steuermann, erkennbar wurde, waren sie wegen ihrer schattenhaften Gedanken nicht weniger verlegen.

Mr. Courtney war so robust gebaut, daß alles Überzogene oder Unwesentliche sicherlich als barer Unsinn abgetan werden würde. Es war unwahrscheinlich, daß die Gedanken des Steuermanns jemals abschweiften, höchstens im Schlaf, wenn sie sich in weniger berechenbaren Tiefen bewegten wie jene Wale, die er zu beobachten liebte.

Mr. Courtney spuckte die Worte eher aus, als daß er sprach: »Der Käpt'n läßt Grüße ausrichten, ist aber verhindert, und Sie soll'n nicht mit dem Essen auf ihn warten.« Wie einer, der eher gewohnt ist, Befehle auszugeben als Reden zu halten, holte er erstmal Luft. »Noch eins – der Wind hat gedreht, und wenn wir Glück haben, segeln wir morgen bei Tagesanbruch.«

Die Mütze in der Hand, blieb Mr. Courtney an der Tür stehen. Der obere, weißere Teil seiner Stirn schimmerte im Halbdunkel über einer vom Backenbart gerahmten Ledermaske, wodurch er, wenn seine Augen nicht so offen und klar gewesen wären, etwas Finsteres an sich gehabt haben könnte. Nachdem Mrs. Roxburgh bei Tageslicht herausgefunden hatte, daß Mr. Courtney alles andere als eine finstere Type war, hatte sie sich zu ihrem eigenen, heimlichen Vergnügen die Freiheit genommen, die Beschaffenheit seiner verwitterten Haut zu mustern, was er mit kaum verhehltem Unbehagen über sich ergehen ließ. Trotz seines breiten Eherings tat sich der Bootsmaat mit Damen schwer.

Aber seine Stellung an Bord verlangte ihm einen gewissen Kraftaufwand ab. »Hat der Bursche vergessen, Kerzen herzubringen?« Sein Adamsapfel warf diese Bemerkung fast schmerzhaft aus.

»Ganz und gar nicht«, antwortete Mrs. Roxburgh ihm mit hellerer Stimme, »wir haben genug Kerzen hier, aber wir genießen es sehr, uns in der abendlichen Dämmerung zu unterhalten.« Sie legte die Hand auf den Arm ihres Mannes und forderte ihn damit auf, ihr zuzustimmen, nicht sosehr aus Unaufrichtigkeit, sondern weil sie es gesellschaftlich für angebracht hielt.

»Nichts hätte unsere düstere Stimmung so sehr erhellen können wie die gute Nachricht, die Sie uns gebracht haben«, bemerkte der Ehemann.

Mr. Courtney lachte grunzend. »Haben Sie keinen Gefallen an Sydney gefunden?«

»Etwas, das ich vor Verärgerung nicht sehe, kann mir weder Freude machen noch mir mißfallen.«

Der Ernst, mit dem ihr Mann das vorbrachte, setzte den Steuermann derart in Verlegenheit, daß Mrs. Roxburgh, um die Situation erträglich zu machen, zwei der gelben Kerzen anzündete.

Mit flammendem Gesicht verkündete Mr. Courtney: »Ich verlasse Sie jetzt. Ich muß mich noch um einiges kümmern. Der Bursche bringt Ihnen sofort das Essen.« Dem ließ sich entnehmen, daß er keinen Grund sah, sich zu den Herrschaften an den Tisch zu setzen.

Er ging, und gleich darauf war deutlich zu hören, wie heftig seine schweren Stiefel die Holzstufen malträtierten.

Mrs. Roxburghs Stimmung hob sich. Sie hätte singen können, wirklich singen, aber als musikalisch begabt war sie noch niemals bewundert worden. So strahlte statt dessen ihr Gesicht die freudige Erwartung aus, die sich, hoffte sie, auch ihrem Mann mitgeteilt hatte, und wirklich schien selbst Austin Roxburgh ein Stein vom Herzen gefallen.

So sehr, daß er näher an seine Frau heranrückte, frei heraus lachte und ihr ins Kinn kniff. Sie hätte ein Kind sein können, nicht ihres freilich (in Gegenwart ihres eigenen Kindes wäre er gewiß zurückhaltender gewesen), aber doch ein liebenswerter Ersatz, ein Wesen, das nicht aufwachsen würde, um ihm, wenn auch stumm, vorzuwerfen, wie töricht es sei, dieses Wesen zur Welt gebracht zu haben.

»Was ich fühle – ich bin unfähig, es in Worten auszudrücken«, stieß Mr. Roxburgh hervor.

Das zeigte sich deutlich genug, als ihn jetzt eine ungewohnte Freude und Erleichterung schüttelten und seine langen, empfindsamen Hände zu Bewegungen reizten, die ihnen ebenfalls fremd waren. Er hatte nie mit seiner Frau getanzt, doch in diesem Augenblick, spürte sie, hätte es fast dazu kommen können. Unter weniger unpassenden Umständen hätte sie ihn einige wenige wohlgesetzte Schritte geführt, durch die weder seine Würde noch seine Achtbarkeit beeinträchtigt worden wären. Das waren Wesenszüge, die gewahrt bleiben mußten.

Mrs. Roxburgh gab sich also Mühe, ihre eigene überschäumende Heiterkeit einzudämmen. »Ruhe, beruhige dich bitte«, riet sie ihm. »Du bekommst sonst womöglich einen deiner Anfälle.«

»Meine Anfälle!« fuhr er sie schnaubend an.

Von niemandem wollte er sich gerade in einem solchen Moment die Rechnung präsentieren lassen; er befand sich wohl genug, um die Vernunft, wenn es ihm paßte, außer acht lassen zu können.

»Wo sich dein Zustand doch gerade so sehr gebessert hat«, bemerkte sie vielleicht etwas frech.

Austin Roxburgh fühlte sich so sehr provoziert, daß Trotz in ihm aufkam. Verzärtelt zu werden war unerträglich; andererseits aber nicht beachtet zu werden wäre ihm noch mehr gegen den Strich gegangen.

»Weißt du denn, wo deine Tropfen sind?« fragte sie ihn in ihrer Rolle als fürsorgliche Ehefrau.

»Natürlich«, zischte er sie an, während er kaum besonders selbstsicher mit den Fingern in seiner Westentasche herumzufummeln begann.

Mrs. Roxburgh berührte ihn, um die Angst, die sie in ihm aufsteigen sah, zu zerstreuen. Ihre Augen wurden feucht und verdüsterten sich zugleich; sie selbst hättte vielleicht auch eine Droge benötigt, aber wohl eher Zärtlichkeit als Digitalis. Aber woran immer beide leiden mochten, das Innere des hölzernen Schiffes schimmerte einen Augenblick lang von endlich erweckter Hoffnung und verstummten Ängsten.

Worauf sie wiederum Schritte hörten, die diesmal aber eher ein Schlüpfen waren, etwas Einschmeichelndes hatten. Der »Bursche«, der sie bediente, hatte sich die Abwesenheit des Kapitäns zunutze gemacht und wegen eines entzündeten Fußballens seine Stiefel ausgezogen. Die Hornhaut an den über das Holz schlurfenden Schritten erzeugte ein Geräusch wie das Abziehen eines Rasiermessers am Riemen.

Spurgeon, der Steward (auch Koch, wie Mrs. Roxburgh mutmaßte), war ein vom Leben enttäuschter Mann, in dessen Gebärden sich Trauer ausdrückte. Seine Versuche, durch seine Tätigkeit für Ordnung und Sauberkeit in der Kabine zu sorgen, waren nicht überzeugend, trotzdem aber fühlten sie sich durch Gewohnheit mit ihm verbunden, und Mr. Roxburgh, vielleicht auch Spurgeon selbst, hatte seinen Spaß daran, ihn durch scherzhafte Bemerkungen aus sich herauszulocken.

»Na, Spurgeon, jetzt geht's endlich weiter, auf denn zum nächsten Abschnitt unserer Odyssee«, ließ der Herr seinen abendlichen Witz vom Stapel. »Wenn wir die Insel erreichen, wird da, schätze ich, Ihre Penelope schon auf Sie warten.«

Spurgeon hatte es längst aufgegeben, etwas Vernünftiges von den gebildeten Leuten der gehobenen Klasse zu erwarten, so zerbrach er sich nicht weiter den Kopf und grunzte nur, um die Höhergestellten, deren Umgang er nicht vermeiden konnte, zufriedenzustellen. Das mit einer Weltkarte bedruckte Tischtuch ließ er einen Moment vor sich flattern, bevor er es wie ein Zauberer auf dem Tisch plazierte und so die Karte zu näherer Betrachtung freigab. Viele imaginäre Reisen hatte Mrs. Roxburgh schon um die Kontinente und Archipele dieses Tischtuchs herum unternommen.

Der Anblick des vertrauten, schmutzigen Tuches ermunterte sie zu weiteren Versuchen, den Beifall des Stewards zu ernten. »Sehn Sie, Spurgeon, meine Blume blüht und gedeiht, sie lebt!« Sie zeigte auf die Dolde im Krug, als wäre sie das Symbol einer Verschwörung zwischen ihnen beiden.

»Ich weiß nicht recht«, erwiderte er, ohne sich die Mühe zu machen, einen Blick in die Richtung zu werfen. »Es gibt vieles in diesem Teil der Welt, das aussieht, als lebte es, aber tot ist, und vice versa.«

Er befaßte sich weiter mit einem Problem, das die Eßbestecke betraf, als jemand den Kopf durch die Tür hereinsteckte.

»He, Mr. Spurgeon«, sagte ein Junge flüsternd, in der Hoffnung, die Passagiere würden ihn nicht verstehen, »das Huhn fällt schon ganz auseinander.«

Mit jener steifen Würde, wie sie zuweilen dünnen Personen mit schmerzenden Knochen eigen ist, unterließ es Spurgeon, weitere intime Pflichten zu erfüllen, und ging.

Als Mrs. Roxburgh die Hände gewaschen, sich gekämmt und zu der Intaglio-Brosche passende Ohrringe angelegt hatte, kam der Steward mit einer Terrine zurück.

»Eine Empfehlung vom Kapitän«, sagte er, »hiernach gibt es noch Briesel und Geflügel. Lassen Sie es sich schmecken, denn von jetzt an haben Sie nur noch Gepökeltes zu erwarten.«

Als die Passagiere das auf der Suppe schwimmende Fett mit den Löffeln zum Rand hin abschöpften, bemerkte Mr. Roxburgh die

Ohrringe seiner Frau. »Ich glaube, Ellen, du würdest dich selbst für ein Frühstück mit Yamswurzeln und Marderfleisch mit Wilden im Busch extra umziehen.«

»Ich ziehe mich für meinen Mann an«, entgegnete sie, »wenn er beim Essen dabei ist.«

Sie hatte die Augen niedergeschlagen, dennoch war eine gewisse Schärfe in ihren Worten unüberhörbar, und er gefiel sich in seiner Rolle als Herrscher über ein göttliches Wesen, selbst wenn dessen Schönheit ganz und gar unmystisch nur in den aus der Fettsuppe aufsteigenden Dampf gehüllt war.

Bei den folgenden Gängen zeigte sich, daß die Briesel zerfallen waren; nicht so jedoch das Geflügel, das durch querlaufende Muskelstränge zusammengehalten wurde. Nach dem bitteren Ale, in dem die Dinierenden einen Teil ihres Ekels ertränkten, besänftigte der übermäßig gezuckerte Brotpudding den Gaumen.

Sie waren zu vertraut miteinander, und so saßen sie da und zerkrümelten hingeworfene Gesprächsfetzen.

»Die braune Frau, dieser Adler oder *Geier,* würde einem Menschen für ein paar Pennys die Leber heraushacken.«

»Du bist Damen gegenüber prinzipiell zu unfreundlich und doch abhängiger von ihnen als die meisten Männer.«

»Meinst du, daß Ratten an Bord sind? Ich könnte schwören, daß mir im Schlaf eine übers Bett gelaufen ist.«

»Im Schlaf! Seit wir von zu Hause fort sind, habe ich in wachem Zustand Schlimmeres erlebt. Eine Ratte im Traum, was ist das schon, Mr. Roxburgh!«

»Eine Seereise ist doch sehr erholsam.«

»Hat dir der Mann gefallen? Mir gefiel er besser als die Frauen.«

»Ein Typ, zu dem mir nichts einfällt.«

»Das ist auch nicht immer nötig. Es gibt einfache, redliche Menschen, vor denen wir uns schämen müßten. Wir sollten schweigen, statt über sie herzuziehen.«

Der Rest der Abschiedsmahlzeit vollzog sich in Schweigen.

»So einer ist dieser Mr. Merivale«, brachte sie schließlich mit ungewohnter Härte vor. »Er hat in einem rauhen Land Weisheit gelernt. Im Herzen, glaube ich, war er schon immer ein Landmann, und den meisten Leuten vom Lande liegt es nicht, mit dem, was sie wissen, groß herauszukommen, oder sie woll'n nicht«, sie hob das Kinn, um ihr Gleichgewicht und die Zustimmung ihres Mannes zurückzugewinnen, »daß man sie für weich hält.«

Aber Mr. Roxburgh schien weder gehört noch zu ihr hingesehen zu haben, während er kleine Kugeln aus grauem Brot vor sich hinrollte. »Merivale war Garnets Freund. Sie haben zu Pferde gemeinsam die ganze Grafschaft abgeklappert. Es ist ein reines Wunder, daß sie sich dabei nicht das Genick gebrochen haben.«

Mr. Roxburgh rollte zwar weiterhin die Brotkugeln vor sich hin, war aber weit von dieser physischen Betätigung entfernt.

»Garnet ist dick geworden. Es ist erstaunlich, daß er nicht wieder geheiratet hat. Dabei wirkt er, wie es heißt, anziehend auf Frauen, und es gibt manche, die ein Heiratsangebot nicht ausschlagen würden.«

»Sein Wohl liegt ihnen am Herzen. Ich weiß.«

»Überrascht dich das?«

»Ich kann mir über jemanden, den ich nur so flüchtig kenne, kein Urteil erlauben.«

»Aber eine Meinung über ihn wirst du doch haben?«

»Ich weiß nur, daß dein Bruder sich bemerkenswert innig zu seinem Bruder hingezogen fühlt.«

»Wir haben uns immer sehr gern gehabt. Das ist nur natürlich – etwas, Ellen, wogegen du, meine ich, nichts haben kannst.«

»Aber nein, nein! Ich habe auch nichts dagegen!«

Er vernahm das verzweifelte Huschen ihres Unterrocks, als sie um den Tisch herumkam und neben ihm niederkniete. In ihrer Erregung hatte sie das Tischtuch berührt, das verrutschte und drohte, die Reste vom Brotpudding mit sich vom Tisch zu ziehen.

»Es gibt nichts, womit ich nicht einverstanden wäre«, sagte sie, »um des Friedens willen – in dieser schrecklichen Welt«, und hielt ihm den Kopf zum Streicheln hin.

Er tat das, als er es merkte.

»Hörst du die Stille?« sagte Ellen Roxburgh erschaudernd. »Das Wasser!«

In dem vor Anker liegenden Schiff vervielfachten sich alle Geräusche.

»Freude werde ich erst daran haben«, sagte er zu ihr, »wenn es an den Bordwänden hinströmt.«

»Strömt und strömt, Monat um Monat.«

Obwohl das Schiff festlag, drehte der Kosmos sich um sie, während er ihren Kopf mit den kurzen kreisenden Bewegungen streichelte, die er sich als kränklicher Junge angewöhnt hatte, wenn seine Katze zu ihm hochsprang und sich auf seinem Schoß hinkuschelte. Zu keinem lebendigen Wesen, dachte er manchmal, hatte er je ein so vertrautes Verhältnis gehabt wie zu seiner Tabby.

Durch die Erregung möglicherweise, in die sie die bevorstehende Abfahrt versetzte, oder durch den Nachgeschmack des Brotpuddings spürte Mrs. Roxburgh in sich ein leichtes Unwohlsein.

3

Beim Einschlafen hatte sie sich vorgenommen, in aller Frühe aufzuwachen, um die Passage durch Sydney Heads mitzuerleben und um bei ihrem Aufbruch vielleicht auch etwas von ihrer eigenen Willenskraft beizusteuern. Aber als sie aufwachte, war das Licht schon voll ausgereift und strömte gesprenkelt wie das Wasser selbst über das Gebälk. Sie lag einige Augenblicke still da, um das Licht zu beobachten und das Wachsein in die gesteiften Glieder und ihr dumpfes Empfinden zurücksickern zu lassen. Dann bemerkte sie, daß auch die Luft strömte, daß das Schiff, wie es zuerst schien, in verschiedenen Richtungen eintauchte und knarrend stöhnte und daß ihre Hausschuhe, die sie am Abend zuvor sorgsam nebeneinander gestellt hatte, verrutscht waren.

Die *Bristol Maid* war bereits auf See.

So hob Mrs. Roxburgh die Lider und biß sich auf die Lippen, aber nicht so heftig, daß es ihr weh getan hätte. Sie hob die Arme, um die kühl anstehende Zukunft zu umarmen, denn jede Reise weckt zu Anfang ein Schaudern der Sinne. Dann kletterte sie vorsichtig hinunter. Ihr Mann hatte sich darüber geärgert, daß der Zimmermann in ihrer Kabine über- und nicht nebeneinanderliegende Kojen eingebaut hatte. Aber Mrs. Roxburgh hatte darauf hingewiesen, daß eine solche Anordnung zu viel Platz erfordert hätte, und ihn dadurch beruhigt, daß sie sich bereit erklärte, in der oberen Koje zu schlafen. Es käme nicht in Frage, daß er bei seiner angegriffenen Gesundheit während einer monatelangen Reise auf- und niederzuklettern hätte, und sie lernte es dann auch rasch, ihre Koje zu besteigen und zu verlassen, ohne ihn dabei ihm geringsten zu stören.

Während sie jetzt in der frostigen Morgenkühle ihr Hemd aufknöpfte und sich entkleidete, betrachtete sie ihren Mann. Mr. Roxburgh lag ausgestreckt da und schlief noch. Immer, wenn er hinter seinen Gesichtszügen im Schlaf lag, wirkten sie noch durchscheinender als sonst, und dies, zusammen mit dem beängstigend fahlen Licht am Morgen der Abfahrt, hätte ihr Anlaß zur Sorge sein können, wenn sie nicht durch den Ausdruck seines Gesichtes in ihren düsteren Gedanken beruhigt worden wäre. Mr. Roxburghs Kinn war unter der Last des Schlafes zurückgewichen. Mit einer Heftigkeit, die an Verzweiflung grenzte, sog er durch den Mund, durch die vorstehenden Lippen in langen Zügen die ihm gewährte Luft ein. Es war komisch, aber auch rührend. Sie hätte fast gelacht, wäre sie nicht gestolpert, wobei sie mit dem Schenkel gegen eine der vielen Ecken stieß, mit denen ihre enge Kabine versehen war.

Als sie ihr Gleichgewicht wiedergewonnen und ihr Nachthemd ausgezogen hatte, stellte sie fest, daß ihre Haut sich bereits dort, wo sie sich gestoßen hatte, zu verfärben begann. Ihr Körper wirkte dadurch zu weiß, zu üppig, zu weich und wehrlos, obwohl man ihre Figur normalerweise nicht als übermäßig füllig bezeichnen konnte.

Sie kleidete sich mit einer Geschwindigkeit an, die sie nicht von einer leichten, von Zärtlichkeit und Entsagen genährten Melancholie befreite. In solchen Augenblicken tröstete sie sich mit dem Gedanken, daß sie um den Sinn ihrer Ehe wüßte.

In dieser von Überzeugung oder Selbsttäuschung bewirkten Stimmung stieg sie die Niedergangstreppe hinauf. Der *Bristol Maid* machte die See jetzt zu schaffen. Was ihr in der Frühe in der Kabine als fließendes Licht vorgekommen war, hatte sich jetzt zu Schwaden aus anwachsendem Grau gewandelt. Der aus Süd wehende Wind trieb Nebel auf sie zu; große, schmutzige Nebelballen verfingen sich in der Takelage, um sich dann loszureißen. Die See, aus der flüchtig die gelbgrüne Bauchseite aufwogte, rollte, die Wasserfläche aber war grau, wo sie nicht zu weißlichem Gischt zerquirlt wurde. Sie mußte daran denken, wie sie einmal einer ausschlagenden Kuh den Melkeimer zu rasch weggezogen und sie die an sich gutartige Milch vergossen hatte, die jetzt aber heiß war wie die Verzweiflung, die sie aufgrund ihrer Ungeschicklichkeit gepackt hatte. So kam ihr das Schreien der Möwen jetzt eher als ein menschlicher Laut vor. Mrs. Roxburghs Stimmung folgte ihnen, während sie das außerirdische Auf und Ab ihrer makellosen Schwingen beobachtete.

Gleichzeitig tappte sie strauchelnd über das Deck und klammerte sich alarmiert und ohne daß sie ihren Schreck ganz weglachen konnte, an jeden Gegenstand, der ihr in Griffweite kam. Was immer sie berührte, Webleine oder Reling oder sich selbst, war von Salzwasser getränkt. Sie hatte ihre Haube mit einem Kopfband niedergeschnürt und ihren Schal fester um ihren Leib gebunden und bewegte sich, von ihrem Willen getrieben, vor, wann immer es möglich war, wobei sie die Arme mit Händen, hart wie Butterkellen, steif in die Hüften stemmte, bis sie den Großmast erreichte und einigermaßen in Sicherheit war.

Hier bekam Kapitän Purdew sie zu Gesicht, der sich sofort von einer Gruppe entfernte, die sich zusammensetzte aus Mr. Pilcher, dem Zweiten Bootsmaat, einigen Seeleuten und einem Mann, den sie nach der Autorität, mit der er sich gab, und dem vielen Haar, das ihn überwucherte, für den Steuermann hielt. Selbst der Kapitän, so geübt er von Berufs wegen war, kam auf dem krängenden Deck nur tappend voran, stemmte sich gegen den Wind und hantelte sich mit zupackenden Fäusten im Tauwerk vor.

Er kam näher und entblößte, sah sie, seine Zähne; gleich darauf rief er mit kühler Stimme: »Haben Sie Angst, Mrs. Roxburgh?«

»Nein«, log sie, »warum soll ich?« und lachte.

»Angst davor, naß zu werden«, kam es zurück.

»Nein, nein, nein!« Gegen den Wind klang es wie ein klägliches Geschnatter.

Der Kapitän faßte seine Passagierin am Ellbogen, um sie zu stützen und den Zustand ihrer Kleidung zu überprüfen. »Sie sollten besseres Wetter abwarten, verstehn Sie?«

»Ich bin so enttäuscht«, schrie sie fast, »daß ich die Heads nicht mehr zu sehen bekommen habe.«

Aber ihre Worte, obwohl so kraftvoll hervorgestoßen, daß sie eigentlich hätten durchdringen müssen, gingen im Geschrei der Möwen unter.

»Ihr Mann wird sich um Sie sorgen.«

Vielleicht hatte auch sie jetzt nicht verstanden. Die Schwierigkeit, sich zu verständigen, veranlaßte beide, sich unverhohlen zuzulächeln. Ihr Gesicht, hatte sie das Gefühl, war durch das Schreien schmaler geworden, während seins durch den salzig sprühenden Gischt noch ledriger schien. Kapitän Purdew hätte man für ein Rauhbein halten können, wäre ihm hinter seinem Backenbart nicht sein freundliches Wesen anzusehen gewesen.

Überall um sie herum knarrte und knatterte das Segeltuch. Die Segel, die sie vor Sydney, weil sie so lange aufgerollt und untätig gewesen waren, zur Verzweiflung gebracht hatten, waren jetzt fast entsetzt, daß ihre Bäuche gefüllt und sie von den Dämonen der Energie besessen waren. Das menschliche Leben war zu einem vom Zufall beherrschten Glücksspiel geworden, besonders, seitdem die heiser schreienden Möwen, die zuerst auf ihr an die Erde gebundenes Erleben abgestimmt schienen, von ihr abgetan worden waren und sich auf ihren Schwingen auf eine andere, höhere Ebene zubewegt hatten.

Mrs. Roxburgh war überrascht, als Kapitän Purdew so nahe an sie herankam, daß sie einen Moment das Stechen seiner Barthaare an der Haut spürte. »Sind Sie vielleicht irgendwo an der See geboren?«

»Nein«, brachte sie tapfer hervor. »Am Moor.«

»Am Moor – wieso das?«

Wären der Mast und die Rippen des Kapitäns nicht gewesen, dann hätte das Überholen des Schiffes sie in Richtung der unverständlichen Stimme gedrückt.

»Auf der Heide in Cornwall«, versuchte sie es noch einmal. »Nicht weit von Land's End.«

Kapitän Purdew, wäre er nicht ein so freundlicher Mann gewesen, hätte sich durch etwas irritiert fühlen können, das sich wie der Wunsch seines weiblichen Passagiers nach einem Abenteuer ausnahm. Seine eigene Frau war während der verschiedenen Reisen, an denen sie nach der Heirat teilgenommen hatte, unten geblieben und hatte Teehauben und Handtücher für Weihnachten bestickt. Wagte sie sich einmal nach oben, dann hatte sie sich nur übers Deck zur Kombüse begeben, um dort nach dem Rechten zu sehen. Möglicherweise wollte sich Mrs. Roxburgh nur einer Mutprobe in einer Welt von Männern unterziehen, wiewohl Kapitän Purdew argwöhnte, daß noch etwas mehr daran war. Er hätte das nicht in Worten ausdrücken können, aber in seinem stillen Zentrum, um das sich auf See noch viele andere beträchtliche Stürme entwickelt hatten, war ihm der Gedanke gekommen, daß seine Passagierin sich instinktiv zu Mysterien hingezogen fühlte, von denen sie besser die Finger ließe.

So lächelten sie einander weiterhin zu, oder sie blickte vielleicht auch nur mit unnatürlicher Beflissenheit umher, um sich dafür zu rechtfertigen, daß sie hier war. Sie schaute zu dem an Backbord noch vage sichtbaren Land, dessen graue Masse von der See schon fast übergeschluckt war. Sie versuchte, sich das Innere vorzustellen, dem ihre Anwesenheit vielleicht zur Realität verholfen haben könnte, das ohne ihre Anwesenheit aber ein imaginäres Land bleiben mußte, ein grenzenloses Gewirr von Buschwerk, durchbrannt von golden züngelnden Dolden.

Sie gewahrte, daß Kapitän Purdew sie am Unterarm gefaßt hatte und sie führte, und in dem durch einen ihr von der Zeltbahn versetzten Schlag gebrochenen Lichtes sah sie vor sich die Gestalt ihres Vaters, eines ebenfalls untersetzten, grauhaarigen Mannes, der sich in der Dämmerung zwischen Felsen und Gesträuch einen Weg bahnte, um sie nach Hause zu bringen, wo, sagte er, ihre Mutter sie brauchte.

Sie selbst war es dann, die Pa um so häufiger führte, je häufiger er dem Alkohol zusprach; sein Lieblingsgetränk, Rum, gab sich zu erkennen, ohne daß er es zu verkünden brauchte.

Sie fragte sich manchmal, ob sie Mama und Pa je wirklich geliebt hatte. War es so gewesen, dann mußte sich Liebe in der Erinnerung zu Mitleid gewandelt haben. Aber nein doch, sie mußte sie einmal geliebt haben.

Nach ihrer Trauung hatte ihre Schwiergermutter ihr geraten, Tagebuch zu führen: *Du wirst dadurch lernen, dich auszudrücken, ein Tagebuch schult außerdem den Charakter, indem es zur Selbstprüfung anhält.* (Die alte Mrs. Roxburgh war zu taktvoll, um jemals die Mängel jener beim Namen zu nennen, deren Wohl ihr am Herzen lag.) Ellen Roxburgh begann, Tagebuch zu führen, aber nicht Tag um Tag und auch nicht länger als drei Wochen. Das Tagebuch hätte den Beweis erbracht, ob sie Mama und Pa geliebt hatte, wären beide nicht vor ihrer Ehe gestorben. Mama ging als erste. Es war Pas Tod, der dazu führte, daß sie Austin Roxburghs, wie manche meinten, »äußerst unkluges« Angebot nicht ausschlug.

Allein in einer verfallenen Farm am Rande eines Moores hätte sie sowieso wegziehen müssen, aber wohin? Sollte sie sich eine Stellung als Dienstmädchen suchen? Tante Triphena hätte sie nicht haben wollen wegen Will und der *Blutschande einer Ehe zwischen Geschwisterkindern,* wie es Hepzie in einem Buch gelesen hatte. Außerdem lag über den Gluyas der Geruch der Armut, der für Tante Tite dem Gestank eines Misthaufens gleichkam. Es schmerzte Ellen, die ihre Farm auf ihre Weise liebte; sie kannte nichts anderes. (Also hatte sie sicherlich ihre Eltern geliebt, denen wie ihr selbst die Farm alles bedeutete, in der sie zu dritt so eng zusammenlebten, und in der jeder das Husten, Stöhnen und wohl auch die Träume innerhalb des vom Echo widertönenden Hauses hörte.)

Tante Tite Tregaskis, vermögend verheiratet und früh verwitwet, ganz auf sich selbst und Geld bedacht (und natürlich auf das Wohl ihres Lieblings Will, weniger allerdings auf Hepzie, weil sie ein Mädchen war), hatte ihre Schwägerin schon immer verachtet. Den Bruder, der Schande über sie gebracht hatte, verachtete Triphena nicht einmal. Dick, der Hoffnungslose, und Clara, die Hilflose. (Und Ellen – *was würde aus ihr werden?*) Mit der Zeit dann gefiel sich Triphena darin, ihre Schwägerin aus einer anderen Grafschaft zu bemitleiden – aus einer anderen Grafschaft, ja (war es nicht Kent?) –, die Lady Ottering folgte, als Ihre Gnaden es sich in den Kopf setzte, London zu verlassen und nach Glidgwith zu ziehen. Clara Hubbard war Dienstmädchen der Dame, hatte ein zartes Gesicht, einen blassen Teint und Hände, die in die Handschuhe der Dame paßten, nachdem Puder hineingeblasen worden war. Clara Hubbard lernte ihren Mann durch Zufall beim Besuch einer gemeinsamen Bekannten in Penzance kennen.

Nachdem sie begonnen hatte, sich auf Mamas Seite zu stellen, pflegte Tante Tite es als das Schlimmste zu bezeichnen, was jemandem hatte passieren können: daß Miß Hubbard ihren Madeira getrunken haben sollte, als Dick Gluyas, mit den Augen nach einem freien Glas suchend, hereinkam, und daß es, wenn Clara schon früh zu Grabe getragen wurde, einzig darauf zurückzuführen sei, daß sie mit einem Paar »Rauhbeinen« zusammenhauste.

So ungerecht war Tante Tite. Ellen wußte, daß ihre Hände zerschunden waren, aber sie war nicht *rauh*. Niemand sorgte sich so zärtlich um Mama, als sie am Ende auf dem Krankenbett lag. Sie trug sie die enge Treppe hinunter und saß bei ihr am Fenster, wo sie die Sonne und den Anblick der Fuchsien genießen konnte. Ihre zerschundenen Hände und ihre rote Gesichtshaut rieb Ellen mit Milch ein, als sie gewahr wurde, daß man sich solcher Dinge zu schämen hätte. Nach einem alten Rezept, das Hepzie in *Einer Dame kostbarster Besitz* gefunden hatte, beschmierte sie sich mit dem Fruchtfleisch von Gurken. Ellens Wangen blieben rot, bis sie sich anscheinend von selbst entfärbten, so daß man sie, bei Licht betrachtet, etwa als goldbraun bezeichnen konnte. (Erst als sie es zur Dame gebracht hatte, nahm ihre Haut die gebührende Blässe an, zu der ihr das Sitzen in Wohnzimmern, das Fahren in geschlossenen Wagen und spätes Aufbleiben verhalfen, bei dem das Gähnen das Blut aus den Wangen treibt.)

Ellen Gluyas war in gewisser Weise ein Wildfang. Pa hätte an ihrer Stelle lieber einen Jungen gehabt, einen fleißigen Jungen, der ihm auf der Farm hätte helfen und sein eigenes Versagen in der Hauswirtschaft hätte wettmachen können. Was er statt dessen bekam, war ein kräftiges Mädchen, das er nicht geziemend anerkannte, wenn es auch die ihm aufgetragenen Arbeiten verrichtete und ihn, wenn er sich am Markttag in Penzance betrunken hatte, nach Hause fuhr.

Im nüchternen Zustand war er hinreichend freundlich und aufgeräumt, und sie verzieh ihm dann, daß er eigentlich ein Stümper und Faulsack war. Hatte er getrunken, dann wurde er ungerecht und schimpfte wütend herum. Einmal schlug er sie in so einem Wutanfall nieder zur Strafe dafür, daß sie ein Tor nicht verschlossen hatte, das in Wahrheit von ihm selbst offengelassen worden war. Als Junge war ihm ein Daumen in der Käsepresse zerquetscht worden, und so hatte er statt des Nagels eine braune, hornig verschrumpelte Kuppe. Sie erschrak jedesmal, wenn sie diesen Stumpen sah.

Kapitän Purdew rief unaufhörlich: »... rate Ihnen ... nach unten«, während er sich vorbeugte, um sie mit sich in den Niedergang zu ziehen, »... Mr. Roxburgh wartet aufs Frühstück ... Steward bringt es ... gut'n Appetit ...«

Während sie den Kopf senkte, unterdrückte sie einen plötzlichen Widerwillen vor dem zuletzt noch herüberspritzenden Gischt. Oder waren es die dumpfigen Worte des Kapitäns? Mrs. Roxburgh jedenfalls kehrte auf diese Weise Stufe um Stufe in die einengende, mittlerweile Übelkeit erregende Kabine zurück, wo ihr Mann, mißmutig vor sich hingraulend, nach seinen Stiefeln suchte.

»Immerhin haben wir jetzt, was wir wollten. Der Befehl ist ergangen, und wir sind auf See!« Auch seinen Schuhlöffel konnte er nicht finden.

Als er sich schließlich aufrichtete, rief Mr. Roxburgh aus: »Meine Güte, wie siehst du bloß aus! Du mußt bis auf die Knochen naß sein!«

»Ja.« Der kleine primitive Spiegel, der für sie an die Wand genagelt worden war, bestätigte es. »Nicht gerade bis auf die Knochen naß. Aber aussehen tu ich so.«

»Du mußt dich sofort umziehen, sonst bekommst du noch Fieber und liegst die ganze Reise mit Rheumatismus im Bett.«

Mr. Roxburgh redete in dem Ton, in dem er ängstlich von seinen eigenen Anfälligkeiten sprach. Sie bemerkte das sofort, und ihre Stimmung sank.

»Ich habe ja auch vor, mich umzuziehen«, beteuerte sie teilnahmslos.

Aber sie rührte sich nicht vom Fleck und wartete, bis ihr Mann mit dem Anziehen fertig war und sich in den Salon begab.

Dann riß sie Kopfband und Haube herunter, die durchweicht und formlos waren. Mit ihren äußeren Kleidungsstücken war es ähnlich. Ihr gewöhnlich sorgfältig gekämmtes Haar zog sich, vom Salz glanzlos geworden, in Strähnen übers Gesicht. Ihre Haut, durch das stumpfe Spiegelglas und den wäßrigen Blick aus ihren benommenen Augen gefleckt, ließ sie an irgendeine anonyme, in einem Nebel aus Gin und Unschlüssigkeit an einer Straßenecke gelandete Type denken.

Aber Ellen Roxburgh verharrte nicht lange in ihrer gedrückten Stimmung: Das Segeltuch bauschte sich rings um sie her, sie fühlte das Stechen des sprühenden Gischtes, sie stand an Deck der *Bristol Maid*, und weit voraus zog sich die schwarze Küste von Cornwall hin.

Als sie heranwuchs und in das Alter kam, in dem sich die Aufsässigkeit regt, schien es ihr, als müßte sie ihr Leben von Anfang bis Ende an einem felsigen Berghang verbringen, inmitten der hinter den Farmhäusern verfallenden Hütten, zwischen Dunghaufen und Kuhställen. So karg es war, das Sumpfland, das nach Norden zu in wenig ergiebige Schafweiden auslief und dem sich zum Ausgleich im Süden einige Placken bebaubarer Felder anschlossen – an Tagen, an denen sie von Mutlosigkeit so gut wie verschont war, gestand sie sich ein, daß sie diesen Ort liebte, der ihres Wissens von allen immer nur das Land der Gluyas genannt worden war. Sie hätte das Ginsterdickicht, wo man sich an Sommertagen ins Kraut kuscheln konnte und wo die Schafe bei Gewittern Zuflucht fanden, und auch die Felsen mit den Rosetten ihrer verblichenen Flechten oder die steil in die von Wasser und Schaum durchquirlten Höhlen abfallenden Kliffs niemals gegen das üppige Land im Süden getauscht, wo die Tregaskis lebten und das Tante Triphenas ganzer Stolz war.

Einige versicherten, sie hätten an der Küste vor den Gluyas Meermädchen singen hören. Pa kannte Geschichten von Wunderzeichen und Hexen, die er halbwegs glaubte, und wußte von der hilfsbereiten weißen Hexe von Plymouth zu erzählen. Wenn Ellen Gluyas das alles glaubte, dann war es, weil sie ein so einsames Leben führte, ohne Besuche von den Vettern und nur in Gesellschaft eines Vaters, der nicht immer bei Sinnen war, und einer kränklichen, tief enttäuschten Mutter, deren Kraft kaum noch zu Gesprächen reichte. Sie fühlte sich zur Natur hingezogen, wie es ihr unter anderen Umständen nicht widerfahren wäre; sie brauchte sie als Hilfe und die Legende als Quell ihrer Hoffnung. (In religiöse Dinge wurde sie erst eingeführt, als ihre Schwiegermutter sich ihrer annahm, aber sie bekannte sich nur formell dazu, obwohl die alte Mrs. Roxburgh mit Gott auf vertrautem Fuß stand.)

Es war Ellen Gluyas' Hoffnung, daß ihr eines Tages eine Göttin gesandt werden würde. Aus Irland, wie es in der Legende hieß. Einem König als Gattin verheißen, nahm sie ihren Begleiter als Liebhaber, und es starben die beiden aus Liebe. Pa beteuerte, daß sie nach Tintagel gesegelt wären. Sie war nie ganz nach Tintagel gekommen, hoffte aber, diesen Ort einmal zu besuchen. Sie sah in ihrer Phantasie den Bug des in die schmale Felsbucht unter der abendlichen Sonne einfahrenden Schiffes, sie sah es durch ein Gewirr von sommerlich wucherndem Grün.

Sie dachte schließlich gelangweilt nicht mehr daran, würde aber etwas so Phantasievolles niemandem erzählt haben, nicht einmal ihrer Kusine und Freundin Hepzie Tregaskis.

Statt dessen erzählte sie mit der Gepflegtheit, deren sich das Dienstmädchen einer Dame befleißigt: »Mama denkt daran, einen Sommergast bei sich aufzunehmen. Sag's aber nicht Tante Tite. Sie würde es uns verübeln.«

Daß Hepzie es dennoch ihrer Mutter erzählte, war nicht überraschend (sie hatte so selten etwas Interessantes zu erzählen), und ihre Mutter mißbilligte es, weil Tante Tite aus Prinzip mißbilligte.

»Die arme Clara! Hätt' ja nie ein' Gast unterm Dach der Gluyas für möglich gehalt'n – is ja, als wär'n wir Zinngräber oder Lehmbuddler.« Tante Tite hatte vergessen, daß ihr Vater ein von Haus zu Haus ziehender Trödler gewesen war.

Es war einer von Mamas schlimmen Tagen. »Kein gewöhnlicher Gast«, brachte sie keuchend vor. »Bekannt mit der Gnädigsten. Ein Gentleman mit Vermögen, aber gesundheitlich steht es mit ihm nicht zum besten.« Mama mußte sich über die Augen wischen. »Luftveränderung wurde ihm empfohlen und einfache, nahrhafte Kost vom Lande.«

Tante Tite lachte. »Ich hoffe, Clara, du wirs' versteh'n, dich bei dem betuchten Gentleman schadlos zu halt'n. Mein Bruder versteht sich auf so was nich.«

Wenn jemand Mama unfreundlich kam, weinte sie nicht richtig, die Tränen tröpfelten nur.

Tante Tite aber ließ nicht locker. »Und wer wird für den Gentleman sorg'n?«

»Ich bin noch bei Kräften, Triphena. Und Ellen ist ein kräftiges Mädchen und hilfsbereit.«

Tante Tite lächelte ungläubig über einen Plan, der nicht von ihr selbst stammte.

»Das Geld können wir gut brauchen«, wagte Mama einzuwerfen. »Und es wird eine Anregung für das Mädchen sein, wenn jemand zu uns ins Haus kommt. Ein Gentleman mit geistigen Interessen, wie uns die Gnädigste schreibt. Sie ließ uns den Brief durch ihren Diener bringen.«

Tante Tite schloß bedächtig ihren Mund, verknüpfte die Bänder ihrer Haube, entwirrte die drei goldenen Ketten, die sie als Zeichen ihres Wohlstandes und der Wichtigkeit ihrer Person trug, und fuhr in ihrem zweirädrigen Eselskarren davon.

Ellen war so aufgeregt, daß sie schon im voraus unversehens errötete und nicht wußte, wo sie die Hände lassen sollte. Sie ließ die große Anrichteplatte fallen, die zerbrach und zum Vernieten gebracht werden mußte. Sie bekam sie erst an dem Morgen zurück, an dem Mr. Austin Roxburgh eintraf. Sein Gepäck machte großen Eindruck auf alle, die es sahen. Die Koffer waren zwar fleckig und auf Reisen abgenutzt, rochen aber auch so noch nach Leder. Sie brachte sie auf sein Zimmer und verließ es, so schnell sie konnte, so daß er sich selbst überlassen war und aus dem Fenster auf etwas starrte, mit dem er nicht gerechnet hatte und das möglicherweise seinen Widerwillen erregte. Was es auch sein mochte, er wirkte jedenfalls niedergeschlagen und schien durch die weite Reise erschöpft.

Mama war auch nervös, obwohl sie Erfahrung im Umgang mit vornehmen Leuten hatte. Sie wußte nicht mehr, ob sie das Handtuch hingehängt und Seife hingelegt hatte. Gemeinsam richteten sie einen Kaninchenbraten an, dem eine Karottensuppe folgte, in die, um sie nahrhafter zu machen, Brot gebröckelt war.

Ellens Aufregung hätte sich nicht gelegt, wenn der Gast nicht so unschlüssig und geradezu schüchtern gewesen wäre. Sein Verhalten machte ihr Mut, bis dann die in dem ihm überlassenen Wohnzimmer aufgestapelten Bücher ihr gerade gewonnenes Selbstvertrauen erschütterten. Sie gewann es jedoch zurück, als sie auf dem Fensterbrett ihres an den Gast abgetretenen Schlafzimmers die dort hingestellten Medizinflaschen sah. Als sie ihre Scheu überwunden hatte, erfüllten die Namen der Medikamente und die auf den Etiketts stehenden Gebrauchsanweisungen sie mit Mitleid.

Mr. Roxburgh suchte zögernd nach Worten und fragte sie schließlich: »Kann man hier in der Gegend irgendwelche angenehmen Spaziergänge machen, Miß Gluyas?« (Sie war noch nie in ihrem Leben »Miß Gluyas« genannt worden.) »Ich habe vor, kleine Wanderungen zu unternehmen – aus gesundheitlichen Gründen.«

»Man kann hier nach allen Richtungen wandern.« (Niemand hatte sie je um ihren Rat gebeten.) »Im Norden ist die See – da vorn geht es ziemlich wild zu. Und die Kirche. Nach Süden zu gibt es viele hübsche Wege. Und die Kapelle. Sie können nach St. Ives wandern oder, wenn es Ihnen nicht zu anstrengend ist, nach Penzance«, meinte sie hinzufügen zu müssen.

Aber Mr. Roxburgh schien nicht weiter interessiert, als hätte er damit seine Pflicht der Hauswirtstochter gegenüber erfüllt.

Aber schon bald wurde er abhängig von ihr; sie mußte ihm sagen, wie spät es war, ihn an das Einnehmen seiner Medikamente erinnern, ihn unterrichten, wenn ein Wetterwechsel bevorstand, und Briefe mitnehmen, wenn sie an den Markttagen nach Penzance fuhr.

»Meine Mutter ist immer so besorgt«, erklärte er ihr, und bei einer anderen Gelegenheit: »Sie ist wegen meines Bruders bekümmert, der erst kürzlich nach Vandiemensland auswanderte.«

»Ah?« erwiderte sie mit gespieltem Interesse.

Sie wußte nichts von Vandiemensland. Sie hatte von Irland, Amerika und Frankreich erzählen hören, war aber nicht allzu fest davon überzeugt, daß es jenseits von Land's End und in der entgegengesetzten, »Jenseits des Flusses« genannten Richtung noch anderes gab.

Vor dieser Leere erschrak sie plötzlich, und sie wiederholte mit spontaner Inbrunst die Gebete, die Mama und Mr. Poynter sie gelehrt und es ihr zur Pflicht gemacht hatten, sie abends nach dem Ausziehen herzusagen.

In dieser Nacht träumte sie nicht und erwachte aus irgendeinem Grund aufgeregt und begeistert. Am Tag zuvor, entsann sie sich, hatte er ihr seine »kleine Klatsche zu den *Bucolica*« geliehen. Sie betrachtete den Einband dieses Buches, als wäre Lesen ihre liebste Beschäftigung. »Aber nicht, solange es Tag ist«, hatte sie einschränkend gesagt.

Sie trug einen groben, bäurischen Hut, unter dessen wippendem Rand er flüchtig Teile ihres sonnverbrannten, von der Arbeit auf dem Lande vergröberten Gesichts sah.

Sie erzählte ihm: »Zwei Burschen sollten eigentlich zum Heuwenden kommen, aber man kann sich nicht auf sie verlassen.«

»Dann kann ich vielleicht helfen?«

»Hm«, gab sie zur Antwort, »Se könnt'n schon«, und wurde rot, weil sie das so gedankenlos hingesagt hatte.

Wieder geriet sie in Verlegenheit, als sie Cherry melkte und er darüber zukam.

»Das ist also, was Sie zu tun haben?«

»Das auch.« Sie zog so heftig an den Zitzen, daß die Kuh ausschlug und der Eimer umkippte.

Immer stießen sie in den ungünstigsten Momenten aufeinander.

Einmal mußte sie sich ihm in den Weg stellen und ihn über den Hof zurückführen. »Nicht dort entlang«, warnte sie ihn; sie hatte das Gefühl, daß Mr. Austin Roxburgh ihren Schutz brauchte.

Aber er blickte zurück und sah das festgepflockte Kalb, dessen Kehle für das Messer gestrafft war.

»Sie bringen das Kalb um!«

»Ja«, gab sie zu. (Will war gekommen, um Pa beim Schlachten zu helfen.) »Sie müssen nicht hinsehn, Mr. Roxburgh.«

Ohne zu überlegen, faßte sie, gar nicht wie eine Dame, seine Hand, um ihn zu der umschlossenen Wohnstätte zurückzuführen, die andere ihm zugewiesen hatten und für ihn bereithielten und in welcher der Tod, wie ihr später eröffnet wurde, nur ein »literarischer Begriff« war.

Schon bald nach seiner Ankunft kam sie zu dem Schluß, daß ihm, Austin Roxburgh, Bücher mehr bedeuteten als das Leben um ihn herum.

Er las ihr laut aus dem vor, was er als die *Vierte Ekloge* bezeichnete. »Es ist ein Jammer, daß Ihnen das Original nicht zugänglich ist, aber bis zu einem gewissen Grade werden Sie an der Klatsche, die ich Ihnen geliehen habe, Freude haben.«

Poesie, schien es, und »die natürliche Schönheit des Landlebens« waren für ihn alles.

»Und Arbeit«, fügte er nachdenkend hinzu. »Über ihren praktischen Nutzen hinaus hat Arbeit, kann man sagen, eine sakrale Funktion.«

Doch nach einem mit der Harke verbrachten Morgen kehrte er froh zurück, um seine Blasen zu behandeln, und stellte graulend mit gerunzelter Stirn fest, daß an seinen Stiefelhacken Schweinedung klebte.

Wenn Will, wie zum Schlachten des Kalbs, zu ihnen herüberkam, blieb er meist noch und aß einen Happen mit ihnen zu Abend, eine Sitte, die nicht die Billigung seiner Mutter fand. Fortwährend durchforschte sie das Gesicht ihres Sohnes nach schlechten Nachrichten und das ihrer Nichte nach noch schlechteren. Als Kinder spielten sie gern mit Hepzie zu dritt Holterdiepolter, bis Tante Tite fand, daß sie für solche kindischen Spiele zu alt wären. Küsse tauschten sie nur in Gegenwart von Verwandten zu Weihnachten und am Neujahrstag aus; niemand konnte ihnen das verargen. An Geburtstagen, an denen sie jeweils um ein Jahr reifer geworden waren, war das schon bedenklicher. An ihrem fünfzehnten Geburtstag war Will nicht mehr imstande, das Vergnügen, das er an seiner Gefährtin fand, zu verhehlen; er fummelte hinter der Meierei an ihr herum. Ob ihr das Spaß machte, wagte Ellen sich nicht einzugestehen, denn allzu rasch trat Tante Triphena dazwischen.

»Ich werde mit dir sehr böse, Will, wenn du mit Ellen so respektlos verfährst. Vergiß nicht, sie ist dir so nahe verwandt wie deine Schwester.«

Will war verstimmt, er kickte Steine in der Gegend herum und sah nicht mehr zu ihr hin. Und küßte sie nicht mehr am Weihnachtsfest. Bis er dann bei einer unfeierlichen Gelegenheit mit ihr herumknudelte, was sie zu ihrer Überraschung mit Entzücken durchströmte.

Das wiederholte sich nicht. Mit der Ankunft von Mr. Roxburgh hatte sie Aufgaben und Verantwortung übernommen. Von ihr wurde verlangt, daß sie ernst und adrett aussah. Sie hatte den Kopf voll von delikaten Puddingspeisen.

Will machte sich an dem Tag, an dem das Kalb geschlachtet wurde, an sie heran. »Woran pusselt der alte Kauz – so für sich – in der Wohnstube rum?« Und kaute so an einer Brotkruste herum, daß sein von Natur hübsches Gesicht häßlich aussah.

»Er is nich alt«, wies Ellen Gluyas ihren Vetter zurecht. »Er is 'n Gentleman und ein Gelehrter.« Sie war so wütend.

Pa lachte und zwinkerte Will zu. »Und hat das Mädch'n dazu gebracht, ihre Nase in Sach'n zu steck'n, die ihr bislang schnuppe war'n – in Bücher!«

Ellen ging in Mr. Roxburghs Zimmer, um das Tablett zu holen.

Er schien auf sie gewartet zu haben; er sah besorgt aus und ging unruhig auf und ab. »Ellen«, sagte er (er hatte sie bisher nie »Ellen« genannt), »ich habe meine Pillen verlegt, die sonst immer auf dem Nachttisch sind.«

»Ah«, erwiderte sie und wurde rot, »sie war'n heut morg'n noch da, Mr. Roxburgh.«

Er sah so rasch und verstört zu ihr, als hätte er die Pillen bereits vergessen. »Nicht wahr, waren doch da?« Ernst blickte er zu ihr hin.

Meinte er, sie hätte ihm etwas weggenommen, daß das für sie nur insoweit Wert hatte, als er sie brauchte?

Sie schob im Schlafzimmer die schwere, marmorgedeckte Kommode beiseite und fand die Flasche an der Fußleiste, wohin sie gefallen war.

»Da!« rief sie. »Ich wußte doch, daß sie nicht weg sein konnt'n.«

Mit seiner Dankbarkeit verzieh er ihr, was sie falsch gemacht haben könnte.

Als sie das Tablett in die Küche brachte, sahen Pa und Will vor sich hin auf ihre Teller; die beiden schienen verstimmt.

Der Gast war schon länger geblieben, als man es gern sah. Das Heu war fertig und aufgeschobert. Die Blätter begannen, sich zu verfärben, was auf einen frühen Kälteeinbruch deutete.

Mama war immer den Tränen nahe, wenn der Winter sich ankündete. »Das bedeutet, ein Feuerrost zusätzlich sauberzumachen! Und Holz zu sammeln!«

Aber Mr. Roxburghs Wangen bekamen Farbe. Er unternahm längere Spaziergänge, mit einem Tweedhut und einem Wollschal, den, sagte er, seine Mutter für ihn gestrickt hatte. Er war sogar ganz bis St. Ives gewandert, hatte aber für den Rückweg einen Einspänner gemietet.

Als die Tage jetzt kürzer wurden, meinte das Mädchen: »Mittlerweile müssen Sie doch nun alles gesehen haben«, und merkte, daß sie Angst vor der Antwort hatte.

»Ja«, gab er zu, »so ist es, aber ich würde gerne noch näher kennenlernen, was ich nur flüchtig gesehen habe.«

Seine Worte machten sie traurig: daß sein Leben so leer sei und gleichzeitig so kompliziert.

Er brach zu einer seiner Wanderungen auf. Ohne ihn belasten zu wollen und gänzlich unvorbereitet (sie trug über ihrem Kleid nur ihre Schürze und hatte nichts auf dem Kopf, weder eine Kappe noch ihre Haube), fand sie sich in Begleitung neben ihm hergehen. Es war anstrengend, denn sie gingen nach Norden zu gegen schwarz heraufkommende Wolken an, die Büsche verhakten sich an ihrer Kleidung mit Zweigen, an denen Wollfetzen von den Schafen hingen.

»Sturm kommt von Wales her auf«, sagte sie gleichmütig, denn so etwas kam oft genug vor.

Nachdem er den Schal fester um seinen Hals gezogen hatte, fiel es Mr. Roxburgh ein zu sagen: »Sind Sie auch richtig angezogen – warm genug, meine ich?« In seinen sonst so milden Augen drückte sich die Sorge um ihr Wohl mit einer gewissen Schärfe aus, oder sorgte er sich auch in diesem Fall nur um sich selbst?

»Ah, ja doch!« Sie lachte und rieb sich die Arme an ihrer Schürze. »Wir sind an das Wetter hier gewöhnt.«

Sie überquerten die Landstraße und stapften gegen die Brise an, während sie im Grunde doch nur beabsichtigt hatte, ihn höchstens einen Steinwurf weit zu begleiten. Unbekümmert setzten sie ihren Weg fort, und unbekümmert auch redeten sie miteinander.

»Das ist ein Kinderspiel«, rief Mr. Roxburgh, »für jemanden, der die Schweizer Pässe nach Italien oder auch den Kanal nach Frankreich überquert hat.«

»Ich war noch nie in Italien«; auch zuzugeben, daß sie noch nie über den Ärmelkanal gefahren war, machte ihr nichts aus. »Ich bin nie weiter als bis Land's End gekommen. Und auf der anderen Seite bis nach Plymouth.« Sie hielt inne. »Ich habe nur den einen Wunsch, Tintagel einmal zu besuchen.«

»Was für ein harmloser Wunsch! Tintagel liegt für Sie ja fast vor der Haustür.«

»Ich weiß auch nicht, wieso, Mr. Roxburgh. Manche von uns sind ganz ohne Wunsch oder Ehrgeiz gebor'n, nehm ich an«; ihre Unterhaltung beschwingte sie, so daß sie zu den schwarz geschwollenen Wolken aufschwebte, die in jedem Moment bersten konnten.

Sie stemmten sich vorgebeugt gegen den Wind, und schräg umströmten sie die im Boden verwurzelten Ginstersträuche.

Mr. Roxburgh bemerkte, daß es doch wohl recht leichtfertig sei, sich auf ein solches Abenteuer einzulassen, konnte aber unter den gegebenen Umständen im Ton eine gewisse Selbstgefälligkeit nicht unterdrücken.

»Ja«, stimmte sie zu, »es kann gut sein, daß wir bis auf die Knochen naß zurückkommen.«

Ihre Unbedachtsamkeit hinderte sie nicht daran, sich viel älter und weiser vorzukommen als dieser schräg neben ihr vorstolpernde hagere Kauz. Wenn der Sturm auf sie herunterbrach, wäre sie stark genug, um die schlingernde Erde jubilierend im Lot zu halten, während er, dieser arme Mann, vermutlich zerbrechen und ein ganzes Lexikon von Wörtern und nutzlosem Wissen wie Späne um sich verstreuen würde.

In diesem Augenblick brach der Sturm los. Der Regen peitschte auf sie ein, und in stockenden Zügen sogen sie die kalte, durchnäßte Luft ein.

Mr. Roxburgh strauchelte. »Zu welchen Verrücktheiten doch der Mensch bei aller Vernunft fähig ist!« stieß er protestierend hervor. Seine Haut, gewahrte sie, hatte sich bläulich verfärbt; sein Gesicht wirkte durchscheinend und verhärmt.

»Sind Sie krank?« rief sie. »Mr. Roxburgh?«

Obwohl er nicht antwortete, fühlte sie sich aufgefordert, ihre Schulter unter seine Achsel zu schieben, um ihn zu stützen und zu führen.

»Ein bißchen«, glaubte sie, ihn sagen zu hören. »Ich habe solche Schwindelanfälle, aber sie gehen vorüber.«

Ihre Kraft nahm, wie sie es vorausgesehen hatte, zu, so daß sie mit ihm wie mit einem schwankenden Betrunkenen fertig wurde und ihn um eine Wegbiegung herumbrachte, wo sie den Wind von hinten hatten, der ihr Haar und die Enden von Mr. Roxburghs Schal vor ihnen herwehte.

Im Windschatten einer aus Feldsteinen gestapelten, verfallenden Mauer ließ sie ihre Last zu Boden und schützte den zusammengesunkenen Mann zusätzlich mit ihrem Körper. Es wäre ihr verwunderlich erschienen, wenn ihr Begleiter als Mann, der er war, für sie nicht zu einer Art Auftrag geworden wäre. Seine Hände fühlten sich in den Strickhandschuhen wie tot an. Die Mütze war ihm auf eine seiner zerbrechlichen Schläfen verrutscht, was ihm, dem Gentleman, einiges von seiner Würde nahm.

Sie rückte die Mütze zurecht und suchte nach Worten, mit denen sie ihn ermutigen könnte. »Fassen Sie sich, Mr. Roxburgh. Sie können sich auf mich verlassen, ich bringe Sie zurück«, fast wäre ihr »ins Leben« entfahren, doch besann sie sich und sagte rasch »nach Haus« statt dessen; »wir machen Feuer, und Sie bekommen eine warme Suppe – gleich, wenn wir da sind«; lahm die letzten Worte.

Aneinandergedrückt kauerten sie an der Mauer, und allmählich ließ der Regen nach; der Wind mochte sich aufgebraucht oder sich anderen, weiter entfernten Zielen zugewandt haben. Es war nicht mehr anstrengend, den Sinn dessen zu verstehen, was gesprochen wurde.

»Jetzt haben Sie mich wenigstens mal so richtig am Boden erlebt«, sagte er.

»Sie könn' für Ihren Zustand nichts, ich kenn das von meiner

Mutter her.« So versuchte sie, ihn zu trösten, wenn es auch kein Trost für sie selbst war; sie hätte ihn gern heil und gesund vom Schiff springen sehen, während es bei Sonnenuntergang mit hohem Bug in die Felsbucht einlief (so töricht oder »romantisch« war sie).

Mr. Roxburgh sagte: »Es gibt Menschen, die können sich wenigstens moralisch über ihren körperlichen Zustand erheben.«

Moral war ihm alles, dachte sie. Es war für sie kein Trost.

»Kommen Sie, wenn ich Ihnen helfe, auf die Beine?« fragte sie.

Er gehorchte ihr, als wäre sie die Mutter, auf die er sich so oft bezog und mit der sie ungern jemals zusammengekommen wäre; dann war ihr Lady Ottering schon lieber, die durchs Wagenfenster Ratschläge erteilte oder ihr Urteil über Nelkenwurz oder Phlox abgab, wenn sie auf einem ihrer gönnerhaften Besuche bei ihrem früheren Dienstmädchen durch den Garten schlenderte.

In der Stille, die der Sturm hinterließ, bemerkte Mr. Roxburgh, während sie den Landweg überquerten, der die Farm vom Moor trennte: »Ich bewundere Ihre Charakterstärke.«

»Meine Güte!« Sie war so verlegen, daß es ihr fast den Atem verschlug. »*Stärke* – ja. Das sagen immer alle von mir. Und ich muß sehn, wie ich damit fertig werde.«

Das Dach wurde sichtbar und dann hinter der Anhöhe das Haus, die verfallenen Nebengebäude und die zerzausten Birnen- und Pflaumenbäume. Sie hatten Lehm an den Stiefeln. Sie kratzte ihn an der Schwelle zur Hintertür ab und forderte ihn auf, dasselbe vorm Betreten des Hauses zu tun.

Dr. Hicks verschrieb seinem Patienten auch nichts Stärkeres als die Digitalistropfen, die er bereits nahm. Mr. Roxburgh legte sich ins Bett, und sie überredete Mama, die Pflege des Kranken zu übernehmen. Weil Mama nur wenig von dem Zustand und der Verfassung ihres Gastes miterlebt hatte, würde sie vermutlich nicht die Befürchtung teilen, daß er unter ihren Händen zusammenbrechen könnte.

Als sich dann Mr. Roxburgh erholt hatte, entschloß er sich, nach Hause zu fahren. »Es wird Zeit. Meine Mutter macht sich gewiß schon Sorgen.«

Ellen Gluyas fühlte sich erleichtert, wenn sie das auch Pa und Will gegenüber nicht zugegeben hätte. Sie verschwieg auch, daß in dem Zimmer, in dem er geschlafen hatte (das jetzt wieder ihr gehörte), der Geruch von den Medikamenten noch in der Luft lag (oder zu liegen schien) und daß sie im Wohnzimmer noch die dort vorhanden gewesenen alten Bücher roch. Er hatte eine Flasche mit Tinte zurückgelassen, die sie, ohne zu wissen weshalb, an sich nahm. Der Geruch der Tinte war, wenn sie die Flasche entkorkte, Realität genug. Zwischen ihrem Besuch der Mädchenschule, wo ihr das, was sie vorzuweisen hatte, beigebracht worden war, und der Ankunft von Mr. Roxburgh hatte sie den Geruch von Tinte kaum je wahrgenommen. Wenn sie jetzt an der Flasche, die sie an sich genommen hatte, roch, überkam sie ein Empfinden, als sei sie leicht betrunken, das sich mit dem Gefühl nüchterner Verzweiflung mischte.

Die Bordwände der *Bristol Maid* erbebten unter dem Anprall der rollenden See, und Mr. Roxburgh rief seiner Frau vom Salon aus zu, daß der Steward das Frühstück gebracht hätte und sie kommen sollte, um es, falls sie es wünschte, zu sich zu nehmen. Mrs. Roxburgh, nachdem sie ihr Gleichgewicht wiedergewonnen hatte, kam zum Tisch.

Mr. Roxburgh nippte mit sichtlichem Abscheu am Tee. »Immer dieselbe alte, abgestandene Brühe«, erklärte er, »aber immerhin heiß.«

Es war, wußte sie, nicht viel mehr als ein Gebräu aus Teestengeln, aber sie hatte vor, das gepökelte Schweinefleisch (mehr fett als mager, eher Brechreiz erzeugend) zu ignorieren und sich, diesen Tee-Ersatz trinkend, zu ihrem Mann zu setzen.

Sie nippte daran, und ihre Augen wurden feucht. Die Umgebung, in der sie sich befanden, war zwar sehr anders, aber doch war es ähnlich, als säßen sie im Birdlip House in Cheltenham beisammen. Beide schwiegen sie, hier wie dort, und ähnlich war es auch, wenn er dann das Schweigen durchbrach, um sich zu beklagen oder ihr, was auch sein konnte, seine Aufmerksamkeit zuzuwenden.

An diesem Morgen sagte Mr. Roxburgh: »Du siehst ungemein hübsch aus, Ellen.« Dies, hatte sie gelernt, war als Kompliment von jemandem zu verstehen, dessen Erziehung ihm jede vulgäre Überschwenglichkeit verbot.

Eine Antwort war nicht erforderlich, dennoch murmelte sie: »Alles alte Sachen, die du kennst«, und sah an sich hinunter und berührte ihren Rock.

»Wie recht ich hatte, als ich dir riet, Grün zu tragen.«

»Meine Tante sagte immer, eine Frau sieht in Grün lumpig aus.«

»Deine Tante, habe ich bemerkt, mochte es nicht, wenn du gut aussahst.«

Mr. Roxburgh ließ die Augen nicht von seiner Frau, er musterte sie, nicht eingehend, eher nachdenklich. Als junger Mann hatte er Gedichte geschrieben, aber sogar er selbst hielt seine Verse eher für gut gemeint als für wirklich poetisch. Zu der Zeit, als Garnet mit dem jungen Stafford Merivale und einer Meute von Hunden ausritt, hatte Austin einen Roman zu schreiben begonnen, aber schon im dritten Kapitel waren ihm seine Personen zuwider. Er warf sein Manuskript ins Feuer und sah es nicht mit Bedauern, sondern erleichtert in Flammen aufgehen; er hatte nun wieder Zeit, sich den Klassikern zuzuwenden. Aber Austin Roxburgh, sosehr es den Anschein hatte, war nicht nur ein in Bücher vernarrter Literat: In ihm regte sich, wenn auch vage, ein ihn ständig beunruhigender Impuls, der auf eine gewisse Kreativität deutete.

Zum Zeichnen war er nicht begabt, er hätte andernfalls die Farmerstochter mit ihrem ländlichen Hut bei der Rückkehr vom Moor oder wenn sie abends ihre Schafe in den Stall trieb, gezeichnet. In Erinnerung an sie begann er, nachdem er die Heimreise angetreten hatte, sich zu überlegen, ob er sie vielleicht liebte. Wäre es Leidenschaft gewesen, dann wäre es sicherlich dazu gekommen, daß er sie zu seiner Geliebten gemacht hätte. Es war undenkbar, daß sie jemals seine Frau werden würde; und doch konnte er sich von den Gedanken an sie nicht frei machen, er sah sie in dem von den Fuchsien reflektierten Licht an einem blankgescheuerten Tisch stehen und in einer Schüssel Teig kneten oder mit vor ihrer gestärkten Schürze verschränkten Armen zu irgendeiner Besorgung über den Hof gehen. Er brauchte jemanden, das war ihm klar. Vielleicht liebte er sie wirklich. Er entsann sich, wie tatkräftig und freundlich sie ihm geholfen hatte, als das Unwetter sie überraschte und er einen seiner Schwächeanfälle gehabt hatte.

Eine Möglichkeit, Ellen Gluyans vielleicht doch zu heiraten, schien ihm schließlich damit gegeben, daß er in ihr nicht nur seine Frau, sondern auch ein von ihm zu gestaltendes Kunstwerk sah. Ein solches Vorhaben konnte ihn von der an ihm nagenden, tiefen Unzufriedenheit befreien: eine schöne, reizvolle, wenn auch nicht gerade gebildete, so doch gesellschaftsfähige Gefährtin aus einem Stoff zu schaffen, der nur bei oberflächlicher Betrachtung wenig versprach. Zerschundene Hände und grammatikalische Unzulänglichkeiten – dagegen gab es Mittel, die beides beheben würden; nur durch die Anwendung moralischer Prinzipien ließ sich etwas erreichen.

Austin Roxburgh fühlte sich so beschwingt, daß er es kaum abwarten konnte, bis ihn seine Mutter, was sie jeden Abend um zehn Uhr tat, allein und seinen Studien überließ. Als sie ihm einen Kuß gegeben hatte und er sie die Treppe hinauftappen und sie schließlich über sich rumoren hörte, setzte er sich und schrieb, allerdings mit einer gewissen Zurückhaltung, die ihm nach seiner anfänglichen Beschwingtheit geraten schien:

Liebe Mrs. Gluyas,
mit Vergnügen erinnere ich mich der Wochen, die ich im letzten Sommer unter Ihrem Dach verbrachte, und so würde ich mich freuen, Sie auch in diesem Jahr ab, sagen wir, Anfang Juni zu besuchen. Aber natürlich nur, wenn die Räume, in denen ich gewohnt habe, nicht so schon an einen anderen, glücklicheren Bewerber vergeben sind.

Grüßen Sie Mr. Gluyas und sagen Sie Ihrer Tochter meine besten Wünsche, deren Fürsorge mich bei meinem letzten Besuch tief bewegt hat.

Ich hoffe, von Ihnen bald zu hören, damit ich mich danach in meinen Plänen richten kann ...

Tatsächlich erhielt Mr. Roxburgh schon bald eine, wenn auch enttäuschende Antwort:

Lieber Mr. Roxburgh,
es tut mir leid, Ihnen mitteilen zu müssen, daß meine Mutter im Januar verstorben ist, und mein Vater meint, wir sollten nicht vermieten, weil wir einen Gast nicht aufs beste versorgen könnten, besonders einen, der so eigen wie Sie ist.

Ich hoffe, Ihre Gesundheit hat sich seit dem letzten Herbst gebessert, und danke Ihnen für Ihr freundliches Gedenken an uns.
Ihre stets ergebene
E. Gluyas

Mr. Roxburgh geriet durch diesen Rückschlag so aus der Fassung, daß aus seinen vagen Gefühlen wirkliche Zärtlichkeit, wenn nicht Leidenschaft (zu der er vermutlich gar nicht fähig war) wurde. Er fragte sich seinerzeit, was außer einem korrekt abgefaßten Antwortschreiben zu tun wäre, ebenso wie er jetzt über seine Beziehung zu der Frau nachdachte, mit der er die Ehe eingegangen war.

»Ja«, wiederholte er, während der Salon ihm außer Sicht geraten war und sich jetzt in seinen vertrauten Umrissen wiederhergestellt hatte, »Grün ist die Farbe, die ich dir empfahl, weil du anders als viele Frauen nichts Langweiliges an dir hast. Deswegen fühlte ich mich zu dir hingezogen.«

Er hatte sich damit offensichtlich zufriedengestellt; während sich Mrs. Roxburgh, die sich lässig in dem einigermaßen primitiven Salonsessel rekelte und dabei, wie Damen es tun, eine Hand herabhängen ließ, erleichtert fühlte, als sie den Türknauf knarren hörte.

Es war Kapitän Purdew, der die Absicht äußerte, mit ihnen, falls sie es ihm gestatteten, zu frühstücken.

Der Kapitän rieb seine Hände so forsch aneinander, daß sie ein schabendes Geräusch und in Mr. Roxburgh ein dazu passendes Gefühl der Herzhaftigkeit erzeugten. »Meinen Glückwunsch, Käpt'n, daß Sie sich einer so robusten Gesundheit erfreuen.«

Der Kapitän gab das Kompliment ähnlich wohlmeinend zurück. »Ihre Gattin ist es, Sir, der wir gratulieren sollten – daß sie so charmant bei einem Frühstück mit gesalzenem Schweinefleisch präsidiert.« Der Kapitän krümmte Daumen und Zeigefinger, um die Teetasse zu fassen und noch mehr Galantes von sich zu geben.

Mrs. Roxburgh nahm das Kompliment mit einer ungläubigen Geste hin, die sie von ihrer Schwiegermutter übernommen hatte. Wenn sie nicht, während sie dem Kapitän Tee einschenkte, von tödlicher Langeweile befallen wurde, so lag es daran, daß es einem ältlichen, grauhaarigen Mann zusteht, Komplimente von sich zu geben, und daß seine gewinnende Schwerfälligkeit sie an ihren verstorbenen Vater an Tagen erinnerte, an denen er weniger brummig war.

Jovial, wie es sonst nicht seine Art war, wandte sich Mr. Roxburgh an Kapitän Purdew und fragte ihn nach Einzelheiten in seinem Beruf, nach der Wetterlage und den Aussichten während ihrer Reise, alles Fragen, an denen sich seine Frau nicht überzeugend beteiligen konnte. Sie strich sich unschlüssig über Hals und Kinn, während sich eine Hand, die sie faszinierte und zugleich abstieß, an die gummiartig zähen Scheiben Schweinefleisch heranmachte.

Als sie noch ein kleines Mädchen war, strich er ihr immer so fest über die Wangen, als wollte er die Geheimnisse ihrer Haut ertasten. Die hornige Kuppe seines gequetschten Daumens kratzte sie dann.

Einmal, als sie es nicht mehr aushielt, schrie sie: »Merkst du nich, ich will nich, daß du mich anfaßt!« und schlug seine Hand weg.

Er brütete eine ganze Weile dumpf vor sich hin, aber es war nötig gewesen; die Scham lehrte sie, daß sie sich ebensosehr aufgeregt wie geekelt hatte; sie wurde daraufhin nachdenklicher und an regnerischen Nachmittagen melancholisch.

Die arme Mama war zu beschäftigt, als daß sie sich darum hätte kümmern können, nach ihrem Tod aber war es weniger ihre Abwesenheit als das Leben miteinander, das den beiden Hinterbliebenen zu schaffen machte.

Pa war, was die täglichen Pflichten anging, mit der Zeit zunehmend auf sie angewiesen und wurde immer abhängiger vom betäubenden Grog, um den Gram, mehr aber noch die Verzweiflung ertragen zu können, die ihn schon immer geplagt hatte. Er stand im Dunkeln auf und fummelte den Morgen über an lauter unnötigem Kram herum, den ganzen Nachmittag saß er, wenn er nicht im Karren unterwegs war, am Tisch in der Küche. Die Fahrten, die er unternahm, heckte er sich anscheinend nur deswegen aus, um sich Bewegung zu verschaffen.

Im Frühjahr, das nach einem ungewöhnlich harten Winter erst spät eingesetzt hatte, bat er sie, ihn nach Tremayne zu begleiten, sie sollte ihm beim Transport einer Färse helfen, die Mr. Borlase zu kaufen geneigt schien. Pa, der seinen besten Tweedanzug trug, fuhr den gefederten Wagen, während sie hinten kniete und das störrische Kalb an der Leine mitzog. Ein kalter Sprühregen schlug ihnen entgegen; die Placken aus schmutzigem Schnee waren in den Gräben schon fast weggetaut. Der Kummer, aus dem heimischen Stall fort zu müssen, hatte das arme Vieh aufsässig gemacht. Vom Halten der Leine, an der Beat riß und den Kopf dabei blökend herumwarf, waren die Hände seiner Entführerin schon bald grau verfärbt und fleckig. Das Stoßen des Wagens, die vertrauten Ausdünstungen des Tieres, das sie von Geburt an großgezogen hatte, und die flüchtigen Ausblicke über Mauern hinweg und durch Lücken in den Dornhekken hinaus auf die graue See steigerten noch das Elend, mit dem, schien es, Ellen Gluyas ihr Leben lang behaftet sein würde.

In Tremayne stieg Pa ab und übernahm die Färse. Seine Hände zitterten. Sie legte sich einen Sack um die Schultern und sagte, sie würde draußen warten. Er beschimpfte sie als dämliche Kuh oder weil sie sich so ungesellig benähme und stapfte mit ihrer ansehnlichen Beat zum nahen Hof.

Sie wiegte sich vor und zurück auf dem kahlen Brett, auf dem sie saß, um sich die Wärme zu verschaffen, die ihre alte schäbige Wolljacke nicht hergab, und um die nicht vorhandene Anwesenheit eines Partners zu ersetzen. Wäre sie so geschickt wie Pa im Erfinden von angeblich notwendigen Fahrten und hätte ihr Zauberglaube ihr Unterstützung versprochen, sie würde die Zügel gepackt haben und wäre den ganzen Weg bis Tintagel oder noch weiter gefahren, bis die Räder im Kieselsand knirschten und dann von dem Grau der Wellen umschwappt wurden.

Die Sonne kam durch, und ein Schuldgefühl packte sie wegen ihrer bösen Gedanken und weil sie Mr. Roxburgh dazu verführt hatte, sein Vertrauen in jemanden zu setzen, die es nicht verdient hatte.

Als Pa zurückkam, war er allein. Mr. Borlase hatte sich, wovon er überzeugt gewesen war, den Vorzügen eines so gut gebauten Kalbs nicht verschließen können. Pa war fast ausgelassen wegen des Geldes in seiner Tasche und weil er seinen Durst auf Kosten des Käufers gelöscht hatte. Dabei hatte er sich nicht nötigen lassen, und so nahm sie ihm augenblicks die Zügel aus den Händen. Als er auf diese Weise jeder Verantwortung enthoben war, ließ er sich rückwärts rutschen und legte sich auf den Boden des Wagens, wobei er seine Beine in ihren glänzenden schwarzen Gamaschen ruckend neben ihr auf den Sitz stemmte.

Hätte er doch nur geschlafen; statt dessen begann er zu brüllen: »Was ist denn bloß mit dir Mädchen los? Ich seh's an deinen Schultern, daß du mir wieder mit der alt'n Leier kommst. Aber diesmal kriegst du mich nich dazu, daß ich mir was daraus mache. Mir reicht's, Ellen.«

»Hüü opp, Tiger!« Sie zog dem Pferd mit den Zügeln eins drüber.

Sie fuhren zügig nach Hause, aber der Tag neigte sich, als sie die Kühe in den Stall brachte; es wurde dunkel, noch bevor sie mit dem Melken durch war.

Sie backte ihm Kartoffelpuffer, die er aber wegstieß. Er saß da und schenkte sich ein. Manchmal rutschte sein Ellbogen vom Tisch.

Er sagte: »Du haßt mich, immer wirst du mich hassen. Du piesackst mich noch zu Tode und stößt mich ins Feuer.«

Sie stocherte mit ihrer Gabel an einer Kartoffel herum. »Warum sollt' ich dich hassen?«

»Weil ich dein Vater bin.«

Darauf wußte sie keine Antwort.

»Wenn du mich schon nicht haßt, lieb'n tust du mich auch nicht.«

Wieder sagte sie nichts.

»Du hast kein' Grund. Un' hast allen Grund. Ein' Vater zu lieb'n.«

Sie hatte das Gefühl, als müßte sie sich erbrechen, so stand sie auf und ging nach draußen, wo sie im Regen umherging, der wieder eingesetzt hatte.

Einmal sah sie zu ihm in die Küche, wo er zwischen schmutzigem Geschirr vor der Lampe saß und jetzt aus der Flasche trank.

Sie war zu müde, um noch länger draußen zu bleiben, ganz gleich, was er ihr noch an den Kopf werfen würde. Aber er starrte sie nur an und sagte wie aus der Ferne mit zitternder Stimme: »Nelly [noch nie hatte er sie so angesprochen], warst du's, die geklopft hat? Oder war es ein Geist?«

Er wollte zu ihr, stolperte aber und fiel gegen die Kommode; er war tot, bevor sie ihn in die Arme nehmen konnte.

Sie wußte nicht, war es Trauer oder nur ein schauderndes Grauen, was sie, allein in diesem stillen, nicht mehr vertrauten Haus, empfand, in dem das Gewicht eines fremden Toten sie unter die Erde zu ziehen drohte.

Kapitän Purdew verschlang erstaunlich große Portionen vom Schweinefleisch, die er mit dem grünen Tee hinunterspülte, um den von dem salzigen Fleisch herrührenden Durst zu löschen.

»Ich würde dieses kleine stämmige Fahrzeug nicht mal gegen eines von den schnell segelnden, modernen Paketbooten tauschen, Mr. Roxburgh.«

»Darf ich Ihnen noch eine Tasse einschenken, Käpt'n?« Mrs. Roxburgh betrachtete immer noch die Haut seiner Hände, die der ihres Vaters so ähnlich war.

Ihr schauderte. Der Wind und auch die See schienen Lecks in dem »kleinen stämmigen Fahrzeug« gefunden zu haben; auf dem Teppich bildete sich ein schmal heranfließendes Rinnsal.

Kapitän Purdew schien sich plötzlich seiner Hände zu schämen, dieser großen rissigen Flossen, die durch Arbeit und Wetter schwielig und durch Rheumatismus steif und knotig geworden waren.

»Als Junge« – Mr. Roxburgh beugte sich mit einer Ernsthaftigkeit vor, die ihn, wußte seine Frau, immer dann überkam, wenn er Vertrauliches mitteilte – »konnte ich an allen Vergnügungen, die eine gewisse Robustheit erforderten, wegen meiner angegriffenen Gesundheit nicht teilnehmen. Ich litt unter den Wintern, in denen sich mir die Feuchtigkeit auf die Brust legte. Von Kind an wurde ich in dickes Wollzeug gekleidet und erstickte fast an diesen gutgemeinten Vorsorglichkeiten.«

Wenn seine Frau sich an diesen ihn fast erstickenden, Maßnahmen beteiligte, so, um die Gunst ihrer Schwiegermutter zu gewinnen. Die alte Mrs. Roxburgh sah darin eine Tugend, wenn jemand sich, was Austins zarte Gesundheit anging, an die familiäre Tradition hielt; eine schlichte Herkunft und grobe Manieren konnten bei jemandem zumindest zeitweilig in Kauf genommen werden, der sich so hingebungsvoll seinen Pflichten widmete.

Als Braut gewöhnte es sich die junge Frau an, ihrem Mann abgekochte Milch zu bringen, von der sie laut Anweisung immer sorgfältig die Haut abschöpfte. Die Haut wäre das eigentlich Nahrhafte an der Milch, widersprach sie, ohne mit Nachdruck auf ihrer Meinung zu beharren, und er gestand, daß ihm übel wurde, wenn er diese faltige Haut in einem Becher mit Milch auch nur zu sehen bekam. Als er sie einmal bat, ein Fenster zu schließen, erklärte er ihr, daß schon der Anblick von offenen Fenstern ihn in Angst versetzte, seitdem er sich eines Abends beim Kartenspiel in dem zugigen Haus eines Freundes eine Lungenentzündung geholt hatte. An einem so milden Abend wie diesem, hatte sie ihn zu überreden versucht, brächte die Luft doch nur Wärme ins Zimmer. Statt ihm zu gehorchen, hatte sie das Schiebefenster nur wenige Zentimeter hochgeschoben, und da mußten ihn das weiche, nach Gras duftende Licht und die Laute der in den Kronen der Ulmen hockenden Krähen umgestimmt haben.

»... und so wurde ich aufs Festland geschickt«, fuhr Mr. Roxburgh in seinem Bericht fort und lehnte sich noch weiter vor, da er jetzt auf entferntere Länder zu sprechen kam, »zuerst in die Schweiz, dann nach Italien, in Begleitung eines Lehrers, eines Verrückten, wahrhaftig, der mich aber wenigstens meinen Büchern und meinen eigenen Plänen überließ, während er sich mit Frauen abgab. Wie dem auch sei – wir mußten jedenfalls von Sizilien fort, nachdem er in Palermo zum Duell gefordert worden war.«

Der Kapitän, nachdem er seinen Hunger gestillt hatte und sich jetzt seiner Pflichten entsann, wurde nervös. Er hatte sich auf seine Hände gesetzt, die, wie er befürchten mußte, bei der empfindsamen Dame Anstoß erregt hatten, und wartete jetzt auf einen geeigneten Moment, in dem er aufbrechen konnte.

Mrs. Roxburgh gähnte und vergaß, die Hand vor den Mund zu nehmen.

»Ich wurde aufs Festland geschickt«, sagte Mr. Roxburgh noch einmal, »aber erholt habe ich mich dann, weniger kostspielig, in der Heimat.«

Er sah halb amüsiert, halb bedauernd zu seiner Frau, weil sie offenbar seine Anspielung nicht mitbekommen hatte; auch fand sie sich nicht mit ihm in die Erinnerung an das grünlichgelbe, von Wespen durchsummte Licht zurückversetzt, in dem sie die Hand in ihren Baumwollbeutel gesteckt hatte, um zu prüfen, wie reif schon die gepflückten Birnen wären. *Man vergißt immer wieder, Ellen, wieviel du doch weißt.* Worauf sie erwiderte: *Wie viel? Wie wenig trifft doch wohl eher zu!* Er hätte ihr widersprechen können, hätte die Bescheidenheit ihr nicht so gut gestanden und auch, weil ein Ehemann an der bescheidenen Haltung seiner Frau Gefallen findet.

In der offensichtlichen Geistesabwesenheit der beiden Passagiere sah Kapitän Purdew seine Chance. »Wenn Sie freundlichst entschuldigen wollen, Mad'm, meine Pflicht ruft – ich gehe, ausgeruht und erfrischt, was ich nicht ausdrücklich zu sagen brauche.«

Während die Passagiere keinen Versuch unternahmen, jemanden zurückzuhalten, der, was ihr eigenes Leben und ihre Gedanken betraf, so gut wie blind bleiben mußte, war der Kapitän froh, hier aus Gründen wegzukommen, die er nicht hätte näher erklären können.

Nachdem der Steward den Tisch abgeräumt hatte, nahm Mr. Austin Roxburgh seine Schreibmappe, zog sein in Saffianleder gebundenes Tagebuch hervor, wählte, wenn es hierbei auch nicht sosehr darauf ankam, eine Feder und setzte sich, um zu schreiben.

15. Mai 1836,

schrieb er mit vielleicht etwas zu verwegenem Schwung.

> Setzten unsere Reise auf der *Bristol Maid* fort. Ein elendes Schiff, wie man es sich schlimmer nicht vorstellen kann. Rollt unablässig seit heute früh. Stand vorsichtshalber erst spät auf und suchte nach Halt, E. aber wagte sich auf Deck mit dem Erfolg, daß sie völlig durchnäßt zurückkam.
>
> Nach dem wenigen, was wir von dieser Kolonie nach den vergleichsweise fruchtbaren Gebieten von Vandiemensland gesehen haben, muß dies ein weithin ödes, höchst unwirtliches Land sein (E. stimmt dem nicht ganz zu wegen ihrer phantasievollen oder »romantischen« Natur).

Mr. Roxburgh machte eine Pause und würde in der Erwartung, daß sie seine Gedanken wenigstens teilweise zu lesen vermöchte, das

Gesicht seiner Frau gemustert haben, aber sie war vom Salon in die Kabine gegangen, wo sie, wie er an den Geräuschen hörte, umherging und aufräumte. Sie verbrachte den Morgen gern so und machte dem Steward zu Gefallen sogar die Betten; vielleicht aber, argwöhnte ihr Mann, tat sie das nur aus Reue, weil sie dem niederen Stande, dem sie angehörte, abtrünnig geworden war.

Das Gefühl der Einsamkeit veranlaßte Mr. Roxburgh, sich gehen zu lassen. Er schluckte die Bitternis, die er auf der Zunge spürte, und biß die Zähne aufeinander, während die Feder kratzend über die Seite fuhr.

> Oh, die Schwärze, in der es unmöglich ist, die Umrisse einer geliebten Gestalt oder das Wesen zu erkennen, das man sich zur Frau gewählt hat! Kein Wunder, daß Zweifel, Qual und sogar ein Gefühl des Grauens aufkommt, in denen sich darstellt, was sich einmal als Verhängnis erweisen mag. Von Zeit zu Zeit fühle ich mich selbst als den Abyssus, in den ich mein rationales Ich aus Angst vor den Folgen nicht stürzen lassen darf. Glücklich der, welcher imstande ist, die zu wesenhaften Schatten an langen Nachmittagen auf See zu ignorieren. Der Morgen kann von häuslichen Verrichtungen erfüllt sein und Erinnerungen an das Leben, wie wir es gelebt haben, mit sich bringen, nicht aber kann das der reflektierende Spiegel, in dem sich endlose Nachmittage und Abende abbilden ...

Hier überkamen Mr. Roxburgh Schuldgefühle oder Ängste. Er hielt zögernd inne, dann aber begann er, sehr sorgsam das meiste von dem, was er seit dem Frühstück geschrieben hatte, mit breiten, die Schrift unkenntlich machenden Tintenstrichen auszuschraffieren, war sich aber trotzdem nicht sicher, ob er gründlich genug vorgegangen war. Die Seite war schließlich so gut wie zerfasert. Erst dann und als er über die Schulter zurückgeblickt hatte, griff er nach seinem Vergil.

Was Stille hätte sein sollen, kam gegen das Knarren der Planken, gegen die anprallenden Wellen und ein fernes, verworrenes Grummeln des Donners nicht an. In der sich anschließenden Kabine war Mrs. Roxburgh mit den Arbeiten fertig geworden, die sie sich für die Vormittage auf See vorgenommen hatte. Um die Kojen, mit denen sie sich bisher noch nicht beschäftigt hatte, würde sie sich später kümmern. In der Zwischenzeit nahm sie die Gelegenheit wahr, sich ein wenig auszuruhen. Sie setzte sich seitwärts ans Pult, weil darunter kein Platz für die Knie war, und nahm sich das Tagebuch vor, in das sie, seit ihre Schwiegermutter es ihr empfohlen hatte, gelegentlich etwas eintrug.

Auf See

Sie schrieb das in ihrer verbesserten, aber immer noch korrekturbedürftigen Handschrift *(sie ist immerhin charakteristisch, meine Liebe, das kann man nicht leugnen).*

Muß an das Gespräch zwischen Mr. Daintrey und Mr. Roxburgh über seinen Bruder Garnet denken, das ich mit angehört habe. Mr. Daintrey kam zu dem Schluß, daß G. R. trotz seines Aussehens, seines Elans und seiner Aussichten von Geburt an eine »verlorene Seele« gewesen sei. Verstand nicht ganz, was er meinte, war aber beunruhigt, daß jemand mich vielleicht auch einmal hinter meinem Rücken als »verloren« tadeln könnte. Mr. Roxburgh, seine Mutter und Mrs. Daintrey stimmten darin überein, daß sie mich angenehm finden, und haben mir versichert, daß sie mich anerkennen und lieben. Das hinderte sie allerdings nicht daran, in mir zu erkennen, was ich von meinen schlimmsten Tagen in Z. her schon halbwegs von mir selbst gedacht habe. Es bohrte sich in mir ein wie ein Dorn in meinen Daumen. (Wüßte sie es, Mrs. Roxburgh würde mich *morbider Gedanken* beschuldigt haben!)

Ging schon früh an Deck und war betrunken von einem Gefühl von Freiheit, von reiner Freude. Möwen flogen heran und verschwanden wieder. Manchmal fühlte ich mich schwindlig von der Luft, die ich atmete, wie traurig aber, daß ich nie dieses weite Land kennenlernen werde, das durch Gischt und Nebel in der Ferne zu sehen war. Kapitän Purdew brachte mich zum Schutz nach unten. Wir lächelten uns länger als nötig zu, weil es fast unmöglich war, sich zu verstehen, und weil wir uns, glaube ich, auch kaum was zu sagen hatten. Bei guten, freundlichen, langweiligen Männern fühle ich mich schuldig. Das ist vielleicht Pas Blut in meinen Adern. Ich fühle mich manchmal wie betrunken, ohne was zu mir genommen zu haben. Anders als viele andere langweilt mich Mr. Roxburgh nicht, glaube ich. Ich schreibe dies bestimmt nicht aus Dankbarkeit. Ein Ehemann kann für seine Frau zu einer ihrer angenehmsten Beschäftigungen werden ...

Sie steckte das Tagebuch weg. Durch die stickige Luft in der Kabine war sie wie benommen. Sie mußte bald noch die Betten machen, würde sich aber, von Schwäche oder Müdigkeit überkommen, ein bißchen in der unteren Koje ausruhen; die Schiffsbewegungen trugen dazu bei, daß sie sich so fühlte.

Mrs. Roxburgh legte sich, nicht unbequem, nur ein wenig von Übelkeit geplagt, in die von ihrem Mann in dem Strohsack hinterlassene Hohlform und fühlte sich angeregt, in das Labyrinth ihrer Erinnerung zurückzusinken.

»Immer wenn du im Zweifel bist, frag mich, meine Liebe, und ich werde dir raten, so gut ich kann«, versprach es die alte Mrs. Roxburgh ihrer »unwahrscheinlichen« Schwiegertochter, nachdem diese ihre Achtung und ihre Zuneigung gewonnen hatte.

Sie hatte einen weichen, kraftlos vornüber geneigten Nacken und stieß beim Teetrinken leise auf, weil sie immer vergaß, wie viele Tassen sie sich schon eingeschenkt hatte, und dann zuviel trank. Dies Aufstoßen ihrer Schwiegermutter hatte Ellen die anfangs vorhandene Angst genommen und in ihr Zärtlichkeit für die alte wehrlose Schachtel geweckt.

Die gebrechliche Mrs. Roxburgh hatte der Trauung nicht beigewohnt, die, was ihr im Grunde nur recht war, »viel zu weit entfernt« stattfand; das war, was Tante Triphena anging, ein Jammer, die nun darauf beharrte, ihrer Nichte beizustehen, um auf diese Weise darzutun, daß das Mädchen aus einer achtbaren, wenn nicht gar ansehnlichen Familie stammte. Die peinliche Frage, ob der Vater teilnehmen sollte, hatte sich stillschweigend von selbst gelöst, indem Dick durch sein Trinken vorzeitig abberufen wurde. Sosehr Dicks Tod Ellen zugesetzt hatte, er war es, der dazu führte, daß die Hochzeitsfeierlichkeit nun tatsächlich stattfand. Mr. Roxburgh hatte sie sozusagen im Sprung abgefangen, als er die Korrespondenz mit ihr wieder aufnahm.

Tante Tite hatte es sich nicht verkneifen können, auf diese bittere Wahrheit hinzuweisen. Ellen war in ihrer Verwirrung bereit, das zuzugeben, zugleich aber ihrem blassen, schmalgliedrigen Liebhaber, der ihr ein Fremder war, dankbar, als er zusammen mit einem zweiten Herrn aus der Kutsche stieg. Dies war sein Anwalt und Freund Mr. Aubrey Daintrey, das einzige Mitglied des Roxburgh-Clans, das an der Trauung teilnehmen und sich dann der Hinterlassenschaft von Mrs. Tregaskis annehmen würde. Ob er das, was er vorfand, anerkennend zu würdigen wußte, war ihm nicht anzumerken. Mr. Daintrey konnte sich nicht kühler, nicht stählerner (Stahl, leicht erzitternd unter außergewöhnlicher Spannung) verhalten, als er es als Sekundant bei einem Duell von Mr. Roxburgh getan hätte.

Tante Tite, deren Fürsorglichkeit immer nur an der Oberfläche blieb, gab sich großzügig, indem sie für ihre ärmliche Nichte weißen Satin und Spitzen, dazu Schuhe aus Satin und Glacéhandschuhe spendierte. Hepzibah Tregaskis als Brautjungfer trug ein rosarotes, zu ihrem hübschen Teint passendes Kleid. Die Braut, die in ihrem Leben zu viel auf dem Feld gearbeitet hatte, wirkte in Weiß um so dunkelhäutiger.

Mr. Roxburgh aber schien entzückt, und Mr. Daintrey als Brautführer brachte es zu einem kaum unterdrückten Lächeln.

Ellen hoffte, sie würde nicht weinen. Sie wollte ihren Ehemann so, wie sie es versprochen hatte, lieben und nicht nur aus Dankbarkeit.

Mr. Roxburgh und seine Mutter faßten den Entschluß, die Flitterwochen aufzuschieben, so daß die Braut erst einmal mit den Sitten und Bräuchen bekannt gemacht werden könnte, denen sie sich in Zukunft zu fügen hätte. Das einsame Leben auf einer ärmlichen Farm in Cornwall vertauschte Ellen Gluyas also zeitweilig gegen die Abgeschlossenheit in einem Herrenhaus in Gloucestershire, wohin die Familie von Winchester in der Hoffnung gezogen war, daß sich das milde Klima und die angenehme Gesellschaft in Cheltenhaum günstig auf den Gesundheitszustand von Mr. Austin auswirken würden.

Hier war sie wenigstens nur selten allein: Sie lebte mit ihrer sie freundlich beratenden und ermahnenden Schwiegermutter zusammen und war von Dienerschaft umgeben. Schrecklich fand Ellen Roxburgh nur, daß ihr bei jedem Aufstehen und Zubettgehen ein Dienstmädchen behilflich war.

»Du solltest dich dem Mädchen ganz überlassen«, riet ihr die alte Mrs. Roxburgh und warf dabei ihrer neugewonnenen Schwiegertochter einen flüchtigen Seitenblick zu. »Vetch wird dir das Haar kämmen und dir beim Anziehen und auch beim *Ent*kleiden helfen.«

»Aber das bin ich nicht so gewohnt«, protestierte die jüngere Mrs. Roxburgh. »Und wie soll ich sie anreden? *Vetch*?«

»Das ist ihr Name; wie sonst?«

»Nichts weiter als *Vetch*?«

Die alte Frau zog es vor, diese ihr peinliche Frage zu überhören, verriet die Frau ihres Sohnes damit doch, daß es ihr an den in der Gesellschaft üblichen Umgangsformen fehlte, oder es zeigte sich darin eine bedauerliche Verklemmtheit, denn der alten Mrs. Roxburgh war natürlich nicht unbekannt, daß Ellens Mutter Dienstmädchen bei Lady Ottering gewesen war.

Vetch war eine forsche, säuerlich dreinblickende ältliche Person, die ihren Pflichten auftragsgemäß und, ohne je irgendwelche Zweifel aufkommen zu lassen, mit einer Kühle nachging, die jemand, dem es an Selbstsicherheit fehlte, demütigen mußte.

Ellen Roxburgh gehorchte also, sie legte den Kopf zurück und fand sogar an dem Kämmen Gefallen; sie ließ sich auch anziehen und entkleiden; als Vetch sich aber das erste Mal hinkniete, um ihr die Strümpfe von den Beinen zu streifen, hielt sie das Dienstmädchen zurück.

»Aber was ist denn, Mad'm, ich tue doch nur, was jede Dame von mir erwartet.«

»Aber *ich* erwarte das nicht. Ich kann einfach nicht so untätig zusehn, außerdem mag ich es nicht, wenn jemand meine Füße berührt. Ich bin kitzlig.«

Obwohl sie lachte, um das Dienstmädchen nicht zu kränken, reagierte Vetch sauer; ein Leben im Dienst an der Herrschaft hatte ihr jeden Sinn für Humor genommen.

Ja, das Dienstpersonal verachtete sie, erkannte die junge Mrs. Roxburgh schon bald; es argwöhnte, sie wolle sich durch sie die Wiederaufnahme in eine Gesellschaftsschicht ermöglichen, von der sie sich abgewendet hatte, ohne zu bedenken, daß damit gewisse Geheimnisse nicht aufgehoben waren.

Die alte Mrs. Roxburgh andererseits war davon überzeugt, daß dieses redliche und ansprechende Mädchen höchstens theoretisch unter ihresgleichen aufgenommen werden könnte, und das Herz tat ihr weh, wenn sie an sie dachte. Um das irgendwie gutzumachen, trennte sie sich von einem Rubinenhalsband und einer Kette aus Topasen. »Warum sollst du etwas, das dir einmal gehören wird, nicht jetzt schon haben und dich daran erfreuen?«

Das war einer der Lichtblicke; die Schwierigkeiten kamen mit dem Schreibheft auf sie zu, denn die Schwiegermutter war der Ansicht, daß damit gleich zu Anfang begonnen werden sollte: ». . . in Anbetracht dessen, daß man deine Handschrift nicht gerade kultiviert nennen könnte.«

So wurde sie angehalten, Schnörkel und Schlingen zu üben, bis die alte Frau, als sie einmal unbemerkt darüber zukam, an ihrem seitwärts geneigten Kopf und ihrer hochgezogenen Schulter erkannte, welcher Schmach sich die junge Frau ausgesetzt fühlte. Also wurde das Üben von Ober- und Unterlängen abgesetzt. Ihr wurde einfaches Abschreiben aufgetragen und das Aufstellen von Listen mit dem vorhandenen Inventar an Leinenwäsche, Geschirr und Möbeln, obwohl diese Listen zu dem gegebenen Zeitpunkt keineswegs erforderlich waren.

Und dann gab es noch das von der alten Mrs. Roxburgh so sehr empfohlene Tagebuch, das ihr zu Selbstkenntnis und Selbstkorrektur verhelfen sollte.

20. August 1821
Ich fange heute an, in dieses saubere Buch zu schreiben, das ich hoffentlich nicht verderben werde, weil es mir von Ihnen geschenkt wurde. Mein Leben ist in allem zu einem einzigen Aufbruch geworden – und manchmal hätte ich wohl auch Anfälle, wenn ich ihnen nachgeben würde. Ich darf mich nicht beklagen, ich habe alles – ein Haus, wenn es auch Ihrs ist, seine Mutter wohnt in dem einen Flügel, aber ißt mit uns, sie ist sehr freundlich. Ich habe Kleider in Mengen, Diener, von denen nicht alle notwendig oder wünschenswert sind, die nur sprechen, wenn sie angeredet werden, und auch dann manchmal nicht. Ich habe ein spanisches Pony. Mr. R. hat mir ein Paar Finken in einem Käfig geschenkt, und meine kleine Möpsin Tip, sie ist lustig wie eine Grille. Ich reite in meinem grünen Kostüm aus, wenn auch nicht weit, was Mr. R. nicht erlauben würde, oder ich fahre in meinem Ponywagen, oder Mrs. R. und ich fahren in der Kutsche aus oder in der Kalesche, wenn das Wetter gut ist. Freunde grüßen uns, die meisten im Alter von Mrs. R. Wir halten manchmal an dem einen oder anderen feierlichen Haus und werden eingeladen, ein Glas Wein oder Tee zu trinken. Wenn ich in fremden Häusern nicht angesprochen werde, halte ich lieber den Mund aus Angst, was mir wohl sonst über die Zunge kommt. Aber ich lerne immerzu. Sie haben mir Bücher zum Lesen gegeben – Bischof Taylors *Sermone* und Miß Edgeworth und die Klatsche zu dem lateinischen Dichter, den Mr. R. am meisten liebt. Kann vorerst nicht viel anfangen damit und sitze meist, ohne zu lesen, und gucke auf meine Schuhspitze oder beobachte die Wespen, wie sie durch den Beutel an die Birnen heranzukommen versuchen, oder ich

sehe Tip zu, wie sie ihren Schwanz zu fangen versucht. Wenn ich es doch bloß wagte, in die Küche zu gehen, Marmelade zu machen, vielleicht tu ich das noch und werde dann ein Buch lesen, bei dem mir die Augen hoffentlich nicht weh tun ...

Es war ihr schon früh beigebracht worden, die Wahrheit zu sagen; sie hatte aber herausgefunden, daß die Wahrheit nicht immer mit dem übereinstimmte, was sie in der Schule oder in der Kirche gelernt hatte: Es war einfacher und zugleich komplizierter.

Ihre Eltern ehedem und jetzt ihr Mann und ihre Schwiegermutter erwarteten mehr von ihr, als sie selbst vorzuleben bereit oder fähig waren. Es hatte sie als Kind verwirrt und gequält, bis sie als Mädchen lernte, daß es wie bei allem anderen auch in der Wahrheit Übereinkünfte gab. Als junge Frau und »Dame« erkannte sie dies als zweckdienliche Möglichkeit, die in allen Fällen anwendbar war, und Leute, die sie früher kritisiert hatten, nahmen es schon bald beifällig auf, daß sie sich an die von ihnen befolgten Übereinkünfte hielt.

Moralisch anerkannt zu werden ist schön und gut. Ellen Roxburgh hätte darin gern geglänzt, aber unter den gegebenen Umständen gelang ihr das nur zeitweise. Ein- oder zweimal, als sie mit dem Rubinenhalsband oder der Kette aus Topasen die Treppe hinuntergekommen und ihre Hand dabei lässig am Geländer entlanggeglitten war, hatte sie es erlebt, daß ein sonst apathisches, wenn nicht gar feindseliges Hausmädchen sie unwillig bewundert hatte. Aus ihren Gedanken aufgeschreckt, hatte das Mädchen die Schaufel, mit der sie einen Ofenrost reinigen wollte, liegengelassen und war hinter einen Türvorhang geflohen. Bei einer anderen, weniger eindeutigen Gelegenheit hatte der Butler sie mit einem Ausdruck angestarrt, als hätte der Schlag ihn getroffen.

»Habe ich Sie erschreckt, Perkins?« fragte sie ihn mit jener milden Gelassenheit, die sie von anderen, die sie besser zur Schau zu tragen verstanden, gelernt hatte.

»Aber nein, Mad'm, überhaupt nicht. Ich war nur überrascht, wie außergewöhnlich gut Sie aussehn.«

Das waren auf eine Weise Triumphe, die ihr aber nicht als Balsam für ihre schlimmsten Verletzungen dienen konnten. Eine glänzende Abendgesellschaft konnte zu einer bedrückenden Szene der Qual werden, wenn die Wahrheit, kaum hatte sie den Rücken gekehrt, erbarmungslos hervorgezerrt wurde. Sie brach manchmal fast zusammen, wenn sie mit anhörte, was hinter einer angelehnten Tür, einer Schmuckurne oder einer Säule getuschelt wurde.

»Mr. Roxburgh stammt aus einer erstklassigen Familie, habe ich gehört.« Der Dame, die in Cheltenham zu Besuch war, hätte man kaum angemerkt, daß sie im trüben zu fischen gewillt war, hätten ihre Augen sich nicht glasig verschleiert und ihre Marabufedern nicht in gieriger Vorwegnahme gezittert.

Mrs. Daintrey, die Frau des Anwalts, bestätigte ihr, daß Mr. Roxburgh aus einer »höchst achtbaren und angesehenen Familie« sei.

Ein Gentleman schien nach den Geräuschen in seiner Kehle eine Bemerkung auf der Zunge zu haben.

Die Besucherin ruckte erneut an ihren Marabufedern: »*Mrs.* Roxburgh, höre ich, ist von sehr einfacher Herkunft.«

Mrs. Daintrey stöhnte ein wenig. »Aber sie findet sich sehr gut zurecht«, räumte sie aus Freundschaft zu dem Klienten ihres Mannes ein.

»Die Roxburghs jedenfalls«, nahm der Gentleman die Gelegenheit war, »sind schon seit Generationen in ihrer Geschäftsbranche tätig.«

Ihre Freundschaft lautstark zu bestätigen, rief Mrs. Daintrey: »Aber nie als kleine Verkäufer!«

»Und der Bruder?«

»Ah, ich kann kaum etwas über ihn sagen.« Mrs. Daintrey seufzte. »Es ist nur sehr wenig – mir jedenfalls – über Mr. Garnet Roxburgh bekannt. Sollten wir nicht einmal das Eis probieren?«

Mrs. Roxburgh schrieb in das nun nicht mehr so tugendsame, eher lasterhafte Tagebuch:

> ... mein Mann, möchte ich, sollte auf seine Weise vollkommen sein. Ich will nicht, daß man ihn verletzt. Ich werde besser mit Wunden, die man mir beibringt, fertig und bin bereit, mich an seiner Stelle verwunden zu lassen. Frauen sind im ganzen stärker, weil sie mehr wissen als Männer, obwohl diese so stolz auf ihr Wissen sind. Wir lernen es auch, uns gegen das Leiden abzuhärten, ob es nun körperlich oder geistig ist ...

Zu gefallen und zu schützen war Ellen Roxburgh von nun an ständig bestrebt; von den Freunden ihres Mannes akzeptiert zu werden und dadurch seine Achtung und seine Anerkennung zu gewinnen; sich den Roxburghs unaufdringlich und ohne sich zu demütigen dankbar zu zeigen, weil alles andere sie nur in Verlegenheit gebracht hätte. Was sie sich selbst nicht oder nur halb eingestand, war ihr Wunsch, ihren Mann in einer für sie beide annehmbaren Weise zu lieben.

Ebenso wie sie von Mr. Roxburgh erfuhr, daß der Tod für ihn nur ein »literarischer Begriff« war, fand sie heraus, daß auch seine Beziehung zur Leidenschaft ihre formellen Einschränkungen hatte. Sie für ihren Teil sehnte sich danach, wenn sie es auch nie gewagt hätte, diese Grenzen zu durchbrechen und ihn mit sich zu reißen, statt sich seiner zögernden, wenn auch aufrichtigen Liebesbereitschaft zu unterwerfen. »Decken« war ein von ihr fast vergessenes Wort, an das sie sich aus der Vergangenheit erinnerte und dem sich ihre eigenen passiven Kühe unterwarfen, während die Bienen mutwillig vom Thymian zum Ginster surrten, der Brachvogel in der Dämmerung pfiff und die Nacht von den schnatternden Geräuschen der Dachse erfüllt war. Sie selbst hatte nur einmal mit natürlicher Leidenschaftlichkeit reagiert, in den Augen ihres Mannes dann aber einen Ausdruck entdeckt, als hätte er etwas Bitteres geschmeckt oder in zu große Tiefen geschaut. So setzte sie wieder die Maske auf, die zu tragen offensichtlich von ihr erwartet wurde, und weil er ein aufrichtiger und zugleich bemitleidenswerter Mann war, hütete sie sich davor, die Maske künftig noch einmal herunterzunehmen.

Im zweiten Jahr ihrer Ehe wurde sie schwanger.

> ... ich bin natürlich sehr glücklich, und Mr. R. weiß sich vor Freude kaum zu fassen. Sein Bruder hat kein Kind, und so kommt es rechtens dazu, daß er, der ältere Bruder, den Familiennamen durch einen Sohn und Erben weiterträgt. (Vorausgesetzt, daß es zu unserer Enttäuschung kein *Mädchen* ist!) Durch das Kind werden sich auch unsere Gespräche beleben, sagt er. Ich habe nicht gewußt, daß wir einen Vermittler brauchen. Aber so ist es!

Mrs. Roxburgh hatte nach einem Sturz von ihrem spanischen Pony eine Fehlgeburt, und so durfte sie nicht mehr auf Dapple reiten; sie mußte sich damit zufriedengeben, gefahren zu werden. Selbst diejenigen, die wußten, was geschehen war, fanden, Mrs. Roxburgh sähe ebenso hübsch aus wie zuvor, ein bißchen blasser vielleicht in ihrem violetten Seidenkleid mit dem schwarzen, gefransten Umhang. Von der Kutsche oder der Kalesche aus grüßte sie ihre Bekannten mit jenem Anflug von Fröhlichkeit, den die Situation zuließ; die Federn auf ihrem großen Hut schwankten nur wenig.

An Tagen, an denen sie kleine Spaziergänge auf dem Grundstück unternahm, begleitete die Schwiegermutter sie manchmal. Seit dem traurigen Ereignis war die alte Mrs. Roxburgh gebrechlich geworden, sie hing tapsend an ihrem Arm und zitterte. »Ich finde es frostig, Ellen«, murmelte sie. »Wollen wir nicht hineingehen?«

Wenn die junge Frau allein war, durchstreifte sie manchmal das Haus, entdeckte Dachstuben und darin Geschirrschränke, bezweifelte aber, ob das jemals ihr gehören würde; sie fühlte sich dermaßen beraubt und war rastlos. Eines Abends, als das Licht in den Ulmen schon verblaßte, versuchte sie, in einer Dachwohnung mit einem Diamanten etwas auf die Fensterscheibe zu schreiben; sie hatte gehört, daß dies möglich wäre. Tatsächlich gelang es ihr, mit kühnen, etwas krackeligen Blockbuchstaben das Wort TINTAGEL auf die Scheibe zu schreiben, dann aber schämte sie sich oder hatte sogar Angst, obwohl weder ihr Mann noch ihre Schwiegermutter so hoch heraufsteigen würden, und wer es täte, würde diesen Namen nicht mit den Phantasien der jungen Herrin und auch mit keinem Ort in der real existierenden Welt in Verbindung bringen.

Zwei Jahre später wurde Mrs. Roxburgh ein zweites Mal schwanger und gebar diesmal einen kleinen, wohlgestalteten Jungen, der aber nur so kurze Zeit auf der Welt blieb, daß sie sein Abscheiden nicht einmal in ihrem Tagebuch vermerkte. Mrs. Roxburgh und ihr Mann kamen stillschweigend überein, daß sie diesen Vorfall nie wieder erwähnen würden.

Auch die Großmutter kam nur noch einmal indirekt darauf zu sprechen. »Austin war schon als Kind kränklich. Garnet war so ein stämmiger kleiner Bursche. Ich sehe ihn noch vor mir im Feuerschein aus dem Kamin, da saß er an dem eisernen Kaminvorsatz, nachdem die Amme ihn gebadet hatte. Er sprudelte nur so von Leben und Gesundheit! Und Austin immer so blaß. Er bekam Keuchhusten. Ich durfte gar nicht daran denken, weil ich immer Angst hatte, er würde sterben.«

Auf dem Tisch neben dem holzgeschnitzten Stuhl der alten Frau stand eine Miniatur, die von einer Girlande aus goldenen Blättern und birnenförmigen Perlen gerahmt war. »Da, sehen Sie!« forderte sie ihre Besucher mehrmals während eines Besuches zur Bewunderung auf, »meine beiden Jungens!«

Verglichen mit Austins Blässe und seinem ängstlichen Gesichtsausdruck, machte Garnet einen geradezu berückenden Eindruck: Seine Bluse war so geschnitten, daß die Schulter zu sehen war, seine Lippen glänzten wie gewaschene Kirschen, sein kastanienbraunes Haar war von einer Kinderschwester so liebevoll und gekonnt beiläufig hingekämmt, daß seine Stirn in reizvoller Weise frei blieb.

»Obgleich die Vorsehung mir hart mitgespielt hat«, fuhr die alte Dame redselig fort, »sehe ich keinen Grund, mich zu beklagen. Austin wurde verschont, und er war immer ein Herzenstrost für mich. Nun, sterben werden wir alle einmal. Du nicht, meine Liebe, du bist viel zu gesund.« Eine weiche, bläßliche Hand tastete sich vor, um die festere Hand der jungen Frau zu berühren. »Garnet ist so gut wie tot. Was nützt ein Junge einer Mutter oder irgend jemandem sonst, wenn er weit fort in Vandiemensland lebt?«

Einmal hatte Ellen tief genug Luft geholt, um fragen zu können: »Was hat Mr. Garnet Roxburgh dazu veranlaßt, nach Vandiemensland auszuwandern?«

Die Mutter war so überrascht, daß sie sich erst fassen mußte; aber dann sprudelte es aus ihr heraus: »Er war es nicht selbst, der diese Entscheidung traf – es waren Austin, Mr. Daintrey und einige andere, denen sein persönliches Wohlergehen am Herzen lag. Er selbst war nicht schuld. Er war eigensinnig und in manchem unklug und geriet in schlechte Gesellschaft.« Hier mußten ihr Bedenken gekommen sein, noch mehr Licht in eine Affäre zu bringen, die besser im Dunkel der Vergangenheit verborgen blieb, denn sie keuchte und schniefte und tupfte leicht auf den Tisch, bevor sie ausweichend fortfuhr: »Man sagt, es gibt Dinge in Vandiemensland, die einen für manches entschädigen – zum Beispiel ganz besonders eigenartige Beuteltiere. Garnet hat mir davon in einem Brief erzählt.«

Nicht lange danach starb die alte Mrs. Roxburgh. Der Tod traf, wie es zu erwarten war, ihren Sohn Austin hart, und alle kamen überein, seine Gesellschaft während der langen Zeit des Trauerns zu meiden. Nur seine Frau blieb bei ihm. Ellen, die sich mittlerweile als Tochter der alten Frau betrachtete, was alle um sie herum auch taten, weinte, als sie die leblosen Erdklumpen auf den Sarg schaufelte. Ihr Mann hätte es lieber gesehen, wenn sie ihren Kummer unterdrückt, sich ihm zumindest erst nach der Beerdigung hingegeben hätte, weil ihr rotes, in aller Öffentlichkeit von Tränen überströmtes Gesicht ihn an die Farmerstochter erinnerte, die er geheiratet und mittlerweile, wie er zu seiner Genugtuung hoffte, tiefer als seine

Mutter begraben hatte. (In seinen persönlichen Empfindungen befangen, schrieb Mr. Roxburgh nach London und bestellte ein Dutzend Paar Handschuhe in der Größe, die er in dem Jahr, in dem er »Ellen Gluyas« heiratete, hinten in seinem Tagebuch notiert hatte.)

Als Mrs. Roxburgh sich entschlossen hatte, sich eine Weile in der Koje ihres Mannes auszuruhen, bedauerte sie schon bald die Trägheit, der sie sich damit hingab. Inmitten der Bewegungen des sich hebenden und senkenden Schiffes und umgeben vom Rascheln der mit Stroh gefüllten Matratze, fühlte sie sich wie das stilliegende Zentrum des Müßiggangs. Sie gähnte unbeherrscht. Oh, läge sie jetzt auf Daunenkissen unter dem Federbett in Cheltenham! Dieser Wunsch hielt sie nicht davon ab, ihre Wange tiefer in den groben Bezug zu graben, auf dem sie im Gesichtsabdruck ihres Mannes lag: Umschwebt war sie vom Duft des Schlafes, der sie besänftigte. Bald, versprach sie sich selbst, würde sie wie ein Hausmädchen die Betten machen, bis dahin aber wollte sie sich dem Gewoge ihrer gefiederten Gedanken hingeben. Wenn sie erschauderte und reibend über die Gänsehaut auf ihren Armen strich, so war es, weil sie wußte, daß sie tiefer, als sie es wollte, hinabgeführt und unter Zwänge geraten würde, die sie mehr als alles andere haßte.

»*Warum?*« stieß er schrill und gequält hervor.

Sie saßen in einer warmen Ecke im Windschatten auf der Bark *Kestrel.* Wenn die Brise anhielt, würden sie in einem Tag in Hobart Town sein.

Diese Aussicht und die Wärme mußten Mr. Roxburgh dazu verführt haben, ungewöhnlich direkt auf die beunruhigende Frage seiner Frau zu antworten. »Meinem Bruder wurde vorgeworfen, er hätte eine Unterschrift gefälscht. Aber *beweisen* konnte es niemand! Die Anklage gründete sich eher auf Verdächtigungen als auf handfestem Beweismaterial, und da ich meinen Bruder kenne, bin ich der Überzeugung, daß er unschuldig war.« Mr. Roxburgh stieß seine aneinandergelegten Hände zwischen seine knochigen Knie; die eingefallenen Wangen und die zusammengebissenen Zähne verstärkten den Eindruck, daß er plötzlich gealtert sei. »Der arme Garnet, er hat nie in seinem Leben Böses getan! Er war oft unbesonnen, das gebe ich zu, und er sah eben zu gut aus. Sein Verhängnis war, daß sich immer alle, mit denen er zu tun hatte, von ihm angezogen fühlten. Auch die falschen Leute, durch die er dann vom Wege geriet.«

»Wenn die falschen Leute ihn verführt haben, dann muß es doch eigentlich dein Bruder gewesen sein, der sich von ihnen angezogen fühlte?« Um ihres Mannes willen hätte sie lieber anderes gedacht.

Mr. Roxburgh schrie fast, als er zur Verteidigung seines Bruders wiederholte: »Er ist kein schlechter Mensch! *Beweisen* konnte es ihm niemand!«

Sie packten ihre Bücher und Decken zusammen und gingen nach unten, wo Mrs. Roxburgh ihr Tagebuch hervorholte, um bis zum Abendessen einiges zu notieren.

> ... stellte wenig geschickt diese Frage, und Mr. Roxburgh antwortete mir aufgeregt und gequält. Er war sehr verzweifelt. Ich hätte das wissen sollen. Käme ich doch nur dagegen an, daß ich Garnet R. nicht ausstehen kann, um nicht mit meinem Mann in Streit zu geraten. Aber immer sehe ich den kleinen Jungen mit den glänzenden Lippen und den leeren Augen vor mir, mit denen er die Leute zu blenden versucht, denen seine Mutter das Bild so gern zeigte. Ich kann mir den »gut aussehenden« Mann genau vorstellen, zu dem dieser kleine Junge heranwuchs – die spöttischen Lippen, die harten, blauen, berechnenden Augen und diese – ich sollte mich davor hüten, so etwas zu schreiben – *nicht bewiesene Unredlichkeit.* Ich glaube, ich habe Garnet R. immer gehaßt, weil sein Bruder in seinem Schatten steht. Ich muß mich vor solchen Gedanken hüten, weil sie meinen lieben Ehemann schmerzen würden, aber ich muß ihn auch vor seinem naiven Glauben an jemanden schützen, der es, und das weiß ich genau, nicht wert ist ...

Als es soweit war und sie zum Abendessen gingen, war Mrs. Roxburgh wie umpanzert von ihren trefflichen Vorsätzen und strahlte einen Glanz aus, auf den ihr Mann nur bewundernd reagieren konnte.

Als sie am nächsten Morgen am Kai der von einem wie in Schleiern gehüllten Berg überragten Stadt lagen, fühlte sich Mrs. Roxburgh in ihrem Panzer nicht mehr so selbstsicher. Sie erinnerte sich ihrer selbst als der Farmerstochter, die einen angesehenen Gentleman geheiratet, ihre Ausdrucksweise verbessert und sich gewisse moralische Prinzipien und gesellschaftliche Regeln angeeignet hatte, von denen die meisten so wenig ihrem Wesen entsprachen wie ihre Versuche, die lateinische Schrift nachzuahmen, und ihre

Kommentare über die Bücher, mit denen sie sich nach dem Wunsch ihres Mannes beschäftigen mußte. Aber ihr Zusammentreffen mit dem von ihrem Mann verehrten Bruder, einem Gentleman von zweifelhafter Ehre, in dem sie ein durchtriebenes Abbild ihres eigenen Mannes vermuten mußte, konnte sich als die härteste aller Prüfungen erweisen, die ihr bisher auferlegt worden waren.

Unter diesen Umständen verharrte Mrs. Roxburgh erst einmal unten, machte ihre sehr bescheidene Haube zurecht (ein altes Ding, das Mr. Roxburgh für ihre Reise gerade passend schien), beulte die zusammengesackte Reisetasche aus und schloß ihr ledernes Reisenecessaire weg (in dem sie auch ihr Tagebuch verwahrte), während Austin Roxburgh sich an Deck begab und der freudigen, wenn auch anstrengenden Begegnung mit seinem Bruder entgegenging.

Als sie es nicht länger hinausschieben konnte und ebenfalls nach oben gehen mußte, hinderte ihre Verwirrung sie im ersten Moment daran, in der Person, die sie vor sich hatte, »Garnet R.« zu erkennen. Sie nahm nur das Funkeln in den blauen, skeptisch dreinblikkenden Augen wahr, zu dem sich der mildere, eher seichte Blick des Kindes auf dem Bild intensiviert hatte, und die Hand, die ungewöhnlich hart wie die eines Schmiedes oder eines Farmers war. Im Gegensatz dazu wirkte der Anzug, den er trug, ohne auffällig zu sein, teuer und sogar modisch. Die Manschette seines Hemdes, die sichtbar wurde, als er sich bückte, um einen fallen gelassenen Lederhandschuh aufzuheben, war aus makellosem Leinen.

Sie wandte den Blick von seinem Handgelenk und hörte sich die überdreht vorgebrachten Nichtigkeiten an, in denen sich die Brüder nach so langer Trennung ergingen. Nachdem Garnet Roxburgh ihr seine Aufwartung gemacht und sich nach ihrem Befinden erkundigt hatte, überließen die beiden Herren sie erfreulicherweise sich selbst.

»... geht's dir *gut*, Austin? Gut *aussehn* tust du jedenfalls, altes Haus!«

»Untätigkeit oder die lange Seereise haben neue Kräfte in mir geweckt, mein Lieber. Aber natürlich muß ich vorsichtig sein. Mein Herz, du weißt, läßt zu wünschen übrig.«

Mr. Garnet Roxburgh lächelte abwesend, vielleicht auch ungläubig bei dem Gedanken, jemand könnte etwas mit dem Herzen haben.

»Und Sie, Mrs. Roxburgh – Ellen, nicht wahr? Wenn du gestattest – hast du keine Leiden – oder, sagen wir, Beschwerden?« fragte er, während er mit ihr über die Laufplanke dem Kai zusteuerte.

»Keine«, erwiderte sie, während er ihr im Rücken folgte, »nur ein nervöses Kribbeln, weil sich unsere Ankunft so verzögert hat.« Sie war froh, Kies unter ihren Stiefelsohlen knirschen zu hören, was nicht nur bedeutete, daß sie festen Boden unter den Füßen hatte, sondern auch durch das scheuernde Geräusch eine Antwort überflüssig machte, die vielleicht taktlos, unaufrichtig oder – was in den Ohren ihres Mannes noch schlimmer geklungen hätte – indiskret ausgefallen wäre.

Aber die Brüder waren zu sehr mit Plänen und Erläuterungen beschäftigt, als daß sie auf irgendwelche Feinheiten in der Bedeutung von Worten geachtet hätten.

»Das Gepäck folgt im Ochsenwagen«, erklärte ihnen ihr Gastgeber. »Das heißt, alles, was ihr nicht unmittelbar braucht. Das Handgepäck nehmen wir im Zweispänner mit.«

Zwar waren die Räder von Lehm verschmutzt, und auch der Wagen selbst war von einigen Spritzern verunziert, im ganzen aber verdeckte der glänzende Farbanstrich die groben Formen des Wagengestells und gab ihm eine gewisse Eleganz, wie sie auch der Besitzer, wenn auch weniger augenfällig, zur Schau trug.

Während der langen, untätig verbrachten Zeiten auf der Reise hatte Mr. Roxburgh seiner Frau erklärt: »Es besteht wirklich kein Grund, Garnet zu bemitleiden, wenn sich auch unsere Mutter, was verständlich ist, immer darüber beklagte, daß sie ihren Lieblingssohn an ein – ja, sagen wir, wie es ist – rauhes und in moralischer Beziehung fragwürdiges Land wie Vandiemensland verloren habe. Garnet aber hat es dort zu Vermögen und Ansehen gebracht. Er heiratete eine beträchtlich ältere, vermögende Witwe und festigte dadurch seine Stellung in der Gesellschaft. Die Frau kam zwar schon bald durch einen bedauerlichen Unfall ums Leben, aber immerhin erbte er dann ihren Besitz, der ihm, schätze ich, ein ansehnliches Einkommen sicherte.«

»Wie ist Mrs. Garnet Roxburgh ums Leben gekommen?«

»Durch einen Unfall«, erwiderte Austin abwesend, denn in Gedanken war er mit anderen Dingen beschäftigt.

Als der Witwer sie durch Hobart Town fuhr, kam Ellen in flüchtiger Erinnerung an dieses Gespräch der Unfall in den Sinn, bei dem Mrs. Garnet Roxburgh umgekommen war.

»Gefällt es dir?« fragte, wie sie bemerkte, ihr Schwager sie.

»Was?«

»Unsere saubere kleine Stadt.«

»Ja, das ist sie«, gab sie zur Antwort. »Und ganz englisch. Es fällt mir schwer zu glauben, daß wir uns durch eine so bekannte Strafkolonie auf den Antipoden bewegen.«

Er lachte. »Das wirst du schon früh genug merken, aber du brauchst keine Angst zu haben oder dich peinlich berührt zu fühlen, falls du ebenso empfindlich bist wie Austin. Die Behörden sorgen dafür, daß diese Elenden beschäftigt sind, und haben sie im großen und ganzen fest an der Kandare.«

Als er den auf ihn gemünzten Vorwurf hörte, protestierte Austin, er wäre nicht empfindlich – wäre es eigentlich so gut wie nie –, und die beiden Brüder gerieten lachend aneinander und hänselten sich gegenseitig in Erinnerung an dies und jenes.

Da Mrs. Roxburgh hierbei nicht mithalten konnte, betrachtete sie mit Vergnügen die anspruchslosen, aber oft reizvollen Häuser, deren schlichter Baustil hin und wieder durch eine allzu üppig vorgesetzte Fassade verdorben wurde. Die Hühner liefen frei auf der Straße herum, und eine umhertrottende Kuh stieß mit ihrer Lende fast gegen eins der Wagenräder. Unermeßliches Heimweh kam in Ellen auf, als sie den dünstenden Atem der Kuh roch und das dumpfe Tappen der Hufe und das Aufplumpsen des Dungs hörte. Wären nicht das ungesellige Herstarren von achtbaren Bürgern und das finstere Stirnrunzeln von Leuten gewesen, in denen sie deren Sklaven sehen mußte – es hätte ebensogut Gluyas' Karren sein können, in dem sie zum Markt fuhr.

Als sie die Stadt verließen und landeinwärts fuhren, verfielen die beiden Brüder in Schweigen. Austin hatte sich bei der ins einzelne gehenden Schilderung eines im klassizistischen Stil geplanten Grabdenkmals ausgegeben, das er persönlich für die Grabstätte ihrer Mutter entworfen hatte. Garnet seufzte; seine Stimmung hatte sich weniger aus Trauer, sondern eher, wie Ellen meinte, aus Langeweile verdüstert; oder vielleicht war es die Aussicht auf einen langen Besuch von Familienangehörigen, die sich ihm auf die Seele gelegt hatte.

Auf alle Fälle schien er seine Schwägerin, die er, nach seinem Benehmen zu urteilen, nicht ernst zu nehmen gewillt war, vergessen zu haben. Nicht daß sie an einer ernsthaften Zuwendung seinerseits Gefallen gefunden hätte. Er würde ihr, dachte sie, wahrscheinlich noch unsympathischer werden, als sie es vorausgeahnt hatte. Er hatte etwas an sich, das sie als Farmerstochter und sogenannte Dame, die sie war, als grob und fleischlich-lüstern empfand. Vielleicht war es dies, was sie abstieß und die Tatsache, daß ein Roxburgh beides in sich verkörperte und es ihr aus ihm so aufdringlich entgegentrat. An seinen Händen, in denen er auf dieser eintönigen Fahrt die Zügel hielt, fielen ihr die dicken Gelenke und die zwischen Handschuh und Hemdsärmel vorsprießenden Haare auf. Sie drehte den Kopf weg. Er mißfiel ihr nicht nur, er stieß sie ab, und nicht nur er war ihr widerlich, ihre eigenen Gedanken waren es auch, die ihr Mann und ihre verstorbene Schwiegermutter ihr niemals zugetraut hätten.

Um sich zu entfliehen, schaute sie hinaus aufs Land, wo sie eine Gruppe von Männern entdeckte, die nur zu den von Garnet Roxburgh erwähnten »Elenden« gehören konnten. Die Gefangenen waren in zwei Mannschaften aufgeteilt, von denen jede einen mit soeben herausgebrochenen Steinen beladenen Handkarren schob. Bewaffnete Wächter brüllten aus dieser Entfernung unverständliche Befehle. Die Gruppe befand sich in halber Höhe in einer Senke zwischen zwei Abhängen. Um ihre Karren zum zweiten Abhang hinunterzuschieben, stemmten die Männer sich ein, die vorne gruben ihre Hacken rückwärts gebeugt in die Erde, während die hinten sich mit ihrem ganzen Gewicht ins Zeug legten, um ein zu rasches Vorrollen zu verhindern. Die Gesichter waren zur Sonne erhoben, die Zähne in den keuchenden Mündern waren zwischen nicht ganz geschlossenen Lippen entblößt, die Haut war überströmt von Schweiß und Licht. Die zuckend bewegten Gesichter waren braun verwittert, durch die geschlossenen Augen und die weißen Augenlider aber wirkten die Gefangenen unnatürlich gelassen, wie man es bei Blinden beobachten kann, und schienen dadurch abgetrennt von allem Leben um sie herum.

Mrs. Roxburgh war nur froh, daß die Männer die Lider gesenkt hatten und sie auf diese Weise vermutlich nicht noch zu Gesicht bekommen würden, bevor dann der Wagen um den vor ihnen gelegenen Hügel herum verschwand. Sie fühlte sich in Erinnerung an die Not und die Entwürdigungen während ihrer Mädchenzeit von Mitleid ergriffen, aber mehr lag ihr daran, die aufkommende Wut der Gefangenen nicht auf sich zu ziehen, wenn diese die Augen öffneten und vor sich Leute sahen, von denen sie glauben mußten, daß sie im Frieden mit sich selbst ein bequemes Leben führten.

So verklammerte sie ihre in Handschuhen steckenden Hände und suchte die Pferde durch den Einfluß ihres Willens zu schnellerem Trab zu spornen. Dadurch, daß sie sich grübelnd auf die Lippen gebissen hatte, waren sie geschwollen und stumpf. Zum Glück hatten sich ihre Begleiter mit Unterbrechungen zu unterhalten begonnen und waren zu sehr mit der Vergangenheit beschäftigt, als daß ihnen die unglückseligen, zu Tieren erniedrigten Arbeitssklaven noch vor deren Verschwinden aufgefallen wären.

Die Landschaft, die sie durchfuhren, war teilweise gerodet, teilweise wild. Gelegentlich auftauchende Steinkaten oder aus Astwerk und Lehm gebaute Hütten sahen durch die sie überragenden, ausladenden Wälder um so winziger aus. Die Wege waren durchgehend in einem grausigen Zustand. Die beiden bulligen Pferde stapften schwerfällig vor, ihr Fell war dunkel von Schweiß, nur dort nicht, wo durch die Reibung zwischen Zaumzeug, Zugleine und Kruppe Schaum vorquoll. Durch tiefe Furchen wurden die Fahrgäste häufig mit einer Wucht gegeneinander geworfen, hinter der man schon fast so etwas wie eine Absicht vermuten konnte.

So steif sich Mrs. Roxburgh aufrecht hielt, daß sie, sosehr sie sich widersetzte, gegen die Schulter ihres Schwagers geschleudert wurde, war nicht zu vermeiden; und plötzlich wandte er sich ihr zu. »Wir werden mit Gottes Hilfe zum Abendessen da sein. Bis dahin«, fügte er lachend hinzu, »werden wir, ob wir wollen oder nicht, gut miteinander bekannt sein.« Er sagte das so, als ob ihr Mann – sein Bruder – gar nicht dabei sei.

Wenn sie auch nicht antwortete, so konnte sie doch schlecht den Anflug eines Lächelns vor jemandem unterdrücken, in dessen Augen sie die herausfordernde Offenheit des Jungen auf der Miniatur erkannte. Lächelte sie nicht, dachte sie, dann könnte er denken, sie sei vergrämt oder gekränkt, weil sie vernachlässigt worden war.

Bald darauf sprühte ihnen Regen ins Gesicht. Ihr Mann hustete und zog seinen Mantel fester um sich. Es war kalt für die Jahreszeit. Die Früchte der schwer behangenen Obstbäume in den Gärten waren noch unreif.

Garnet Roxburgh entschuldigte sich dafür, daß sein Wagen kein Verdeck hatte. »Ist der Regen dir unangenehm?« fragte er sie statt seinen offensichtlich verärgerten Bruder.

»Überhaupt nicht«, erwiderte sie. »Ich bin daran gewöhnt.«

Wieder wurde sie in ihrer Vorstellung zu Ellen Gluyas, die im Karren zum Markt in Penzance fuhr. Hätten die Roxburghs ihr Lächeln bemerkt, die Ironie darin wäre ihnen vielleicht nicht entgangen.

Aber sie wurden es nicht gewahr, und sie fand sich veranlaßt, die Hand ihres Mannes zu nehmen. Sie drückte sie, und er sah erstaunt zu ihr, er fragte sich, was sie zu dieser Geste bewogen haben mochte.

Der Wagen rumpelte voran. Der Regen sprühte über sie hinweg und ließ sie hinter sich. Über einem welligen Haferfeld wölbte sich, durch eine Lücke zwischen den sich verdunkelnden Bäumen sichtbar, ein zart verschwelender Regenbogen. Ihre Wangen glühten, nicht aber durch den frostigen Wind, sondern durch die bis zuletzt verschleierten Überraschungen, die das Land nach jeder Wegbiegung bot. Auch wollte sie es dem Schwager, der ihr weiterhin zuwider sein würde, nicht zugestehen, daß er ihr die Freude verdürbe.

»Da wär'n wir«, konnte Mr. Garnet schließlich verkünden, »in ›Dulcet‹ – wenn auch nicht zum Abendessen, so doch kurz danach.«

Die Pferde wollten in einen Seitenweg, wo es für sie Futter und Wasser gab, er aber riß sie an der Kandare herum und brachte sie an einer kleinen weißen Pforte zum Stehen, die sich in einer von zwei Zypressen bewachten Hecke befand. Die dichten Buchsbaumbüsche der Hecke waren geschnitten, ebenso wie die Zypressen, deren Wipfel außerdem gekappt waren, wodurch das Anwesen etwas Militärisches hatte, fast wie eine Strafanstalt wirkte. Dieser Eindruck von Strenge und Disziplin mußte Neuankömmlinge zunächst davon abhalten, das dahinterliegende Haus ins Auge zu fassen, das angenehm wirkte und eher um der Bequemlichkeit willen als etwa repräsentativ gebaut schien, wenn es auch sicher von jenen, die die Nachfolge der ehemaligen Besitzerin angetreten hatten, durchgreifend verbessert worden war. Es war im ganzen eine niedrige, ausgedehnte Anlage, die sich hinter einer flachen Veranda mit einer Reihe von Nebenräumen und Büros in die Tiefe erstreckte. Die in das Schindeldach eingelassenen Fenster ließen einen beengten oberen, wahrscheinlich für die Dienerschaft gedachten Stock vermuten.

Mrs. Roxburgh hatte das Gefühl, daß dieses »Dulcet« ihr ans Herz wachsen könnte, wenn das Schicksal sie hierher verpflanzt hätte und ihr Schwager nicht anwesend gewesen wäre.

Oder vielleicht war es ungerecht, so zu denken. Vielleicht liebte er diesen Ort wirklich, wenn auch sonst nichts und auch keinen anderen Menschen; hatte er doch die Hecke und die Zypressen so sorgfältig schneiden und die Pforte und das Fachwerk so vortrefflich malen lassen. Das ließ möglicherweise auch darauf schließen, daß er die mit ihm verheiratete, bei einem rätselhaften Unfall ums Leben gekommene Witwe geliebt hatte.

»Na, wollt ihr nicht aussteigen?« rief er seinen entweder tauben oder benommenen Fahrgästen zu.

Seine Zähne schimmerten im Licht; er hatte die Arme ausgebreitet, um seine Schwägerin in Empfang zu nehmen.

Aber Mrs. Roxburgh wartete, bis ihr Mann ausgestiegen war und sich zu ihr umwandte, wonach er ihr die Hand reichte, die sie gestreichelt hätte, wenn sie für sich und unbeobachtet gewesen wären.

Die bellenden Hunde verstummten, als sie interessiert an ihrem Rock schnupperten, und knurrten nur noch zwischendrin mißbilligend, während sich zwei nachlässig gekleidete Männer mit typisch irischen, illusionslosen Gesichtern an ihr unter dem Kutschbock verstautes Handgepäck machten.

Auf den Verandastufen erwarteten zwei Frauen, deren Äußeres angenehmer war als das der bäurischen Gepäckträger, die Besucher, um sie zu begrüßen.

»Dies ist meine Haushälterin – Mrs. Brennan«, sagte Mr. Garnet und zeigte mit einer herablassend leutseligen, wegwerfenden Handbewegung auf die ältere der beiden Frauen.

Die Haushälterin, die mittleren Alters war, schien nervlich ziemlich labil. Mrs. Roxburghs Beispiel folgend, brachte sie es mit zitternden Lippen zu einem kleinen Lächeln. Durch das etwas wirr unter ihrem sauberen, wenn auch ein wenig zerdrückten Häubchen herabhängende Haar wirkte sie zerstreut. Mrs. Roxburgh hatte nur einen verschwommenen Eindruck von Mrs. Brennan, etwa so, wie wenn man den Mond durch grauweißes, vom Wind zerzaustes Gewölk sieht.

»Und Holly, ihre Hilfe«, setzte Garnet Roxburgh noch etwas beiläufiger hinzu.

Während Mrs. Brennan in ihrer Jugend gut ausgesehen haben mochte, war das junge Mädchen trotz ihres ausgebeutelten, grauen Kleides und ihres schäbigen Häubchens ausgesprochen hübsch. Sie mochte von Natur aus lebhaft und fröhlich sein, war aber durch die Ankunft der Fremden eingeschüchtert und den Tränen nahe, was vielleicht auch durch die brüske Art ihres Herrn, das wilde Gebell der Hunde und die fluchenden Iren verursacht war, die die zur Futterkrippe drängenden und den Wagen im knirschenden Kies vorziehenden Pferde mit Gewalt zurückzuhalten suchten.

Die Besucher hätten sich gern auf ihre Zimmer zurückgezogen, um sich dort ihrer Erschöpfung überlassen zu können, aber sie mußten zuhören, bewundern, ihrerseits erzählen und bis spät in den Abend allerlei Köstlichkeiten zu sich nehmen. Nach der Mahlzeit entschuldigten sie sich. Endlich hätten sie zur Ruhe kommen können, aber Mr. Roxburgh fand heraus, daß die Decken auf ihrem breiten Bett klamm waren. Es sei nur die Kälte, suchte sie ihn zu beruhigen. Klamm ist klamm, behauptete er und ließ sich nicht davon abbringen; er fühlte das und könnte sich auf seinen Tastsinn verlassen. Nachdem er sich in seinen Mantel und in einige Reisedecken gehüllt hatte, verkündete er, daß er die Nacht auf dem Sofa verbringen werde. Ihn umzustimmen oder zu besänftigen ging über ihre Kraft, und ihr selbst war auch nicht behaglich zumute, als sie sich dann unter die beanstandeten Decken legte.

Erst am Morgen war Mrs. Roxburgh imstande, ihre ersten Eindrücke in Ruhe zu überdenken, sich aus ihrer Befangenheit zu lösen und nach einem späten Frühstück auf ihrem Zimmer einige dieser Eindrücke in ihrem Tagebuch zu notieren. In ihr lockeres Musselinkleid, in Sonne und den Gesang der Vogel gehüllt, setzte sie sich und gab sich ihrem sanftesten Laster hin.

4. Nov. 1835
Beginne, mich jetzt erst nach der gestrigen Reise und der Ankunft zu erholen. Nichts hat mich so erfrischt wie der Anblick des Ochsenwagens, als er mit unserem schwereren Gepäck den Weg heraufkam (zusammen mit dem, was unser Gastgeber als ein paar »unnötige, aber unentbehrliche Luxusartikel« bezeichnete, die er in Hobart Town eingekauft hatte). Mr. R. wird glücklicher werden, wenn er sich jetzt wieder seine Bücher vornimmt, mir genügt es einfach, alle meine Sachen um mich zu haben. Mir ein Heim in der Wildnis zu schaffen!

Ich sehe keinen Grund zu undankbaren Äußerungen, wo Garnet R. doch die Freundlichkeit selbst ist. Er ist jetzt auf dem Gelände der Farm tätig, und schon klingt es undankbar, wenn ich sage, daß ich darüber froh bin. Ich habe keinen Grund dazu. Daß ich ihn nicht mag, ist einfach unvernünftig. Mir ist klar, daß Mr. R. nicht beabsichtigt, sich irgendwie aktiv an dem Leben auf »Dulcet« zu beteiligen (nicht aber, weil es ihm an Zuneigung zu seinem Bruder fehlte). Er hat mir unter uns mitgeteilt, daß es mit Schafen und Kühen alles soweit seine Richtigkeit hatte, während er um die Hand der Farmerstochter anhielt, unter normalen Umständen aber (außerhalb der Bücher von Vergil) öden sie ihn an. So ist es *meine* Pflicht, Anteil zu nehmen. Warum auch nicht? Das Land ist wohl wild, aber auch schön, das Anwesen gedeiht offensichtlich, das Haus ist geräumig und unerwartet bequem eingerichtet, ganz anders jedenfalls als unsere verluderte Farm in Z.

Nach dem Hörensagen hat die verstorbene Mrs. Garnet Roxburgh alles, was sie besaß, von ihrem ersten Ehemann geerbt. Im Eßzimmer hängen Porträts von Mrs. Garnet und ihrem Ehegatten Dormer. Nach ein oder zwei Glas Wein bemerkte Mr. R. seinem Bruder gegenüber, er an seiner Stelle würde die Bilder entfernen, statt sie als Andenken hängen zu lassen. G. R. wies darauf hin, daß sie hierzulande als wertvoller Besitz gelten – allein schon die Rahmen. Gewiß, sie sind kunstvoll geschnitzt und schwer vergoldet, aber was sie umrahmen, kann einem nicht gefallen. Mrs. (Dormer) Roxburgh hat ein langes, eckiges, sehr blasses Gesicht, das fettig glänzt. Die Lippen sind unnatürlich rot, vielleicht wollte der Künstler ihnen Leben geben, wie es der Haut fehlt. Eine langweilige, aber gerissene Frau, würde ich sagen, die sich offensichtlich zu Männern mit blühendem Teint hingezogen fühlte. G. R.'s Haut ist schon sehr rötlich, die Wangen von dem verstorbenen Dormer aber glühten fast, und ich kenne nur zu gut diesen Blick seiner wäßrigen Augen. Auch Garnet hat eine Vorliebe für Wein, von Trauben, die hier gewachsen sind und ursprünglich von Mr. Dormer angepflanzt wurden. Beim Essen wurde mein gewöhnlich enthaltsamer Mann von seinem Bruder zum Trinken verführt und machte mich ganz verlegen, als er einen Toast ausbrachte, der mir, wären wir allein gewesen, Freude gemacht hätte, nicht aber in der Gegenwart von G. R. Ich war zu müde, mehr als einen Happen von der fetten Gans zu essen, die sie zur Feier des Tages geschlachtet hatten, und den Pudding rührte ich gar nicht erst an. Ich ging, sobald es, ohne unhöflich zu sein, möglich war, und überließ die Brüder ihrer Kindheit und Jugend.

Bis Mr. R. sich dort losreißen konnte, benutzte ich die Gelegenheit, um mich ein wenig mit der Haushälterin anzufreunden, die ich in der großen steinernen Küche beim Zusammenkratzen der Essensreste vorfand, wobei ihr das Mädchen half. Mrs. B., würde ich sagen, ist eine schlichte, anständige Frau, die aber von großem Kummer bedrückt ist. Wiederholt mußte ich hören, daß sie und ihr Mann »freie Siedler« waren. Als ihr Mann (er war Glaser) starb, mußte sie sich nach einer Stellung umsehen und ging von Hobart als Köchin zu Mr. und Mrs. Dormer, die, sagt sie, gut zu ihr waren. Sie sieht immer gern das Gute in allen, anders als ich, die ich meistens das Schlechte sehe. Muß mir Mrs. B.

als Vorbild nehmen, obwohl es bei ihr wie bei so vielen anderen sein kann; sie reden so, aber sie denken anders. So glaube ich zum Beispiel nicht, daß sie so viel Gutes in ihrem jetzigen Herrn sieht, aber sie würde eher sterben, als ihre geheimen Gedanken preiszugeben. Als das Mädchen nach draußen ging, um den Hunden die Essensreste hinzuwerfen, betonte Mrs. B. noch einmal, daß sie eine freie Siedlerin sei, das Mädchen aber wäre wegen Diebstahls aus der alten Heimat deportiert worden und hätte ihre Zeit erst absitzen müssen, bevor sie zugewiesen wurde. Die etwa zwanzig Männer, die mein Schwager beschäftigt, sind alle Zugewiesene. Beim Essen sprach er von seiner »Bande von Schurken«, was sie wohl auch sind.

Wieviel von einem Schurken, frage ich mich, hat Garnet R. an sich? Oder wieviel steckt davon in *mir*? Ich habe schon gelogen, wenn es notwendig war, und bin manchmal, was wirklich tugendhafte Leute eine Heuchlerin nennen. Aber wenn ich auch nicht vollkommen gut bin (nur mein lieber Mann ist das), so bin ich doch auch nicht übermäßig schlecht. Wo verläuft die Grenze, die man nicht überschreiten darf? Ich möchte einmal mit diesen Schurken reden, aus Neugier vielleicht nur, aber dazu wird es wohl nie kommen.

Während Holly noch auf dem Hof war, fragte ich Mrs. Brennan, wie es zu dem Unfall ihrer Herrin gekommen wäre. Sie war ganz verwirrt und sagte immer wieder, was vergangen ist, sollte man besser vergessen. Und dann brach alles aus ihr heraus, als hätte sie nur darauf gewartet, es zu erzählen – wie der Herr, als er seine Frau auf eine Fahrt über die Bergstraße mitgenommen hatte, den Wagen umgeworfen hatte. Sie brach sich dabei das Genick!

Später

Ich will mich jetzt mit anderen als den oben erwähnten Dingen befassen – mit dem schönen Zimmer, in dem wir untergebracht sind, daneben ein Ankleidezimmer, in dem ich jetzt sitze und schreibe, während Mr. R. in die Bibliothek gegangen ist, aber nur, um die Bücher, die er bei sich hat, zu lesen; einige davon hat er nämlich schon ausgepackt (auf Vergil werde ich noch richtig eifersüchtig!). Es ist warm heute, wenn auch ein Wetterwechsel in der Luft liegt. Vor meinem Fenster ein Obstgarten: Aprikosen und Pflaumen, so weit das Auge reicht; das Obst nimmt schon Farbe an, und auf der einen Seite ist ein Küchengarten, abgegrenzt durch eine Himbeerhecke. Bienen sind durch den Obstgarten auf dem Weg zu den ergiebigeren Wiesen. Von allen Vögeln, die ich singen höre, erinnert mich einer (ein Goldfink?), der vor meinem Fenster in einer Hagedornhecke sitzt, mit seinen langgezogenen Trillern daran, daß die Linie, die Zufriedenheit von Melancholie trennt, nur dünn ist...

Als sie sich angekleidet hatte, kam Mrs. Roxburgh auf die Idee, vor dem Mittagessen noch ein wenig spazierenzugehen, vorher aber suchte sie ihren Mann auf, um ihn zu fragen, ob er mitkommen würde.

»Bist du der Ansicht, ich sollte mich etwas produktiver betätigen?« Es klang mürrisch, und so sah er auch hinter seiner goldenen Brille aus.

Dann, als er sich wieder beisammen hatte, runzelte sich die Haut an seinen Augenwinkeln, und er zeigte sich bereit, ihr die Unterbrechung zu verzeihen. »Danke nein, liebe Ellen«, sagte er, und sie waren wieder versöhnt.

Als sie die Bibliothek verließ und durchs Haus ging, merkte sie zu spät, daß sie auf dem Wege zu den Küchenräumen war (wie wenig sie sich doch von ihrer Herkunft freimachen konnte), wo sie Holly antraf, die in der Speisekammer Kartoffeln von einem Sack in eine Holzkiste beförderte oder eher schleuderte. Das Mädchen war offenbar wütend über eine Arbeit, die ihr unerträglich langweilig schien. Einige Kartoffeln verfehlten das Ziel und rollten über die Fliesen hin. In der Luft hing ein feiner roter Dunst von den ungewaschenen Kartoffeln.

Die darüber zukommende Mrs. Roxburgh mußte niesen; dem Mädchen schien es nicht anders zu ergehen, denn seine Nase war geschwollen. Oder hatte es geweint?

»Weswegen bist du denn so unglücklich, Holly?« fragte Mrs. Roxburgh sie.

Das Mädchen zog die Luft schniefend ein, und dann brach es ihm blubbernd über die geschwollenen, pflaumenhäutigen Lippen. »Ah, nichts!« schluchzte es.

Dieses »nichts« konnte so gut wie alles sein, und so bedauerte die ältere Frau ihre falsch gestellte Frage und suchte ihren Fehler gutzumachen. »Du mußt dich nicht so aufregen«, riet sie ihm und fügte noch unkluger hinzu: »Früher oder später wirst du dein Glück in der Heirat mit einem anständigen Mann finden.«

»Heiraten ist nichts für mich!« heulte das Mädchen, »oder wenn, dann so was wie diese alten Kartüffeln – oder Schlimm'res!« schrie es und schmiß so ein vieläugiges Monstrum auf den Boden.

Holly war nicht in der Stimmung, daß sie gegen ihre Verzweiflung an zur Vernunft gebracht werden könnte, und so verließ Mrs. Roxburgh sie. Bevor sie den Hof überquerte, blieb sie einen Moment auf dem Rand der untersten Stufe stehen. Das Schicksal des Mädchens glich ihrem eigenen, von der Scheuermagd wäre sie zur sich abschindenden Haussklavin geworden, wenn sie nicht durch die Laune eines reichen Mannes davor bewahrt worden wäre. Oder kaum nur dadurch, da Austin Roxburgh sie doch nach Regeln liebte, die von Vernunft und Ehre bestimmt waren. Die Jahre bewiesen es.

Die Sonne, die zum Behagen der in der Wärme badenden Hühner und dreier weißgerüschter Truthennen den Hof durchflutete, hätte ihr eigentlich jeden Rest ihres unvernünftigen Schuldgefühls nehmen sollen. Aber dann sah sie zwei von diesen zugewiesenen Männern, die sich, statt Holz zu schlagen, müßig auf ihre Axtstiele lehnten, und ihre Bewegungen wurden linkisch. Einer der beiden tippte an seine puddingrunde Mütze, der andere übersah sie. Ihr Murmeln, das sie auf dem Weg über den Hof hinter sich hörte, steigerte noch ihre Verlegenheit. Aber ihre Bemerkungen, kritisch, wie sie sein mochten, blieben unverständlich und waren zudem übertönt vom Gackern der Hühner und dem Geschnatter der Truthuhnküken. Es gab für sie keinen Grund, sich zu schämen, wegen ihrer Kleidung schon gar nicht: Sie trug eine schlichte Haube und ihr ältestes Ausgehkleid.

Erleichtert fühlte sie sich erst, als sie aufs Land hinauskam. Auf der einen Seite lagen Felder, die von grob behauenen Pfählen eher wie von Palisaden als von Zäunen umgrenzt waren, wodurch die Ernte von dem Weideland mit den Viehherden getrennt wurde; zur anderen Seite hin erstreckte sich ein Wald, der Wanderer, die sich versucht fühlen mochten, das ihm innewohnende Geheimnis zu ergründen, weder einlud noch abstieß. Und wirklich fühlte sie sich versucht, aber vorerst genoß sie den Anblick der smaragdgrün schimmernden Weiden und entzückte sich an den wollig gewölbten Flanken der grasenden Lämmer.

Dann kam sie an eine Weggabelung und entschied sich für die schmalere Abzweigung, die sich wie ein Band zwischen den Bäumen am Saum des Berghanges hinzog. Sie war schon bald von der

Düsternis des Waldes umhüllt; der Weg wurde rauh und gefurcht, das Licht war dort, wo es durchs Laub einfiel, weißer als bisher und greller. Sie atmete schwer, während sie bergauf vorankletterte, und sie entknotete die Bänder ihrer Haube, zog den unerträglich gewordenen Mantel mit Pelzbesatz aus, und es irritierte sie, daß ihre Stiefelsohlen sie so wenig gegen die Steine schützten.

An einer Stelle reizte es sie, einen abführenden Pfad, der eher ein Tunnel war, zu betreten. Sie ging eine ganze Weile über Moos und atmete hier die veränderte Luft unter Bäumen ein, deren Auswüchse manchmal schwammig wie Kork, manchmal hart wie die Teile einer Rüstung waren. Klumpige, niedrig gewachsene Büsche waren von weißen Schmarotzerblüten wie von Brautschleiern überzogen. Die Wedel von riesigen Farngewächsen strichen über sie hin, und sie betastete den pelzigen Überzug ihrer braunen Knubben.

Sie war wie verzaubert und setzte sich im gesprenkelten Schatten einer kleinen Lichtung auf einen Haufen aus verwesenden Blättern und Rinde, um ihre Umgebung ungeachtet der Feuchtigkeit und herankriechender Spinnen zu genießen. Als sie ihre überflüssige Haube abgenommen und ihr verworrenes Haar gelöst hatte, fühlte sie sich kaum noch als die Ellen Roxburgh oder auch Ellen Gluyas, die sie war; sie ähnelte vermutlich eher dem Wesen, das ihr der Spiegel vorenthielt, das sich ihrem Wahrnehmungsvermögen entzog und das doch, spürte sie, irgendwie existieren mußte.

Die beglückende Kühle, der sie nur wenig abstoßende Geruch der verwesenden Vegetation und vielleicht ihre Selbstbefangenheit – alles das wirkte zusammen, um sie zuerst milde und verstohlen, dann aber mit überwältigender Zudringlichkeit zu betäuben. Es war, als triebe sie am Grunde der See in der Felsbucht hin, in die das Schiff mit seinem geschnitzten, festlich geschmückten Bug einfuhr. Und dann beugte er sich über sie. Sie hob die Hand, um die beginnenden Stoppeln auf der geröteten Wange zu berühren. Ihre pflaumenhäutigen, füreinander geformten Lippen berührten sich, strömten Mund an Mund ineinander über, entzogen sich. Und da bemerkte sie einen Makel: In seiner zu üppig vorgewölbten Unterlippe war eine Vertiefung. Die Anziehungskraft, die sie empfunden hatte, ließ nach, sie fühlte sich abgestoßen. Warm und zögernd fielen Tränen, die, gewahrte sie, nicht ihre waren. Das Mädchen Holly hielt aus Gram oder Zorn ein Messer in der Hand. *Du kannst mich nicht erschrecken, Holly, ich bin es nicht, die du zu töten beabsichtigst.* Das Mädchen murmelt, sie will nicht noch einmal eine

Strafe absitzen, es sind die Kartoffeln, aus denen sie die Stellen herausschneiden will.

Mrs. Roxburgh erwachte wie erstickt aus ihrem Traum, ihre Stiefel ragten albern unter ihrem Rocksaum hervor. Das flirrende Netz aus Sonne über der Lichtung, auf der sie lag, hatte sich verzogen, so daß sie sich jetzt von schwarzem, feindseligem Unterholz umgeben sah. Sie hob ihre Haube an den Bändern auf und hastete, ohne erst Zweige und Blätter abzubürsten, durch den Tunnel zum Weg zurück. Auch hier war die Sonne entschwunden. Einem Impuls folgend, lief sie die Anhöhe hinunter, verstauchte sich fast die Knöchel an den wegrutschenden Steinen, und ihr Atem klang eher erschöpft als verzweifelt.

Sie war in der Tat erschöpft, als sie die bebauten Felder und die weidenden Schafe erreichte und sich außerstande fand, einen Traum zusammenzubekommen, der bereits allmählich verblaßte.

Es war in ihrer Erschöpfung wie ein Schock, als sie jetzt hinter sich näher kommende Hufschläge hörte. Sie hastete weiter und hoffte, die geschwollenen Regenwolken über ihr würde der sich nähernde Reiter als Grund dafür nehmen, daß sie so unnatürlich schnell heimeilte.

Als das Pferd nur noch wenige Schritte entfernt war, hörte sie die Stimme eines Mannes: »Wenn du es möchtest, können wir dich mitnehmen, entweder auf dem Reitkissen hinten oder, wenn es dir lieber ist, vorn am Sattelknauf.«

»Danke, Mr. Roxburgh«, rief sie, ohne den Kopf zu wenden. »Das sähe doch wohl ziemlich albern aus.«

In diesem Moment war das Pferd auf einer Höhe mit ihr, und Garnet Roxburg beugte sich herab, um ihre einige hängengebliebene Blätter vom Rücken zu wischen. Mit ihrem verworrenen Haar und der an den Bändern herabbaumelnden Haube konnte sie nur wie ein Schreckgespenst aussehen.

Er sagte dazu nichts, sondern nur: »Ich glaube, du traust mir nicht recht, Ellen«, und das in einem Ton, der nur halb spöttisch klang.

»Ich wüßte nicht, warum das so sein sollte.« Atemlos, wie sie war, fiel ihr das Sprechen schwer, und außerdem war sie rot geworden, denn tatsächlich hatte sie sich auf ihrer Wanderung am Berghang entlang gefragt, ob dies wohl der Weg gewesen war, auf dem der leichte Wagen umstürzte und Mrs. Garnet Roxburgh sich das Genick brach.

»Ich wandere gern«, erklärte sie, um etwas zu dem Gespräch, das kaum eins war, beizutragen.

»Und du reitest auch gern?«

»Ja, früher. Aber Mr. Roxburgh hat es verboten – nachdem ich gestürzt war.«

»Nur einmal bist du gestürzt? Ein Mann kann sich erst dann wirklich als Reiter bezeichnen, wenn er mindestens siebenmal gestürzt ist.«

Es war ihr peinlich, weil sie schlecht erwähnen konnte, was für verhängnisvolle Folgen dieser Sturz gehabt hatte.

»Wenn mein Bruder, diese alte Memme, es dir erlauben würde – ich habe eine kleine schwarze Stute, die genau richtig für dich wäre. Alle Damen, die auf ihr geritten haben, sprechen von ihr in den höchsten Tönen.«

Wieder wurde Mrs. Roxburgh rot, denn fast wäre ihr die Frage über die Zunge gerutscht, ob denn schon viele Damen diese kleine schwarze Stute ausprobiert hätten.

In diesem Augenblick fielen die ersten Tropfen.

»Du siehst«, rief er, während er sein Pferd wendete, »du hättest mein Angebot nicht ausschlagen sollen!«

»Oh, aber wir sind schon fast da!« stieß sie keuchend hervor, während der kalte Regen ihr ins Gesicht klatschte und der Wind ihren Rock faßte und ihn wie einen Ballon bauschte.

Sie hastete vor, um sich auf dem Hof unterzustellen. Die beiden Männer hackten mit wütendem Eifer auf das Holz ein, um ihre Arbeitsbesessenheit vor ihrem Herrn zu demonstrieren, bis ein solcher Wolkenbruch einsetzte, daß es das einzig Vernünftige war, mit ihren Äxten Unterkunft in der Scheune zu suchen.

Mr. Austin Roxburgh saß noch in der Bibliothek und hatte es sich am Kamin vor dem von Mrs. Brennan angelegten Feuer bequem gemacht.

»Du bist ganz durchnäßt«, sagte er zu seiner Frau in einem Ton, der verriet, daß er es nicht anders erwartet hatte.

»Nicht lange, dann wird es dir genauso ergehn«, entgegnete sie.

Er hatte es unterlassen, das Fenster zu schließen, durch das der Regen hereinpeitschte.

Sie küßte ihn auf die Stirn und ging, um sich umzuziehen.

Am Morgen machte sich Mrs. Roxburgh wieder an ihr Tagebuch, es war das ein Luxus, an dem sie seit Beginn ihrer Reisen zunehmend Gefallen fand.

... ärger' mich über mich selbst, daß ich mich nur teilweise an diesen qualvollen Traum erinnere. Ich habe nur noch eine verschwommene Vorstellung von ihm. Habe Mr. R. nichts davon gesagt, weil er sich vielleicht über mich lustig machen oder mich – *unvernünftig* finden würde.

Als ich mich, weil ich durchnäßt war, umzog, kam Holly zu mir an die Tür. Mrs. B. hat es dem Mädchen aufgetragen, ihre Pflichten als Zimmermädchen der Dame zu übernehmen. Holly hatte die dunklen Gedanken, die sie am Morgen gehabt hat, überwunden. Sie war hübsch und strahlte wie sonst. Sie wäre sicher zu allerlei Spaß aufgelegt, könnte ich sie nur von ihrer Scheu befreien. Ich gab ihr mein gemustertes Popelinkleid und das Paar Ohrringe mit Granatsteinen in vergoldeten Blättern. H. war überwältigt vor Freude, kniete vor mir hin und küßte meine Hände, auf die ihre Tränen fielen. Sie sagte, sie hätte noch nie so was Wunderbares besessen. Ich hätte mich darüber mehr freuen können, wenn mir das alte Popelinkleid nicht längst leid gewesen und ich nicht der Ansicht gewesen wäre, daß ich mit den Ohrringen, wie Tante Tite gesagt haben würde, »flittrig« aussähe. Die arme Holly weiß das natürlich nicht und sieht mit den glänzenden Trauben an den Ohren wie eine hübsche Zigeunerin aus.

Beim Essen brachte Mr. G. R. die Rede auf die schwarze Stute. Er ist ein Mann, der sich einfach nicht abwimmeln läßt. Mein guter Mann gähnte und sagte, ich könnte gern, wenn ich Lust hätte, auf der Stute reiten, wenn das kein verrückter Renner wäre. Garnet sagte, er würde ein paarmal mit ihr in die Berge reiten, bis sie sich nach einer längeren Pause und zu viel Hafer wieder daran gewöhnt hätte. Fragte Mr. R., als wir uns zum Schlafen auszogen, ob er sich keine Sorgen mehr machte, daß ich stürzen könnte. Er hänselte mich und sagte, so wertvoll wäre ich nun nicht mehr, wo ich ihm so viele Jahre gehörte.

Während der Nacht hörte ich über uns schwere Schritte, gedämpfte Stimmen und hin und wieder Gelächter. Erwähnte das heute Morgen Mr. R. gegenüber, der behauptete, er hätte nichts gehört. Das überraschte mich, weil er sich sonst immer über seinen leichten Schlaf beklagt. Ich konnte es mir nicht verkneifen, ihn daran zu erinnern. Er sagte, es sei so, er bekäme immer nur halb soviel Schlaf, wie er brauchte, manchmal aber döste er weg, und bei einer solchen Gelegenheit mußte ich mir wohl *eingebildet* haben, irgendwelche Geräusche zu hören.

Als Mrs. B. das Frühstück brachte, kam ich wieder auf das Geräusch zu sprechen, das ich gehört hatte, und sagte, ich hätte zuerst Angst gehabt und geglaubt, ein geflohener Sträfling oder ein »Buschläufer« wäre eingebrochen. Die Frau gebärdete sich noch nervöser als sonst – sagte, sie hätte in der Nacht Zahnschmerzen gehabt und nach einem schmerzbetäubenden Mittel gesucht.

Sie kam dann nicht, um das Geschirr abzuräumen, sondern schickte das Mädchen, das ich ebenfalls fragte. Ob es vielleicht in dem Hause spukte, fragte ich sie, und ob ich vielleicht einen *Geist* gehört haben könnte. Holly sah mich mit ihren strahlenden Augen an, war aber wieder von Scheu befallen. Sagte, sie wäre hier noch nie auf einen Geist gestoßen. Sie hatte ihr hübsches Kleid anprobiert, um sich von Mrs. Brennan bewundern zu lassen, und da hatten die beiden gerätselt, was für einen Ehemann sie jetzt wohl bekommen würde, wo sie doch nun als Dame ginge. Das ist eine Art von Ratespiel, an dem ich kein Vergnügen hätte!

Nach dem Frühstück und nachdem sie sich angekleidet hatten, fragte Mr. Roxburgh so plötzlich, daß seine Frau erschrocken herumfuhr: »Wie lange meinst du, Ellen, müssen wir noch auf ›Dulcet‹ bleiben, bis wir anstandslos abreisen können?«

Mrs. Roxburgh fühlte sich überfallen. »Wann sind wir aufgebrochen, deinen Bruder zu besuchen, den du Jahre nicht gesehen hast? Und es ist noch nicht einmal Weihnachten!«

»Hm, ja – ja, ja.« Mr. Roxburgh wiegte den Kopf und schlurfte davon.

Mrs. Roxburgh war bedrückt, daß ihr diese Worte so leichtfertig entschlüpft waren, und hatte zugleich das Gefühl, daß sie unter ihrem Mieder fülliger geworden war, als es die Jahre, die sie mit dem von ihr geachteten Ehemann zusammenlebte, eigentlich erwarten ließen. Sie schreckte vor dieser Vorausahnung ihres von Selbstgefälligkeit erfüllten, verwöhnten Älterseins zurück – vor einer Zeit (falls sie dieses Alter erreichte), in der ihr geachteter Ehemann sie sehr wahrscheinlich als Witwe zurückgelassen haben würde.

Später am Morgen, als sie mit ihrer Näharbeit am Tisch saß (eine ihr verhaßte Pflicht, die sie sich manchmal auferlegte), hörte sie draußen donnernde Hufschläge, und als sie aus dem Fenster blickte, sah sie Garnet Roxburgh auf dem Pferd, das wohl ihre schwarze Stute sein mußte. Ihre rosa Nüstern waren aufgebläht, und sie war in Schweiß, wahrscheinlich, nahm Mrs. Roxburgh an, von dem angekündigten »Ritt in die Berge.« Offenbar würde die Stute von nun an zu den anderen ihr auferlegten, unumgänglichen Pflichten gehören.

Als sie an einem der nächsten Abende zusammensaßen und sie den Herren Tee einschenkte, verkündete ihr Schwager ohne jede Vorrede: »Dein Pferd ist eingeritten; falls du Lust hast, kannst du es jetzt mit ihr versuchen.«

Austin Roxburgh, der ihr eher spöttisch die Erlaubnis zum Reiten erteilt hatte, fuhr ängstlich auf. »Aber nicht allein, Ellen! Ich möchte nicht, daß du allein ausreitest. Aber ich habe nichts dagegen, wenn du Garnet auf irgendwelchen Geschäftsritten begleitest.« Hier kam deutlich die »alte Memme« durch, als die ihn sein Bruder lachend bezeichnet hatte.

Mrs. Roxburgh antwortete, während sie ihren Tee umrührte, ausweichend.

Am anderen Morgen aber schickte sie das Mädchen zu ihrem Herrn und ließ ihm sagen, daß sie ihn, wenn es für ihn keine Verzögerung bedeutete, an diesem Morgen begleiten würde.

Darauf, daß sich der Ausritt für ihn verzögerte, legte sie es an, indem sie sich Zeit fürs Umziehen nahm und dabei immer noch hoffte, daß sie selbst sich umbesinnen oder Garnet Roxburgh ohne sie aufbrechen würde.

Holly, als sie sie im Reitkostüm sah, war wieder verschnupft. »Ah«, seufzte sie, als sie gefragt wurde, und erwiderte wie gewöhnlich: »Ah nein, es ist nichts.«

Dann sagte sie: »Es ist ein hübsches kleines Pferd und sehr brav – wenn Sie es nicht mit der Peitsche schlagen und ihm nicht die Sporen geben.«

»Oh? Woher weißt du das?«

»Mr. Roxburgh hat mir erlaubt, auf ihr zu reiten. Von ihm weiß ich es. Er sagte, ich dürfte – zur Erholung – auf ihr reiten, wenn niemand anders das Pferd braucht.«

Mrs. Roxburgh zog ihren Hut zurecht. Sie zitterte bei dem Gedanken, nach so langer Zeit wieder einmal im Sattel zu sitzen.

»Wird sie so oft gebraucht?«

»O nein. Nur von Mrs. Aspinall – wenn sie mal kommt.«

»Mrs. Aspinall?«

»Die Frau vom Doktor.«

»Ist sie oft hier?«

»Nicht sehr oft«, antwortete das Mädchen und hielt ihrer Herrin den Spiegel hin, damit sie sehen konnte, ob alles richtig saß.

Mrs. Roxburgh mit ihrem steifen Hut und dem fest umgebundenen Netzschleier mochte hübsch aussehen, wenn sie es sich zugestanden hätte. Aber sie war in Gedanken so abwesend, daß sie sogar vergaß, sich von ihrem Mann zu verabschieden.

Im Hof hielt einer der entlassenen Männer als Reitbursche das Pferd neben einem Block zum Aufsteigen fest. Die Stute blitzte ihre angehende Herrin aus ihrem weiß verdrehten Auge an, schien aber gutwillig. Mr. Garnet Roxburgh saß bereits auf einem stämmigen, gescheckten Rotschimmel. In seinen Augen schimmerte ein Lächeln, ob anerkennend oder leicht kritisch, war nicht zu unterscheiden.

Der Aufbruch ging ruhig und gelassen vor sich. Nach kurzem Trippeln und Bocken gehorchte die Stute der Reiterin, weil sie wohl die erfahrene Hand spürte. Denn Ellen Gluyas war in Cornwall oft ohne Sattel auf ihrem zottigen Gaul zur Feldarbeit geritten und hatte später auf edleren Pferden weite, ziellose Ausflüge auf den Anhöhen und Hügeln um Cheltenham unternommen.

Mr. Garnet Roxburgh schien mit der Haltung seiner Begleiterin zufrieden. Er schaute wiederholt auf den Fall ihres flaschengrünen Rockes, ohne sich allerdings weiter zu äußern.

»Wie heißt sie?« fragte Mrs. Roxburgh, und ihre Stimme, meinte sie, klang ebenso unverbindlich wie ihre nüchterne Frage.

Er hielt es für überflüssig, Pferden Namen zu geben, aber einige gefielen sich darin, sie »Merle« zu nennen. Mrs. Roxburgh fragte sich, wen dies »einige« meinte.

Als sie eine Weile geritten waren, hob er plötzlich den Arm, wie um die Landschaft mit einer weit ausholenden, fast leidenschaftlichen Gebärde zu umarmen. »Wo irgendwo auf der Welt wären wohl saftigere und so üppige Weiden zu finden?«

»Ich bin noch nicht sehr weit in der Welt herumgekommen.«

»Ah, komm! Du redest so trocken wie mein Bruder. Das sagt man doch einfach so. Aus deinen eigenen Erfahrungen, meine ich.« Er sah sie bedeutungsvoll an.

Sie konnte annehmen, daß er wüßte, sein Bruder habe sie als Tochter eines Farmers geheiratet, und so antwortete sie, ohne zu zögern. »Unser Land war zum größten Teil sehr karg, und der Wind von See her fegte darüber hin. Es ist überhaupt nicht zu vergleichen mit diesen üppigen Wiesen. Aber so ärmlich es war, ich habe es sehr geliebt«, fügte sie hinzu.

Sie gedemütigt zu haben, schien ihm Genugtuung zu bereiten.

Er sagte fast zärtlich: »Ich wollte dich in deinen Gefühlen nicht verletzen.«

Sie war sich nicht so sicher.

Nicht sehr weit entfernt grasten robuste Lämmer in einem unter der Sonne schimmernden Kleefeld. Sie wollte ihr Entzücken darüber äußern, als Garnet Roxburgh, der sie nicht gleich bemerkt hatte, die Lämmer zu Gesicht bekam und mit lauter Stimme schrie: »Gott strafe diese Schufte, die Schafhirten! Aber was kann man schon erwarten von diesem Gesindel aus den Gossen von Dublin und London!«

Kein Schafhirte zeigte sich, der die Herde daran gehindert haben könnte, durch eine Lücke in dem aus grob behauenen Pfählen errichteten Zaun auszubrechen. Garnet Roxburgh preschte vor, trieb die Lämmer zusammen und zwang sie durch die Bresche zurück auf die Weide. Darauf sprang er ab und machte sich daran, drei oder vier Pfähle zu dem niedergebrochenen Zaun zu schleppen und ihn zu reparieren. Die Pfähle waren nicht übermäßig schwer, aber knorrig und an den Stellen, wo die Äste abgeschlagen worden waren, gezackt. Sie ritt zu ihm heran und gewahrte, daß Blut aus einer Wunde auf seinem Handrücken floß. Sein Hemd war von der Anstrengung durchgeschwitzt und sein Gesicht steinhart vor Ärger.

Sie entschloß sich, die Stille nicht zu durchbrechen, in der nur sein Keuchen und das blökende Husten der jetzt wieder eingesperrten Lämmer zu hören waren.

Schweigend stieg Garnet Roxburgh auf, und sie machten sich zielstrebig, wie es schien, zu einem auf einer nahen Anhöhe gelegenen Gehölz auf, das vorwiegend aus gelichtetem Buschwerk bestand. Hier erblickte sie eine Hütte, die, aus grauem Geäst gebaut, kaum von ihrer Umgebung unterscheidbar war.

Wieder brüllte der Gutsherr, und zwei Sklaven kamen unter dem Blätterdach hervorgetaumelt. »Himmel Herrgott!« fluchte er, »wenn die Lämmer sich verletzt haben, kriegt ihr es mit mir zu tun! Glaubt ihr, ich hätte euch angestellt, damit ihr euch dumm und dösig sauft, noch bevor die Sonne richtig raus ist? Wäre ich nicht so ein weichherziger Trottel, ich würde privat mein eigenes Pfahlkreuz aufbauen und eigenhändig für Recht und Ordnung sorgen. Los jetzt, an die Arbeit!«

Als die beiden Schafhirten mit von Schlaf und Alkohol verglasten Augen an ihnen vorbei zu ihrer Herde taumelten, roch Mrs. Roxburgh den Rum, der sie umdünstete. Aus der Erinnerung aufsteigende Verzweiflung hätte sie gepackt, wäre das, was sie vor sich sah, nicht so abstoßend gewesen. Sie hatte kein Mitgefühl mit den faulen, stinkenden »Schurken«, aber die zügellose Unbeherrschtheit ihres Herren widerte sie an, der ihnen die Peitsche über die Schultern zog, bis sie außer Reichweite waren.

Als seine Wut einigermaßen verkocht war, setzten sie ihren Ritt fort, wenn auch wohl nicht, meinte sie, mit einem bestimmten Ziel. Garnet Roxburgh hing brütend seinen Gedanken nach.

Unter diesen Umständen empfand sie es als Erleichterung, als sie entdeckte, daß Fliegen das Blut umwimmelten, das aus der Wunde auf seinem Handrücken troff. »Hast du kein sauberes Taschentuch?« fragte sie ihn. »Ich verbinde dir dann die Hand. Mein eigenes Taschentuch ist zu klein und würde nichts nützen.«

Er sagte, er hätte keins, und fuhr fort, so besessen an der Wunde zu saugen, daß sie glaubte, in ihm eine Spur der Hypochondrie zu erkennen, die für seinen Bruder charakteristisch war.

Noch bevor er die Hand auf den Sattelknauf legte, bemerkte er in einem absichtlich etwas leichter gehaltenen Ton: »Du wirst keine besonders gute Meinung von mir haben, Ellen.«

Sie wollte gegen ihren Willen widersprechen, aber er setzte hinzu: »Sympathisch, glaube ich, bin ich dir nie gewesen.« Er lachte. »Du hast dich schon lange, bevor wir uns kennenlernten, gegen mich entschieden.«

Seine Angriffe waren um so unerträglicher, weil sie der Wahrheit entsprachen.

Die schwarze Stute schnaubte und sprang vor, als sie jetzt die Peitsche zu fühlen bekam. »Du machst mir Vorwürfe, die einfach falsch sind«, log Mrs. Roxburgh wenig überzeugend.

»Und bist nicht bereit, zu berücksichtigen – oder vielleicht hat man dir deine Zweifel eingeredet –, was alles ich durchgemacht habe.«

»Ah ja, deine Frau! Ich weiß. Und kann mir vorstellen, wie oft du diese furchtbaren Augenblicke wieder und wieder durchlebt haben mußt.«

»Welche Augenblicke?«

»Na ja – wenn du schon fragst – als der Wagen umstürzte.«

Schweigend ritten sie nebeneinander her; dann schlug Garnet Roxburgh wie in einem unbeabsichtigten Anfall mit seinem Stiefel seitwärts aus und stieß ihren eisernen Steigbügel durch ihren Rock.

»Er ist nicht umgestürzt« – hatte er sich seine Erklärung zurechtgelegt –, »ich nahm eine Ecke zu scharf, und da wurde die unglückselige Frau herausgeschleudert.«

Mrs. Roxburgh schwankte, ob sie sich mehr oder weniger mitfühlend zu verhalten hätte. Die Tatsache, daß das Thema überhaupt zur Sprache gekommen war, verwirrte sie schon genug.

»Wie dem auch sei«, sagte sie, »es war ein tragischer Unfall«, und hoffte, daß die Sache damit erledigt sei.

Sie ritten auf dem Weg weiter.

»Du wirst mich nicht für unempfindlich genug halten, daß ich die Einsamkeit ertragen könnte.«

Sie hätte ihm zustimmen mögen, und ihr Schuldgefühl hätte sie vielleicht zusätzlich dazu bewogen, wäre ihr Blick nicht auf das Gelenk der Hand gefallen, in der er den Zügel hielt; sie fühlte sich wie auf der Fahrt von Hobart Town abgestoßen.

»Es überrascht mich«, sagte sie, »daß du in deinem Alter nicht wieder geheiratet hast.« Obwohl sie jünger war, machte sie sich das Vorrecht der verheirateten Frau zu eigen, ihrem verwitweten Schwager einen Ratschlag zu erteilen.

Er schnaufte irgendwie verbittert. »Eine Ehe hebt nicht immer die Einsamkeit auf. Und Partnerinnen, wie man sie sich wünscht, werden meistens schon vor einem von glücklicheren Bewerbern zum Tanz geführt.«

Das klang schon fast poetisch, und da es von Garnet Roxburgh kam, weckte es einen Hauch von Sympathie in ihr.

Sie ging so weit, zu sagen: »Jetzt bist du dran, deine Zweifel zu überwinden, aber du tust mir leid.« Ihr wurde zugleich bewußt, daß sie sich gegen die Bewegungen des Pferdes in ihrer Haltung versteift hatte.

Sie mußten auf einem anderen Weg zurückgeritten sein, denn vor sich, eingenistet in eine Schneise unter ihnen, entdeckte sie ihre Wohnstatt, hingelagert wie in einem idyllischen Bild.

Garnet Roxburgh beugte sich vor und pflückte einen Grashalm vom Kopf des Pferdes. »Jedenfalls ist bald Weihnachten, und da wirst du vielleicht ein bißchen entkrampfter sein, Ellen.«

»Du bist es«, rief sie, »der sich von anderen unverdiente Meinungen bildet!«

Er grinste und warf die zerquetschten Grashalme von sich. »Ich habe Freunde eingeladen, uns zu besuchen. Der gute alte Austin wird mit Vergnügen die Gelegenheit nutzen, Dr. Aspinall über die moralische, ästhetische und wissenschaftliche Entwicklung von Vandiemensland zu befragen, während du dich, hoffe ich, mit der Frau des Arztes anfreunden wirst. Maggie Aspinall ist eine lebhafte und amüsante junge Frau – nicht von allen in Hobart Town geschätzt.«

Mrs. Roxburgh beschränkte sich auf eine allgemeine Bemerkung darüber, wie willkommen ihr die Bekanntschaft dieser Dame sein werde. »Ist das der Fluß?« fragte sie und zeigte mit ihrer Reitgerte hinüber.

Er sah ihr scharf ins Gesicht. »Hm, ja – das ist der Derwent – auf der anderen Seite des Hauses.« Sein Gesicht nahm, wenn er meinte, daß jemand sich ihm entzog, einen bestimmten Ausdruck an, und sie konnte der Versuchung nicht widerstehen, sich ihm, bevor sich dieser Ausdruck verlor, zuzuwenden.

»Es war ein reizender Ausflug«, sagte sie, »aber ich bin froh, wieder zu Hause zu sein – um Mr. Roxburgh zu schildern, was ich alles gesehen habe.«

Als sie auf den Hof ritten, stand derselbe Diener marionettenhaft da, um die Pferde in Empfang zu nehmen.

Sie schlief in der Nacht gut, wachte aber einmal in Tränen auf, weil sie von ihrem zweiten, gesund geborenen, unglückseligen Kind geträumt hatte, von dem sie nie wieder sprachen. Sie war froh, Mr. Roxburgh neben sich schnarchen zu hören; es wäre ihr zu schmerzlich gewesen, wenn er sie nach dem Grund, warum sie weinte, gefragt hätte, aber nach der frischen Luft und der Bewegung an diesem Tag schlief sie schon bald wieder fest ein.

Einige Zeit darauf trug Mrs. Roxburgh in ihr Tagebuch ein:

Weihnachten 1835
Auf »Dulcet«, Vandiemensland

... so ganz anders, als wir es kennen, so daß ich es kaum ernst nehmen kann. Milde, aber es liegt eine Schwüle in der Luft, der man nicht trauen kann. Von Freude keine Spur. Schließlich sind die meisten dieser »Gefangenen« arme Teufel, und worüber sollten sie sich freuen? Sie haben nichts als den Alkohol, an dem sie sich im Laufe des Tages betrinken. Ich würde gern mit ihnen reden, aber zwischen uns ist ein Abgrund; außerdem habe ich es verlernt, mich einfach und für sie verständlich auszudrücken.

Mr. R. gab mir einen freundschaftlichen Kuß und sagte, er hätte in diesem Jahr kein Geschenk für mich, er hätte es vergessen.

Sagte zu ihm, wir hätten einander und brauchten keine Geschenke; hatte ihm allerdings ein Lesezeichen bestickt.

Garnet R. hat seinen Rausch noch nicht ausgeschlafen. Was Wunder nach dieser Nacht.

Am Heiligabend kamen die Aspinalls von Hobart Town, und wir haben mit ihnen zu rechnen, solange die Feste dauern. Ich weiß gar nicht, warum ich mich beklage. Sie sind in jeder Beziehung sehr nett – zumindest Dr. A., der das ist, was man bei uns zu Hause unter einem zuverlässigen Hausdoktor versteht. Über seine Frau bin ich mir nicht so ganz im klaren. Sie hat ein Muttermal über ihrer linken Augenbraue, das ich immer anstarren muß. Nachdem wir die Herren ihrem Wein überlassen hatten, sagte sie: »Nennen Sie mich doch ›Maggie‹. Ich bin sicher, wir werden gute Freundinnen sein.« Ich habe ihr nicht mit Worten erwidert, habe nur irgend etwas gemurmelt, das sie auslegen kann, wie sie will. Mrs. A. verstand das und war nicht eingeschnappt, weil sie es so von sich selbst und anderen gewohnt ist. Sie plauschte ausführlich über ihre Freunde in der Stadt, sagte, ich müßte sie einmal *länger* besuchen, um alle diese Leute kennenzulernen, von denen einige »reizend«, viele aber auch »lächerlich« sind, was aber, wie sie andeutete, sie nicht in ihren Augen herabsetzte. Ich sagte, ich würde sie nur dann besuchen, wenn mein Mann einverstanden wäre, und auch in diesem Punkt verstanden wir uns. Sie fragte mich, ob ich ein Instrument spielte oder singen könnte, und ich antwortete, beides ein bißchen, aber so unbegabt, daß ich es nie in der Öffentlichkeit getan hätte und für mich allein nur an Regentagen. Sie setzte sich dann an das Piano der Dormers und spielte einige Läufe und sang auch zur Probe, was sie in Gegenwart der Herren vortragen wollte.

Mrs. A. ist das, was man hübsch nennt. Dunkle, sich ringelnde Locken, die herumschwingen, wenn sie lebhaft wird, was ziemlich häufig vorkommt. Ihre Haube ist ganz aus französischer Spitze und Vergißmeinnichts und ihr Kleid, geschneidert, wie es vor einigen Jahren Mode war (was in Vandiemensland nicht weiter überrascht), ist tief ausgeschnitten, um den hübschen Busen zur Geltung zu bringen, während ihr Mieder mit zahllosen kleinen rosafarbenen Knoten und Schleifen besetzt ist. Mrs. A. erklärte mir, daß der Stoff für ihr Kleid *gro de Naples* wäre und sie ein Vermögen gekostet hätte.

Die Herren hockten unterdes vor ihrem Wein, und die Pianistin und ich wurden blaß vor lauter Gähnen. Mrs. A. gewann wieder Farbe, als ihre Zuhörer ins Wohnzimmer kamen. Mr. R. hätte sich gern bei Dr. Aspinall medizinischen Rat geholt, aber der Doktor war in seinen Gedanken woanders. Garnet lehnte, ganz Aufmerksamkeit, am Piano, und die Dame spielte dann allein für ihn. Ich hätte sie sich selbst überlassen können, hätte »Maggie« nicht gemeint, ich müsse meiner Pflicht nachkommen und Tee einschenken.

Ich ging nach draußen, um Luft zu schnappen und ein bißchen umherzuschlendern. Der Mond war im ersten Viertel, der Fluß schlängelte sich in der Ferne silbrig hin. Oft in einer solchen Nacht in Z., ein Land, dem ich (mehr als meinen Eltern oder meiner Familie) *gehörte,* wünschte ich mich eins mit der Umgebung, aber nicht wie die Toten, sondern leibhaft und ganz lebendig. Auch hier, so dankbar ich meinem geliebten Mann bin, der von mir ebenso abhängig ist wie ich von ihm, beginne ich mich dem Land näher zu fühlen als irgendeinem menschlichen Wesen. Die Vernunft und die mir zu spät in meinem Leben zugänglich gemachten Bücher, in denen ich nur herumblättere, lehren mich, daß es falsch ist, so zu denken, aber instinktiv bin ich auf Tieferes aus, das ich vielleicht diesseits des Todes nicht erleben werde.

So jedenfalls schien es an diesem Weihnachtsabend auf »Dulcet«. Ich hätte mich über die unmenschliche Seite meiner Natur entsetzen können, wäre ich nicht gewahr geworden, daß die Musik aufgehört hatte und die endlose Weite jetzt nur noch von Stille und den melancholischen Pfiffen eines einzelnen Vogels erfüllt war. Als ich in Richtung auf das Haus zurückging, hörte ich Stimmen, gedämpft zuerst und ganz meinem Nachtvogel entgegengesetzt. Bei dem wäßrigen Mondlicht konnte ich die in Gesprächen begriffenen Gestalten nicht ausmachen. Ich fand nur heraus, daß sie auf der anderen Seite der Buchsbaumhecke waren. Mein Herz klopfte, während ich auf dem unebenen Boden hintappte, und ich stolperte und fiel fast, als ich mit dem Fuß gegen hart gewordenen Kuhdung stieß. Dann hörte ich hinter der Hecke ein heiseres weibliches Lachen und sah vor mir wie auf einem Bild Mrs. Aspinalls Kehle und Hals. Danach hörte ich: »Aber nein doch, du bringst mein Kleid ganz durcheinander! Bitte, Garnet!« Wieder Lachen, als er an ihr herumfummelte (gesehen habe ich es nicht, aber ich war mir sicher). »Maggie!« röchelte er wieder und wieder und war betrunken wie einer der von ihm so verachteten Schafhirten. »Und morgen ist erster Weihnachtstag.« »Wollen wir nicht wieder reingehn?« fragte Mrs. A. »Deine Schwägerin hat vielleicht gemerkt, daß wir schon so lange draußen sind, und regt sich darüber auf. Ich finde, es fehlt ihr ganz an menschlicher Wärme, aber sie strotzt nur so von moralischen Grundsätzen.« G. R. schien sich zu erbrechen. »Ellen ist die Moral selbst!« »Dann laß uns doch jetzt – findest du nicht? – gehn«, seufzte Mrs. A. Es folgte ein Geräusch, wie wenn eine harte männliche Hand zornig an einer Steinplatte abrutschte, und sie schienen sich voneinander gelöst zu haben.

Ich hätte mich am liebsten sofort zurückgezogen, aber Holly brachte das Geschirr mit dem Tee, und ich mußte als Gastgeberin bleiben. Als wir schließlich auf unserem Zimmer waren, zögerte ich unschlüssig, aber erzählte ihm dann doch nichts von dem, was ich zwar nicht gesehen, aber von der anderen Seite der Hecke her miterlebt hatte.

Und jetzt ist erster Weihnachtstag ...

Nachdem er aufgestanden war und gefrühstückt hatte, ließ Garnet Roxburgh durch Mrs. Brennan bestellen, daß sie alle im Wagen zur Kirche fahren würden. Mit teilnahmslos klingender Stimme übermittelte Mrs. Roxburgh ihrem Mann diese Botschaft.

»Haben wir in unserem Leben nicht schon immer getan, was jeweils von uns erwartet wurde?« fragte Austin Roxburgh seine Frau.

»Ja«, erwiderte sie.

»Dann bitte ich dich – ganz gleich, wie du dazu stehst –, dich möglichst umgehend zurechtzumachen – damit Garnets Freunde sich nicht gekränkt fühlen.«

Mrs. Roxburgh gehorchte.

Der große, offene, für die dortigen Verhältnisse nicht unelegante Wagen war an der kleinen Pforte vorgefahren. Der Gastgeber sah leichenhaft blaß und leberkrank aus, machte aber den Damen seine Aufwartung und half ihnen auf den Mittelsitz hinauf. Die beiden Ehemänner saßen mit dem Rücken zum Kutscher ihren Frauen gegenüber.

Mrs. Aspinall war so sehr mit ihren langen Ärmeln beschäftigt und so besorgt um ihren Federhut im offenen Wagen, daß sie keine Augen für Garnet Roxburgh hatte. Seine Schwägerin widerstand der Versuchung nicht, flüchtig zu ihm hinzusehen, worauf er auf den Wagen kletterte und außer Sicht der Damen Platz nahm.

Die Protestanten unter den entlassenen Männern waren vorausgeschickt worden, um die zwei, drei Meilen zur Kirche zu Fuß zu gehen, während jene, die dem katholischen Irland angehörten, im Hof herumlungerten und, wie sie an ihren Gesichtern bemerkte, kaum ihre Vorfreude auf das Zechen aus irischen Bierkrügen verhehlten. Die beiden Frauen andererseits, die auf der Veranda standen und die Herrschaften abfahren sahen, mochten sich daran erinnern, wie sie zum letztenmal die Oblate auf der Zunge geschmeckt hatten: Ihre Gesichter waren von Melancholie überschattet.

Als sie die Brücke überquerten, wurde Mrs. Aspinalls Federhut ihr fast vom Kopf geweht, sonst aber verlief die Fahrt ereignislos.

Als sie bei der Kirche eintrafen, verließ sie Garnet Roxburgh, der anscheinend zu den Kirchenältesten gehörte, um seinen Pflichten nachzukommen. Die Gemeinde bestarrte seine Begleiter, besonders die Verwandten aus der alten Heimat. Als sie die geräumige, wenn auch ziemlich nüchterne und wenig anziehende Kirche betraten, hatte die Schar der Entlassenen bereits auf den hinteren Bänken Platz genommen. Mr. Garnet Roxburghs Gäste wurden zu den Kirchenstühlen für Prominente geleitet, ein Arrangement, das Mrs. Aspinall mit sichtlicher Genugtuung genoß, aber da Weihnachten war, wurden sie zwangsläufig getrennt, der Arzt und seine Frau fanden eingequetscht Platz auf der vordersten Reihe unmittelbar vor den Roxburghs, neben denen zur Rechten von Mrs. Austin ein Platz, vermutlich für Garnet, reserviert war. Mrs. Aspinall trug ihre Hingabe augenfällig zur Schau, sie kniete sich inbrünstig zum Gebet hin, und die Federn auf ihrem Hut senkten sich tief auf ihre gefalteten Hände herab. Mrs. Roxburgh, die sich an diesem Morgen dem Gebet nicht hinzugeben vermochte, sah nur beobachtend um sich; sie fragte sich, ob sie es wagen dürfte, ihrem Mann einen Platzwechsel vorzuschlagen.

In diesem gestrengen Kirchenbau war wenig, das jene herausfordern könnte, die jede Art von Dekoration als eine Verführung zu Sünde und Papisterei betrachteten, auch fehlten jederlei Merkmale, die scheue, empfindsamere Seelen brauchen mochten, um sich auf die Pfade der von ihnen privat gehegten mystischen Glaubensvorstellungen zu wagen. Die einzige ästhetische Anregung zu Andacht und Gottesdienst ging von den zu fest und zu aufrecht in zwei schmalhalsigen Messingvasen gebündelten Lilien und Rosen aus, von denen je eine auf den beiden Enden des Abendmahlstisches stand, und außerdem von dem Zierband um den Mittelpfeiler, auf welchem in goldenen Lettern HEILIG, HEILIG, HEILIGER GOTT, HERR DER HIMMLISCHEN HEERSCHAREN geschrieben stand.

Während sich Mrs. Roxburgh überlegte, warum der Text nicht ganz ihrem Geschmack entsprach, kam ihr Schwager und nahm seinen Platz neben ihr ein. Sie meinte, bemerkt zu haben, daß er ihr zulächelte, machte aber Platz für ihn, indem sie näher an ihren Mann heranrückte. Dennoch neigte Garnet Roxburgh dazu, sich an sie heranzudrängen. Als er sich zum Gebet vorbeugte, hörte sie seinen über der Schulter gestrafften Anzug in den Nähten knacken, und als er sich auf seinem Sitz zurücklehnte, fühlte sie seinen Oberschenkel, der sich gegen ihren Rock preßte.

Mrs. Roxburgh warf einen Blick zu ihrem Mann, der mit der ihm eigenen Ernsthaftigkeit nach vorn starrte und auf den Beginn des Gottesdienstes wartete. Obwohl er kaum wahrhaft gläubig war, hatte er doch aus Achtung vor seiner Mutter und in seiner Neigung zum *Ipse Pater* ein Lippenbekenntnis zur christlichen Religion abgelegt. Seiner Frau war unklar, wo der Glaube endete und die Prinzipien einsetzten, aber da sie ihre Grenzen und das vertrauensvolle Wesen ihres Mannes kannte, hätte sie ihm gern die Hand gedrückt zum Zeichen, daß sie gemeinsam einen festen Kern in einer weitgehend unbegreiflichen Welt bildeten.

Der Allerheiligengottesdienst wurde mit einer Inbrunst abgehalten, die nur überzeugte, weil Weihnachtszeit war. Aus den »Gefangenen« im Hintergrund brachen die Psalmen und Hymnen hervor, als müßten sie aus vollem Herzen uneingeschränkt ihr Bestes geben. Als die Heerscharen sich dem Feinde entgegenwarfen, stellte Mrs. Roxburgh wiederum verstört fest, daß sie nur zögernd dem Text auf dem vor ihr im Bogengang hängenden Zierband zustimmen könnte. Aber sie hatte keinen Grund zur Klage, denn sie gehörte zur Partei der obsiegenden Scharen.

In dieser Verfassung schien ihr Bewußtsein für Garnet Roxburghs nicht unangenehme Baritonstimme geschärft. Er sang vielleicht allein für sie, während er am Heiligabend, entsann sie sich, nicht eine einzige Note für die lebhafte Maggie Aspinall gesungen hatte. Mrs. Roxburgh wanderte ab in vage Gedanken, fühlte sich unsicher auf ihrem Platz, den ihr Schwager ihr zugewiesen hatte. Auf seiner Hand war noch Schorf von der Wunde, die er sich bei ihrem Ausritt beim Reparieren des Pfahlzauns zugezogen hatte. Vielleicht würde ihr schlecht werden, aber auch das hätte nicht geholfen, denn sicherlich würde Garnet sie dann hinaustragen.

Tatsächlich war es dann Mrs. Aspinall, der beim vorletzten Choral mit ziemlichem Aufwand übel wurde, und auch das half ihr nicht, denn ihr Mann, der Arzt war, stützte sie und begleitete sie nach draußen zum Vorplatz. Mrs. Roxburgh fragte sich, ob sie ihr folgen solle, um ihrer Freundin die moralische Stärke zu geben, die nur eine Frau einer anderen geben kann (zugleich wäre sie erlöst von Garnet Roxburghs Schenkeldruck), aber unglücklicherweise gelang es ihr nicht, sich aus der Enge herauszuwinden.

Alles hatte schließlich ein Ende, nicht nur die salbadernde Predigt, sondern auch die Truthenne (eine der weißen, die sie zur Feier des Tages geschlachtet hatten) und das Martyrium Hollys, die fast die Schüssel mit Mrs. Brennans flammendem Pudding (»der sengt mir noch meine Wimpern ab«) fallen ließ, und der Radau in der Scheune hinten auf dem Hof (irgendwer war gestürzt, und es wurde nach dem Arzt geschickt). Umschwemmt von grauweißem Gewölk, aber ungewöhnlich hochrot erglüht, erschien der sonst so blasse Mond Mrs. Brennan kurz in der Tür, die sich dann aber umbesonnen haben mußte, denn sie trieb ab ins Dunkel.

Mit zurückgewonnenem Gleichmut und allerdings nur im Ansatz vorhandener Genugtuung schrieb Mrs. Roxburgh in ihr Tagebuch:

29. Dez. 1835
Die Aspinalls sind nach diesen beiden Tagen abgefahren. Wir sind erneut von Frieden und Eintönigkeit umgeben. Aber ich beklage mich nicht, auch nicht über die Faulenzerei von Tag zu Tag. Wenn wir noch weiter in Vandiemensland bleiben, worin selbst Mr. R. kaum noch Sinn sieht, möchte ich nicht von zu vielen unerfreulichen Überraschungen heimgesucht werden.

Mrs. A. betonte noch einmal, daß sie mich längere Zeit bei sich zu sehen wünscht, und ich stimmte zu, weil ich nichts lieber täte, als die Brüder mit ihren Jugenderinnerungen allein zu lassen. So verabschiedeten wir uns in »Freundschaft« und ohne viel voneinander zu erwarten.

Mr. R. und der Doktor scheinen jene Art von Freundschaft miteinander geschlossen zu haben, deren weitere Entwicklung das Schicksal und die geographischen Umstände verhindern. Sie müssen sich mit dem reichlichen Austausch von nützlichen Fakten begnügen, der in so kurzer Zeit erfolgte.

Was Garnet R. angeht, so glaube ich nicht, daß er die Abreise der Aspinalls bedauert, höchstens vielleicht wegen der Szene, die ich am Heiligabend miterlebte. In diesem Zusammenhang machte ich allerdings aufgrund von G.'s Vergeßlichkeit gestern noch eine Entdeckung. Das spielte sich wie folgt ab. Ich hatte die Absicht, einige Zeilen an Mrs. Daintrey zu schreiben, und stellte fest, daß ich kein Briefpapier mehr hatte. Auch Mr. R. konnte mir nicht aushelfen. Da mischte sich mein Schwager ein und sagte: »Wenn du Briefpapier brauchst, Ellen, in dem Kasten auf meinem Schreibtisch ist genug.« Ich nahm dieses Angebot dankend an und ging hin, um mir etwas davon zu holen. Der erwähnte Kasten, den ich schon gesehen hatte, war sehr schön, aus Zedernholz mit eingelegtem Schildpatt, mit Messinggriffen und kleinen Schubladen und das Ganze mit dem gleichen Metall beschlagen. Ich öffnete den Kasten und fand Papier genug, außerdem alles sonst, was man beim Schreiben braucht. Ich bediente mich also und entdeckte plötzlich etwas, das mit dem Schreiben von Briefen nichts zu tun hat: eine kleine Schleife aus rosafarbenem Band, wie sie zum Besatz eines Damenkleides gehört! Ich konnte nicht umhin, an diesem Flitterding wie ein Hund zu riechen, aber Parfüm war es nicht, was ich roch, sondern nur der Duft eines Frauenkörpers, den diese Schleife geziert hatte.

Als ich ins Zimmer zurückkam, wo Mr. R. ein Buch über die Geschichte der Kolonisation von Vandiemensland las, sah er hoch und fragte: »Hast du das Briefpapier gefunden?« Ich erwiderte ja, aber ich wäre nicht mehr in der Stimmung, zu schreiben, denn was gäbe es auch zu berichten? Und außerdem hätte ich Kopfweh. Ich konnte mich nur noch dazu bringen, den Globus zu drehen und nach Routen zu suchen, auf denen man aus dieser verhaßten Gegend entfliehen könnte ...

Garnet Roxburgh bemerkte bald danach: »Du scheinst keine Lust mehr zu haben, auf der kleinen Stute zu reiten, die du, hatte ich geglaubt, liebgewinnen würdest.« Wiederholt lud er sie ein, ihn auf Ausflügen zu begleiten, die für sie von Interesse sein könnten.

Ihr Mann suchte sie dazu zu bewegen, auf sein Angebot einzugehen. »Reite doch mit ihm, Ellen, wenn es dir Freude macht. Du verzichtest doch hoffentlich nicht meinetwegen darauf?«

Sie sagte, es läge ihr nicht, ziellos durch die Gegend zu reiten.

»Aber das ist doch ein Ziel, wenn Garnet hinreitet, um die Leute zu beaufsichtigen, die auf seinem Land arbeiten. Wenn du ihn begleitest, ist das doch kein zielloses Herumreiten.«

Sie fragte sich, wie Mr. R. wohl reagieren würde, wenn sie sich gehenließe und in Hysterie ausbräche.

Aber sie fühlte sich nur von Gewissensbissen geplagt und ging zu ihm und küßte ihn auf seine trockene Wange. »Ich wünschte, ich könnte allen zu Freude verhelfen – mir selbst auch.«

Hoffentlich wird sie nicht launisch, dachte Mr. Roxburgh.

Als Mädchen brach Ellen Gluyas einmal zu St. Hya's Quelle auf, von der sie gehört, sie aber, weil sie einige Meilen entfernt war, nie besucht hatte. Sie wanderte den ganzen Morgen, es war heiß oder auch nur, was man dortzulande unter heiß versteht. Ihre Strümpfe zerrissen im Dornengestrüpp, bis ihre Beine ganz blutig waren. Sie setzte ihren Weg in der Hitze fort und traf kaum einen Menschen, nur Kühe starrten sie wiederkäuend an. Sie fand die Quelle (oder den Teich eher) in dem dunklen Gehölz, wie man ihr gesagt hatte, das Wasser war pechschwarz und so kalt, daß es sie schüttelte, als sie die Arme hineintauchte. Sie begann zu weinen wegen irgendeines Umstandes, den ihr niemand und am wenigsten Ellen Gluyas selbst hätte erklären können: Es war nicht Sünde, die sie bedrückte, nur die Vorahnung eines Übels, dem sie früher oder später ausgesetzt sein würde. Nachdem sie sich ein Herz gefaßt hatte, hängte sie Kleid und Unterwäsche an einen Ast und ließ sich in den Teich hinab. Als sie ganz eingetaucht war und der Atem und alle Gedanken außer dem einen, wie sie sich zur Erde zurückretten könnte, durch das eisige Wasser aus ihr herausgeschreckt worden waren, gelang es ihr, die den Ast noch umklammert hatte, sich ans Ufer zu ziehen. Sie setzte sich auf einer Wiese in die Sonne, sie weinte nicht mehr, lächelte vielleicht, denn während sie die Strähnen ihres Haares zurechtstrich, fühlte sie ihre Haut wie ein Netz über ihre Wangen gezogen.

Zum erstenmal seit vielen Jahren erinnerte sie sich an diesen Vorfall und auch daran, wie diese Vorausahnung eines Übels sie monatelang bedrückt, aber nichts nach sich gezogen hatte, weil vielleicht das Verhängnis durch das Eintauchen in den Teich vertrieben worden war; an diesem Morgen aber auf »Dulcet« machten sich die Anzeichen deutlicher bemerkbar, es war fast, als hörte sie eine Peitsche knallen oder einen Pistolenschuß. Jahrelang oder, genauer gesagt, seit sie von ihrer Schwiegermutter belehrt worden war, hatte sie es als gegeben betrachtet, daß ihr christlicher Glaube sie gegen das Übel schützte, bis ihr am Weihnachtstag Zweifel kamen, und das gerade in jenem Augenblick, wo die Kampfwagen der Heerscharen durch den Mauerbogen dem sicheren Sieg entgegenstürmten. Auch konnte sie hier in einem fremden Land keine hilfreiche Vergewisserung erwarten wie durch die dunklen, an Orte gebundenen Mythen, die ihre Ängste während ihrer Mädchenzeit in Cornwall zerstreut hatten.

Statt dessen war sie hier dem verwundbaren Bild ihrer selbst konfrontiert, wie es ihr aus den Spiegeln dieses trübe beleuchteten Hauses entgegenschwamm und ihr die Frage aufdrängte, ob womöglich die Menschen um sie herum gewahr wurden, was mit ihr vorging.

Aber das schien nicht der Fall; sie begegneten ihr und lächelten oder gingen vorbei und übersahen sie, einfach, weil man aneinander gewöhnt war. An diesem Morgen hörte sie das Klappern der Schüsseln in der Küche und vom Hof das Geräusch der Truthennen, das wie gezupfte Instrumente klang, hörte müßiggehende Männer sich hustend räuspern und Mr. R. Mrs. Brennan anweisen, Sennatee aufzugießen, von dem er sich eine Linderung der Verstopfung versprach, an der er litt.

Als sie Garnet Roxburgh zu seiner Aufsichtsrunde aufbrechen hörte, rief Mrs. Roxburgh Holly und sagte: »Bitte, sag Tim, er möchte die Stute satteln. Ich will diesen schönen Tag ausnutzen.«

»Aber Mr. Garnet ist schon fort, Mad'm. Ist Ihnen erlaubt worden, alleine zu reiten?«

Mrs. Roxburgh antwortete nicht auf diese Frage, die sich eine geborene Dame als unverschämt verbeten hätte, und das Mädchen ging, um die Anweisung weiterzugeben.

Als das Mädchen zurückkam, wartete seine Herrin schon darauf, in ihr grünes Kostüm gekleidet zu werden und sich den Schleier umbinden zu lassen.

Holly schien es nicht zu bemerken, aber das Gesicht von Mrs. Roxburgh wirkte im Spiegel unnatürlich verschlossen, ihre Haut war kalkig, ihr Mund nicht viel mehr als ein Strich; sie befeuchtete die Lippen innerhalb des Schleiers, der ihren Kopf wie ein Käfig umschloß.

Holly, die ihre eigenen Sorgen hatte, kümmerte sich nicht um das Äußere von anderen um sich herum und bemerkte nur: »Ich hoffe nur, daß die kleine Stute nicht zu lebhaft ist, Mad'm, von dem vielen Hafer in diesen Tagen, in denen sie nicht gebraucht wurde.«

Mrs. Roxburghs Antwort war nicht zu verstehen, weil sie durchs Haus zum Hof davoneilte. Sie mußte dabei an den Tag denken, an dem Dapple sie abgeworfen und sie ihr Kind verloren hatte. Jetzt war sie jedenfalls nicht schwanger, und niemand konnte ihr vorwerfen, sie hätte sich verantwortungslos betragen.

Als sie auf den Hof kam, hörte sie Mr. R. immer noch in der Küche die Vorzüge des Sennatees preisen, und der Gedanke an die leidige, beiderseits so unterschiedliche Zuneigung, die sie und ihr Mann miteinander verband, quälte sie.

Sie hastete vorbei und ließ Holly auf der Treppe hinter sich.

»Ah, Mad'm, passen Sie gut auf sich auf!« rief das Mädchen, als wäre es plötzlich in die Zusammenhänge verwickelt.

Als darauf Mrs. Roxburgh zum Stall kam, stand ihr Pferd bereit, und der Reitbursche bürstete ihm liebkosend den Rumpf, um ein letztes an Glanz aus dem schimmernden Fell herauszuholen. Die Stute wandte den Kopf ihr zu und wieherte. Tim lächelte, hob aber nicht die Augenlider, die fast unsichtbar von sandfarbenen Wimpern gesäumt waren. Er machte den Eindruck, als fühlte er sich als Komplize bei einer Verschwörung.

Nachdem sie sich im Sattel zurechtgesetzt hatte, strich Mrs. Roxburgh leicht mit der Gerte über die Schulter der Stute und Merle sprang, wie ein Schaukelpferd wippend, kurze Zeit vor, bis sich Einverständnis zwischen beiden herstellte; die Stute wölbte den Nakken, ließ furzend die Luft aus dem Darm und fügte sich.

Während Merle nun gehorsam der lenkenden Hand folgte, hatte Mrs. Roxburgh zu entscheiden, ob sie zu dem schnell strömenden, von schimmernd aufragenden Pappeln gesäumten Fluß oder zu dem sich sanft am Fuß der Berge hinziehenden Weideland wollte.

Sie kam aus ihrer Unentschiedenheit erst zur Besinnung, als sie vom Fluß her eine Stimme rufen hörte. Sie verstand nicht, was gerufen wurde, aber am Ton erkannte sie: Das war die Art, in der Garnet Roxburgh seine Befehle gab. Merle wieherte laut, um einen mutmaßlichen Gefährten zu begrüßen, und das andere Pferd, heute der Rappe, nicht der gescheckte Rotschimmel, erwiderte, während es sich in Trab setzte, mit dunklerem Wiehern.

Gleichzeitig trieb Mrs. Roxburgh ihre Stute zu leicht trabendem Galopp an. Die Felder zogen flirrend an ihr vorüber. In ihrer augenblicklichen Verfassung hätte sie bei aller Höflichkeit die Gesellschaft ihres Schwagers nicht ertragen. Hätte sie Sporen getragen, was ihr von Mr. R. niemals erlaubt worden wäre, sie hätte sie dem Pferd in die Flanken gegraben, aber so blieb ihr nichts anderes übrig, als es drei, vier Male mit der Reitgerte auf Schulter und Rumpf zu schlagen.

Derart in einer Weise traktiert, wie es die unschuldige Kreatur vermutlich noch nie erlebt hatte, setzte sie zu scharfem Galopp an und preschte, vielleicht Freiheit witternd, durch das rauhe Berggelände bis hinauf zu der Weggabelung. Diesen Weg hätte Mrs. Roxburgh wahrscheinlich unter weniger aufregenden Umständen selbst gewählt. Sie hatte es noch nie mit einem ausbrechenden Pferd zu tun gehabt. Aus ihrer anfänglichen Heiterkeit wurde die schiere, atemberaubende Angst. Der Nacken der Stute hatte sich versteift, ob sie den Kopf nun niedrig zum Boden senkte oder ihn so hochwarf, wie es der Sprungriemen erlaubte, während die Reiterin zuerst zögernd, dann voller Verzweiflung an der in das samtweiche Maul geklemmten Kandare riß. Steine flogen auf, wenn sich die Hufe der Stute in den lockeren Erdboden gruben. Das dumpfe Echo hinderte die Reiterin daran, zu hören, ob Garnet Roxburgh sie auf seinem gedrungenen Rappen verfolgte.

Als die Stute den Pfad oder Tunnel erreichte, in den sich Mrs. Roxburgh am zweiten Tag nach ihrer Ankunft gewagt hatte, stürmte sie in den Wald vor, wo das Trommeln der Hufe von Blättern und Moos gedämpft wurde. Herabgefallene Äste knackten so laut, daß der Reiterin das Herz stockte, während niedrig hängende Zweige sie auf die Mähne des Pferdes hinunterzwangen.

Mrs. Roxburgh mußte die Augen geschlossen haben, die sie aufriß, als plötzlich einfallendes Licht sie wie ein Blitzschlag traf. Sie waren, stellte sie fest, auf der Lichtung, auf der sie gelegen, vor sich hingedöst und ihren düsteren Traum geträumt hatte. Ebenso wie der Traum sie erschreckt hatte, schien sich auch jetzt etwas Schreckliches vorzubereiten. Irgend etwas zu seiten des Pfades veranlaßte die Stute, zu schnauben und dann scheuend seitwärts auszubrechen.

Die Reiterin wurde nicht regelrecht abgeworfen, sie rutschte vielmehr vom Sattel, verlor den Halt, den ihr der Steigbügel gegeben hatte, landete auf einem Fuß und stürzte ausgestreckt in eine zum Glück weiche, von Laub gefüllte Grube.

Ein Igel kroch zwischen Farngewächsen und abgeknickten Pflanzenresten vor. Die Stute war in ihrer Panik tiefer in den Busch davongaloppiert, wonach Stille eintrat.

Ellen Roxburgh schluchzte, und ihr Körper war unter dem Kostüm von kaltem Schweiß bedeckt. Sie legte sich zurück und krallte die Hände in das verwesende Laub unter sich. Sie mußte sich bei dem Sturz einen Fußknöchel verstaucht haben, sie fühlte das Blut darin pulsen, aber allzu schlimm oder gefährlich konnte es nicht sein. Zwischen krampfartigen Zuckungen, einem Gefühl der Erleichterung und Stille fand sie sich in einen Zustand der Schwäche, aber auch des Wohlbehagens versetzt.

Sie hatte kaum Zeit, diesen Zustand zu genießen, denn gleich darauf hörte sie auf dem Pfad, auf dem die Stute sie hergebracht hatte, gedämpfte, näher kommende Hufschläge, und da sah sie nicht weit von sich die breite Brust des Rappen, dessen Reiter den Kopf seitwärts auf den Nacken des Pferdes gebeugt hatte, um nicht von den überhängenden Zweigen getroffen zu werden.

Der Reiter hatte seine Beute noch nicht entdeckt, das Pferd aber schnaubte angesichts eines großen, grünen Vogels mit verletzt niederhängendem Flügel, der sich hoppelnd zwischen den Farngewächsen in Sicherheit zu bringen suchte.

»Gott sei Dank, Ellen! Hast du dir was gebrochen?« Garnet Roxburghs Stimme zitterte, er konnte gar nicht glauben, daß er sie schließlich doch noch gefunden hatte.

Gleichzeitig kam aus der Richtung, in der die Stute davongaloppiert war, ein klägliches Wiehern, und Merle kam mit kleinen, verstohlenen, fast reuevollen Schritten heran und stieß mit dem Kopf zuerst gegen die Nase, dann gegen die Schulter des Rappen. Die beiden Pferde standen sich, einander zuschnaufend, gegenüber.

Als Garnet Roxburgh abgesprungen war, schwankte er, so sah man ihm an, ob er zuerst die Pferde anbinden oder erst der Frau seines Bruders helfen sollte. Er entschied sich für die Pferde, die fügsam und von der Jagd erschöpft waren. Er nahm sie an die Zügel und band sie wenige Meter voneinander an junge Bäume; es war Ellen, mit der für ihn die Schwierigkeit begann.

Da sie sich weder verstecken noch sich ihm widersetzen konnte, hatte sie sich abgewendet und sich gegen eine von Farn bewachsene Bodenschwelle gelehnt. Verdrossen sah sie in die entgegengesetzte Richtung.

»Was ist bloß in dich gefahren«, fragte er sie, »so allein durch die Gegend zu galoppieren?«

»Nichts. Ich ritt einfach auf eigene Faust los, um die Freiheit zu genießen, die mir, seit ich auf ›Dulcet‹ bin, vorenthalten wird«; sie hätte »seit eh und je« hinzufügen können.

»Das tut mir leid«, erwiderte er nicht gerade reumütig und kam dann zur Sache. »Hast du dich bei deinem Sturz verletzt?«

»Es war kein richtiger Sturz. Ich sprang ab, als das Pferd scheute, und muß mir den Knöchel verstaucht haben – nur leicht, würde ich sagen.«

Er näherte sich ihr. Durchbrochen nur durch das Malmen der Pferde auf ihren Gebißstangen, verdichtete sich die Stille um sie her. Sie hätte es vorgezogen, nach wie vor nicht zu ihrem »Retter« hinzusehen, aber nachdem sie an sich hinab und auf ihren durch die Umstände zu wenig verhüllten Busen geschaut hatte, wurde ihr Blick, ohne daß sie es vermeiden konnte, auf den sich ihr nähernden Schwager gezogen.

Garnet Roxburgh schien entschlossen und zugleich benommen, als hätte ihm die Zeit, sich sein Vorgehen in Ruhe zu überlegen, gefehlt und als wäre er nun selbst von seiner Handlungsweise überrascht; daß er so unerwartet auf seine Schwägerin gestoßen war, hatte ihn, schien es, aus der Fassung gebracht.

Als er nahe vor ihr war, fiel er auf dem Haufen aus verwesendem Laub auf die Knie. »Liebe Ellen – hast du Schmerzen?« Da sie Verwandte waren, schien die Sympathie, die er ihr entgegenbrachte, erlaubt, aber wieder stieß sie der Anblick seiner Hände ab, mit denen er ihren Rock hob und ihren Stiefel befühlte.

Mehr als alles andere erregte ihr sichtbar werdender, durchbrochener Strumpf ihren Protest. »Bitte nicht! Ich danke dir sehr. Es ist nichts, Garnet – wirklich.«

Daß sie ihn beim Namen nannte, schien ihm seine Selbstbeherrschung zu nehmen. »O, Ellen – Ellen!« Er wäre bei diesen Worten vor ihr auf dem Bauch gekrochen, hätte die Leidenschaft ihn nicht vor dieser erniedrigenden Geste bewahrt.

Was keine Angst in ihr aufkommen ließ, war die Gewißheit, daß sie sich ganz in der Hand hatte. Sie glaubte, sich sogar kichern zu hören, aber aus Verachtung (sich selbst und ihm gegenüber) unterließ sie es.

Wieder war sie dieser große, grüne, nur zum Teil verletzte, unzüchtige Vogel, an dessen Brust er sich herandrängte, während grobe Hände ihr gequältes und quälendes Gefieder auffalteten, bis sie sich öffnend und schließend eher der grünen, unergründlichen See glich, die sich herumwarf und das menschlich bemannte Schiff, das sich zu ihr vorgewagt hatte, zu verschlingen drohte.

Mit einem letzten gurgelnden Stöhnen zu zerstören.

Aber wen? Das Bild einer ermordeten Frau drängte sich ihr auf, die so dalag, ein Bündel aus wirrer, zerzauster Kleidung, das Fleisch eines halb unter Blättern vergrabenen Schenkels, das aufgerissene

Mieder. Aber in diesem Fall war das Opfer ein Mann, dessen lebloses Gewicht auf ihr lag, bis sie seufzte oder aus der Tiefe herauf, in die sie gezogen worden war, stöhnte. Immerhin war er es, der es so gewollt hatte. Das eigentliche Opfer war Austin Roxburgh, wäre ihm der Lauf der Dinge bewußt. Von allen dreien war sie es, die – bis jetzt – am wenigsten gelitten hatte; denn als sie ihren Mund von dem an ihm saugenden Mund gelöst hatte und die sich sanft über ihr regenden Farnwedel betrachtete, besprenkelten sie ihre übersättigte Haut mit einem feinen Dunst, und wieder schloß sie die Augen für einen Moment, um unter den Lidern eine sinnliche Wärme zu spüren, auf die sie, mochten die Umstände, unter denen sie ihr zuteil wurde, noch so unstatthaft sein, ihr Leben lang gewartet haben mußte.

Aber von allen Empfindungen hielt diese am kürzesten an.

Während er noch auf ihr lag und seine Finger ihr im Haar kraulten, rieb Garnet Roxburgh ihr Gesicht mechanisch mit seiner Wange, die Gespanntheit in ihm aber hatte sich verändert, so daß sie sich auf Vorwürfe gefaßt machte.

»Mein Gott, Ellen! Was hast du uns angetan.«

Sie hätte lieber sich selbst Vorwürfe gemacht, und das nicht jetzt, sondern später. »Das Pferd hat mich abgeworfen, und während ich nicht bei Sinnen war, hast du dir die Gelegenheit zunutze gemacht.« Als sie sich so verteidigen hörte, wußte sie gleichzeitig, daß dies nicht genügte und auch nicht wahr war, aber sie mußte sich aus einer Situation herausretten, die ihr zunehmend unerträglich wurde.

Neben ihr auf den Ellbogen gestützt, starrte er sie skeptisch und zugleich unverschämt an. »Wenn du in diesem Fall nicht bei Sinnen warst, dann werden wir nie von dir wissen, wann du es vielleicht doch einmal bist!« erklärte er und lachte.

Währenddes sie unter seinen zynischen Blicken all dieses Drum und Dran hinter sich zu bringen, ihr zerrissenes Zeug in Ordnung zu bringen, ihr Haar zurechtzumachen hatte und dann noch ihren Hut, der in den Farn gefallen war, am Schleier zu sich herziehen mußte.

Erst als sie den Schleier wieder umgebunden hatte, fühlte sie sich einigermaßen in Sicherheit – vor Garnet Roxburghs Augen und möglicherweise auch vor ihrem Urteil über sich selbst.

Wie sehr sie der Knöchel schmerzte und wie ungeschickt ihre Bewegungen waren, sie mußte weghumpeln, um die körperliche Berührung durch einen Mann zu meiden, der weniger ihr Verführer als das von ihr gewählte Instrument war, mit dem sie die Tiefen ausmessen wollte, die zu ergründen sie versucht worden war.

Sie begab sich zu dem Baum, an den die nunmehr gefügige Merle gebunden war, entknotete die Zügel und stieg mit Hilfe eines halb verrotteten Baumstumpfs auf.

Garnet Roxburgh stieg aufs Pferd und ließ die Hände rechts und links an den Knien herabhängen. »Du mußt zugeben, Ellen, wir machen uns gut als Liebespaar, findest du nicht?«

Sie hätte nur zugeben können, daß sie ein kaltes, verbrauchtes Lustgefühl in sich davontrug.

»Warte wenigstens«, rief er, ohne zu erwarten, daß sie seiner Aufforderung folgen würde, »damit wir, wie es sich gehört, zusammen nach Hause reiten – und uns nicht wie gemeine Ehebrecher aus verschiedenen Richtungen einschleichen.«

Hätte er vor, sie das Geschehene nicht vergessen machen zu lassen, sie hätte ihm versichern können, wie unnötig eine solche Vorsichtsmaßnahme gewesen wäre; sie beabsichtigte nicht, ihren Haß auf sich selbst und auf ihn jemals in sich zu löschen.

Merle brauchte nicht geführt zu werden; die Stute trottete gutwillig den Pfad und dann den Landweg hinunter; ihre Gangart, die Stellung ihrer Ohren schienen die weniger kontrollierbaren Leidenschaften zu vergeben; haben diese sich ausgelebt, dann besteht kein Grund zu Gewissensbissen.

Aber die Reiterin war voller Gewissensbisse. Sie haßte den ruppigen, unausmeßbaren Berg, die üppigen Weiden mit den selbstgenügsamen Herden, den Namen »Dulcet« und alles, was in ihr Neigungen weckte, die sie niemals in ihr Bewußtsein hätte aufnehmen dürfen.

Auf der ebenen Straße, von der aus das Haus in Sicht kam, hätte sie sich der schieren Wut hingeben können, wäre nicht zu befürchten gewesen, daß sie in Panik umschlüge – in Panik wovor, wußte sie vorerst nicht zu sagen.

Die Verzweiflung der Reiterin mußte sich der Stute mitgeteilt haben, denn ohne jeden Schenkeldruck setzte sie sich schüchtern in Trab, so daß sie schon bald den nahen Hof erreichten.

Mrs. Brennan war nach draußen gekommen und ging mit langen, für sie ungewöhnlichen Schritten einher; stirnrunzelnd sah sie zum Himmel, als erwartete sie Sturm oder eine Offenbarung, und dann in die nahe Umgebung, aus der sie sich die Ankunft eines Retters in Menschengestalt erhoffte.

Als sie Mrs. Roxburgh sah, riß sie entsetzt die Augen auf und rief: »Oh, mein Gott, was machen wir bloß?«, was ebensogut Mrs. Roxburghs eigene Worte hätten sein können.

Um sie beide vor einem peinlichen Schweigen zu bewahren, setzte diese hinzu: »Geht es um meinen Mann?«

»Oh, Mad'm, ja!« Es hatte sich alles bei ihr angestaut und brach jetzt heraus. »Mr. Roxburgh hat einen Rückfall gehabt. Aber Sie soll'n sich, wenn Sie zurückkommen, keine Sorgen machen, sagt er. Tim ist zur Stadt geritten, um Dr. Aspinall zu holen. Aber das kann noch, wie Sie wissen, eine Weile dauern. Aber mach'n sich keine Sorgen, soll ich Ihnen von Mr. Roxburgh bestell'n.«

Als sie an dem Block abgestiegen war, fragte sie: »Aber ihr habt ihn doch nicht allein gelassen?«

Die Frau wickelte die Hände in ihre Schürze. »Das Mädchen ist bei ihm. Ich bin nur rausgekommen, um nach Ihnen zu sehen – und ein bißchen frische Luft zu schnappen. Ich halt' es in einem stickigen Krankenzimmer nicht lange aus.«

Mrs. Roxburgh vergaß zu humpeln, und gleich stellten sich die Schmerzen im Knöchel wieder ein.

»Ah, ist Ihnen was zugestoß'n, Mad'm?« sagte die Haushälterin stöhnend.

»Nein, nichts weiter. Ich habe mir nur etwas den Knöchel verstaucht«, erklärte Mrs. Roxburgh und bewegte sich schnell und so wenig ungelenk wie möglich über den Hof ins Haus.

Das Pferd trottete mit nachschleifenden Zügeln in den Stall, wieherte und suchte schnuppernd nach Hafer, worauf die anderen Stallgefährten in Aufruhr gerieten und den Stall mit ihren Hufen fast zerdepperten.

Auf dem Wege zum Krankenzimmer trug Mrs. Roxburgh ihre Besorgtheit hoheitsvoll zur Schau, was Holly beeindruckte, doch nichtsdestoweniger ehrlich gemeint war. Worte der Liebe und des Mitgefühls hatten sich angesammelt und mußten nun überfließen, falls sie nicht vor Selbsthaß verdorrt waren.

Schon einmal ihre körperliche Behinderung zwang sie neben dem Bett auf die Knie, wo sie die Hand nahm, die sie immer wieder in Staunen versetzte: daß sie ihr gegeben worden war, damit sie dieses Glied aus feinen Knochen und sich schlängelnden, nur dünnhäutig überdeckten Adern gegen ihre Wangen drücken könne.

»Es ist schon vorüber, Ellen, und ich fühle mich wirklich gut. Erfahrungsgemäß haben wir vorerst nichts zu befürchten – bis zum nächstenmal jedenfalls. Dr. Aspinall wird, wenn er kommt, seine Meinung dazu sagen.«

»Wäre ich doch nur bei dir gewesen!« Tränen flossen über die Hand, die sie drückte.

»Du bist reiten gegangen. Ich hoffe, es hat dir gutgetan. Alle brauchen wir einmal Zerstreuung, je nach Anlage und Temperament.«

Das Mädchen war gegangen, als ihre Herrin das Zimmer betreten hatte. Austin Roxburgh hatte sich, die Kissen im Rücken, hochgesetzt. Sein gewöhnlich angespanntes oder verdrossenes Gesicht hatte sich wie in nachgemachter Gelassenheit gelöst; auf seinen Wangen lag sogar ein Anflug von Farbe. Wäre ihm nicht seine Müdigkeit anzumerken gewesen, dann hätte man ihn für gesund und beschwerdefrei halten können.

Als sie ihm dann aber ihre Hand entzog, wurde er ängstlich und klagte: »Warum verläßt du mich schon, Ellen?«

»Um mich umzuziehen.«

Das leuchtete ihm ein, so leidig ihm dieser Grund schien, und er sagte: »Ich freu mich schon auf die langen, ungestörten Abende, die wir miteinander verbringen werden.«

Es schien, als hätte ihn die Erlösung von Schmerzen und zweifellos auch von Furcht dazu bewogen, ihrer seit Jahren währenden Ehe den zarten Glanz des Freiertums zu verleihen.

Sie wandte sich ab, um zu verbergen, daß sie unglücklich war, und vielleicht auch, daß sie hinkte.

Aber sofort fragte Mr. Roxburgh sie: »Was ist mit dir, hast du dich verletzt?«

»Mein Pferd scheute vor einem Igel, und beim Fallen verstauchte ich mir den Knöchel.«

»Oh!« stieß er fast zischend hervor, fragte aber nicht weiter, nur: »Aber sonst fehlt dir nichts, nehme ich an?«

Erleichtert begab sie sich ins Ankleidezimmer und zog ein bequemes Gewand an, was bedeutete, daß sie nicht die Absicht hatte, ihrer beider Zimmer an diesem Abend zu verlassen.

Mrs. Roxburgh setzte sich zu ihrem Mann ans Bett, der sich zusammenhanglos mit ihr unterhielt oder vor sich hindöste, während sie sich ihrer Benommenheit überließ oder Antworten gab, die ihn zufriedenstellten. Zum erstenmal in ihrem Leben war sie an den Punkt gelangt, wo Schuldbeladene die Vergangenheit aufgrund eines einzigen Vergehens ausgewischt wünschen, um in den Nebeln eines abstrakten und möglicherweise unerreichbaren Glücksgefühls einen neuen Anfang zu wagen.

Mr. Roxburgh äußerte den Wunsch nach etwas Suppe, in der aber nichts Fettes sein dürfte, und Mrs. Brennan brachte ihm einen Teller voll. Der Herr ließe grüßen, sagte sie, und würde seinem Bruder nach dem Essen einen Besuch abstatten. »Ich habe im Eßzimmer für Sie gedeckt, Mad'm, wenn Sie bitte zum Essen kommen wollen.«

Mrs. Roxburgh erwiderte, sie habe keinen Appetit und möchte auch ihren Mann nicht allein lassen, fand sich schließlich aber doch dazu bereit, ein wenig an einer auf einem Tablett gebrachten Hühnerbrust herumzuknabbern. Es wäre ihr nur recht gewesen, wenn sie sich auch als Kranke hätte behandeln lassen dürfen, aber dazu reichte ihr nur leicht verletzter Knöchel nicht aus.

Als Garnet Roxburgh an die Tür klopfte, mußte er das Geschirrklappern auf dem Tablett gehört haben, das durch ihre Flucht in das sich anschließende Ankleidezimmer verursacht wurde. Von der Unterhaltung der beiden Brüder verstand sie wegen der geschlossenen Tür und ihrer tauben Ohren kein Wort; sie fand sich indes wiederholt von ihrem eigenen Spiegelbild angezogen.

Das lange Warten auf Dr. Aspinall, nachdem Garnet sich zurückgezogen hatte, wäre unerträglich gewesen, wäre der Kranke nicht wiederholt von unerwarteter Heiterkeit befallen worden.

Als sie ihm eine Zeitlang aus einem Buch von Sir Thomas Browne vorgelesen hatte, unterbrach er sie und sagte: »Wunderbar, Ellen, deine so schön modulierende Stimme. Wer hätte gedacht, daß aus einem ungeschliffenen Mädchen aus Cornwall einmal eine so schöne und vollkommene Frau werden würde!«

Mrs. Roxburgh geriet weniger durch das abschätzige Wort als durch das Kompliment in Verlegenheit. »Ungeschliffen war ich gewiß, aber vollkommen bin ich nicht.«

»Wenn ich ›ungeschliffen‹ sagte, so wollte ich dich damit nicht herabsetzen, Liebes. Ich habe es sogar positiv gemeint. Wer ungeschliffen ist, eignet sich um so besser zum Umbilden und Formen.« Er streichelte mit dem Handrücken ihre Wange. »Bei Frauen ist es jedenfalls so. Bei Männern ist das, glaube ich, nicht der Fall. Männer sind zu steif und verhärtet. Frauen sind eher wie Wachs und so prägsam!« Er kniff sie in die Wange und lachte über seinen Scherz; er würde sie an sich gezogen haben, hätten sie jetzt nicht sich nähernde Stimmen gehört.

Dr. Aspinall war endlich gekommen, staubbedeckt von der langen Fahrt und verkatert vom Brandy, den er vorm Aufbruch und vielleicht auch unterwegs zu sich genommen hatte. Nachdem ihm Mr. Roxburgh den Anfall im einzelnen geschildert und er ihn einigermaßen obenhin untersucht hatte, verschrieb ihm der Arzt eine Digitalislösung, die er bei sich in seiner Tasche hatte, und versicherte dem Patienten, daß er noch ein langes Leben vor sich habe. Dr. Aspinall gehörte zu jener Sorte von Ärzten, die ihre Patienten dadurch glücklich zu machen glauben, daß sie ihnen raten, ihrem Leiden keine Beachtung zu schenken, und meinen, ihnen würde damit die Kraft, die sie beim Zahlen des Honorars benötigen, erhalten bleiben.

Nachdem er damit die Sache hinter sich hatte, ließ er sich einen weiteren Brandy mit Wasser einschenken (wobei Mr. Roxburgh ihm Gesellschaft leistete) und machte Mrs. Roxburgh ein Kompliment wegen ihres guten Aussehens.

»Meine Frau, nebenbei, läßt Ihnen herzliche Grüße sagen und hofft auf den ihr versprochenen Besuch.«

»Ich komme vielleicht schon eher, als sie es erwartet«, erwiderte Mrs. Roxburgh mit einer Wärme in der Stimme, zu der sie bisher bei der Erwähnung von Mrs. Aspinall nicht fähig gewesen wäre.

Tatsächlich hatte sich in ihr eine Hoffnung geregt, wie sie einem plötzlichen Gedanken oder einer Eingebung entspringt.

Es war verabredet, daß der Arzt die Nacht bei ihnen verbringen sollte, damit die Pferde sich ausruhen konnten. Als er das Zimmer verließ, folgte ihm Mrs. Roxburgh, um die Gelegenheit zu nutzen und ihm ihre Idee ohne Aufschub zu unterbreiten.

»Als ich ›eher, als sie es erwartet‹ sagte, Doktor, war es, weil wir meiner Meinung nach ›Dulcet‹ so bald wie möglich verlassen und uns eine Wohnung in Hobart suchen sollten. Ich befürchte«, sagte Mrs. Roxburgh und sah ihn erregt und fast flehentlich an, »daß mein Mann in seinem angegriffenen Gesundheitszustand plötzlich wieder einen Anfall erleiden könnte – der beim nächstenmal vielleicht verhängnisvolle Folgen hätte. In der Stadt wären Sie in der Nähe und könnten sich sofort um ihn kümmern. Es ist für mich ein furchtbarer Gedanke, daß so etwas hier auf ›Dulcet‹ passieren könnte und wir hilflos davorstünden.«

Dr. Aspinall drückte ihr, vom Brandy beschwingt, die Hand und lächelte wohlwollend.

»Eine ganz einfache Wohnung – vielleicht können Sie uns helfen –, nur sauber sollte sie sein«, fügte sie hastig hinzu, »wo Mr. Roxburgh zu Kräften käme, was dringend für die Rückreise nötig ist.«

»Sie können sich auf mich verlassen, Mrs. Roxburgh«, versprach ihr der Arzt, »aber Garnet wird schwer enttäuscht sein.«

»Zweifellos«, gab sie zu. »Aber ich bin überzeugt, daß ihm das Wohl seines Bruders am Herzen liegt und er ihn nicht aus selbstsüchtigen Motiven in Gefahr bringen würde.«

Der Arzt stimmte ihr zu.

Nachdem sie für die Nachtbeleuchtung gesorgt und ihren Mann auf die Augenbraue geküßt hatte (wobei er überraschend den Mund hob und nach ihren Lippen suchte), zog sich Mrs. Roxburgh in das Ankleidezimmer zurück, wo Holly ihr auf dem Sofa provisorisch ein Lager bereitet hatte. Sie war so müde, daß sie sich dankbar mit diesem unnachgiebigen Kompromiß zufriedengab, doch nicht so müde, daß sie die ihr von ihrer Schwiegermutter angeratene Pflicht vernachlässigt hätte: die Pflicht gegenüber dem Göttlichen Wesen, wie es die alte Mrs. Roxburgh in ihrer Redeweise genannt hatte.

Die junge Mrs. Roxburgh kniete sich neben dem improvisierten Bett hin, aber entweder waren ihre Knie zu spitz, oder es war der Teppich mit Glassplittern übersät, oder er ähnelte, schlimmer noch, einer mit verwestem Laub gepolsterten Matratze.

»Ellen?« rief Mr. Roxburgh vom Schlafzimmer her. »Betest du?«

Sie antwortete »ja«, aber so leise, daß er es kaum gehört haben mochte.

Sie drückte ihre gefalteten Hände fester zusammen und wendete die Augen noch tiefer nach innen. Sie sehnte sich danach, das göttliche Wesen der alten Mrs. Roxburgh zu gewahren, und wenn nur im Nachglanz einer vergehenden Glorie. Vielleicht war sie von ihrer Herkunft her eher auf den Glauben an den Teufel als an den auf die Gottheit eingeschworen. So fanden ihre Gebete an diesem Abend in keine bestimmte Richtung, und ein Schaudern durchrann ihre Glieder.

Wieder rief Mr. Roxburgh. »Ich bin nicht in Stimmung, zu beten. Ich bin zu müde – zu kribbelig. Ich kann mich nicht konzentrieren.« Vom Gähnen überkommen, verlor sich seine Stimme.

Mrs. Roxburgh suchte sich auf dem Sofa zurechtzulegen, war aber unfähig zu schlafen. Sie verschloß sich den Bildern, in denen sich ihr Abirren vom Gnadenweg dartat, die Gedanken, die sie durchirrten, enttropften ihren Augen als Tränen; das nasse Kissen verschärfte nur ihre fiebrige Schlaflosigkeit.

Es mußte einige Zeit vergangen sein, denn der Kissenbezug war getrocknet, als Mr. Roxburgh rief: »Bist du wach, Ellen? Ich kann einfach nicht schlafen. Komm zu mir, ich bitte dich. Ich möchte dich in dieser Wüste von Bett neben mir fühlen.«

Es blieb ihr nichts anderes übrig, als sich der Laune ihres kranken Mannes zu fügen. »Aber dann schläfst du noch schwerer ein«, warnte sie ihn. »Wir stören uns gegenseitig, wenn wir uns drehen und wälzen.«

»Ich möchte dich trösten«, sagte er. »Du hast so viel durchzumachen – verheiratet mit so einem gebrechlichen Menschen.«

Ihr Körper ächzte, weniger allerdings als ihr Geist, als Mr. Roxburgh ihr seine Liebe zu beweisen begann. Vielleicht hatte der Schock, den er an diesem Tag erlitt, eine Zärtlichkeit in ihm aufquellen lassen, die der Liebe gleichkam, von der er theoretisch wußte, daß er sie empfinden müßte, und nun sah er eine Möglichkeit, ihr einen Hauch davon spürbar zu machen.

Mrs. Roxburgh war wie gerädert: Dankbarkeit war alles, was sie ihm im Austausch zu bieten hatte, und die kann schnell in steinige Gewissensbisse umschlagen.

»O nein!« protestierte sie. »Bitte nicht! Ich habe Angst um dich«, stöhnte sie, während sie ihren Kopf hin und her wendete. »Angst, daß du einen Rückfall bekommst.«

Aber Mr. Roxburgh blieb bei aller Zärtlichkeit hart: Er konnte ihr seine Liebe gar nicht tief genug einflößen, jetzt, wo es ihn selbst dazu gedrängt hatte.

Mrs. Roxburgh konnte am Ende nur daliegen, den zerbrechlichen Körper ihres Mannes an sich drücken und seine wundersame Gabe hinnehmen.

Nach einer Nacht, die rückblickend für beide weniger qualvoll gewesen war, als sie es befürchtet hatten, fragte sie sich, ob sie ihn in den Plan, von »Dulcet« nach Hobart umzuziehen, einweihen sollte; aber da war sie schon dabei, ihm davon zu erzählen.

Mr. Roxburgh erwiderte überraschend: »Ja. Ich bin voll einverstanden. Garnet, nehme ich an, wird gekränkt sein, aber das hilft nichts. Mir ist dieses Haus unheimlich geworden. Ich schwöre, die Dormers hausen hier noch. Ich habe sie über mir rummeln hören.«

Mit dem Thema Geister oder Gespenster hatte Mrs. Roxburgh nichts im Sinn, und so wandte sie sich gleich der Sache selbst zu. »Willst du es selbst deinem Bruder sagen, daß wir vorhaben auszuziehen?«

»Ich könnte schon – ja«, sagte Mr. Roxburgh abwägend, »aber vielleicht wäre es klüger, wenn du es so taktvoll wie möglich tust. Seinem Bruder würde er es ewig zum Vorwurf machen, während er es einer besorgten Frau kaum verübeln könnte, daß sie sich Sorgen um den Zustand ihres Mannes macht.« Daß er diese Entscheidung getroffen hatte, erfüllte ihn mit einer fast feierlichen Selbstgefälligkeit.

Aber Mrs. Roxburgh zögerte noch. »Warten wir wenigstens ab«, sagte sie, »bis der Doktor für uns eine Wohnung gefunden hat.«

Solange ihr Mann im Bett lag, war es leicht, ihrem Schwager aus dem Wege zu gehen, aber Austin Roxburgh hatte schließlich das Verwöhnen satt; er stand früh am Morgen auf und machte sich versuchsweise im Haus zu schaffen, zog sich aber am Nachmittag aufs Zimmer zurück; das Essen wurde ihnen wie während seiner Krankheit aufs Zimmer gebracht.

Bis dann Mr. Roxburgh sich durchrang: »Du solltest gehen, Ellen, und mit ihm essen. Er nimmt es dir sonst noch übel, daß du dich allzu auffällig nur deinem Mann widmest.«

»Wie du wünschst«, sagte sie.

Die im Obstgarten fallenden Blätter beschworen Melancholie herauf. Freudig fühlte sie sich von dem Zwitschern der kleinen umhersuchenden Vögel durchzittert, das kalte Krächzen der durchziehenden Krähen aber verdüsterte sofort wieder ihre Stimmung. An dem Morgen, an dem ihr Mann seine Anweisung erteilte, hörte sie jenseits der Koppel Schüsse und einen verzweifelten Aufschrei, ob von einem Menschen oder einem Tier, wußte sie nicht zu sagen. Daß sie daraufhin das Fenster schloß, war, merkte sie später, eine wirkungslose Geste, die weder das Echo noch ihre Unruhe ausschloß.

Es war kalt, als sie am Abend zu dem Ritual im Eßzimmer zurückkehrte. Weißes Licht sammelte sich über den gekappten Zypressen und der Mauer oder Hecke aus Buchsbaum. Im Kamin knackten und zischten zwei, drei Baumwurzeln fast, wie es schien, fröhlich. Trotzdem war sie froh, daß sie ihren gefransten Schal mit dem Blumenmuster umgelegt hatte; sie zog ihn fest über der Brust zusammen, besann sich dann aber um und lockerte ihn. Während sie auf Garnet Roxburgh wartete, wurde ihr nicht klar, ob der Ausdruck in Mrs. Dormer-Roxburghs Augen als böswillig oder mitfühlend zu deuten war.

Der Hausherr gab sich, als er hereinkam, so, wie sie es erwartet hatte: beiläufig, teilnahmslos und kühl. Seine Züge, seine Lippen schienen sich, seit sie ihn zuletzt gesehen hatte, vergröbert zu haben, dieser Wandel konnte aber nicht durch Verdrossenheit bewirkt worden sein.

»Du bist mir zu einer Fremden geworden, Ellen«, sagte er und beugte sich herab, um im Feuer zu stochern.

Seine Zunge schien schwer, als habe er ein Glas Wein getrunken, um sich gegen diese Begegnung zu wappnen.

»Mein Mann«, erwiderte sie, »ist als Kranker recht anspruchsvoll.«

»Natürlich denke ich nicht daran, meinem Bruder die Pflege zu mißgönnen, die ihm seine besorgte Frau angedeihen läßt.«

Dann brachte Holly die Terrine, wodurch jede Verlegenheit aufgehoben sein sollte. Das Mädchen brachte die Schüssel zum Kopfende des Tisches, damit sich ihr Herr bedienen könne.

»Mrs. Roxburgh füllt die Suppe auf«, wies er das Mädchen an.

Mrs. Roxburgh tat das, wobei ihre Augen durch den Dampf wäßrig wurden. Auch Hollys Augen waren rot umrändert und glänzten nicht wie sonst. Unter ihrem grauen Kleid glaubte Mrs. Roxburgh eine gewisse Fülligkeit zu entdecken. Die verkörperten Geister auf »Dulcet« gehorchten der zornigen Mrs. Dormer und warfen den Fehdehandschuh hin. Und so senkte Mrs. Roxburgh die Augen.

Die Fettringe auf der Suppe hätten sicher das Mißfallen ihres Mannes erregt. »Besteht jemals«, begann sie, stockte aber, weil sie sich Gaumen und Schlund versengt hatte. »Entflohene Gefangene«, setzte sie noch einmal an, »haben sie jemals die Chance, wieder in den Genuß der Feiheit zu kommen?«

»Kaum«, erwiderte Garnet Roxburgh mit offenkundiger Genugtuung. »Sie werden entweder auf der Flucht erschossen oder bald darauf wieder gefangen und zu angemessener Bestrafung und erneuter Haft zurückgebracht. Einige Ausbrecher schaffen es kurze Zeit als Buschläufer, werden gewöhnlich aber auch eingefangen und zur Abschreckung neben der Überlandstraße aufgehängt.«

Es war ungefähr so, wie sie es sich vorgestellt hatte, wenn sie auch gehofft hatte zu erfahren, daß Freiheit, abstrakt, wie sie ist, manchmal zu etwas wirklich Vorhandenem wird.

Holly trug die Suppenterrine ab und brachte ein außergewöhnlich delikates Fischgericht, das Mr. Roxburgh abwesend servierte.

Seine Partnerin verschluckte sich an einer Gräte, fragte aber: »Was ist das, Mr. Roxburgh?«

»Was? Ah, der Fisch. Ein Percoidea, glaube ich. Ja. Trompeter nennen wir ihn.«

Er seufzte und aß, aß und seufzte. Holly brachte Kerzen.

»Heute morgen«, sagte Mrs. Roxburgh zögernd, »hörte ich Schüsse – und einen Schrei, der mir noch in den Ohren gellt. War es einer von diesen Elenden, der – barmherzig oder nicht – von seinem Elend erlöst wurde?«

Garnet Roxburghs Kiefer arbeiteten; er schob ein Stück Fischhaut über die Lippen und spuckte es aus. »Es war die Stute – Merle –, sie hatte sich an einem Pflock so unglücklich aufgespießt, daß es keinen Sinn gehabt hätte, sie leben zu lassen. Ein verkrüppeltes Tier durchbringen zu müssen, können wir uns nicht leisten.« Seine Stirn schien anzuschwellen, als seine Kiefer jetzt zur Ruhe kamen; seine Hände, die sie so sehr haßte und in ihrer Besessenheit einen Moment begehrt hatte, drohten, Messer und Gabel quer über seinen Teller zu werfen.

Ihr eigenes Besteck legte sie zusammen, bevor sie sich aus ihrem Lehnstuhl wand.

»Na?« rief er fast. »Wer, wenn nicht wir selbst, ist an allem schuld? Ist doch so, Ellen?« Er war aufgesprungen, als sie sich erhob, und kam um den Tisch herum wild auf sie zu. »Wie ich höre, habt ihr vor, wegzufahren und uns unserer Pesthöhle zu überlassen!«

Er griff nicht sosehr nach ihrer Hand, sondern nach irgendeinem Halt, den er vergeblich suchte.

Sie zog ihre Hand weg und stieß hervor: »Meine Schwäche oder mein Unwissen – kann ich mir nicht vorwerfen. Ich habe es noch nicht so weit gebracht, daß ich mir selbst helfen könnte – und anderen schon gar nicht.«

Ohne zu ihm hinzusehen, verließ sie das Zimmer.

Mr. Austin Roxburgh war ganz verstört, als er seine Frau so blaß hereinkommen sah. »Du bist es, die krank ist, Ellen!«

In ihr wühlten in der Tat Abscheu, Wut und Verzweiflung, sowohl wegen der Tötung des kleinen Pferdes, was für sie ein gezielter Akt der Grausamkeit war, wie um der armen Teufel willen, die zu dem Folterdasein auf dieser Insel verdammt waren, auf der sie sich zu ihrem Unglück selbst befanden.

»Diese armseligen Kreaturen, die ohne jede Hoffnung dahinvegetieren!« Sie konnte sich nicht dazu bringen, die Stute zu erwähnen, für deren Ende sie sich selbst verantwortlich fühlte.

Austin Roxburgh hätte seiner Frau, um sie zu trösten, mit moralischen Erklärungen kommen können, wenn das nicht, wie er es sah, gegen Sühne und Gerechtigkeit gegangen wäre.

Statt dessen schlug er an diesem Morgen vor, einen Ausflug zu machen, der ihr aus ihrer düsteren Stimmung heraushelfen sollte. Es war ein klarer und sonniger Tag, und so bat er, ein Pferd vor den Wagen zu spannen, und forderte sie auf, mit ihm zu kommen.

Austin Roxburgh fuhr den Wagen in der aufrechten Haltung, die seinem Charakter entsprach. Er war nicht daran gewöhnt, selbst die Zügel zu nehmen, aber diese harmlose Ausfahrt schien ihm ein solches Vergnügen zu bereiten, daß sie ihm die Rolle des Kutschers überließ und nicht den Platz mit ihm wechselte.

Sie nahmen den Weg, der am Flußufer entlangführte, wo das Gras schon von den Blättern der Pappeln wie von Goldmünzen bestreut war. Fische sprangen hin und wieder aus dem Wasser oder berührten wie Gedanken flüchtig die Oberfläche.

»Das müssen wir öfters mal machen, Ellen«, bemerkte Mr. Roxburgh, »wenn wir wieder zu Hause sind – in Cheltenham.«

Sein Wunsch, kleinere Vergehen wettzumachen, größere aber zu übersehen, ließ das Glitzern des Morgens um so bedrohlicher erscheinen. Unter weniger gespannten Umständen hätte sie sich gehenlassen und eine lässigere Haltung eingenommen, so aber blieb ihr nur, sich aufrecht hinzusetzen wie er.

Als sie zum Haus zurückkamen, wurde Mrs. Roxburgh zeitweise dadurch von ihren quälenden Gedanken befreit, daß ein Bote mit einer Nachricht von Dr. Aspinall eingetroffen war. Nebeneinander auf den Verandastufen stehend, lasen die Roxburghs den Brief gemeinsam; hier handelte es sich immerhin um eine Schuld, an der sie beide teilhatten.

Eine Mrs. Impey, eine in bescheidenen Verhältnissen lebende Witwe, teilte ihnen der Doktor mit, sei bereit, seinen Freunden drei ihrer Zimmer zur Verfügung zu stellen. Ihre Wohnung – schlicht, wie sie wäre (fügte er vorsorglich hinzu) – befände sich nichtsdestoweniger in einer höchst achtbaren Gegend.

Mrs. Roxburgh war außer sich vor Freude, während ihr Mann ängstlich und fast bestürzt reagierte. »Jetzt müssen wir es ihm sagen«, bemerkte er. »Tust du es?«

»Das ist nicht nötig«, entgegnete sie. »Er weiß es!« Sie lachte laut und hemmungslos, was ihm bei einer anderen Frau als »hysterisch« vorgekommen wäre.

»Von wem weiß er es?«

»Ich habe keine Ahnung« – was nicht ganz stimmte –, »aber da es so ist, werde ich auch nicht weiter nachforschen.« Obwohl sie gewisse Bedenken in sich aufkommen spürte, hörte sie nicht auf zu lachen; sie bekam sich erst wieder in die Hand, als sie nach drinnen gegangen waren.

Mrs. Roxburgh, der die Lust am Tagebuchschreiben vergangen war, nahm sich das Büchlein hiernach wieder vor und schrieb:

24. März
Hobart Town

... das Haus ist so klein, die Zimmer sind so winzig, daß wir uns beengt fühlen würden, wenn wir nicht durch die Schiffsreise an solche Verhältnisse gewöhnt wären. Und wenn wir, muß ich außerdem sagen, nicht so *erleichtert* wären, diesem *trostlosen »Dulcet«* entronnen zu sein! So bemühe ich mich, unser kleines Haus am Battery Point liebzugewinnen, und Mr. Roxburgh ist aus ähnlichen Gründen bereit, diese Nachteile zu übersehen. Uns stehen zwei Vorderzimmer zur Verfügung. Eins ist Eßzimmer, das andere Wohnzimmer. Daran schließt sich unser Schlafzimmer an, es liegt sehr günstig, weil ich mich dorthin vor unerwünschten Besuchern zurückziehen kann. Mrs. Impey ist eine kleine, lebensbejahende Person mit den besten Absichten. Sie ist die Witwe eines ehemaligen, in Port Arthur stationierten Offiziers, wo sie einige Jahre mit ihrem Mann zusammenlebte. Nach Port A. befragt, lobte sie vor allem die großartige Lage. Was über die Strafkolonie erzählt wird, sagt sie, ist größtenteils übertrieben von Leuten, denen es immer nur um Sensationen geht. Mrs. Impey ist, schätze ich, zu lebensbejahend, als daß sie zugeben würde, daß alles auch seine Schattenseiten hat. Fragte sie, warum sie nach dem Tode ihres Mannes nicht in die Heimat zurückgekehrt ist. Sie wirkte, so lebensfroh sie ist, etwas niedergeschlagen, als sie sagte, daß eine Frau sich nur schwer daran gewöhnte, wichtige Entscheidungen zu treffen. Aber dann wurde sie wieder fröhlich und sagte, daß sie sich in den gesellschaftlichen Kreisen von Hobart Town sehr wohl fühlte und, um kein ganz und gar untätiges Leben zu führen, junge Damen aus besseren Kreisen im Nähen und anderen Handarbeiten unterrichtete.

26. März

Mr. R. erholt sich zusehends. Er spricht schon von der Heimreise, sobald wir Plätze auf einem Schiff finden. Uns wurde mitgeteilt, daß Ende des Monats oder Anfang April ein Schiff fährt. Wäre das eine Freude, wenn dieses Gerücht sich bestätigt! Dr. A. beanstandete, ich wäre zu mager, und verschrieb mir ein Stärkungsmittel, damit er und mein Mann wieder Freude an mir hätten. Ich muß zugeben, daß ich niedergedrückter Stimmung bin, aber das hat Gründe, die kein Stärkungsmittel beheben kann. Vom Berg her weht Tag für Tag Wind durch die meist leeren Straßen, in denen Schritte einen erschrecken können, weil sie wie Donner klingen. G. R. hat uns zum Glück bis jetzt in Ruhe gelassen, hat uns nur einmal einen Gänsebraten und vier Flaschen »Dulcet«-Wein geschickt. In Erinnerung daran, daß wir am ersten Abend bei ihm Gans gegessen hatten, konnte ich mich nicht dazu bringen, den Braten auch nur anzurühren. Ich entschuldigte mich damit, daß ich etwas mit der Galle hätte. Mr. R. hat sich den Gänsebraten schmecken lassen und macht sich seitdem Vorwürfe, daß er seinem Bruder gegenüber zu undankbar sei.

Eines Vormittags, als Mrs. Roxburgh in den Läden der Stadt vergeblich nach passenden Knöpfen gesucht hatte und zurückkam, stand ein anscheinend gemieteter Wagen mit Verdeck vor ihrem Hauseingang. Sie wollte rasch vorbei und durch die Vorhalle in ihr Zufluchtszimmer, als die Hauswirtin aus ihrem Besuchszimmer auf sie zugestürzt kam.

»Ah, Mrs. Roxburgh«, zwitscherte Mrs. Impey noch fröhlicher als sonst, »unsere Freundin Mrs. Aspinall ist gekommen, um Sie zu besuchen. Während wir auf Sie warteten, habe ich ihr ein Glas Madeira angeboten und ihr einen Teller mit meinem kleinen Maiskeks hingestellt. Gehen Sie und setzen Sie sich zu ihr. Ich fürchtete schon, Sie würden sich verspäten und sie nicht mehr antreffen.«

Einen Ausweg gab es nicht; die Hauswirtin hätte in ihrer Begeisterung auch nur den bloßen Gedanken an Flucht zunichte gemacht.

Mrs. Aspinall saß, als Mrs. Roxburgh ins Zimmer kam, am Fenster, von wo aus sie die Rückkehr ihrer die Straße hinunterkommenden Freundin beobachtet haben mußte. Es ärgerte Mrs. Roxburgh, vermuten zu müssen, daß ihre unbewachten Gedanken den Blicken von Mrs. Aspinall ausgesetzt gewesen waren; hätte sie die

Wahl gehabt, sie wäre der Frau des Arztes mit einer eisernen Maske entgegengetreten.

Mrs. Aspinall gab sich erschöpft, oder es war der Madeira, durch den sie diesen Eindruck machte; sie wischte sich mit dem Finger Krumen von den Maiskeksen von den Lippen. »Ich hätte es schon fast aufgegeben«, sagte sie. »Nicht, daß ich keine Zeit hätte – ich habe, weiß der Himmel, wenig genug zu tun –, aber mein Doktor geht hoch, wenn ich die Rechnung für den Mietwagen ansummen lasse. Seine Mittel lassen es angeblich nicht zu, daß seine Frau sich einen Wagen leistet.«

Ihre Abhängigkeit von dem Arzt verbot es Mrs. Roxburgh, weiter darauf einzugehen. »Darf ich Ihnen noch ein Glas Wein einschenken?« fragte sie, um die Pause zu überbrücken.

Mrs. Aspinall hatte nichts dagegen, da ihre Freundin nicht wissen konnte, daß dies dann schon ihr drittes Glas war. »Ein Gläschen zu sich nehmen wird in Hobart Town leicht zur Gewohnheit!« sagte sie und kicherte seufzend. »Ah, meine Liebe, Sie können das nicht verstehen. Sie sind aus einer anderen Welt und nur gerade so lange hier, wie man braucht, um die Schuhe zu wechseln.«

»Ob ich nun hier oder dort bin, mein Leben ist nicht so sehr anders. Gewiß, zu Hause habe ich für den Haushalt zu sorgen, Anweisungen zu geben, Mr. Roxburghs Freunde zu unterhalten, aber mehr Abwechslung habe ich nicht. Nicht, daß ich mein ruhiges Leben gegen Hektik und Betrieb tauschen möchte.«

Mrs. Aspinall senkte die Lider und nippte an ihrem Wein. »Selig sind die Gehorsamen und leicht zu Befriedigenden!«

Mrs. Roxburgh wurde rot. »Ist das so tadelnswert?«

Mrs. Aspinall riß blitzend die Augen auf, als wollte sie jemanden umgarnen. »Hat Garnet Roxburgh Ihnen vielleicht schon einen Besuch abgestattet?«

»Nein, nicht, seit wir von ›Dulcet‹ fort sind. Er und mein Mann verkehren miteinander durch Boten, und Mr. Garnet Roxburgh trägt sehr großzügig das eine oder andere zu unseren sonst eher bescheidenen Mahlzeiten bei.«

»Das überrascht mich«, sagte Mrs. Aspinall, »wo die beiden Brüder einander doch so sehr zugetan sind. Und von Ihnen, meine Liebe, spricht er nur in den höchsten Tönen!«

Mrs. Roxburgh gewahrte, daß ihre Hand zitterte und daß ihr, was schlimmer war, ein Tropfen vom Madeirawein auf den Schoß gefallen war. »Ich hatte den Eindruck, daß mein Schwager mich nicht besonders mochte. Es gibt kaum irgendwelche Ansichten, in denen wir uns einig sind. Ich bin ihm zu ruhig. Er mag lieber lebhafte, temperamentvolle Frauen.« Sie versuchte, ihren Ärger über ihre Ungeschicklichkeit zu verbergen, und kümmerte sich um den Fleck auf ihrem Rock, an dem sie mit ihrem Taschentuch herumrieb.

»Sie sind, muß ich allerdings sagen, ein wenig zurückhaltend, meine Liebe.« Mit ihrem Lächeln suchte Mrs. Aspinall, sich von ihrer besten Seite zu zeigen, ihr Blick aber war sauer wie Essig. »Aber vielleicht macht gerade das Ihren Reiz aus. Männer vom Typ eines Garnet Roxburgh sind auf Wechsel und Vielfalt aus.«

Mrs. Roxburgh war so verlegen, daß ihr nur blieb, Mrs. Aspinall einen Keks anzubieten, den diese aber dankend zurückwies.

Sie neigte ihren Kopf zur Seite und versuchte es mit liebreizender Stimme: »Wie wäre es mit einer kleinen lustigen Abendgesellschaft bei uns?«

»Mein Mann ist nicht gern mit vielen Menschen zusammen.«

»Ah ja, ich verstehe, sein Gesundheitszustand läßt so etwas nicht zu. Nein, Sie sind es, *Ellen,* die ich dazu verführen möchte. Kann man es auch kaum eine Verlockung nennen, wenn ich Ihnen verspreche, daß ein Arzt anwesend sein wird – aber gerade dann dürfte es doch die Zustimmung selbst von Mr. Roxburgh finden.«

»Ich danke Ihnen für Ihre freundliche Einladung, Mrs. Aspinall. Aber mit den Kleidern, die Mr. Roxburgh zur Mitnahme auf diese Reise zu den Antipoden bestimmte, bin ich nur schlecht für jede Art von Geselligkeit gerüstet.«

»Ah, *Kleider!*« Es sollte so klingen, als legte Mrs. Aspinall auf derlei Äußerlichkeiten nicht den geringsten Wert, aber sofort erkannte sie ihren Fehler und änderte ihre Taktik. »Es wird Ihnen, kann ich nur sagen, eine Genugtuung sein, mich in einem meiner abgetragenen Fähnchen zu sehen, während Sie, meine Liebe, über – wie nennt man es noch? ah, ja –, über Charakterstärke verfügen, eine Eigenschaft, die anziehend wirkt, auch wenn man nichts als einen wollenen Schal trägt. So jedenfalls sieht Garnet Roxburgh es.«

Die Anspielung war so schmerzhaft, daß Mrs. Roxburgh die Stirn gequält runzelte. »Falls mein Schwager an Ihrer Abendgesellschaft teilnehmen sollte, bin ich noch weniger geneigt, zu kommen.«

Aber Mrs. Aspinall beugte sich vor und legte die Finger auf das Handgelenk ihrer Gesprächspartnerin (sah sie in ihr eine Patientin, der sie den Puls fühlte?). »Sie sind zu empfindsam, meine liebste Ellen! Sie hindern sich dadurch selbst daran, wirklich zu leben.«

Die Besucherin erhob sich und machte sich daran, ihre Locken gebührend zu ordnen. »Dann werden wir also ohne Sie sein – ich mit meinem Doktor und in meinem Fähnchen – und bedauern – wenn auch nicht so schmerzlich wie der arme Garnet –, daß Sie nicht dabei sind.«

Aufgebracht durch die zur Schau getragene Besorgtheit ihrer Freundin, sagte Mrs. Roxburgh: »Ihr rosa Kleid werde ich nie vergessen.«

»Rosa? Welches?« fragte Mrs. Aspinall sie spitz.

»Das Sie Weihnachten trugen.«

»Dies alte Ding? Das ist inzwischen wirklich kaum mehr als ein Fetzen; ich hab's dem Hausmädchen schon bald danach gegeben. Wieso in aller Welt erinnern Sie sich gerade an dies Kleid?«

»Sie sahen so reizend darin aus. Und das Mieder war so hübsch mit all diesen kleinen Satinschleifchen geschmückt.«

»Es gibt niemanden in Hobart, der es nicht bis zum Überdruß kennt. Ich hasse es.« In Erinnerung daran überschlug ihre Stimme sich und klang heiser.

Gleich darauf hörten sie im Vorraum die Stimmen von Mrs. Impey und Mr. Austin Roxburgh. »Wenn sie es ist, gehe ich nicht rein«, flüsterte Mr. Roxburgh laut. »Ich lege mich hin und ruhe mich aus, bis meine Frau es hinter sich hat.«

Das war dann schließlich soweit, und noch am selben Abend schrieb seine Frau, nachdem ihre Erregung sich gelegt hatte, ins Tagebuch:

> Wie unangenehm ist es, mit einer scheinheiligen Person zu tun zu haben, und wieviel abscheulicher noch, wenn man – von dieser Mrs. A. dazu getrieben – sich selbst so verhält. Sich selbst in so einem schäbigen Spiegel sehen zu müssen! Aber so erging es mir bei diesem Besuch, den ich so schnell wie möglich vergessen will. Jetzt schon, während ich darüber schreibe!

Mrs. Roxburgh überflog das Geschriebene, um festzustellen, ob es auf dem Papier zu provozierend aussähe, fand aber, daß es nicht der Fall sei; dennoch wußte sie, daß sie von dem Laster, an dem sie gemeinsam mit Mrs. Aspinall teilhatte, verfolgt werden würde. Sie versuchte, sich mit der Erklärung zu trösten, daß es, wenn sie zu einer bestimmten Person hingezogen wurde, dämonische Kräfte gewesen waren, die ihren natürlichen Widerstand überwanden.

Aber sie gewann dadurch keinen Trost und schloß ihr auf ungefährliche Weise heuchlerisches Tagebuch weg.

An einem Tag, an dem sie noch bedrückter als sonst war, verknotete Mrs. Roxburgh die Bänder ihrer Haube fest unterm Kinn und ging hinaus auf die windige Straße. Zu ihrem Mann hatte sie gesagt, sie würde einen Spaziergang machen – ihn zu fragen, ob er sie begleiten würde, wäre, wußte sie, sinnlos gewesen. Während sie allein und ohne Schutz ziellos die Gegend durchstreifte, hatte sie nur die eine vage Hoffnung, ihren Gedanken zu entrinnen. Die vage und, wußte sie aus Erfahrung, vergebliche Hoffnung. Denn an dem Tag, entsann sie sich, an dem sie die Stute hatte satteln lassen, um mißliebigen Gedanken und der allgemeinen Beengung ihres Lebens auf »Dulcet« zu entfliehen, war sie ausgeritten, um sich etwas bewußt zu machen, von dem sie, da es so tief in ihr verborgen war, lieber angenommen hätte, daß es als Gedanke gar nicht faßbar war.

Folglich schlenderte sie an diesem frostigen Nachmittag irgendwie unsicher umher, herumgestoßen vom Wind und bedroht von einer großen Kumuluswolke zwischen dem diesen anmaßenden Versuch, so etwas wie eine Stadt zu bauen, überragenden Berg und den bewegten Wassern des grauen, seinem Schicksal, der See, zuströmenden Flusses.

»Eine Frau«, hatte ihre Hauswirtin gesagt, »gewöhnt sich nur schwer daran, wichtige Entscheidungen zu treffen.« Ellen Roxburgh fragte sich, während sie die Straße hinunterging, was für wichtige Entscheidungen sie denn je getroffen hätte, außer daß sie seinerzeit ihrem Mann ihr Jawort gegeben und sich bei einer anderen Gelegenheit ihrer uneingestandenen Zügellosigkeit überlassen hatte.

An dem Punkt, wo die zum Weg gewordene Straße in einen steinigen Pfad überging, war Mrs. Roxburgh gezwungen, stehenzubleiben und Halt an einem Baum zu suchen. Gegen den Baum gelehnt, drückte sie die Arme fest an sich, um sich nicht erbrechen zu müssen. Der knorrige Baumstamm half ihr bis zu einem gewissen Grade dabei, so daß sie wieder zu Sinnen kam, wenn auch ein Rest von Melancholie blieb, die, meinte sie, von der Erinnerung an ihre verstorbenen Kinder verursacht war; mehr noch: Dieser Kummer, den ihr Mann nie wieder zu erwähnen beabsichtigte, wühlte in ihr.

Vom drängenden Wind getrieben, suchte sie sich, während ihr Rock vor ihr aufwirbelte, einzureden, ihr Mann hielte wie der Baum, der ihr eine Freistatt geboten hatte, an dem Glauben an ihren freien Willen fest. Aber sie war in ihrer Passivität ebensosehr gegen den einen wie gegen den anderen geweht worden. Der ihr zufällig im Weg stehende Baum, der dort wie ein ungeschliffenes, verwirrtes, im Moor allein gelassenes Mädchen stand, hätte kaum Mr. Roxburghs Angebot ausschlagen können.

So daß sie sich auf die Waldlichtung zurückgeschleppt fühlte, unter das gefilterte Licht, in den Geruch von Pilzen und verrottendem Laub und hin zu dem einen einzigen Augenblick, in dem ihr Wille sich geltend gemacht hatte, und das mit entblößten, abscheulichen Zähnen.

Mrs. Roxburgh öffnete in hohler Verzweiflung ihren Mund, und an dem Wind, der ihr in den Schlund stieß, erstickte sie fast; er machte sie momentan taub.

Sie strauchelte vor – wozu, fragte sie sich, wo sie jetzt mit einem Buch neben dem Feuer sitzen oder ihre Näharbeit in diesem makellosen Puppenhaus vornehmen könnte, das gegenwärtig ihre Bleibe war.

Bis sie an einer Wegbiegung zwischen den ineinandergekrallten Büschen etwas wie ein Bündel weggeworfener Kleidungsstücke sah: altes, grünliches Zeug, dem der Geruch von Moder und des Körpers zu entsteigen schien, zu dem es gehörte. Sie wollte an diesem abstoßenden Anblick vorbeihasten, als das Bündel sich aufrichtete und sich zeigte, daß die Kleidungsstücke nicht weggeworfen waren, sondern zum Teil ein nacktes menschliches Wesen bedeckten.

Obendrein starrte sie aus der gefleckten, pockennarbigen Gesichtshaut ein von Zahnlücken durchsetztes Lächeln an; in den blassen und wimpernlosen, in keiner Beziehung zu dem auffordernden, gelben Lächeln stehenden Augen brannte der kalte Haß, während sie ihre Figur von oben bis unten abtasteten; die Hand indes, deren Haut krötig geschuppt war, preßte sich in die Hohlform im Gras, in der sein Körper gelegen hatte.

Daß er sie ansprach, merkte sie, verstand ihn aber nicht, weil der Wind die Worte davontrug.

Der Mann, dem das nicht entging, strengte sich noch mehr an, bis ihr einiges davon ans Ohr drang: »... da, wo ein Hasennest ist...«, wieder riß der Faden, »... wär' nicht das richt'ge für 'ne Mieze, allein da zu liegen...«, und wieder fuhr der Wind dazwischen.

Sie hätte auf dem Pfad zurücklaufen können, wäre er nicht so rubbelig gewesen und der Mann nicht schon auf die Füße gesprungen. Folgte sie dem Pfad in derselben Richtung wie bisher, dann geriet sie in ein Dickicht aus Ginstergesträuch, also rannte sie die Anhöhe hinauf, hinter der die Dächer der aneinandergereihten Häuser zu sehen waren und von wo sie hoffen konnte, zu den normalen Straßen zurückzufinden, die sie hinter sich gelassen hatte.

Hinter sich hörte sie ihren Verfolger von seiner anfänglichen Schmeichelei, in der poetisch genug Hasen vorkamen, auf obszönes, seiner verzweifelten Lage eher entsprechendes Gegröle übergehen: »Ich zeig' dir's ... was ihr Nutten von Ladys ... aus unsereins macht ... in Fenster gucken bei Nacht, das' für die meist'n von uns alles zum amüsier'n ...«

Mrs. Roxburgh rannte oder sprang. Sie fühlte Finger sich in ihren Rücken krallen, eine Hand, die sie am Handgelenk packte. Sie wurde herumgerissen, während sie vorstürzte. Schwarze Fingernägel klaubten an der Brosche an ihrer Brust herum. Die Pockennarben und Poren seiner erhitzten Haut drängten sich ihr an die Augen, eine Fahne von Rum schlug ihr entgegen.

Dann riß sie sich los, rannte wieder und kletterte über und zwischen Felsbrocken weiter. Entsetzten seine Obszönitäten sie auch, sie weckten immerhin Erinnerungen in ihr; sein röchelnder Atem erschreckte sie mehr.

»Na, gut denn«, hörte sie ihn plötzlich nach einer Pause brüllen, »bist du's zufrieden, wenn du einen Mann umgebracht hast? Darauf läuft's doch hinaus von dem Moment an, wo wir gebor'n sind!«

Sie ihrerseits bekam einfach nicht mit, was sie taten, sie beide, während sie sich an dem Abhang hochquälten. Es wäre vernünftiger, sich einfach fallen zu lassen, um von rötlich verfärbten, schwieligen Händen, von rissigen, in ihre Kehle gegrabenen Fingernägeln erdrosselt zu werden; aber dann sah sie hoch, und am Rande der Straße erblickte sie ein Fahrzeug, von zwei Pferden gezogen, deren Bruststücke und Lenden nichts von der Erregtheit ahnen ließen, die ihre Ohren und Nüstern verrieten.

Als sie jetzt stolperte und fiel und nur noch ein flach im Gras liegendes, erschöpftes Tier war, sprang jemand, ein Herr, vom Kutschbock und stürzte mit der Peitsche in der Hand auf sie zu.

Obwohl er nur noch wenige Schritte entfernt war, erkannte sie ihn in ihrer Verzweiflung nicht.

Er schlug mit dem Griff der Peitsche auf den Angreifer ein, der, ohne noch handfester aufgefordert werden zu müssen, mit fliegenden Zeugfetzen aufsprang, seinen Hut verlor und zwischen Felsen im Stoppelgras davonrannte.

Garnet Roxburgh atmete schwer und strich seinen dunkelgrünen, pelzbesetzten Rock glatt.

»Du ziehst Unheil auf dich, Ellen. Vergiß nicht, wir sind hier in Vandiemensland. Es ist eine höllische Situation, die du nicht dadurch verbesserst, daß du ins Feuer bläst.«

Sie war unfähig zu sprechen, so daß es ihr erspart blieb, ihrem Schwager antworten zu müssen. Sie folgte ihm die Anhöhe hinauf zum Wagen mit den beiden aufgeregten Pferden.

Sie streichelte einen der Gäule und ließ die Hand dankbar auf seinem Nacken liegen.

Garnet Roxburgh erklärte ihr, daß er wegen eines Kaufgeschäfts in Bagdad gewesen war und er sich vorgenommen hatte, seinen Bruder – und seine Schwägerin – auf dem Heimweg zu besuchen.

Er gab, während er sprach, jedem der Pferde einen Klaps, stieg auf, und sie, seine Verwandte, setzte sich kleinlaut und erschöpft neben ihn auf den Ledersitz. Der Peitsche, dachte sie, mußte weniger Bösartigkeit innewohnen als seinen Worten, denn die Pferde gehorchten ihr munter und fast beschwingt.

»Mr. Roxburgh« – sie setzte sich kaum merklich zurecht – »wird sich freuen, dich nach so langer Zeit wiederzusehen.«

Sie bemerkte, daß sie nun wieder in die Welt des Wohlstands und der Respektabilität zurückkehrten. Herren, teils von ihren Frauen begleitet, fuhren nach Hause. Mr. Garnet Roxburgh, Besitzer von »Dulcet«, schüttelte ein-, zweimal die Peitsche grüßend zu Bekannten hinüber. Die Ladys, die nicht wußten, wer seine Begleiterin sein konnte, starrten sie mit leeren Augen an.

»Ich weiß nicht, wie ich dir danken soll«, sagte sie zögernd.

Er wich beiseite und zuckte die Schultern. »Mit Dank ist es nicht getan, mich interessieren nur Angebote.«

Die Räder knirschten im Sand der Straße.

»Die meisten von uns hier auf dieser Insel sind infiziert.« (Sie hatte das schon, ach Gott ja, von ihrem Mann gehört.) »Du, Ellen, obwohl du nur zufällig hier bist, bist nicht frei von den Symptomen dieser Krankheit. Es wäre mir sehr unangenehm, wenn mein tugendsamer Bruder davon erführe. Aber ich würde dich herzlich gern in einer Sache noch eingehender unterrichten, bei der du dich – bei einer Gelegenheit, jedenfalls – sehr geschickt gezeigt hast.«

Weil sie lieber nicht verstanden hätte, was ihr gesagt worden war, saß sie, während die Stimme weiter auf sie einhämmerte, still da und sah auf ihre sanften Hände.

»Wir beide könnten es verdammt schön miteinander haben, wenn du nur deine Prüderie überwindest.«

Dann sagte sie: »Ich hoffe, mit Hilfe meines Mannes abbüßen zu können, was ich getan habe – der, wie selbst du, der ihn liebt, zugeben mußt, ein grundanständiger, redlicher Mann ist.« Sie hielt einen Moment inne und fügte dann hinzu: »Ich hoffe von Herzen, daß er niemals bereuen wird, mich geheiratet zu haben.«

Die Pferde zogen den Wagen jetzt bergauf zu dem schmalen Haus, in dem sie und Austin Roxburgh vorübergehend wohnten. Um sich der auf ihr lastenden Verachtung, der sie sich ausgesetzt fühlte, zu entziehen, fragte sie nach ihrer Freundin Holly.

»Holly ist wieder in die Fabrik zurückgegangen«, sagte er, »aus Gründen, über die ich mich nicht näher auslassen möchte.«

Wieder glaubte sie das Schreien der anderen, dem Mißvergnügen ihres Schwagers zum Opfer gefallenen Kreatur zu hören, der kleinen Stute, die sich, was ihm nur recht gewesen sein mochte, aufgespießt hatte. Angst und Erbitterung kämpften in Ellen Roxburgh miteinander, und zugleich spürte sie eine gewisse Erleichterung, daß es für sie, die es von den dreien am wenigsten verdient hatte, eine Zuflucht gab.

Sie waren am Hauseingang angekommen. Garnet Roxburgh half ihr vom Wagen, machte aber keine Anstalten, ins Haus zu gehen und seinen Bruder zu begrüßen.

Mrs. Roxburgh drängte auch nicht darauf, noch berichtete sie ihrem Mann von den schrecklichen Dingen, die sie hinter sich hatte.

Sie schrieb statt dessen in ihr Tagebuch:

6. April

Unternahm einen Spaziergang in der Umgebung des Point. Herrliche Ausblicke auf den Berg und den Fluß unter bedrückendem Licht; es war, gelinde gesagt, stürmisch. Ein unangenehmer Zwischenfall, über den ich mich nicht weiter auslassen will. Ermutigend ist nur, daß alles, was ich an Bösem in mir entdecke, nichts ist im Vergleich zu der aggressiven Bösartigkeit, die ich an anderen erlebe. Ich meine nicht die der menschlichen Bestie innewohnende instinktive Brutalität, sondern das aus wohlüberlegter Berechnung in die Tat umgesetzte Übel. Wenn ich »an anderen« sage, meine ich einen anderen (und keinen Unhold, wie ich ihn mir als unerfahrenes Mädchen in der Dämmerung im Moor vorgestellt habe).

Wie glücklich bin ich mit meinem Mann dran, der die Güte selbst ist!

Beim Essen beschwerte sich Mr. R. über das Lamm, weil es zäh sei. Ich sagte, es könnte auch das stumpfe Messer sein. Er gab mir recht, weil es wirklich so war. Am Abend trug sich nichts weiter zu, und ich war darüber nur froh.

Möchte Dr. A. bitten, zu kommen. Fühle mich krank und schwach. Es ist allerdings nichts, wogegen er ein Mittel wüßte.

Später

Ein Wunder ist geschehen! Als wir schon ins Bett gehen wollten, kam der liebe Dr. A. mit der Nachricht, daß eine aus England kommende Brigg (*Bristol Maid* heißt sie, glaube ich) am Abend eingelaufen ist und auf der Rückreise – mit Fracht bis Singapur, dann übers Kap der Guten Hoffnung – *heim*fahren wird! Der gute Doktor verhandelt mit dem Schiffsagenten, um eine Passage für uns zu buchen, obwohl das Schiff normalerweise keine Passagiere mitnimmt und dafür auch nicht eingerichtet ist. Als Mr. R. und ich das Abendgebet beendet hatten, küßten wir uns. Wir hätten tanzen können!

O Herr, meine Dankbarkeit kennt keine Grenzen, und nie werde ich aufhören, wegen meiner Fehler Reue zu empfinden ...

Der große Tag war grau und von Bläue durchsetzt, wie sie es schon häufig in Hobart Town erlebt hatten. Die Roxburghs waren schon früh an Bord gegangen, weil der Kapitän, wie sie von dem Agenten erfahren hatten, den günstigen Wind ausnutzen wollte, der eine gute Reise nach Sydney versprach. Dr. Aspinall begleitete sie alleine zum Schiff, seine Frau, hieß es, fühle sich unpäßlich.

Mrs. Roxburgh war vor Aufregung ganz durcheinander, wieder und wieder zählte sie die Koffer und geriet außer sich vor Verzweiflung, als es zeitweise so aussah, als sei der Koffer mit Mr. Roxburghs Büchern verlorengegangen. Die Kabine war zwar eng, aber sonst konnten sie sich nicht beklagen. Es gab viel zu sehen, viel zu hören, und der mit der Abfahrt verbundene Betrieb entzückte die Reisenden, die so lange gegen ihren Willen an Land festgehalten worden waren.

Kapitän Purdew, ein unaufdringlicher, schlichter, seebefahrener Mann, hatte sich kaum seinen angehenden Passagieren vorgestellt, als Mr. Roxburgh sich von der kleinen Gruppe mit einem Aufschrei löste, der klang, als hätte ihn ein physischer Schmerz befallen.

»Hier endlich treffen wir uns, mein lieber Freund! Ich fürchtete schon, ich hätte dich gekränkt, und du würdest trotz meiner Benachrichtigungen an dich nicht kommen. Jetzt fahren wir, Gott sei's gedankt, in Frieden ab, und unser Gewissen ist beruhigt!«

Garnet Roxburghs Lächeln, das er, als er von der Laufplanke an Deck trat, aufsetzte, verriet, daß er die schwülstige Redensweise, in der sich sein Bruder erging, wenig überzeugend fand. Er streckte den verschiedenen Leuten seine Hand mit der autoritativen Gebärde einer Person hin, die sich selbst für eine beherrschende Macht innerhalb der Gesellschaft hält, stockte aber vor seiner Schwägerin und verbeugte sich mit einer so leichten, hölzernen Geste vor ihr, daß nur sie die darin liegende Ironie bemerken konnte.

»Selbst dein Gewissen belastet das?« erwiderte er, halb seinem Bruder zugewandt.

»Bei allem, was ich vorhabe oder plane, ist mein Gesundheitszustand ausschlaggebend. Aber ich befürchtete schon, du würdest uns für undankbar halten, nachdem du uns so großzügig und gastfreundlich bei dir aufgenommen hattest.«

Garnet seufzte. »Nichts ist zwischen uns zerbrochen!« Es war seiner Schwägerin klar, daß sein Bruder ihn zu Tode langweilte. »Nur die enge verwandtschaftliche Bindung ist nicht mehr die gleiche – und das, schätze ich, ist kaum zu vermeiden; das Schicksal selbst und die Entfernung voneinander wirken sich darauf aus.«

Er sah zu Mrs. Roxburgh, nicht um Bestätigung bei ihr zu finden, sondern weil seiner Meinung nach die Schuld für diesen Bruch bei ihr lag.

Die Situation wurde für sie unerträglich. Sie konnte sich kaum dazu bringen, ihm ins Gesicht zu sehen, und war doch dazu gezwungen; weder Dr. Aspinall noch Kapitän Purdew oder ihr Mann, die sich in Zwischenbemerkungen, Vorhaltungen und Ratschlägen in Form von Maximen und nichtssagenden Redensarten ergingen, waren ihr eine Hilfe. Die Szene, so wie sie geschrieben war, konnte nur von Garnet Roxburgh und ihr selbst gespielt werden.

Was sie an diesem von Echos und sich anklammernder Kühle durchsetzten Morgen an ihm erlebte, zeigte ihn von seiner besten und seiner schlimmsten Seite. Gekleidet war er in den eng anliegenden, grünen, pelzbesetzten Rock, den er an dem Morgen, an dem er ihr zu Hilfe geeilt war, getragen hatte, und er wirkte darin so elegant, daß er überall in dieser primitiven Kolonie als ungewöhnliche Erscheinung aufgefallen wäre. Seine Unduldsamkeit, ja Unverschämtheit, die er an diesem Morgen mehr als sonst zur Schau trug, ließen erkennen, daß er sich dessen bewußt war. Sein Gesicht war frisch und gerötet von der frühmorgendlichen Fahrt. Aus Angst, sein Aussehen könnte sie in Gefahr bringen, hatte sie sich nur selten getraut, sein Gesicht zu mustern. Jetzt lähmte oder betäubte sie buchstäblich der Gedanke, daß dieses Gesicht sich, wenn auch nur flüchtig, an ihren Wangen gerieben hatte und daß die in ihr verborgene Sinnlichkeit aufgequollen war und mit seiner offen ausbrechenden Lüsternheit gerungen hatte.

Mrs. Roxburgh suchte unter der Last ihrer schamlosen Gedanken Halt an einem Seil.

»Ist dir übel?« fragte er, ohne daß Sorge mitklang.

»Danke. Mir geht es ausgezeichnet.«

Dann schlug sie, den Umständen gemäß und um der gesellschaftlichen Konvention zu genügen, einen sanfteren Ton an. »Ist das nicht eine wunderschöne Szene? In Aquarell müßte man sie malen!« rief sie aus. »Fast jede Landschaft in Vandiemensland ist wie ein Aquarell.«

Aber soviel er wüßte, hätte sie sich das nie zunutze gemacht, sagte er.

»Ich bin dafür nicht begabt genug«, erwiderte sie.

Jetzt war es ihr Mann, der ihr zu Hilfe kam oder auch zu einem letzten, endgültigen Schlag ausholte. »Garnet, lieber Junge« – Austin Roxburgh begann in dem Ton, in den er immer bei Erinnerungen, die ihm am Herzen lagen, verfiel; er wirkte dann altweiberlich und eifersüchtig dazu –, »ich bin heute nacht aufgewacht, Garnet, und mußte daran denken, wie dein Pferd dich einmal abgeworfen hatte – wir waren beide noch Jungens, vielleicht zehn, zwölf Jahre alt –, und sie trugen dich nach Hause – und du warst so weiß im Gesicht, daß ich dachte, du wärest tot. Da wurde mir ganz kalt. Ich konnte mir nicht vorstellen, wie ich je ohne dich leben könnte.«

Garnet suchte die aufkommende Stimmung zu durchbrechen, indem er seinen Bruder an der Schulter packte und ihn schüttelte. »Und hier stehn wir nun – beide am Leben – und leben glücklich ohneeinander!«

Aber Austin Roxburgh ließ sich aus seiner Sentimentalität nicht herausrütteln. »Erinnerst du dich noch an die alte Kinderschwester Hayes? Sie war ebenso erschrocken wie ich. So sehr, daß sie uns, als du wieder zu dir kamst, erlaubte, einen Becher Lakritzensaft zu trinken – und sie selbst nippte auch daran.«

Garnet Roxburgh starrte unter seinen Lidern hervor aufs Deck; vor seinem Mund hätte sich eine Blase aus Spucke bilden können, die er dann rasch wieder übergeschluckt hätte. »Ich erinnere mich an den Lakritzensaft. Das reine Gift!«

Die Brüder lachten unmäßig, während die Sonne durch wäßriges Schleiergewölk herabschien.

Kapitän Purdew gab bekannt, daß die Besucher in Kürze von Bord gehen müßten.

»Und die Schwester?«

»Sie starb, natürlich. Hochbetagt.«

»Ich weiß noch, wir durften zum Spaß immer ihren Kropf befühlen.«

Da sich Mrs. Roxburgh nicht an der Unterhaltung beteiligen konnte, ging sie nach unten. Die Landschaft, von der sie geglaubt hatte, daß sie sie, solange sie noch nicht abgefahren wären, hassen würde, lag unter der plötzlich vordrängenden Sonne wie ein hellschimmerndes Mosaik da. Auf dem Niedergang fühlte sie Schwäche in den Beinen, sie wischte mit dem Handschuh über ihr klebriges Gesicht; die Stimmen der Brüder drangen ihr nach wie vor von oben ans Ohr, sie gingen ineinander über und verschlangen sich wie in den letzten Zuckungen einer von Rückerinnerungen gesättigten Umarmung.

Mr. Roxburgh stand an der einen Spalt geöffneten Tür zu ihrer provisorisch hergerichteten Kabine und sah zu seiner Frau, er war blasser, als sie es von ihm gewohnt war, weil es ihm am ersten Tag nach dem Auslaufen in Sydney noch an Seefestigkeit fehlte.

»Fühlst du dich nicht wohl, Ellen?« fragte Mr. Roxburgh, ohne daß es verdrießlich klingen sollte.

»Ah, nein. Es ist nur das Rollen des Schiffes. Es wird schon vorübergehen.«

Sie lächelte, aber nicht sehr selbstsicher, fühlte sie. Sie raffte sich auf und machte Anstalten, ihr Nest aus verwuschelten Decken zu verlassen. Es war ihr, als erhöbe sie sich aus größerer Tiefe, die Sehnen an ihrem Hals traten sichtbar hervor, und ihr Mund war schmal und verzerrt. Die Anstrengung und die Ungeschicklichkeit, mit der sie vorging, bewirkten, daß sie häßlich aussah.

»Nein, nein, nichts«, stieß sie hastig hervor. »Ich werde mich jetzt um unsere Betten kümmern, damit Spurgeon nicht allzu schlecht von mir denkt. Laß dich von deinen Büchern nicht abhalten, ich komme dann und setze mich zu dir.«

Mr. Roxburgh ging zurück in den Salon, und sie gewahrte, daß er nicht zu ihr, sondern in Gedanken versunken nach innen sah.

Später am Tag entschlossen sie sich, zusammen an Deck zu gehen, weil die Dünung anscheinend etwas nachgelassen hatte. Trotzdem fiel es ihnen schwer, die Haltung einigermaßen zu wahren, und die Schiffsbewegungen und der Wirrwarr an Deck zwangen Mrs. Roxburgh, sich von seinem Arm frei zu machen. Sie waren durch ihre Unabhängigkeit nicht schlimmer dran. Die Wolken hatten sich verdünnt, so daß die Sonne als bläßliche Scheibe durchkam, zuweilen voll sichtbar und dann wieder im milchigen Dunst verschwimmend. Mrs. Roxburgh wischte sich das Haar von den Augen und spuckte einmal, während sie ihr Gleichgewicht zu halten versuchte, eine gelöste Haarsträhne aus. Aber zum Glück beobachtete sie dabei niemand. Bis unters Kinn eingepackt, kehrte er von einer Erkundung zurück und hielt ihr einen Vortrag über die Vorzüge von Leesegeln, worüber er kürzlich einiges erfahren hatte.

»Wenn der Wind etwas drehen würde«, sagte er schwankend, »könnten wir die Leesegel setzen. Du würdest dann sehen, daß es keinen prächtigeren Anblick gibt«, fügte er hinzu, »als ein Schiff mit gesetzten Leesegeln.« Mr. Roxburgh fand Gefallen am Gebrauch dieses Fachausdrucks, den er in seiner eigenen Welt niemals benötigt hätte.

Durch die bläßliche Sonne wirkte die See glasiger. Unter den langen Wellentälern wurden kalt kochende Tiefen sichtbar, in die der Schaum in Schwaden hinabstürzte und verschlungen wurde. Jetzt, wo sie weiter draußen auf See waren, klang das Schreien der Möwen nicht mehr so aufdringlich. Das Land in der Ferne hatte sich blei- oder schieferfarben verfärbt, und doch hätte sie es gern noch einmal unter dem blau wabernden Dunst der Bäume gesehen.

Während der ganzen Zeit gingen die Seeleute ihren Pflichten nach, was sie davon abhielt, ihre Aufmerksamkeit einem weiblichen Wesen zuzuwenden: Bei dem Steuermann, dessen Hose bis unter die Knie aufgekrempelt war, sträubten sich kleine Haarbüschel auf den Knöcheln seiner großen Zehen; ein Schiffsjunge arbeitete sich zur Reling vor und kippte zur Freude der hartnäckigeren Möwen eine Schüssel mit Kartoffelschalen und grauen Fettstücken über Bord, während gleichzeitig Mr. Pilcher, der Zweite Maat, als Rudergänger abgelöst wurde. Pilcher, ein drahtiger Bursche mit tief gefurchtem Gesicht, obwohl er höchstens Anfang Dreißig sein mochte, duckte den Kopf zum Gruß, als er an ihnen vorbeikam. Sie hatten noch nie ein Wort mit ihm gewechselt, und vielleicht würde es auch nie dazu kommen. Gerade auf See gibt es eben Leute, die anonym bleiben, obwohl man die Namen kennt, die zu ihnen gehören.

Mrs. Roxburgh strauchelte vor und klammerte sich dann wieder an. Sie hatte sich eine augenfällige Atemweise angewöhnt, mit der sie so etwas wie Anerkennung demonstrierte, und lächelte, wenn auch nur sich selber zu. Sie hörte nichts so gern wie das Rauschen der Segel.

Sie fand ihren Mann achtern stehen, wo er in das Kielwasser starrte und die Schaumfetzen verfolgte, die hinter ihnen davonströmten. Der Anblick der Kielspur mochte tröstlicher sein als die großen glasigen Gräber, die sich seitwärts in den ozeanischen Feldern auftaten. Mr. Roxburgh war vielleicht im Begriff, sich ein Streckenmuster in dem Weg vorzustellen, den sie hinter sich gebracht hatten, ein Muster vielleicht auch in den Gedanken, die ihn bewegten.

Er wurde merklich unruhig und schrie sie an, als er sie zu sich herschauen sah: »Ich geh nach unten. Es gibt bald zu essen.« Er wirkte gallig, aber eher moralisch als körperlich verzweifelt.

»Fühlst du dich nicht wohl?« Jetzt war es an ihr, diese Frage zu stellen; sie war nur zu sehr darauf bedacht, zu helfen: Dies war der Grund, in dem ihre Liebe wurzelte.

Seine Antwort verflog im Wind, seine Gestalt verlor sich im Niedergang, und sie war allein, bis sich der scheue Mr. Courtney, groß und gesund, schwerfällig näherte.

»Mit Mr. Roxburgh steht es wohl nicht zum besten?« Es schien ihm Mut zu machen, die Gebrechlichkeit von jemand anders zu seinem Vorteil zu nutzen.

»Er hat einfach die Untätigkeit satt. Mein Mann ist jemand, der geistig immer irgendwie beschäftigt sein muß.«

Das war für Mr. Courtney zu mysteriös, und so ging er.

Bald darauf aßen die Roxburghs, ohne daß sich weiteres zutrug, wieder von dem gesalzenen Schweinefleisch, von dem sie sorgsam das Fett entfernten.

Am Abend zogen sie sich früh zurück.

Mrs. Roxburgh ließ ihr Haar hinab in ein Meer des Schweigens, wo die Stimmen von Männern nicht mehr zu hören waren. Nachdem sie ihre Gebete gesagt hatten, eine Pflicht, der sie sich mit der sich aus Gewohnheit einstellenden, äußeren Zuversichtlichkeit unterzogen, umarmte er sie geistesabwesend, was ebenfalls der Gewohnheit entsprach. Als Mrs. Roxburgh ihn schlafen hörte, rollte sie sich in der oberen Koje zum Schlafen zurecht.

4

Sie waren jetzt am fünften Tag auf See, und Austin Roxburgh war länger an Deck geblieben, als er es von sich selbst erwartet hatte. Möwen hingen in der klaren Luft wie Bläschen in einem Glas. Die See wogte in einem helleren Blau, als sie es bisher auf ihrem Kurs von Sydney erlebt hatten. Die günstige Brise war ihnen treu geblieben. Der Wind hatte am Morgen leicht gedreht und blies jetzt aus Südost, was die Mannschaft Kapitän Purdews nutzte, um die Unterleesegel und die am Großmast zu setzen. Sich an der ganzen Fülle des sich entfaltenden Tuchs zu erfreuen, war zum Teil der Grund, weswegen Austin Roxburgh an Deck geblieben war. Er konnte sich gar nicht sattsehen an den prächtig gebauschten Segeln und starrte mit besitzergreifendem Lächeln in die Takelage, deren Anblick für ihn die Einweihung in das nautische Leben auf See bedeutete. Von der eigentlichen Funktion der aufgezogenen Leinwand verstand er wenig, die Leesegel aber lenkten sein zögerndes Denken in den Bereich der Poesie. So stolzierte er auf und ab, während der geköperte Umhang ihn offen umwehte, oder er hielt inne und schaute lächelnd in die blaue, in der Sonne verschwimmenden Weite oder warf zur Abwechslung einen Blick auf jene, denen es versagt war, zwischen einem überflüssigen Herrn an Bord und ihrer beruflichen Tätigkeit eine Verbindung zu sehen.

Mr. Roxburgh ließ sich davon nicht abschrecken. Konnte er auch gegenüber Leuten, die ihn kannten, oft bis zur Unerträglichkeit empfindsam reagieren, so verfügte er doch im Umgang mit Fremden, besonders solchen, denen es an Bildung fehlte oder die der unteren Schicht angehörten, über eine Elefantenhaut. Angesichts der Unglückseligen, die er nicht anerkannte oder die ihn als Persönlichkeit unterschätzten, entblößte er seine langen gelblichen Zähne und schlug sich mit seinem Stock ans Bein.

So schritt er das Deck ab und hatte für die unverständigen Besatzungsmitglieder nichts als Grimassen übrig. Vieles, was er im Leben erfahren hatte, ob es nun schön oder widersinnig war, faszinierte ihn, und er hätte es schöpferisch umsetzen können, wäre sein Wahrnehmungsvermögen nicht durch überflüssigen Wissensballast und moralische Hemmungen blockiert gewesen. Es gelang ihm oft genug, ein Gebilde zu konzipieren, oder er zitterte vor Erregung über einen Einfall, als wäre er im Begriff, ihn ans Licht zu heben und dadurch unstreitig zu seinem geistigen Eigentum zu machen. Dann packten ihn statt dessen Wut oder Ärger, und manchmal schämte er sich auch wegen seiner Vermessenheit. Als er einmal seine Frau mit einem Halsband aus Topasen, das ihr von seiner Mutter geschenkt worden war, die Treppe herabkommen sah, war er dermaßen begeistert, daß er sich entschloß, ihr Porträt von Sir John malen zu lassen, und ihm noch am folgenden Morgen schrieb, von dem Ergebnis dann aber zutiefst enttäuscht war, weil er erkannte, daß das Porträt keineswegs an die Offenbarung heranreichte, die ihm angesichts seiner schimmernd die Treppe herabkommenden Frau zuteil geworden war. Nichtsdestoweniger fanden alle anderen es ausgesprochen ähnlich und waren beeindruckt von dem goldenen Rahmen und dem dieserart in ein Kunstwerk umgesetzten Wohlstand ihres begüterten Gatten.

Mr. Roxburgh hatte keine Ahnung, wo seine Frau sich gegenwärtig aufhielt. Ohne sich in dem, womit er beschäftigt war, unterbrechen zu lassen, hielt er von Zeit zu Zeit Umschau an Deck, teils aus Pflichtgefühl, teils, weil er sie gern hatte und besorgt um sie war, die Irritation aber hinterließ wie ein in Hartholz geritztes Muster ihre Spur.

Während seiner Suchaktion sah er Mr. Courtney vom Vordeck kommen und kurz stehenbleiben, um die Arbeit an den Segelringen zu begutachten, mit welcher der Steuermann einige jüngere Besatzungsmitglieder beauftragt hatte. Vom Windschatten der Pinasse aus beobachtete Mr. Roxburgh, wie er sich gekonnt durch den belebten Wald bewegte, in dem er selbst sich verloren fühlte. Er war gespannt, zugleich aber von gewissen Befürchtungen erfüllt, als er Mr. Courtney langsam näher kommen sah. Es drängte ihn, an jener Art von Eingeweihtengespräch teilzuhaben, wie es der Steuermann mit seinesgleichen führte, an dieser Freimaurerei, zu der Mr. Roxburgh, wie es schien, nie zugelassen werden würde, weil er die Geheimzeichen nicht kannte. In düsterer Stimmung mochte er sich wie in eine Einzelzelle gesperrt vorkommen, während alle außerhalb sich ungehemmt mit einer Selbstverständlichkeit unterhielten, die ihnen aufgrund der ihnen als menschlichen Wesen eigenen Rechte zustand.

Als Mr. Courtney herankam und sich dabei die Hände rieb, konnte es gut sein, daß er dies als Schutzmaßnahme gegen gesellschaftlichen Rang und Bildung tat. »Hält dieser Wind an, Mr. Roxburgh, dann laufen wir im Hafen von Singapur ein, noch bevor Sie seefest geworden sind.« Das war als Ermutigung für den Passagier gedacht, aber zugleich tröstete sich wohl auch der Seemann damit.

Mr. Roxburgh hätte erröten können, aber sein zur Zeit gelblicher Teint bewahrte ihn davor, sich zum Narren zu machen. Er entsann sich, wie sein jüngerer und aktiverer Bruder, als sie noch Jungen waren, gelernt hatte, ein Segel zu reffen, und es ihm gezeigt hatte, und wie dankbar er ihm über seine Belehrung im Knoten und Spleißen gewesen war. Als er jetzt dem Steuermann in seine vielleicht nur vorgetäuscht aufrichtigen Augen sah, hätte er ihn gern gebeten, ihm zu zeigen, wie ein weit komplizierterer Knoten zu knüpfen sei.

Statt dessen fragte Mr. Roxburgh ihn: »Ha'm Sie genaue Zeit, Mr. Courtney?« und merkte, daß er sich in feineren Kreisen anders ausgedrückt hätte.

Ohne zu antworten, holte der Steuermann eine verbeulte, silberne Uhr hervor, deren Zifferblatt so offen und, schien es, fast so groß wie das Gesicht des Eigentümers war. Mr. Roxburgh dankte ihm überschwenglich, merkte aber erst, als die Uhr wieder in der Westentasche verschwunden war, daß er die Zeit gar nicht abgelesen hatte.

Es war zu spät, das Versäumte nachzuholen, der Steuermann hatte sich mit der oft für sehr große und scheue Männer typischen übertriebenen Geziertheit entfernt. Mr. Roxburgh tröstete sich damit, daß seine Schusseligkeit somit sein Geheimnis bleiben würde.

Das Schiff glitt wie getragen dahin, und der Passagier, wieder seiner Einsamkeit überlassen, gewann etwas von seiner Selbstschätzung zurück. Sein Geist bewegte sich schwerelos, wenn er sich nicht durch eine Menge von Menschen bedroht oder von seiner eigenen inneren Besessenheit verhext fühlte.

Stimmungen und jede Hinneigung zu animalischen Regungen waren ihm auf Anweisung seiner besorgten Mutter, die darin eine Gefährdung seiner delikaten Gesundheit sah, von früh an von Kinderschwestern, Gouvernanten und Lehrern abgewöhnt worden. Bücher waren willkommen, wenn darin nicht krankhafte Gefühlszustände beschrieben wurden. Die Mutter sah ihre Aufgabe darin, dem Leben ihrer Kinder einen soliden Rahmen zu geben. »Ihr würdet doch wohl nicht wünschen, euer Leben in einem mit exzentrischen, unnötig verzierten Möbeln ausgestatteten Haus zu verbringen – lauter wackliger Kram, der, wenn man dagegen stößt, zusammenbrechen könnte?« So prägte sich ihr verächtlicher Abscheu ihrem älteren Sohn ein, der sich bei ihm bis zum Grauen steigerte. Sie wies ihn konsequenterweise an, sich innerlich mit unzerstörbaren Dingen zu wappnen. Dabei war sie keineswegs materialistisch gesonnen. Schon als Kind machte sie ihn in aller Strenge auf seine moralische Verantwortung aufmerksam mit dem Erfolg, daß er seiner Vaterschaft mit ernsten Befürchtungen entgegensah.

Als es ihm versagt schien, lebensfähige Nachkommen zu zeugen, und er darüber in Schweigen verfiel, zeigte sich die nicht zur Großmutter gewordene Frau untröstlich und begann, sich über ihr Alter Gedanken zu machen. Sie, ergraut, wie sie war, hätte sich verbittern können: »Bei einem Wildfang aus Cornwall wäre eine robustere Konstitution zu erwarten gewesen«, statt dessen aber gewann sie ihre Schwiegertochter lieb, die nicht von ihr akzeptiert worden wäre, wenn sie nicht immer schon alles gutgeheißen hätte, wofür ihr Sohn sich begeisterte. Die ältere Mrs. Roxburgh war im übrigen eine gute Frau. In ihrem Alter verwandte sie als tätige Christin viel Zeit darauf, Bibeln zu verteilen und Waisenkinder zu betreuen. War es auch überflüssig, so bat sie doch zweimal am Tage und sonntags sogar dreimal in ihren Gebeten um die Gabe der Mildtätigkeit, was sie nur an Tagen unterließ, an denen sie eine Erkältung plagte. Ihre Wohltätigkeit hinderte sie nicht daran, bis zu der Nacht, in der sie starb, ein Toupet zu tragen, einen kleinen, gelockten, lange aus der Mode gekommenen Haaransatz als einziges Zeichen der Leichtfertigkeit in einem sonst so würdevoll verbrachten Leben. Sie wurde allgemein geachtet, verschmerzte es nur nie, daß gewisse Bekannte es sich in den Kopf gesetzt hatten, die Erinnerung daran, daß ihr Schwiegervater kleiner Händler gewesen war, wachzuhalten.

Durch die Familiengeschichte wurde die Beziehung zwischen der Lady und der Frau ihres Sohnes in gewisser Weise erschwert. Als Frau für Austin hatte sie die Schwester eines Geistlichen vorgesehen, weil sie meinte, daß so eine reife, aber milde Person ihn nicht, wie sie sich ausdrückte, »gefährde«. Das Wort »sinnlich« benutzte sie nur im Zusammenhang mit irgendwelchen ihr fernliegenden Lastern, und im Hinblick auf ihre Schwiegertochter übersetzte sie »Sinnlichkeit« in »Gesundheit«. Wenn sie nur einen ihr nahestehenden Menschen dazu hätte bringen können, Einfluß auf ihren jüngeren Sohn zu nehmen, aber der hatte sich, ach, schon früh der Sinnlichkeit und noch Schlimmerem verschrieben und war rasch und so unauffällig wie möglich abgeschoben worden.

Weil es Austin schon als Junge beigebracht worden war, Gefühle zu unterdrücken, und er dies auch später aus Angst beibehalten hatte, seine Lehrer könnten Gefühle als ein weiteres »Symptom« diagnostizieren, ahnte außer seiner Frau niemand, daß er auf die erzwungene Abreise seines Bruders so reagierte, als wäre ihm ein Bein amputiert worden. Austin hatte noch lange danach die überflackerte Haut seines Bruders vor Augen, als dieser nach dem Bad vor dem Feuer im Kinderzimmer mit Handtüchern abgerubbelt worden war. Er entsann sich, wie er einmal, neben dem sonderbar verschnörkelten Kaminvorsatz sitzend, Garnet auf die schmale Brüstung springen sah, und da hatte er, feurig umfiedert, krähend über den Kohlen gestanden. Er war schweißbedeckt aus seinem Traum aufgewacht, aber mit Garnet blieb es so, er hatte für ihn immer etwas wie Feuer an sich. Auch Austin war nicht ohne Feuer, wenn es auch niedrig gehalten wurde und unter Asche verborgen blieb. Er hätte es gar nicht anders haben wollen – du liebe Zeit, nein! Aber immer bewunderte er das freie Spiel von lodernden Flammen.

Seine Mutter und sein Bruder waren die beiden entgegengesetzten Pole in seinem Leben. Er glaubte, sie in seiner Frau vereinigt zu sehen, deren Pflichtgefühl ihre Lippen nicht daran hinderte, nach warmen Birnen zu schmecken. Er hatte die Lippen seines Bruders nie geschmeckt oder konnte sich jedenfalls nicht daran erinnern. Garnet roch nach abgefeuerten Kanonen und eingeölter Rüstung, ihre Mutter nach blaß verwehender Melancholie und einer Mischung von Anwaltsschriftstücken und Zitronenblättern. Sie hielt ihren älteren Sohn zur Gartenarbeit an, was er zum Schein auch tat: Genug Gärtner waren bereits in ihm tätig. Die Kunst der Gartenpflege war etwas, das ihn anzog, die lateinischen Namen, die getrockneten Muster – das unterschied sich nicht so sehr von seinen unterbrochenen juristischen Studien –, während die lebenden Pflanzen und ihr Fruchtfleisch ihn weniger interessierten. Aber, um den Schein zu wahren und seiner Mutter zu Gefallen, kappte er hier und da etwas Unkraut und grub feuchte Erde mit den darin wimmelnden, fleischfarbenen Regenwürmern auf. Das half ihm auch, den Kummer zu lindern, den ihm die Abreise seines Bruders bereitet hatte. Ihre Mutter war die Stufen hinuntergekommen und hatte ihrem Jungen die Hand auf die Schulter gelegt. Sie standen unter einem Mistelstrauch, und unter ihren Füßen stieg der üppige Geruch von Fallobst auf. Nach ihrem abermals erlittenen Verlust hätte Mrs. Roxburgh gern über den früheren Verlust gesprochen, den Vater, an den Austin sich kaum erinnerte und es auch nur selten versuchte.

Frei von familiären Verantwortlichkeiten und Bindungen und vielleicht auch von den Geistern, von denen sie begleitet sind, versuchte sich Austin Roxburgh unter dem anderen Baum heiter zu fühlen, unter dem er allein stand und von dem jetzt sein Leben abhing. Aus dem Tauwerk und dem Segeltuch über ihm trieben die anonymen Stimmen von Männern heran. Die Männer selbst sah er nicht, aber das machte ihm nichts aus; seine Frau ausgenommen, hatte er mehr Vertrauen zu Personen, die ihm unbekannt waren. Hin und wieder irritierten ihn die Gedanken an seine Frau. Wo mochte Ellen sein? So abhängig von ihr zu sein. Sie hatte es rasch gelernt, den Tee in der Stärke aufzugießen, die seinem Magen bekam, und heißes Wasser aus dem auf dem Spirituskocher stehenden Silberkessel in den Topf nachzufüllen.

Die Stimmen der unsichtbaren Seeleute über ihm schwebten leicht, sorglos und ohne Ziel wie Möwenschreie, wie die Körper von Möwen hin.

»Wenn nun einer von denen abstürzt!« sagte Mr. Roxburgh laut vor sich hin.

Er starrte nach oben. Wäre jetzt jemand gekommen, dann hätte er ihn mit offenem Mund und offenen Gedanken dastehen sehen. Er dachte nicht an bestimmte Männer, faßte sich aber instinktiv an die Rippen. Sein Atem ging röchelnd, als käme er aus schwerem Schlaf.

»Auf der Herreise stürzte ein Matrose aus dem Rigg.« Es war Pilcher, der Zweite Maat, mit dem Mr. Roxburgh auf der ganzen Fahrt von Hobart Town kaum ein Wort gewechselt hatte; aber jetzt standen sie, zwangsläufig zusammengebracht, beieinander.

»Ja?« Mr. Roxburgh wollte sich nicht zu bald zu weit einlassen.

Sie gingen übers Deck und stellten sich an die Schiffswand. Der Wind versuchte, die Mütze des Passagiers anzuheben, während die See sich auf die Seite wälzte, als wollte sie einen bisher verborgen gebliebenen Bereich offenlegen.

»Ja?« Mr. Roxburgh wiederholte seine Frage so rasch, daß es unnatürlich klang.

»Armer Harry! Wissen Sie, was dabei dann noch passierte? Der Steuermann vergaß, das Tuch, in das er gewickelt war, zu beschweren.«

»Er wurde auf See beigesetzt?«

»Wo sonst? In ihr ist Platz genug.«

Mr. Roxburgh und Mr. Pilcher blickten aufs Wasser.

Pilcher lachte. »Wenn's die Haie nicht sind, dann sind's die Würmer, die sich über einen toten Mann hermachen.«

Mr. Roxburgh stimmte ihm zu; es schien das einzige Vernünftige, was er tun konnte.

Sie standen so, daß er, wollte er zu Pilcher sehen, den Kopf hätte drehen müssen, aber es war unnötig: Er kannte ihn als den drahtigen Mann mit der lebhaften Gesichtsfarbe, dessen Alter schwer zu bestimmen war. Auch der Mund war ihm gleichgültig, er erinnerte sich an die schmalen Lippen, die seinen eigenen nicht unähnlich waren.

Mr. Roxburgh schüttelte sich, um sich von den krankhaften Gedanken frei zu machen, denen er sich, ginge es nach seiner Mutter und der Amme Hayes, nicht hätte hingeben dürfen. Um sich durch ein heilsameres Bild abzulenken, sah er zum Land hinüber, wo ein Schimmern über dem bislang bleifarbenen Küstenstrich aufgeblüht war. Eine unsichtbare Sonne zückte Schwerter aus Licht auf das Land herab, aber nur wenige Sekunden lang, dann verschwanden die Klingen wieder in der Scheide, und das Ziel hüllte sich in Wolken und Dunst.

»Mit was für seltsamen und schönen Tricks das Licht aufwartet!« Mr. Roxburgh bedauerte sofort, diese Bemerkung gemacht zu haben, aber das war überflüssig – Pilcher hielt es für unnötig, darauf einzugehen.

»Jemals im Innern gewesen?« meinte Austin Roxburgh, fragen zu sollen.

»Im – was?«

»Im Innern des Landes.«

»Nee!«

Der Maat gab sich mit einem anderen Element ab. Er starrte unentwegt ins Wasser, und der verächtliche Zug um seinen Mund löste sich in dem auf, was ihn verzückte.

»Auch nicht für Geld«, sagte Mr. Pilcher. »Da kriegt mich keiner hin.«

Die See, schien er damit anzudeuten, war von seinesgleichen bevölkert.

»Nichts als dreckige Schwarze«, fügte er hinzu, »und ein paar arme Teufel in Streifen, Ausreißer, von einer Hölle in die andere getrieben. Die Verbrecher, die sie geschnappt haben. Das' die Ungerechtigkeit dabei. Wie viele von uns sind's auch und werden bloß nicht geschnappt!«

Mr. Pilcher spuckte in sein Element, aber der Wind faßte den Speichelfaden und streckte ihn zu einem durchsichtigen Bogen.

»Da ist sicher etwas Wahres dran«, sagte Mr. Roxburgh.

»Es ist die volle Wahrheit!« stieß der Maat leidenschaftlich hervor und blickte hinüber zum Land. »Schickte man mich in Eisenketten dahin für das, was ich getan hab, oder für das, was ein andrer getan hat, denn so was kommt auch vor, wissen Sie – ich würd' mich zu den Ausbrechern durchschlagen. Würde das Land auswendig lernen wie eins von ihren Büchern, Mr. Roxburgh, und vielleicht mehr dran finden.«

Der Passagier war überrascht, daß einer, der ihn kaum kannte, von seiner Lieblingsbeschäftigung wußte.

»Erfahrungen prägen sich zweifellos tiefer ein als Worte.«

»Besonders, wenn sie ei'm in Blut auf'n Rücken gedruckt werden.«

Mr. Roxburgh zuckte zusammen und saugte an seinem Schnurrbart.

»Lange würd mich da keiner halt'n«, fuhr Mr. Pilcher fort. »Kein Aal ist schlüpfriger«, sagte er lachend, »als wenn's um seine Freiheit geht. Deswegen fahr ich zur See. Auf See ist man frei. Da kann man atmen. Aber ersticken würd ich auch nicht in diesem verpesteten Busch da – sollten sie mich je mal dahin verfrachten.«

In diesem Moment wurde das Segelgeäst über ihnen durchschüttelt und knarrte so heftig, daß der Maat sich seiner Pflichten entsann.

»Also dann!« Er lächelte, nachsichtig mit sich selbst, und machte sich davon.

Mr. Roxburgh hatte den Mann mit den senkrechten Einschnitten zu beiden Seiten des Mundes noch deutlich vor Augen. Natürlich waren das nur von der Witterung eingegrabene Falten, aber Austin Roxburgh konnte nicht umhin, sie mit ihrer etwas bestürzenden Unterhaltung in Verbindung zu bringen. Noch schlängelte sich der Aal glitzernd in einer Tiefe, in die ihm zu folgen er sich fürchtete, während seine Hände in dem ihm vertrauten Element unkenntlich geworden waren, und er sich mit rissigen Nägeln einen Weg durch den verpesteten Busch klaubte mit Fingern, von Dreck verschmiert wie die Finger des Maats.

Er nahm es mit Erleichterung auf, als jetzt ein Schiffsjunge kam und ihn von seinen außer Kontrolle geratenen Gedanken erlöste.

»Mrs. Roxburgh schickt mich, Sir, zu frag'n, ob Sie vielleicht was aufhält an Deck.«

Er erkannte in ihm den Jungen wieder, der in der Kombüse ausgeholfen und dann zusammen mit Spurgeon das Essen zu ihnen in den Salon gebracht hatte. Er war gewöhnlich bei allem, was er tat, vergnügt und wendig, bei der Ausführung dieses Auftrags aber wirkte er steif und förmlich, um nicht zu sagen damenhaft; vielleicht ahmte er in seinem Gehaben die Person nach, die ihm den Auftrag erteilt hatte.

»Mich *aufhält*?« entfuhr es dem Gentleman. »Wie das? Was könnte einen an Bord eines Schiffes aufhalten? Wo die Zeit keine Rolle spielt, ist es unmöglich, *aufgehalten* zu werden!« Er schien ernsthaft böse zu sein.

»Sie sorgt sich, daß Sie schon so lange weg sind«, erklärte der Junge verdüstert, als hätte Mangel an Verständnis bei jemandem, von dem es eigentlich zu erwarten war, ihm die Stimmung gänzlich verdorben.

Mr. Roxburgh hätte weiter herumschimpfen können, wäre der Junge nicht, um sich der unerfreulichen Situation zu entziehen, geschickt unter dem Großsegel hindurchgeschlüpft und zum Vorderheck hin verschwunden.

Der Passagier stand einen Moment ratlos da, dann ließ er sich dazu herbei, ins Zwischendeck zu gehen. Seine Frau, sah er, als er den Salon betrat, war mit einer Näharbeit beschäftigt, eine Tätigkeit, die ihr, wie er wußte, zuwider war. Eine solche Charakterstärke bei einem Menschen, den er achtete, ja liebte, beunruhigte ihn. Sitrnrunzelnd knurrte er: »Du verdirbst dir noch die Augen, wenn du bei so trübem Licht nähst.«

Beide wußten, daß dies nicht auf sie zutraf.

Mr. Roxburgh setzte sich, ohne seinen Umhang abzulegen. Er wirkte darin, als sei er von einem Gefühl der Unbeständigkeit befallen. Er suchte sich etwas, worauf er sein Augenmerk richten könnte, und fand es in der quastenförmigen Blume, die mittlerweile so verwelkt und zusammengeschrumpft war, daß sie längst weggeworfen sein sollte.

»Hat es dir Freude gemacht?« fragte sie.

»Freude gemacht? Was?«

»Wie soll ich das wissen?«

»Ja, wie! Ich weiß es auch nicht!«

Schweigend saßen sie eine Weile da.

Dann hatte Mr. Roxburgh sich so weit gefangen, daß er ihr eröffnete: »Ich habe mich mit dem Zweiten Maat unterhalten.«

»Worüber?«

»Schwer zu sagen.« Er warf wieder einen Blick auf die verwelkte Blume.

Mrs. Roxburgh fuhr fort zu nähen.

»Ich kann mich«, sagte er, »kaum noch erinnern, und könnte ich es, es ließe sich kaum in Worten ausdrücken.«

Tatsächlich hatten die Anspielungen des Maats ihn so sehr verstört, daß er das Gespräch am liebsten vergessen hätte.

Mrs. Roxburgh fuhr fort, gleichgültig und eigentlich nur aus Gehorsam zu nähen, was ihr auch anzumerken war.

»Es handelte sich um das Land außerhalb«, war er gezwungen, zuzugeben, »außerhalb der bekannten Siedlungen. Die Gefangenen«, brachte er angestrengt hervor, »brechen manchmal aus. Und wandern jahrelang im Innern umher. Ernähren sich von dem, was im Land wächst. Sie haben Schreckliches auszustehen. Aber es ist immer noch erträglicher als das Leben in den Lagern, aus denen sie ausgebrochen sind.«

Er fuhr sich mit der Hand übers Gesicht und merkte, daß er wegen irgendwelcher Vorgänge schwitzte, die er an sich selbst erfahren haben mochte. Er hätte, wurde er gewahr, die wenigen Worte, die der Maat von sich gegeben hatte, endlos ausspinnen können.

Mrs. Roxburgh hatte die Stirn in Falten gelegt. Sie hatte mit denen, die ihr in Vandiemensland zu Gesicht gekommen waren, sympathisiert, ja Mitleid mit ihnen empfunden, hatte aber noch den Abgrund nicht überbrücken können, der diese Elenden von ihnen selbst trennte, von ihrem entweder in Cheltenham geführten Leben, das sich mit seinen vornehmen Riten hinter den Brokatvorhängen ihres Wohnzimmers vollzog, oder von ihrem kargen, aber nichtsdestoweniger heimeligen Dasein in einem Winkel dieses zugigen kleinen Schiffes. Keiner von ihnen hatte die neunschwänzige Katze zu spüren bekommen, nur die silbernen, von ihnen selbst ersonnenen Kordeln, mit denen sie einander in Abständen folterten. Und doch glaubte sie, das alles und mehr noch ertragen zu können, wenn jemand es von ihr forderte.

Wie sehr doch ihre Gedanken abwanderten! Sie schämte sich und fühlte sich gleichzeitig erregt. Sie stand auf und machte sich, um einen Vorwand für ihr Umhergehen zu haben, aufräumend zu schaffen. Wäre sie ihre Schwiegermutter gewesen, dann hätte sie zum Herrn Jesu Christ für all jene gebetet, die unter der Peitsche zu leiden hatten. Aber es fehlte ihr die Anlage zum vertrauensvollen Gebet; ihre Gebete bestanden meist nur aus erwartungslos in das sie umgebende Dunkel gesprochenen Worten.

Mrs. Roxburgh sah zu ihrem Mann, um herauszufinden, ob er etwas ahnte, aber er war zu sehr mit seinen eigenen Gedanken beschäftigt, was bei ihm vielleicht schon immer so gewesen war.

Beide rafften sie sich am Ende aus ihrer Selbstversunkenheit auf und verbrachten einen angenehmen, ungestörten Abend und aßen bei nicht ausreichendem Licht, bis der Kapitän Kerzen bringen ließ. Nicht nur Kapitän Purdew tauchte bei ihnen auf, auch Mr. Courtney trat in Erscheinung. Wieder schien es Mr. Pilchers Uhr zu sein. Dabei fiel den Roxburghs ein, daß der Zweite Maat noch nicht das Brot mit ihnen gebrochen hatte.

Die Schiffsbewegungen und die wenigen Schlucke Ale, die Mrs. Roxburgh getrunken hatte, machten sie gähnen; oder die Ursache war die Geschichte des Kapitäns.

Gegen Ende der Mahlzeit nahm Kapitän Purdew – was bei ihm selten genug vorkam – Abschied von der See und erzählte eine Landgeschichte von einem Fuhrmann und seinem Pferd. Zur Feier dieses seltenen Vorgangs malte der ehrenwerte Seemann alle Einzelheiten mit üppigen Farben aus und schlug ab und zu mit der flachen Hand auf den Tisch. Mr. Courtney hatte im Gegensatz dazu die Schultern hochgezogen, saß schweigend da und blickte vor sich auf seinen Platz. Er hatte sein grobes, struppiges Haar großzügig mit Pomade geölt, vielleicht, weil er schon vorher wußte, daß er in Gegenwart des Kapitäns kein Wort zu der Unterhaltung beisteuern würde, und meinte, sich auf diese Weise zur Geltung bringen zu können.

Gegen Ende einer Wagenfahrt von Scole kam Kapitän Purdew auf den Kern seiner diesseits von Norwich spielenden Geschichte: »... bis plötzlich das Pferd zu straucheln begann. Ich hatte sie bis auf einen gewissen Abstand eingeholt und das Gefühl, mit dem Tier stimmte irgendwas nicht, bis es – ganz plötzlich – stürzte!« Der Kapitän schlug so hart auf den Tisch, daß die Gläser klirrten.

Da es ihn nach seinem vormittäglichen Gespräch mit Pilcher nach weiteren, eher mysteriösen Begebenheiten verlangte, war Mr. Roxburgh von der sich hinschleppenden Geschichte vom Fuhrmann und seinem Pferd enttäuscht.

»Es brach zwischen den Deichselstangen zusammen«, fuhr Kapitän Purdew fort, »und der Fuhrmann schlug mit den Zügeln auf das arme Tier ein.«

Mr. Roxburgh mochte noch nie so etwas Langweiliges gehört haben, während Mr. Courtney die Schultern um des Vorgesetzten willen, den er gegen die Auswirkungen seiner sie anödenden Geschichte nicht schützen konnte, noch höher und enger heranzog.

»Ich gebe gern zu, ich habe den Mann fluchend angebrüllt.« Kapitän Purdew wandte sich an Mrs. Roxburgh, die ein für jede Gelegenheit passendes Lächeln aufsetzte. »Denn ich hatte entdeckt, daß die Wagenbremse angezogen war und der Mann einen über den Durst getrunken hatte.«

Kapitän Purdew schien in einer ähnlichen Verfassung, dachte Mrs. Roxburgh und neigte den Kopf anmutig zur Seite, um womöglich das ihr bis zum Hals stehende, unterdrückte Gähnen loszuwerden. Die Schwellung in ihrer Kehle fühlte sich an wie eine Reihe von weichen, ungelegten Eiern im Eingeweide eines geschlachteten Huhnes.

Sie sah zu ihrem Mann. Sie hätte gern die Vorstellung von weichen Eiern mit ihm geteilt, aber er würde das vermutlich ebenso mißbilligen wie den Anblick von Hühnerdreck an ihren Händen, nachdem sie damit in dem Muskelmagen des Huhnes zugange gewesen war.

»›Die Bremse, Mann!‹ schrie ich ihn an«, und der Kapitän machte das vor.

Es kam Mrs. Roxburgh so vor, als hätte sie ihr ganzes, wenig ereignisreiches Leben damit zugebracht, Männer Geschichten erzählen zu hören und ihnen dabei ermunternd zuzulächeln. Sie empfand es als Erleichterung, als jetzt der Junge mit einer Schüssel voll der in Sydney an Bord genommenen Äpfel hereinkam, die zwar geschrumpelt, aber noch hektisch gerötet waren. Die Augen des Jungen waren schweigend mit einer Beurteilung befaßt, von der sie nicht ahnte, worauf sie sich bezog, was ihr aber nicht den Wunsch nahm, sich einmal mit ihm in unschuldiger Weise zu einer Verschwörung zusammenzutun. Sie fragte sich, ob sie imstande gewesen wäre, Vertraulichkeiten mit ihrem eigenen Sohn auszutauschen, falls er von ihr großgezogen worden wäre. War es da so sehr unnatürlich, daß sie sich nach dem Vertrauen dieses Wuschelkopfes mit der Schüssel mit fiebrigen Äpfeln sehnte?

»Ich setzte mich auf den Kopf des am Boden liegenden Pferdes«, erklärte der Kapitän dem zuhörenden Mr. Roxburgh.

Dieser nickte, blickte aber zu seiner Frau hinüber. Ihr Kopf war das einzig Wirkliche an dieser See aus Worten, aus Lebendigem vielleicht auch. Er war umflackert, brannte dann stet wie eine Kerzenflamme, wodurch ihren Mann wegen seiner gereizten Ausfälle am Morgen Gewissensbisse überkamen und Angst, daß diese Flamme erloschen sein mochte, bevor er ihr seine Liebe spürbar gemacht habe.

Jetzt jedoch begann die Geschichte des Kapitäns Mr. Roxburgh auf die Nerven zu fallen. »Was *geschah* denn nun mit diesem verflixten Pferd?«

»Nun, der Mann schnallte ihm das Zaumzeug ab, und danach stand ich auf. Und das Pferd kam mühsam hoch und zitterte am ganzen Leibe.«

Mr. Roxburgh begann auch zu zittern, vor Ärger und weil er mit seiner Liebe allein blieb.

Als das Schiff jetzt schlingernd überholte, schienen alle eher vom knarrenden Holz als vom Licht umflackert.

Mr. Courtney entschuldigte sich und ging.

Als die Segel gerefft waren und auch der Kapitän sich entfernt hatte, kamen Mr. Roxburgh Zweifel, ob er es wohl je lernen würde, sich mit seiner Frau mit einfachen Worten zu unterhalten.

Sie saßen weiter am Tisch, den Spurgeon unter einer verschossenen, granatroten Plüschdecke versteckt hatte. Mrs. Roxburgh überredete ihren Mann zu einem Pikettspiel. Beide machten sich nichts aus Kartenspielen, aber jetzt spielten sie.

Schließlich schob Mrs. Roxburgh die Karten von sich und begann zu lachen. Ihre Ellbogen ragten unter den Ärmeln spitz vor, als sie jetzt die Hände hinter dem Kopf verschränkte. »Fandest du die Geschichte des Kapitäns unterhaltend?«

Er brummte vor sich hin, während er die herumliegenden Karten einsammelte.

»Warum, meinst du, hat er sie erzählt?« fragte sie.

»Warum reden Leute? Meist, um das Schweigen zu überbrükken.«

Danach schwiegen sie. Als ihre Lippen sich berührten, hätte er sie gern entgegen seiner Gewohnheit in sich gesogen, aber das hätte sie wohl zu heftig überrascht.

Seltsame, selbstzerstörerisch wirkende Bewegungen erschütterten das Schiff, während sie sich zum Schlafengehen bereitmachten.

Mrs. Roxburgh fiel es schwer, einzuschlafen. War *er* in Schlaf versunken? Sie horchte. Sie betastete ihr Gesicht, das, fühlte sie, hager geworden war. Sie würde in dieser Nacht nicht schlafen, aber dann mußte sie doch weggesackt sein, sie trieb mit wehendem oder strömendem Haar durch was immer für ein Element, wobei sie versuchte, ihrem Gesicht einen glaubhaften Ausdruck zu geben. Plötzlich wurde sie gepeitscht. Es war ihr zu Stricken verknotetes Haar. Ich will, ich *muß* es ertragen, weil dies mein Los ist. Sie küßte seine Hände. Und küßte ihn. Und blickte hinab in seine Gesichtslosigkeit. Gerade als der von dem Tischler in Hobart Town vielleicht absichtlich schlecht angebrachte Balken sich zu lösen begann. Er dringt meinem Mann ins Herz. Es liegt eingebettet in dem gelben, wächsernen, unverläßlichen Fleisch. *Ohhhh!* Ein Mund nimmt, wenn Verzweiflung ihn prägt, Eiform an.

Mrs. Roxburgh wachte auf und sah hinab auf die untere Koje. Ihr Mann saß mit gebeugtem Kopf und hängenden Beinen auf dem Rand. Ihr Blick fiel auf den Wirbel oben in seinem dunklen Haar, an dem er unter den grausamsten Umständen erkennbar sein würde.

»Was ist mit dir, Lieber?« Ihre Stimme klang vor Aufregung rauh.

Ungeschickt in ihrer Hast und von ihrem Haar behindert, kletterte sie herunter.

»Ich habe Schmerzen, Ellen! O Gott, schlimmere Schmerzen als sonst!«

Schnell suchte sie das Fläschchen mit den Digitalistropfen hervor und tat einige davon in ein kleines Gefäß mit Wasser. Sie kniete sich vor ihn hin und rieb seine Knie. Hier konnte sie wenigstens etwas tun, das ihr keiner zum Vorwurf machen könnte. Ihre robuste Gesundheit und ihre Widerstandskraft würde sie ihm einflößen. Neben ihm knieend, gab sie ihm den Willen ein, zu sich zu nehmen, was sie ihm hinreichte.

»Ich will nicht, daß du leidest«, brachte sie hervor; »verlaß dich nur ganz auf mich, Liebster.«

»Oh, *sterben* werde ich schon nicht!« stieß Mr. Roxburgh zwischen den Zähnen hervor und lachte unfroh, denn wie eine Zange fühlte er den Schmerz noch in sich.

Aber die ihn berührende Hand seiner Frau beruhigte ihn. Er schloß die Augen und vermeinte, die Stimme seiner Mutter zu hören, ihren ermunternden Zuspruch, während sie ihn bei einem seiner Hustenanfälle beschwichtigte.

Jetzt war die Welt auf ihren Kern zusammengeschmolzen oder auf den kleinen Lichtkreis inmitten des Ozeans, in dem sich zwei menschliche Seelen, deren gemeinsame Ängste zu einer Kraft gegen das Übel geworden waren, flüchtig vereint hatten.

Als sie es wagen konnte, ihren Mann allein zu lassen, hüllte Mrs. Roxburgh sich in ihren Umhang und machte sich auf den Weg, wenn möglich, etwas Milch zu besorgen. Sie hatte ihm die Kissen in den Rücken gelegt, in welcher Haltung er, worauf sein Gesichtsausdruck und das regelmäßige Sichheben und -senken seiner Brust schließen ließen, vor sich hinzudösen oder sich zumindest nach der Erschöpfung erleichtert zu fühlen schien.

Sie selbst war auch, wie sie beim Hinaufsteigen merkte, erschöpft, aber doch in einer Verfassung, die das Strahlen der Nacht noch erhöhte: Das Atmen des Segeltuchs klang um so kräftiger und tiefer, als sie es durch den sie umtaumelnden Wald ihres Haares vernahm, während gleichzeitig das in Abständen vom entschwindenden Mond herabbrechende Licht das Schiff trotz seines Schlingerns in eine feststehende Skulptur verwandelte.

Mrs. Roxburgh kämpfte sich zur Kombüse vor und wurde bei ihren letzten Schritten von einem Schnarchen begleitet, das rauh gegen die ineinander übergehenden Geräusche von Segeln und See antönte. Es war Spurgeon, der Steward und Koch, der seine Schlafdecke auf dem Boden seiner eigentlichen Arbeitsstätte ausgebreitet hatte.

»Mein Mann«, erklärte sie ihm, bevor sie um etwas von der in Sydney an Bord genommenen Milch bat, »ist krank.«

Spurgeon war geblendet von dem Licht, das er mit einem hervorgekramten Streichholz zustande gebracht hatte. »Sie hab'n Glück«, knurrte er, »wär'n Sie morgen abend gekommen, dann wär nicht mal mehr genug für'n Baby dagewesen. Milch ist kaum noch welche da. Wenn sie nicht jetzt schon aufgebraucht ist.« Er steckte seine Nase in eine geschwärzte Kanne.

Sie wartete geduldig, fest davon überzeugt, daß noch genug Milch für den Kranken da sei, während Spurgeon, der unter diesen Umständen und zu dieser Stunde wenig von Umgangsformen zu halten schien, brummte: »Krank, hm? Bei so feinen Leuten handelt es sich doch wohl eher um *mal de mer.*«

Zu müde, ihm darauf zu erwidern, gab Mrs. Roxburgh vor, seine Bemerkung nicht gehört zu haben, während er die Milch auf einem zögernden Feuer in der von Schlaf und Holzkohle stickigen Kombüsenluft wärmte.

Als die Milch fertig war, zeigte sie sich ihm so dankbar, daß Spurgeon selbstzufrieden über den ihr geleisteten Dienst lächelte und an ihr hinab auf ihren Ehering sah, oder es schien doch so.

»Da hab'n Sie, was Sie woll'n«, verkündete er und lachte und fügte hinzu: »Das würde ich für jede andre Dame auch tun.«

Mrs. Roxburgh war sich nicht sicher, ob sie Spurgeon mochte oder ob er ihr unsympathisch war, aber jedenfalls war sie nun frei und konnte gehen. Sie verschüttete in ihrer Eile etwas von der Milch, wärmte sich die Hände an dem schmierigen Gefäß und keuchte vor Freude über das, was sie erreicht hatte; weder von dem zweideutigen Verhalten des Stewards noch von der schwankenden Nacht wollte sie sich verwirren lassen.

Als sie in die Kabine zurückkam, war die Kerze niedergebrannt, Mr. Roxburgh aber öffnete die Augen, als wollte er jeden ihrer Gesichtszüge in einer Art Bestandsaufnahme mustern.

»Ich bringe dir etwas warme Milch«, sagte sie.

Es mochte die ihn überkommende Ruhe sein, die ihn vergessen ließ, sie an seinen Widerwillen gegen die Haut auf gekochter Milch zu erinnern.

Nachdem sie den größeren Teil der Milch in einen rissigen Becher gegossen hatte, half sie ihm hoch und stützte ihn mit dem Arm.

»Da!« sagte sie liebevoll.

Sie beobachtete gierig, wie er den Mund über den Rand des Bechers schob, bis sie ein Stück Milchhaut an seiner Unterlippe hängen und leicht schwingen sah. Hm, dachte sie, wenigstens das hat er mittlerweile vergessen. Ihr Vater kam ihr in den Sinn, wie er nach dem Schafscheren in der Küche heiße Milch geschlürft hatte. Pa tunkte das Brot gern in Milch. Er war wie sie selbst ein gieriger Esser, damals, als sie sich mit so wenigem zu begnügen hatte.

Die Milchhaut hing noch zitternd an Mr. Roxburghs Lippe. Sie hätte sie beinahe fortgewischt, sah dann aber, wie er sie in den Mund saugte und schluckte.

Während sie beide auf dem Leib der See schaukelten und schwangen und sie die Risse und Knubben an ihren grob gezimmerten Kojen betrachtete, entsann sie sich, mit welchem Genuß sie in den frisch gebackenen, von warmer, süßer Milch triefenden Brotknust gebissen hatte, den er ihr, als sie noch Mädchen war, mit Händen gereicht hatte, deren Risse und Schürfwunden sich nie zu schließen schienen, und sah den Daumen vor sich, dieses hornige Ding, das sie abstieß und manchmal erschreckte.

Sie mußte gedöst haben, denn ihr Mann war ihr aus dem Arm tiefer aufs Kissen gerutscht, und der Becher, den sie hielt, war ihr in der Hand etwas gekippt.

Austin Roxburgh schien sich auf eine unbedenkliche Ebene der Wirklichkeit zurückgefunden zu haben. Er schlief leicht. Ein-, zweimal stöhnte er, nicht vor Schmerz, sondern weil sein offenstehender Mund trocken geworden war. Den er schloß, um ihn anzufeuchten. Er öffnete und schloß ihn, um abwechselnd Luft zu holen und Feuchtigkeit in ihm anzusammeln. Sie war überrascht, wie ruhig sie es aufnahm, als sie seine Wange sich an ihrer Brust reiben sah. Die Brust hatte sich an ihrer Mitte entblößt, wo sein saugender Mund sich ein-, zweimal mühte, an der Warze haften zu bleiben.

Sie lag eine Weile in Frieden da. Dann bedeckte sie sich, sich ihrer Üppigkeit schämend, und kletterte hinauf zu ihrer Koje.

5

Seit sich die Passagiere, eingelullt durch Luft und Bewegung und die mystischen Verwandlungen der Segel, in das Leben auf See eingewöhnt hatten, hätte kaum etwas sie von der Überzeugung abbringen können, daß die Tage von Menschen zu deren eigenem Wohlbehagen geschaffen worden waren. Die Zeit und ihr Komplize, der Raum, trickreicher durch seine wäßrige Verkleidung, hatten es noch nie zu einer so vollkommenen Einheit gebracht, und als das Schiff am siebenten Tag sanft in Nebel vorstieß, wurde der Eindruck, daß diese Einheit grenzenlos sei, nur noch verstärkt, für alle an Bord vielleicht nicht, ganz gewiß aber für Mrs. Roxburgh.

Ihr Mann war nach dem schmerzhaften Anfall auch am folgenden Tag in seiner Koje geblieben und schien auch am Morgen darauf nicht geneigt, aufzustehen.

»Nebel ist aufgekommen«, erklärte sie, während sie sich vorm Spiegel wetterfest anzog. »Nebel, ganz dicker Nebel!«

Sie sagte es mit leiser, gedämpfter Stimme, und so kam ihm dies als ein Zustand vor, wie er ihn sich kaum besser wünschen konnte. Mr. Roxburgh schloß die Augen. Er genoß es, verwöhnt zu werden. Da es an ärztlicher Pflege fehlte, kam Kapitän Purdew häufig zu Besuch, setzte sich auf den Rand der Koje und zerbrach sich, nach nützlichen Ratschlägen suchend, den Kopf. Aber Ellen war es, die wußte, was nottat. Ihre Stimme brachte Ängste zum Verstummen, hüllte ihn in einen Nebel des Wohlbehagens, wo vermutlich keine verdächtigen Gestalten auftauchen und ihn gefährden könnten.

Als sie jetzt vor ihrem verwischten Spiegelbild stand, das den Eindruck erweckte, als seien Nebelschwaden durch den Niedergang und die Luken eingedrungen, erschien sie ihm in eben dieser Verschwommenheit um so mysteriöser.

»Ich geh an Deck«, teilte sie ihm mit, »um etwas Luft zu schnappen. Aber ich bleib nicht lange«, fügte sie als Trost hinzu.

Sie wollte ihn möglicherweise umarmen, legte dann aber nach kurzem Zögern nur die Finger auf seine Wange. In seiner gegenwärtigen Verfassung erregte ihn die rasche Berührung mehr als jede offenkundigere Liebesbezeigung. (Küsse, hatte er übrigens einmal scherzhaft zu bedenken gegeben, haben leicht etwas Klebriges.)

Mrs. Roxburgh ging an Deck. Ihre Absicht, schon bald zurückzukehren, steigerte ihre Erwartungen. Wären ihre Finger, mit denen sie ebenso zärtlich-zögernd über Dinge strich, wie sie die Wange ihres Mannes berührt hatte, nicht so kühl gewesen, sie wären ihr fiebrig heiß vorgekommen. Sie tauchte laut aufkeuchend aus Schwaden von wirbelndem Nebel auf, der auf sie eindrang, sie mit weißen Daunen fast erstickte, sich teilte oder sich auf Gesicht oder Mastwerk erneut ballte. Aber blind machte er sie nicht; ihre Augen waren wie Diamanten, die in den wabernden Dunst hineinschnitten.

Einen Moment lang wirkte eine noch größere Gewalt auf die Nebelmasse ein. Die Decke riß auf, und sichtbar wurde das ferne Land: Schweinsbucklig und in seiner Gestalt von einer lauernden Häßlichkeit, mochte es die Betrachterin deprimiert haben, hätte es nicht wie ein Barren aus Saphiren geglitzert. Noch lange, nachdem der Nebel den flüchtigen Ausblick wieder verhängt hatte, starrte Ellen Roxburgh hinüber und wartete auf ein Zeichen, aber die Sicht blieb verstellt.

Sie ging nach vorn, vorbei am Rudergänger, den sie, weil sie den Ausdruck in seinem Gesicht ahnte, ignorierte. An der Spitze des Vorderdecks verschlang der Nebel alles Sichtbare. Sie konnte weder sehen noch atmen und würde sich zurückgezogen haben, wenn ihr Spürsinn nicht durch eine drohende Gefahr angereizt worden wäre.

So tappte sie weiter durch den Nebel, klammerte sich Halt suchend an Tauwerk oder Gebälk (so wagemutig sie vorging, sie war froh über deren feste, verläßliche Beschaffenheit) und stolperte fast über eine Gestalt, die sie als einen im Schutz eines Gangspills sitzenden, triefend nassen Jungen ausmachte, der dennoch mit sich und seiner Lage zufrieden schien.

»Ah«, rief sie, »du bist es!« Denn es war der Junge, der manchmal zusammen mit Spurgeon das Essen auftrug.

Weniger gleichmütig als bisher grunzte der Junge. Er aß einen der runzeligen, aber süßen Sydney-Äpfel, die so tapfer durchgehalten hatten. Um sich Mut zu machen, biß der Junge ein besonders großes Stück ab und saß kauend da. Es klang eher wie das Mampfen eines Pferdes.

Mrs. Roxburgh hätte sich davon einschüchtern lassen können, aber vorsichtig sagte sie: »Ich bin froh, dich hier zu treffen.«

Er sah hoch, Argwohn, wenn nicht gar Schreck in den Augen, denn bisher hatte er nur Anweisungen von ihr erhalten, oder sie hatte ihm schweigend einen Blick zugeworfen, wenn er das schmutzige Geschirr hinaustrug.

»Dann bin ich hier nicht so allein«, versuchte sie, ihm zu erklären. Das machte den Jungen sichtlich noch mißtrauischer.

»Wieso?« murmelte er aus vollem Mund. »Hab'n Sie Angst?« Sie mochte ihn um etwas gebeten haben, was er nie zu geben gelernt hatte.

»Nein«, erwiderte sie und stieß mit dem Zeh gegen einen Korb, in dem zwei Hennen aneinandergekauert hockten. »Alle sind so beschäftigt, nur ich nicht. Und ich finde den Nebel so herrlich, ich möchte ihn mit jemandem betrachten, der auch nichts zu tun hat.«

»Nebel is Nebel, weiter nichts.« Der Junge schniefte oder mußte geschnieft haben, denn gleich darauf wischte er sich mit der Hand die Nase, in der er den Apfel hielt.

Sie fand sich durch die Logik des Jungen in ihre eigene Kindheit zurückgeführt, so daß sie neben ihm gerade in dem Augenblick niederkniete, als er sich instinktiv regte, um aufzustehen und seine Männlichkeit dadurch zu wahren, daß er sie verließ.

Spontan verfiel sie in ihre einstige Redeweise und bat ihn: »Kann's nich bei mir blei'm?«

Es war zu komisch: eine Lady, die ordinär redete. Der Junge sackte gegen das Gangspill zurück, kauerte da vielleicht. Er hob den Arm und schlang ihn um eine der Hartholzstangen, um sein Gleichgewicht nicht zu verlieren oder sich zu schützen.

»Ich bin nich der Master«, sagte er.

Eine gewisse naive Unschuld, die das Leben ihr nicht hatte austreiben können, weckte in ihr den Wunsch, von ihm akzeptiert zu werden. Als kleines Mädchen, zu dem sie, wenn sicherlich auch nur kurz, wieder geworden war, hätte sie ihn mit etwas Wertvollem verlocken können, das sie besaß. Aber hier nun hatte sie nichts zu bieten.

»Wie's dein Name?« fragte sie respektvoll.

»Oswald Dignam«, entgegnete der Junge und strahlte; über eine Art Marke zu verfügen schien ihm Mut zu machen.

Jetzt aber entsann sich Ellen Roxburgh ihrer Position und der damit verbundenen Würde und der Reife, über die sie verfügen sollte. »Warum fährst du zur See, Oswald?« fragte sie nicht unfreundlich, aber korrekt.

»Da gibt's regelmäßig was zu essen.«

»Das stimmt«, gab sie zu. »Aber ist das wirklich alles?«

»Weiß nich.« Und dann: »Es ist ein Leben wie jedes andre, das man führen könnte.«

Die Luft begann, in seine bis jetzt verkrampfte Brust Einlaß zu finden; ein wenig Nebel verfing sich wie eine Daunenfeder auf seiner Oberlippe. Der wabernde Nebel, das vorstampfende, ganz auf sich angewiesene Schiff, ein Empfinden des sich rings dehnenden Universums, alles das brachte sie am Ende zusammen.

Nachdem er nun einmal damit begonnen hatte, vertraute der Junge ihr an: »Auf See kann man sein Geld spar'n.«

»Und was hast du damit dann vor?« fragte sie.

Es war ihr sehr wichtig, das zu erfahren.

»Mir ein Frettchen kaufen.«

»Ah wa? Hab, glaub ich, nie eins zu sehn gekriegt. Ah doch – in Zennor mal. Zigeuner da, die hatt'n eins.«

Sie reckte den Kopf. Im Tauwerk oben tanzten wie Perlen Tropfen, zitterten, und manche fielen.

Der Junge verstockte sich wieder; er hatte vielleicht zuviel von sich preisgegeben. »Mit'm *Tier* is man nie allein.« Er schob die Lippen wie zur Selbstverteidigung vor.

»Ja«, stimmte sie ihm zu. »Ich hatte mal einen kleinen Mops.«

Nackte Füße patschten hart übers Deck und bedrohten ihr Beisammensein, gingen aber vorbei.

»Was wurde aus dem Mops?«

»Er starb.«

Sie waren mittlerweile von der melancholischen Seeluft durchnäßt. Ihr Haar, fühlte sie, hing ihr in traurigen Strähnen ins Gesicht.

Er sagte: »Ich habe nie einen Hund gehabt.«

»Du bekommst von mir einen, wenn wir zu Hause sind. Ich kauf dir ein Frettchen, Oswald.«

Sie sprach zu schnell, als wollte sie zwischen ihr und ihrem Schützling aufkommende Zweifel eindämmen; Versprechen können wie Gebete ein Versuch zur Erpressung sein.

Gleichzeitig begann eine vom Nebel gedämpfte Stimme, tiefer und tiefer in die Leere hineinzutönen.

»Was ist das?« fragte sie.

»Der Ausguck – korrigiert den Kurs.«

»Bedeutet das Gefahr?«

»Nich mehr als sonst auch.« Er warf das ausgesaugte Kerngehäuse des Apfels weg.

Wie groß das Maß an Verachtung war, das sie auf sich gezogen haben mußte, ahnte sie nicht.

»Es ist Zeit«, sagte sie, »daß ich zu meinem Mann zurückgehe.

Bleibe ich zu lange, dann fürchtet er, glaube ich, ich könnte über Bord gefallen sein. Er ist sehr besorgt, und das macht ihn ängstlich.«

»So?« Das war für den Jungen nur von geringem Interesse.

Als sie auf die Beine kam, sah er an ihr hoch und versuchte, sich offenbar eine Situation vorzustellen, die für ihn nie zu einer möglichen Erfahrung werden könnte.

Als sie sich zurückzog, verschwamm das Gesicht des Jungen und wurde dann von dem gewaltigen Nebel verschluckt. Während sie sich aufwärts vorkämpfte und manchmal mit kleinen, betrunkenen Schritten zur Seite tappte, klammerte sie sich fest an die Spitzen ihrer Ellbogen innerhalb ihres hübschen, gefransten Schals. Auf diese Weise bewahrte sie sich etwas von ihrem körperlichen Selbstgefühl gegenüber der allgemeinen Gestaltlosigkeit, in der sich Oswald Dignam und ihre Gedanken und ihr ziellos wie Seetang davondriftendes Haar verloren. Aber als sie dann den Niedergang zu bewältigen unternahm, ordnete Mrs. Roxburgh angestrengt ihr Haar und wischte die Schaumreste ihrer Trunkenheit von den Lippen.

Der Nachmittag verlief in aller Nüchternheit. Die Passagiere machten wie gewöhnlich ihre Nickerchen und bereiteten sich dann auf das Essen vor.

»Womöglich wird uns wieder die Stimmung verdorben«, sagte Mrs. Roxburgh vorausahnend.

Ihr Mann antwortete ihr nicht, weil auf eine solche Bemerkung zumindest in einer ordentlichen Ehe keine Antwort erwartet wird. Während er, um seine Stiefel anzuziehen, auf dem Rand seiner Koje saß, ging ihm durch den Kopf, wie überflüssig doch die Unmasse von Worten sei, die im Ehestand oft wahllos verschwendet würde.

Als plötzlich mit brutaler Gewalttätigkeit der Lauf der Dinge durcheinander geriet. Ein Rammen zuerst, dann ein knirschendes Schurren.

Augenblicks begann um sie herum eine unerbittlich aufrührerische Betriebsamkeit. Ein Haken und ein Stück Verkleidung fielen aus großer Höhe auf sie herab, denn Mrs. Roxburgh, die, ihr gelöstes Haar kämmend, vorm Spiegel stand, wurde gegen die Brust ihres Mannes und mit ihm gegen die Verschalung der Kabine geschleudert, die zusammen mit den Kojen das Gehäuse bildete, in dem sie sich befanden. In der ersten Aufregung rangen sie ebenso heftig miteinander wie mit der plötzlich verlagerten Schwerkraft. Halb Flügeltier, halb Frau lag Mrs. Roxburgh mit keuchendem Mund am Ohr ihres Mannes. Ihre Zähne mußten sich ihm, fühlte er, in die Wange gegraben haben, aber im Niederkrachen von verschiedenen zerbrechlichen Gefäßen im Salon nebenan verflüchtigte sich jeder gegen sie aufkommende Zorn.

Dann hörten sie über sich trampelnde und rutschende Schritte.

»Mr. Courtney, Sir! Mr. Court-*ney*?«

»Großer Gott«, hörten sie schrägher eine zweite, im Nebel stöhnende Stimme, »siehst du denn nicht, wir sind aufgelaufen! Ein Riff! Hast du keine Augen im Kopf, Mann?«

»Wir ken-tern!«

»... brauchst' *mir* nich erst sagen ...«

So riefen die Möwenstimmen der Männer draußen verweht durcheinander.

Mr. Roxburgh sah seine Füße unten am Rock seiner Frau vorstehen. Seine Brust quälte sich unter ihrem Gewicht.

»Hast du gehört, Ellen?« fragte er mit Altmännerstimme. »Wir sind auf ein Riff aufgelaufen!«

»Oh, mein Gott! Ich habe den Halt verloren. Habe ich dich verletzt?«

Er überging das. »Wir müssen Ruhe und kühlen Kopf bewahren.«

Er war entschlossen, Gefühle nicht aufkommen zu lassen, aber mußte sich doch eingestehen, wie wenig wirksam seine Stimme klang, wie immer, wenn er irgendwelche Anweisungen gab. Andere schienen das freilich nie bemerkt zu haben.

»Ja«, stimmte sie ihm zu und mühte sich, ihren heiseren Atem von seinem Ohr und ihre verworrenen Federn von seinem Körper zu entfernen, obwohl sie noch wie ein Bündel in der von Kojen und Wand gebildeten Wanne aneinanderlagen.

»Wir müssen zusehen, daß wir – irgendwie – an Deck kommen«, entschied Mr. Roxburgh.

»... habe dich hoffentlich nicht verletzt«, wiederholte sie und nahm seine kalte Hand in ihre wärmeren Hände.

Er fand das unnötig. »Für zarte Gefühle, Ellen, ist jetzt keine Zeit.«

Sie war es dann, die die Initiative ergriff und mit grotesken Bewegungen begann, ihnen die Flucht aus der Kabine zu ermöglichen.

»Mad'm? Mrs. Roxburgh?«

Sie drehte mühsam den Kopf hoch und erkannte Oswald Dignam, der in einem unmöglichen Winkel mit leicht vorquellenden Augen auf sie herabstarrte und sich dabei am Rahmen der aufschwingenden Tür festhielt.

»Käpt'n Purdew, Mad'm«, rief er und stockte, weil er sich die Finger an der Tür geklemmt hatte. »Sie soll'n schnell raufkommen«, stieß er hervor, »auf Befehl des Alten.«

Obwohl die kritische Situation und der Schmerz in seinen Fingern ihn momentan zu einem kleinen, mädchenhaften Jungen gemacht hatten, erlaubte sein Stolz ihm nicht, sich zu schämen.

»Wir sitzen fest«, informierte er sie, »versuchen aber, das Schiff flottzukriegen.«

Mrs. Roxburgh war wie betäubt durch die Situation, zugleich aber verzaubert durch das süße, milchig zarte Gesicht, das zu einer Engelsputte am Deckensims eines großen Hauses gehören konnte, und so brachte sie nur mit großer Mühe hervor: »Ja, Oswald. Ja. Wir machen uns bereit. Und kommen an Deck.«

Sie streckte ihrem Mann die Hand hin. Sie war, spürte sie, erstaunlich kräftig und geschickt trotz der Jahre, in denen sie kaum wirklich etwas damit getan hatte. Er nahm dankbar die Hand seiner Frau, und sie ihrerseits war dankbar für die Gelegenheit, sich rechtfertigen zu können.

Oswald Dignam hatte sich, begünstigt durch ihre gemeinsamen Anstrengungen, zurückgezogen.

Mr. Roxburgh kroch vor und reckte sich zu dem Haken auf, an dem sein Mantel hing, während seine Frau sich zur Reisetasche vorschob, um dort zu finden, was zusammenzupacken wäre, fummelte dann aber an dem ledernen Reisenecessaire herum, in dem sie ihre wertvolleren und persönlichen Dinge hatte wie Juwelen, Tagebuch, einen Haaransatz und das ihr verschriebene Riechsalz, das sie noch nie benutzt hatte, und stopfte noch einige willkürlich zusammengesuchte Sachen hinein, wobei sie sich wie eine Diebin vorkam.

»Zieh dich so warm wie möglich an«, riet sie ihrem Mann unnötigerweise.

Mr. Roxburgh stand schon in Mantel und Mütze da und wand sich einen endlos langen wollenen Schal um den Hals, den sie vor einigen Jahren nach seinen speziellen Angaben gestrickt hatte.

Den grünen Schal, den Mrs. Merivale in Sydney so sehr bewundert hatte, band sie sich fest um und griff nach ihrem Umhang.

Sie atmete keuchend und so verzweifelt, als wäre nicht ihr Mann, sondern sie krank.

»Laß dir Zeit«, wandte er sich an sie. »Das ist doch nur eine Vorsichtsmaßnahme. Ich glaube nicht, daß die Gefahr so groß ist, wie es im Moment scheint, sollte es aber doch so sein« – er räusperte sich –, »dann wird das Schiff doch nicht gleich auseinanderbrechen – jedenfalls nicht, bevor wir in den Booten sind.« Er würde immer versuchen, allem, und sei es noch so unvernünftig, eine gewisse Logik zu unterlegen.

Sie verknotete die Bänder ihrer Haube mit, wie sie meinte, festeren Bewegungen. »Also dann.« Ihr Lächeln war verzerrt, aber sie richtete sich damit an ihn persönlich.

Sie begannen, sich durch die schrägliegende Kabine vorzutasten, faßten jeder mit einer Hand ihr eigenes Gepäckstück und stützten sich mit der anderen auf Möbelstücke und Ausrüstungsgegenstände, bis sie sich so durch die Tür zu dem Raum durchmanövriert hatten, der ihr Salon gewesen war. Keiner hätte dem anderen zugegeben, daß Wasser eingedrungen war, aber vor ihren Augen lag es schwappend und einsickernd da – ein Gegenbild zum Ozean draußen, eine schwarze, sich schleimig einsaugende Masse, die der Plüsch des Tischtuchs nicht zu dämmen vermochte, während eine quastenförmige Blume, die sie nach einem Nachmittag in Sydney Cove mitgebracht hatten, zu leicht und zu verwittert war, als daß sie untergesogen worden wäre.

Erst als sie am Niedergang waren, gestanden die Roxburghs sich das ganze Ausmaß der Gefahr ein, von der sie möglicherweise bedroht waren. Bis dahin waren sie, er selbstredend mehr als sie, nur oberflächlich durch die gröbliche Unterbrechung ihres geordneten Tagesablaufs und die Notwendigkeit, sich der Schräglage des gekippten Schiffes anzupassen, irritiert worden, jetzt aber, als plötzlich die kalte Luft von oben einschoß, fühlten sie sich wehrlos ausgeliefert und tief im Kern ihrer Existenz getroffen. Dieser Ansturm zielte Schrecken erregend auf ihre Seelen, und wäre es möglich gewesen, diese ihre geschrumpften Seelen hätten sich zu ihrer beider Schutz zu einer sie weich umhüllenden Kugel zusammengeballt. Da es nicht so war, blieb es dem Mann und der Frau nur übrig, sich mit schmerzenden, fast, wie es schien, brechenden Gliedern flach an die Wand zu drücken, während sie ringend einer letzten – oder war es auch die erste? –, Geist und Körper umfassenden Prüfung ausgesetzt waren.

Ellen Roxburgh drückte ihren Mann gegen die Wand und preßte, wie sie es sonst niemals gewagt hätte, ihr Gesicht gegen seine Wange. »Sag mir – dies eine einzige Mal«, forderte sie ihn auf, »ich habe dich nicht unglücklich gemacht?«

Er wehrte sich mit einer Kraft, wie er sie sich selbst niemals zugetraut hätte. »Ah, Ellen, ist dies wirklich der richtige Augenblick für so eine alberne Frage?« Seine Stimme kam tief aus ihm herauf, um sich an der Oberfläche aufzulösen und nur noch wie trockenes Schilfgras zu rascheln.

In der Dunkelheit am Fuß der Treppe starrten, wußte er, ihre Augen zu ihm her, und er starrte zurück: Einen Moment lang befanden sie beide sich in ein und derselben erleuchteten Luftblase, die unter den obwaltenden Umständen zu zerplatzen drohte.

Sie war es, die zusammenbrach. Ihre Augen flossen vor Tränen über.

Er hätte sie die Treppe hinaufziehen mögen, um sie vor dieser tödlichen Gefahr zu schützen, vor ihr selbst. »Du darfst keine Angst haben«, befahl er ihr, »oder doch erst dann, wenn wir wissen, daß Grund dazu ist.«

»Ich habe keine Angst, um mich nicht«, sagte sie weinend. »Um dich habe ich Angst. Und um mein Kind.«

»Kind?«

»Ja. Ich hätte dir diese Sorge erspart, aber das ist – jetzt – nicht mehr möglich.«

»Meine liebe, liebste Ellen!« Er tastete nach ihrem Gesicht um, ihre aufquellende Verzweiflung mit der Liebe zu vereinen, die er aus sich herausströmen fühlte. »Unser Kind – gibt es einen tieferen Grund dafür, daß wir überleben müssen?«

Nur seine Stumpfheit, seine Selbstversunkenheit hatten ihn daran hindern können, nach Gründen für ihre sich häufig einstellende Teilnahmslosigkeit und für die zunehmende Weichheit und weißhäutige Zartheit dieser Gestalt zu suchen, die ihm in seiner Krankheit beistand und nach deren Anwesenheit er sich immer inniger sehnte. Jetzt war seine Reue um so heftiger und vernichtender für die Dürre, der sie entsprang.

Wieder war sie es, die als erste zu Sinnen kam, die sich widersetzte und sich in ihre übliche Rolle als Schützerin zurückfand. »Wir verlieren immer mehr Zeit! Ihr geht zuerst, Mr. Roxburgh, und ich komme mit dem Gepäck nach. Du mußt dich jetzt – wo wir vor einer Zerreißprobe stehen – mehr denn je – davor hüten, dich zu übernehmen.«

Während sie sich nach oben vorarbeiteten, revanchierte er sich und hielt ihr warnend und zugleich höchst banal vor: »Ellen! Reg dich nicht auf, bleib ruhig! Wie ich's dir schon sagte. Besonders, wo du jetzt eine noch größere Verantwortung hast. Außerdem sehn sie sofort alle, daß du geweint hast, wenn du dir anmerken läßt, daß du aufgeregt bist.«

So kamen sie auf das schräg abfallende Deck. Gemeinsam trugen sie, ohne sich besonders verabredet zu haben, die lederne Reisetasche. Sich anklammernd, suchten sie auf dem mit Schlagseite daliegenden Schiff Halt, das dieses Unheil über sie gebracht und sie obendrein ihres Eigentums beraubt hatte.

So albern, überflüssig und linkisch wie jetzt hatten Mr. und Mrs. Roxburgh, seit sie an Bord der *Bristol Maid* gegangen waren, noch nie ausgesehen. Es konnte nicht überraschen, daß die Männer, die umherstampften und sich abschufteten, um mit der entstandenen Lage fertig zu werden, sie nicht weiter beachteten. Die Passagiere hatten das Gefühl, dies sei der Preis, den sie für ihre Ignoranz zu zahlen hätten. Demütig lächelnd suchten sie, sich mit der ihnen rechtens zugewiesenen Rolle als Außenseiter abzufinden.

Mr. Courtney, obwohl er als Steuermann alle Hände voll zu tun hatte, nahm sich zwischendrin ihrer an. Mit aufgeknöpfter Jacke und vom Schreien noch gelockertem Mund machte er ihnen mit seinen großen Händen vor, wie das Schiff plötzlich in einem halbkreisförmigen Korallenriff festgesessen hatte.

Da vor ihnen wäre es, wenn sie einen Blick darauf werfen möchten, ein blasses, grünliches Glimmen, in dem die zierlichen Schaumlitzen zu immer kleineren Fetzen zerrissen wurden.

Mr. Courtney war der Ansicht, daß allein der Nebel schuld an dem Vorfall wäre; das Schiff hätte nur knapp fünf Knoten Fahrt gemacht. Er war so überzeugt von seiner Meinung, daß er sie mehrmals wiederholte. Der Nebel hob sich, als wollte er die ganze Ironie, mit der er zu Werk gegangen war, sichtbar machen. Das gestrandete Schiff hatte sich gedreht und lag mit der Breitseite zur See.

»Hart am Wind herumgeholt, könnte es freikommen«, brüllte Mr. Courtney den Passagieren zu.

Die Roxburghs ließen sich, wenn auch verstört, dankbar belehren. Sie gaben die Hoffnung nicht auf, wagten es aber angesichts des sachkundigen Steuermanns nicht, auch nur irgendwelche dilettantischen Vorschläge anzudeuten.

Mr. Courtney, so freundlich und wohlwollend er war, glaubte, damit seiner Pflicht gegenüber den Passagieren nachgekommen zu sein, und legte jetzt Wert darauf, sie aus dem Blickfeld zu bekommen. »Ich rate Ihnen, sich eine Zuflucht zu suchen, Mrs. Roxburgh – im Kartenhaus oder in der Kombüse.«

Da diese Aufforderung sich offenbar auch auf ihn bezog, blieb dem Ehemann der Lady nichts übrig, als ihr unter Deck zu der Unterkunft zu folgen, für die sie sich entscheiden würde. Mr. Courtney, der bereits weggehumpelt war, hätte dies wohl auf ebener Fläche mit stampfenden Schritten getan. Da er gegenüber der kritischen Einstellung anderer außergewöhnlich empfindlich war, fragte sich Austin Roxburgh, ob der Seemann wohl von Anfang an jenen Zug von Verachtung unterdrückt hatte, den Angehörige der unteren Schichten Höhergestellten gegenüber oft zur Schau tragen, stellte diese Überlegung aber zurück, um sich zu einem geeigneteren Zeitpunkt damit zu befassen. Im Augenblick blieb ihm sowieso nur die Möglichkeit, seiner Frau zu folgen.

Sie tapsten auf wackligen Beinen vor und klammerten sich, wo immer sie Halt fanden, an. Jenseits der Bordwand ergoß sich die See, jetzt ein milchiges, jadefarbenes Gewässer, über das schläfrige Korallenriff, das aber nicht so träge war, daß es sich nicht hin und wieder mit einem Maulvoll von Zähnen erhoben oder von unten herauf mit umschwappten Gliedmaßen zugestoßen hätte.

Mrs. Roxburgh hatte sich vorgenommen, auf ihrem Weg nach vorn nicht auf die See zu blicken. Würde sie gefragt worden sein, warum sie die Kombüse dem Kartenhaus vorzöge, hätte sie nur als Grund angeben können, daß sie bereits in der Kombüse gewesen war, als sich die See noch nicht so feindselig gezeigt hatte und das Schiff, das jetzt steif und verstockt und mürrisch knarrend unter ihnen lag, ruhig atmend seinem Kurs gefolgt war. Über ihr schwang ein Mann, ein Bündel aus Sehnen und gespannten Muskeln, und grinste in den Wind, während er mit dem Segel kämpfte. Als sie sich auf dem unteren Deck vormühte, empfand es Mrs. Roxburgh als Erleichterung, daß ihr diese zerdepperte Clownsfigur aus den Augen, wenn nicht gar aus ihren Gedanken verschwunden war; in ihren Träumen allerdings könnte sie wieder erscheinen.

Ihr Mann fiel ihr ein, und so blickte sie ein-, zweimal zurück, um zu rufen und ihn zu ermuntern. »Wir sind schon so gut wie da«, rief sie, ob ihre Stimme nun durchdrang oder nicht.

Sie überraschte sich dabei, daß sie aus Gewohnheit lächelte, und war froh, daß sie sich nicht selbst sehen konnte; in diesem Moment konnte ihr Lächeln nur eine willkürliche, um nicht zu sagen widersinnige, gezierte Geste sein.

Sie erreichten schließlich die Kombüse. Sie war sowieso nie mehr als einer jener Auswüchse, mit denen das Deck eher launisch bestückt war, jetzt aber ähnelte sie einer gekippten, hüttenartigen Kiste. Sie zwängten sich nach drinnen, in eine tröstliche Schwüle, in der alles an erwartetem Zubehör ausgeräumt war. In einer aus der Wand gegenüber und dem schrägen Boden gebildeten Mulde lagen verbeulte Töpfe, die Scherben von zertrümmerten Krügen und die weißen zersplitterten Teile dessen, was vorher das im Salon benutzte Eßgeschirr gewesen sein mußte. In der Luft hing der Geruch von kalter Asche und Fett.

»Hier bleib ich«, verkündete Ellen Roxburgh, als stünde es ihr noch zu, ihrem Willen zu folgen.

Vor der Wand standen ein festgeschraubter Tisch und dahinter eine ebenso unbewegliche Bank, in die sie sich mit ihrem kleinen Lederkoffer zwängte (nach den letzten Vorgängen hatte sie ihn jetzt allein unter Kontrolle, betrachtete dies auch nur als natürlich und hätte es nicht anders haben wollen).

Nachdem er sich unbequem neben ihr auf die Bank gehockt hatte, fragte sich Austin Roxburgh laut: » . . . ob ich ihnen meine Hilfe wohl anbieten sollte?«

Mrs. Roxburgh antwortete ihm nicht, aus dem einfachen Grund, weil sie sich selbst ihrem Mann, den zu beschützen sie sich berufen sah, entzogen hatte. Sie hätte beten mögen, gewahrte aber, daß die Worte dazu und die notwendige Geistesverfassung zum Beten in ihr zu Bruch gegangen waren. Sie war zu erschöpft, diese Bruchstücke auszusortieren, und schreckte außerdem vor der Unmöglichkeit zurück, Ordnung in einem geistigen Geschirrschrank wiederherzustellen, der nicht so saubergehalten war, wie er aussah.

So verschränkte sie die Arme über jener anderen, ihr in den letzten fünf Monaten zugewachsenen Verantwortung, über dem Kind, dessen Bürde bisher ihr Geheimnis gewesen war.

Die See brandete mit gesteigerter Wut gegen die Bordwand der *Bristol Maid.* Als der Gischt zusammen mit den abgerissenen, gefährlicher dreinschlagenden Tauenden übers Deck peitschte, bebten und verspannten sich die Kombüsenwände.

Die drinnen Hausenden merkten erst, daß der Kapitän in der Tür erschienen war, als er rief: »Na, sind wir guten Mutes?«

Kapitän Purdew ließ dem ein eigentümlich halbherziges Lachen folgen. Diese Personen, die er von der Tür aus sah, waren rechtmäßig seine Passagiere, keine Schoßtiere, die ihm übereilt gefallen hatten und deren Erwerb er jetzt bedauerte. Wären sie Kropftauben oder weiße Mäuse oder – am einfachsten noch – Seidenwürmer, dann wüßte er schon, wie er sich ihrer ohne Skrupel entledigen könnte.

Mr. und Mrs. Roxburgh versicherten dem Kapitän, daß sie in bester Stimmung wären.

Von ihrer Bank her erwiderten sie den Blick dessen, der sie in seiner Obhut hatte und der, hofften sie, über Güte, Weisheit und übermenschliche Kräfte verfügte, auch wenn er einem alten räudigen Mitglied ihrer eigenen Gattung ähnelte, dessen Adamsapfel sich über einem dreckigen Kragen vorwölbte, während blaurote Haut sich dünn über den an ihm sichtbaren Knochen spannte, und an dessen Lidern ebenso wie in den Winkeln seiner illusionslosen Augen Salzreste klebten.

Kapitän Purdew hielt ihren musternden Blicken stand. »Wir haben zwei robuste Boote, die von den Männern bei der ersten Gelegenheit zu Wasser gelassen werden.« Er blickte mehr als einmal über die Schulter zurück und beteuerte mit schleppender Stimme: »Die See ist zu wild augenblicklich.«

Dann verließ er sie, nicht, um weitere Maßnahmen zu leiten, sondern um, ließ sich vermuten, diejenigen seiner Untergebenen zu meiden, die automatisch die Leitung übernommen hatten. Unbestreitbar war Kapitän Purdew in derselben verhängnisvollen Lage wie seine Untergebenen oder diese unerwünschten Schoßtiere, seine Passagiere, nur daß vorerst niemand diesen Sachverhalt bei Namen genannt hätte.

Die Roxburghs langweilten sich ermattet auf ihrer Bank, und um sich gegenseitig Mut zu machen, versicherten sie einander von Zeit zu Zeit, daß der Sturm nachließe; dann aber fiel Mr. Roxburgh etwas Schreckliches ein.

»Mein Elzevir! Ich weiß nicht mehr – aber ich könnte ihn – in der Kabine – nein, wahrscheinlich im Salon gelassen haben.«

»Dein *was*?«

»Mein Vergil.«

»Ohhh?« In ihrer Stimme schwang ein Ton von Ungläubigkeit mit, in dem ihre eigene Meinung fast Ausdruck gewann: daß Bücher trotz des Respekts vor ihnen, den ihr Mann und die Schwiegermutter ihr eingeflößt hatten, wohl eine Art von Meublement, aber anders als Tische, Stühle und so fort entbehrlich waren.

Zum Glück war Mr. Roxburgh zu abgelenkt, als daß er in seiner Frau Zeichen einer möglichen Abtrünnigkeit entdeckt hätte. Er hatte sich erhoben, offensichtlich nicht sosehr, um seinen Respekt vor

Büchern zu bekunden, sondern um zu demonstrieren, daß er an einem bestimmten Glauben festhielt.

»Du willst doch nicht etwa noch mal zurückgehen?« Ihre Stimme hätte beteiligter klingen sollen, aber sie war, versteht sich, entkräftet.

»Bis jetzt ist noch keine Gefahr – nach allem, was wir von ihnen gehört haben.«

»O nein, nein! Du wirst nicht noch mal zurückgehen. Für ein Buch schon gar nicht!« Wozu immer das führen mochte – sie hatte es gesagt; gegenwärtig jedenfalls reichte ihre so matt vorgebrachte, weibliche Verzweiflung nicht aus, ihren Mann zurückzuhalten; ihre Äußerung bestärkte ihn im Gegenteil in seiner Entschlossenheit, seine Absicht zu verwirklichen.

Als er sie verlassen und sie ihre formelle Mißbilligung seufzend dargetan und einige der Verwüstungen ihres Äußeren behoben hatte, war Mrs. Roxburgh insgeheim froh. Sie genoß den Luxus, allein und für sich zu sein und die vielfältige Rolle, die sie in den letzten Monaten mit, wie ihr jetzt schien, zunehmender Intensität gespielt hatte, abzulegen – die Rolle als treu ergebene Ehefrau, unermüdliche Krankenpflegerin, tapfere Frau und – unwirklicher als all die oberflächlichen, als gegeben hingenommenen Züge dieser Art – die Rolle als werdende Mutter. Doch ihr Körper belehrte sie, daß dies Kind wahrer als alles andere an ihr sei, so unbestreitbar wahr, daß sie es nicht den in ihr Tagebuch eingetragenen »geformten« Gedanken, Neigungen und Heucheleien zugesellt hatte, ebenso wie sie den Seiten eine andere, schmerzlichere Wahrheit vorenthalten hatte – die Wahrheit über sich selbst als willfährige Ehebrecherin.

Angesichts einer hingenommenen Wirklichkeit mochte sie sich weniger losgelöst gefühlt haben, wären es nicht gerade die Wirklichkeiten gewesen, durch die sie Erfüllung gefunden hatte und auf deren Boden sie überdies großgezogen worden war: Sie war bis zu einem gewissen Grade immer noch ein deftiges Bauernmädchen, das mit rissigen Händen im Schoß im dämmernden Licht auf einem Felsstein zwischen Ginster und Heidekraut saß. Wäre alles wie gewöhnlich verlaufen, dann hätte sich jemand um die Farmerstochter beworben, ihr ein Kind gemacht und sie, in dieser Reihenfolge, zur Kirche geführt.

Mrs. Roxburgh ruckte auf der Bank vor und zurück. In Gedanken fühlte sie sich zwischen Wirklichkeit und gegenwärtigem Zustand hin und her gerissen. Indem sie den Lauf der Dinge unterbrachen und sie entführten, hatten ihre Lehrer in gutem Glauben versucht, etwas in der Farmerstochter großzuziehen, das sie Geist nannten. Hatte sie sich vielleicht in ihrem Tagebuch zu deutlich ausgedrückt, fragte sich Mrs. Roxburgh, und wenn nur durch eine Nuance im Ausdruck oder das Weglassen eines Wortes? Diese Möglichkeit begann, ihr zu schaffen zu machen ebenso wie das Kind in ihr und eine noch nicht ganz erstorbene Sinnenlust.

Sie schloß den kleinen Koffer auf. Als Entschuldigung dafür nahm sie, daß es galt, die Zeit zu verbringen, und nebenbei auch, ihr Gewissen zu beruhigen, solange es noch hell genug war. Sie sah Mr. Roxburghs Papiere und Briefe durch, sein Tagebuch und ein Fragment seiner »Memoiren« (»nicht durch Taten, sondern durch Gedanken, Ellen, schaffen wir uns ein ereignisreiches Leben, und aus diesem Grunde – wer weiß? – werde ich vielleicht eines Tages beginnen, die Früchte meiner Gedanken als Ernte einzubringen«). Dies alles, erinnerte sie sich noch, hatte sie vorm Verlassen der Kabine zusammengerafft. Sie fummelte an dem Samtbeutel herum, der die wenigen auf die Reise mitgenommenen, nicht sehr wertvollen Schmuckstücke enthielt, und wandte sich wieder den persönlichen Dokumenten zu, ohne zu finden, was sie eigentlich suchte. Es wurde ihr, während sie in den Papieren herumkramte, zunehmend wichtig, nachzulesen und herauszufinden, ob sie wirklich nicht mehr als die vertretbare, für andere Augen erträgliche Wahrheit geschrieben hatte. Sie atmete keuchend. Vor ihrem geistigen Auge sah sie das in Pergament gebundene Bändchen in dem schwappenden Wasser des zerstörten Salons schwimmen, sah ihren Mann es herausfischen und dabei ebenso sein Gleichgewicht verlieren, wie ihr eigenes inneres Gleichgewicht bedroht war – falls das, worum es ging, nicht vorher schon einem Mitglied der Besatzung oder, was wahrscheinlicher war, Mr. Pilcher in die Hände gefallen war.

Als sie den Zweiten Maat in ihrer Phantasie vor sich sah, vergaß sie ganz, daß der Sturm um das Schiffswrack herum wütete. An dem Verhalten und dem Äußeren des zurückhaltenden, unzugänglichen Pilcher, hinter dessen farblosen Augen sich verbarg, was er zuinnerst mit ihnen wahrnahm, war klar zu erkennen, daß dieser Mann dazu bestimmt war, das zu erwartende Unheil auf sie zu ziehen. Sobald er sich die in dem Tagebuch enthaltenen Anspielungen und Enthüllungen zu eigen gemacht hatte, würde er sein Schweigen brechen, und es würden die tiefen Falten zu beiden Seiten seines Mundes wie nur zeitweilig vernarbte Wunden aufbrechen.

Im Zwielicht der Kombüse wehrte sie sich fast mit Händen gegen eine ebenso überzeugende wie widersinnige Erscheinung; denn es gab keinen Grund, weswegen sie gerade auf Pilcher verfallen sollte, ausgenommen vielleicht die Verachtung, die er, wie sie argwöhnte, ihr entgegenbrachte, und die Mutmaßung, daß sie sich, sollten sie bei ähnlichem Licht auf einem Weg in Zennor aufeinandertreffen, als zwei gleichermaßen verstohlene und heimlichtuerische Personen begrüßen würden.

Mrs. Roxburgh legte die Hände ineinander, die zu weich geworden waren, als daß sie sich ihren Gedanken widersetzen könnten. Ihre Kraft hatte sich erschöpft. Sie wünschte und wünschte auch nicht, daß Mr. Roxburgh zurückkommen möge, der vielleicht mit dem Gesicht nach unten im Kielwasser angeschwommen käme.

Ihre Gedanken schwollen zu monströsen Wellen auf. *Mein liebster Mann*... Sollte sie, da ihr das eigene bedauerliche Tagebuch fehlte, das ihres Mannes aufschlagen und die Zeit damit zubringen, in ihm, solange es noch hell genug war, zu lesen? Wieder öffnete sie ihren kleinen Koffer, der noch etwas von dem Geruch teuren Leders ausströmte, mit dem sich die Engländer auf ihren Reisen wappnen. Während sie in ihm herumstöberte, glitten ihre Finger über Blätter aus körnigem Papier, wagten sich aber nicht weiter vor. Würde sie sich selbst als Bild gespiegelt vorfinden, das weder ererbte Schläue noch die kultiviert anerzogene Selbsttäuschung aus der Welt schaffen könnten?

Die Vorahnung, wie das von ihrem Mann von ihr gezeichnete Porträt, ob es nun der Wahrheit entsprach oder idealisiert war, beschaffen sein mochte, bedrückte sie, so daß sie leise vor sich hinwimmerte. Sie brachte es nicht über sich, dieses Bild zu enthüllen – würde es aber vielleicht doch noch vor Mr. Roxburghs Rückkehr tun, weil das verhängnisvolle Licht, ihre unbequeme Haltung und ihre verrutschte Kleidung sie dazu ermutigten, das Schlimmste wissen zu wollen.

Austin Roxburgh war sich auf dem Wege zurück zum Salon der Torheit bewußt, ein solches Wagnis um eines Buches willen zu unternehmen, und handelte es sich dabei auch um einen Elzevirdruck. Er tat es allerdings nicht aus bloßem Eigensinn; in den Augen seiner Frau, in denen der Besatzung und ihrer Vorgesetzten hatte er sich vor sich selbst zu beweisen. Als er die Kombüse verließ, sah er, daß die Pumpen bemannt waren – mit geringem Erfolg, nach den Flüchen zu urteilen. Schuld sei daran, meinten sie, die Schlagseite des Schiffes, nicht etwa die vom Teufel selbst ausgeheckte Situation, in der die Männer machtlos wie steinerne Dachspeier waren.

Dann geschah etwas Überraschendes, das ihm deswegen um so unwahrscheinlicher vorkam, als Austin Roxburgh wie immer unbeteiligt war. Der Besanmast mit allem Drum und Dran gab nach und stürzte mit an den Wurzeln herausgerissenen Taljereeps krachend an Deck. Das Segeltuchlaub des großen Baumes wurde davongetragen und kochte wie schmutzige Wäsche in der Brandung.

Einige Männer der Besatzung stießen den Passagier beiseite und machten sich daran, zu reparieren, was nicht zu reparieren war, oder schlugen mit Äxten sperrige Teile ab, die jetzt nur noch Hindernisse waren.

Austin Roxburgh überlegte, ob er seiner Frau, wenn er zurückkam, von diesem Vorfall berichten sollte, dessen Augenzeuge er gewesen war. Er entschied sich dagegen, und zwar aus Rücksicht auf ihre Empfindsamkeit und nicht, weil er sich als Hüter eines Geheimnisses bereits größer, tapferer und wichtiger fühlte. Auf diese Weise gestärkt, setzte er seine fragwürdige Expedition fort.

Es dunkelte schon. Schwarze Wolken drohten, erste Breitseiten der Kugeln von sich zu geben, mit denen sie geladen waren. Haß auf ihre angehenden Opfer stieg gurgelnd aus der See auf. Irgendwo war zweifellos Land, diese immer wiederkehrende Verheißung, versteckt und wartete auf seine Entdeckung, aber Mr. Roxburgh warf keinen Blick in die Richtung, in der sich etwas befinden mochte, das nur wenig tröstlicher sein konnte als der rachsüchtige Ozean.

Als er zum Niedergang kam, kroch er auf allen vieren, nicht aus bloßer Feigheit, sondern auch aus Zweckmäßigkeit, weil die Wellen, die sich achtern brachen, ihm ihren Gischt über Mund und Augen spritzten. Als er das meiste von dem, was er schlucken mußte, gurgelnd wieder ausgebrochen hatte und in die ihn umströmende Welt blickte, tastete er mit dem Fuß nach einem Halt auf einer Treppe, die ihm nicht mehr vertraut war.

In dem teilweisen Dunkel dessen, was ihre stickige, aber annehmbare Heimstatt gewesen war, hatte sich eine noch größere Wassermenge angesammelt. Ringsum war unter dem Wüten des Sturmes das überall eingedrungene Wasser zu hören, unheimlich schwappend, wo es weniger bewegt war, das aber spritzend aufschoß, wenn sich das kleine Schiff schurrend auf dem gestrandeten Kiel herumschwang.

Mr. Roxburgh starrte angestrengt in die Düsternis, um das, was er suchte, zwischen den Trümmern auszumachen, als plötzlich zu seinen Füßen *»Mein Vergil!«* auf dem wogenden Schmutzwasser angeschwommen kam. Er bückte sich mit bewundernswerter Verstohlenheit, als wollte er einen Fisch unerlaubt aufspießen, schöpfte das Buch heraus, verlor dann fast seinen schlüpfrigen Fund, schnappte ihn sich aber noch eben vorm Fall und hatte ihn nun sicher und fest in der Hand. Das durchtränkte Buch erinnerte ihn an einen anderen einst von ihm überprüften Band, der das Opfer einer harmlosen örtlichen Überschwemmung geworden war. Mr. Roxburgh schwelgte in dem Gedanken daran, daß er sich einst nach der Rückkehr mit seinem Vergil in die Cheltenham-Bibliothek dieser mutigen Tat am wohligen Kaminfeuer erinnern werde.

Nach der Rückkehr aus der Tiefe betrachtete er an Deck noch einmal den zu Bruch gegangenen Besanmast, was ihn in dem Entschluß bestärkte, seiner Frau nichts von diesem Vorfall zu erzählen. Das Buch versteckte er in der Brusttasche seines Rockes, um es nicht von jenen beäugen zu lassen, die vielleicht kein Verständnis für den Zweck seines Vorgehens aufbringen könnten.

Doch niemand beachtete Mr. Roxburgh.

Mrs. Roxburgh, die sich der Existenz ihres Mannes in seiner Abwesenheit bewußter als in seiner Gegenwart war, hatte, auf der Bank sitzend, die Finger wie Lesezeichen zwischen die Seiten seines Tagebuchs gesteckt und prüfte sich, ob sie wohl den Mut aufbrächte, es, solange sie noch die Gelegenheit dazu hätte, aufzuschlagen und darin zu lesen. Sie sehnte sich danach, von seiner Liebe zu ihr zu lesen, bezweifelte aber, ob sie die Kraft hätte, etwaig darin vorkommenden Einwänden standzuhalten.

Erlöst wurde sie schließlich dadurch, daß die abnehmende Helligkeit ihr gar nicht mehr gestattet hätte, das Schlimmste, selbst wenn sie es wollte, zu entziffern, und so stand sie dankbar benommen auf und suchte die Schräglage, wie sie es nun schon gewohnt war, durch ihre Haltung auszugleichen. Der Wunsch, etwas über die unbeschädigte Liebe ihres Mannes zu lesen, wurde abgelöst von dem Verlangen, Land zu Gesicht zu bekommen, und da sah sie es nun, ein nicht allzu weit entferntes Hufeisen, gleichgültig allerdings menschlichen Gefühlen und der Werbung, der weiß herüberglänzenden Brandung gegenüber.

Mrs. Roxburgh mühte sich zur Schanz vor, klammerte sich dort an und starrte mit offenem Mund und anscheinend ebenso fühllos und gierig dorthin wie eine Möwe, wenn sie die Kielspur eines Schiffes nach Abfall absucht. Tatsächlich schrie sie einmal auf, beugte sich vor und erbrach sich in das schwarze Wasser, das gegen die Bordwand der *Bristol Maid* brandete.

So war sie immerhin von ihrem körperlichen Abscheu und ihrer Hoffnungslosigkeit erlöst, aber die Tränen kamen ihr, als sie das Bild ihres Mannes vor sich sah, dessen Liebe und dessen Wissen vielleicht auch sie, ihrem Gewissen folgend, die Berechtigung abgesprochen hatte. Ihr Gewissen war es auch, das seine schwach über das lispelnde Kielwasser hin rufende Stimme in dem dunkelnden, jetzt vermutlich versunkenen Salon vernahm.

Trotz ihrer inneren Verworrenheit gewahrte Mrs. Roxburgh, wenn auch nur vage, den zerschmetterten Besanmast und entschloß sich ebenso vage, nicht darüber mit ihrem Mann – falls er zurückkehrte – zu sprechen. Tatsächlich kam er jetzt zurück. Wegen des verwrackten Mastes samt Takelage entdeckte er sie nicht. Die Erleichterung brachte eher ein Absinken als eine Steigerung ihrer Schuldgefühle mit sich, als sie sich nun wieder auf ihren Platz zwischen der Kombüsenwand und dem schützenden Tisch zwängte. Wie er sie verlassen hatte, so sollte er sie auch wieder vorfinden, auf der Bank neben dem verschlossenen kleinen Koffer.

Mr. Roxburgh war, weil er seinen Elzevirdruck Vergil wiedergefunden hatte, in gehobener Stimmung. (Mehr als alles andere verlangte es ihn danach, die *Georgica* bei der ersten sich bietenden Gelegenheit wieder zu lesen.) Auf dem messerscharfen Rand der Bank hockend, hatte er das Buch, um sicherzugehen, gegen seinen Bauch gedrückt. Dieses durchtränkte und für die Augen anderer abstoßende Fundstück war für ihn ein vertrauter, geliebter Gegenstand, von dem aus sich ihm ein Gefühl der eigenen Wirklichkeit mitteilte.

Als sie ihn, das Buch im Arm, so neben sich sitzen sah, erinnerte sich Mrs. Roxburgh an eine Puppe, die ihr einmal geschenkt worden war. Sie hatte sie mit sauberen Taschentüchern gewindelt. Es war dies ihr Kind. Sie liebte sie und weinte bitterlich, als ihr Kopf von einem Wagenrad zu Porzellansplittern zerfahren wurde.

So machten sie sich unbehaglich für die Nacht und ihre Träume zurecht, als kurz vor Einbrechen der Dunkelheit ein furchtbares Krachen, ein hölzernes Donnern und das Niedersausen von tobenden Flügeln wie das Grauen selbst auf die Passagiere herabstürzten. Sie wandten sich nicht einander zu, standen aber gleichzeitig auf und strauchelten an Deck hinein in die nachhallende Stille. Durch den Regen, der den Roxburghs auf die Augen prasselte, sahen sie, daß der Großmast mit seiner Takelage an Backbord über Bord gestürzt war. Die Besatzung plackte sich auf ihre Weise mit dem Gewirr von herabhängenden Rahen und Tauwerk ab. Der Klüverbaum hing über wie ein gebrochener Bleistift.

Nichts wissend, bis zu welchem Ausmaß sie der Gnade des Chaos ausgeliefert waren, stützten die Roxburghs sich gegenseitig und nahmen es hin, daß der Regen sie bis auf die Haut durchnäßte. Peitschend kam er unter den letzten Zuckungen des Zwielichts herunter, während das Schiff, lag es auch fest, von der tintenschwarzen Mangrovenmündung oder dem Rachen der Nacht verschlungen zu werden schien.

Kapitän Purdews Gestalt, die am Rande der Vernichtung auftauchte, hätte finsterer gewirkt, wäre seiner Stimme und seiner Haltung nicht anzumerken gewesen, daß er dort grundlos erschien.

»Hm, sie ist hin«, äußerte er so leise, daß diese Bemerkung eher an ihn selbst als an irgendwelche Zuhörer gerichtet schien.

Er gähnte, und die Spannung wich aus seiner von der See zerfressenen Haut; die einst imposante Figur war abgezehrt und umschlottert von seinem Zeug. Ein Ereignis, mit dem er sein Leben lang gerechnet hatte, war nun zu seiner, wie es schien, großen Erleichterung eingetreten.

Seine Verpflichtung den Passagieren gegenüber war damit allerdings nicht aufgehoben. »Pilcher hat den Versuch unternommen, die Pinasse zu Wasser zu lassen«, sagte er mit sorgfältig für vornehme Ohren gewählten Worten, »aber die See ist zu –« seine Stimme verlor sich –, »zu *schwer*«, hörten sie dann, als er die Sprache wiedergefunden hatte.

Die Roxburghs nahmen sein Urteil hin, wonach ihnen Kapitän Purdew mit äußerster Geduld und einem Anflug von ungezwungener Höflichkeit erklärte: »Wir sind an Bord so hoch und trocken wie ein Nest mit Möweneiern.« Er schob sie sanft in den Schutz der Kombüse zurück, wobei seine mächtigen Hände sich mit ihrer Ungeschicklichkeit abfanden. »Bei Tagesanbruch«, teilte er ihnen, nur noch mit einem Teil seines Kopfes am Türrahmen sichtbar, als beruhigende Auskunft mit, »versuchen wir es noch mal und werden, schätze ich, mehr Glück haben.«

Das Tagesgrauen, die blasseste aller Vorstellungen, hing ihnen während der Stunden der Dunkelheit vor Augen. Die Roxburghs konnten nicht schlafen, dösten vielleicht nur ein bißchen aneinandergelehnt auf dem scharfen Rand der schrägen Bank. Ihre Mägen, zusammengepreßt durch die Schrecken und die unterbrochene Regelmäßigkeit, empfanden sie nicht mehr als zu ihnen gehörende Organe, so daß sich die Frage, ob sie hungrig seien, gar nicht erst stellte. Ihnen hungerte mehr nach den Träumen, die ihnen, kaum hatten sie sich von ihnen gelöst, entwichen.

Einmal gelang es Mrs. Roxburgh fast, das sich ihr entziehende Wort zu buchstabieren: »G-a-r-n-u-r-d?« Ihre Lippen kämpften mit ihm, versagten aber am Rande des Kliffs.

Einmal nahm er sie in die Arme, und sie lagen ausgestreckt nebeneinander, sich ineinander gehüllt umfaltend, sich öffnend und schließend mit der Leichtigkeit von Seide, ineinander gewunden sanken sie, wären versunken, hätten die Korallenzähne nicht geknirscht.

Mr. Roxburgh erwachte aus einem erwünschten Unbehagen und gewahrte, daß seine Frau ihn Halt gebend stützte. Er war nahe davor, sein Gleichgewicht zu verlieren.

»Geht es dir gut?« fragte Mrs. Roxburgh.

Die Möglichkeit, sich anders zu fühlen, war so wenig gegeben, daß ihre Frage absurd klang.

So dösten sie wieder vor sich hin.

Kapitän Purdews Morgengrauen fand sich in der Kombüse ein, ohne daß sie es bemerkten. Es besudelte ihre Gesichter mit verfärbten Schatten und sog aus den dunklen Winkeln den kalten grauen Aschegeruch der verloschenen Kohlen.

Die Roxburghs erwachten schließlich durch Stimmen draußen und das platschende Wasser. Schlaf und Erwartung hatten die durch die Dämmerung verwüsteten Gesichter wiederhergestellt und die körperlich fühlbaren Ängste verscheucht. Sie saß da und biß sich auf die Lippen, und ihre blassen Augen suchten, sich der sich erneuernden Sehkraft zu bemächtigen, während in ihn etwas von der Mattigkeit seiner Jugendzeit zurückgekehrt war, seine Lider hatten sich zu schwer, zu dunkel gesenkt, seine durch Krankheit zu unnatürlicher Vollkommenheit verfeinerten Züge schienen das Leben selbst beinahe auszuschließen. Sie sprangen nichtsdestoweniger geduckt auf, keuchten und krochen, Laute von sich gebend, vor.

In den frühen Stunden hatte der Sturm merklich nachgelassen, in der Umgebung des gestrandeten Schiffes aber wirbelte rastlos der Schaum auf. Kalt schreiend kreisten darüber die Möwen.

Mrs. Roxburgh hob den Rock bis dort, wo die Stiefel die Knöchel freigeben, überschritt die Schwelle der Kombüsentür und trat hinaus in diese von blauweißen, unwirklichen Möwen überkreischte Welt aus kaltem weißen Licht und Wasser. Ihr Mann folgte ihr. Trotz seines ungepflegten Bartes trug er noch die Maske jugendlicher Vollkommenheit, die ihm der Schlaf zurückgebracht hatte. Wäre ihnen eine Zuhörerschaft zugestanden worden, so hätten die weißhaarigsten Teilnehmer um das gezittert, was über alle Makel hinaus auf die geistige Unschuld der Roxburghs hinauslief. Aber alle um sie herum, wie weit auch deren Verständnis reichen mochte, waren anderweitig beschäftigt.

Das, wie es schien, bei Tagesanbruch niedergelassene, an seinem Mutterschiff vertäute Langboot bäumte sich auf und schwankte heftig im wogenden Wasser.

Aus dem lauten Stimmengewirr hob sich besonders eine Stimme heraus.

»So schlägt doch das Boot leck«, warf Mr. Pilcher dem Verantwortlichen vor, wer immer das sein mochte, »und die Hälfte von uns säuft ab.«

Die Kritik richtete sich offenbar an den Steuermann, denn mitten in dem allgemeinen, etwas weniger wilden Gebrüll stand, zu stirnrunzelndem Schweigen erstarrt, Mr. Courtney.

»Soll etwa das Los entscheiden, wer ins Boot geht?« Ungeachtet seines niedrigeren Ranges fuchtelte Mr. Pilcher anstelle seines Vorgesetzten mit den Armen in der Luft herum. »Ich bleib bestimmt nicht zurück, um denen, die mehr Glück haben, zum Abschied zu winken!« Aufgeputscht vielleicht von der Wut, mit der das Langboot an den Tauen zerrte, schlug Mr. Pilcher mit flammenden Augen wild um sich.

Andere gaben ihre Anweisungen mit geringerer Lautstärkte; muskulöse Hände verkrampften sich zu Knoten, die an diesem Morgen nicht hielten.

Und dann näherte sich, sein Jackett zuknöpfend, aus dem zertrümmerten Kartenhaus Kapitän Purdew, dessen noch vorhandenes Haar seinen Kopf umwehte. War es den Roxburghs am Abend noch so vorgekommen, als habe er das Kommando abgegeben, so schien er jetzt wieder, wie er es gewohnt war, die Verantwortung in einer Lage übernehmen zu wollen, die sich als verhängnisvoll erweisen konnte. Einem Schlafwandler gleich, der sich durch das Labyrinth eines Alptraums bewegt, kam er schlenkernd heran und gab mit sachlicher, zwar gealteter, aber disziplinierter Stimme den Befehl, das Boot an Bord zu hieven. Als ob das möglich wäre. Aber es mußte sein. Er selbst legte Hand an, um das von ihm erwartete Wunder vollbringen zu helfen.

Und dieses Wunder geschah auch fast. Bug und Heck des absurden Beiboots hoben sich, in ganzer Länge schwenkte es hoch, um sich dann loszureißen und zurückzuklatschen in das aufschäumende Wasser, das in die schwitzenden Gesichter spritzte. Gleich darauf krauste sich eine Lippe in dem grünlichweißen Gesicht der See, und Korallenzähne schnappten nach dem Langboot; Verzweiflung gab den Männern die Kraft, es ein zweites Mal anzuhieven. Da nun hing es, baumelte an den verdrehten Armen und blutleeren Fingern verkrampfter Körper. Wäre es notwendig gewesen, sie hätten das Langboot an ihren Gedärmen an Bord gezogen.

Aber nach heftigem Widerstand von seiten des Bootes, währenddessen Muskeln zu reißen und die Lungen zwischen den geschundenen Rippen seiner Umwerber zu bersten drohten, ließ es sich höher hinaufwürgen, als es auch nur einer von ihnen gehofft hatte, und dann, nach einer Pause, in der das tote Gewicht die Hälfte der Seelen zu Höllenstrafen zu verdammen schien, schwenkte es hinüber in ihre Richtung, segelte durch die Luft, schurrte nur leicht an der Schanz hin und schlug dumpf auf das erschütternde Deck.

Als sie die Schufterei hinter sich hatten, versuchten einige der sich erregt versammelnden Männer gar nicht erst, das Zittern ihrer Gliedmaßen und Gesichter zu verbergen, und einer von ihnen, ein kräftig gebauter Bursche, setzte sich abseits an Deck, stützte den Kopf in die Hände und streckte die Füße wie große gelbe Klauen von sich, mit denen er sich auf dem schräg abfallenden Deck abstemmte.

Aber das Langboot war zurückgeholt.

Den ganzen Morgen bis in den Vormittag hinein hatten die Männer zu tun, die brüchige Schale zu reparieren, während die Verproviantierung unter Aufsicht des Steuermanns vor sich ging. Mr. Roxburgh schloß sich einer in Kette aufgereihten Gruppe von Burschen an, die Behälter mit gepökeltem Schweine- und Rindfleisch, verschimmelte Brote und Korbflaschen mit Wasser von unten heraufholten, um die Pinasse damit zu versorgen und die Bestände des Langbootes zu ergänzen, das, in Eile und mit Begeisterung vorzeitig zu Wasser gelassen, vernachlässigt worden war; Mr. Roxburgh beteiligte sich an dem Auf und Ab dieser Aktionen im Rhythmus seiner wie die Tide auf und ab flutenden Gedanken. Unter Deck brachte ihm das ständige Schwappen, das in seiner Tonlage nur wenig über der Stille lag, die vielen schweigenden Häuser in Erinnerung, in denen er sich als junger Mann beim Nachtlicht schlaflos aufgehalten hatte, wobei er in seinen fiebrigen Sinnen die Schrecken eines Schiffbruchs, lange bevor er ihm widerfuhr, durchlebt hatte.

Mr. Roxburgh schien, nein, war wirklich innerlich ruhig, weil die ungewohnte körperliche Betätigung ihn von seinen eher verbohrten Stimmungen gereinigt hatte. Im Gegensatz dazu schüttelte es einige der stämmigsten Seeleute um ihn herum, wenn sie nur daran dachten, was ihnen bevorstand, und gezwungen lachend suchten sie es abzutun. Er aber sah die Gänsehaut auf den Nacken dieser bulligen Kerle.

Um die Mittagszeit gesellte er sich wieder zu seiner Frau, die, halb gegen die Schiffswand gelehnt, an Deck stand und ihre Augen mit fester Hand abschirmte. Sie blickte hoch zu ihm, und erstaunt entdeckte er, mit wie wenigen Falten Alter und Wetter sie um Augen und Mund herum gezeichnet hatten.

»Such dir einen Platz, wo du dich hinsetzen kannst«, forderte er sie auf. »Dieser ganze Betrieb setzt dir allzusehr zu und schadet dir.«

Wollte er sie loswerden?

Aber dann sah sie ihn an, und beide wußten, daß er sie nur verlassen würde, wenn er dazu mit Gewalt gezwungen würde.

Sie streckte ihre Hand vor, berührte ihn am Ärmel und bekannte: »Ich glaube nicht mehr, daß wir selbst noch irgend etwas entscheiden können.«

Beide vielleicht waren sie nicht nur vom Wetter gehärtet, sondern auch gereift, bis tief unter die Haut gereift. Ihre Gedanken äußerten sich weniger direkt unter dem Salz, das eine ungewisse Sonne auf ihren Gesichtern getrocknet hatte. Eine Salzkruste und pudrige Asche hafteten auf Mrs. Roxburghs Händen, besonders auch auf ihren Ringen, die sie zu ihrer beider Schutz trug. Es waren nicht viele (nach der ersten Blütezeit ihrer Ehe hatte sie ihren Bestand an Edelsteinen kaum vergrößert), aber diese wenigen glitzerten jetzt höchst unnatürlich.

»Solltest du sie wirklich tragen?« fragte er.

»Was sonst? Soll ich sie ins Wasser werfen?«

Jetzt immerhin lachten sie beide. Sie waren zeitweilig von einer geradezu sinnlichen Gleichgültigkeit ihrem Schicksal gegenüber erfüllt. Mrs. Roxburgh hatte, gegen die Schiffswand gelehnt, in ihrer Haltung etwas von einer Schlampe; die Kuppe ihrer Haube hatte sich verzogen, die Nähte an ihrem Rocksaum waren mehrere Handbreit aufgerissen, so daß der Rock beängstigend durchhing. Austin Roxburgh, der in seiner äußeren Erscheinung weniger ungepflegt war, nutzte ihr Lachen, um sich kurz, aber innig an sie zu drücken, als wären sie allein oder im Dunkeln.

Darauf seufzte sie verdrießlich. »Glaubst du, daß wir je hier herauskommen?« Die Saumseligkeit eines Fahrers mochte der Grund dafür sein, daß sich der Aufbruch zu einem von ihr vorbereiteten Picknick verzögerte.

»*Sie* werden es schon schaffen!« Obwohl er es aus Zynismus und seiner konventinonellen Einstellung heraus selbst jetzt nicht zugeben würde, hatte Austin Roxburgh doch größtes Vertrauen zur Arbeiterklasse.

Spurgeon war kaum je mißmutiger, als wenn er Eßbares auszuteilen hatte, brachte ihnen jetzt aber etwas, wobei er warnend murmelte: »Hier etwas für die Zähne zum Knacken.«

Mr. Roxburgh hatte, wie er merkte, kaum Appetit, ließ sich aber einen harten Zwieback und zwei Scheiben Beef mit grauem Fett an den Rändern geben.

Mrs. Roxburgh mochte aufgrund einer anderen Übereinkunft darauf bedacht sein, den im Salon üblichen leichten Flirt zwischen ihnen beiden wieder aufleben zu lassen, Spurgeon aber gab vor, nicht verstanden zu haben, und ging.

Einige von der Besatzung stopften sich hastig den Mund voll aus nagendem Hunger, aber auch in der Befürchtung, daß die Vorräte bald knapp werden würden. Andere würgten das Essen hinunter, ohne ihre Arbeit an dem Langboot zu unterbrechen. Selbst jene, die dabeistanden und zusahen, reichten ein Werkzeug hin, noch bevor es eigentlich notwendig war, oder sie rührten übertrieben betriebsam in dem Topf mit Teer, der beim Kalfatern wichtiger als alles andere war; andere wieder standen lächelnd mit schweren Lidern da und schienen betäubt von den Dämpfen, die sie atmeten, oder sie waren hypnotisiert durch ihre in die Ungewißheit der Zukunft gerollten pechschwarzen Augen.

Während die Roxburghs zusahen und warteten, taten sie, was Spurgeon ihnen gesagt hatte. Obwohl Mrs. Roxburgh sich beim

Herunterschlucken eines ranziges Fettklumpens fast erbrach und ihr magere Fleischfasern zwischen den Zähnen steckenblieben, beruhigte der Akt des Kauens sie und half ihnen, den Ekel zu überwinden. Der Zwieback war härter als das Fleisch, aber weichte durch saugendes Nagen und Speichel auf; zu einem fade schmeckenden Brei zermust, ließ er sich leicht schlucken und erzeugte in ihren wiederbelebten Mägen ein melancholisches Gefühl der Erfüllung.

Im Laufe des Nachmittags gelang es der Mannschaft, das beschädigte Boot mit Blei, Lederstücken, Tuchfetzen und dick über alles geschmiertem Pech auszubessern. Um kurz nach fünf Uhr waren die Boote vom Wrack weggefiert. Mr. Pilcher hatte das Kommando über die Pinasse, in der sich außerdem der Bootsmann, vier Seeleute und ein Schiffsjunge befanden, während Kapitän Purdew das Langboot führte, das vom Steuermann, dem Steward, einem Schiffszimmermann, fünf Seeleuten, dem jungen Oswald Dignam und den beiden Passagieren besetzt war. Als die Boote sich von der *Bristol Maid* absetzten, konnte keiner von ihnen glauben, daß dies alles wirklich passiert war, und das drückte sich auch in ihren benommenen, wäßrig verstörten Augen und ihren fest verbissenen, grollenden oder schlaff herabhängenden Mündern aus.

Niemand war vermutlich so tief bewegt wie Mrs. Roxburgh: ausgestoßen zu sein aus der beengten Kabine und dem eher ungastlichen Salon, die ihre Stimmungen, ihre Gedanken und Beschäftigungen wie mit Möbeln ausgestattet und zu ihrer Wohnstätte gemacht hatten. Sie ertrug es jetzt nicht, sich die lumpige Matratze auch nur vorzustellen, auf der sie zu schlafen gelernt hatte, noch den Spiegel, aus dem ihr Gesicht ihr, oft wenig überzeugend, inmitten der Sprünge, der Flecken und abgeschabten Stellen entgegengeströmt war.

Aber jetzt saßen sie hier in Pinasse und Langboot, und Mr. Courtney handhabte seinen Quadranten, um Berechnungen anzustellen, mit dem Erfolg, daß der Kurs auf das etwa dreißig Meilen in westlicher Richtung entfernte Festland abgesteckt wurde.

»Leb wohl, *Bristol Maid*!« rief ein Seemann an Bord des Langboots aus voller Brust.

Er begann gleich darauf, hustend zu lachen, und entblößte dabei seine braunen, in seinem fülligen, aber blutleeren Gaumen wurzelnden Zahnstümpfe, während die Sehnen an seinem Hals sich reliefartig wie ein Schutzgitter vorpreßten.

Sosehr sich Mrs. Roxburgh zu dem Hulk, den sie hinter sich ließen, hingezogen fühlte, sie entschloß sich dennoch, nicht noch einmal zurückzublicken.

Ungeachtet der anwesenden Herrschaften schrien die Besatzungen der rivalisierenden Boote einander zotige Witze zu. Ihre rauh aufeinanderprallenden Männerstimmen schienen ihnen Mut zu machen.

»Sehn uns in Wapping, Nat!« schrie ein Kerl von der Pinasse.

»Wabbeln noch ganz woanders rum, eh wir vorm gottverdammten Wapping aufkreuz'n!« erwiderte ihm ein bis dahin sprachloser Junge.

»Ay«, stieß ein Graukopf neben ihm aus, der den Rotz aus seiner Mopsnase hochschniefte, »komm' noch an Felsen genug mit Krullhaar auf ihn' für den, der drauf jiep'rig ist.«

Die Männer verfielen danach in brütendes Schweigen. Ob sie mit ihren Ausbrüchen nun das, was sie eigentlich fühlten, vertuschen oder eine ihnen ausgelieferte Dame schockieren wollten, mit beidem hatten sie keinen Erfolg, denn die Dame, die sich keineswegs schwerhörig gab, fuhr mit klaren Augen fort, sich etwas übertrieben für die sie umgebende leere See zu interessieren.

Wenn Ellen Gluyas etwas gegen ihre Zotereien hatte, dann um ihres Mannes willen: daß er, empfindlich, wie er war, sich verletzt fühlte oder daß er sie verdächtigen könnte, dies Männergerede auf sich gezogen zu haben. Aber er ließ sich nicht anmerken, ob er etwas gehört und verstanden habe, und schon bald wurden sie von gewichtigeren Dingen in Anspruch genommen.

Die See, die sich, als sie sich von dem Wrack lösten, sanft gegeben hatte, platschte jetzt mit gesteigerter Wucht gegen die Bordwände, und ein stattlicher Eispuddig von einer Wolke entwickelte, während sie auf sie zurollte, weniger harmlose Formen und schwärzere Absichten. Das Gold einer üppigen Sonne und die bedrohlichen Vorboten von Sturm und nächtlicher Schwärze empfanden die Ängstlicheren unter den Ausgesetzten als einen schwer erträglichen Kontrast. Jeder, der in Richtung des Wracks schaute, sah dort eine so leibhafte *Bristol Maid*, daß ihm der Gedanke, das Schiff im Stich gelassen zu haben, Gewissensqualen bereitete. In seiner gekrängten Lage auf dem Riff hielt sich das kleine Schiff tapfer, auch dann, wenn die See ihre große weiße Faust ballte und sie auf Bug oder Heck niederkrachen ließ.

Die Zurückhaltung, die ihr anerzogen worden war, machte es Mrs. Roxburgh schwer, zu weinen, während Ellen Gluyas wahrscheinlich angesichts dieses langsamen Schiffstodes hemmungslos in Tränen ausgebrochen wäre. Und doch weinte Mrs. Roxburgh am Ende leise vor sich hin und hoffte nur, daß es keiner der Männer und am wenigsten noch Mr. Roxburgh bemerken würde.

»Ah, Mad'm, sehn Sie! Ihr Schal schleift übers Schandeck. Er's quatschnaß!« Es war Oswald Dignams Stimme. Er hatte sich, nachdem sie ins Boot übergestiegen waren, nahe und dann, merkte sie, noch etwas näher herangeschoben.

»Oh«, stöhnte sie leise, »der Schal« und lächelte dem Jungen als die gütige Patronin zu, die zu sein von ihr erwartet wurde.

Sie hatte den Schal über den Arm gelegt und sich dann nicht mehr darum gekümmert. Jetzt zog sie ihn heran und wrang das nasse Ende mit den Fransen aus.

»Danke dir, Oswald. Aber so schlimm ist es auch wieder nicht, oder?«

Weil er sie nicht ganz verstanden hatte und an die zarte Beziehung zwischen ihnen nicht rühren wollte, gab er ihr keine Antwort.

Der Wind brachte die Boote auf ihren verwegenen Kurs.

Mrs. Roxburgh merkte, daß Wasser durch die Sohlen in ihre Stiefel gesickert war.

»Mr. Roxburgh«, fragte sie, »habt Ihr Euch warm eingepackt?«

Ungläubig, aber auch mit einem Hauch von Unverschämtheit starrten die Männer halb verträumt auf die Passagiere.

»Ja«, beteuerte er ihr und entblößte die Zähne zu einem gezwungenen Lächeln.

Die Sonne blendete, bevor sie entschwand. Dies nahm Austin Roxburgh als willkommenen Anlaß, die Augen zu schließen und sich damit zumindest gegen die sichtbaren Zeichen der Besorgtheit seiner Frau abzuschotten. Was er nicht ausschalten konnte, war das Bild Kapitän Purdews. So öffnete er sie wieder. Besaß diese Vogelscheuche von Mann, unter dessen Kommando sie sich begeben hatten, noch den Verstand und die Selbstachtung, die im Notfall erforderlich sind? In einer ihn persönlich betreffenden, durch den Verlust seines Schiffes herbeigeführten Katastrophe befangen, saß der Kapitän, zum Horizont hin grinsend, da und nahm plötzlich seine Mütze ab, holte einen Kamm hervor und bearbeitete damit die noch vorhandenen Haarsträhnen.

In diesem Moment fiel Mrs. Roxburgh etwas so schreckhaft ein, daß sie ihren Mann mit dem Ellenbogen in die Rippen stieß und sich auf ihrem beengten Platz wand und drehte. »Mr. Roxburgh«, rief sie, obgleich sie neben ihm saß, »wo ist das Gepäckstück?« und stieß mit den nassen Füßen unter sich herum nach dem kleinen Koffer, der sich dort befinden mußte.

Langsam gab er zur Antwort: »Ich habe ihn vergessen, glaub ich. Aber wozu brauchen wir ihn noch, Ellen?« Das Fragment der sogenannten »Memoiren«, das gallige Tagebuch! (Sein Elzevir-Vergil steckte wohlbehalten in der Brusttasche seines Rockes.)

Wieder entblößte Mr. Roxburgh die Zähne.

»Oh, mein Gott!« Sie begann, offen zu weinen, ohne Rücksicht darauf, wie sehr ihm die Schau, die sie abzog, gegen den Strich gehen würde. »Der kleine Koffer! Wir haben so wenig!«

Der Junge konnte sich wie ein Liebhaber nicht satt sehen an ihr.

»Ellen! Ellen!« suchte Mr. Roxburgh sie zu beruhigen.

Keiner von denen, die zuhörten, begriff, was hier vorging, am wenigsten Kapitän Purdew, dessen Blick sich in der Ferne verlor oder auf die vor ihnen segelnde Pinasse gerichtet war.

Mr. Roxburgh hatte die Hand seiner Frau genommen, verschränkte seine Finger mit ihren und rieb an den Ringen zwischen ihren Händen. Es war etwas, das den Jungen zutiefst interessierte. Er sah zu ihnen, bis sich die Dunkelheit auf sie herabsenkte.

6

Nicht nur den Seeleuten, sondern auch den Fahrgästen unter ihnen wurde bald klar, daß das Langboot kaum seetüchtig war. Seine Nottakelage war von fast so geringem Nutzen wie ein gebrochener Flügel für einen Vogel, und da ein Steuerruder fehlte, mußte zwangsläufig ein Riemen zu Hilfe genommen werden. Bei Tagesgrauen, als der Schlaf ihnen noch die Augen verklebte, konnten sich selbst die Optimisten unter den Besatzungsmitgliedern schlecht darüber hinwegtäuschen, daß ihr Fahrzeug leck war. So gehörte von jetzt an das Ausschöpfen des Bootes zu den Tagespflichten. Jene, die dafür abgeteilt wurden, taten es weniger aus freiem Willen als in der Hoffnung, daß diese eintönige Arbeit sie betäuben und ihnen das Denken ersparen würde. Die Roxburghs waren insgeheim froh über diese ihnen aufgezwungene Tätigkeit. Mr. Roxburgh dachte sich sogar eine besondere Methode aus, die er zuerst seiner Frau vorführte und später so weit ging, sie auch den Männern der Besatzung zu erklären. (Ellen Gluyas schöpfte, bis zu den Knien vorgebeugt, einfach aus, bis bohrender Schmerz ihre ungeübte Rückenmuskulatur befiel.)

Einige der Männer verhielten sich den Roxburghs gegenüber freundlich, oder es war einfach so, daß es sie zu sehr anstrengte, ihre verächtliche Einstellung noch länger beizubehalten.

Es war menschlich gesehen und auch unter seemännischen Gesichtspunkten ein wechselvolles Vorankommen. Von Zeit zu Zeit umspielten unsichtbare Katzenpfoten das improvisierte Segel, das sich bauschte, flatterte und mitsamt ungerechtfertigten Hoffnungen in sich zusammensank. Einzig auf Muskelkraft war Kapitän Purdew angewiesen. Die Arme derer, die an den Riemen saßen, spannten sich und knackten, während die Zähne auf Flüche bissen, die die Ruderer aus Respekt vor einer Dame unterdrückten.

Entfuhr gelegentlich eine Verwünschung den überarbeiteten Lippen, dann waren das nicht Worte einer toten Sprache, sondern solche, die sie, nachdem sie aus ihrem Geburtsland ausgewandert waren, vergessen hatten. Mrs. Roxburgh sann darüber nach, daß es ihr Los zu sein schien, einfachen Seeleuten, vornehmen Bekannten, selbst ihrem lieben eigenen Mann – und jemandem, an den sie sich lieber nicht erinnerte – einen falschen Eindruck von sich selbst zu vermitteln. Wäre sie zwischen die Wände eines Zimmers gesperrt, dann hätte sie sich vielleicht weiterhin mit Überlegungen darüber gequält, was für ein Same das sein mochte, der ihrem Körper eingepflanzt worden war, und ob in ihm ihre bessere oder ihre schlechtere Seite Gestalt gewinnen und wessen Gesicht sie tragen würde. Hier auf der offenen See bedrückte es sie mehr, die überlegene Fahrweise der Pinasse erkennen zu müssen, und in ihrer Enttäuschung warf sie Kapitän Purdew vor, daß er unklugerweise selbst das Kommando über eines der Boote übernommen hatte.

Gegen Ende des Morgens, als Mr. Pilcher herablassend den Abstand zwischen den beiden Fahrzeugen merkbar verringert hatte, stand Kapitän Purdew auf, suchte Halt an dem behelfsmäßigen Mast und gab mit der freien Hand Signale an den Kapitän der Pinasse. Nach vielem Hin und Her fand eine derart mit fachlichen Einzelheiten gespickte Diskussion statt, daß die Passagiere sie nur guten Glaubens hinnehmen konnten. Mr. Roxburgh hatte seinen Geheimglauben an die handwerkliche Geschicklichkeit und die Kunst derer, die zu seinem persönlichen Wohlergehen technische Wunder zu vollbringen vermögen, während Ellen nur über jene Leichtfertigkeit verfügte, die er ihr zum Vorwurf gemacht und die sie, diesen Vorwurf hinnehmend, abgelegt hatte. Diese Eigenschaft aber erlaubte es ihr immerhin, sich von dem fachlichen Wortschwall nicht allzusehr betroffen fühlen zu müssen. So wandte sie während dieser Debatte ihre Aufmerksamkeit der kochenden, Gischt aufwirbelnden See zu und erinnerte sich an einen Türstopper aus Glas, in dessen Besitz sie in ihrer Eigenschaft als Ehefrau und Dame gekommen und der für sie, angebracht auf dem Teppich des Frühstückszimmers in »Birdlip House«, zu einer Quelle harmlosen Vergnügens geworden war.

»Du wirst uns in Schlepp nehmen müssen«, schrie Kapitän Purdew seinen Zweiten Maat an.

Obwohl der Maat, wie Mrs. Roxburgh an seiner Haltung erkannte, diese Entscheidung abfällig entgegengenommen hatte, machte er sich daran, dem Befehl des Kapitäns zu gehorchen, während sie, entzückt vom Anblick des ihr vor Augen tanzenden grünen Türstoppers, diese Vorstellung teils im Geiste, teils in der sich jenseits des Schandecks kräuselnden See ergänzte. Es war einmal kurze Zeit ein Mädchen namens Matty Somerton bei ihnen angestellt, die mit einem Tablett mit Likör über den Türstopper stolperte. Mit einem Tablett in der Hand zu stolpern und hinzufallen, gehörte irgendwie zu den Angewohnheiten von Matty. Sie konnte es nicht ändern, bekannte sie, immer passierte ihr das auf Treppen, und zwar immer treppauf, niemals bisher treppab.

Während sie die Augen in der Sonne über der Weite des Meeres, die sie nur abwesend wahrnahm, zukniff, sagte sich Ellen Gluyas, daß sie mehr Verständnis für dieses Mädchen hätte haben sollen, hatte sie selbst doch auch das Essen auf einem Zinntablett zu dem Gast gebracht und es aus Nervosität in dieser durch die vielen Bücher und Medizinflaschen verfeinerten Umgebung fast fallen lassen. Tiefer hineingezogen in die Strudel der Erinnerung und des Wassers, wurde ihr bewußt, daß sie weniger als ein Hausmädchen gewesen war: Arbeitssklavin ihrer Mutter und unbezahlte Hilfskraft ihres Vaters.

Sie wurde aus der Tiefe herauf wieder an die Oberfläche gezogen, als sie sah, daß die beiden Boote jetzt auf kurzen Abstand zueinander manövriert worden waren und daß Mr. Pilcher eine Schleppleine auffing, die ein Mann von der Besatzung des Langboots zu ihm hinübergeworfen hatte.

Kapitän Purdew war untätig aufrecht stehengeblieben, hielt sich am Mast fest, grinste und suchte seine moralische Entrüstung, die er vorläufig noch für sich behalten wollte, zu unterdrücken. Da Pilcher den Kopf vorgebeugt hatte, um sich ganz auf die Schleppleine zu konzentrieren, waren die schwarzen, tief eingeschnittenen Falten neben seinem Mund nicht zu sehen, die Austin Roxburgh, als er in der Lage gewesen war, das Gesicht des Zweiten Maates genau zu betrachten, so sehr fasziniert hatten. Er fühlte sich auf besondere Weise zu Pilcher hingezogen, aber eher, weil er ihn abstieß, nicht, weil er ihn positiv für sich einnahm. Es hätte ihm viel daran gelegen, das Gefallen dieser streitsüchtigen Person zu finden, er wußte aber, daß ein solches Bestreben von dem anderen wohl kaum begriffen werden würde.

Nachdem er die Leine vertäut hatte, deutete der Mann mit hängendem Kopf durch ein dünnlippig-schüchternes Lächeln an, daß er im Begriff war, einen Witz vom Stapel zu lassen. Aber für Humor hätte Pilcher wohl kaum Sinn gehabt, der nämlich sofort wieder das Kommando über die Pinasse übernahm.

So nahmen sie wieder Fahrt auf.

Da sie auf die Hilfe anderer angewiesen waren und sich nicht durch Bücher oder Näharbeit ablenken konnten, überließen sich die Roxburghs ihren Gedanken. Auch war es ihnen mehr oder weniger untersagt, sich durch Unterhaltung zu zerstreuen, ahnten sie doch, daß die fremde Sprache, in der sie sich unterhielten, Überraschung oder gar Verärgerung auslösen könnte. So beschränkten sie sich auf solche unanstößigen Banalitäten wie: »Seht mal da, Mr. Roxburgh, könnte das vielleicht ein Albatros sein?«, oder: »Nach dem Stand der Sonne muß es Mittag sein. Meinst du nicht, Ellen?«

Niemand hätte ihnen vorwerfen können, daß sie sich nicht alle Mühe gäben, sich richtig zu betragen. Einmal, während sie schwiegen, ließ sich Mrs. Roxburgh, soweit es ihr bewußt war, gehen. Während des Schweigens benutzte sie die Gelegenheit, sich einer Begebenheit zu erinnern, ja in ihr zu schwelgen, die ihr beim Übersteigen vom vertrauten Deck der *Bristol Maid* auf das Langboot widerfahren war. Man hatte ihr über Bord geholfen, und nachdem sie mit dem Fuß tastend auf der Strickleiter Halt gesucht und gefunden hatte, hing sie, ein Bündel aus unglaubhaften Kleiderstücken, grausamer Korsettage und verkrampften Atemstößen, schwebend zwischen Bordwand und Boot. Sie war erwartungsgemäß um so weichleibiger und wehrloser, als sie das kostbare Kind in sich trug, während sie normalerweise doch, was niemand besser als sie selber wußte, von robuster Statur und widerstandsfähig war. So aber war es für sie darüber hinaus erschreckend, hier in dieser luftigen Vorhölle zu hängen. Die kräftigen Hände der freundlichen, wenn auch rauhen Männer hatten sie gehalten, aber nur, um sie daraufhin loszulassen. Auf der Strickleiter schwingend und hin und her schwankend, war sie ganz ihrem eigenen Geschick und dem Wind überlassen, der ihre Röcke bauschte und eine stumme Glocke daraus machte, die, hätte sie läuten können, ein klägliches Tönen von sich gegeben hätte. Die anderen Männer glotzten von unten an ihren Schenkeln hoch. Einer von ihnen wurde rot, als er sie nach unten weiterreichte. Als sie festen Boden unter den Füßen hatte, beeilte sie sich, den Grund für seine Scham zu verdecken. Sie war bis jetzt stolz auf ihre schicken, vor ein oder zwei Jahren bei einem Besuch in London gekauften Glacélederstiefel gewesen.

Am Tag darauf, als sie sich in der einen oder anderen ihnen in der zugewiesenen Enge erlaubten Haltungen zurechtzusetzen suchte, brauchte sie nur leicht die Zehen zu regen, um das Wasser in ihnen patschen zu fühlen und sich so melancholisch vergnügt die Zeit zu vertreiben. Wenn sie beim Ausschöpfen nicht an der Reihe war, eine so einschläfernde Tätigkeit, daß selbst der Anblick einer blutenden Rißwunde an ihrer Hand sie nicht wachrüttelte, saß sie da und beobachtete die rudernden Männer und sah, daß selbst den klobigsten Handgelenken, wenn sie den Riemen abwechselnd anrissen und fahrenließen, eine gewisse grobe Eleganz der Bewegung innewohnte. Wenn sie ineinander übergingen und sich zu verwirren schienen, sah sie über allen das Handgelenk ihres Vaters, wenn sie im Karren oder an Festtagen im Einspänner nebeneinander saßen und er die Peitsche mit der ihm eigenen Handbewegung knallen ließ. Sie stand schließlich auf, stieg über die Beine der Ruderer und schloß die geschuppten Lider, als sie sich nicht mehr von ihnen betrachtet fühlte, und faltete die Hände über dem Mieder, bevor sie sich daranmachte, zu helfen. Wäre sie auf natürliche Weise herangereift, dann wäre die gleiche rissig geschuppte Haut ihr Erbe gewesen. Mrs. Roxburgh betrachtete ihre Hände und gewahrte, daß sie sich dem natürlichen Zustand, und das gar nicht einmal so langsam, wieder annäherten.

Während der Reise, dieser Kreisfahrt, wie es schien, angesichts der so fernen, wenn nicht mythisch entrückten Küste, bewegte sich der junge Oswald immer freier im Boot umher, beteiligte sich einmal am Ausschöpfen und packte ein andermal beim Rudern zu, hatte dabei aber immer nur eines im Auge: sich an die Knie von jemandem zu setzen, die für ihn nicht so sehr die Dame als vielmehr die Göttliche Gegenwart war. Dort hingekauert, betrachtete er musternd die im Schoß liegenden Hände.

Er sah sie nicht so, wie sie jetzt waren, zerkratzt und beschmutzt wie die Hände eines Mannes, sondern so, wie er sich an sie erinnerte, wie ein Paar weicher, verwirrender Fische, verborgen nur, um beim Spiel in einem See aus weißem Nebel wiederentdeckt zu werden. Sie hatten ihn sogar schon berührt, und erschauernd sah er nahe vor sich die Juwelen, insbesondere den Ring mit dem sonderbaren Nest aus Edelsteinen, die wie dunkles, geronnenes Blut glitzerten. Die Erinnerung an diesen Ring, mehr noch als das Kleinod selbst auf dem verschmierten Finger, versengte seine schon glühende Wange.

»Du schaffst ebensoviel wie jeder der Männer, Oswald.« Mrs. Roxburgh sagte das freundlich und pflichtgemäß wie die ungeschickte Frau, als die sie sich sah.

Sie war so teilnahmslos, daß sie kaum die Hand heben mochte, um sich eine Haarsträhne aus dem Gesicht oder Krumen vom Kleid zu wischen, die, während sie ihre verschimmelte Brotration aß, dorthin gefallen waren. Sie schaute so gleichgültig umher, daß es kaum verwunderlich schien, daß einige der grauen, manchmal auch grünen Krumen sich am Ansatz ihrer Brust sammelten und dort liegenblieben. Ihre Lässigkeit, angenehm, wie sie an sich schon war, diente ihr als einleuchtende Entschuldigung dafür, daß sie ihr Äußeres vernachlässigte und sich zumindest moralisch nicht gegen die herstarrenden Blicke der Ruderer und des neben ihr kauernden Jungen zur Wehr setzte.

Ihre Lässigkeit war es vielleicht auch, die in ihr den Glauben, nicht an Gott, dem sie immer nur obenhin gedient hatte, noch an die zwingenderen Götter der ländlichen Gegend, in der sie geboren worden war, weckten, sondern den an die nabelschnurartige Leine, die das Langboot mit der Pinasse verband. Nein, es war mehr als das Nachlassen ihrer geistigen und körperlichen Kräfte, es war das Leben selbst, das ihr den Glauben an diese substanzlose Schnur vorschrieb.

»Du bringst uns an Land«, sagte sie zu dem Jungen, weil sie ihn so bequem in Hörweite hatte, »und da finden wir Wasser – und Schnecken – und Muscheln. O ja, ganz bestimmt!«

Sie überging die schmerzhafte Wahrscheinlichkeit, daß sie sich beim Öffnen von Muscheln die Finger ernsthaft verletzen könnte, und fühlte schon fette Austern von der Zunge in die Kehle rutschen.

Während sie vorankamen, auf harmloseren Fahrtstrecken unter Segeln, öfters aber von Muskelkraft vorgetrieben, lernte sie die Gesichtszüge der unter Druck stehenden Männer genau kennen, ihre winzigsten Zuckungen, ihre Verkrampftheit, die von innen nach außen gekehrte Häßlichkeit, aber auch ihre in der Entspannung durchkommende Schönheit, wenn sie nach der Anstrengung schwitzend und an nichts denkend zusammensanken.

Nur in solchen Augenblicken, wenn sie ganz in ihre Überlegungen versunken war, wagte es Oswald, in ihrem Gesicht zu forschen. Dann versuchte er, unter die Salzkruste und die Reste der eigentlichen Haut einzudringen, um eine ebenso wahre wie legendäre Schönheit wiederzuentdecken, die er zum erstenmal an einem nebligen Nachmittag wahrgenommen und dann nie wieder in jener Vollkommenheit erlebt hatte, die, wußte er, existierte, und wenn nur im Traum oder im Nebel.

Mrs. Roxburgh fand sich gedrängt, auszurufen: »Wie ein Frettchen treibt es dich, in den Gedanken eines anderen herumzustöbern! Was glaubst du, dort zu finden?« Aber sofort bereute sie ihre

Aufdringlichkeit, denn der Junge schämte sich und wurde bis über die Ohren rot.

Ein Seemann, der das mit angehört hatte, entsetzte ihn nur noch mehr, indem er sich einmischte in das, was ihm doch allein gehörte. »Der Junge würd' das Zifferblatt einer Uhr wie'n Gesicht anstarr'n, und das ohne jed'n Grund.«

Voll gutgemeinter Verständnislosigkeit stieß der Mann mit dem Fuß nach dem Jungen, der durch den Verrat durch jene, die er am meisten verehrte, nun ganz in Dumpfheit versank. Den Beutel, der seine Habseligkeiten enthielt, umklammernd, saß er da, unfähig, seiner Verräterin zu entrinnen, weil sich deren Knie und behaarte Schenkel gegen ihn preßten.

Der Nachmittag löste sich in Regen auf, der alle Gesichter, besonders das von Mrs. Roxburgh, in den Zustand erster Unschuld zurückversetzte. Was hätte sie darum gegeben, sich, unschuldig genug, vorlehnen und die runde Wange dieses Jungen streicheln zu dürfen, der sich ihr andernfalls ganz verschließen könnte.

In der Hoffnung, ihre Bemerkung würde von anderen Ohren nicht gehört werden, machte sie sich den ausbrechenden Donner zunutze und suchte, sich zu rechtfertigen. »Mir kam das Frettchen in den Sinn, weil wir neulich davon sprachen, Oswald. Erinnerst du dich?«

Er schien sich nicht zu erinnern oder es auch nicht zu wollen, und so blieb ihr nichts als das Bild von den kleinen roten Frettchenaugen, die in Cornwall in Ginster und Heidekraut nach tödlich bedrohten Kaninchen lugen.

So setzte sie sich zurück und ließ sich vom Regen durchnässen. Es schien ein Naturgeschick, daß der schwarze Regen über sie herfiel. Sie ergab sich ihm inseits ihrer Kleidung.

Seitdem Mr. Roxburgh zu dem Schluß gekommen war, daß es vor dem Unvermeidlichen kein Ausweichen gäbe, hielt er sich ungewöhnlich aufrecht und gerade. Er saß neben seiner Frau an Steuerbordseite und umschlang sie, ob notwendig oder nicht, schützend mit einem Arm, der durch diese Pflichterfüllung taub geworden war. Mr. Roxburghs lange dünne Finger hätten sich, als er mit ihnen Halt am Schandeckel suchte, als bleich und blutleer erwiesen, hätten Sonne und Schmutz sie nicht schwärzlich verfärbt.

»Hast du's bequem, Ellen?« Er hatte es sich angewöhnt, zu fragen, wie wenn auch das notwendig wäre.

Für Austin Roxburgh besaß nur eines wirkliche Notwendigkeit, und das war der einigermaßen sperrige, in seine Brusttasche eingeknöpfte Band. Sein Gewicht und seine fühlbaren Ecken waren sein einziger Trost. Würde es in der Wildnis einer Insel genügend Schatten geben, in dem man die Lektüre Vergils genießen könnte?

Dies war die geheime Sehnsucht, von der Mr. Roxburgh erfüllt war. Ein unterschiedlicher Gesundheitszustand, die Gereiztheit, die chronische Verstopfung mit sich bringt, und selbst Eifersucht plagten ihn nicht mehr. Er konnte schlecht, und sei es noch so verstohlen, auf einen Jungen eifersüchtig sein, hielt er sich vor. Denn Austin Roxburgh war dem Jungen auf die Schliche gekommen, nachdem seine Frau über die Reling verschwunden war und, schwingend und hin und her schwankend, an der Strickleiter gehangen hatte. Oswald Dignam hatte gewartet, bis er an der Reihe wäre, hatte dagestanden und seine Gefühle hinter einer finsteren Miene versteckt und nervös an dem Halteband seines auf den Rücken geschwungenen Beutels gefummelt. Er war das femininste aller Mitglieder der Besatzung, und so legte er großen Wert darauf, nicht von dem Krimskrams getrennt zu werden, den er in seinem mit einem Geflecht von purpurrotem Kabelgarn besetzten Leinensack bei sich trug, und schmuggelte ihn schließlich zu Mr. Roxburghs Genugtuung am Steuermann vorbei ins Boot. Seine eigene Schmuggelware hatte bewirkt, daß dieser Beutel voller Geheimnisse seine Billigung fand, und zusammen damit nahm er auch die weniger anfaßbaren Geheimnisse hin, die im Gesicht des Jungen Ausdruck fanden, als die von ihm göttlich Verehrte ins Boot herunterkam.

Unter dem schwarzen Himmel und gegen das Flappen eines schlagenden Segels und das gesteigerte Rummeln der Dollen spuckte jemand über Bord. Der Speichel traf auf und schien aufzuzischen, bevor er verschluckt wurde. Da ihre Gedanken innerhalb ihrer Schädel unberechenbar weit entrückt waren, hatte es den Anschein, als wendeten die Ruderer die Köpfe im Schlaf.

Austin Roxburgh war darauf verfallen, über das in seinem Bruder Garnet verkörperte Geheimnis der Männlichkeit so weit nachzudenken, wie er sich traute. Als er dem Zuber mit dem Hüftbad, den Schwester Hayes vor den Kamin gestellt hatte, entstieg, nahm seine weiße Haut den vom Rost her lodernden Goldschimmer an. Sollte Austin im Nachleben je unklug genug sein, sich an einem starken Getränk zu berauschen, dann würde dieses von ihm geschaute Bild Gestalt annehmen. In solchen Augenblicken erstickte er fast am Rieseln in seiner Kehle. In dem offenen Boot jetzt war Mr. Roxburgh vielleicht durch den Regen ein wenig betrunken geworden, denn er verschluckte sich sichtbar.

Natürlich hatte er immer jeder Neigung zu Begierden in mehr als nur ästhetischer Beziehung widerstanden. So konzentrierte er sich auf das Jucken und Stechen in dem Arm, mit dem er seine Frau, deren Wert durch das in ihr verborgene Kind zugenommen hatte, schützend umschlang. Er liebte sie, fühlte er, mehr als er je ein anderes menschliches Wesen zu lieben imstande gewesen war, ausgenommen vielleicht den Bruder, wie er ihn sich aus seiner Jugendzeit vorstellte. Durchnäßt ineinander verknetet, waren sie wirklich »ein Fleisch«, ein Ausdruck, den er immer als geschmacklos verworfen hatte, bis die geistlose Launenhaftigkeit der Natur ihm Realität verlieh und er ihm so zu einem tragenden Begriff wurde.

Die Roxburghs wiegten sich sanft aneinander, und sie brachte zärtlich eine Bestandsaufnahme dessen zusammen, was ihr gemeinsames Leben gewesen war: Anstelle von Wedgwoodporzellan (das schwarze haßte sie regelrecht) und Chippendalemöbeln, in deren glänzenden Oberflächen sich Schnupftabakdosen und Riechfläschchen spiegelten, und ihres prachtvollen Porträts von Sir John führte sie vor sich Bäusche von Birnenblüten auf, Wespen, die sich in reife Birnen bohrten, das Grab eines Kindes und die schmalen Füße eines Kranken, in die das Leben wieder einströmte, nachdem sie eine Wärmflasche zwischen die Decken geschoben hatte.

Vom Regen durchtränkt, schmiegte sich Mrs. Roxburgh rekelnd an ihren Mann und döste hin und wieder im Rhythmus des vorbeiflutenden Wassers vor sich hin, während ihr Bewacher aufrecht und wachsam sitzen blieb und die Ruderer beobachtete, die an den Riemen rissen oder, wenn Katzenpfoten das Segel umspielten, die Riemen einzogen, an den Schwielen an ihren harten Händen puhlten, um die Langeweile der Untätigkeit zu lindern, oder gelegentlich einen verdünnten Strahl von Tabaksaft über Bord spuckten.

Daß Langeweile sich unvermeidlich einstellte, versteht sich von selbst. Es kam vor, daß ein Seemann plötzlich ein untätiges Bein über das andere schlug und so eine ganz uncharakteristische Haltung einnahm, die lediglich mit dem in ihm aufgestiegenen Ärger übereinstimmte. Mrs. Roxburgh gähnte, ohne sich die Mühe zu machen, die Hand vor den Mund zu nehmen. Ihr Mann hatte mittlerweile die verläßliche Kontrolle über seine Blähungen verloren. Aber beide mochten sich erleichtert fühlen, daß im Moment nichts weiter passierte.

Während er Wache hielt, schien sich Mr. Roxburgh all dessen zu entsinnen, was er nie begonnen oder unbeendet aufgegeben hatte: abgerissene Sätze, die ihm in den Augenblicken von den Lippen hingen, in denen er sie, um sich ausdrücken zu können, gebraucht hätte, der Entschluß, sein Leben asketisch zu regulieren, die Menschheit zu lieben, dem Obersten Wesen Dank zu sagen, die lückenhaften Fragmente seiner Memoiren zu ergänzen, Sanskrit, Arabisch, Hebräisch, Russisch zu lernen, solange noch Zeit dazu war.

Mrs. Roxburgh ihrerseits konnte nicht mit Sicherheit sagen, ob ihr irgend etwas dergleichen widerfahren war, aber alles schien sich nach wie vor verschworen zu haben, sie niederzuknüppeln und auf ihr herumzutrampeln.

Mehr als alle anderen war der Kapitän mit seinen Voreingenommenheiten beschäftigt und schien dabei beträchtlich gealtert. »Noch nie ist mir so was passiert«, hörte man ihn reden. »Wär' besser gewesen, sie wäre abgesoffen. Statt sich abzusetzen und sie auf'm Trockenen lassen. Wär' sie gleich gesunken, keiner hätt' sie auf'm Gewissen.«

Die Vorstellung von dem gestrandeten Schiff, die dem Kapitän so schwer auf der Seele lag, schien auch auf die Teile seines Körpers übergegriffen zu haben, die besonders schmerzanfällig waren: auf die Finger zum Beispiel, an deren Knöcheln er ständig prüfend herumdrückte, und seinen Rücken, den er ächzend und vor sich hinknurrend befühlte, wobei er, soweit möglich, Standort und Haltung wechselte.

»Ah, du meine Güte«, stöhnte er, »aber wenigstens haben wir noch Boden unter den Füßen«; und nachdem er sich mit seiner pelzigen Zunge die salzverkrusteten Lippen geleckt hatte: »Ein Senkblei hat andre Zwecke, ich weiß – in den Mund gesteckt aber, da hält es ei'm den Durst – für immer – vom Leibe.«

Da sein Ansehen durch das Wrack und seine nachlassenden Kräfte gelitten hatte und Zweifel an seiner Kapitänswürde aufgekommen waren, hatte er sich damit zu begnügen, der Besatzung gut zuzureden, wobei die Männer ihn entweder ignorierten oder ihm begütigend zunickten, als hätten sie es mit einem verkalkten Großvater oder einem einfältigen Kind zu tun.

»Ich hab dir gesagt, ärger' dich nicht«, riet ihm einer von ihnen. »Sich ärgern bringt nichts als Schaden.«

Wenn einer kicherte, war es weniger aus Boshaftigkeit als aus einer Art von abstraktem Wohlwollen, und entweder hörte der Kapitän nicht hin oder half sich selbst durch eine gewagte Voraussage, moralische Sprüche oder das Treibgut einer religiösen Gläubigkeit heraus, an die er sich, wenn alles andere versagte, klammerte.

»Merkt euch, was ich euch vorausgesagt habe« – seine Neigung, sich zu wiederholen, hatte sich durch die widrige Lage verstärkt –, »mit Wind im Notsegel und der Vorsehung im Rücken sichten wir heute abend noch Land.«

»Es braucht noch'n bißchen mehr als Wind«, brummte einer der Seeleute. »Der Wind hat sich anderswohin verzogen wie der aus meinem leeren Gedärm.«

Kapitän Purdew runzelte die Stirn. »Wir haben eine Dame an Bord«, wies er den Mann zurecht.

Wenn sie das vergessen hatten, dann deswegen, weil sie sich in derselben üblen Lage befand wie sie.

Die Bemerkung des Seemanns brachte dem Kapitän immerhin die eine Pflicht in Erinnerung, die ihm als Stütze seiner brüchigen Autorität geblieben war: die Aufsicht bei der Verteilung der Lebensmittelrationen.

»Mrs. Roxburgh«, rief er, »erwartet ihren Anteil an verschimmeltem Brot und Salzfleisch.« Seine dienstliche Anordnung war um so weniger überzeugend, als er sich ihr jetzt mit blutendem Gaumen und starrem Blick persönlich näherte und, um ihr seine Gabe in die beringten Hände zu legen, ächzend zwischen den Ruderern vorkroch, fast stürzte, als seine steifen Beine sich an den Brettern, auf denen die Männer saßen, verhakten und er schließlich das von den Ausschöpfern im Kielraum stehengelassene Schlagwasser zu durchwaten hatte.

»Und ein Mundvoll Wasser für Mrs. Roxburgh. Aber spülen Sie damit hübsch den Mund aus, meine Liebe. Daß er auch was davon hat. Und behalten Sie's eine Weile im Mund. Nur so haben Sie wirklich etwas davon.«

Mr. Courtney, der jetzt praktisch das Kommando über das Langboot hatte, grollte finster dreinblickend vor sich hin und ließ die Augen nicht von dem Führer der Pinasse. Jedermann fand mittlerweile seinen Nächsten mehr oder weniger unausstehlich. Mrs. Roxburgh stopfte sich appetitlos das schimmelige Brot in den Mund aus Angst, sie würde ihre Verzweiflung sonst dem alten erbarmenswürdigen Mann ins Gesicht schreien und könnte nicht aufhören, in brotverkrümelten Silben aus sich herauszuschreien. Der Kapitän seinerseits mutmaßte, daß er Frauen schon immer häßlich gefunden habe; einzig Schiffe standen für Schönheit und spendeten Trost, seine eigene Frau hatte sich ihm nie anders als in einer vergleichsweise hölzernen Anmutslosigkeit hingegeben.

Am Abend des vierten Tages fuhr Mrs. Roxburgh aus ihren Träumereien auf, weil sie glaubte, Schreie gehört zu haben, die ihre in Hörweite befindlichen Gefährten in Worte übersetzten. Von der Pinasse aus war ohne jeden Zweifel Land gesichtet worden. Und da lag es vor ihnen, ein fein hingestrichelter Küstenstreifen. Dämmerung hing über ihnen, und so würde sich erst am Morgen das Ausmaß ihres Glückes erweisen, Kapitän Purdew aber sorgte für die Ausgabe von Rum, von dem sie in einer Kanne noch einen kleinen Vorrat hatten.

Beim Geräusch der auf den Rand des Zinnbechers treffenden Kanne entschloß sich Mrs. Roxburgh, auf ihre Ration zu verzichten, falls der Rum nicht schon ausgegangen wäre, bevor sie an die Reihe kam. Als die Abendbrise ihr den Geruch zuwehte, roch sie darin den Atem ihres Vaters, und das war zuviel für sie; es fiel ihr schwer, das wenige, das sie in ihrem angeekelten Magen hatte, nicht auszubrechen. Alle anderen aber sogen die Ausdünstung vor dem Verzehr genüßlich ein; der bloße Gedanke an Alkohol wirkte schon inspirierend. Während sie darauf warteten, bis sie dran wären, summten sie oder plapperten Wortfetzen vor sich hin, und einem jungen Burschen kamen ganze Verse eines Liedes über die Lippen, und das in jenen hohen, schmachtenden Tönen, die seinesgleichen anstimmen, wenn sie in der Wildnis oder auf hoher See von bittersüßen Gedanken befallen werden:

»Oh daß ich in Yeovil Rosen gepflückt,
Ah, pflückte die rot, roten Rosen
Für sie, meine Herzallerliebste, oh.
Ach, spräche sie doch, mein Mädchen,
Oder ließ' mich sie schweigend berühr'n,
Froh stürbe ich dann, so froh,
Im Bett aus Ro-ho-sen so rot ...«

Seine Leidenschaft verlosch am Ende im Gluckern von Rum.

Die helltönende Stimme des jungen Mannes, die in seinem Lied ausgedrückten Gefühle und der alkolische Duft wirkten zusammen und machten Mrs. Roxburgh gegen ihren Willen im voraus betrunken. Sie war entschlossen, sich vor irgendwelchen weiteren Indiskretionen zu hüten, dann aber griff sich ihr Mann das Gefäß, setzte es, ohne es ihr anzubieten, an und trank es bis auf den Grund aus.

»Haaah!« stieß er halb lachend, halb hustend hervor. »Hochprozentig!« Einiges leckte unter seinem Schnurrbart aufs Kinn.

Die meisten Seeleute lachten darüber, nicht bösartig, sondern aus einem gewissen Gefühl der Verwandtschaftlichkeit. Dahingegen war die Frau zur Fremden unter ihnen geworden, weil sie es offenließ, ob sie das von ihrem Mann eingegangene Bündnis billigte.

Aber Mr. Roxburgh hatte bereits Kurs in eine andere unerwartete Richtung genommen, indem er von einem Abend erzählte, den er als junger Mann in Douarnenez erlebt hatte: »... und da fiel ich flach aufs Gesicht nach einer unklugerweise zu großen Portion Rum, ein Getränk, das ich durch diese grobschlächtigen bretonischen Fischer überhaupt erst kennengelernt hatte.«

Einige gaben zu, daß sie sich schon mit so manchem Gläschen jenseits des Sunds aufgewärmt hatten in vielen Nächten in St. Mary's, Polperro, Dawlish und anderswo.

Mr. Roxburghs Augen glänzten von Rum und Erinnerungen, die um so betrunkener machten, als sie von den anderen geteilt wurden.

Seine Frau entdeckte überrascht einen Zug an ihm, den zu unterdrücken sie ihn vielleicht veranlaßt hatte, indem sie ihn, um sich die Gunst seiner Mutter zu erschmeicheln, allzu beharrlich verzärtelte; während er zweifellos in seiner Frau das von ihm geschaffene spröde Kunstwerk sah, dessen glänzende Außenfläche Risse bekommen haben könnte, falls ihr die Makel und Verfehlungen ihres Erschaffers bewußt geworden wären.

Tränen traten in Mrs. Roxburghs Augen, und da sie sah, wie fremd sie einander gewesen waren (und es vermutlich bleiben würden, bis der Tod einen von ihnen beiden ereilte), hätte sie ihnen vielleicht stattgegeben, wäre sie nicht gewahr geworden, daß Kapitän Purdew Rum nachgeschenkt hatte und ihr jetzt dieses grauenhafte schwarze Gefäß unter die Nase hielt. Einer der Seeleute, der neben ihr in der Bilge kniete, hatte die Hände erhoben, als wollte er ihr bei dieser Zeremonie behilflich sein. Alle warteten darauf, daß die Dame tränke.

»Mrs. Roxburgh«, flüsterte der Kapitän ihr ehrerbietig zu.

Alle beobachteten sie.

»Nein«, setzte Mrs. Roxburgh an und hob die Hand, um das stinkende Gefäß wegzustoßen. »Nein nein, wirklich – ich tu's *nicht*!« Sie kicherte vor Abscheu.

»Ellen«, säuselte ihr Mann ihr zu, »du mußt wenigstens dran nippen aus Achtung vor dem Kapitän und weil«, meinte er, hinzufügen zu müssen, »der Allmächtige uns wohlbehalten in Landnähe gebracht hat.«

Einen blasphemischen Augenblick lang sah sie den Allmächtigen in der Rolle eines Fisches vor sich, dessen vorgestreckte, vom Angelhaken durchbohrte Lippe ihre eigene war; dann sagte sie: »Oh, ihr! Alle seid ihr gegen mich«, und nahm den Zinnbecher entgegen, als wäre er ein Silberpokal, und hob ihn trotz des in ihr aufkommenden Brechreizes an den Mund.

»Das eben«, sagte Austin Roxburgh und blinzelte den versammelten Männern zu, »ist eine Frau aus Cornwall, wie sie leibt und lebt!«

Daß ihr Mann, und sei es unter dem Einfluß von Rum, seine eigene Schöpfung verriet, bewirkte, daß sie errötete und trank, und was sie dabei erlebte, war nicht die Vergebung von Sünden, sondern Feuer, das sich ausbreitete in ihr. Daß sie so viel von dem Zeug – fast den ganzen Becher – trinken konnte, erstaunte und demütigte sie.

Als sie den Becher zurückgab, fühlte sie das Blut durch die Adern strömen bis in die Fingerspitzen und ihre nassen Zehen, das Lebendigste an ihr aber, ihr Bauch, blieb eigentümlich kalt und unberührt.

Ihre Gefährten seufzten, als sie sahen, wie mannhaft die Dame ihren guten Willen bewies, und fühlten sich nun wieder frei, um sich zu schauen.

Einer von ihnen fragte: »Wo ist das verheißene Land *jetzt*?«

»Wo es vorher war, nehme ich an.«

Wenn dies auch nicht unbestreitbar war, so schien es Mrs. Roxburgh doch der einzig wünschenswerte Schluß zu sein, und sie sank zurück, um sich an die Brust ihres Mannes zu schmiegen.

Die Nacht brach schließlich an, und mit ihr, fühlte sie, entströmte ihr blauschwarzes Haar in Schlaf und Wasser. Wir werden erwachen, gelobte sie sich, während sie ihren Körper verließ, und gewahr werden, daß wir angekommen sind, und neu beginnen.

Es geschah mehr oder weniger so, wie sie es vorausgeahnt hatte, mit einigen wenigen unvorhergesehenen Abweichungen allerdings.

Mr. Pilcher rief durch eine weitere milchige Frühe herüber. »Es ist nicht die Küste. Es ist ein Riff oder eine Sandbank. Laufen wir da an, Sir, wenn wir da finden, was wir brauchen?«

Geschmeichelt dadurch, daß er meinte, um Rat gefragt worden zu sein, stimmte Kapitän Purdew dem Vorschlag zu, während Mr.

Courtney graulte und eingeschnappt schien, und der Führer der Pinasse herübergrinste.

Sein Spott, wenn es das war, veranlaßte Mrs. Roxburgh, sich ins Haar zu fassen, wobei sie merkte, daß ihre Haube fort und auch nicht aufzufinden war, so eingehend sie um sich schaute und danach suchte.

»Was ist, Ellen?« fragte ihr Mann besorgt.

»Ah, nichts«, erwiderte sie.

Sie empfand es als Erleichterung, daß ihm nicht aufzufallen schien, daß ihr nasses Haar ihr unordentlich um den Kopf hing; er war noch zu benommen vom Schlaf und steif in den Gliedern durch die Haltung, in der sie die Nacht zubringen mußten. Sie suchte mechanisch nach dem Reisenecessaire, um ihren Kamm und den Spiegel herauszuholen, bis sie sich entsann, daß ihnen der kleine Koffer irgendwo unterwegs verlorengegangen war.

Fast jede Belastung schien ihr mittlerweile erträglich. Es machte Mrs. Roxburgh nichts aus, daß sie bis zu den Schienbeinen im Wasser saß. Das Wasser im Boot war in den letzten Stunden zentimeterweise gestiegen. Das Ausschöpfen war unterbrochen worden, entweder weil es sowieso nicht viel nützte, oder weil alle, die daran beteiligt gewesen waren, jetzt nur noch an die mögliche Landung dachten. Auch Mrs. Roxburgh hatte sich schließlich bequem zurückgesetzt, um die milchige Wärme und die sich in dem gezähmten Salzwasser spiegelnden Muster zu genießen.

Die Brandung hieb im Gegensatz dazu mit einer so bestialischen Wut auf das Riff ein, daß an eine Landung zunächst nicht zu denken war, bis dann die Pinasse mit ihrem unzulänglichen Anhänger, dem Langboot, im Schlepp eine enge, von Korallen gesäumte Durchfahrt passierte und sie Schutz und Frieden nicht in einer Bucht, sondern eher in einem halbovalen Einschnitt fanden, dessen Strandbogen weiß wie Porzellanerde war.

Mr. Pilcher, immer vorneweg, watete durch sanftere, manchen immer noch einigermaßen einschüchternd vorkommende Brecher und fuchtelte bald schon von der Küste aus gestikulierend mit den Armen. Einige beherzte Seeleute folgten seinem Beispiel und sprangen und jagten einander durch den teilweise brusthohen Schaum. Als sie an Land waren, holten sie die Boote mit Leinen an Land und fluchten dabei über die Korallen, an denen sie sich ihre bis dahin unversehrten Füße verletzt hatten.

Den Seeleuten nacheifernd, sprang auch Mr. Roxburgh, wurde

herumgewirbelt und stürzte fast. Sie konnte nichts für diesen vom Wasser fortgerissenen, zerbrechlichen Klabautermann tun, der in diesem Moment nicht mehr ihr Mann war. Doch sie selbst war auch nicht mehr das Werkzeug ihres eigenen Willens, denn ungeachtet ihrer Wünsche hob sie der kräftig behaarte Steuermann über das Schandeck.

»Lassen Sie mich – hör'n Sie!« protestierte eines ihrer Ichs, während sie um sich schlug und nach einem festen Halt suchte, um sich einem Abgang widersetzen zu können, den ihre Schwiegermutter gewiß nicht gebilligt haben würde.

Sie fand nichts und wurde weggezogen wie eine Raupe von einem Zweig.

»Hoo-ja! hoo – *ja*!« feuerten die Männer einander an, während sie die Boote an den Strand zogen.

Mrs. Roxburgh gelang es, sich kurz den Armen des Steuermanns zu entreißen und sich wenige Schritte zappelnd vorzuquälen, bis sie mit ihren Stiefeln in einer Art Korallendickicht hängenblieb. Darauf versank sie, und als sie hochkam, ergriff der Steuermann wieder Besitz von ihr, die eher eine durchnäßte Henne als eine Frau war, deren Glucksen zum Glück niemandem außer ihrem schweigenden Retter ans Ohr drang.

Noch lange, nachdem die Boote an Land gezogen worden waren, verfluchten die Seeleute die verdammten Korallen, die ihnen die Füße aufgeschlitzt hatten, während Mrs. Roxburgh, galant von dem Steuermann in den Sand gesetzt, feststellte, daß ihre hübschen kleinen Stiefel (Glacéleder mit Oberteilen aus Tuch) dank ihres törichten Verhaltens hoffnungslos zerschlissen waren.

Mr. Roxburghs Gesicht glühte, und er atmete schwer, so sehr hatte ihn das turbulente und zu diesem Zeitpunkt sogar alarmierende Erlebnis in der Brandung aufgeputscht. »Wer hätte das für möglich gehalten!«, bis er sich seiner Frau entsann, sich ihr näherte und den Arm um sie legte: »Ellen, hast du dich auch nicht verletzt?« sagte er bestürzt, und sie bezweifelte nicht, daß er es ehrlich meinte.

»Nein, wirklich nicht«, beteuerte sie und setzte formell, so wie es ihr anerzogen war, »Danke, Mr. Roxburgh«, hinzu.

Es stellte sich bald heraus, daß »Land« ein zu hochtrabendes Wort für das Riff war, auf dem die Schiffbrüchigen Zuflucht gefunden hatten, wenn es ihnen der Strand aus pulverisierten Korallen auch ermöglichen würde, das Langboot in aller Ruhe zu reparieren, vorausgesetzt allerdings, sie fänden hier, was sie zum Ausbessern brauchten. Schatten ebenso wie Vegetation gab es hier wenig: nichts von dem idyllischen Grün, das Mr. Roxburgh zu finden gehofft hatte, um die Georgica erneut zu genießen. Alles, was hier den Boden bedeckte, war grau, knorrig, von der See angefressen: drahtige, vom Wind gefolterte Büsche, Schorf aus verwitterten Flechten und fleischig sprießendes wildes Unkraut, das die Männer, die aus Norfolk und von der Küste des Bristolkanals stammten, nostalgisch mit Queller oder Meerfenchel verglichen, die von ihren Frauen bei Ebbe auf schlammigem Boden geerntet wurden.

Die Koralleninsel war zum größten Teil eben und stieg nach Nordosten zu leicht an – dies war die einzige Gegend, wo jene, die Einsamkeit suchten, auf Erneuerung ihrer selbst hoffen konnten. Dort war das Gebüsch dichter, höher, dennoch durch den kräftigen Wind zu Mannshöhe geduckt; nirgends aber stand so viel davon zusammen, daß ein Unterschlupf für nach innen gewendete Seelen möglich gewesen wäre.

Dennoch war körperliche wie geistige Zerstreuung für alle den beiden Booten entstiegenen Personen gegeben, jedermann fühlte sich getröstet, ja geradezu benommen von der Freiheit, die von ihnen in der Vergangenheit unterschätzt worden war. Auf spindeldürren, stechenden Beinen (in manchen Fällen war ein Bein kürzer als das andere, oder eines war durch das Tapsen auf dem Deck des schrägliegenden Schiffes deformiert) setzten die Männer sich in entgegengesetzten Richtungen in Bewegung, ihre Münder waren geschlaucht durch Verzweiflung oder Durst, und einige klappten die Augen auf und zu und versuchten so, sich gegen ein Erlebnis abzuschotten, das ihre Vorstellung noch sichtbar durchflackerte. Allen aber wohnte der beherrschende Drang inne, wegzukommen einer vom andern.

Gestoppt wurden sie dadurch, daß sich Kapitän Purdews Sinn für Autorität wiederbelebte. Er machte Anstalten, so etwas wie einen Vortrag zu halten, in dem er betonte, daß sie nicht zum Vergnügen, sondern aus purer Notwendigkeit gelandet seien und daß es, hätten sie sich ausgeruht und erholt, ihre Hauptaufgabe sei, die Boote instand zu setzen.

Die Seeleute hörten sich das aus dem einfachen Grunde an, daß es für sie keinen Fluchtweg gab.

»Und die Vorräte ergänzen – falls sich hier irgend etwas Eßbares findet«, gab der Kapitän beharrlich mit hoher, trockener Stimme bekannt, die wie ein vom Wind erfaßtes Segel bebte. »Denkt in diesem

Fall daran«, warnte er sie, »daß wir eine Gemeinschaft sind, deren Pflicht es ist, die Lebensmittel für alle in einem Vorratslager zu sammeln.«

Diesen aufrechten alten Mann so reden zu hören, stimmte Mrs. Roxburgh traurig. Sie mutmaßte, daß die Rechtschaffenen mehr leiden und häufiger scheitern müssen als die anderen, die die Rechtschaffenen nicht davon entbinden, sich fortwährend dem Leiden und dem Scheitern auszuliefern. Dies brachte sie darauf, nach ihrem Mann zu sehen, der sich schon auf die Suche nach der von ihm so sehr begehrten Einsamkeit gemacht haben mußte.

Nachdem er sich ungeschickt und, wie zu erwarten war, schmerzhaft, aber doch genüßlich seines aufgeschobenen Stuhlgangs entledigt hatte, war Austin Roxburgh, ohne besonders auf die Richtung zu achten, davongewandert und stampfte dabei auf den festen, zäh durchwachsenen Erdboden aus Vergnügen daran, seine Beziehung zu dieser uranfänglichen Substanz zu erneuern. Er knöpfte beim Gehen seinen dünstenden Überrock auf, um Sonne und Wind an die Haut zu lassen, zog ihn dann aus und nahm ihn über den Arm. Sein Rock, ob an- oder ausgezogen, erschien ihm so unangemessen wie die meisten menschlichen Bedürfnisse; das menschliche Verhalten in seinen Feinheiten konnte einen auf dieser Wüsteninsel nur spöttisch stimmen. Auf diese Weise vor jeder nichtigen Selbstüberschätzung gewarnt, widerstand er dem dringenden Wunsch, seinen durchnäßten Elzevirdruck aufzublättern, in der Hoffnung, die niederbrennende Sonne würde ihn auch so trocknen, und fuhr fort, durch einen Park zu schlendern, aus dem die Statuen entfernt worden waren.

Am südlichsten Punkt der Insel, wo sie zu einer schmalen Kruppe aus messerscharfen Korallen abgeschliffen war, reckten die Gegenströme ihre Krallenfüße zu, wie es schien, ständigem Schlagabtausch empor. Austin Roxburgh fühlte sich, so sehr ihm die See zuwider geworden war, zu diesem trostlosen Korallenvorsprung, wahrscheinlich durch die hier herrschende Einsamkeit und Brache, hingezogen (beides Züge, die er, was er sich auch manchmal eingestand, als seiner Natur verwandt empfand). Die Stimmen der unsichtbaren Vögel über ihm klangen, da sie die Endlosigkeit durchtönten, hohler, bedrohlicher; die Wellen formten sich bei ihren Angriffen auf die Korallen zu immer bösartigeren Gebilden; irgendein Wesen – ein Meeresunhold – mußte gestorben sein, und das weiße Licht drohte, die verborgeneren Winkel der Persönlichkeit bloßzustellen. Mr. Roxburgh fühlte sich ganz und gar bloßgestellt. In der Annäherung an dieses Landende fielen der in Wohlstand und Ansehen bestehende Aufputz und der Stolz auf alle ethischen und geistigen Bestrebungen von ihm ab, und das mit einer Erbarmungslosigkeit, wie sie denen zu Gebote steht, die von ihrer Wichtigkeit überzeugt oder sich ihrer Anmaßung nicht bewußt sind. Jetzt argwöhnte er sogar, und zwar ohne quälerische Skrupel, daß seine ihm ergebene Frau entbehrlich und ihrer beider ungeborenes Kind nicht mehr als eine Fußnote zum Zustand des Nichtseins sei.

Der einsame Wanderer knirschte mit den Zähnen, er sog vorsichtig die Luft ein und schwitzte sichtbar. Er mochte eher an Zahnschmerzen leiden, als dem Moment konfrontiert zu sein, wo Selbstachtung und reines Sein – oder das Nichts – aufeinandertreffen.

An seinem Bestimmungsort angekommen, hier auf dem schrumpfenden Stück Land, auf dem er moralisch einen Altar für die letzten Stationen seines Martyriums hätte errichten können, wurde Mr. Roxburgh bewußt, daß er zu vieles als gegeben betrachtet hatte. Auf dem Erdboden ausgestreckt lag, als wolle er sein mageres Fleisch der Entstellung durch die Seeluft aussetzen, Spurgeon, der Steward. Eine Überraschung, wie sie sich unangenehmer nicht denken ließ.

»Ha, Spurgeon!« brachte er es fertig, den Mann anzureden. »Sie sind mir zuvorgekommen!«

Der Steward machte nicht den Versuch, sich zu bewegen, sondern stieß zwischen seinen kargen Bartbüscheln ein »Eh?« hervor, wobei sich auch in seinem ausgemergelten, kittfarbenen Gesicht nichts regte.

»Ich meine, ich habe hier kaum ein menschliches Wesen erwartet«, fuhr der Eindringling fort, »hier, wo das Land schon fast wieder See ist. Zieht Sie das Element so an, dem wir gerade entronnen sind?«

»Und Sie – geht's Ihnen anders?« erwiderte Spurgeon.

Damit schienen sie beide auf eine Stufe gestellt, aber Mr. Roxburgh tat das ab.

»Ah, nein!« Langsam rieb sich Spurgeon den Kopf an zerbröckelnden Korallen, die in Kürze zu Sand werden würden. »Kein ›menschliches Wes'n‹. So was kann mir keiner vorwerfen – wo ich nich mehr als Haut und Knoch'n bin und vielleicht grade noch furz'n kann. Aber ich will Sie nicht länger beläst'gen, Sir.«

»Sind Sie krank?« Mr. Roxburgh hielt es für seine Pflicht, ihn das zu fragen.

Die Hand auf seinem kostbaren Buch, hatte er sich auf einen Stein neben diese abstoßende Figur gesetzt.

»Nicht krank«, antwortete der Steward. »Ich gehe so langsam ein, würd' ich sag'n.«

Er setzte sich hoch und machte sich daran, den Nacken langsam zu drehen, den sein Nebenmann knarren zu hören glaubte.

»Hier«, sagte er und zerteilte das Haar hinten dicht über dem Nacken. »Ich fress'n Besen, wenn das da nich eine Beule is. Ein schlimmes Zeichen. Seebeulen, hn? Sehn Sie?«

Mr. Roxburgh sah nicht hin.

»Dann fühl'n Sie mal«, forderte ihn Spurgeon auf.

Mr. Roxburgh nahm davon Abstand.

Spurgeon fuhr fort, sich den Nacken zu reiben. »Wußt' schon heute früh, daß' mich erwischt hat. Seebeulen – nichts bringt einen Mann so schnell um die Ecke.«

Angesichts dieses menschlichen Wracks mußte Austin Roxburgh erneut feststellen, daß seine Ansicht vom Leben wie seine Haltung dem Tod gegenüber vorwiegend literarisch bestimmt waren; dennoch wurde es von ihm erwartet, daß er sich als Angehöriger der herrschenden Klasse gab, denn als solcher mußte er trotz der ihm kürzlich widerfahrenen Erleuchtung anderen erscheinen.

»Kopf hoch, alter Junge!« suchte er ihn zu ermuntern, und in seiner Stimme lag das Echo der Redeweise irgendeines vergessenen Lehrers. »Meinen Sie nicht, daß Sie das Ihrer – Frau, meine ich, schuldig sind?«

Auf diesen einleitenden Rat hin grunzte der Steward mürrisch. »Hab keine«, murmelte er.

»Nie eine gehabt?« fragte sein Nebenmann.

»Nein«, sagte Spurgeon. »Oder nie lange genug, so daß ich's gemerkt hätte. Aber was soll's auch? Ein Mann schläft fester ohne. In ein und demselben Bett war nie Platz genug für die vielen Fußnägel.«

Der gewölbte Rand von Mr. Roxburghs vornehmen Wangenknochen verfärbte sich leicht. »Eine Ehe«, äußerte er, »ist nicht nur etwas Körperliches. Mir wäre es jedenfalls zuwider, wenn ich das denken sollte.«

»Wenn sie das nicht ist, könnte man sich auch mit'm Hund begnügen. Das hab ich auch gemacht«, entsann sich Spurgeon, »nach 'ner Zeit.«

»Ein Hund? Welche Rasse?« Obwohl er selbst kein Hundenarr

war, nahm Mr. Roxburgh erleichtert die Gelegenheit wahr, dem Gespräch eine harmlosere Wendung zu geben.

»Weiß nich, von welcher besond'ren Rasse die Hündin war. Irgend 'ne Art von Hund. Mehr weiß ich nicht. Sie saß da und guckte mich an, und ich guckte zurück. Zwischen uns war nichts, außer daß ich ihr zu fressen gab.«

»Die Zuneigung eines treuen Tieres ist sehr wohltuend«, räumte Mr. Roxburgh ein; er merkte, daß er, was ihm noch nie passiert war, zu stottern begann, »aber – moralisch ist ist das mit der Liebe einer treu ergebenen Frau nicht zu vergleichen.«

»Weiß darüber nichts«, erwiderte der Steward. »Wenn's eine moralische Klasse gibt – ich bin in der nicht aufgewachsen.«

Wenn Mr. Roxburgh das nicht mitbekam, dann weil ihn Schuldgefühle aufgrund der Gelegenheiten bewegten, bei denen er jemand dem Ertrinken überließ, während er sich an seine negativen Abstraktionen klammerte. Ihr Haar strömte hinter ihr her wie auf einer wirklichen Wasserfläche statt auf der Tiefe seiner Gedanken.

Er faßte sich wieder und informierte seinen Freund: »Salzwasser hat heilende Wirkung. So sagt man jedenfalls.« Er räusperte sich. »Haben Sie es sich mit Salzwasser einzureiben versucht?«

»Einreib'n – was?«

»Die Beule natürlich!« Von seinem Einfall begeistert, überging Mr. Roxburgh die dumpfe Beschränktheit des anderen.

»Ein Mittel gibt's nicht, wenn's einen erwischt hat.« Spurgeon schnaufte das so verächtlich aus sich heraus, als hätte er, ohne daß es sein Nebenmann bemerkte, einen sozialen Status erreicht.

»Aber wer weiß das schon, mein lieber Mann, solange wir's nicht versucht haben? Die Fähigkeit, Falsches zu korrigieren, ist uns zu praktischer Nutzanwendung gegeben.«

Mr. Roxburgh hätte sich schwergetan, hätte er erklären müssen, wie er auf ein Rezept verfallen wäre, das ebenso vernünftg wie hintergründig klang; während Spurgeon aufgrund seiner eingeborenen Ignoranz um so dumpfer dreinschaute.

Der Steward glotzte diesem Trottel von einem Gentleman nach, den seine guten Absichten die Korallenrampe hinunter zur See trieben. Nachdem ihm das Wasser einer hochgehenden Welle ins Gesicht geplatscht war, beugte sich Mr. Roxburgh hinunter, um mit den aneinandergelegten Händen Wasser zu schöpfen.

Viel von der Flüssigkeit hatte der Arzt nicht mehr in Händen, als er bei dem Patienten anlangte.

»Machen' sich frei! Schnell! An der Stelle!« rief Mr. Roxburgh; der Glauben, einmal entzündet, flammte hell in ihm auf.

Da sein Humor nicht so feuerempfänglich war, sprang der Funke nicht auf Spurgeon über, doch beugte er den Nacken, um den Segen des Salzwassers zu empfangen.

Mr. Roxburgh, der ursprünglich nicht die Absicht gehabt hatte, die Beule zu berühren, war jetzt gezwungen dazu, sollte der letzte Tropfen Wasser nicht auch noch versickern. So machte er sich daran, zimperlich zuerst, das Gesicht vor Ekel zu einer Grimasse verzogen, die sein Patient glücklicherweise nicht sehen konnte, und rieb ihn dann mit steifen, knochigen Fingern ein, bis diese Tätigkeit besänftigende Wirkung zeitigte, nicht unbedingt bei dem Patienten, ganz ohne Zweifel aber bei dem Arzt.

Zum erstenmal seit der Landung auf dieser Insel wurde Austin Roxburgh gewahr, daß Blut in seinen Adern floß. In einem fast sträflichen Ausmaß erbebte er vor Dankbarkeit und fühlte in sich ein Wallen. Er war dankbar nicht nur dem abscheulichen Mittelsmann, dem Steward, sondern auch seiner abwesenden Frau und dem Wunder ihres ungeborenen Kindes.

Er ging sogar so weit, die entzündete Schwellung genau zu betrachten, die, wie der Steward es vorausgesagt hatte, ein Beulengeschwür werden würde.

»Tu ich Ihnen weh, Spurgeon?«

»Ja.«

Das war Grund genug, die Behandlung zu unterbrechen, wonach sie sich Seite an Seite ausruhten, bis dann ein zweiter Einfall Mr. Roxburgh inspirierte.

»Wissen Sie was? Seife!«

»Seife? Wieso?«

»Wenn wir doch bloß etwas Seife hätten.«

»Seife hab'n sie dabei für den Fall, daß sie das verdammte Langboot kalfatern.«

»Und Zucker?«

»Ich hab'n bißchen davon – falls er nicht geschmolzen is –, um meine Rumration zu süßen.«

»Seife und Zucker, Spurgeon, die sind so gut wie ein Zugpflaster.«

Der Steward mochte allmählich die grillenhaften Launen eines exzentrischen Gentlemans satt haben, aber die Zeit wog halb so schwer in Gesellschaft eines Kumpels, wie wenig anziehend der auch in den Augen eines gewöhnlichen Menschen war. Entweder die Vorausahnung, daß es zu Mißstimmigkeiten kommen könnte, oder das eingeriebene Salzwasser, die Aussicht auf einen Umschlag aus Seife und Zucker oder die Peinlichkeit einer unstatthaften Neigung bewirkten, daß den Steward eine Gänsehaut überlief.

Während Austin Roxburgh darin schwelgte, zu diesem Einfall inspiriert worden zu sein; zu verdanken hatte er das der alten Kinderschwester Hayes, die dies Verfahren angewandt hatte, um den Eiter aus einer Wunde zu entfernen, die sich sein Bruder Garnet durch einen rostigen Nagel am Arm zugezogen hatte.

Als sie ihrerseits ihr Bedürfnis befriedigt und vergebens Ausschau nach ihrem Mann gehalten hatte, machte sich Mrs. Roxburgh auf die Suche nach ihm. Gleichzeitig konnte sie nicht leugnen, daß sie es sehr genoß, allein zu sein, selbst in ihrer an der Haut klebenden durchnäßten Kleidung und in ihren zerschlitzten Stiefeln und obwohl ihr Haar zu zerzaust und verfilzt war, als daß sie es hätte kämmen oder irgendwie in Ordnung bringen können. Sie mußte, als sie jetzt durch den Busch stakste, wie eine Schlampe wirken. Ihre eleganten Stiefel waren sowieso etwas, das ihre Tante Triphena vermutlich als »flittchenhaft« abgetan haben würde. Aber die Sonne schmeichelte ihrem Äußeren, und der Wind, wenn auch böig, war weniger aggressiv als vorher auf See. Beide wärmten und trockneten sie und hüllten sie barmherzig in einen angenehmen Dunst, so daß es war, als wanderte sie an einem balsamisch duftenden Morgen durch ihre heimatliche Heide, nur daß Ginster und Heidekraut durch wild wucherndes, dornigeres Dickicht ersetzt waren und verdorrte Schlingpflanzen wie Fallen nach den Knöcheln schnappten und die Eidechsen den Steinen näher verwandt schienen.

Sie war dennoch zufrieden und voller Hoffnung für ihr Kind: daß es überleben und nicht nur die Strapazen einer nun nicht mehr vom Verhängnis bedrohten Reise, sondern auch die tadelnden Verdächtigungen jener überstehen würde, die sich den Kopf über die Herkunft seiner Gesichtszüge zerbrechen mochten. Das Kind, bat sie inbrünstig, sollte, sosehr sie sich vergangen haben mochte, ihrer beider Kind und nicht das eines anderen sein.

Das Gelände stieg an, und statt frei auszuschreiten, tapste sie nun dumpf und um Atem ringend vor sich hin, während ihr gleichzeitig durch den Windwechsel klar wurde, daß sie sich hier auf der Wetterseite der Insel befand. Sie wurde von einer kräftigen Bö erfaßt.

Sie durchwühlte ihr Haar, wirbelte es ihr um den Kopf und brachte sie zwischen den wippenden, aber wetterfesteren Büschen ins Schwanken. Sie wäre sofort umgekehrt und zurückgegangen, wenn sie nicht einen Vogel gehört hätte, dessen Stimme wie die eines Menschen klang. Sie sah hinab und dorthin, wo das Land in die See überging, und erblickte eine Gestalt, die, um die Aufmerksamkeit auf sich zu lenken, mit den Armen gestikulierte. Wieder hörte sie die in ihre Richtung gezielten Schreie: Es war Oswald Dignams Stimme, die sie hörte. In der vergeblichen Hoffnung, dem harten Wind zu entgehen, begann sie, steif seitwärts gebeugt von der Höhe hinabzuklettern, um sich mit ihm zu treffen; sie stolperte ein- oder zweimal und wurde von Angst befallen, oder war es Freude, die sie bei dem Gedanken durchwogte, hier unverhofft Gesellschaft zu finden, die zu nichts verpflichtete und in dieser Einsamkeit nur eine Wohltat sein konnte.

Den Wind im Rücken, erreichte Oswald sie, von Gischt umsprüht, schnell und öffnete die geballte Faust, um ihr die unförmige Masse irgendeiner Art von Schalentier zu zeigen, von Muscheln, die er vom Felsgestein losgerissen haben mußte.

»Das' für Sie, Mrs. Roxburgh«, rief er keuchend mit seiner fast mädchenhaften Stimme.

»Oh, aber es ist für alle, was wir hier finden, sagt der Kapitän«, erwiderte sie lehrhaft.

»Wer merkt das schon?« sagte der Junge. »Wär'n Sie nich gekommen, ich hätt' das selber gegess'n – wie die andren auch.«

Durch seine milchige, auf der Seereise brandrot gewordene Haut wirkte er noch entrüsteter über das, was sie nur zur Hälfte als Vorwurf gemeint hatte.

»Ja«, seufzte sie, »wir alle, nehme ich an, sind schwach«, fügte aber, da er noch ein Junge war, »und ich selbst bin die schwächste« nicht hinzu.

Ihren Brechreiz überwindend, nahm sie die schwammig bewegte Masse der verstümmelten Muscheln von seiner Handfläche und schluckte sie herunter. Zu ihrer Bestürzung schlüpfte ihr einiges von den Muscheln mit dem Fleisch die Kehle hinunter, während andere Teile ihr auf der Zunge blieben, die sie ausspuckte. Sie fühlte, wie der Speichel ihr am Kinn hinabrann.

Jetzt war Oswald Dignam an der Reihe, vergnügt und anerkennend zu lächeln.

An seinem zitternden, zuckenden Gesicht und den Augen, mit

denen er sie beobachtete, sah sie, daß er wieder verliebt war, und gern hätte sie seinen glühenden Kopf in die Hände genommen, so, wie sie versucht gewesen war, ihn an einem nebligen Nachmittag auf See, wo seine Haut in milderen Farben glomm, zu streicheln.

Statt dessen murmelte sie so steif und formell, wie er es wohl von ihr erwartete: »Ich danke dir, Oswald, du bist mein Freund und bleibst es hoffentlich auch.« Während sie sprach, fühlte sie das Kind sich in ihr regen, als spürte es Verwandtschaftlichkeit.

Oswald war mit festerem Band gefesselt; Salzperlen, die seine Augenbrauen umkrusteten, lösten sich in Tropfen auf; sie sah, wie sie ihm übers Gesicht rannen.

»Da sind noch mehr, Mrs. Roxburgh«, brachte er trotz seiner an der Wurzel geschwollenen Zunge hervor. »Wart'n Sie, ich hol sie eben für Sie.«

Er rannte an das Ende des Riffs zurück, während sie dieser weiteren Gabe entgegensah; niemand, wahrscheinlich nicht einmal ihr Mann, hätte sie dieser Gabe für würdig gehalten. So konnte sie nicht anders als lächeln, ob aus befriedigter Eitelkeit oder im Gefühl zarter Erfüllung, war in diesem Augenblick nicht zu unterscheiden.

Als er am Wasserrand war, hieb Oswald mit einem Stein auf die Korallen ein. Der Anblick seiner kleinen, dort kauernden Gestalt veranlaßte sie, ihre Arme noch fester um sich zu schlingen. Wäre er wirklich ihr Kind und nicht nur ein unausgewachsener Liebhaber gewesen, sie hätte ihn zurückgerufen. Unter diesen Umständen aber beobachtete sie ihn nach wie vor, wobei sie, zwischen Vergnügen und Angst schwankend, den Mund leicht öffnete. Worauf die See höher anbrandete und ihn mit einer Folgerichtigkeit, die, wie ihr jetzt schien, bisher nur aufgehalten worden war, von dem vorspringenden Riff, auf dem er unsicher gehockt hatte, herunterholte.

Oswald Dignam, im besten Fall ein Menschenopfer, schlimmstenfalls aber ein Gegenstand, für den keine Verwendung mehr war, wurde hinausgeschwemmt. Untergesogen und dann wieder an die Oberfläche gedrückt, suchte er, sich seinem Schicksal zu widersetzen. Er schlug die Arme mehrmals mit geballten Fäusten hoch, seine Lippen protestierten gegen das mysteriöse Walten eines göttlichen Vorrechts, aber dann stieß die See ihm einen glasigen Knebel in den Mund. Obwohl er um und um gewirbelt und von der kochenden Brandung in Strudellöcher getaucht und herausgerissen wurde, wußte sie, daß sie ihn nie wiedersehen würde, es sei denn als Geist in ihrem bereits übervölkerten Erinnerungsvermögen.

Von ihrer Kleidung, ihrem Körper und gestaltlosen Zufällen behindert, rannte Ellen Gluyas schreiend zum Wasser hinunter, wo eine hochgehende Brandungswelle sie zurückscheuchte. Sie stand einen Augenblick vergeblich wimmernd da und stopfte dann einen Fingerknöchel in ihren Mund. Zwingender als je zuvor spürte sie, daß ihr nichts blieb, als sich darein zu ergeben.

In Übereinstimmung mit der Regel jedoch, daß menschliche Wesen auch dann zu gehorchen haben, wenn der Verstand ihnen sagt, daß die Chancen gleich Null sind, rannte sie zurück, um Hilfe zu holen, quälte sich durch einsinkende Erdlöcher und über Placken von Gras, hastete vor, strauchelte und fiel hin und humpelte schließlich auf der letzten Strecke zu der Stelle, wo die Besatzung mit der Ausbesserung der Boote beschäftigt war.

Ihr Schreien weckte bei den Männern, die das Langboot mit einer Mixtur aus Seife, Fett und Gras kalfaterten, nur benommene Aufmerksamkeit. Drei oder vier schienen zu begreifen, was geschehen war, aber nur zwei folgten auf Mrs. Roxburghs flehentliches Bitten dem Steuermann. Die anderen wollten nichts davon wissen noch hören; Oswald Dignam als die Einzelperson, die er war, hatten sie nach dem, was sie durchgemacht hatten und was ihnen noch bevorstehen mochte, aus ihrem Gemeinbewußtsein gestrichen.

Als sie über dem Riff eintrafen, vor dem der Junge hinausgeschwemmt worden war, trotteten die Retter auf und ab und suchten murmelnd mit halbgeschlossenen Augen die offene See ab. Nur Mrs. Roxburgh wußte, was geschehen war, konnte aber diese verwirrten, ungläubigen Seeleute nicht überzeugen und sie schon gar nicht dazu bringen, etwas zu tun, von dem sie selbst nicht wußte, was es hätte sein müssen.

Sie war verzweifelt. Sie fühlte sich krank und war nur froh, den Vormittag unter einem Zelt verbringen zu können, das ihr einige der Männer aus einem Segel gebaut hatten. Der Geruch der groben Leinwand, die Ameisen und die zudringlichen Fliegen machten kaum Eindruck auf sie. Sie mußte in Gesellschaft ihres geschwollenen Bauches und der Geister ihrer verlorenen Kinder gedöst haben, auch erinnerte sie sich nicht daran, daß sie in diesen Stunden nicht Ausschau nach ihrem Mann gehalten hatte.

Das Kalfatern des Langbootes vollzog sich parallel zu, wenn auch nicht in Übereinstimmung mit den ungebetenen Anweisungen des

Steuermanns, und wurde in Abständen auch von den übersinnlichen Hoffnungen Kapitän Purdews begleitet, und dahinein nun kamen Mr. Roxburgh und Spurgeon angetrottet und näherten sich dem Arbeitskommando. Da sie ein Geheimnis miteinander teilten, wirkten sie wie schuldbeladene Trinker, die unter dem durchsichtigen Schleier prahlerisch vollbrachter Heldentaten zu Hause anlangten. Die mit den wichtigeren Arbeiten beschäftigten Männer beachteten sie nicht, noch dachte jemand daran, sie über den Tod von Oswald Dignam zu unterrichten, obwohl er Hilfskraft des Stewards gewesen und die Ursache von Mrs. Roxburghs hemmungsloser Verzweiflung war. Die Seeleute vertieften sich nur noch angelegentlicher in ihre Arbeit, und Mr. Courtney verdoppelte seine Anstrengungen, um seine überflüssige Autorität zur Geltung zu bringen. Kapitän Purdews Geist befand sich unterdes erneut auf der Suche nach einer möglichen Errettung, die ihm aber wahrscheinlich versagt bleiben würde.

»Wäre ich doch wenigsten mit ihr untergegangen. Aber der Herr wird meine Verdienste nicht übersehen. Oder wird er?« Der arme alte Mann stand mit den Augen einer entkräfteten Seebarbe da und suchte die ungesprächige See nach einer Antwort ab.

Mr. Roxburgh und Spurgeon, eingedenk ihrer geheimen Mission, fuhren fort zu lächeln. Angesichts der allgemeinen Betriebsamkeit war es leicht, sich eine Handvoll kostbarer Seife zu besorgen, während Spurgeon seinen gehorteten Zucker an sich nahm. Dann zogen sie sich zum Vollzug ihres eher esoterischen Rituals in sichere Entfernung vom Lager zurück.

Während er Seife und Zucker zu einer geschmeidigen Kugel zusammenknetete, geriet Mr. Roxburgh derart in Verzückung, daß es war, als verleibte er der schmierigen, schweißdurchsetzten Masse einen Zauber ein.

Spurgeon sah ihm ehrfürchtig zu. »Wie aber bleibt das auf der Stelle an mei'm Nack'n?«

»Abwarten!«

Als das Heilmittel zu einem hinreichend abstoßenden Brei verklumpt war, gab der Arzt es dem Patienten in die Hand, fischte den Schwanzteil seines Leinenhemdes aus der Hose und riß ratschend einen Streifen ab. Die Zweifel des Stewards am Verhalten des Gentlemans drückten sich darin aus, daß er mit offenem Mund so laut atmete, daß es jemand, der darüber zugekommen wäre, für Schnarchen gehalten hätte. Aber niemand störte sie in ihrer Zweisamkeit, und Mr. Roxburgh packte den Umschlag auf die entzündete Schwellung am Nacken des Stewards und verband ihn um Nakken und Hals herum mit dem Hemdstreifen und seufzte dabei; er hieß Spurgeons Beule mittlerweile willkommen, weil sie ihm Gelegenheit gab, sich selbst als okkultisch begabt zu erkennen oder zumindest eine begrüßenswerte Tugend in sich zu entdecken.

Sie saßen eine Weile da und sahen oder sahen sich auch nicht an, bis der Patient die Augen senkte, um seine überquellende Dankbarkeit zu verbergen, und der Arzt sich aus einem Trancezustand aufraffte, der ihm bereits die Augen verschleiert hatte.

»Nun, wir werden sehn, alter Junge!« sagte er mit forsch beschwingter Stimme wie jemand, der auf seine normale geistige Ebene und zu seinem sozialen Status zurückgefunden hat.

Gleichzeitig bemerkte Mr. Roxburgh, wie müde er war; er gähnte wie ein Pferd und zeigte dabei seinen Gaumen und seine länglichen Zähne. Er hatte das Gefühl, als hätte er seinen Kiefer fast ausgerenkt. Das konnte passieren, wußte er, wenn man zu nachdrücklich gähnt. Dies veranlaßte ihn, sich auf die Füße zu stellen und sich seiner Frau zu entsinnen, die einige Stunden in seinen Gedanken nicht anwesend gewesen war.

Als er, von Spurgeon in respektvollem Abstand gefolgt, das Lager erreichte, führte man ihn zu dem behelfsmäßig errichteten Zelt, in dem sich, wurde ihm gesagt, Mrs. Roxburgh ausruhte.

Es war mehr als ein Ausruhen, denn sie schien fest zu schlafen, als er die lockere Leinwand aufklappte und ihr von der Beule und der Rolle, die er dabei gespielt hatte, erzählen wollte – wenn auch nicht in der ganzen Bedeutung, die er diesem Vorgang beimaß; der Takt des Wissenden würde ihn davor bewahren, ihr das Geheimnis seiner okkulten Kräfte zu offenbaren. Aber sie schlief nach wie vor, und so legte er sich einigermaßen verdrossen neben sie.

Da aber fuhr Mrs. Roxburgh plötzlich hoch und rief: »Ich war's! Er wär' sonst nicht gegang'n.« Noch waren ihre Augen geschlossen, und mit dem ausgestreckten Arm schlug sie ihrem Mann auf den Mund.

Mr. Roxburgh wimmerte, von betäubendem Schmerz durchzuckt, und nieste, weil er auch an der Nase getroffen worden war. »Bitte, Ellen!« wies er sie zurecht. »Dich quält offenbar ein Alptraum, aber ich sehe nicht ein, weshalb ich dafür leiden soll.«

»Nein.« Zitternd saß sie da, während ihr Bewußtsein sich wieder einstellte. »Ich hatte die Beherrschung verloren.«

Der Verlust des Kabinenjungen, der sich unter den Farben ihres Traumes als schweres persönliches Mißgeschick ausnahm, erregte in ihr das Bedürfnis nach Nähe, das Verlangen danach, geliebt zu werden. Es drängte sie, die tragische Geschichte dem einen Menschen anzuvertrauen, der ihr nahe genug stand und auf sie in ihrer Verzweiflung eingehen würde; wenn die Strudel sie in die Tiefe zogen, so mußten sie wiederbelebt und in ihrer Liebe zueinander gestärkt aus ihr emporsteigen.

So hätte sie es gern gehabt, wäre ihr nicht deutlich geworden, daß Mr. Roxburgh es nicht so wollte. Nachdem er sich von dem unwürdigen Schlag, den sie ihm versetzte, erholt hatte, zog er sich, wie es schien, in die fernste Ecke ihrer Beziehung zurück, wo er nun merklich lächelte – worüber, wußte sie nicht. Es war auf alle Fälle nicht der geeignete Augenblick, ihm mit der Geschichte von Oswalds Tod zu kommen.

Statt dessen beugte sie sich über ihn, fuhr mit ihrem Mund über seine leicht geöffneten Lippen und hauchte ihm zu: »Du weißt, daß ich dich niemals absichtlich verletzen würde«, und er legte die Arme um sie, und sie wiegte ihn vor sich und liebkoste ihn, was er von ihr zu erwarten schien und gleichzeitig ihren Schmerz über den Tod des Jungen vorübergehend linderte.

Das Licht hatte sich fast ganz aus dem stickigen Inneren ihres Segeltuchzeltes zurückgezogen. Sie mußte geschlafen haben, und Mr. Roxburgh schlief noch hörbar neben ihr. Draußen hörte sie die Stimmen der Männer: Kapitän Purdew, Mr. Courtney und zwischendurch auch Mr. Pilcher diskutierten über einen Plan für den morgigen Tag. Der Kapitän hatte vorgeschlagen, Kurs auf das Festland zu nehmen, um nach der Landung nach Moreton Bay aufzubrechen, wobei sie angesichts der geringen Seetüchtigkeit des Langbootes und der Notwendigkeit, den Vorrat an Wasser zu ergänzen, ständig in Küstennähe zu manövrieren hätten.

Mr. Courtney stimmte dem sofort zu, während Mr. Pilcher sich zögernd verhielt.

Nach seinen Bedenken befragt, erwiderte er: »Ich bin – ja – einverstanden mit allem, was mir vernünftig erscheint, und Wasser ist natürlich wichtiger als alles andere.« Seine Antwort schien ebenfalls vernünftig, war aber, spürte Mrs. Roxburgh, aus irgendeinem Grunde entmutigend.

Obwohl es von größter Wichtigkeit war, daß die Männer sich

Gedanken über ihrer aller Zukunft machten, begannen die ausschließlich männlichen Gedankengänge sie zu langweilen, besonders auch, da das Reden über Wasser unerträglichen Durst in ihr weckte, was somit zu ihrer drückendsten Sorge wurde.

Sie stand auf, aber da sie nicht beachtet hatte, wie niedrig das Zelt war, wurde sie auf die Knie zurückgezwungen und kroch nun auf allen vieren hinaus. Ihr Haar, auf das sie nicht länger achtgab, hing ihr in verfilzten Strähnen ums Gesicht, während ihr schwerer Rock hinter ihr durch den Sand schleppte und eine Spur hinterließ, wie sie der Schwanz einer Rieseneidechse gefurcht haben mochte. Die Männer saßen offensichtlich so konzentriert um die vor ihnen ausgebreiteten Karten herum, daß ihnen eine auf allen vieren kriechende Frau, falls sie sie bei ihrer Beschäftigung überhaupt bemerkten, keineswegs unangemessen vorzukommen schien.

Als sie auf die Beine gekommen war, ging Mrs. Roxburgh in Deckung ihres Haares so unauffällig wie möglich in Richtung der Boote. Auch die hier im Sand ausgestreckten Seeleute schenkten ihr keine Aufmerksamkeit und warfen allenfalls verträumt übers Wasser schliddernde Korallenklumpen in die See, wobei sie mit gedeckten Stimmen und hin und wieder in etwas lauteren Ausbrüchen vom Essen und ihrem Zuhause sprachen.

Da es ihre gewiß bedenkliche Absicht war, nach dem Kännchen, das sie im Langboot verwendet hatten, zu suchen und es an sich zu nehmen, dachte Mrs. Roxburgh gar nicht daran, ihnen ihren Mangel an Interesse übelzunehmen. Sie war nur überrascht, daß sie unbemerkt an ihnen vorbeikam, denn das schwindende Licht hatte alle Gegenstände, auf denen es lag, vergrößert, so den großen Brocken aus porösen Korallen, auf dem die abgegriffene Karte ausgebreitet war, und ihre schedderigen, zerbrechlichen Boote. Das täuschende Licht hatte beide in geduckt lauernde Rümpfe verwandelt, es hatte die Büsche wie getüncht näher heran gerückt, die ausgewaschenen Farben der aufgehäuften, zerbrochenen Muscheln zum Leuchten gebracht, die Falten in Mr. Pilchers Gesicht vertieft und selbst die kleinsten Haare in den Büscheln auf den Zehen der Seeleute sichtbar gemacht. Während sie ungekämmt vorüberschlüpfte, kam sie sich vor wie ein verwahrloster Jagdhund oder ein Wasserspaniel, der auf nichts Gutes aus war.

Während sie die Boote umschlich, fühlte sie sich instinktiv von Hinterlist geleitet. Wenn ihr Plan auch nicht gänzlich verwerflich, weil keineswegs nur selbstsüchtig war (sie war schließlich auf Wasser für ihren unpraktischen, ganz von ihr abhängigen Mann aus), so war das, was sie vorhatte, doch nach Kapitän Purdews Reglement unzulässig. So blieb ihr nichts anderes übrig, als in ihrer schäbigen, wie das Fell eines Jagdhundes struppigen Kleidung verstohlen zu schleichen, wobei ihr Haar lappig um sie herumhing, wie wenn es die albernen Ohren eines schnürenden Spaniels wären.

Sie fand, was sie suchte, inmitten der aus dem Langboot vorm Kalfatern herausgeschafften Ausrüstungsgegenstände. Sie versteckte das Kännchen unter ihrem Schal und schlich zurück durch das Licht, das alles, was es erhellte, unter Anklage stellte.

Vögel flogen hier und da zwitschernd aus den Büschen auf, und einer, der in einem Grasnest in einer Sandmulde saß, riß sogar den Schnabel auf und zischte sie an. Nicht weit davon fand sie ein unbesetztes Nest, ließ sich daneben auf die Knie nieder und brach eines der Eier auf, in dem sich ein faulender Embryo befand; sie schreckte, sich fast erbrechend, davor zurück und verhedderte sich im Saum ihres Rockes, als sie sich mühsam davonschleppte.

Unter göttlicher Führung, wie sie gern glauben mochte, gelangte sie zu einer Felsmulde mit schimmerndem Wasser, das überdies süß schmeckte. Sie tauchte ihren Schal hinein, wrang ihn in das Zinngefäß aus und sog selbst nur an den Wollfransen, die von dem Wasser durchtränkt waren. Sie fand im Gelände noch andere Pfützen und feuchte Flecken, ließ die Flüssigkeit von dem Schal aufsaugen und wrang das Wasser in das Gefäß.

Während sie nachdenklich dastand und an den Fransen ihres Schals saugte, hörte sie Schritte hinter sich und dann eine die Stille unterbrechende Stimme.

»Was hat denn Mrs. Roxburgh hier vor?«

Sie wußte, ohne sich umzudrehen, daß es Mr. Pilcher war; keiner konnte seinen Zorn so gezielt an etwas auslassen, das er mißbilligte.

Als sie sich zu ihm umwandte, machte sie nicht erst den Versuch, das halb gefüllte Gefäß zu verbergen; Mr. Pilcher hätte mit seinem Spürsinn sowieso herausbekommen, worum es hier ging.

»Das vornehme Volk versorgt sich selber, was?« warf er ihr vor, als er das Gefäß sah.

»Wem schade ich schon, wenn ich meinem Mann – dem es gesundheitlich nicht gut geht – einen halben Becher mit Regenwasser bringe?«

»Leute wie Ihr Alter haben allerdings Zeit genug, sich in Phantasterei'n zu ergehn.«

Er nahm ihr das Gefäß ab und trank es mit einem Zug aus.

»Da sehn Sie, was ich von Ihn' beid'n denke.« Er gab ihr das Gefäß zurück. »Alle haben die gleichen Rechte wie Sie.«

»Wenn das Ihr Prinzip ist, dann müssen Sie dem folgen«, räumte sie ein, während ihre Herkunft aus Cornwall es ihr schwermachte, ihr Temperament zu zügeln.« Ich denke nicht anders, aber Regenwasser kann sich ja wohl jeder nehmen, wenn ihm danach ist.«

»Dann füllen Sie mir das Ding noch mal – ob mir danach ist oder nicht.«

»Ich bin nicht Ihre Dienstmagd.«

»Wenn uns nicht die Maden oder die Haie fressen, kommt's vielleicht noch dazu. Es gibt nur wenige Mägde, die nicht mehr als einem Herrn gehör'n.«

»Was in aller Welt haben Sie hinter sich, daß Sie so verbittert sind?«

»Nicht verbittert – nur ganz praktisch, weil ich sehe, was, wie sich Leute euresgleichen weismachen, nicht existiert.«

»Das sind auch Phantastereien«, sagte Mrs. Roxburgh. »Ich zum Beispiel bin ganz und gar nicht, wofür Sie mich halten. Ich habe Not gekannt und weiß, was schwere Zeiten sind – wenn ich es auch später leichter hatte. Ich habe Winter erlebt, in denen ein Kartoffelpuffer Luxus war.«

»Hab ich recht, wenn ich in Ihnen das Dienstmädchen sehe, in das er sich verguckt hat?« Mr. Pilcher hatte noch nie so boshaft und gehässig ausgesehen.

»Ich bin nie Dienstmädchen von irgendwem gewesen. Wenn Mr. Roxburgh mich bat, seine Frau zu werden, dann war es – glaube ich –, weil er mich liebte. Es ist schon eine Art Verpflichtung, die ich eingegangen bin, aber ich entschloß mich, jemandem zu dienen, den ich achte und – liebe«, fügte sie hinzu.

Während sie in dieser »imaginären« Unterhaltung begriffen waren, imaginär insofern, als sie sich auf ihre bescheidene und damit unwirklich gewordene Vergangenheit bezog, begannen die Schatten, sie in ihr Dunkel zu hüllen. Es ging der Mond auf wie jene einzelne, Rechtschaffenheit versinnbildlichende Münze, die ihre Schwiegermutter gern in Ziervasen aufbewahrte, weil sie so verläßlich war und keine weitere Pflege benötigte. Vor dem entwässerten Himmel mochte der gegenwärtige Mond jenen als durchsichtig erscheinen, die sein Gesicht nicht eingehend gemustert und sich seine Eigenheiten nicht eingeprägt hatten.

Da sie glaubte, die Oberhand über ihren Gegner gewonnen zu haben, wandte sich Mrs. Roxburgh zum Gehen. »Mein Mann wartet schon auf mich.«

Aber die Augen des Maats glitzerten wie ihre eigenen Hände, bemerkte sie, in denen sie das Gefäß hielt.

Er zeigte auf ihre Ringe. »Geben Sie mir einen davon?«

»Wozu?«

»Als Andenken!« Er lachte anscheinend verlegen.

»Vielleicht werden wir nie erwachen! Aber wenn doch – liegt Ihnen daran, sich an diesen bösen Traum zu erinnern?«

»Ich gehöre nicht zu denen, die sich Träume leisten können, und kann mich vielleicht aus einer künftigen Fallgrube herausretten, wenn ich ein bißchen in der Hinterhand habe.« Während er sprach, verfiel er darauf, an dem Nest aus Granatsteinen herumzufingern.

»Nehmen Sie ihn!« sagte sie. »Ich habe dafür keine Verwendung mehr. Im übrigen hatte ich nie das Gefühl, daß er mir wirklich gehört.«

Sie streckte die Hand aus, und er zog den Ring ab und schob ihn auf seinen kleinen Finger. Als er ihn, um ihn zu betrachten, gegen das Licht hielt, musterten ihn die Granatsteine wie ein glimmendes Auge.

»Jetzt kann man auch Sie zu den Kapitalisten rechnen«, sagte sie und ergriff die Flucht.

Sie war froh, auf dem Rückweg von ihrem Rock, den knirschenden Korallen und dem sie streifenden Buschwerk begleitet zu werden, und begab sich ins Lager, wo ihr ein Mundvoll von ranzigem Salzfleisch bevorstand.

In der zwielichtigen Frühe wurden die Roxburghs von Stimmen und dem Rauschen des Segeltuchs geweckt und entdeckten, daß ihre Unterkunft abgebaut wurde. Die arbeitenden Männer waren ihnen nicht unfreundlich gesinnt, und einer entschuldigte sich sogar für die Belästigung.

»Der Steuermann brüllt uns an«, erklärte er, »wenn wir das Zeug nicht verstaut haben, bevor der Kapitän seine Gebete beendet hat.«

Mr. Roxburgh lachte etwas zu herzhaft über den Witz des Seemanns und nahm sich dann vor, sie alle bei passender Gelegenheit der Gnade ihres Schöpfers zu empfehlen. Er war, wo es doch jetzt so dringend nötig gewesen wäre, ganz davon abgekommen zu beten, stellte er beschämt fest, aber seine Frau schloß ihn gewiß in ihre

Gebete ein. Beten, hatte er schon immer vermutet, fiel Frauen leichter, weil ihr Umgang mit Gott vertrauter, gefühlsbetonter war. Aber war das wirklich so? Gab es überhaupt irgendwelche Gewißheit?

Seine Überlegungen führten dazu, daß er mürrisch wurde. »Wenn du nicht aufstehst, Ellen, bringst du sie gegen uns auf und verdirbst ihnen die gute Laune.«

»Ja«, murmelte sie verschlafen, konnte sich aber nicht aus dem köstlichen, zwischen Schlaf und Wachen wabernden Grau herausreißen, auch nicht, wenn ihre Trägheit die himmlischen Heerscharen dazu getrieben hätte, in vollem Galopp davonzupreschen. »Ja«, sagte sie jetzt etwas lauter und kam zu schnell hoch; sie fragte sich, was sie anziehen sollte, bis ihr einfiel, daß sie keine Wahl hatte.

Sie hätte sich wenigstens nach Mr. Roxburghs Gesundheitszustand erkundigen können, aber dem widersetzten sich ihre eigene innere Schwere und vielleicht auch Mr. Pilchers Zornesausbruch. Mehr als alles andere überwog die Rücksicht auf ihre Schwangerschaft ihre Fürsorglichkeit für andere.

»Soll ich dir auf die Beine helfen?« fragte Mr. Roxburgh großmütig und streckte die Hand zu ihr aus. Sie war dankbar, von ihm hochgezogen zu werden, und da sie sich jetzt gegenüberstanden, küßte sie ihn; es war noch dunkel, wenn möglicherweise auch nicht so dunkel, wie Mr. Roxburgh es gern gehabt hätte. Weil sie ein Zittern in seinen steifen Fingern fühlte, vermied sie es sorgsam, ihn auf den Mund zu küssen.

Nachdem die Boote ins Wasser geschoben worden waren, was in einem Aufruhr von Gefühlen, Flüchen, Rißwunden, verletzter Eitelkeit und kaum verhehltem Haß vor sich ging, waren sie dank des Windes, auf den der Kapitän und sein Steuermann ihre Hoffnung gesetzt hatten, in der Lage, Kurs aufs Festland zu nehmen. Aber immer noch hinkte das Langboot hinterher. Mr. Courtney geriet darüber so sehr aus der Fassung, daß er sich entschloß, die Pinasse zurückzuwinken. Ein Übermaß an Gerufe zog deren Aufmerksamkeit auf sie, und als der Abstand zwischen den beiden Booten sich zufriedenstellend verringert hatte, warf Mr. Pilcher unwillig eine Schleppleine herüber. Mr. Courtney selbst griff sie sich mit dem Ausdruck eines Mannes, der, so kam es jedenfalls Mr. Roxburgh vor, einen Fehdehandschuh aufnimmt. Er machte sie fest. Es wäre ihm zweifellos gegen den Strich gegangen, selbst mit zusammengebissenen Zähnen zuzugeben, daß das Langboot wieder mal ganz auf den guten Willen der Pinasse angewiesen war.

Mr. Roxburgh entsann sich seiner Absicht, ein Gebet zu sagen, aber wieder war es keine günstige Gelegenheit; sein Herz, spürte er, schlug aufgrund der soeben überstandenen Anstrengungen unregelmäßig, außerdem hatte ihm jemand den Ellbogen ins Auge gestoßen, als sie sich in der steifen Brandung in großer Turbulenz in die Boote gewürgt hatten.

Eingedenk des Zustandes, in dem sich seine Frau befand, richtete er seine Gedanken so unaufdringlich wie möglich auf sie und fand sich zu ihrer moralischen Unterstützung zu der Bemerkung gedrängt: »Wir sollten Gott danken, meine Liebe, daß er uns jetzt einige Schritte näher an die Zivilisation heranbringt.«

Er sprach in einem Moment, in dem der Wind drehte und sich geneigt zeigte, sie von der Küste weg auf die offene See hinauszutreiben. Wie bei so vielen Naturerscheinungen schien der Windstoß nur bis zu einem gewissen Grade launenhaft, dahinter aber steckte als Antriebskraft eine fast persönliche Wut und Bösartigkeit. Mrs. Roxburgh wagte, sich zu fragen, ob nicht vielleicht die Gottheit selbst für ihre menschlichen Unzulänglichkeiten Rache an ihnen nähme.

Unter diesen Umständen fühlte sie sich nicht durch die unzeitige Bemerkung ihres Mannes gestärkt. Körperlich fühlte sie sich schwächer denn je. Sie hatte die größten Schwierigkeiten, den Kopf aufrecht zu halten und ihn daran zu hindern, durch seine unnatürliche Schwere vornüber auf ihre schlaffen Brüste über dem geschwollenen Leib zu sinken, und fuhr erregt auf, als sie jetzt ein lautes Brüllen hin und herüber zwischen Langboot und Pinasse hörte. Mr. Courtney hatte nach dem durch sein Versagen bedingten Ausfall des Kapitäns das Kommando über das Langboot übernommen und warf dem ihm untergebenen Mr. Pilcher vor, daß er keine Anstalten machte, dem Boot in seiner plötzlich aufgetretenen Notlage durch entsprechende Segelmanöver zu helfen.

Mrs. Roxburgh mit ihren dumpfen Augen und ihren weiblichen Ohren wußte mit dieser technisch bedingten, rein männlichen Situation nichts anzufangen, bis sie aus ihrer Apathie durch die starrsinnigen Gefühlsreaktionen der Kontrahenten und dadurch herausgeschreckt wurde, daß sie sah, wie Mr. Pilcher eine Axt nahm und auf die Schleppleine, von der sie abhängig waren, einhieb.

Sie war rasch gekappt mit dem Erfolg, daß das Langboot nun auf dem eingeschlagenen Kurs hilflos sich selbst und der Gunst des Schicksals überlassen war.

Im Anfang wagte keiner an Bord, seine Meinung dazu zu äußern. Froh, nun wieder etwas um die Ohren zu haben, fingen einige der Männer auf eigene Faust wieder mit dem Ausschöpfen an, denn trotz der auf der Insel durchgeführten Reparaturen drang das Wasser jetzt wieder durch die strapazierte Bordwand ein. Mr. Roxburgh beteiligte sich bereitwillig an dieser Aktion und seine Frau auch, als ein von den Männern fahrengelassenes Schöpfgerät auf sie zuschwamm.

Während er eine Pause machte, fiel es Mr. Roxburgh ein, sie nach dem Jungen zu fragen: »Was ist aus ihm geworden, Ellen? Er ist doch wohl kaum auf die Pinasse übergestiegen?«

Weil der Tod zu einem alltäglichen Vorkommnis zu werden drohte, bei dem weihevolle Gefühle und selbst aufrichtige Trauer unangebracht schienen, erwiderte sie so sachlich und unbeteiligt wie möglich: »Nein, er ist gestern abend beim Suchen nach Muscheln am Riff ertrunken.«

Da er sich anders als seine Frau erst mit diesem Sachverhalt vertraut machen mußte, stieß ihn die überraschende Gefühlslosigkeit, mit der sie das sagte, ab. »Aber warum, um Himmels willen, hast du mir das nicht erzählt?«

»Ich hab's vergessen«, erwiderte sie. »Ich hatte andere Dinge im Kopf.«

Das stimmte nicht ganz, aber wie sehr hätte sie ihn erschreckt, wenn sie es ihm, noch ganz unter diesem furchtbaren Eindruck stehend, mitgeteilt hätte, und danach hatte ihr Mr. Pilcher mit seinen ungerechten Vorwürfen hart zugesetzt und sie durcheinandergebracht.

In diesem Augenblick regte sich Mr. Spurgeon, der als Patient das Vorrecht genoß, sich in der Nähe seines Wohltäters aufhalten zu dürfen, über das, was er mit angehört hatte, auf. »Was – der Junge ist tot? War ein prächtiger Bursche, der Oswald. Aber der Lady deswegen Vorwürfe zu machen, hat sie nicht verdient. Lamentieren bringt den Toten auch nicht zurück.«

Obwohl es ihm mißfiel, daß seine Frau in jemandem, den er persönlich als Verehrer gewonnen hatte, einen Verbündeten fand, war Mr. Roxburgh über die zweifache Bestätigung froh, daß eine formelle Trauerbekundung von ihm nicht erwartet wurde.

Ein leichtes Seufzen, ein Schnalzen mit der Zunge, und damit hatte er seine Pflicht getan. »Um dich tut es mir leid, Ellen. Der Junge war dir so treu ergeben.«

»Ich hab ihn geliebt«, sagte sie schlicht, aber wiederum so unbeteiligt, daß Austin Roxburgh sich weder von Eifersucht noch von Gewissensqualen behelligt zu fühlen brauchte.

Im übrigen hatte durch den vergrößerten Abstand zwischen der aufsässigen Pinasse und dem Langboot fast jede menschliche Beziehung an Realität erheblich verloren. Der Glaube an Gemeinschaftlichkeit blieb so lange erhalten, wie die Schleppleine sie verband, nachdem sie jetzt aber gekappt war und das führende Boot allmählich außer Sicht geriet, war der Horizont ringsum von Zweifeln bewölkt.

Mr. Roxburgh wünschte, er wäre noch im Besitz seines Tagebuches, um sich über seine Stimmung in durchdachten Formulierungen klarzuwerden und sein moralisches Gleichgewicht wiederzugewinnen.

Im Gleichgewicht waren jetzt die See und der Wind oder boshafterweise auch nicht, wurden sie doch Tag und Nacht in diese oder jene Richtung getrieben, von denen Mr. Courtney, wenn er befragt wurde, behauptete, er wüßte, wohin es ginge.

»Würde sagen – nach meinen Berechnungen –, wir sind hundertfünfzig Meilen östlich von Percy Island«; oder: »Dieser Kurs bringt uns zurück zu den Cumberlandinseln«; und dann wieder: »Haben wir Glück, kann es sein, daß wir morgen abend die Bustard Bay anlaufen.«

Mit seinen klaren, aber ziemlich stupiden Augen hatte er nie weiter geschaut und nie weniger gesehen; die Kiefer unter seinem hundsähnlichen Schnauzbart knackten vor Verantwortungsgefühl.

Während Kapitän Purdew, ein altes, zu Füßen seines Hüters kauerndes Kind, leise lachte. »Yarmouth oder Barnstaple, es ist, wie Gott weiß, alles dasselbe.«

Es leuchtete allen ein: Geographie war etwas, das man nur ahnen konnte; die Karte hätte zerrissen, die Instrumente in die Brandung geworfen werden können, bevor sie zu ihrer Irrfahrt aufbrachen.

Was in den Tagen, den Wochen oder Monaten, die folgten, mehr als alle anderen Mrs. Roxburgh betraf. An ihr stieg das Wasser in dem bedrohten Boot höher und höher, fast bis zur Hüfte, schien es, und sog umklammernd und schwappend das Blut aus ihrem erschlafften Körper.

Aber dies war nur der geringste Teil von ihr. Sie selbst war es, die versank. Die Fransen ihres grünen Schals schleppten sich in Tiefen hin, in denen sie oft von umperltem Seetang oder den Schleiern und Wimpeln von treibenden Fischen ununterscheidbar waren, sich in korallenem Gehänge verfingen und sich aus dem einfachen Grunde auflösten, weil das ganze Universum unter Wasser stand.

Irgend jemand, ein Mann, hielt ihr ein stinkendes Gefäß an die Lippen: »Hier, Mrs. Roxburgh, etwas Rum, nicht viel mehr als ein Tropfen, aber der Bodensatz wird Sie beleb'n.«

Sie ließ sich das gefallen, mehr um denjenigen zufriedenzustellen, der ihr diese Kur zugedacht hatte, nicht aber aus Angst, das Leben in ihr könnte versiegen; in anderen vielleicht, nicht in ihr, so sehr war sie selbstbefangen von sich überzeugt.

Und wurde wieder in zwielichtige Tiefen hinabgezogen, wo nur ein braunes Pulsieren das, was sie jetzt erlebte, von dem unterschied, was ihr vorher widerfahren war. Ernste Schoner segelten neben ihr her, streiften ihre Rippen und beäugten sie aus glimmernden Luken. Es mußte der Rum sein, der das rotbraune Pulsieren ihrer Gedanken verursacht hatte. Die Kreatur, die sie jetzt als zunehmend vorwurfsvolles Gebilde verfolgte, schlängelte sich im Gegenrhythmus zu ihr durch die Falten ihres Unterrocks, und es stieß dieser schlüpfrige Fisch nippelnd gegen ihre tauben Beine und entwich in Richtung einer Freiheit, die ihr noch unerreichbar war.

Ob nun durch innere Qual oder körperliche Belastung gezwungen, wand sich Mrs. Roxburgh aus der Haltung heraus, in der ihr Mann sie umfaßt hielt und sie in dem überschwemmten Boot stützte.

»Ohhh!« stöhnte sie oder muhte es eher zwischen geschwollenen Lippen hervor, während sie ihr Gesicht flach dem Himmel darbot. »Aah, mei' G-ohtt!«

Es war still an diesem Abend, fast wohltuend still. Was Mr. Roxburgh soeben gehört hatte, empfand er erschrocken als den Laut eines Tieres. Seine Feinfühligkeit hätte ihn davon ausgeschlossen, wenn es möglich gewesen wäre.

Da es nicht so war, brachte er den Spruch an, der ihm in jungen Jahren beigebracht worden war: »Wir dürfen den Kopf nicht hängenlassen, Ellen«, und fuhr fort, seine vom Fieberwahn befallene Frau mit streichelnden Gesten zu besänftigen.

Die schrie: »Kein Zweifel – es ist umsonst – ich hab alles versucht – keiner kann mir Vorwürfe machen, Austin – oder?«

Obgleich er erschrak, als er sich so ungewohnt beim Vornamen genannt hörte, versuchte er, sie zu beruhigen: »Niemand denkt daran, dir Vorwürfe zu machen und deinen Schmerz noch zu vertiefen«, und strich mit dem Finger über die nasse, geschwollene Wange von jemandem, der gegenüber er, wie er meinte, seinen Pflichten in jeder Beziehung nachgekommen war.

Aber sie klaubte an seiner Hand herum, wimmerte und murrte kindisch und suchte, ihn zu sich auf ihre Ebene hinabzuziehen.

»Was ist denn nun eigentlich?« zischte er ebenso verzweifelt wie irritiert.

Als er erfaßte, wie außerordentlich schwer das Geschehene auf ihr lastete, blieb ihm nichts übrig, als dies hinzunehmen. »Es ist eine schlimme Sache, aber keiner von uns wird daran sterben«, äußerte er vorausschauend.

War er nicht sein Leben lang mit den Realitäten immer zurechtgekommen?

Nachdem er seine Frau von ihrer beider totgeborenem Kind entbunden und jemand etwas herangeschafft hatte, das Oswalds Schatzbeutel gewesen sein mußte, entleerte er ihn und legte die Knöpfe, Garnrollen, einen Bleistiftstummel, ein paar Andenken und ein abgegriffenes Gebetbuch beiseite. Da es an einem Leichentuch fehlte, konnte der Beutel als Ersatz für die Aufnahme dieser anderen, unheilvolleren Last dienen.

Wieder war es Mr. Roxburgh zufrieden, seine Pflicht getan zu haben; er fingerte nur etwas nervös herum, als er die Schnur oben an dem offenen Beutel zuzog und ihm dabei ein häßliches Reißgeräusch aus der Kehle drang.

Von Hunger geschwächt und von salziger Lauge verklebt, schleppte sich Kapitän Purdew wie ein abgezehrter schwarzer Kormoran nach achtern. Er griff sich Oswald Dignams Buch und zelebrierte jene Art von Gottesdienst, wie er es sich bei seinem Leben auf See angewöhnt hatte.

Mrs. Roxburgh schloß die Augen. Die nur halb mitgehörten Worte machten keinen Eindruck auf sie; sie schienen sich eher auf ihren Lidern niederzulassen, um sich wie ein flackerndes Licht zu verflüchtigen.

»... der Mensch ist geboren ...

... soviel es ihm gefällt ...

... du weißt, Herr, um die Geheimnisse unserer Herzen ...«

Sie regte sich, wo sie lag, und ein Kräuseln zog sich über das Wasser im Boot hin, auf welches das schwache Plätschern jenseits des Schandecks wie eine Antwort war.

»... unser sündiger Leib...
... Sein Leib in der Glorie...
... daß alle Dinge in Ihm ihren Überwinder finden.
Amennn.«

Kapitän Purdew schloß mit einem schnarrenden Näseln, worauf die Mützen, begleitet von kaum hörbarer Zustimmung oder Zurückhaltung, wieder aufgesetzt wurden.

Wenn Tränen dem Kapitän aus den Augen drangen, dann deswegen, wie jeder wußte, weil er seinen Verstand kaum noch zusammen hatte, und wiewohl einige Männer erschüttert waren, so geschah dies doch auch, weil sie sich an ihre Frauen, ihre Freundinnen oder an einen geliebten Hund erinnerten. Im Vergleich dazu schienen die Roxburghs an diesem für die Beisetzung des Kindes vorgesehenen, halkyonischen Abend ungerührt. Unter dem pfauenschwanzfarbigen Himmel drückte sich in ihrem durch das Leid von einer ausgewaschenen Puddingfarbe überzogenen Gesicht Zustimmung, wenn nicht Gelassenheit aus, während ihr aufrecht neben ihr sitzender Mann wirkte, als nähme er Glückwünsche nach einer erfolgreich gespielten Klassikerrolle entgegen.

Worauf es Mrs. Roxburgh einfiel, zu fragen: »Hast du vielleicht eine Ähnlichkeit mit jemandem von uns bemerkt? Kinder entwikkeln sich häufiger nach ihren Großeltern als nach Vater und Mutter.« Mr. Roxburgh lachte hell auf und drückte sie, was für ihn ganz untypisch war, an sich.

»Nein – würde ich sagen. Es kam alles so rasch, Ellen – und es war so kurz, daß ich nur flüchtig hinsehen konnte.« Danach seufzte er kurz und bedauerte, daß es nicht aus Zufriedenheit sein konnte. »Aber da du mich fragst – ich glaube, ich habe doch etwas entdeckt, was auf eine gewisse Ähnlichkeit mit mir schließen ließe.«

Dann küßte er sie auf den Mund unter den Blicken aller, die wohl eher aus ihren Tränen als mit ihren Augen hersahen.

»Ich bin so froh«, entgegnete sie, »daß es ein Junge war, wie du es dir gewünscht hast.« Ein Lächeln zuckte leicht auf, und dann gab sie sich wieder dem hin, was die Zukunft für sie bereit haben mochte.

Einmal während der Tage, Wochen, Jahre, die folgten, raffte sie sich zu der Frage auf: »Du wirst mich doch nie verlassen, sag mir?«

»Wie könnte ich?« erwiderte er. »Selbst wenn ich es wollte.«

Eine solche unwiderlegliche Begründung und kaum verhüllte Zurechtweisung hätte sie verletzen können, wenn sie nach ihrer bedrückenden Schwäche inzwischen nicht wieder zu Kräften gekommen wäre, nicht durch Gottes Vergebung, wie manche es vielleicht gesehen haben würden, sondern dadurch, daß sie sich entsann, eine geborene Gluyas zu sein. Der Regen hatte aufgehört; das Leben will weiter bestanden werden. Sie wäre wie ein Tier wieder auf die Beine gekommen, hätte sich in Schlamm und zertretenem Gras festen Halt gesucht, wäre es ein Feld und nicht ein von Wasser durchschwemmtes Boot gewesen.

Unter diesen Umständen tat sie an einem Morgen, dessen Wetter es gut mit ihnen meinte, die letzten Gedanken ab, die sich die ganze Zeit noch wie phosphoreszierende Fische in ihrem Kopf bewegt hatten. Ihre Hände, sah sie, waren noch dieselben ererbten, zwar groben, aber brauchbar gestalteten Gliedmaßen. Wenn sie die ihnen eingeborene Färbung verloren hatten, dann nicht durch damenhafte Betätigung, sondern durch die Einwirkung des Seewassers. Also war sie noch gut für das Ausschöpfen von Wasser gerüstet, eine Tätigkeit, vor der sich mittlerweile die stärksten Männer der Besatzung drückten.

Diese Arbeit sonderte sie, wenn auch nicht körperlich, von ihrem Mann Mr. Austin Roxburgh ab, der hingekauert an ihrer Seite blieb. Wenn er auch manchmal seine Hilfe anbot, so war dies doch nur eine lustlose Geste; er war natürlich nicht so gegen Eintönigkeit abgehärtet wie sie. Einmal stellte sie an ihm überrascht einen Gesichtsausdruck fest, der nicht ganz Verzweiflung und nicht ganz Abscheu verriet, aber verursacht sein mochte durch das langsame Gift der Befürchtung. Auf alle Fälle fühlte sie sich dadurch gekränkt, und so bemühte sie sich, den Abstand zu überbrücken.

»Was ist mit dir?« fragte sie. »Überkommt dich wieder ein Anfall? Oder bekümmert dich etwas?« Sie streckte ihm ihre verarbeitete Hand hin, als wollte sie etwas von ihrer neugewonnenen Kraft auf ihn übertragen.

Ihre Freundlichkeit weckte zunächst anscheinend Trotz in ihm wie bei einem verwöhnten Kind, das sich rächt, weil es sich vernachlässigt glaubt.

»Ihr wißt, daß ich immer nur an Euch denke, Mr. Roxburgh«, fügte sie hinzu, ohne sich bei dem, was sie sagte, an die Wahrheit zu halten.

So versuchte seine Dienerin, ihn zu beruhigen.

Aber er senkte den Kopf und legte das Kinn auf ihre Schulter. »Es geht um Mr. Spurgeon, Ellen. Ich glaube, er ist tot.«

Vorerst ahnten nur die Roxburghs, was geschehen war; auch hatte keiner der Besatzung die Tränen bemerkt, die Mr. Roxburgh für seinen kürzlich gewonnenen, abstoßenden Freund vergoß. Körperlich und moralisch geschwächt, würde er nicht den Versuch unternommen haben, seine Tränen außer vor seiner Frau zu verbergen, und Ellen, hoffte er, würde dieses Zeichen seines Kummers fälschlich für einen natürlichen Vorgang halten, bei dem sich die verfestigte Feuchtigkeit auflöste und wieder zu dem wurde, was sie gewesen war, zu Wasser.

Der Steward Spurgeon, dessen Glieder bereits steif geworden waren, wurde von seinen Kameraden ohne umhüllendes Segeltuch und ohne ein Bleigewicht über Bord geworfen. In diesem Fall hielt Kapitän Purdew keine Grabrede, vielleicht weil ihm gar nicht klargeworden war, was sich ereignet hatte, oder weil er Oswald Dignams Buch verlegt hatte. Mr. Spurgeon war für die Anwesenden eine Leiche, die man eben den Haien überließ. Aber wen scherte das am Ende schon?

Daß es Mr. Roxburgh bekümmerte, ahnte nur seine Frau, also mußte sie sich zu Härte zwingen, damit ihr Mann überlebte.

Als ein Mann, der sich sein Leben lang vergeblich nach Freundschaften gesehnt hatte, gab sich Austin Roxburgh voll der Trauer über den Verlust dieser einen einzigen Bindung hin. In dieser Stimmung überkam ihn nagender Hunger, bis sich der Schlaf einstellte und er auf den Gedanken verfiel, wie gut sich der Steward, wäre er nicht ein so unappetitlicher Brocken gewesen, als Teil des zur Neige gehenden Vorratslagers gemacht haben würde. Aber unmittelbar darauf überkam Mr. Roxburgh ein grenzenloser Abscheu vor sich selbst. Er war froh, daß die Nacht angebrochen war und alle um ihn herum schliefen. Doch fanden sich seine Gedanken nur in den üblichen, konventionellen Rahmen zurück, was Kapitän Purdew gewahr geworden sein mußte, der sich nämlich zwischen den Schläfern zu ihm schlich, sich herabbeugte und ihm zuflüsterte: *Dies ist der Leib Spurgeons, den ich für euch bewahrt habe, nehmt ihn und eßt von ihm und wisset Dank für eine Beule, die etwas Geistiges war...* Austin Roxburgh gierte nicht nur nach dem lebendigen Fleisch, sondern fand sich darüber hinaus besorgt gedrängt, sich die Mundwinkel zu lecken, damit nichts von dem kostbaren Blut überfließe.

Als er jetzt plötzlich aufwachte, bemerkte Mr. Roxburgh, daß sein Mund weit offen war. Er würde alles darin und auch den Inhalt seines Magens ausgebrochen haben, wären nicht Mund und Magen leer gewesen. Diese Leere bewahrte ihn allerdings nicht vor einem Anfall von schweißtreibenden Schauern, die auch dann noch anhielten, als er um sich blickte und sah, daß alle, einschließlich Kapitän Purdews, fest schliefen.

So viel von der Nacht und vom Träumen. Die bei Tageslicht gewechselten Blicke verhießen Schlimmeres, bis sich im Laufe des Morgens Mr. Courtney am Bug hinstellte und auf etwas aufmerksam machte, das wie ein wunderbarerweise auf dem Schieferrand liegender Bleistift wirkte. Ob es eine Insel oder Festland war, darüber stellte er keine Überlegungen an, da aber der Wind, die See und die allgemeinen Bedingungen günstig waren, wagte er vorauszusagen, daß ihnen binnen weniger Stunden die Landung gelingen werde.

Die Roxburghs mieden es, einander anzusehen. Sie umfaßte nur seine Hand, die feinen, abgezehrten Glieder seiner Finger und den von seinem Siegelring gebildeten Buckel.

7

Keine Spur von Wolken am Himmel, als sie sich der Küste näherten. Von Regen und Leiden entstellte Gesichter boten sich dem Ansturm der erhabenen Sonne dar, die einen blendenden Sandstreifen in das sich verdichtende Weiß schliff. Einige der Schiffbrüchigen wären nicht überrascht gewesen, wenn der Allmächtige seine Posaunen angewiesen hätte, sie dröhnend bei ihrer Ankunft am Saum des Paradieses in Empfang zu nehmen.

Sie näherten sich schaukelnd bewegt durch die türkis und perlmutterne Stille der See, die in das schattendurchzogene Geriffel einer kaum bis zu den Knöcheln reichenden Brandung auslief. Schweigend und staunend von denen an Bord verfolgt, schob sich das Langboot so gut wie von selbst an Land. Einige sprangen, die meisten aber wälzten sich aus dem Boot, um wie verstümmelte Krebse durch das seichte Wasser zu kriechen.

Was Wunder, daß man dabei die Passagiere ganz vergaß. So war es Mrs. Roxburgh, die ihrem Mann die Hand hinreichte, um ihm über das Schandeck hinwegzuhelfen, als wäre er nun wieder in die Rolle des seiner Krankheit hingegebenen Invaliden geschlüpft.

»Ist es zu hoffen erlaubt, Ellen«, flüsterte er ihr mit blutenden Lippen zu, »daß wir hier eine Weile Frieden finden, um zu Kräften zu kommen und womöglich zu – normalen, vernünftigen Gedanken?«

»Ich denke schon«, murmelte sie, um ihm Trost zuzusprechen.

Die Männer vor ihnen lagen schon mit hochgereckten Ellbogen oder in den Sand gelegten Gesichtern am Boden, während einer, der argwöhnischer war als sie alle, kreisend umherstreifte und offenbar versuchte, die unsichtbaren Insekten oder anderen bösartigen Geister auszumachen, die dazu bestimmt waren, über sie herzufallen und sie zu foltern.

Kapitän Purdew verließ, ob nun aus völliger Verblödung oder Pflichtbesessenheit, als letzter das Boot. An Land strauchelnd, fiel er dort auf die Knie, wo der Sand noch von den zurückgelassenen Blasen der abebbenden Wellen schimmerte, und hob an, dem Schöpfer mit amtlich gefärbter Stimme Dank zu sagen: »Allmächtiger Gott, ich bete darum, daß wir uns deiner unverhofften Gnade würdig erweisen werden ... daß wir, derer du dich liebend erbarmt hast, die

Kraft haben werden, die uns bevorstehenden Prüfungen auf uns zu nehmen ...«, worauf er eher persönlich vor sich hinmurmelte: »Und sättige unsere Bäuche, Herr ... und lösche unseren unerträglichen Durst ... nicht mit Kieseln, nicht mit Senkblei. Mein Gott, nein, ich nicht wäre von Bord der *Bristol Maid* gegangen, wenn es nicht anderen gefallen hätte ...«

In diesem Moment überwältigten ihn seine Gefühle, und der alte Mann fiel vornüber aufs Gesicht, so daß sich sein Speichel mit den Blasen im Sand vermischte.

Austin Roxburgh seinerseits entschloß sich, dem Beispiel des Kapitäns zu folgen und Gott (oder privater und überzeugter noch *ipse Pater)* zu einem späteren Zeitpunkt zu danken. Im Moment war es nicht günstig: Er war durch die dem donnernden Schweigen der See entgegengesetzte Stille an Land wie betäubt; in seinen Ohren klopfte es aus Protest.

Um sie herum schimmerten das Licht, der Sand und weiter hinten die dunkleren, zurückhaltenden Bäume. Wo das sandige Gelände anstieg, um in den Wald überzugreifen, waren, unbeachtet von Ebbe und Flut, große Matratzen aus Sand ineinander verflochten und niedergeschnürt von Schlingpflanzen und einer Vielfalt von Windengewächsen, deren aufgerollte Trichterblüten bläulichviolett glommen. Mrs. Roxburgh hätte sich in den lianenbestickten Sand werfen mögen, aber selbst durch die Sohlen ihrer zerschundenen Stiefel verbrannte sie sich an ihm die Füße.

Sie gewahrte überdies, während sie vortappte, einen immer stärker werdenden Geruch, mehr noch, einen widerlichen Gestank und entdeckte, als sie näher kam, den verwesenden Kadaver eines Tieres, das ein Känguruh sein mußte.

»Puuh!« rief sie, besann sich dann aber um. »Kann man das nicht noch verwerten? Bei den vornehmsten Mahlzeiten kommt genug Wild auf den Tisch, das ebenso durchdringend stinkt.«

Durch den Hunger wurde das schneller verwirklicht, als es möglich schien. Mit Hilfe von einem Flintstein und einem Metallstück, die er in dem Spurgeon um den Hals hängenden Beutel aus Sämischleder gefunden hatte, gelang es Mr. Courtney, aus Reisig und trockenen Lianen ein Feuer zu zaubern. Durch das Rösten wurde der Gestank des faulenden Fleisches gedämpft, und bei denen, die geduldig warteten, schlug die Gier in Ekstase um.

Nicht einer verzichtete auf die ihm zustehende Portion. Das Fleisch schmeckte sehr nach Wild, wie es Mrs. Roxburgh vermutet hatte, und war eher roh angesengt als gebraten. Dennoch erklärte Mr. Roxburgh, er habe nie eine schmackhaftere Mahlzeit zu sich genommen, wobei er den paar gebratenen Maden, die er mit verbrannten Fingern herauspuhlte, keine Beachtung schenkte und noch, als er fertig war, an einem Stück Fell herumkaute, als könnte er sich nicht von ihm trennen.

Einem Mann gelang es, dadurch einiges zu ihrem Wohlbefinden beizusteuern, daß er, als er die Umgebung auskundschaftete, in der Nähe des Waldes mehrere Teiche mit nur leicht brackigem Wasser entdeckte, zu denen sich alle hinschleppten, Wasser mit den Händen schöpften oder die Gesichter hineintauchten und das Naß unbesonnen in langen Zügen schlürften. Mrs. Roxburgh erwog, ob sie sich Gesicht und Hände waschen sollte, denn der Gestank des verrotteten Känguruhs hatte den Geruch der über Wochen in dem offenen Boot angesetzten Salzkruste nur noch penetranter gemacht, aber ein Blick auf ihre Gefährten belehrte sie, daß man ihr ein solches Verhalten übelnehmen würde, außerdem hätte eine Waschung nur oberflächlichen Nutzen gehabt. Seit sie wieder an Land war, hatte sie bemerkt, daß die nassen Kleider und der von ihnen bedeckte Körper Dünste von sich gaben.

Als es allmählich Abend wurde, entschloß man sich, in der Nähe der Wasserlöcher zu kampieren, was unter normalen Umständen eine herrlich ruhevolle Picknickszenerie ergeben hätte – hingelagert unter dieser weiten grünen Überdachung auf Polstern aus Moos, von denen aus die von oben herabhängenden, leicht in der Brise schwankenden Schlingpflanzen gerade noch zu sehen waren. Es fehlte nur an einem Kutscher und einem Diener, der die Körbe mit den Früchten herumreichte.

Für Mr. Roxburgh, der etwas abseits Hand in Hand mit seiner Frau gegen einen Erdhügel gelehnt dasaß, wäre jetzt Gelegenheit zu seiner Danksagung gewesen, hätte sie nicht ein eigentümliches Geräusch aufgestört, ein tierisches oder menschliches Schnattern, leise zuerst, dann aber lauter, als arbeitete sich eine Säge durch das Schweigen vor.

Alle Köpfe fuhren herum, als drehten sie sich auf traurig verrosteten Sprungfedern, und dort in mittlerer Entfernung tauchten auf einer Anhöhe ein, drei oder ein halbes Dutzend Wilde auf, nicht ganz nackt, denn jedem hing von der Schulter herab quer über den Körper und die Geschlechtsteile eine Art von primitiv gewebtem Tuch. Die Eingeborenen waren mit Speeren und anderem kriegerischen

Gerät bewaffnet, alles vermutlich aus Holz; nur auf ihrer dunklen Haut lag ein bedrohlicher Metallglanz.

Die beiden Gruppen beobachteten einander eine Weile, worauf die Schwarzen schweigend mit den Schatten verschmolzen.

Sobald anzunehmen war, daß sich die Eingeborenen in sichere Entfernung zurückgezogen hatten, wurden in dem Lager der Weißen Vermutungen laut: Man fragte sich, was für dreckige Machenschaften diese »Kunden« im Sinn haben mochten.

Kapitän Purdew war der Meinung, daß »ein christliches Vorgehen zu christlichen Ergebnissen führen sollte«, seufzte aber und setzte hinzu: »Falls unsere Sünden nicht so schwer sind, daß sich die Waagschale zu unseren Ungunsten senkt.« Auf alle Fälle suchte er, seine Kommandogewalt dahingehend auszuspielen, daß unter keinen Umständen das Feuer auf Personen eröffnet werden dürfe, die nur »unschuldige Naturmenschen« seien.

Trotz dieser Ermahnung des Kapitäns entschlossen sich Mr. Courtney und einer seiner Männer, auf eigene Faust ihre aus zwei Musketen und einer Pistole bestehende Bewaffnung zu überholen, die wahrscheinlich unter den Verhältnissen an Bord des Bootes unbrauchbar geworden sei. Sie gingen dann so weit, daß sie die Waffen angesichts eines möglichen nächtlichen Überfalls luden, und wandten sich gegen jene, die, um ihrem sinkenden Mut Auftrieb zu geben, lieber ein Feuer entzündet hätten.

Als sich seine Überraschung über die schwarzen Eindringlinge und sein fragwürdiges ästhetisches Vergnügen an ihrem muskulösen Körperbau und ihrer glänzenden Haut gelegt hatten, fand Mr. Roxburgh die ganze Geschichte nur noch langweilig. Die harte Realität hatte sich in seiner Gegenwart immer mit erschreckender Plötzlichkeit durchgesetzt und war ebenso rasch wieder geschwunden, und noch nie hatte sich das so launisch und unberechenbar vollzogen wie seit seinem Aufenthalt auf dem Wrack der *Bristol Maid.* Und so interessierte er sich nur halbherzig für das Problem der Verteidigung. Sein wirkliches, Kraft gebendes und krafterfülltes Leben würde erst wieder nach seiner Rückkehr in die Bibliothek von »Birdlip House« beginnen.

Selbst Mrs. Roxburgh war geneigt, im Laden der Waffen, wie es von Mr. Courtney und seinem Gefolgsmann vorgenommen worden war, nur ein Spiel des Knaben im Manne zu sehen, zu dem sich dieser verpflichtet glaubt. Sie senkte die Augen und half einer Ameise mit einem Grashalm aus einer moosigen Mulde heraus.

Frieden und allgemeine Ermüdung herrschten vor; die Idylle war wieder greifbar nahe, wäre nur die Kälte nicht gewesen, die sie aus den Bäumen ankroch, und nicht die Diarrhöe, von der fast die ganze Gruppe qualvoll befallen war. Ständig war in der Stille des Unterholzes ein Kommen und Gehen zu hören, und was abseits und privat hätte vorgehen sollen, war ringsum in peinlicher Weise vernehmbar.

»Dies verfluchte Känguruh!« stöhnte Mr. Roxburgh einmal auf. »Wieso, meinst du, bist du davon verschont geblieben, Ellen?«

»Wie soll ich das wissen? Vielleicht, weil ich weniger Wasser als manch anderer getrunken habe.«

Mr. Roxburgh kam zu dem Schluß, daß die Mineralien in dem Wasser schuld an ihrer Unpäßlichkeit sein mußten, nicht das verweste Känguruh.

Aber daß sie nicht zu leiden hatte, schien er ihr zum Vorwurf zu machen, und während der Nacht, als seine Stimmung auf dem Tiefstpunkt war, bekannte er: »Ich habe oft gedacht, jetzt könnte ich eigentlich ebensogut sterben – es gibt nicht sehr vieles, wofür es zu leben lohnt –, aber dann habe ich mich gefragt, wie solltest du es wohl ohne mich schaffen?«

Mrs. Roxburgh tat so, als schliefe sie fest.

Die meisten waren beträchtlich geschwächt, als sie bei Tagesanbruch erwachten und niedergeschlagen aufstanden, noch bevor es ganz hell war.

Kapitän Purdew – oder war es Mr. Courtney? – schlug vor, von der Bucht aus in Richtung Moreton Bay zu marschieren, das sie, falls sie nicht auf einer Insel, sondern auf dem Festland gelandet wären, zu Fuß erreichen müßten.

Als sie dann tatsächlich das untaugliche Langboot zurückließen, verlor Kapitän Purdew gänzlich die Fassung. Wie schon bei der *Bristol Maid* bereitete ihm auch dieser Verlust heftige Gewissensqualen, die ihm vermutlich sein Leben lang zusetzen würden.

Mrs. Roxburgh hingegen, die auf dem mühsamen Weg an der Bucht entlang nur einmal zurückschaute, nahm sich vor, das Boot und alles, was sie in dieser elenden Nußschale durchgemacht hatte, so rasch wie möglich zu vergessen. Aber hatte sie wirklich Macht über ihre Gedanken? Sie mußte es dazu bringen, daß ihre Willensstärke ihrer robusten körperlichen Kraft entsprach. Tatsächlich zeigte ihr Körper sich der ihm auferlegten Bürde gewachsen, so schwer auch ihre Kleider an ihr hingen und so sehr es sie auch belastete, daß sie ihren bei ihr eingehakten Mann in seiner Hinfälligkeit mitschleppen mußte.

So machten sie sich strauchelnd auf den Weg, die Männer meist barfuß und in ihrem Äußeren und ihrem Verhalten nur noch ein Schatten ihrer selbst.

»Auf halbem Wege nach Norwich fiel das Pferd zu Boden...«, ließ sich Kapitän Purdew wimmernd hören.

Die Sonne stieg höher und brannte ihnen auf Kopf und Schultern nieder. Einmal senkte die Frau den Blick, als könnte sie das grelle Licht nicht mehr ertragen, und die Ringe, die sie trug, blitzten ihr eine ironische Botschaft zu. Einige Schritte lang schloß sie die Augen. Ihre von Salz und Schweiß gefleckten dunklen Kleider schienen sie in Tiefen hinabzuziehen, aus denen sie nur träumend geglaubt hatte, erlöst worden zu sein.

Mr. Roxburgh hatte sich seines Mantels und der Jacke entledigt (die Stiefel hatten sich ihrerseits seiner entledigt), trug aber trotz der Hitze noch seine Weste, damit ihm der eingeknöpfte Elzevirdruck Vergil nicht verlorenging.

Mrs. Roxburgh hätte über die langen schmalen Füße ihres Mannes weinen können: Wie blaß und kalt waren sie immer gewesen, erinnerte sie sich, jetzt aber glühten sie wie entzündet.

Nach dem Stand der Sonne mußte es Mittag sein, als selbst die Apathischsten unter ihnen durch ein Geräusch aufgeschreckt wurden, durch ein Zischen, dem ein dumpfer Aufprall folgte. Wenige Schritte vor Mr. Courtney und dem Seemann hatte sich ein Speer schräg in den Sand gebohrt. Der Speer vibrierte noch, als schon ein zweiter Kapitän Purdews Schulter streifte und sein Hemd zerriß, unter dem Blut aus einer Wunde drang.

Einige der Männer brüllten auf, um sich Mut zu machen oder ihre Angst zu verbergen, während Mr. Courtney und sein Gefolgsmann, die im Besitz der Feuerwaffen waren, landeinwärts in Richtung einiger Dünen aufbrachen, wo sich fünfzehn oder sechzehn Eingeborene kauderwelschend versammelt hatten und feindselig mit den Armen fuchtelten.

Trotz des Schocks und der Schmerzen, die ihm die Wunde verursachen mußten, geriet Kapitän Purdew außer sich, als er sah, daß zwei seiner Untergebenen Gewalt anwenden wollten. *»Ned! Frank!* Er stürzte schwankend vor, wobei er so wirr um sich spuckte, daß der Speichel Mrs. Roxburgh, als er an ihr vorbeikam, ins Gesicht sprühte. »Kein Blutvergießen! Damit schaden wir uns nur!«

»Mit denen palavern nützt auch nichts!« brachte irgend jemand vor.

Der Steuermann und der avancierte Seemann zielten mit einer Genauigkeit, die zu der plötzlichen Stille paßte.

Ein Schuß, der sich aus einem der Gewehre löste, klang denen, die hinhörten, grauenhaft in den Ohren; das zweite Gewehr hatte Ladehemmung, was einen Wutausbruch des Seemanns zur Folge hatte, der auf diese Ruhmestat versessen war.

Die Wilden schrien gellend auf, als einer von ihnen in Krämpfen zu Boden stürzte, und zogen sich außer Sicht hinter die Dünen zurück.

Der Kapitän gebärdete sich wie ein Verrückter. »Dafür haben wir zu zahlen, sag ich euch!« schrie er.

Wer als erster zu zahlen hatte, war er selbst, denn im nächsten Augenblick traf ihn ein Speer zwischen die Rippen. Er durchbohrte ihn, als wäre er kaum noch ein Mann oder doch einer, den sie nie gekannt hatten. Als er vornüber sackte, verschwor er sich mit dem Schicksal selbst, indem er sich den Speer noch tiefer in den Leib trieb.

Die Schwarzen stimmten ein Geheul an, und die aufgestörten Seeleute brüllten hilflos.

Mr. Courtney legte zum zweitenmal an, aber auf diese Aktion folgte nichts als Stille.

Ellen Gluyas sah, wie die Blutlache sich im Sand ausdehnte. So viel Blut hatte sie zuletzt gesehen, als Pa und Will während des endlosen Aufenthaltes ihres Gastes das Kalb geschlachtet hatten.

Sie selbst sah jetzt auch kein Ende ab, jetzt, wo sie von der Zeit so schmerzhaft und erbarmungslos wie von einem Speer durchbohrt war. Sie, praktisch, wie sie war, und als Frau, die sie war, sollte sich losreißen, sich zurückstürzen ins Lebendige und – *etwas tun.*

Aber es war Mr. Roxburgh, der vorrannte, um weiß der Himmel was zu tun. Hier, endlich, raffte er sich einmal auf in der Art, wie es vom männlichen Geschlecht erwartet wurde. Auf denn und los! Er fühlte sich beschwingt und war zugleich voller Angst und Zweifel an seinem Vorhaben. (Es war allerdings keine ungewöhnliche Reaktion, die bei ihm ganz unwahrscheinlich gewesen wäre.)

Mrs. Roxburgh war nur noch wenige Schritte von dem Sterbenden entfernt, als sie ein grauenerregendes Sausen vernahm wie das Schlagen von riesenhaften Flügeln, das höllisch und fühlbarer als alles andere auf sie niederbrach. Wirklich, etwas, das sie persönlicher betroffen hätte, war ihr in ihrem ganzen Leben nicht widerfahren. Denn ein Speer, sah sie, hatte ihren Mann getroffen; lang und schwarz hing er von seinem Hals herab, so daß es aussah, als hätte er Schlagseite.

»Aaaah!« schrie Ellen Gluyas aus ihrer Vergangenheit als unwissendes und hilfloses Mädchen her.

Austin Roxburgh kippte über. Niedersinkend hätte sich sein Körper im Sand wieder strecken können, aber nach dem vergeblichen Versuch nahm er sich wie die Karikatur einer gestrandeten Garnele aus.

»O nein! Nein, nein!« Es war die kleine Hüpfbewegung, der Versuch, sich der Niederlage zu entwinden, der sie frei machte; es war zu jammervoll, als regten sich alle Kinder, die sie vergeblich aufzuziehen trachtete, um ihr zu helfen.

Seine Augen waren geschlossen, als sie ihm jetzt an der Seite war, der Pulsschlag war noch betastbar unter der Haut zu sehen, während der lange schwarze Speer sein böses Eigenleben führte.

Aber wenigstens war nirgends eine Spur von Blut.

»Oh, mein Mann – mein Liebster!« Es blubberte aus ihr heraus, sie muhte, als wäre sie selbst das Kalb, dem das Messer an der Kehle saß.

Er öffnete die Augen. »Ellen, du bist anders. Das Licht ... oder der Rand von dem ... weiten ... Land ... *Hut.* Heb ihn an, bitte ... daß ich sehen kann ...«

In ihrer Verzweiflung faßte sie den Speer und zog an ihm, und er kam frei aus den Knorpeln seines Halses. Sofort ergoß sich Blut aus der Wunde, aus Nase auch und Mund.

Sie fiel auf die Knie.

»Ich vergaß ...«, sagte er und hob sich einen Moment aus der Flut, in der er ertrank. »Bete für mich, Ellen.«

Sie konnte nicht, würde nie wieder beten. »O mein Gott, nein! Warum werden wir geboren, warum?«

Das Blut rann ihr warm und klebrig über die Hände. Um den Mund und um die blutverschmierte Schläfe, die ihr noch nie so durchsichtig vorgekommen war, wimmelte es schwarz verklumpt von Fliegen, die gierig auf den kleinsten Flecken Rot waren, bevor die Sonne die Kraft aus ihm dörrte.

In den Sand neben ihren Mann gekauert, mit dem sie als überlebender Rest sein getrocknetes Blut verband, hatte Mrs. Roxburgh Zuflucht unter ihrem verfilzt herabhängenden Haar gesucht, das ihr Gesicht vor Fliegen schützte und sie bis zu einem gewissen Grade gegen alles abschirmte, was sie weiteren Qualen ausliefern könnte.

Wäre es nach ihrem Willen gegangen, dann hätte sie sich der Hitze, der Last ihrer Kleider und ihrer inneren Betäubung unterworfen, aber dann hörte sie einen Schuß, dem Gelächter folgte, und schob ihr Haar ein wenig beiseite, um herauszufinden, warum so bald nach dem Schuß dieser unangemessene Ausbruch folgte.

Die Männer, schien es, hatten begonnen, eine Grube in dem Sand auszuheben, um darin ihren getöteten Kapitän zu begraben; fast übereifrig kratzten sie mit Händen im Sand, um Beflissenheit vorzutäuschen, während sie hofften, der Steuermann, der ihrer Arbeit beiwohnte, möchte ihnen mit einem Plan kommen, der ihnen ihre Pflicht erleichterte. Unterdessen hatte sich ein Junge namens Bob Adams, der als Einfaltspinsel galt, darangemacht, mit dem Kolben der nicht intakten Muskete Sand auszuschaufeln. Und da löste sich der Schuß. Frank Runcie, Mr. Courtneys Gefolgsmann, fluchte fürchterlich und benutzte dabei ein Vokabular, das ihm laut seiner fraglichen Autorität zustand.

Für die anderen war das ein Grund, sich Luft zu machen und zu lachen. »Jedenfalls hat ihn keiner abgehalten!« sagte einer wiehernd, und die anderen stimmten ein und rissen ihrerseits Witze.

Als Mrs. Roxburgh wieder hinsah, hatten die Seeleute und ihr Vorgesetzter ihr Sandkastenspiel hinter sich: Kapitän Purdew war ordnungsgemäß beigesetzt, und geschmückt war sein Grab von den Handabdrücken jener, die seinen letzten Prüfungen beigewohnt hatten. Es erhob sich dadurch allerdings das Problem, wie mit dem von seiner Frau betrauerten Passagier verfahren werden sollte. Keinem von ihnen lag daran, die Dame in ihrem Kummer aufzustören, am wenigsten noch Mr. Courtney, dessen Pflicht es war, die Sache in die Hand zu nehmen und ihr gegenüber eine Art von Beileid zum Ausdruck zu bringen.

Mrs. Roxburgh machte nicht den Versuch, ihnen helfend entgegenzukommen, einfach, weil ihr nicht geholfen werden konnte.

Einer Lösung wurde durch die Rückkehr der Schwarzen zuvorgekommen, von denen jene, die offenbar mit Würden ausgestattet waren, direkt auf ihr Ziel zuschritten, während die anderen Freudensprünge vollführten und Grimassen schnitten. Die Gruppe der hilflosen Weißen war bald von Schwarzen umzingelt, von sehnigen, stinkenden Männern, die ihre Überlegenheit voll ausspielten. Einer riß Mr. Courtney das Hemd vom Leibe, ein anderer schnappte sich Runcies Gürtel.

Mrs. Roxburgh würde sich aufgeregt haben, falls dieses Spiel auch sie betroffen hätte, aber die Eingeborenen schienen nicht an so etwas wie einer Frau interessiert, die neben der Leiche ihres Mannes saß. Unter diesen Umständen sah sie sich nicht länger gezwungen, den Kopf abzuwenden und sich hinter ihrem Haar zu verstecken. Für den Betrachter war das, was sich jetzt zutrug, weit weniger unglaubhaft oder erschreckend als die Ereignisse, die dem vorangegangen waren.

Die Schwarzen hatten begonnen, ihren Gefangenen die Kleider Stück für Stück vom Leibe zu reißen. Die Haut eines der Männer war so blendend weiß, das Haarbüschel unter seinem Bauch flammte so hell auf wie ein brennender Busch. Mr. Courtneys Geschlechtsteile waren lang, schlaff und rührend in ihrer Wehrlosigkeit. Weil ihr noch nie ein nackter Mann zu Gesicht gekommen war, wandte sich Mrs. Roxburgh ab und betrachtete statt dessen die nackten Füße ihres Mannes.

Sie ließ den Kopf hängen und weinte um ihn, den zu schützen ihr am Ende versagt worden war.

Nach viel Gelächter und albernem Getue trugen die Schwarzen ihre Beute in den Busch, kehrten zurück und trieben ihre weiße Herde mit Stößen und Schlägen in das dichter bewachsene Hinterland.

Als sie ihre Gefährten aus den Augen verloren hatte, fragte sich Mrs. Roxburgh, was sie zu erwarten hätte – sehr wenig wahrscheinlich, bestenfalls die Muße, sich neben ihren toten Mann zu legen und gleich ihm zu verwesen.

Bei sinkender Sonne breitete sich eine tyrannische Schönheit über der Landschaft aus, ein noch tieferes Blau, ein Grün, das geschlitzt und von Flamingogefieder durchsetzt schien. Sie, die unter Wasserfarben aufgewachsen war, wimmerte angesichts dieser plötzlichen Überfülle, und der Speichel rann ihr am Kinn hinab. Es gab fast nichts, das sie zu betrachten wagte, am wenigsten noch die Füße ihres Mannes, die streng in die Prachtfülle des Himmels zeigten.

Worauf sie wieder Stimmen hörte und einige schwarze Frauen näher kommen sah. Ein helles, von Gelächter unterbrochenes Geschnatter verriet, mit welcher Art Spiel sie befaßt waren: Die Worte, die die Frauen in die abkühlende Luft warfen, konnten ebensogut Bälle sein. Hiermit fing, vermutete Ellen Roxburgh, ihr Martyrium an.

Die Frauen, sechs oder sieben, näherten sich, Hexen waren darunter, aber auch mannbare Mädchen. Als sie wenige Schritte vor der Fremden standen, bückte sich eines der Mädchen, nahm eine Handvoll Sand auf und warf sie der weißen Frau ins Gesicht.

Mrs. Roxburgh zuckte kaum mit der Wimper, nicht aus Willensstärke, sondern weil sie innerlich einfach nicht mehr die Kraft hatte. Ihr kam vielleicht zugute, daß eine teilnahmslose Person mehr ertragen kann als ein lebendiges menschliches Wesen.

Ihre Quälgeister waren durch den Einfall ihrer Gefährtin aufgeputscht worden, und so folgten einige ihrem Beispiel und bewarfen sie auch mit Sand, bis eine verwegen vorstürzte und die Gefangene hochriß.

Ellen Gluyas hatte eine so unwahrscheinliche Situation zuletzt erlebt, als sie als Braut den Wohnzimmern in Cheltenham gegenübergestanden hatte. Die Lage, in der sie sich gegenwärtig befand, unterschied sich nur dadurch, daß sie gegen Verletzungen unempfindlich geworden war und daß jene, die sie liebte und an deren Anerkennung ihr lag, sich nicht mehr durch ihr falsches Benehmen gekränkt noch durch ihren Anblick als Vogelscheuche, die sie in ihren Augen war, beleidigt fühlen konnten.

Die Frauen, von diesem Schauspiel beeindruckt, umkreisten sie staunend; einige machten sich daran, sie am Haar zu ziehen, das nicht wie ihr eigenes fast bis zur Kopfhaut abgerupft war; die große Frau mit den schweren Backenknochen, die sie auf die Füße gerissen hatte, entdeckte ihre Ringe, deren Steine nicht ganz von Schmutz verschmiert waren, und fingerte daran herum.

»Nehmt sie, wenn ihr wollt«, sagte Mrs. Roxburgh, ohne zu bedenken, daß sie vermutlich von ihnen gar nicht verstanden würde. »Sie haben für mich keinen Wert mehr. Nehmt sie, bitte. Laßt mir nur meinen Ehering.«

Die Eingeborenen funkelten sie an und duckten sich, als sie zum erstenmal die Stimme dieses für sie vermutlich übernatürlichen Wesens hörten, so daß die Gefangene die Ringe selbst von ihren geschwollenen Fingern zog und sie ihnen in der ausgestreckten Hand hinhielt.

Die Affenfrauen schnappten sie sich. Ein unterdrücktes Murmeln erhob sich, als sie die ihnen überlassenen Edelsteine musterten, aber ihre Lust am Besitz war damit rasch gestillt, denn sonst hätten sie begierig nach weiteren Anreizen gesucht.

Ein junges Mädchen kam von hinten heran und zog an ihrem

verschmutzten Kleid. Es brauchte nicht viel Kraft, die Fetzen herunterzureißen. An der Unterwäsche hatten die plündernden Frauen noch mehr Spaß, aber nur kurz: Das Zeug wurde in die Luft gewirbelt und schwebte leicht wie trockenes Laub davon; die Gefangene stand jetzt in ihrer letzten, festeren Hülle da, in ihrem Korsett.

Als sie an sich hinabsah, mußte Ellen Gluyas an eine Vase auf dem Kamin des Zimmers denken, das die alte Mrs. Roxburgh bewohnte, als die Braut ihres Sohnes in das Haus eingezogen war. Als sie nun hier, barbarisch behandelt, an der glitzernden Bucht stand, trieb ihr das Bild der schlanken, von Rippen und durchsichtigen Furchen überzogenen Vase Tränen in die Augen, oder es war nicht eigentlich die Vase, sondern ihre zartfühlende Besitzerin, deren sanfte, so sehr weiße Hände an der Unterseite von verrunzelten, rosafarbenen Polstern bedeckt waren.

So ließ sich die Schwiegertochter gehen und weinte ein wenig; aus diesem wenigen wäre vielleicht mehr geworden, wenn die schwarzen Frauen sie nicht beim Reißen an ihrem Korsett herumgewirbelt hätten. Sie half schließlich selbst nach, um desto schneller von den ihr ins Fleisch schneidenden Haken und Ösen freizukommen.

Das Korsett war schließlich ganz aufgehakt.

Dann ein kurzes Rucken, und sie war gänzlich frei.

Sie zogen die letzten sie sittsam bedeckenden Fetzen und dieses raschelnde Rüstungsstück herunter und lachten gurgelnd dabei, bis sich das Lachen in ihren Kehlen oder im Unterholz verlor, in das sie sich zurückzogen.

Allein gelassen und nackt überlegte Mrs. Roxburgh, was als nächstes zu tun sei. Unschlüssig stolperte sie einige Schritte rückwärts und trat dabei auf etwas Brüchiges, Sprödes. Sie blickte an ihren weißen Schenkeln hinunter und gewahrte die Hand mit dem Siegelring dessen, für den sie nichts mehr hatte tun können. Sie zuckte, was nur verständlich war, zurück und entwich in entgegengesetzter Richtung die Anhöhe hinauf, wo sie sich auf jenen von Schlingpflanzen überzogenen, glutheißen Matratzen aus trockenem Sand fand, die sie an der zurückliegenden Bucht schon gesehen hatte.

Sie bückte sich, riß eher instinktiv als aus Überlegung an den Ranken und band sich einige davon um die Hüfte, bis die fransenartig herabhängenden Blätter sie bedeckten und sie sich bis zu einem gewissen Grade bekleidet fühlen konnte.

Ihre einzige Sorge galt nun ihrem Ehering – wie sollte sie ihn bei sich bewahren? Es war kein plötzlicher Einfall, der sie überkam, sie suchte einfach nach einer praktischen Lösung, steckte den Ring auf eine abstehende Ranke ihres Schlingpflanzengürtels, bog die Ranke und verknotete sie und hoffte nur, daß sich das Gold nicht dadurch verraten würde, daß es hinter diesem Saum aus Blättern hervorglänzte.

Dies empfand sie als einen ersten Erfolg nach jenem Ereignis, an das sie von nun an nie wieder denken durfte. Dies hätte für sie fast tröstlich sein können, wären ihr nicht in diesem Moment die rückkehrenden eingeborenen Frauen vor Augen gekommen.

Sie machten sich an sie, nicht mehr fröhlich wie zuvor, sondern zielstrebiger und entschlossen heran. Die Gefangene folgte ihnen einigermaßen bereitwillig (was blieb ihr vernünftigerweise anderes übrig?) in den Wald, wo es wenigstens dunkel und kühl war. Verletzte sie sich auch an ausschwingenden Zweigen, halb verrotteten Baumstümpfen und in der Erde unter ihr versteckten Wurzeln, so wimmerte sie doch nicht und humpelte nicht einmal: Ihr zurückgezogenes Ich wurde sich dessen kaum bewußt. Was sie fühlte, war allein der beim Gehen schwingende und an ihre Haut rührende Ehering, der für sie eine, wenn auch noch so bescheidene Quelle des Trostes war.

Nach kurzem Marsch erreichte die Gruppe eine Lichtung, auf der die anderen Stammesangehörigen lagerten. Kindern, die herumsprangen und Ball spielten, überließ man es, diese, wie sie zuerst meinten, furchterregende Erscheinung zu beäugen, bis sie sich eins nach dem anderen heranwagten, sie berührten, kniffen und auch bösartig mit Stöcken schlugen. Die Männer andererseits beachteten sie kaum, sie waren vermutlich schon an der Bucht übereingekommen, daß es sich hier um eine Frau mit einer wenig reizvollen Hautfarbe handelte. Als Männer, die sie waren, lungerten sie im Lager herum, redeten miteinander, kratzten sich und besserten ihre Waffen aus.

Von der Besatzung des Langbootes und ihrem Vorgesetzten war nirgends eine Spur zu entdecken. Mrs. Roxburgh hatte das Gefühl, sie würde diese Männer nie wiedersehen. Sie hatte, was ihre eigene Zukunft anging, kaum Angst, sich eher abgefunden mit dem, was ihr bevorstehen mochte. Was hatte sie jetzt, wo sie schon so gut wie vernichtet war, noch zu fürchten? So sah sie dem entgegen, was ihre Häscher zu ihrem Vergnügen mit ihr treiben würden.

Die Frauen, die sie zum Lager gebracht hatten, führten sie zu einer aus Baumrinde und Laub gebauten Hütte, vor der eine, wie es schien, mit größeren Würden ausgestattete Frau saß, die vor sich auf dem Schoß ein drei oder vier Jahre altes Kind hatte. Die Gefangene, die keinerlei Entgegenkommen erwartete, ließ sich resigniert von ihr mustern, meinte aber, bei ihr eine mitfühlende Gerührtheit zu entdecken, als erkenne diese Standesperson in ihr einen Menschen, dem großes Leid widerfahren sei.

Ob diese Annahme nur dem Wunschdenken von Mrs. Roxburgh entsprang oder ob sich tatsächlich zwischen ihnen eine gewisse Sympathie entwickelt hatte – es hielt dieser Zustand nur so lange an, bis sie das wie in einer Schnauze auslaufende Gesicht des Kindes und seinen gedunsenen, von Geschwüren bedeckten Körper gewahrte. Von Zeit zu Zeit stöhnte das kleine Mädchen quäkend, rangelte auf dem Schoß herum und verdrehte die Augen, so daß nur das Weiße zu sehen war.

Die Frauen setzten sich zu einer Unterredung zusammen mit dem Erfolg, daß sich die älteste und abgehärmteste von ihnen Mrs. Roxburgh näherte und wortlos an ihren Brüsten herumdrückte. Sie hingen schlaff und formlos herab, waren allerdings wegen des Kindes, das sie hätte nähren sollen, voller als sonst. Da es wegen der Totgeburt ihres Kindes nicht notwendig geworden war, es zu nähren, nahm sie an, daß sie so gut wie keine Milch hatte; auch zeigte sich die alte Hexe nicht mit dem Ergebnis ihrer Untersuchung zufrieden.

Die versammelten Frauen und in erster Linie die Mutter blieben dennoch bei ihrem Entschluß, das kranke Kind der Gefangenen in die Arme zu geben. Das Kind selbst ließ keinen Zweifel daran, daß es in Mrs. Roxburgh seine Amme sah, denn es machte sich mit dem Mund über ihre rechte Brustwarze her und bearbeitete mit seinen gierigen Händen die Brust. Ihr Mitgefühl, angeregt durch die Erinnerung an ihre eigenen Versuche, eines Kindes Mutter zu sein, flakkerte auf, erlosch aber sofort wieder durch das Verhalten ihres Pflegekindes. Als es bemerkte, daß es getäuscht worden war, biß das kleine Mädchen in die keine Milch gebende Brust, spuckte aus und schrie und wälzte sich aufsässig in den Armen der Amme. Von Schmerzen gepeinigt, drängte es Mrs. Roxburgh, das Kind fallen zu lassen, aber unter den Blicken der Mutter wagte sie es nicht, und die Schläge auf Kopf und Schultern, die ihr die dabeistehenden Frauen versetzten, brachten sie dazu, den Balg festzuhalten.

Als sie es einigermaßen zur Ruhe gebracht hatte, setzte sie sich neben ein vor der Hütte brennendes Feuer und hoffte, man würde sie vergessen oder zumindest unbeachtet lassen. Mechanisch strich sie über die von Geschwüren bedeckten Arme und das fettige Haar. Sie mußte zu einem Automaten werden, wenn sie überleben wollte.

Unter einem strahlenden Himmel und neben einem kobaltfarbenen, wie von Bronze durchsetzten See gingen um sie herum die Schwarzen ihren Arbeiten nach. Trotz ihres Elends, trotz des Kindes in ihren Armen konnte Mrs. Roxburgh der Schönheit der Natur gegenüber nicht gleichgültig bleiben. Durch das abendliche Licht gewannen die schwarzen Körper edlere Formen, und es brachte dieses Licht eine kunstvoll anmutende Ordnung in dieses staubige, verwahrloste Lager. Sie sehnte sich danach, im Verhalten dieser menschlichen Wesen Regungen des Geistes zu verspüren, aber das war ihr versagt, ebenso wie sie nicht mehr glauben konnte, daß eine barmherzige Macht eingreifen und ihr eigenes Schicksal gestalten würde.

Da es ihr an Beschäftigung fehlte und um keine gefährlichen Gedanken in sich aufkommen zu lassen, wiegte sie ihre abscheuliche Last vor sich auf dem Schoß. Einmal überraschte sie sich dabei, daß sie sagte: »Schlaf nur, ja, schlafe«, woraus mechanisch »Schlafe – mein Liebling« wurde, mehr eigentlich zu ihrer eigenen Beruhigung als zu der des Kindes; der Klang ihrer eigenen Stimme, spürte sie, bedeutete ihr Trost.

Sie fühlte in sich Hunger aufkommen, nicht allein das abstrakte Verlangen nach abwesenden Gesichtern und vertrauten Stimmen, sondern den handfesten Wunsch nach Nahrung, um die Leere zu füllen, die von nagendem Hunger verursacht worden war. Die Luft war von quälenden Gerüchen erfüllt, denn die Frauen brieten auf der Aschenglut Fische, untermischt mit Knollen und Wurzeln, und kleine aufgespießte, pelzige Tiere, deren Schnauzen und fast menschlich wirkende Pfoten die Todesqualen verrieten, unter denen sie verendet waren.

Mrs. Roxburgh hätte über diese zu Tode gefolterten Kreaturen herfallen, sie auseinanderreißen und sie sich in dem Mund stopfen können, noch bevor das Fell abgesengt, das Fleisch ganz gesotten war, noch bevor in ihnen das Blut zu brodeln aufgehört hatte. Aber als es mit dem Festessen soweit war, wurde sie nicht dazu eingeladen. Die Männer als höherstehende Wesen, die sie waren, schlangen die Speisen mit der gebührenden Feierlichkeit in sich hinein. Der herrliche Körperbau sowohl der erwachsenen Männer wie der schlankeren Jugendlichen war zweifellos eines Festes würdig. Gelegentlich wurden Brocken den elenden Weibern hingeworfen, die eingedenk ihrer niedrigen Position unterwürfig herankrochen, sich die Bissen schnappten und den Staub abputzten, bevor sie sie verschlangen.

Der Gefangenen stand es frei, das schmatzende Saugen und das Zerknacken der Knochen mit anzuhören und die Kehlen der Schwarzen arbeiten zu sehen. Das Essen lockte das Kind watschelnd zu seiner Mutter zurück, aber damit hatte die Amme nichts mehr, was sie von ihren Hungergefühlen ablenken könnte.

Gegen Ende der Mahlzeit warf ihr jemand (es konnte die Mutter des Kindes gewesen sein) einen Fischschwanz und eine Rückenflosse hin. Sie wühlte sich beides aus dem Schmutz heraus und saugte an der schleimigen Haut, riskierte es, sich die Lippen an der stacheligen Flosse zu verletzen, weil sie hoffte, an ihrer Unterseite noch einen Fetzen Fleisch zu finden, und fuhr schließlich mit der Zunge über Lippen und Zähne, leckte auch ihre anmutig schlanken Finger und wimmerte vor sich hin.

(Ob sie bei Dunkelheit umherkriechen könnte, um noch etwas von den Knochen der kleinen Pelztiere aufzustöbern? Aber nein, die Hunde schnappten sich die Reste, die nicht von ihren Herren verschlungen worden waren. Ein räudiger Köter biß sie, als sie ihn veranlassen wollte, seine Beute mit ihr zu teilen.)

Als die Dämmerung zwischen ihnen herankroch und die Schatten sich zunehmend mit Bäumen und Rauch vermengten, erhob sich ein Stammesältester und forderte sie zu einer Art Klage auf. Die Gefangene schloß, die Eingeborenen wären beim Beten, denn ihre Klagen klangen eher wie eine Pflichtübung, nicht spontan oder von Gefühlen getragen. Sie erwog, ob sie ihrerseits nicht wenigstens ein ungesprochenes Gebet hinzufügen sollte, aber es fehlte ihr dazu der Antrieb; ihre Seele war erschlafft wie ihre Brüste. Wenn sie je zu einem überirdischen Wesen gebetet hatte, dann aus Routine und immer nur zum Roxburghschen Herrn der himmlischen Heerscharen, vor dem ihre Mutter auch immer nur ein Lippenbekenntnis abgelegt hatte. Ihr Vater war da anders: Als junger Mann hatte er die Choräle lauthals mitgesungen, beschränkte sich später allerdings darauf zu schweigen. Als schweigsames Mädchen, das sie war, hatte sie seine Anlage zum Grübeln geerbt. Felsen waren, wie sie jetzt erkannte, ihre Altäre und Quellen ihr Sakrament gewesen, eine Feststellung, die nur dazu diente, den Herzenskummer in einem Lande zu verstärken, das für Menschenfolter wie gemacht schien, wo selbst die Schönheit Feindseligkeit ausstrahlte und die Erdgeister nicht von ihr heraufbeschworen werden konnten.

Unter dem Druck der Dunkelheit und ihnen allen gemeinsamen Begierden ordneten ihre Häscher sich zu Familien und zogen sich in die ihnen zustehenden Hütten zurück. Die Dunkelheit konnte für sie ein Anlaß zur Flucht sein, wenn sie sich nur in der Richtung ausgekannt hätte. Ihre schmerzenden Glieder und ihre innere Benommenheit drängten sie statt dessen dazu, in die Hütte zu kriechen, in der sich die Mutter mit ihrem Kind, einige andere Frauen und Kinder und der Älteste, der sie zum Beten aufgefordert hatte, aufhielten. Zum Glück hatte die Mutter sich entschieden, das Kind die Nacht über bei sich zu behalten, und so war es der Amme möglich, sich ungehindert ihren Träumen zu überlassen.

Sie hatte sich an den Rand eines verschlafenen Feuers gelegt, das die Luftlosigkeit der Hütte steigerte und zu der Wärme beisteuerte, die von den hier aneinander gedrängten Körpern ausging. Als aus dem Wald und vom See her Kälte eindrang, schob sie sich dichter an die in Asche vergrabenen Kohlen heran und drehte sich herum, um auch ihre andere Seite zu wärmen. Was sie körperlich litt, fühlte sie kaum, denn sie wurde schon bald in Stammesträume verwickelt, die unterbrochen wurden vom leisen Geschrei der Kinder und dem Grunzen und Stöhnen der Erwachsenen.

Während der Nacht kehrte sie zu ihrem Körper zurück, nachdem einer der muskulösen Schwarzen sie als menschliche Schubkarre ins Dunkel geschoben hatte. Auf Anzeichen dafür, daß dieser Traum durch ein entsprechendes Erlebnis angeregt worden wäre, konnte sie sich nicht besinnen, aber sie fiel in die Düsternis unter alptraumartigen Andeutungen, die um sie herum Gestalt anzunehmen drohten. Ihr Zittern ließ nur allmählich nach, als sie an dem in ihrem Saum aus Blättern versteckten Ring herumfingerte, und sie wurde wieder Teil der erstickenden Luftlosigkeit und der stöhnenden Grunzer der schlafenden Schwarzen; dann aber schlief sie so tief und traumlos ein, daß es war, als läge sie im Sterben.

Sie erwachte unter farblosem Licht, in dem sich menschliche Gestalten regten, die halbtote Feuer fächelnd zum Leben erweckten, ihr Gebrumme abließen, urinierten. Als nach einer Weile die Bäume ringsum im Nebel zum Vorschein kamen, schien sich der Stamm aufs neue versammelt zu haben, und es wurden die Klagen vom gestrigen Abend in der kalten Frühe wiederholt. Vielleicht hatte dieses

Wehgeschrei den Zweck, böse Geister zu vertreiben; die Gefangene jedenfalls hatte das Gefühl, daß einige ihrer zudringlichsten Gespenster durch dieses ihr jetzt vertraute Ritual verscheucht worden waren. Es beruhigte sie überdies, daß sie noch im Besitz ihres Körpers war, so sehr er schmerzte und so frostig kalt er an der nicht versengten Seite war; das Leben flackerte wieder in ihr auf, ähnlich den zögernd züngelnden Flammen, die die Schwarzen aus den unter der Asche vergrabenen Scheiten hervorlockten.

Die Reste von der Abendmahlzeit wurden in Netzen herangeschafft und waren rasch verzehrt. Die Gefangene hätte hungern müssen, wäre ihr nicht eine verkohlte Farnwurzel in die Hände gekommen, die einer der Privilegierten hatte fallen lassen. Das Wurzelfleisch unter der Schicht aus Staub und Asche hatte einen bitterwürzigen Geschmack. Sie genoß es dankbar. Da niemand ihr in den Weg trat, ging sie danach zum See und hätte von dem Wasser getrunken, wäre nicht ein kleines Mädchen durch den Nebel zu ihr gekommen, um sie zu einem Wasserloch zu führen, das mit einer Art Ginster verstopft war. Nachdem das Kind den Busch herausgezogen hatte, zeigte es hin und forderte sie auf zu trinken. Mrs. Roxburgh war überrascht, wie süß das Wasser schmeckte.

»Du bist meine einzige Freundin«, sagte sie, als sie genug getrunken hatte.

Das kleine Mädchen lachte, wobei auf ihrer Wange ein Grübchen erschien. Sie rieb sich die Schenkel mit den Händen und mochte unter ihrer dunklen Haut errötet sein. Sie sprach nicht, nahm aber die ihr hingestreckte Hand und drückte sie sogar, wenn auch vorsichtig.

»Würd' dir'n Kuß geb'n, wenn du kein' Schreck kriegst«, sagte Ellen zu ihr. »Wie is'?«

Um ihr unverhofftes Glück mit der Kleinen zu teilen, hätte sie es vielleicht gewagt. Aber das Kind schaute so ernst vor sich hin, daß sie es unterließ, und Hand in Hand kehrten sie ins Lager zurück.

Abgesehen von diesem Mädchen schenkte ihr niemand im Lager Beachtung, so daß sie hoffte, ihre Tage ungestört zubringen zu können. Mit der ganzen Überlegenheit ihres Geschlechtes machten sich die Männer feierlich mit ihren Speeren, Keulen, Netzen und Stricken zu schaffen und bereiteten sich auf einen Ausmarsch vor. Sie sahen wirklich überlegen aus. Im Gegensatz zum unordentlichen Stoppelhaar der Frauen hing ihr sorgfältig gefettetes Haar in gelockten Strähnen auf ihre Schultern herab. Während die Frauen gebückt gingen und durch das Gebären und das Tragen von Lasten schwerfällig dahertrotteten, waren die meisten Männer auch noch im hohen Alter ansehnlich und entstellt nur durch die Narben von Einschnitten, die sie in verschiedenen Mustern auf Brust, Rücken und manchmal auch in ihren hübschen Gesichtern angebracht hatten.

Als die Männer hochmütig, als hätten sie eine Mission von großer Wichtigkeit vor sich, aufbrachen, war Mrs. Roxburgh im Begriff, sich der niedergeschlagenen Frauen anzunehmen, als diese aber plötzlich wie auf Verabredung über sie herfielen. Drei von ihnen packten sie am Haar, zerrten daran und zogen es zu voller Länge aus, während eine fast bullige Weibsperson mit einer scharfen Muschel auf die Haarwurzeln einhackte.

Das kam so unerwartet und war so schmerzhaft, daß ihr Opfer laut aufschrie. »Laßt mich – hört ihr!« kreischte Ellen Gluyas, faßte sich dann aber als Mrs. Roxburgh und fragte sie: »Warum quält ihr mich so? Reicht das nicht, daß mein Mann und meine Freunde umgebracht wurden?« Hinzusetzen wollte sie: »Bringt mich auch um, nur hört auf, mich so zu quälen«, wußte aber im gleichen Moment, daß sie nicht sterben wollte.

Nachdem ihre Folterer sie auf die Knie gezwungen hatten, fuhren sie fort mit dem Hacken und Sägen. Jene, die mit den Muscheln auf sie einhieben, hatten andere als ihre Helferinnen zur Seite, und wieder andere zerrten rückwärts gebeugt an den Haaren, bis sie an den Wurzeln ausrissen. Als sie den Schmerz und die Schrecken einigermaßen verwunden hatte (einmal glaubte sie sogar, in Ohnmacht zu fallen), hob ihr Opfer die Hand, betastete den Kopf und merkte, daß sie wie alle um sie herum zu einem stoppelhaarigen Scheusal geworden war. Als sie ihre blutverschmierte Hand herunternahm und wieder in den Schoß legte, wußte sie, daß sie einen grauenerregenden Anblick bieten mußte.

Aber die Frauen waren noch nicht fertig mit ihr. Sie rissen sie auf die Füße. Ein Fell wurde angeschleppt, das mit ranzigem Tierfett angefüllt war, und damit beschmierten sie nun die wehrlose Gefangene; sie konnte sich dieser Salbung und der anschließenden Einreibung mit Holzkohle nur tatenlos unterziehen; mit vor Abscheu oder sogar Haß verzerrten Gesichtern rieben sie die Kohle in die so schandbar weiße Haut.

Obwohl sie sich durch den Gestank fast erbrach und ihre von der Sonne verbrannte Haut von der eingeriebenen Holzkohle schmerzte, fühlte sie sich in gewisser Weise bekleidet; gleich darauf aber wurde sie auf ihre Gesäßbacken niedergezwungen. Ein junges Mädchen griff sich einen aus Wolle gewebten Beutel, der so etwas wie Bienenwachs enthielt, und damit beschmierten sie ihren blutenden Schädel. Aus einem ähnlichen Beutel holte eine alte Frau Bündel von Federn hervor. Sie fühlte, wie die alten, zittrigen Finger die Daunen in den Wachs drückten und dann die Federn hineinsteckten. Fast bewundernd stöhnten die Frauen leise auf, als sie ihr Kunstwerk vollendet hatten.

Sie brachen in Gelächter aus, klatschten in die Hände und stampften mit ihren grauschwarzen Füßen auf den Boden. Nur das Kunstwerk selbst saß blicklos und angewidert in dem Haufen von schwarzen Daunen und schwefelgelben, wie Fragezeichen geformten Federn.

Sie war so zum Gegenstand ihrer rituellen Behandlung geworden, worüber sie aber nicht den praktischen Nutzen vergessen hatten, zu dem ihr Opfer verwendbar war. Wieder rissen sie die Sklavin hoch und bepackten sie mit allerlei Kram und zuletzt auch noch mit dem widerlichen Kind, das ihr noch schwerer vorkam als am Abend zuvor.

Ihr Gebaren beim Aufbruch war weniger großtuerisch als das ihrer Männer. Von Anfang an stapften sie plattfüßig, aber ebenso zielstrebig vor sich hin. Statt der Speere trugen sie lange, angespitzte Stöcke. Sie schwatzten unaufhörlich und schienen dabei fröhlich. Hin und wieder fiel es der einen oder anderen ein, auf die Gefangene einzustechen; unter weniger ungewöhnlichen Umständen hätte ihr das weh getan, hier aber war es nur wie ein Punktieren, das die Eintönigkeit unterbrach. Als sie einmal an sich hinabblickte, sah sie, daß sich der Eiter aus den Geschwüren ihres Pflegekindes mit dem Schweiß an ihren von Holzkohle verschmierten Armen vermischte.

Abscheu mochte sie gepackt haben, wäre nicht ein so köstlicher Duft vom Tau aus dem von ihnen zertrampelten Gras und aus den Büschen aufgestiegen, die sie im Vorbeigehen streiften. Der Himmel war weiterhin wohltuend milde. Wäre sie in diesem Moment gestorben, ihr letzter Blick, ihr letzter Gedanke hätte diesem wäßrigen Blau gegolten.

Aber sie wollte nicht, durfte nicht sterben – warum, wußte sie selbst nicht, war ihr doch alles genommen worden, was sie liebte und was ihr etwas bedeutete.

Als sie an ihrem Ziel angekommen waren, warfen die Frauen ihre Lasten ab und begannen, mit ihren Stöcken den Erdboden aufzuwühlen. Sie ihrerseits wurde auch aufgefordert, in der Erde nach etwas zu suchen, das wie eine Art Knollenwurzel aussah. Was sie davon ausgruben, wurde in Tragenetzen verstaut. Obwohl sie ungelenk war, vor Schmerzen ächzte und noch unter dem Schock stand, den sie am frühen Morgen durch die barbarische Behandlung erlitten hatte, fühlte sie sich doch erleichtert, weil ihr zum Graben das Kind abgenommen wurde und sie nun Gelegenheit hatte, ihren eigenen Gedanken nachzuhängen: Sie erinnerte sich an die Kartoffelpuffer, die sie in den bitterkalten Nächten ihrer ärmlichen Kindheit gebacken hatte; eine kleine Krone mit einem Diamanten darauf, die sie bei einem Ball getragen hatte, kam ihr in den Sinn, und vor sich sah sie durch Nebelschwaden an der See Oswald Dignams milchige Haut. Sie schwelgte in willkürlich beschworenen Bildern und suchte, sich vor bohrenden Gedanken zu hüten, die sie dazu verführen könnten, nach dem Grund oder der Ursache dafür zu suchen, daß sie hier jetzt in dieses sinnlose Netz verstrickt war.

Die Bewegungen der Eingeborenen schienen etwas von diesem Netz sichtbar zu machen, während sie in Schlangenlinien die harte Erde absuchten und ihre Wege sich dabei endlos überschnitten und kreuzten. Aber das Schicksal der schwarzen Frauen war nicht so sehr von unsichtbaren Hindernissen blockiert, daß Erfahrung und angesammeltes Wissen sie nicht hätten leiten können; ihre Suche führte fast ausnahmslos zum Erfolg, während die unerfahrene Sklavin meist fruchtlos in der Erde herumstocherte.

Das Gewicht der Sonne auf ihren Schultern war keine geringere Bürde als das Kind, das sie in den Armen gehabt hatte. Sie begann, die harte, graue Erde mit ihren Büscheln aus drahtigem, so gut wie totem Gras zu hassen, obwohl sie, von Flecken zu Flecken vorwandernd, bemerkte, daß sie ein gewisses Geschick im »Kartoffel«-Stechen entwickelte, und als eine der Frauen zu ihr hinblickte, lachte sie aus Freude über diesen Erfolg. Ihr instinktives Mißtrauen überwindend, lachte die Schwarze ebenfalls. Beide verfielen nach diesem Austausch in Schweigen, teils, weil die übermittelten Gefühle nur unvollständig begriffen worden waren, mehr aber noch, weil das Vergnügen sich den Erfordernissen ihrer Schufterei unterzuordnen hatte.

Während der heißesten Zeit des Tages suchte die Gruppe Zuflucht im Schatten am Ufer eines der Seen, die das Land bewässerten. Zwei unermüdliche Mädchen warfen die Faserschals ab, die sie trugen, und tauchten nach Lilienwurzeln. Die Gefangene kniff die

Augen zusammen, denen der Kontrast zwischen Schatten und Glanz und dem Anblick der beiden Schwimmerinnen, die mit ihren schlanken Armen und wohlgeformten Brüsten im Wasser zwischen den wogenden Wasserlilien auf- und eintauchten, ermüdend zugesetzt hatte.

Sie mochte vor sich hingedöst haben, aber nur kurz. Sie erwachte davon, daß ihr das Kind wieder in die Arme gelegt worden war und sofort wieder zu rangeln begann.

Alles Leben drehte sich jetzt um die Suche nach Nahrung, was ihr bei ihrem verstärkten Hunger als das einzige vernünftige Verhalten erschien. Dies war auf alle Fälle die einzige Antwort auf die Härte der Existenz, die ihr als annehmbar eingeleuchtet hatte, bevor sie die Sitten und Vorteile eines vornehmeren Daseins kennenlernte. Folglich hätte sie, wäre das Kind nicht gewesen, in das Händeklatschen und kindliche Freudengeschrei der anderen Frauen eingestimmt, als am Abend einige der Jäger mit einem erlegten, an einen Ast gebundenen Känguruh zurückkehrten und ihnen von der Küste her eine andere Gruppe folgte, die an gekrümmten Fingern eine Reihe von glänzenden Monstern an deren Kiemen trug.

Das Kind vor ihr sah mit seinem schnauzenartigen Mund aus, als wäre es tot. Oder hoffte sie dies nur? Wäre sie ehrlich gewesen, sie hätte sich diese Kreatur tot gewünscht, selbst wenn man ihr dann vorwürfe, sie hätte den Tod durch ihren Bannfluch verschuldet.

Sie blickte umher. Alle waren zu sehr damit beschäftigt, die abendliche Mahlzeit vorzubereiten, als daß eine von ihnen die bösen Gedanken ihrer Sklavin im Keime erstickt hätte.

Das Kind wälzte sich, strampelte sich wach und steckte seiner Amme einen Finger ins Auge.

Auch an diesem Abend wurden der Gefangenen nur Reste angeboten: ein Knochen zum Nagen, ein Stück vom versengten Fell des Tieres, auf dem sie kauen oder an ihm saugen konnte, was sie auch tat und gleichzeitig ihrer scheußlichen Gier und des Drecks innewurde, der sich in ihren zerschundenen Händen eingefressen hatte. Angenehm waren ihr immerhin die Gerüche, die sie einsog, und das Fett, an dem sie leckte, wobei ihr die Spucke durch die Kehle in den geschrumpften Magen rann.

Wäre ihr Magen weniger geschrumpft gewesen, dann hätte sie der ungestillte Hunger gewiß noch heftiger gepeinigt, als sie nun später am Abend bei der glimmenden Asche neben der ihr zugewiesenen Familie lag und gezwungen war, mit anzuhören, wie drei

Frauen eine nach der anderen einen Mann befriedigten (so, jedenfalls klang es). Ihre eigenen Aussichten hätten sie mit Angst und Schrecken erfüllen müssen, hätte sie nicht gespürt, daß das abweisende Verhalten ihrer Herrin ihren Mann davon abhalten mußte, sich zur Vervollständigung seines Harems auch ihr zu nähern.

Von Schweißgeruch und ranzigem Fettgestank, vom Geruch des Holzfeuers und dem Grunzen und Stöhnen des tierischen Vergnügens umgeben, wagte sie es zum erstenmal, ihren eigenen Mann oder zumindest das Bild, das sie in der Erinnerung von ihm hatte, vor sich erstehen zu lassen: die verwöhnten Hände und den schimmernden Bart, die tief auf sein inneres Ich konzentrierten Augen, in die zu blicken sie nie bevorrechtet worden war. Welches immer seine oder ihre Unzulänglichkeiten gewesen sein mochten (rückblikkend meinte sie, ihn vielleicht hauptsächlich wegen seiner Leiden und Gereiztheiten geliebt zu haben, die von ihr Mitgefühl und Vergebung forderten), jetzt brachte sie sich dazu, sich der höheren, im Traum erfahrbaren Realität zu bemächtigen, und schlief in den Armen von Mr. Roxburgh ein.

Aus der Fassung brachte es sie, als sie sich daraufhin einer sehr viel gröberen Behandlung unterworfen fand, der sie dann nachgab. Ohhh, wie sie das verabscheute, dem sie sich nicht körperlich widersetzen konnte, am schlimmsten noch waren die behaarten Handgelenke und die geschwollenen Adern. Erschöpft durch das dann folgende Ringen, lag sie wie der entkräftete Fisch da, der sie war, mit erschlafften Kiemen, wie auch ihre Gefühle erschlafft waren.

Sie wachte steif und kalt auf, warm war ihr nur, wo sie von der Asche berührt worden war; umgeben noch von den Seufzern, dem Atmen und dem Träumen anderer, während ihr eigener Traum aschfarben zusammensank, wurde sie gewahr, daß es nicht Austin, sondern Garnet Roxburgh gewesen war, der sie besessen hatte.

Sein fortgesetztes Innewohnen und ihr eigener Abscheu zwangen sie so abrupt auf die Füße, daß sie wie betäubt zurücktaumelte, weil sie heftig gegen einen der Baumstämme gestoßen war, die das Blätterdach trugen. Sie fiel auf die Knie und kroch wie eine die Nacht abschüttelnde, aus ihrem stinkenden Stall hinausdrängende Sau zum Ausgang. Ohne hinzusehen, wußte sie, daß ihre Brüste schlaff und rostbraun vor ihr schwangen, während sie in das perlende Licht taumelte. Der Tau, der ihr an Rückgrat und Rumpf hinunterrann, reinigte sie teilweise von ihrem Traum. Es waren ihre versteiften Glieder, die sie stöhnen machten, als sie sich aufzurichten versuchte.

Aber die Stunde vor Tagesanbruch glich manches aus. Ihr Geist trieb unter den Nebelgespenstern und zwischen den Bäumen hin und suchte die Küste heim, diesen leeren, unversperrten Rand, der einer verlorenen Seele, einer Frau, einem vernunftbegabten Wesen keinen Fluchtweg bot. Wenn sich eines dieser drei von ihrer Schönheit verführen ließ und das zweite vor der Aussicht auf eine für die Füße qualvolle Wanderung zurückschreckte, so fürchtete das dritte, von Zweifeln gewarnt, dieser Sandstreifen könnte nicht nach Moreton Bay führen, sondern kreiste in sich zurück, um sie auf einer Insel gefangenzuhalten.

Die Vernunft hätte Mrs. Roxburgh noch verzweifelter machen und das Gefühl der Verlorenheit verstärken können, wäre das Geräusch des mit der Ebbe ablaufenden Wassers nicht gewesen. Sie stand eine Weile im seichten Wasser, ließ die Wellen ihre Knöchel umkräuseln, rieb die sandigen Schienbeine aneinander und lauschte dem Geklatter der Kiesel und Muscheln, die der Unterstrom vor und zurück rollte. Sie lächelte über diese geringen Vergnüglichkeiten, die auf das verwiesen, was Austin Roxburgh als »die sinnliche Seite von Ellens Wesen« beklagt haben würde.

Die Kälte kam am Ende auf sie herab. Sie wich schaudernd vor der Weite aus farblosem Wasser und dem ebenso farblosen Himmel, in dem sich die Apokalypse nur andeutete, zurück und stolperte dorthin, woher sie, wie sie hoffte, gekommen war. Sie sehnte sich geradezu nach dem Stamm, dem sie jetzt angehörte. Was wäre, wenn sie ihn nicht fände, und den Rest ihrer Tage auf Erden (wenn nicht in der Hölle) damit verbrächte, so lange den Busch zu durchstreunen, bis ihre Glieder versagten? Sie sehnte sich nach Gesellschaft, ganz gleich, welcher Hautfarbe, und mochte sie noch so bösartig sein. Gegen den Schutz, dachte sie, den ihr einer der noch so verachtungsvollen Schwarzen böte, würde sie ihren Körper eintauschen.

Sich in solchen unwahrscheinlichen Phantasien zu ergehen, konnte keineswegs als Verrat betrachtet werden, aber während sie ging, begann ihr bereits verwitterter Blättersaum, ihre geschrumpelten Schenkel zu verhöhnen, und das Tageslicht entzwang dem versteckten Ehering ein ironisches Glitzern.

So war ihr taumelndes Irren durch den Wald ebensosehr eine Flucht vor ihren Gedanken wie eben die Suche nach dem Lager, das sie unbesonnen verlassen hatte. Diese fieberhafte Suche brachte sie ganz aus der Fassung, und mitten darin stieß sie auf eine Erdmulde, wo der Schreck, der sie befiel, sie lähmte, so daß sie, wie ihr schien, für immer erstarrte.

Direkt vor ihr auf dem Pfad war ein Feuer, das erst kürzlich ausgebrannt sein mußte. Zwischen den verkohlten Zweigen und den weißen Flocken der erkalteten Asche lag der in der Agonie verkrümmte Körper eines Mannes, dessen versengte Haut an einer Seite von der Schulter bis zum Schenkel zersplissen war. Eines der Beine war in Höhe der Hüfte abgehackt worden. Der Schädel, an einigen Stellen durch mutwillig angebrachte Hiebe bis zu den Knochen entblößt, grinste sie durch verbranntes Barthaar und eine Kruste aus Blut, Schmutz und versengter Haut an, während der Mund durch seine Hinnahme des Leidens für alles, was an dem Gesicht feindlich wirkte, in Buße erstarrt schien.

Mrs. Roxburgh kam erst allmählich darauf, daß sie die Überreste des Steuermanns vor sich hatte. Keuchend schluchzte sie auf, nicht so sehr um des anständigen, plumpen Ned Courtney willen, zu dem sie immer nur eine oberflächliche Beziehung gehabt hatte, sondern um ihres getöteten Mannes und ihrer selbst in ihrer hoffnungslosen Lage willen. Sie wäre vermutlich von ihrer Absicht, zu den rachsüchtigen, für sie aber unentbehrlichen Schwarzen zurückzukehren, abgekommen und hätte sich immer tiefer im Wald verloren, wenn nicht zwei Kinder aufgetaucht wären, beide wütend und voller Vorwürfe, die ihnen nur ihre Eltern eingebleut haben konnten. Obwohl es für sie feststand, daß diese Kinder geschickt worden waren, um sie aufzustöbern und in die Gefangenschaft zurückzuführen, setzte sie ihnen keinen Widerstand entgegen. Sie schlugen sie mit Zweigen, was sie unter diesen Umständen schmerzhaft spürte, dann aber reichten sie ihr aus freiem Willen ihre feuchten, kindlichen Hände hin, eine Geste, die sie dankbar entgegennahm.

Auf dem Rückweg pflückten die Kinder Beeren, von denen sie ihr einige in den Mund steckten. Die Beeren waren wäßrig, fade im Geschmack, aber genießbar. Kurz darauf verfing sich ihr Fuß auf halbem Wege von einer Anhöhe hinab in den Ranken einer Schlingpflanze, die sie nicht bemerkt hatte, und wie ein Sack von einer Karre fiel sie zu Boden. Die Kinder ahmten sie nach, rollten den Hügel hinunter und landeten bei ihr. Alle lachten sie. Die Kinder hätten ihre eigenen sein können. Das machte ihr so viel Freude, daß sie ewig hätte liegen bleiben können, vereint in der Sonne mit den zwei kleinen schwarzen Körpern, die sich an sie, die sie nur noch ein geschwärztes Bündel aus Haut und Knochen war, schmiegten.

Dieser Wunsch wurde ihr, ohne daß es sie überraschte, nicht erfüllt. Die Kinder wischten das Lächeln aus ihren Gesichtern, und sie setzten ihren Weg fort.

Im Lager zeigte sich, daß die Männer bereits zu ihren täglichen Verrichtungen aufgebrochen waren, während die Frauen dabei waren, die Hütten abzubauen, um sie, wie sich herausstellte, nicht allzu weit entfernt wieder zu errichten. Die Frauen hatten für die ungehorsame Sklavin nur finstere Blicke und mürrische Bemerkungen übrig und beluden sie schwer mit Rinden und dicken Laubmatten, mit denen sie ihre Hütten abdeckten. Mochte das auch ihrer Mißgelauntheit zuzuschreiben sein, die Gefangene übernahm dennoch bereitwillig die Last und fügte sich dankbar in die Gemeinschaft ein, zu der sie gehörte. (Erst am Abend wurde ihr klar, warum sie anscheinend so willkürlich umgezogen waren: Flöhe sind auf jungfräulichem Boden weniger zudringlich.)

Später am Tag begab sich eine Gruppe von Frauen und älteren Kindern instinktiv oder auf Verabredung zur Bucht, wo die Fischer ihre Netze ausgeworfen hatten. Schweigen lag über den Männern, von denen einige bis zum Hals, andere nur bis zur Hüfte wie Pfähle im Wasser standen, an denen die Netze befestigt waren. Die Frauen, als wären sie unfähig zu schweigen, schnatterten mit unterdrückten Stimmen wie auf Ästen zur Ruhe gekommene Vögel. Die weniger beherrschten Kinder tollten umher und warfen nassen Sand in die Luft, aus dem die Sonne Lichtbögen machte.

Plötzlich verstummten selbst die Kinder, als sich in einiger Entfernung von der Küste ein Beben im Wasser bemerkbar machte. Dieses kaum sichtbare Regen der ruhigen See, das wie das leichte Wallen eines von zahllosen unter ihm verborgenen Körpern bewegten Tuches war, näherte sich der Mündung und drang in das gebauschte Netz vor, dessen Umrisse an den schwarzen Kugeln der regungslosen Köpfe und näher an der Küste an den dort eingepflanzten menschlichen Pfählen ablesbar waren. Als plötzlich unter Wasser eine deutlich erkennbare Eruption erfolgte. Einzelne Fischer, quecksilbrig wie ihr flüssiges Element, sprangen kurz aus der Wasserfläche empor. Sofort wurde ein erregtes Rufen hörbar, und die Fischer begannen, die Netze einzuholen. Die Frauen schrien, die Kinder kreischten, und alle stürzten in die sanfte Brandung vor, um beim Einschleppen der Netze zu helfen, sofern sie nicht ihrerseits die Hände aufspritzend in die Flut tauchten und sich einige der schlüpfrigen, ihnen meist entgleitenden Fische fingen.

Erst an der Bucht konnte das ganze Ausmaß des Fanges überblickt werden, wo die Männer, ganz Rippen, Lungen und Zähne, ihre Netze mit der silbrigen Bürde triefend umschritten. Die Frauen waren bereits wie besessen dabei, ihre Beutel vollzustopfen. Die Kinder griffen sich spielend entwischte Fische und drückten sie, so daß die Milch aus den Rogen vorschoß.

Die Sklavin nahm an alledem nicht teil, ausgenommen dann, wenn ein fischiges Schillern auf durchscheinendes Licht prallte und dies in ihr eine Art trunkener Gelassenheit erzeugte. Zweifellos würde der Hunger, erneut durch den Geruch von bratenden Fischen erweckt, ihr helfen, den abstoßenden Anblick zu überwinden, den die rings um sie her an der Bucht zuckenden und verendenden Fische boten.

Sie kam schon bald wieder halbwegs zu Sinnen, als ihre Herren sie mit vollen, »Dillis« genannten Faserbeuteln beluden. Sie strauchelte unter dem Gewicht von Nahrung, die schließlich so gut wie Leben selbst ist, was sie beim Nippen an Kakao und beim appetitlosen Knabbern von Makronen in Birdlip House in Cheltenham vergessen hatte.

Bei ihrer Ankunft im Lager warf sie die Last ab und wurde sofort wieder geschickt, um mehr heranzuschaffen. Es fiel ihr ein, daß sie ja nun schon den ganzen Tag frei von ihrer widerlichen Bürde, von dem von Pusteln bedeckten Kind, war, und sie bemerkte auch, daß die Mutter nicht zu den Fischern mitgegangen war. Bei ihrer Rückkehr von der Bucht drückten sich in dem Gesicht der Frau Gram und Verwirrung aus, während das Kind träge vor der Hütte lag wie ein von schwerer Krankheit heimgesuchtes Tier, das, wie Ellen Gluyas wußte, nur noch erlegt werden konnte.

In diesem Fall weckte der nahende Tod Leben in den noch Lebenden. Mrs. Roxburgh wußte, daß sie gewünscht hatte, das Kind möge sterben. Vielleicht war dies ein Wunsch, der ihr wirklich einmal erfüllt werden würde. Doch ein Blick auf die nichtsahnende Mutter belehrte sie, daß sie keinen Grund hatte, über die ihr innewohnenden bösen Kräfte froh zu sein, und sie fragte sich, ob sie selbst wohl mit einer Art angemessener Vergeltung zu rechnen habe.

Als sie zur Bucht zurückging, kam ihre Schwiegermutter ihr in den Sinn, und sie freute sich über ihre Gesellschaft. Die alte Mrs. Roxburgh hatte immer gehofft, daß sie mit den Kleidern, die sie besaß, einmal so weit reisen könnte. Sie trug, wie nicht anders zu erwarten, ihr braunes, mehrere Winter altes Kaschmirkleid, dazu ihr schwarzes Bombasinjäckchen, das sie aus Trauer über ihren verstorbenen Mann überzog. Es war kaum die Stunde und auch die falsche Jahreszeit für einen Sonnenschirm, aber so mochte sie diesen großen Baldachin aus Spitzen und Musselin schräg gegen die antipodische Sonne halten, um ihren Teint zu schützen, der nach wie vor ihr ganzer Stolz war.

»Ich halte dich hoffentlich nicht auf – oder bringe dich in Verlegenheit –, wenn ich dich begleite. Ich möchte zu meinem Sohn.«

»Ich hab ihn schon ein'ge Tage nicht mehr gesehn.«

»Du hast ihn – *was?*« Der Schock brachte die alte Person ganz aus der Fassung. »Du hast doch wohl nicht all das vergessen, was dir beigebracht wurde?«

»Die Worte«, konnte Ellen nur murmeln, »sind mir entfallen.« Dies war es, was sie wirklich befürchtete, wenn sie noch lange bei den Schwarzen bliebe.

»Aber du führst doch Tagebuch? Ich habe immer gesagt, daß du dich dadurch ausdrücken lernst.«

»Ah, das Tagebuch – ich hab es verloren!« Jetzt begann sie zu weinen. »Beide haben wir sie verloren, bevor – bevor Mr. Roxburgh starb.«

»Es war nicht Austin, der starb, sondern sein Bruder. Hast du denn ganz vergessen – es war Garnet, der in Vandiemensland begraben wurde.«

Die alte Frau sah sie aus ihrem weißledrigen Gesicht durchdringend an, und Ellen bemerkte zum erstenmal auf beiden Wangen einen trockenen, abschälenden Flecken Rouge. Angesichts dieser Augen und der beiden trockenen Rougeflecken fragte sie sich, ob ihre Schwiegermutter doch nicht ganz so unschuldig war, wie sie es bisher geglaubt hatte.

»Und wo ist dein Granatring, Ellen?« fragte die hartnäckige alte Hippe.

Obwohl ihr Blick auf die geschwärzte Hand gerichtet war, an die der Ring gehörte, zeigte sie sich nicht interessiert an den auffälligeren Fetzen von Fleisch oder an dem Ehering, der sich, mutmaßte die Besitzerin, nicht mehr gebührend unter dem Saum aus Blättern verbarg.

»Ich gab die Granatsteine einer Person, die behauptete, sie dringender nötig zu haben als ich.« Mrs. Roxburgh bildete Sätze, wie sie, meinte sie, ihre Schwiegermutter befriedigen mußten.

Im nächsten Augenblick aber entledigte sie sich einer Fragestellerin, die sie so unklug an sich herangelassen hatte, und bahnte sich einen Weg durch den grauen Busch und hin zu dem Placken aus Sand und Licht, auf dem die Schwarzen weiterhin dabei waren, die Fische auszusortieren.

Wieder wurde sie zu ihrem Packtier. Während sie ihre Schultern und Hüften beluden, hatte sie den Eindruck, daß sie nicht unfreundlich gesinnt waren, sie lachten aufgeräumt, zeigten, ihre Gunst zu gewinnen, die Zähne und machten möglicherweise Witze.

Einer von ihnen ging so weit, daß er sie deftig auf den Hintern schlug.

»Aah, verflixt!« schrie sie in einer Sprache, die sie vielleicht verstünden. »Als hätt' ich nich schon genug auf'm Buckel!« Sie konnte sich nicht auf etwas einlassen, das mehr als ein bloß geheucheltes Kichern war.

(Würde sie es auch nie ihrer Schwiegermutter oder einer anderen Dame ihrer Bekanntschaft gegenüber zugegeben oder es Mr. Roxburgh und schon gar nicht Garnet R. gestanden haben – wohler gefühlt hatte sie sich schon immer in Gesellschaft von Männern.)

Als sie ins Lager zurückkam, waren die Frauen dabei, die Fische mit Hilfe von scharfen Muscheln zu entschuppen. Sie beachteten den eintreffenden Packesel nicht; sie, die jetzt ebenso streng und fischig roch wie die von ihr herangeschaffte Ware.

Am Eingang zur Hütte der Familie, der sie zugeteilt war, wurde eine Zeremonie abgehalten. Ein gerunzelter älterer, offenbar als würdevoll befundener Mann hockte neben dem kranken Kind, wob Zeichen vor sich in die Luft und strich in einigem Abstand über den ausgestreckten Körper hin. Die Familie bekundete ihm ihre Dankbarkeit, als dieser Arzt und Zauberer schließlich einen kleinen braunen Stein oder ein unpoliertes Kristallstück aus dem Mund seiner kleinen Patientin zog. Man schrie, man klatschte in die Hände. Nur die Sklavin konnte sich nicht dazu bringen, sich an den Feierlichkeiten zu beteiligen, denn ihre eigenen Erfahrungen mit dem Tod sagten ihr, daß dieses Kind sich bereits der Heilung entzogen hatte.

So brach es aus ihr heraus: »Aber seht ihr denn nicht, sie lebt nicht mehr! Sie ist tot!« Es klang um so bedrohlicher, als die Zuhörer sie nicht verstanden, ebenso wie ihr Gefühlsausbruch, ihre Tränen diesen Leuten, denen Leiden, wie sie sie durchgemacht hatte, nicht widerfahren waren, unangebracht erscheinen mußten.

Während Mrs. Roxburgh aus ihrer eigenen Lebenserfahrung heraus weinte, schien dieser Pseudoarzt, nach seinem aufgeregten Geplapper zu urteilen, sie für sein Versagen verantwortlich zu machen. Es gelang ihm allerdings nicht, die Eingeborenen gegen sie aufzubringen. Zum erstenmal seit dem Zusammenstoß an der Bucht waren die Gefangene und ihre Herren, besonders auch die Frauen, in menschlicher Gemeinsamkeit verbunden.

Sie gestatteten ihr, sie beim Gang zum Begräbnis zu begleiten, wobei sie so lange durch den Wald trotteten, bis sie einen hohlen Baumstamm fanden, in den sie die Leiche schoben. Sofort schien die Trauer wie verflüchtigt, nur bei der Mutter nicht, deren schluchzendes Schnaufen anhielt, allerdings nur so lange, bis sie zu der Fischmahlzeit zurückkehrten.

Bei dieser Gelegenheit wurde der Gefangenen zuerst ein Kopf und dann eine halbrohe Leber zugestanden, und als alle gesättigt waren, hinderte sie niemand daran, sich auf eigene Faust einen ganzen Fisch vom Feuer zu schnappen, an dem sie sich, weil sie ihn so hastig verschlang, Finger und Lippen verbrannte.

Am Ende war auch sie zufriedengestellt, um nicht zu sagen übersättigt, aufgebläht und benommen. Sie hörte kaum die durch die Dämmerung tönenden Klagen der Schwarzen, die damit die sie in der Luft umlauernden Geister zu besänftigen trachteten. Gewiß hätte sie sich auch, falls es sie drängte, an ihren Gebeten beteiligen dürfen, aber ihre Seele war taub und wie vertiert, so daß ihr jede Art Geistlichkeit fernlag.

Wenige Tage nach der Fischorgie rissen die Schwarzen das Lager ab. Sie hatten allen Grund dazu: Der Gestank der verwesten Fischreste war unerträglich geworden, und die Flöhe waren so aggressiv, daß sich die Menschen mit der gleichen Versessenheit kratzten wie die von den Flöhen befallenen Hunde.

Die Hütten wurden abgebaut, und als die Sklavin so hoch mit Rindenmatten bepackt war, daß sie nicht mehr tragen konnte, wurden die Frauen ebenfalls beladen. Beim Aufbruch bildeten die Männer die Vorhut, die weiblichen Lasttiere und die Kinder folgten. Es war ein klarer Morgen, und es wurde gelacht und gesungen, was die Wanderung nicht so unerträglich machte, wie sie es hätte sein können. Wenn Mrs. Roxburgh unter ihrer Last hervorschaute, fand sie sich beseelt vom Anblick der dunstigen Bläue, vom aromatischen Geruch der Feuerstäbe, die sie mit sich trugen, und dem Blick auf die dunklen Wälder, zwischen denen sich das offene schwarzgrüne

Land erstreckte, auf dem hier und da das von den Seen reflektierte Licht lag.

Später am Morgen war eine Rast notwendig geworden, denn die der Vorhut folgenden Trupps hatten sich wie eine Ziehharmonika weit auseinandergezogen. Die Sklavin lud also ihre Bürde ab und wurde dadurch belohnt, daß sie jetzt bessere Sicht hatte. Sie sah eine Gruppe von Männern um einen ausladenden grauen Baum herumstehen, und auf eine seiner Astgabeln schoß wild kreischend ein Schwarm von gescheckten Vögeln wiederholt nieder.

Einer der Schwarzen holte eine lange Schlingpflanzenranke hervor, band sie oben um den Stamm, gegen den er sich mit den Füßen stemmte und sich hochhantelte, bis er in luftiger Höhe gegenüber dem Ast saß, gegen den sich der Unmut der Vögel richtete. Er beugte sich vor, steckte den Arm in ein großes Astloch und zog ein kleines Pelztier heraus, das er seinen Gefährten unten auf der Erde zuwarf; dort wurde das noch unter ihren Keulenhieben zuckende Tier totgeschlagen.

Nach Radierungen, die sie in der Bibliothek von »Dulcet« gesehen hatte, glaubte Mrs. Roxburgh, in dem kleinen Geschöpf ein »Opossum« genanntes Tier zu erkennen. Erschöpft, wie sie vom Marsch war, und wundgerieben von der Last der Rinde, erweckte das Tier nur ein leicht mitfühlendes Zittern in ihr, das sie mit ihren schmutzigen Händen wegwischte, als sei es das Gefältel eines, wie die Erfahrung gezeigt hatte, überflüssigen Schleiers oder Brusttuchs, um das Erlebte dann unbeteiligt hinzunehmen, wie sie fast alles hinnahm, was ihr unter den gegenwärtigen Umständen widerfuhr. Das Opossum war obendrein eßbare Nahrung, als die es in einem der aus Fasern gewebten »Dillis« Platz fand, ob aber sie selbst Genuß daran haben würde, bezweifelte sie.

Die Frauen beluden sich wieder. Nicht lange nach dem Aufbruch wiederholte sich die vorangegangene Szene; wieder verrieten wutentbrannte Vögel den Unterschlupf eines Eindringlings im Astloch eines von ihnen vereinnahmten Baumes. Diesmal aber besprachen die Männer sich länger und lachten ausgiebig, worein die Frauen und die freudig herumspringenden Kinder schließlich einstimmten. Bis dann auch die Sklavin merkte, daß sie selbst es war, der ihre Aufmerksamkeit und ihre Heiterkeit galt. Sie wurde zum Baum gezogen, die Ranke wurde hervorgeholt, und ein Riese von einem Mann machte ihr grinsend klar, daß von ihr erwartet wurde, den Baum in der Art, wie es vorhin geschehen war, zu erklettern.

Mrs. Roxburgh bekam vor Schreck einen Schwächeanfall. Wenn sie doch nur die Härte und Robustheit ihrer Mädchenzeit heraufbeschwören könnte; statt dessen aber war es, als hätte ihr Wesen Zuflucht genommen in Korsetts, Unterröcken, gesteiften Miedern und unter der großen Samtglocke von Röcken, unter all jenen ebenso hinderlichen wie vornehmen Belastungen, die ihre Schwiegermutter ihr als ihr Vermächtnis aufgebürdet hatte. Ihre geschwärzte Haut, ihre Nacktheit ober- und unterhalb des Blättersaums boten ihr keine Hilfe; sie war wieder die nutzlose Weiße, eine zivilisierte Dame, umgeben von einem Stamm höhnisch grinsender Schwarzer.

Worauf ein Bursche, der wütiger und rachsüchtiger als die anderen war, ihr einen glühenden Ast ins Gesäß stieß und sie wieder, ja, und noch wieder vor Angst und vor Schmerz schrie: »Nein, nein! Ich tu's ja. Nur hört auf, mich zu quälen.«

Wie der Mann, den sie vorhin beim Erklettern des Baumes beobachtet hatte, schlang sie die Ranke um den Baum, suchte sich einen Halt mit den Füßen und begann, vor Angst zitternd, auf den Baum zu klettern. Wenn ihre Kräfte nachließen oder ihr Mut sie zu verlassen drohte, wurde ihr von unten der Ast unter den Leib gehalten, so daß die Angst vor Verbrennungen sie hinauftrieb – oder es war der Geist Ellen Gluyas', der Mrs. Roxburgh zu Hilfe kam.

Tatsächlich gelang es ihr, nahe genug an den Ast heranzukommen und den Arm in die Asthöhle zu stoßen, wo sie nach dem Fell des Tieres herumtastete, das auch wirklich da war, warm und geschmeidig auf dem fest zusammengerollten, leicht zitternden, muskulösen Körper. Sie zauderte mitfühlend, aber nur einen Moment, dann grub sie ihre verzweifelten Klauen ein, zog an dem Geschöpf und holte es aus seinem Nest nach draußen, wo es das kleine rosafarbene Maul aufriß und sie tief in den Handrücken biß. Sie schrie auf vor Schmerz, während die Schwarzen, denen sie das Tier zuwarf, johlten und brüllten und es mit Keulen totschlugen.

Rutschend und gleitend machte sie sich an den schlimmeren Abstieg. Während sie von Ast zu Ast tappte, galt ihre größte Sorge ihrem kostbaren Gürtel. Wenn sie sich anzuklammern versuchte, griff sie mit Händen voller duftender Blätter ins Leere, alles wich vor ihr zurück oder widersetzte sich ihr spröde und hart wie der Baum selbst, aber nach einer letzten langen, quälenden Umarmung, bei der sie am Stamm hinschurrte, landete sie mit stechenden Schmerzen, zerschundener Haut, eingerissenen Nägeln und einer Hand, in der das Blut heftig pulsierte, auf der Erde.

Sie war kaum weniger lebendig als das tote Opossum, aber ihr Gürtel hatte gehalten, und es beruhigte sie, den Ring zwischen den Blättern hängen zu sehen.

Als sie ihr Kleidungsstück zurechtgerückt hatte, halfen die Frauen ihr freundlich beim Aufladen ihrer Bürde, und in langer Reihe setzten sich die Trupps in Bewegung.

Die Stammesältesten wählten als Lagerplatz einen flachen, sandigen Erdstreifen, der durch ein Mangrovendickicht von einem Sund oder einer Flußmündung getrennt war. Die grauen, verkrüppelten Bäume, das graue Wasser und der sandige Boden machten auf die Gefangene, die von dem Erlebnis am Morgen noch erschüttert und geschwächt war, einen deprimierenden Eindruck. Ihre Gefährtinnen machten sich sofort daran, die Rindenhütten aufzubauen. Von ihr wurde auch erwartet, daß sie mitarbeitete, und so half sie, mit einer scharfen Muschel und ihren Händen die flache Mulde zu graben, von der die Hütten, wie sie es beim vorigen Lager gesehen hatte, umzogen war. Sie vermutete, daß darin das Wasser im Fall eines tropischen Wolkenbruchs abgeleitet werden sollte, in ihrer gegenwärtigen Gemütsverfassung hätte sie allerdings nichts dagegen gehabt, wenn das Lager überschwemmt würde und sie und alle anderen wie Ameisen ertränkt worden wären.

Um ihre Notdurft zu verrichten, ging sie abseits in die Mangroven, und als sie fertig war, benutzte sie die Gelegenheit, weiter vorzudringen und die Gegend zu erkunden. Durch den Ausblick, den sie vom Rand des Wassers her hatte, kam sie zu der Überzeugung, daß sie sich auf einer Insel befanden, die nur durch einen schmalen Wasserstreifen vom Festland getrennt war. Da sie sich in ihrer Niedergeschlagenheit ganz in ihr Schicksal ergeben hatte, war sie über diese Entdeckung froh, weil jeder Versuch, zu fliehen und an der Küste entlang Moreton Bay zu erreichen, damit hinfällig geworden war. Sie war in dieser von Schwarzen besetzten Inselfestung eingeschlossen und ganz der weiblichen Passivität anheimgegeben, die ihr von Geburt an zugedacht und ihr durch die Ehe mit dem lieben armen Mr. Roxburgh erneut aufgezwungen worden war.

Sie stand da, grub die Zehen in den feuchten grauen Sand und überlegte gerade, ob Mr. Roxburgh wirklich ein armer oder lieber Mensch gewesen war (natürlich war er das! – er, ihr toter Mann mit dem schimmernden Bart und den feingliedrigen Händen), als zwei Kinder als Spitzel erschienen, die von ihren Eltern gegen sie aufgehetzt worden waren und sie ins Lager zurückholen sollten. Sie tat, was von ihr erwartet wurde, und ging mit.

Das jetzige Lager unterschied sich in keiner Weise vom letzten, nur daß es (vorläufig) frei von Flöhen war, zu essen gab es allerdings nicht so reichlich, aber immerhin wurde sie nicht mehr von dem kranken Kind gepeinigt. Die Schwarzen, vom Hunger geplagt, wurden zunehmend gereizter und mürrischer und schlugen und piesackten ihre Sklavin, die sie wahrscheinlich für ihre Notlage verantwortlich machten. Sie fingen gelegentlich ein Opossum, Schlangen oder Eidechsen, und ein- oder zweimal brachten die Jäger ein kleines Känguruh an. Aber sonst ernährte der Stamm sich von Farn- und Yamswurzeln. An einem denkwürdigen Abend schnappte sich Mrs. Roxburgh unter den Augen ihrer Herren ein Stück von einer Schlange vom Feuer, das, als sie es gegessen hatte, in ihr ein nie vorher erlebtes ekstatisches Gefühl weckte.

In der Vergangenheit war es natürlich vorgekommen, daß eine glückliche Verbindung von Licht und Natur in ihr zärtliche oder sogar tief empfundene Gefühle erzeugte, wenn dies auch, ehrlich gesagt, eher eine Reaktion war, wie sie ihr Mann und seine Mutter von Menschen erwarteten, die für sich einen gewissen Anspruch auf Sensibilität erhoben. Nach den gleichen Vorsätzen hatte sie zugehört, wenn Mr. Roxburgh lateinische Verse vorlas, immer in der Hoffnung, dadurch seine Achtung zu gewinnen, kaum aber zu ihrer eigenen Zerstreuung. Wenn sie den Eindruck zu machen suchte, daß sein Vorlesen ihr Vergnügen bereitet habe, mußten ihre hängenden Schultern und ihre fügsam im Schoß gefalteten Hände ihm, wenn er zu ihr hingesehen hätte, eigentlich anderes bedeutet haben; aber vielleicht hatte der arme Mann tatsächlich hingesehen. Körperliche Ekstase hatte sie mit ihrem Mann kaum je erlebt, und bei ihrem einen unseligen Liebhaber war es weniger Leidenschaft als ein Ankämpfen gegen die Lüsternheit gewesen. Da sie in ihrer gegenwärtigen Existenz zum Tier erniedrigt worden war, konnte sie sich zumindest wahrheitsgemäß eingestehen, daß sie vom Magen her, angestachelt durch ein Stück Schlangenfleisch, in Ekstase versetzt worden war.

Demütig und dankbar senkte sie den Kopf vor dem, was ihr gewährt worden war, vor dem auch, was ihr nach dem Willen Gottes noch bevorstehen mochte.

Da sie nun im Klettern geübt war, wurde sie außer auf die Suche nach Opossums auch auf Vogelnester angesetzt. Die Schwarzen bevorzugten nicht nur frische Eier, sondern genossen auch solche, die angefault oder befruchtet waren. Manchmal fand sie auch Honigwaben; die leeren überließ sie den Maden und anderen in den hohlen Zellen hausenden Insekten, eine gefüllte Wabe aber wurde von den Schwarzen mit Begeisterung in Empfang genommen, an der man ihr großzügig teilzunehmen gestattete. Wenn sie die besten Honigklumpen verzehrt hatten, verlängerten ihre Herren den Genuß dadurch, daß sie die Reste mit löffelartigen Stücken aus Baumrinde herauskratzten. Waren alle zufriedengestellt und befanden sich zwischen den schmutzigen Fasern nur noch süßliche Reste, dann gaben sie ihrer Sklavin die Rindenstücke zum Ablutschen. Da dies in ihr Erinnerungen an köstlicheres und weit vergnüglicheres Honigsaugen weckte, hätte sie die Stücke am liebsten ganz verschluckt, wenn die Besitzer sie ihr nicht gleich wieder weggenommen hätten.

Tiefer gedemütigt wurde sie, wenn die Frauen sich daranmachten, ihre eigenen und die Köpfe ihrer Kinder nach Ungeziefer abzusuchen. Sie drängten sie, sich an diesem hygienischen Zeitvertreib zu beteiligen. Nichts wurde verschwendet, und als es ihr immer geschickter gelang, Läuse und Flöhe mit ihren Nägeln zu zerquetschen, führte sie fast unbewußt die Finger zum Mund, zog sie dann aber schulderfüllt zurück, wie sie es als kleines Kind getan hatte, wenn sie beim Nasebohren erwischt wurde und die Klümpchen heimlich wegschnippen wollte.

Konnte sie tiefer sinken? Immer wieder stand ihre Freundin Mrs. Daintrey am Teetisch ihr vor Augen, das Worcesterporzellangeschirr, die mit geriebenen Walnüssen und Zimtbutter bestrichenen Sandwiches und das Teegebäck auf Deckchen in silberner Schale. Gewiß würde es keiner ihrer Bekannten, nicht einmal der ihren Madeira schlürfenden Maggie Aspinall in den Sinn kommen, daß Mrs. Roxburgh dermaßen auf ein Dasein als Tier absinken könnte, wie es mit ihr geschehen war.

Manchmal, wenn sie mit gekreuzten Beinen am Feuer saß, kicherte sie blöde und unbeherrscht über ihre Lage, die so trostlos wie unveränderlich war, und dabei schwappten ihre langen, ledrigen, braunen, verfaulten Birnen ähnlichen Brüste gegen die Leere in ihr. Mit dem Ergebnis, daß sie in ein schluchzendes Wimmern verfiel, bevor sie dann Apathie überkam, zu der sie sich durchrang. Durchringen mußte.

Ihre geistige und moralische Verwirrung verstärkte sich noch, als man dann im Gegensatz zu der Rolle, die ihr im Anfang zugewiesen worden war, eine andere, verfeinerte Verhaltensweise von ihr erwartete. Während die Frauen des Stammes die Sklavin weiterhin kratzten und schlugen, um ihren Gefühlen Luft zu machen und sie zur Erfüllung ihrer Pflichten anzutreiben, unterzogen sie die Gefangene auch ihren Zeremonien und behandelten sie, wenn sie ihre Alltagsarbeit hinter sich hatten, mit fast frommem Respekt. Sie rieben ihren Körper regelmäßig mit Fett und Holzkohle ein, salbten ihren stoppelhaarigen Schädel mit Bienenwachs und versahen ihn mit Daunenbäuschen und Federn, wie sie es bei der Aufnahme in den Stamm getan hatten. Sie setzten sie auf einen Teppichthron aus Opossumfell, das sie vorher mit ihren Händen glattgestrichen hatten, nahmen dann im Halbkreis um sie Platz und starrten sie an. Ihre Gesichter waren ihr Spiegel, in dem sie und die Frauen zeitweilig in Mondphantasien oder in mystischer Verbundenheit vereint waren. Was die Schwarzen, wie es schien, nicht ertragen konnten, war der Geist einer Frau, der, meinten sie, die Bucht heimgesucht hatte. Sie mochten der Ansicht sein, daß sie, war der Geist ausgetrieben, dem Übernatürlichen mit Gleichmut entgegensehen konnten, das sich ihnen leibhaft wie sie selbst gestellt hatte. Doch am Ende senkten sie die Augen; war es, weil sie ihre Unzulänglichkeit erkannt hatten? Ellen Roxburgh hielt das für möglich und sah ihrerseits weg.

Die Angehörigen anderer Stämme, von denen einige ebenfalls die Insel zu bewohnen schienen, besuchten ab und an ihre Nachbarn, um dieses Phänomen in Augenschein zu nehmen. In ihren Gesichtern drückten sich Ungläubigkeit, Angst und Neid, aber auch respektvolle Verehrung vor dieser Halbgöttin aus, die sich vorübergehend aus der Plackerei erhoben hatte, die den Schwarzen aufgrund ihrer praktischen Veranlagung, vor allem aber wegen ihrer Armut auferlegt war. Sie machte dieses Spiel mit. Wie sie Austin Roxburgh und seine Mutter dadurch versöhnt hatte, daß sie sich herausputzen und vorzeigen ließ, so nahm sie es hin, wenn eine ältere Dame ihres Stammes an sie herantrat, um ein schwefelfarbenes Haarbüschel glattzustreichen; es hätte die alte Mrs. Roxburgh sein können, die vor einer Abendmahlzeit oder einem Ball einen Edelstein oder eine Feder hinzufügte oder fortnahm.

Was den ganzen formellen Rahmen zum Einsturz hätte bringen können, war ein Fieber, das häufig in den göttlichen wie auch den menschlichen Augen aufglänzte, erregt weniger durch die Gier nach Nahrung als durch den zudringlichen Gestank männlicher Körper, die mit harten Gliedern umherschlichen zu keinem anderen Zweck, wie es schien, als sich als umherstolzierende Schatten zu geben.

Gott bewahre! Da sie nicht völlig ihrer Vernunft beraubt war, nahm Mrs. Roxburgh an, daß der pure Abscheu genügen mußte, um sie zu schützen, wußte aber zugleich, daß Haß nur ein solches Fieber schüren kann; und nun waren es auch die Himmel, die natürliche Wohnstatt der Göttin, verwandelt von Lichtblau in Pfauenblau, von Pfauenblau in Flamingofarbigkeit, denen sie zusammen mit der Finsternis widerstehen mußte, in welche die menschliche Schwäche die Sterblichen stürzt.

Während dieser Hungerzeit und des einzelnen umgehenden Fiebers bemerkte Mrs. Roxburgh, daß um sie herum ein Spiel stattfand, in Gang gesetzt von der großen Frau mit den schweren Bakkenknochen, die sie an der Bucht entdeckt und sie mehr als alle anderen gequält hatte, von dem vierschrötigen Burschen, der die Sklavin auf den Baum getrieben und sie gezwungen hatte, das Opossum aus dem Nest zu holen, und von dem hübscheren der beiden Mädchen, die in der Mittagshitze nach den Lilienwurzeln getaucht waren. Besonders während einer Nacht hoffte Mrs. Roxburgh, nicht an dem Spiel teilnehmen zu müssen, in der aber die drei offenbar als Gegner auftretenden Spieler kamen und gingen und um die Matte herumstolzierten, auf der sie saß. Ob sie nun saß oder lag, die meisten anderen waren vom Hunger zu sehr geschwächt, als daß sie darauf geachtet hätten. Ihr selbst aber fielen um so erschreckender das Stampfen und Aufklatschen der blassen Sohlen unter den schwarzen Füßen auf, der Geruch der Achselhöhlen und der zerquetschten Ameisen, das Knacken der zerbrechenden Stöcke und die gurgelnden Aufschreie der umhertappenden Akteure.

Sie wurde schließlich dadurch zur Teilnahme gezwungen, daß der große Krieger sich neben sie hinhockte, sie mit der Spitze des Zeigefingers auf die Schulter tippte und den Finger quer über ihren Oberkörper bis fast hinunter zur Brustwarze zog, die er sich offensichtlich zum Ziel genommen hatte.

Die beiden Bewerberinnen um die Gunst des sehnigen Burschen fingen sofort zu zischen und laut zu schnattern an. Beide waren bewaffnet, das Mädchen mit einer Keule, ihre Rivalin mit einem spitzen Stock. Mrs. Roxburgh wäre in noch größere Aufregung versetzt worden, wenn sie nicht nur der Funke gewesen wäre, der die Aschenglut ihrer Gefühle zum Aufflammen gebracht hatte; sie war nur die mittelbare Ursache des Höllenspektakels, das folgte.

Angestachelt durch ihre hitzige Eifersucht, schimpften die Frauen wild aufeinander ein. Der Mann lehnte sich zurück gegen den Baum und beobachtete die beiden, als wärmte er sich an der Leidenschaft, die er verursacht hatte. Das Mädchen, das behender als ihre Rivalin war, sprang diese an und hieb ihr die Keule so wuchtig auf den Schädel, daß er auseinanderklaffte. Aufbrüllend vor Schmerz und Wut, zahlte es die Frau ihr aufspringend heim, indem sie dem Mädchen den Stock knapp unter der Brust in den Leib stieß. Sie stürzte lautlos zu Boden, und der Mann machte sich klüglich aus dem Staube, bevor man ihm die Schuld zuschieben könnte.

Von allen Seiten des Lagers kamen die Verwandten der streitsüchtigen Frauen angerannt und redeten unter ohrenbetäubendem Lärm aufeinander ein. Das am Kopf getroffene Opfer wurde an einem Baum aufrecht hingesetzt, wo man die ihr von der Angreiferin beigebrachte blutige Wunde besser untersuchen konnte. Jemand brachte eine Handvoll Holzkohle und rieb sie damit ein. Alle kamen am Ende zu dem Schluß, daß der klaffende Riß nur eine oberflächliche Schnittwunde war, wenngleich die Frau entsetzlich stöhnte und ihre Haut von dem schwarzen, von schmutzigem Gelb durchsetzten Grus überzogen war. Mit geschlossenen Augen rieb sie ihren Kopf vor und zurück an dem schartigen Baum.

Gellende Schreie von denen, die sich um das junge Mädchen kümmerten, ließen keinen Zweifel daran, daß sie tot war. Und doch, sah Mrs. Roxburgh, lag sie ganz natürlich da, und aus ihrer Wunde floß auch kaum Blut, als der mörderische Stock herausgezogen wurde; ihre Brüste waren so wohlgeformt und jugendlich, daß sie wie ein Bild der Anmut und Schönheit war, nicht anders als an dem Tag, als sie lachend und vom Wasser umflimmert zwischen den verflochtenen Matten aus Wasserlilien auftauchte.

Nachdem Mrs. Roxburgh erschüttert ihre Bekanntschaft mit dem Tod mitten im fortgehenden Leben erneuert hatte, lebten ihre Ängste wieder auf, und in ihrem Gram fühlte sie sich den Trauernden verbunden und wollte, ohne erst zu überlegen, an der in den Wald aufbrechenden Leichenprozession teilnehmen.

Aber während sie ihr gestattet hatten, der Beisetzung des von ihr gepflegten Kindes beizuwohnen, winkten sie sie jetzt unter Worten zurück, die wie eine Warnung klangen; ein älterer, bis dahin achtunggebietender Mann ging sogar so weit, daß er ihr einen Stoß gegen die Brust versetzte.

So blieb sie zurück und legte sich ans Feuer in der Hütte, die ihr wie alles, worauf sie Anspruch erheben mochte, gehörte – ausgenommen den ihr von früher her gehörenden Ring. Als sie einnickte, griff sie unter ihren Lendenschurz, den sie kürzlich erneuert hatte, und schob sich den Ring, ohne ihn loszubinden, bis zum ersten Glied auf ihren Ringfinger. Sie hoffte, sie würde so von ihrem Mann träumen. Aber es wurde eine verworrene, von feindseligen und kaum erkennbaren Gestalten bevölkerte Nacht.

Im Frühlicht des nächsten Tages sah sie die Kinder ihrer »Familie« ohne ihre Eltern zurückkehren, und sie fragte sich, auf welche Weise wohl die Trauernden die Totenwache tief im Wald abgehalten haben mochten.

Sie kroch in der Dämmerung nach draußen und ging, nachdem sie den Kälteschock überwunden hatte, irgendwie ziellos unter den Bäumen hin, verfolgte aber insofern doch einen Zweck, als sie sich daran erinnerte, daß ihre Schwiegermutter »einen Spaziergang am Morgen« immer als »gesundheitsfördernd« empfohlen hatte.

Sie wurde am Ende dadurch belohnt, daß sich das Buschgelände, durch das sie sich mühsam vorgearbeitet hatte, in ein Netzwerk von überraschender, wenn auch frostiger Schönheit verwandelte. Während sie sich bis dahin vorgequält hatte und ihr die Haut zerkratzt worden war, wurde sie jetzt von sehr sanften Farnwedeln umfächelt. Lichtstrahlen, die zwischen den Wipfeln und den Bögen der Bäume einfielen, senkten sich auf ihren Pfad, als wären die Hügel und Mulden dazu geschaffen, Menschen beim Wandern behilflich zu sein. Hier fühlte sie sich akzeptiert, verjüngt. Sie war wieder die »Ellen« von früher, ein Name, der ihrer leibhaften Person am Taufbecken zugeeignet worden war, der aber nie richtig zu ihr gehört hatte, ebensowenig wie das meiste von dem, was ihr in ihrem Leben widerfahren war. Jetzt flatterte und wirbelte dieser Namenszettel zwischen großen moosbewachsenen Bäumen vor ihr her, während sein luftigeres Echo sich von der Vergangenheit her entrollte, von Fuchsien, Nelkenwurz und Schleifenblumen her über den von Dung beschmutzten Hof und das von goldenem Ginster und rotbraunem Adlerfarn schimmernde Moor, um sich in den vereinzelten Silben eines Möwenschreis zu verflüchtigen.

Sie hätte ihre beseligende Wanderung fortsetzen und am Ende verlorengehen können, wären nicht Stimmen, untermischt von köstlichen Düften und dem Geruch von treibendem Rauch vernehmbar geworden. Sie wandte sich in Richtung der Stimmen und stieß auf eine Gruppe von Schwarzen, die sie als Angehörige ihres Stammes erkannte. Alle schienen nach einer betriebsam verbrachten Nacht wie untergetaucht und träge; als sie sich dem Eindringling zuwandten, drückte sich in ihren Gesichtern Groll, zugleich aber eine mystisch verhangene Neugierde aus. Sie gewahrte, daß sie sie bei der Ausübung von Riten überrascht hatte, bei denen die Schwarzen sie nicht als Augenzeugin wünschten. Worin diese Riten bestanden, war nicht auf Anhieb erkennbar; höchstwahrscheinlich war die Zeremonie bereits zu Ende gegangen, denn nach ihrem Empfinden herrschte eine Atmosphäre, wie sie bei Kommunikanten üblich ist, wenn sie nach dem Frühgottesdienst die Kirche nach der Vergebung ihrer Sünden mit leeren Augen verlassen.

Die vom Tau der Farnwedel und Blätter feuchte Morgenluft regte Ellen Roxburgh, nackt und mitgenommen, wie sie war, an, sich diesen unschuldigen Wilden und ihrer unerwarteten geistigen Versenkung zu gesellen, als sie neben dem sterbenden Feuer etwas entdeckte, das wie eine lederne, im Gras ausgebreitete Matte aussah. Sie wäre vielleicht nur verwirrt gewesen, hätte sie nicht an dem, was sie für Fransen hielt, Fingernägel entdeckt und am oberen Ende, ähnlich einem Tigerkopf am Ende eines als Teppich ausgebreiteten Tigerfells, etwas, das nur der Kopf des Mädchens sein konnte, das sie heiter lachend und mit Wasserlilien spielend erlebt hatte.

Nachdem sie ihre Überraschung über dieses Eindringen in ihre Privatsphäre verdaut hatten, sprudelte es gurgelnd in groben, gutturalen Zorneslauten aus den Eingeweihten hervor. Frauen rollten die dunkle Haut zusammen mit dem Kopf und einem Haufen Knochen auf. An den fettig verschmierten Lippen und Wangen war leicht zu erkennen, auf welche Weise das Fleisch verschwunden war. Die abscheulichen Reste der Mahlzeit wurden in die Dillis gestopft, die die Frauen bei ihren Ausflügen bei sich trugen. Mrs. Roxburgh wäre wohl von Übelkeit befallen worden, hätten einige der Männer ihr nicht aufstampfend gedroht und sie in Schrecken versetzt. Der ältere Mann, der sie am Abend zuvor durch Stöße von der Teilnahme an dem Leichenbegräbnis abgehalten hatte, stürzte auf sie zu, stolperte aber über eine Baumwurzel und fiel, offenbar nicht mehr im Vollbesitz seiner Kräfte, der Länge nach hin.

Die Gruppe brach auf und trieb die Missetäterin vor sich her. Da sie es anscheinend eilig hatten, die Stätte ihres Rituals so weit wie möglich hinter sich zu lassen, hasteten sie nach einer Weile an der Übeltäterin vorbei, sahen nicht einmal zurück und vergaßen es ganz, sie zu beschimpfen und ihr weitere Vorwürfe zu machen.

Mrs. Roxburgh folgte ihnen und blieb dabei nicht so weit zurück, daß sie sich hätte verlaufen können. Während sie vor sich hinging, versuchte sie, Ordnung in ihre Gefühle zu bekommen; Angst und Verwunderung bewegten sie, Abscheu und ein gewisses Mitgefühl mit diesen hungernden, unwissenden Wilden und ihren Anführern, und in diesem Augenblick sah sie vor sich auf den Boden und gewahrte einen Schenkelknochen, der aus einem der übervollen Dillis herausgefallen sein mußte. Erneut von Abscheu gepackt, wollte sie den Knochen mit dem Fuß wegstoßen, bückte sich aber, über sich selbst erstaunt, und sammelte ihn auf. Einige Fetzen von halbgarem Fleisch und Klumpen von verbranntem Fett hingen noch an diesem grauenhaften Ding. Ihr erstarrter Körper und ihre fast hörbar vibrierenden Nerven warnten sie vor dem, was sie im Begriff war zu tun und nun auch wirklich tat. Sie hatte den Knochen zum Mund gehoben, riß daran mit den Zähnen, kaute verkrampft und schluckte die Brocken hinunter, die ihr Magen auszubrechen drohte. Aber es nicht tat. Sie warf den Knochen erst weg, als sie ihn ganz abgenagt hatte, und folgte langsam in den Spuren ihrer kannibalischen Lehrmeister. Was sie getan hatte, widerte sie weniger an als die erschreckende Tatsache, daß sie sich dazu hatte hinreißen lassen. Die wunderbare Unschuld dieses morgendlichen Waldes, dessen Schweigen nur von einem einzelnen, endlos wiederholten Flötenton unterbrochen wurde, versuchte ihr weiszumachen, daß sie an einem Sakrament teilgenommen habe. Aber was blieb, waren die Verdammung menschlichen Verhaltens, heftige Kopfschmerzen und die ersten Anzeichen einer Magenverstimmung. Von christlicher Moral her betrachtet, durfte sie nie wieder an diesen Vorfall denken.

Während der diesem Ritual folgenden Tage, an dem sie, mußte sie zugeben, in gewisser Weise teilgenommen hatte, erschienen Schwärme von Fischen in der Wasserstraße, die die Insel vom Festland trennte. Das war Grund zur Freude genug, wenn auch nicht vergleichbar mit dem Netzfang eines Seeungeheuers vor der Küste zum Ozean.

Während die Fischer das hilflos im Netz verfangene Monstrum an Land zogen, brach der restliche Stamm zwischen den die Küste säumenden Bäumen hervor und schrie: »Dugong, Dugong!« und alle stürmten über die Dünen, schlugen sich dabei gegen die Brust und durchfuchtelten mit den Armen die behindernde Luft. Ein kleiner Junge, der mit gewaltigem Schwung koppheister geschossen war, hielt einen Moment inne, um mit den Händen zu fühlen, ob er sich das Genick gebrochen habe.

Fast noch bevor das Biest mit Speeren niedergemetzelt war, begannen die Schlachter, das Fleisch zu zerhacken. Feuer loderten im abendlichen Licht auf, und die gespannte Erwartung brachte die dunkle Haut der Eingeborenen schon lange, bevor das Festessen hergerichtet war, zum Glühen. In der Gier, ihren Hunger zu stillen, wachten die Schwarzen nicht so sorgsam wie sonst über ihre Sklavin, der es gelang, sich einen Klumpen des ziemlich schwappeligen Fleisches vom Feuer zu schnappen. Ihre Augen quollen vor, während sie angestrengt darauf herumkaute, und von ihren Lippen triefte das fischige Fett, während sie einen der Hunde zur Warnung fast anknurrte, der daraufhin mit seinem nachschleppenden, buschigen Schwanz auf Distanz ging und darauf wartete, daß sie ihm einen Brocken hinwürfe.

Aber er bekam von ihr nichts. Mrs. Roxburgh hatte nur den einen Gedanken, ihren leeren Magen zu füllen und sich, und wenn sie platzte, eine weitere Scheibe, sofern sie Glück hatte und unbeachtet blieb, aus der Asche zu holen.

An diesem Abend gelang ihr alles. Fast unbehaglich vollgestopft, rieb sie ihre fettigen Hände mit Sand, um den Regeln der Konvention zu genügen, an die sie sich vage durch den Schleier der Erschöpfung erinnerte, der zwischen ihr und ihnen hing. Sie war hinreichend glücklich, glücklicher, als es die Quelle ihres tiefen Unbehagens hätte zulassen dürfen. Unter dem Vorsatz, sich nicht erinnern zu wollen, fiel ihr immer wieder der vor unberechenbar vielen Tagen erlebte Vorfall ein. Er erschien ihr weniger widernatürlich, fast statthaft, wenn auch nur ihr selbst gegenüber. Ebenso wie sie niemals anderen gestanden hätte, daß sie in die Heiligenquelle getaucht war oder daß ihr schwarzes Wasser sie von krankhaften Gedanken und sinnlichen Begierden gereinigt hatte, so auch hätte sie nicht erklären können, wieso der Fleischgeschmack eines menschlichen Schenkels in der Stille des morgendlichen Waldes nicht nur für ihren animalischen Körper, sondern auch für die dunkleren Bedürfnisse ihres hungernden Geistes Nahrung gewesen war.

Sie brütete noch mit halboffenem Mund vor sich hin, als die Schwarzen bereits alle Reste des Dugong-Wales in Grasbündeln verstauten, ihre Habseligkeiten zusammenpackten und in einiger Eile zu ihrem Lager auf der anderen Seite aufbrachen. Sie mußte, wollte sie nicht in der Dunkelheit zurückbleiben, mit ihnen gehen. Die Schwarzen, hatte sie den Eindruck, ängstigten sich vor der Dunkelheit. Vorsorglich hatten sie sich aus diesem Grunde neue, auf dem Marsch mitgeführte Feuerstäbe zugelegt. Als sie die Hügelkuppe bestiegen, die die Wasserstraße vom Ozean trennte, war die Nacht nahe davor, auf sie herabzukommen. Das Geschnatter der Wanderer wurde wiederholt unterbrochen und setzte dann immer nur scheu wieder ein. Auf eine stillschweigende Vereinbarung hin legten sie an einem kleinen See eine Rast ein, in dessen Wasserfläche das Fackellicht und ihre geisterhaften Gestalten sich beängstigend in fließenden Verzerrungen spiegelten. Der übliche, entweder Klage oder flehentliches Bitten bedeutende Wehgesang, den die Wanderer an diesem Kreuzpunkt anstimmten, schien nirgends angebrachter als an diesem Ort.

Weil ihr Hunger gestillt war, fand Mrs. Roxburgh die Kraft, sich an diesem anfangs wie eine Parodie wirkenden Singsang zu beteiligen. Wenn ihr das Spotten vergangen war, dann nicht aus Mangel an Mut, sondern weil der an diesem Ort herrschende Geist, der im Dunkel schwindende See und das Wispern der sich regenden Bäume Besitz von ihr ergriffen hatten. Als die Schwarzen ihren Weg umflackert und fast schweigend fortsetzten, konnte sie ihre Angst riechen. Wenn es sie auch hin und wieder durchzuckte, dann nicht aus Angst, sondern weil sie vermutlich mit der Dunkelheit zurechtgekommen war.

Als sie das Lager erreichten, stieß sie mit dem Zeh schmerzhaft gegen ein Baumstumpf, und jemand rempelte sie so gewalttätig und unter Mißachtung jeden Anstands an, daß sie mit dem Kopf gegen einen Baum stieß und es ihr vor den Augen flimmerte. In dieser ihnen vertrauten Umgebung, in der sie sich sicher fühlten, fanden alle zu ihrer Gereiztheit und Redseligkeit zurück. Die kleinen Kinder, die der Obhut der Alten und Lahmen überlassen worden waren, tollten umher, bähten wie schwarze Lämmer und warfen sich in die Arme ihrer zurückkehrenden Mütter. Die Familie des beigesetzten Kindes betrachtete sie weiterhin als ihr Eigentum, ein Umstand, an dem sie, da sie keine Wahl gehabt und dies auch gleichgültig hingenommen hatte, nichts weiter auszusetzen fand. Die von Rauch und Körpergeruch erfüllte und von Flöhen bevölkerte Hütte war ihr zu einem Heim geworden, wie sie es angenehmer nie erlebt hatte, und in einem bequemeren Bett als auf dem Erdboden selbst hatte sie nie gelegen.

Die Gier der Lagerflöhe auf menschliches Fleisch mochte Anlaß genug für einen weiteren Umzug sein, aber es schien dafür noch andere, wichtigere Gründe zu geben. Eine ungewöhnliche Rastlosigkeit, spürte sie, lag in der Luft, die sichtbare Gestalt in den spitz zum Himmel zeigenden Rauchfingern über den Bäumen des Festlands annahm. Obendrein trafen Boten von den benachbarten Stämmen mit Nachrichten ein, die die Empfänger beschwingten und sie zu außergewöhnlichen Vorbereitungen veranlaßten.

Die Männer, die sonst, wenn sie nicht auf der Jagd oder beim Fischen waren, ihre Werkzeuge und Waffen ausbesserten und schliffen, begannen, mit Rinde, die sie mit Steinmessern von den Stämmen bestimmter Bäume herunterschnitten, eine Flottille von Kanus zu bauen. Die Betrachterin verfolgte diese Tätigkeit mit größerer Aufmerksamkeit als jene, die mit ihr befaßt waren. Sie fühlte sich befeuert und zugleich geängstigt. Wenn der Bau der Kanus bedeutete, daß zum Festland gefahren werden sollte, dann würde sie sich zu einer Entscheidung gedrängt sehen, die gewichtiger als alle Entschlüsse war, die sie bislang während ihres hiesigen, weitgehend von anderen oder von Gott selbst bestimmten Lebens gefaßt hatte: Sie mußte sich entscheiden, ob sie den strapaziösen, wenn nicht verhängnisvollen Aufbruch zur Siedlung Moreton Bay wagen wollte.

Vorerst reichten die Vorbereitungen für die Überfahrt und die Aufgaben, die ihren Adoptivstamm bei der Ankunft erwarteten, aus, um ihre Vorahnungen in Schach zu halten. Sie war auf alle Fälle geübt darin, sich gegen ihre schlimmsten Gedanken abzuschotten, und hatte viel von ihrer Verletzlichkeit durch die verschiedenen aufreibenden Arbeiten verloren, die ihre Eigentümer von ihr forderten, so das Tragen von Rindenbündeln, das Sammeln von Feuerholz, die Aufsicht über Babys und das Ausgraben von weißem Lehm, der besonders in der gegenwärtigen Jahreszeit benötigt wurde. Alles das führte sie in einer Weise aus, die bei Leuten, die frei von den Vorurteilen der Schwarzen waren, den Eindruck erweckt haben mochte, als sei sie in geheimer Mission tätig. Aber hier war niemand anwesend, der Abstand genug gehabt hätte oder in der Lage gewesen wäre, etwas zu beurteilen, das alles in allem auf eine heftige, nervenbedingte Erregung hinauslief. Sie bekam einmal Schluckauf, weil sie einen schleimigen, noch behaarten Klumpen Opossumfleisch zu rasch verschlungen hatte. Die schwarzen Kinder lachten, als sie sie aufstoßen hörten. Sie mochten mittlerweile ihre Kinderamme gern und brachten ihr Spiele bei, eins besonders, ein der »Katzenwiege«

ähnliches Schnurspiel, bei dem aus Haaren oder Fasern gedrehte Fäden verwendet wurden. Sie war darin nie besonders talentiert gewesen, erregte aber die Bewunderung der Kinder durch ihr Geschick, die Fäden zu entwirren. Sie war nachsichtig mit ihnen und ihrer Launenhaftigkeit und nahm ihre Umarmungen und ihre Piesackereien mit einem Gleichmut hin, der es ihr alles in allem leichter machte, den Gedanken an die bevorstehende Überfahrt zu ertragen. Am wohlsten fühlte sie sich, wenn sie wie in einer Mine auf der Suche nach dem weißlichen Lehm war, der sie an die Porzellanerde Cornwalls erinnerte. Die Handschuhe aus Fett, Holzkohle und Schmutzkruste, die zu ihrer Art von Bekleidung gehörten, waren jetzt zusätzlich mit weißen Streifen versehen. Wenn ihre Hände bei dem so friedlich unter gezügeltem Sonnenlicht vor sich gehenden Ausgraben des Lehms zitterten, dann lag das nicht an der damit verbundenen Anstrengung.

An dem Morgen, an dem sich der Stamm zur Überfahrt zum Festland versammelte, war der Himmel von einem weißlichen Blau, das sich, als der Nebel sich hob, verdichtete. Es hätte schon jemand eine bleierne Seele haben müssen, der von all dem unberührt geblieben wäre: vom Aufspritzen und Glitzern, von den Rufen und dem Gelächter der die Kanus besteigenden Schwarzen, vom Gekräusel der die Wasserstraße befiedernden Wellen und dem vom Wind gefilterten Geruch des üppigen, von Rauch durchzogenen Eukalyptuslaubs. Mrs. Roxburgh wandte alle Mühe darauf, nicht übermäßig beteiligt zu scheinen.

Sie hatten die Sklavinamme mit einer Schar von Kindern zwischen zwei Paddler in die Mitte eines der größeren Kanus gesetzt. Die erwartungsvolle Spannung und der frostige Morgen hatten auf ihren Armen und Schultern eine Gänsehaut und im Weiß ihrer Augen ein bläuliches Schimmern hervorgerufen. Daß ihr nicht noch kälter war, lag an den warmen Körpern der sie umdrängenden Kinder, deren Haut noch weich und hell und noch nicht von dem Leben, das ihnen bevorstand, verunstaltet war. Von Zeit zu Zeit berührte sie einen Kopf oder strich über eine Wange, um ihren Schützlingen die Furcht zu nehmen, in der befangen sie ungewöhnlich schweigsam waren. Sie hätte sie an so einem Morgen essen können, nur um sie, wenn sie in ihr geborgen waren, an ihrer Freude teilhaben zu lassen. Statt dessen wischte sie den Rotz weg, den sie aus einer Knopfnase vorquellen sah, und der kleine Junge begann, wegen dieser noch nie erlebten fürsorglichen Geste wie eine Katze zu miauen. Sie lachte und beruhigte ihn: »Aber du weißt doch, Liebling, ich tu dir doch nix.« Er verstand ihre Worte noch weniger als ihr aufdringliches Benehmen, wurde aber still, weil ihm sonst nichts blieb.

Während sie eintauchend und schaukelnd über das Wasser vorschossen, spritzte der Schaum vom vorderen Paddel ihnen wieder und wieder in die Gesichter. Ellen suchte die Kinder durch die Ruhe, die sie vortäuschte, zu trösten, weil sie, wenn sie ihre wahren Gefühle, den Jubel und die gespannten Erwartungen, von denen sie erfüllt war, gezeigt hätte, in Panik geraten wären. Ohne ersichtlichen Grund erinnerte sie sich an einen quälenden Traum, den sie früher einmal zwischen Schlafen und Wachen gehabt hatte, den Traum vom Bug eines in die Felsbucht einfahrenden Schiffes (nie war sie, solange sie noch ihre Sinne beisammen hatte, in Tintagel gewesen), und wie sie später den Namen in das Fenster der Dachwohnung gekratzt hatte, nicht aus Zuneigung, sagte sie sich, sondern aus unerfülltem Begehren. Was sie jetzt begehrte, war ganz schlicht nur, »ein' Tee zu trink'n« nach Beendigung eines furchtbaren, vorerst aber nur geplanten Marsches.

Die Bootsfahrer paddelten erst zur einen, dann zur anderen Seite hin. Der Rauch von den glühenden Kohlen, die sie mithatten, um Feuer an der fernen Küste machen zu können, stach Mrs. Roxburgh in die Augen. Aus alter Gewohnheit griff sie sich eine große, orangefarben gerandete Muschel und begann, das ins Kanu gespritzte Wasser herauszuschöpfen, in so kleinen Mengen allerdings, daß ihre Tätigkeit wenig sinnvoll schien, und außerdem würden sie ja gleich am Ziel sein. Die Grüntönung, die sich auf den bronzefarbenen Wangen bemerkbar machte, verlor sich, als der Rindenkiel aufschurrte und das Kanu über dem Sand vorschnellte.

Die Kinder sprangen heraus und tollten davon, und ihre Aufseherin fand sich damit ab, daß sie nicht mehr gebraucht wurde. Sie war ihrer Pflicht bei ihnen nachgekommen und würde sich selbst gegenüber schon bald ernstere Pflichten zu erfüllen haben.

Vorläufig war sie zu sehr damit beschäftigt, die Gerätschaften von den Kanus an Land tragen zu helfen, und dann blendete sie der grelle Glanz der höherstehenden Sonne, und sie fühlte sich bedrängt von der reglosen Schwüle der Luft und der Menge der bereits versammelten fremden Angehörigen von Stämmen, die auf dem Festland lebten. Die fremden Schwarzen waren so zudringlich wie die Ameisen, die ihr an den Beinen hochkrochen, aber während die Ameisen nur stachen, kniffen und stießen diese menschlichen Gegenstücke sie und bliesen die von der Insel mitgebrachte phänomenale Erscheinung an, die von ihren Eigentümern als seltenes Schaustück stolz vorgezeigt wurde. Noch ehe das Lager auch nur zur Hälfte aufgebaut war, unterbrachen doch tatsächlich die Frauen ihre Arbeit und nahmen sie beiseite, um ihren Kopf mit frischem Bienenwachs zu beschmieren und ihr Haar mit Daunenbündeln und gelben Haarbüscheln herauszuputzen, damit sie den bestmöglichen Eindruck machte. Sie wurde dann wieder nach vorn gebracht und zur Schau gestellt. Die meisten Schwarzen staunten nur mit aufgerissenen Mündern; als sie dann aber das Ausstellungsstück von allen Gesichtswinkeln her beäugten, ließ sich ein Schwarm großer weißer Papageien schnatternd und kreischend auf einem benachbarten Baum nieder; empört über ein Monstrum, das auf Jahrmärkten von der Landbevölkerung verlacht worden wäre, spreizten sie ihre schwefelgelben Federhauben.

Mrs. Roxburgh war erst wieder erleichtert, als man ihr gestattete, ihren knechtischen Pflichten nachzugehen, und sie nun Mulden ausgraben und Feuerholz sammeln durfte.

Im Laufe des Tages trafen weitere Stämme auf dem Lagerplatz ein, die mit jammervollen, aber anscheinend Freude bedeutenden Ausbrüchen begrüßt wurden, während sie in den Chören am Morgen und Abend immer nur die Zweifel und Vorahnungen verstörter Geister vernommen zu haben glaubte.

Sie blieb tagsüber, soweit sie konnte, für sich, begrüßte es aber dankbar, wenn die Kinder erwarteten, daß sie an ihren gelegentlichen Spielen teilnähme oder nach einem Streit die Wogen glättete.

Viele der Schwarzen vom Festland waren körperlich prachtvoll gebaut, wogegen die Inselbewohner zwergenhaft geschrumpft wirkten, aber alle waren von häßlichen Einschnitten entstellt, die offenbar absichtlich angebracht worden waren und Zeichen darstellten, durch die sich die einzelnen Stämme voneinander unterschieden. Die Frauen, außer den heranwachsenden Mädchen, waren alle entweder schwerfällige Arbeitstiere oder von Natur aus Verworfene, die ihr eigentliches Wesen unter einer aufgesetzten Fröhlichkeit verbargen. Diese waren am gierigsten darauf aus, sie zu kneifen und an den Haaren zu ziehen.

Mrs. Roxburgh wartete sehnsüchtig auf die Nacht, nur schreckte es sie zurück, daß sie sich dann zwangsläufig mit Fluchtplänen befassen mußte.

Bei Anbruch der Nacht, bemerkte sie, bereiteten die Schwarzen irgendwelche Feierlichkeiten vor. Die Wege, die sie gingen, kreuzten und verflochten sich, und eine wie von unsichtbaren Funken knisternde Spannung lag über dem allen. Einige der Männer tanzten schon, posierten voreinander, schlugen sich gegenseitig und wichen lachend zurück. Sie streiften umher oder hockten schwatzend im Kreis und stolzierten dann wieder auf und ab, wobei sie die Muskeln spannten und in ihren Augen ein fiebriger Glanz lag.

Ein Mann wie ein Riese, der ein geborener Clown war, wirbelte umher, sprang hoch in die Luft, schlug dabei klatschend auf seine Hacken und unterhielt so die in Hörweite versammelten Schwarzen, von denen er, konnte sie erkennen, geachtet und beneidet wurde. Was ihn von den anderen unterschied, war eine Axt oder ein Beil, das er an seinem geflochtenen Gürtel trug. Sie wunderte sich darüber und fragte sich, wie er wohl zu diesem Beil gekommen sein mochte. Die anderen Schwarzen bewunderten es gierig, sie strichen darüber hin, und einige versuchten sogar, es ihm zu entreißen.

Aber der Riese war ihnen an List und Geschick gewachsen. Er schlug die diebischen Hände weg, sprang behende außer Reichweite und fuhr fort, sie mit seinem Kauderwelsch zu unterhalten, so daß alle lachten.

Sie staunte über seine Gelenkigkeit und hatte ihren Spaß an seinen Witzen, wiewohl sie die nicht verstand. Als er sich außer Sicht entfernte, hatte sie immer noch die glänzende Axtschneide vor Augen. Das Beil konnte Beutegut sein, wie es jedem Schwarzen leicht auf einem Wrack in die Hände fallen konnte – auf dem Wrack womöglich auch, das sie in so trauriger Erinnerung hatte. Sie hätte gern genau gewußt, woher er dieses Beil hatte.

Als der Clown dann wieder angesprungen kam, geriet er in ihre Nähe, so daß sie gewahrte, daß das, was sie an seinem Körper für die üblichen Zeichen gehalten hatte, etwas anderes war als die Einschnitte, die sich die Stammesangehörigen beibrachten. Der breite Rücken des Mannes war nicht von eingeschnittenen Mustern, sondern regellos von den Narben geheilter Wunden bedeckt.

Sie hatte eine Abzugsrinne um eine der eben erst errichteten Hütten ausgegraben. Sie stand vor der unten an der Wand aus Rinde aufgehäuften Erde und senkte den Kopf. Sie atmete schwer, nicht aber, wußte sie, weil die Arbeit sie so sehr angestrengt hatte.

Als sie den Kopf hob, sah sie den Mann wiederum seine Sprünge vollführen und sich dann in der Menge verlieren. Er kehrte nicht zurück, vielleicht, weil er seine Vorführung beendet hatte, und ihr blieb nur das Bild eines »Schurken«, wie ihr Schwager Garnet Roxburgh einen solchen Mann bezeichnet haben würde.

Als Feuerschein die Szene zu erhellen begann, nahmen das Trampeln und das Kommen und Gehen zu, und der Geruch von Ameisen, zertretenem Laub und menschlichen Körpern verstärkte sich. Nicht um zu kochen hatten die Frauen Feuer gemacht, sondern um Licht für die bevorstehenden Riten zu schaffen. Die Sklavin wurde aufgefordert, Brennmaterial heranzuholen. Als sie die Holzbündel zum Feuer trug, war sie wieder in ihre übliche Gemütsverfassung, in Gleichgültigkeit und Dumpfheit verfallen. Das dunkelnde Buschgelände war von männlichen Gestalten belebt, die mit Federn herausgeputzt und mit farbigen Lehmstreifen bemalt waren. Sie begriff jetzt, warum sie in den Tagen vorm Aufbruch von der Insel Lehm ausgraben mußte; die Angehörigen ihres eigenen Stammes waren weiß gestreift. Einige der Männer trugen, wie sie beim Näherkommen sah, schlanke, durch die Scheidewand ihrer Nasen gezogene Knochen. Sie wirkten dadurch besonders furchterregend, aber das war für sie kein Grund, sich durch diesen schrecklichen oder auch prächtigen Anblick beeindrucken zu lassen. Sie waren dadurch nicht um so erhabenere Geschöpfe, wie es die Frauen sehr wohl erkannten, die in aller Unterwürfigkeit in der Asche herumstocherten und die Feuer zum Auflodern brachten.

In einer Arbeitspause war Mrs. Roxburgh einfach deswegen tiefer in den Busch gegangen, weil sie Wasser lassen mußte. Sie war gerade fertig und aus der Hocke hochgekommen, als sie sah, wie der Pseudoschwarze sich ihr zur Verlegenheit aller näherte. In der Dämmerung war die Axtschneide an seinem Gürtel mehr als ein bloßer Orientierungspunkt. Sie kam dadurch zu der Überzeugung, daß der Mann ein entlaufener Gefangener war, der sich den Schwarzen angeschlossen und sich wahrscheinlich ihre grauenhaften Gewohnheiten zu eigen gemacht hatte, weil sie den ihm eingeborenen Neigungen entgegenkamen.

Das Verlangen, mit jemandem ihresgleichen (sofern man ihn so bezeichnen konnte) sprechen zu können, erzeugte gleichzeitig in ihr, in Hals und Hüfte, ein dumpfes Stechen, das fast so bedrükkend war wie die gefährlichen Symptome einer Krankheit.

Der Mann kam stracks auf sie zu und blieb, als er nur noch wenige Schritte entfernt war, stehen. So groß und so stark er auch war, seine Schenkel und seine herabhängenden Hände, sah sie, zitterten.

Um ihm über seine Verlegenheit hinwegzuhelfen, sagte sie in ihrer heimischen Redeweise: »Wo sinn Se her, hm?« entsann sich dann aber, wer sie vermeintlich war, und fragte streng: »Sind Sie Christ?«

Der Mann stieß babbelnd idiotische Laute hervor wie jemand, bei dem die Verbindung zur Vergangenheit durch die Zeit oder durch Schrecken abgerissen war.

Ihre Hoffnung sank in sich zusammen. Wo sie einen Augenblick lang eine Möglichkeit zur Rettung gewittert hatte, schien es nun, als würde von ihr Hilfe erwartet, als müßte sie nicht ein vernunftbegabtes Wesen, sondern eine verlorene Seele retten.

»Wenn Sie mir nicht sag'n könn', wer Sie sind«, brach es atemlos aus ihr heraus, »vielleicht könn' Sie mir dann trotzdem helf'n«; und sie trat auf ihn zu und nahm ihn bei der Hand.

Der Mann mochte wie vom Donner gerührt sein. Sein laut gewordenes, formloses Babbeln, bei dem ihm der Speichel zwischen den Lippen vorquoll, war, wie wenn er einen Anfall gehabt hätte. Aber sie befand sich mittlerweile in einer Verfassung, in der sie nichts mehr erschrecken oder enttäuschen konnte, war losgelöst von allem, was ihr je widerfuhr oder noch auf sie zukommen konnte. Sie war undurchdringlich wie Blei und wäre, wenn nötig, ohne Bedauern gesunken.

Da aber glaubte sie, in dem Geplapper des Mannes erste silbenähnliche Laute zu erkennen. »Dschii – ä – dschurr – dschukk – tsch – ar – tschäck!«

»Ihr Name ist Jack?« Sie entrang ihm fast seine Hand.

»Jack – CHANCE!« Er sprach es »Chaunce« aus, und es folgte ein Lächeln, das sein entstelltes Gesicht bei aller Anstrengung nicht unverzerrt vorbringen konnte.

Ihre Augen und ihr Mund drohten, von Dankbarkeit und Erleichterung überzufließen, aber sie brachte es fertig, »Mein Name ist Ellen« zu sagen.

Er hatte sich hinter seine Ledermaske zurückgezogen, durch deren Schlitze seine blassen, wäßrigen Augen sie mißtrauisch anstarrten.

»Wir müssen Vertrauen zueinander haben«, sagte sie hartnäckig. »Bringen Sie mich nach Moreton Bay, und ich versprech Ihnen, daß Ihnen Pardon gewährt wird.«

Die Maske aus verrunzeltem Leder wurde zu einem rostigen Eisenvisier. »Kein – *ppardons* – für solche wie mich. Sovielmal die Peitsche wie Tage, seit ich ausgebrochen bin!« Er gab einen Laut von sich, der als Lachen gedacht sein mochte.

Sie bemerkte, daß sie noch seine Hand hielt und wie kalt und hart sie sich in ihrer Hand anfühlte. Er *mußte* hart sein; das Leben, zu dem er gezwungen worden war, konnte ihn nur zur Bestie gemacht haben, wenn er das nicht schon von Geburt an gewesen war.

Und dann begann die Bestie zu zittern, und sie ließ die Hand los, damit er sie nicht mit seiner Angst ansteckte.

»Man kann sich nicht weigern, Ihnen Pardon zu gewähren – Jack –, wenn Sie mich zu ihnen bringen. Das wäre unnatürlich und ungerecht.«

»Die Menschen sind unnatürlich und ungerecht.«

Sie war so verzweifelt, daß sie in Wut ausbrach. »Sie werden es nicht wagen! Ich bin Mrs. Roxburgh!« Hätte sie nicht vorübergehend ihren Abstand verloren, dann würde sie sich selbst gehört und sich nicht geglaubt haben.

Der Sträfling aber hatte es offenbar gehört. Rasch warf er ihr einen Blick in der Art eines Geschäftsmannes zu, der einen ersten Fehler begangen haben mochte, und verschwand zwischen den Bäumen in Richtung auf den Tumult und die hellbrennenden Feuer.

Sie hatte kaum Zeit, sich ihrem Selbstmitleid zu überlassen, denn zwei Frauen suchten sie auf und schleppten sie mit sich zu den Feierlichkeiten.

Es war jetzt schon ziemlich dunkel, so daß die Feuer, hinter denen die schwarzen Frauen in Reihen saßen, noch heller zu lodern schienen. Irgendwo inmitten der dunklen Versammlung entdeckte die Gefangene die Frauen ihres Stammes. Hierhin führten ihre Begleiterinnen sie, nachdem sie sich trampelnd zwischen den Reihen der laut protestierenden und zum Teil um sich schlagenden Frauen hindurchgezwängt hatten. Die drei Nachzüglerinnen quetschten sich schließlich in die geballte, schwitzende Masse.

Von wo es für Mrs. Roxburgh, wie sie sah, keine Möglichkeit zur Flucht gab, weder allein noch begleitet von dem Sträfling – falls er sich umbesonnen haben sollte. Trotzdem fühlte sie sich irgendwie erleichtert. Hätte sie in einem Wohnzimmer laut aufgeschrien, so wäre das nicht schlimmer gewesen, als auf dem Wege, den sie gekommen war, zwischen den Reihen korrekt dasitzender schwarzer Frauen zurückzukehren.

Bis jetzt war noch kein Mann in Sicht, wenn auch aus der dunklen Umgebung immer dann Stimmen zu hören waren, wenn das Geschnatter der Frauen und das Röhren und Knacken der Feuer es zuließen. Wenn die Glut sich hob und aufsprühte, schossen Funken zu dem von frühen Sternen besetzten Himmel auf.

Die Frauen wurden ungeduldig: Sie seufzten, stöhnten, einige schrien laut auf; die Reihen schwankten, als befänden sich die Gestalten, die dort saßen, im ersten Stadium der Betrunkenheit.

Ellen Gluyas schwankte mit ihnen hin und her. Eingekeilt zwischen den schwarzen Frauen, hatte sie, ohne daß es ihr unangenehm gewesen wäre, zu schwitzen begonnen.

Die Dunkelheit explodierte am Ende, warf sich in unterscheidbaren Wogen in den vom Feuer beleuchteten Vordergrund. Weiß gerippte Männer stampften jenseits des feurigen Walles johlend auf und ergingen sich in ungeheuerlichen, auf Jagd und Kriegertum bezogenen Kraftakten.

Die Reihen der Frauen wiegten sich im Takt der Dunkelheit, schlugen sich auf die Schenkel, wie auch die älteren, krächzenden Omamas auf die Opossumfelle klapsten, die ihre welken, eingesunkenen Beinmuskeln bedeckten.

Ellen Gluyas wurde in das Gewiege hineingezogen, hätte sie sich auch lieber den Männern zugesellt, um besser feiern zu können, was sie neu durchlebte. Wie einst tanzte sie wieder, während sie bei der Ernte »Die Garbe, die letzte Garbe!« einbrachten, und während sie tanzte, zupfte sie an der Ecke ihrer gestärkten Schürze (die natürlich ihr kürzlich erneuerter Blätterschurz war).

Eine ihrer Nachbarinnen blickte fragend zu ihr, aber nur flüchtig. Alle wiegten sie sich, ineinandergeschmolzen unter Rinnsalen von Licht und Schweiß.

Die von den aufeinanderfolgenden Stämmen vorgeführten Tänze erklärten sich selbst. Eine große Schlange war jetzt dabei, sich erst langsam, dann mit wütenden Windungen zu entrollen. Arme schufteten mit solcher Wucht, daß die Ellbogen die ockerfarben punktierten Brustkörbe hinter ihnen zu durchstoßen drohten; schwarze bewegte Schenkel wirkten durch das reflektierte Licht wie flüssig.

Die Frauen wiegten sich im Takt, beugten sich vor, schwenkten ihre zu schweren Köpfe, richteten sich auf und wippten und klapsten, entweder mit scharf zustoßendem Fleisch oder mit dumpf auftreffendem Opossumfell.

Der aufwirbelnde Staub brachte die Gefangene zum Niesen. Doch sie beugte den Kopf und wippte im Takt mit. Sie klatschte und stöhnte und wurde davongetragen. Sie wäre noch weiter entrückt worden, wäre ihr nicht plötzlich Mr. Roxburgh vor Augen gekommen: Sein Bart reichte nicht aus, um die Wunde an seinem Hals zu verbergen, aus der ständig Blut hervorquoll. (Oder war er verbrannt worden? In ihrer Trunkenheit konnte sie sich nicht mehr darauf besinnen.)

Sie klapste und stampfte und stöhnte, beugte den Kopf bis zwischen die Schenkel vor, was die Besessenheit ihrer Nachbarinnen nur noch steigerte.

Das Bild ihr vor Augen entpreßte ihr einen Aufschrei: Eins seiner Beine war unmittelbar unter der Hüfte abgerissen worden; sie spürte den Geruch der aufgeplatzten Haut.

Als sich jetzt die große, glimmende, ockerfarben gestreifte, triefende Schlange durch ihre Anstrengungen fast selbst in den Staub gedrückt hatte, sah sie, den Kopf hebend, daß die hintersten Schwanzglieder sich abgelöst hatten. Und da nun wanden und zogen sie sich zuckend aus eigenem Willen zusammen.

Die Stimmen der Frauen überschlugen sich, und mit »Ulappi! Ulappi!« applaudierten sie dem Tänzer ihrer Wahl.

Die gefangene Frau senkte den Kopf auf ihre gespreizten Schenkel und vergrub ihr Gesicht in ihrem Schurz aus Blättern, von dem sie möglicherweise nie freikommen würde.

Als sie sich schließlich wieder hochsetzte, waren ihre Augen geschlossen, ihre Lippen halb geöffnet, um was zu empfangen – das verbrannte Opfer? Brot und Wein?

Sie wußte, daß der Mann, daß dieser Ulappi für sie jenseits ihrer zusammengepreßten Augenlider tanzte.

Mit Bändern an seinem Gürtel befestigte Opossumschwänze flappten und tatschten gegen seine Gesäßbacken; selbst in dieser Entfernung strichen sie so sanft über ihre Haut, daß sie das Fell kaum von dem Wind unterscheiden konnte, in dem es tanzte. Weniger Zweifel kamen ihr über die harte Brust, gegen die sie bumpste (»was sind ›Titten‹, Mama?«), die Schweineborsten, die man durch Absengen erhielt, die Rinne, durch die der Schweiß floß bis hinunter in den Bronzekessel, wo er brodelte und verdampfte. Während sie herumwirbelten.

Als sie die Augen öffnete, sah sie ihren begierigen Partner in einer anbrandenden Woge neuer Tänzer untertauchen.

Sie verlor das Interesse, außer an dem knorpeligen Nacken einer in der Reihe vor ihr sitzenden alten Frau, die durch rote Zeichen auffiel. Mrs. Roxburgh glaubte, in ihr die Großmutter des Mädchens zu erkennen, das aus Liebe getötet wurde. Am Tag nach dem Tode des Mädchens und nach der geheimen Zeremonie im Wald hatte die Frau aus Trauer um ihre Enkelin rot geblüht. Mrs. Roxburgh mochte noch unwilliger vermerkt haben, daß bei ihrem eigenen Witwentum nicht durch roten Ocker die Förmlichkeit gewahrt worden war, wenn das Witwentum, wie sie es in Tante Tite und der alten Mrs. Roxburgh verkörpert sah, nichts weiter als eine Förmlichkeit gewesen wäre. (War es letzten Endes nicht nur eine weitere Figur unter denen des formellen Tanzes?)

Ellen saß da und zupfte an ihrem Blätterschurz. Die lärmende Festlichkeit war vorüber, nur noch die Scheite glühten in der Asche, und das heisere Stimmengewirr hielt an. Als die Stämme auseinandergingen, wußte sie, daß ihr erhoffter Retter nicht wieder erscheinen würde.

So war sie wieder davor bewahrt worden, den riskanten Marsch nach Moreton Bay zu unternehmen. Als ihre Eigentümer sie wieder mit Beschlag belegten und wegführten, überredete sie sich selbst, daß es sie eher erleichtern als bedrücken müßte, weiterhin deren Leibeigene zu bleiben, doch während sie das dachte, kam, als wäre es so vereinbart, eine zweite Gruppe auf sie zu. Ein Mann darunter, erkannte sie an seinem Haarbüschel und dem Dilli mit dem Zauberstein, den er unter dem Arm trug, war der Arzt, der Weise oder Geisterbeschwörer, der das tote Kind vergeblich wiederzubeleben versucht hatte.

Die beiden Gruppen blieben einander gegenüber stehen. Wäre sie nicht so eng von den Schwarzen umdrängt worden, dann wäre ihr das frostige Schaudern, von dem Mrs. Roxburgh ergriffen wurde, in grotesker Weise anzumerken gewesen; denn sie wurde gewahr, daß ihre Eigentümer und der Arzt und Beschwörer einen Vertrag miteinander aushandelten, bei dem es hauptsächlich oder einzig und allein um sie selbst ging.

Das Ergebnis war, daß dieser »Turrwan«, wie die anderen ihn ständig anredeten, sich von nun an ihrer annahm und daß sie, wie sie daraus schließen mußte, in seinen Besitz übergegangen war.

Der neue Eigentümer verhielt sich ihr gegenüber respektvoll, weniger, wie sie vermutete, aus Rücksichtnahme, sondern weil er ein älterer Mann war. Die Hütte, in der er hauste, war in jeder Beziehung derjenigen ähnlich, aus der sie ausgewiesen worden war. Die Augen zweier am Feuer dösender Frauen glommen auf, als sie die Hütte betrat. Sie hatten sich zweifellos mit den herrschenden Bräuchen abgefunden, so daß sie sich weder verärgert noch abschätzig benahmen.

Als die Sklavin sich für die Nacht vorbereitete und sich nicht weit vom Feuer auf die Seite legte, begann ein Kind zu schreien, und sie überlegte, ob sie sich vielleicht dadurch Ruhe verschaffen könnte, daß sie das Kind streichelte und ihm Trost zusprach. Aber vorerst war es Turrwan, der sie dadurch ablenkte, daß er begehrlich zu ihr hinsah. Obwohl im vorgeschrittenen Alter, war er doch rüstig genug, so daß mit ihm gerechnet werden mußte, und hatte ein Funkeln in den Augen, gegen das sie sich mit kalt abweisenden Blicken zur Wehr setzen mußte.

Mrs. Roxburgh hätte es nicht für möglich gehalten, daß sie zu einer solchen Kälte fähig gewesen wäre. Turrwan nahm schließlich an der entgegengesetzten Seite der Hütte Platz, nahm seinen Zauberkristall aus dem Dilli, polierte ihn und legte sich dann zurück, um zu schlafen oder sie weiter zu beobachten.

Sie legte sich zurecht, schlief aber nicht – oder vielleicht doch; denn wie anders hätte Ulappi unbemerkt hereinkommen und da plötzlich vor ihr stehen können? Sie hat von ihm nichts zu befürchten. Er ist Bergarbeiter aus der Nähe von Truro, der deportiert wurde, weil er am Michaelisfest eine Eselin von Hicks' Feld stahl.

Sie selbst war die Eselin. Trotz ihrer Absicht, bei Bewußtsein zu bleiben, mußte sie geschlafen haben. Sie lag da und horchte zu ihrem »Ehemann«, dem Zauberer, hin, der entweder einen Alptraum hatte oder sich mit einer seiner wahren Frauen jenseits des erstorbenen Feuers vergnügte. Ellen grub ihre Wange in das Reisig, von dem der Boden bedeckt war, und hoffte auf den Morgen.

Der folgende Tag war dunstig und träge. Ihr gehobener Stand bewahrte sie zumindest vor einem Teil der Plackerei. Eine Handvoll älterer Damen leistete ihr Gesellschaft, die ihr, wäre sie aufgelegt gewesen, beigebracht haben würden, wie man aus Haar Fäden spann oder Opossumfelle zu einer Matte zusammennähte. Sie aber konnte es sich jetzt leisten, sich gelangweilt oder grundlos verärgert zu geben. Träge bis in die Ellbogen und Fußknöchel lag sie mit dem Rücken zu ihnen unter einem Baum. Wäre sie der Sprache mächtig gewesen, dann hätte sie jemandem befehlen können, sie zu fächeln oder ihr eine Geschichte zu erzählen.

Beiläufig entsann sie sich, daß ihr Leben in Cheltenham sie großenteils angeödet hatte und daß sie glücklich eigentlich nur dann gewesen war, wenn sie Karotten schabte, Eimer ausscheuerte oder den Backofen öffnete, um nachzusehen, ob das Brot fertig war.

Folglich erleichterte es sie, als es Abend wurde und sie sich ihren Untergebenen anschließen konnte, um beim Zurichten von Farnwurzeln zu helfen. Überall um sie herum wurde gehackt und geschabt. Sie fand sich beruhigt, bis sie sich mit der scharfen Kante der von ihr verwendeten Muschel in den Finger schnitt. Sie saugte die Wunde aus, bis ihr einfiel, sie mit Holzkohle einzureiben.

Der abendliche Rauch oder die gespannt erwartete Rückkehr der Männer von der Jagd machte die Frauen rastlos.

Ein Känguruh wurde zum Rösten herangeschafft.

Turrwan erschien und hockte sich allzu auffällig neben seinem jüngst erworbenen Eigentum hin. Sie wandte die Augen nicht nachdrücklich ab, da dies angesichts der Kälte, die sie ausstrahlte, unnötig war.

Was immer an Vergnügungen für den Abend vorgesehen war, sie gewahrte bald, daß sich das, was stattfand, nicht nach Plan vollzog. Zwietracht kam auf, unhörbar im Anfang und auch ohne daß sie sich irgendwie sichtbar ankündigte. Sie merkte es an den in der strömenden Luft treibenden Rauchschwaden, am Geräusch der unter den Schritten zerbrechenden Zweige.

Plötzlich explodierte der sie umgebende Busch. Kampf war im Gange. Es war ihr unmöglich, zu entdecken, warum. Als es zu dämmern begann, kamen und gingen Krieger auf der Lichtung, auf der die Frauen nach wie vor arbeiteten. Schläge wurden ausgeteilt, das fleischige Geräusch getroffener Gliedmaßen vermengte sich mit dem harten Aufprall von Holz auf Knochen. Ein sich zischend durchs Laub bohrender Speer wurde im Fluge durch den Stamm eines großen, zottigen Baumes gestoppt.

Ein zweiter Speer traf das, was als sein Ziel angepeilt worden sein mußte: Ein Mann stürzte kopfüber ins Feuer, aus dem die Frauen ihn nicht um seiner Sicherheit willen herausschleppten, sondern damit er weniger qualvoll verendete. Die schwarzen Gesäßbacken bebten kurz, zuckten und zogen sich zusammen.

Die Tatsache, daß hier Ernst gemacht wurde, ließ die Sache nicht realer erscheinen als die Festlichkeiten in der Nacht zuvor. Die Riten waren in beiden Fällen gleichermaßen rauschhaft, oder so erschien es der Betrachterin doch, als der Mann, der das Gewirr ihres

Traumes durchtanzt hatte, sich jetzt geradewegs dem Tod näherte, der nach ihrer Erfahrung nur eine weitere Tanzfigur war.

Einige der Frauen schrien gellend auf, rissen einander an den kurzen Haaren.

In einer Dunkelheit, die sich aus Nacht, Staub, bewegtem Geäst und einem weichen, klebrigen, für sie nicht erfühlbaren Regen zusammensetzte, mochte sie ihrerseits etwas beisteuern und ging so weit, sich ein, zwei Schritte um sich selbst zu wirbeln, als sie gegen ein menschliches Wesen stieß und stockte.

Bevor sie sich den Folgen dieses voreiligen Zusammenstoßes entziehen konnte, wurde sie von einer Hand ergriffen und fand sich, ob sie es wollte oder nicht, von ihrem Entführer zur Abhängigkeit bei jedem weiteren Schritt gezwungen, der sie tiefer in diesen wilden Tanz hineinzöge. Im Moment blieb nichts, als sich in den Rhythmus der in dieser Orgie aus zuckenden Schlägen und Blut verwühlten Körper zu fügen, bis er eine Gelegenheit sah, seine Absicht deutlich zu machen, und sich selbst und seine Eroberung diesem Getümmel entzog. Er schleppte sie hinter sich her wie einen leblosen Gegenstand, aber weg waren sie nun wenigstens, bis sie gegen einen Baum prallte und beide, da sie vereint waren, unvermeidlich gestoppt wurden. Wäre es Tag gewesen, dann würde sie durch diesen Anprall vermutlich zeitweise erblindet sein. Unter diesen Umständen aber machte das Dröhnen in ihren Ohren sie nur taub.

Sie wäre vielleicht angewurzelt wie der Baum selbst auf der Stelle geblieben, hätte er sie nicht mit sich geschleppt. Es ging gar nicht anders, weil ihre Hände wie ineinander geschweißt waren.

Er war wie Stahl gegen das nachgiebigere Blei, das sie selbst war, gepreßt, aber als sie nicht mehr nur ein qualvoll hinter ihm hergezogener, gegen ihn stoßender Klumpen war, glaubte sie, über den unebenen Erdboden huschend, ein luftiges Klingen zu hören.

Beide in eins: So war es von dem zu ihrem Retter gewordenen Entführer bestimmt.

Daß er sich in diese Rolle gefunden hatte, war zweifellos schon in dem unverständlichen Murmeln angelegt, an das sie sich von ihrer ersten Begegnung her erinnerte. Sie war gegenwärtig zu verwirrt, als daß sie ihm auch diesmal hätte helfen können, aber da gelang es am Ende ihm selbst, sich angestrengt zu einigen Worten durchzuringen.

»Der Flußlauf«, hörte sie, » . . . keine Spur'n im Flußlauf hinterlass'n . . .«

Kurz darauf strauchelte sie und fühlte Wasser bis zu den Knöcheln, teils bis zu den Knien, wenn sie in versteckte Strudellöcher tapste; Sand, weich ihr unter den Füßen, löste den trügerischen Schlamm ab, dazwischen ein Felsstück oder ein Baumstamm, gegen die sie stieß. Sie stellte sich die rosigen Wellen vor, die ihr Blut in das Wasser wob.

»Kenn' Sie den Weg?« fragte sie ins Schweigen hinein und glaubte, ihn murmeln zu hören: »Sollt' ich wohl, falls ich ihn nicht vergess'n hab.«

Ließe er es zu, sie wäre glücklich gewesen, sich irgendwo in dieser dunklen Welt sinken zu lassen, denn die Erschöpfung machte ihren Marsch und am Ende ihr Leben sinnlos. Aber er zwang sie voran, und da sie spürte, daß weder sein Wille noch seine Kraft, sondern ein übergeordneter Mechanismus ihn trieb, lernten es nach und nach ihr Geist und ihre uhrenhaft mitgehenden Glieder, sich ihm anzupassen.

Als schließlich das Licht die dichte, aber nicht mehr schmerzhafte Dunkelheit ausdünnte (sie war zu benommen, um noch wie ein Mensch auf bösartige Stöße und Kratzer reagieren zu können), hörte sie ihn sagen: »Ich glaub, wir ruhn uns hier im Graben ein bißchen aus«, und fühlte sich berechtigt, sich auf dem Fleck, auf dem sie stand, fallen zu lassen. Sie lag dort so grau und unbestimmt wie das frühe Licht um sie herum.

Sie zweifelte nicht daran, daß ihr Gefährte wüßte, was als nächstes zu tun wäre. Unter diesen Umständen konnte sie es sich nicht leisten, skeptisch zu sein. Jenseits ihrer körperlichen Benommenheit, ihrer verschwimmenden Sehkraft und ihrer abgerissenen Gedanken schlug er mit der Axt, die er bei sich trug, Äste ab, trieb sie in den Grund und errichtete eine niedrige, ungefüge Art von Unterkunft, die kaum von den Büschen um sie herum unterscheidbar war. Sie sah, daß der Körperschutz aus Rinde, den er, vom Gürtel gehalten, getragen hatte, bei ihrer Flucht durch den Busch abgerissen war. Daß er, abgesehen von dem Gürtel und einigen Federresten im Haar, nackt war, durfte sie nicht stören. Sie selbst konnte sich immerhin mit Genugtuung sagen, daß der Rankenwickel um ihre Hüfte einigermaßen unbeschädigt und ihr Ehering darin wohlbehalten verknotet war.

Getröstet durch etwas, das sie als Gnadengeschenk empfand, döste sie ein.

Sie erwachte nur unter Zwang. Er stieß sie mit seinen hornigen Zehen an. »... wenn Sie reinkomm' woll'n. Ist jedenfalls sich'rer, wenn wir uns nicht sehn lass'n.«

Sie hätte ihm danken oder ihm zulächeln sollen, aber ihrem Gesicht und ihrer Stimme fehlte es an Kraft dazu. Und doch brauchte sie Kraft, die Hütte zu erreichen, denn er machte keine Anstalten, ihr zu helfen. Mrs. Roxburgh mochte sich durch etwas, das sie als grob oder ungeschlacht empfand, vor den Kopf gestoßen fühlen, Ellen Gluyas aber verkroch sich dankbar in der luxuriösen Abgeschiedenheit, die ihr diese Unterkunft bot.

Sie streckte sich ächzend aus und lächelte ziellos, selbst als der Eingang durch die Gestalt des sich bückenden und ihr folgenden Gefährten verdunkelt wurde.

Ohne weitere Unterhaltung legte er sich hin, drehte ihr den Rükken zu und war still.

Sie schlief, wachte auf, schlief ein und wachte dann wieder. Sie vernahm ein Stimmengewirr von Vögeln, das wie ein Netz das Licht und die Stille überspann. Die Sonne, die wie mit Fingern die grüne Bedachung durchstach, strich über ihren Körper und den des neben ihr liegenden Mannes. Für das Unpassende war in der Welt endlosen Friedens, an der ihre Sinne vielleicht durch göttliche Reue teilhatten, kein Platz, bis dann ein unsichtbarer Vogel die menschlichschlichten Verhältnisse durch sein wildes Gespött verlachte.

In eine vernünftige Gemütsverfassung zurückversetzt, wurde sie gewahr, daß ihr Gefährte schnarchte. Die Hütte war überdies von einem Gestank erfüllt, der ihr unerträglich gewesen wäre, hätte sie sich nicht daran erinnert, daß sie einst in ihrer Kinderschürze neben einer Fuchshöhle gekniet hatte. Sie selbst mußte auch ziemlich füchsisch stinken, was ihr wohl bestätigt worden wäre, wenn sie sich selbst hätte riechen können. Sie seufzte und schnaufte und dachte, wie närrisch sie wohl so schmutzig und nackt neben dem nackten, schmutzigen Mann aussehen müßte.

Als plötzlich ein Kläffen aus ihm herausbrach, sein Körper zuckte und er sich mit der Schulter gegen eine Gefahr abzuducken versuchte, die ihn von irgendwoher bedrohte.

Seine Verzweiflung klang so jammervoll, daß sie die Hand ausstreckte und seine Schulter berührte, um den Alptraum zu durchbrechen.

»Es ist nur ein Traum«, suchte sie ihn zu beruhigen. »Jack!« sagte sie im Befehlston.

Aber weder ihrer Stimme noch ihrer Hand gelang es, dem verzweifelten Zucken ein Ende zu machen, und ihr wurde klar, daß sie die Narben berührte, die sie bei seinem Auftritt im Lager der Schwarzen bemerkt hatte und die sich in ihrer offensichtlich so sinnlosen Anordnung von den nach bestimmten Mustern angebrachten Schnittwunden der Eingeborenen unterschieden.

Er stieß ein Geheul aus, das noch markerschütternder war als das Kläffen zuvor, und sie riß die Hand zurück und barg sie, um ihre Sicherheit bangend, zwischen ihren Brüsten. Zutiefst erschrocken, ging ihr auf, daß sie an eine leidvolle Erfahrung in ihm gerührt haben mußte, die er möglicherweise vor ihr zu verbergen suchte.

Auch beruhigte sie nicht, was er gleich danach aus sich herausschrie: »... aufhör'n, hört auf! – Ich war's nicht! – Ich hab ihr nur gegeb'n, was sie gewollt hat...« Schluchzend sabberte er mehr noch, Sinnloses, aus sich heraus.

Dann wälzte er sich herum. Legte sich auf den Rücken, war wach, sie sah es an den von den Lidern gehobenen Wimpern, noch bevor er ihr das Gesicht zuwandte und sie aus blassen Augen ansah, deren Blick abwesend war wie der des Todes.

»Es war ein Alptraum, Jack«, erklärte sie ihm mit schwacher Stimme, »ich wollte Sie davon befreien.«

»Es war kein Traum. Ich hab es gefühlt. Sie fesselten mich an das Pfahlkreuz und schlug'n auf mich ein. Gut hundert hab'n sie mir verpaßt. Hinterher Tretmühle.«

Sie begann, an sich zu zählen, während er sprach, kam aber nur bis zwei: Es waren ihre Nippel.

»Hab'n Sie Angst«, fragte sie, »ich halt nicht mein Wort, wenn Sie mich nach Moreton Bay bring'n?«

Er schnaubte nur und schurrte mit dem Kopf auf dem erdigen Boden. Er ist ein Tier, sagte sie sich, aber immerhin gefügig.

Sie streckte die Hand aus und berührte ihn am Handgelenk. »Sie müssen mir vertrau'n«, sagte sie.

Er regte sich nicht und gab auch keine Antwort.

Sie mußte an das nicht ganz gerechtfertigte Vertrauen ihres Mannes zu ihr denken und wandte das Gesicht ab, damit ihr Retter nicht das Blut darin aufwallen sah.

»Wenn Sie eine Frau haben«, sagte sie nachforschend, »dann werden Sie mich verstehn.«

»Sie war nicht, was Sie meine Frau nennen würd'n, aber doch so gut wie damals in der Heimat.«

»Wie muß sie gelitten hab'n, als sie Sie verlor!« Ihn schien das nicht zu rühren; sie war es, die für die Frau litt, die von ihrem Geliebten, dem Sträfling, getrennt worden war.

Wäre er nicht so unbeteiligt geblieben, dann würde sie vielleicht die letzten Augenblicke, die für sie wirkliches Leben bedeuteten, noch einmal durchlebt haben. So aber spielte sie dies nur durch unter heller Beleuchtung wie für eine Schauspielertruppe auf einer aus der Tiefe des dunklen Theaters gesehenen Bühne – eine Frau, die vortritt, um einen Speer aus dem Nacken eines zu Tode verwundeten, im Sand liegenden Mannes zu ziehen.

War sie so sehr abgestumpft oder verhärtet? Sicherlich nicht, denn eben noch hätte sie für die Frau weinen können, die ihren Liebhaber als Sträfling verloren hatte.

Wieder hörte sie den spöttisch schnatternden Vogel.

Sie fühlte Ärger in sich aufkommen. Sie ärgerte sich über das teilnahmslose Verhalten und die Unerschütterlichkeit dieses primitiven Mannes, den sie, wußte sie, nehmen mußte, wie er war, und für den sie eingedenk ihrer eigenen primitiven Herkunft Verständnis haben mußte.

Sie hoffte, er habe ihr diesen Ärger nicht angemerkt; sie brauchte sein Verständnis und sein Zutrauen. »Wissen Sie, Jack, daß ich meinen Mann verloren habe, der – wie die anderen Mitglieder der Besatzung – grausam ermordet wurde?«

»Ich hab davon gehört«, sagte er, »von den Schwarzen. Die Weißen haben sie provoziert.«

So wußte sie nicht, woran sie mit ihm war.

»Keiner hat jemals«, hörte sie sich mit den Worten mühen, als wären es Kiesel, »jemals die ganze Schuld.« Und nachträglich fügte sie hinzu: »Mr. Roxburgh schon gar nicht – er war unschuldig.«

Unter dem lang ausebbenden, goldenen Nachmittag verfiel sie wieder ins Dösen und versank in sich. Als sie, grob hochgezogen, wie es schien, wieder an die Oberfläche kam, war es, merkte sie, nur das harmlose Brechen von Zweigen, das sie aufgestört hatte.

Sie schleppte sich nach draußen vor die Hütte. Jack Chance war dabei, ein Feuer in Gang zu bringen. Ein Haufen bronzefarbener Federn schimmerte unter dem glitzernden Himmel. Als Ellen Gluyas würde sie die erlegten Tauben gerupft und ausgenommen haben, aber Mrs. Roxburgh mußte sich verhätschelt ihrer Schmerzen annehmen, und außerdem noch konnte sie der Versuchung, bedient zu werden, widerstehen.

Sie würde ihren Diener mit einem Lächeln belohnt haben, wenn er sich bewußt gewesen wäre, daß sie anwesend war und das auch irgendwie gezeigt hätte. Er trug die herabhängenden Vögel zum Flußbett, kehrte mit ihnen, die er in Schlamm verpackt hatte, zurück und vergrub sie im Feuer.

Sie hörte sich träge und lehrerhaft sagen: »Wie geschickt von Ihnen, Jack, daß sie die Vögel gefangen haben. Sie haben das, nehme ich an, von den Schwarzen gelernt.«

Eine der Stimmen aus der Vergangenheit brachte sie dazu, sich zu fragen, ob Mrs. Daintrey ihr wohl Vorwürfe machte, daß sie ihr nicht geschrieben habe.

»Damit hab ich mich befaßt«, sagte er, »lange bevor ich wußte, daß die Schwarzen sich auch damit abgeben.«

»Oh?« Sie hätte sich gern von dem ihr untertanen Sklaven zerstreuen lassen, aber er war in Schweigen verfallen und, wie sie sah, nicht aus sich herauszulocken, und so ging sie zum Flußlauf und wusch sich; sie putzte sich die Zähne mit den Fingern: zum erstenmal seit – wie langer Zeit? Sie erinnerte sich nicht mehr daran.

Als die Dämmerung sich verdichtete, teilte sich ihr ein Schimmern von Taubenfedern mit. Sie runzelte jedoch unwillig die Stirn, weil ihr die herabhängenden Köpfe und die gebrochenen Hälse vor Augen standen.

Sie kauerte sich neben dem Feuer hin und wartete, während er sich auf der entgegengesetzten Seite hinkauerte und respektvoll den gebührenden Abstand wahrte.

»Sie müssen mir erklären, auf welche Weise Sie die Vögel fangen«, sagte Mrs. Roxburgh aufmunternd.

Sie wartete fast auf Kerzen, durch deren Licht sich ihre Unwissenheit in der Mahagonifläche einer endlosen Speisetafel spiegeln könnte.

Aber es war dies der Augenblick, in dem er die in Schlamm verpackten Taubenmumien aus dem Feuer holte. Als er sie aufbrach, zeigte sich, daß die Federn in der durchbackenen Schlammhülle weggesengt worden waren.

Ohne Zeit zu verlieren, machten die Esser sich an das Fleisch und rissen es auf. Mrs. Roxburgh verbrannte sich Finger und Lippen; der heiße köstliche Saft rann ihr am Kinn hinunter auf die Brust. Die Erfahrung und der regelmäßiger gestillte Hunger hatten den Sträfling befähigt, vergleichsweise geschickt mit der Situation fertig zu werden; man hatte ihm offenbar Essensmanieren beigebracht: Er aß fast geziert, neigte den Kopf zur Seite und spreizte den kleinen Finger gekrümmt ab.

Mrs. Roxburgh mußte seine Anwesenheit vergessen, bevor sie sich an die bitter schmeckenden Innereien heranmachte, die der Koch aus praktischen Gründen in den Vögeln belassen hatte. Sie hörte erst auf, als sie ans Skelett, an die Beinknochen und die genarbten Klauen herankam, von denen sich das Korallenrot gelöst hatte.

Trauer überkam sie, die durch das schwindende Licht und das verlöschende Feuer vertieft wurde.

»Wie hieß sie – diese Frau, meine ich?« Sie suchte mit der Zunge die Fleischreste zwischen den Zähnen hervorzupuhlen und wußte, daß sie dabei so häßlich wie nur möglich aussah.

Er lachte. »Was int'ressiert Sie das, frag ich mich?« Er spuckte einen Taubenknochen ins Feuer. »Sie hieß ›Mab‹, wenn Sie's unbedingt wissen woll'n.«

Sie saß in sich gekrümmt da, weil ihr der Rücken durch das ausgehende Feuer und die Nachtkühle kalt geworden war. »Ein Name, den ich noch nie gehört hab, jedenfalls nicht in der Gegend, aus der ich stamme. Auch in England nicht, wo ich wohnte, nachdem ich jenseits vom Fluß – nachdem ich geheiratet hatte.« Diese Wissenslücke, die vermutlich die alte Mrs. Roxburgh und Mrs. Daintrey auszufüllen unterlassen hatten, mochte zu ihrer Depression beigetragen haben. »Mab.« Sie sprach den Namen sachlich vor sich hin, als wollte sie seinen Geschmack und sein Lautbild prüfen.

Ihr Gefährte, so sehr er sich während des Essens um Anstand bemühte, machte keinen Versuch, den Wind, der ihm entfuhr, zurückzuhalten.

»Ja. Das war ihr Name.« Er rülpste nicht so laut wie davor. »Hab mir nie Gedanken drüber gemacht.«

»Erzählen Sie mir«, forderte sie ihn gähnend auf, »von den Vögeln.«

Und plötzlich schien er fast allzu bereit dazu.

»Sehn Sie, ich war in der Branche tätig. Für Käfigvögel gibt's immer einen Markt – Hänflinge, Finken, Drosseln, aber keiner ist so beliebt wie der Hänfling. Er singt fröhlicher als alle andern, lebt länger – zäh ist er, kann man sagen – und paßt sich an, auch wenn man sich kaum um ihn kümmert. Die meisten Vögel und Tiere – Pflanzen auch – werden vernachlässigt – wenn der Besitzer keinen Spaß mehr dran hat, sie zu besitzen.«

»Und warum haben Sie dann weitergemacht, Jack, wenn's in dem Geschäft so wenig moralisch zugeht?«

»Ging'n wir nur nach dem, was man Moral nennt, wir könnt'n einpacken und wär'n bald verhungert, is doch so? Alle denk'n immer zuviel – und nich genug. Würd'n Männer mit Frau'n gehn oder Frau'n mit Männern, wenn sie vorher an den Ärger dächt'n – an Untreue und Betrug, die auf sie zukomm'?«

»Nicht alle Männer und Frauen betrügen und sind untreu.« Aber sie blickte düster ins Feuer und stocherte mit einem Zweig, den sie neben sich fand, in der Erde herum.

»Ich sag ja nicht, daß Sie – eine Lady – untreu sind und betrügen oder überhaupt was davon wissen. *Ich* aber weiß Bescheid, ich hab meine Erfahrungen, und das nicht zu knapp.«

War er so naiv, daß er trotz der Andeutungen, die sie gemacht hatte, nicht ahnte, wie es um sie stand? Sie hätte ihn mit offenen Worten aufklären können, hätte sie nicht befürchten müssen, daß er sich ihr gegenüber zynisch gab. War das so, dann müßte er in jeder Beziehung das Schlimmste von ihr erwarten.

So beschränkte sie sich darauf, zu sagen: »Ob ich nun eine Lady bin oder nicht, betrogen hab ich jemand – glaub ich – nur einmal.«

Sie ärgerte sich über das, was sie als Antwort hörte.

»Warum lachen Sie?« fragte sie rasch.

»Oh nein! Ich mach kei'm irgendwelche Vorwürfe!«

»Aber haben gelacht.«

»V'lleicht denkt keiner von uns hart genug nach und erinnert sich, was wir getan hab'n oder war'n.«

Von der Umgebung war so gut wie nichts mehr zu sehen. Die Reste des Feuers lockerten die Schwärze nur ein wenig auf. Dies, dazu das, was auf einen Vorwurf hinauslief, erfüllte sie mit Verzweiflung.

»Warum stochern Sie nich im Feuer, Jack?«

Er sagte, sie würden sich dadurch verraten, falls Eingeborene in der Nachbarschaft lagerten. Kurz darauf riß er sogar einen Zweig ab und schlug das Feuer ganz aus.

Ihr blieb keine Wahl, als in die Hütte zu kriechen. Sie wünschte dabei, er würde ihr nicht folgen; er war ihr unsympathisch geworden; sie wäre gern allein gewesen, um darüber nachzudenken, wie sie ihre Freiheit nutzen wollte, falls sie je nach Moreton Bay käme.

Aber er kam doch nach drinnen, zusammen mit dem ihr nunmehr vertrauten Gestank und seiner Körperwärme, die sich mit ihrer eigenen Wärme zu einem Schutz gegen die feindselige Nacht vermischte.

Ein Nachtvogel schwirrte über ihnen vorüber und verschwand. Es blieben nur die Stille, in die sie hineinhorchen konnte, die Feuchtigkeit, die draußen zu Boden fiel, und das sanfte Geräusch ihrer Wimpern und Jack Chance, der sich räusperte.

Sie schreckte auf, als er zu sprechen anfing, wenn auch mit gesenkter Stimme aus Respekt vor der Vergangenheit. »Als ich mit Käfigvögeln handelte, wie ich's Ihnen erzählt hab, Ellen, ging ich über Land, um auch da den Bedarf zu deck'n. Ich war da in einem Ort am Fluß bei Putney, am Nordufer, und zuerst machte ich auch gute Geschäfte in Highgate, aber dann fand ich es günstiger, nach Hantfordshire und sogar ganz nach Suffolk zu gehn. Hänflinge gibt's jede Menge in Suffolk. Ich hatte da ein' Karr'n mit'm Pferd davor. An manchen Stellen blieb ich mehrere Tage, schlief unterm Karren und fing in der Frühe und abends spät Vögel. Die brachte ich in die Hütte bei Putney. Fuhr tagsüber in den Straßen rum und verkaufte an alle, die'n Singvogel wollt'n, und darunter war'n ein paar richtige Liebhaber.«

»Und Mab blieb in Putney und kümmerte sich um die Vögel?«

»Mab hatte nicht viel mit Vögeln im Sinn. Und sie konnte das Land nicht ausstehn, Putney war schon schlimm genug, aber Suffolk erst! Sie kam da mal mit mir hin. Ich machte ein Biwak auf einem Feld im Schutz einer Hecke und hab da ein gutes Essen für sie gemacht, gebratene Lerchen. Aber ihr war alles nicht recht. Sie hatte was gegen Gras, weil sie nasse Füße bekam.«

»Mab hatte doch sicher auch einen Beruf?«

»Sie verkaufte Kresse. Sie wohnte bei Leuten auf einem Hof bei Holborn, um von da früh auf dem Markt in Farrington zu sein, wo sie die Kresse von den Bauern kaufte. Dann ging sie hausier'n von Tür zu Tür mit ihr'm Kram. Kein Job für'n Mädchen, das auf eigene Faust losgeht.«

Seit ihm die Zunge wieder gehorchte, wollte er auch mit ihr reden und neigte sogar zur Geschwätzigkeit. Das ging eigentlich mit seinem prächtigen Körperbau schlecht überein, fand sie, wenn sie so an Ulappi, den Tänzer, und Jack Chance, den entlaufenen Sträfling, dachte. Sie hatte kein Zutrauen zu solchem Gebabbel. Sie selbst stammte aus einer wortkargen Familie, und was Mr. Roxburgh sagte, war immer wohlabgewogen.

Während sie ihn so mit leicht gefärbter Stimme von dem Mädchen sprechen hörte, fragte sie ihn: »Wie sah sie aus? War sie groß? Was für eine Haarfarbe hatte sie? War Mab hübsch?«

Es gehörte sich doch wohl, Anteil an dieser armen Kressenverkäuferin zu nehmen, die früh auf dem Hof bei Holborn aufstand (sie wußte, wie die Hände des Mädchens ausgesehen haben mußten), um dann mit ihrer kümmerlichen Ware von Tür zu Tür hausieren zu gehen.

»Sie war schwarz – wie Sie«, erklärte er, sich sorgsam rückerinnernd. »Dunkle Lippen. War's morgens kalt, dann sagt' ich zu ihr, sie säh' aus, als hätt' sie Kirschen gegessen – die saftigen schwarzen. Ja, groß war sie. Sie sind höchstens zwei Drittel so groß wie Mab, Ellen.«

»Ich bin nie für klein gehalten worden. Ich bin mittelgroß, finden Sie nicht?«

Er mochte darüber nicht weiter nachgedacht haben, doch überraschte er sie plötzlich mit der Bemerkung: »Groß genug jedenfalls. Und hübsch.«

Nach dem, was ihr beigebracht worden war, hätte sie sich eine so freimütige Äußerung verbitten müssen, aber in diesem Fall war sie eher unzufrieden mit sich selbst.

Sie hatten die Lust am Sprechen verloren. Sie lauschte dem Karren, der rumpelnd durch Furchen und Löcher fuhr, und den quietschenden Rädern, die geölt werden müßten. Es war ein schrägliegendes, wenn auch farbenfreudig gestrichenes Fahrzeug, das Pferd ein stämmiger kleiner Brauner mit struppigem Hufhaar. Sie roch den Tau von den Feldern jenseits der Knicks. Sie liebte es, früh aufzustehen, ohne Schuhe nach draußen zu ihrem Biwak zu gehen und den Tau an den Fußsohlen zu spüren.

Gebratene Lerchen, glaubte sie, würden ihr nicht bekommen. (Wenn schon Tauben, warum dann nicht Lerchen?) Noch dachte sie gern an traurig bedrückte Vögel, die in der Gefangenschaft starben. Einige verkrochen sich ängstlich von dem Moment an, wo sie in die Falle geraten waren, und waren sie zusammengepfercht in dem rumpelnden Karren, dann beschmutzten sie ihr Gefieder mit ihrem eigenen Kot.

»Ich kann mir vorstellen«, sagte sie, »was Mab gefühlt haben muß – als Sie verurteilt wurden.«

Er antwortete nicht. Es klang, als zerbräche er einen Zweig in kleine Stücke.

»Haben Sie eine lange Strafe abzusitzen?«

»Lebenslänglich.«

Er sagte das so nüchtern, daß Mitgefühl nicht angebracht schien. Sie erschrak dennoch.

»Die Strafe, die sie zu verbüßen hat, ist nicht kürzer.« Sie wußte, daß sie dabei an sich selbst dachte. »Ich begreife nur zu gut, wie sehr sie zu leiden hat.«

»Niemand hat wirklich gelitten, bevor er im Staub von Moreton Bay gekrochen ist – Mab noch am wenigsten. Mab ist tot, übrigens.«

Sie weinte so leise, wie es ihr möglich war, damit ihr »Retter« es nicht hörte. Jenseits der Bedachung aus Zweigen und Blättern kreisten und schmolzen Sterne, die sich mit ihren Tränen vermischten und sie blind machten. Ein Mensch, vermutete sie, konnte an Kummer ersticken, wenn er sich nicht in acht nahm.

Es wurde ihr erspart, weiter diesem krankhaften, bedrückenden Gedanken nachzuhängen. Jack Chance berührte ihren Arm, streichelte, fühlte sie, ihr Handgelenk. Wenn sie ihre Hand nicht zurückzog, dann war es, weil ihr Körper in diesem Moment der geringste Teil ihrer selbst zu sein schien oder weil er nie berührt worden sein mochte, nicht einmal von ihrem Ehemann Mr. Austin Roxburgh, der nun seit vielen Jahren tot war.

Immer noch streichelte er sie.

»Warum weinen Sie, Ellen, wo dies Sie doch gar nicht betrifft?«

»O doch! Doch betrifft es mich, ebenso wie Sie und Mab.«

Als er durch die Schlingen und Ranken ihres Blätterschurzes ihren Schenkel küßte, zuckte sie so heftig zurück, daß ihr Knie gegen etwas rammte, das sein Gesicht sein mußte.

Er fluchte, nicht unbedingt über Mrs. Roxburgh, oder so klang es ihr doch nicht; er meinte mit seinem Fluch die Menschheit allgemein.

»Oh«, sagte sie weinend, »habe ich Sie verletzt?«

»Verletzen kann mich, glaube ich, nur noch diese gottverdammte Peitsche.«

Sie streckte die Hand aus, um gutzumachen, was sie ihm angetan hatte. »Das wird nie wieder geschehen, weil ich es nicht zulassen werde«, sagte Mrs. Roxburgh. »Darauf können Sie sich verlassen, Jack.«

War sie sich wirklich so sicher? Er mußte gefühlt haben, daß ihre Hand, die sie ihm, um ihn zu beruhigen, auf den Arm gelegt hatte, zitterte.

Er aber fackelte nun nicht länger. Er behandelte sie jetzt, als wäre sie eine Schubkarre oder eine Schwarze, denn sie hatte gesehen, wie das Oberhaupt ihrer Adoptivfamilie als Silhouette vorm Eingang zu der Hütte in eben dieser Weise von seinen Frauen Besitz ergriffen hatte. Das schwere Atmen war ihr überdies vertraut.

»Nein!« wimmerte sie; war sie nicht letzten Endes Mrs. Roxburgh?

Er ließ sie fallen und legte sich neben sie.

Nach einer Weile hauchte er ihr ins Ohr: »Wenn ich Vertrauen zu dir haben soll, Ellen, dann mußt du mir auch vertrauen. Zwei, die Vertrauen zueinander haben, können sich auch nicht verletzen.«

Er hatte sie noch nicht ganz gewonnen, denn sie war, wußte sie von sich selbst, nicht bis ins letzte vertrauenswürdig.

Gleichzeitig sehnte sie sich nach der Zärtlichkeit, die ihm seine Hand gewährt hatte, während sie dalag und wegen ihrer eigenen Unzulänglichkeit stöhnte.

Sie gestattete ihm, ihren Gürtel, ihren Schurz aus verwelkten Blättern, abzunehmen, der als einziges bisher ihre Nacktheit bedeckt hatte.

»Was ist das hier?« fragte er sie.

»Was?« Obwohl sie wußte, was er meinte.

»Dieser Ring.«

»Das ist mein Ehering.«

Er sagte dazu nichts. Er war, wie sie es immer geahnt hatte, ein grundanständiger Mann.

Aber plötzlich fuhr sie erschrocken auf. »Wenn ich ihn verliere, bin ich verloren!« Obschon sie wußte, daß es dieser Mann war, von dem sie abhing und der allein sie retten konnte.

Sie wand sich und schlug um sich, wobei ihre gebrochenen Fingernägel die verheilten Wunden auf seinem Rücken aufgerissen haben mußten. Dies war es zweifellos, was ihn dazu brachte, sie seinerseits gewalttätig herzunehmen.

Er drückte sie, so tief er konnte, in den Staub. Aber eher aus entflammter Gier als aus Verachtung oder Wut. Seine Gier teilte sich ihr mit. Sie hätte ihn verschlungen, wenn sie dazu imstande gewesen wäre.

Dann lag sie weinend da. »Tschack! Tschack!« Jetzt war sie es, die zu einer Sprache zurückfinden mußte.

Während er sie allzu laut fragte: »Kannst du mich lieben, Ellen?«

Einander umschlingend, einander federweich und zart liebkosend, mußten sie sich gegenseitig vor Begehrlichkeiten schützen, denen vielleicht am Ende keiner von ihnen hätte nachkommen können. Sie mußten jenen Punkt erreicht haben, wo beide gleichermaßen außer sich und gleichermaßen der Verdammnis anheimgegeben sind.

Sie hatte einen Augenblick oder eine Ewigkeit dagelegen, als stechender Schmerz sie durchfuhr. »Aah, mein Gott! Ich hab mir das Genick verstaucht! Kannst' mich ein bißch'n reiben, kannst du?« Aber er hatte sich zur Seite gewälzt, und wo sie vorher mit Federn gestreichelt worden war, lag sie jetzt auf grober, lebloser Rinde.

Eingekreist von der Nacht, glaubte sie zu hören: »... beide sinn' sie Stümper ... trau der Taube, bist selbst Taube – trau'n! ...bloß nich red'n ... nicht ein Wort ... ich hätt's nich, hätt sie nich gewollt ... Ellen, die ... ja, vielleicht ... hilf uns, Gott ...«

Sie war zu müde. Sie war nicht auf Hilfe aus, auch nicht für sich selbst, nur versinken wollte sie, tiefer noch, und würde sie dann auch verurteilt.

Sie wachte unter stählernem Licht auf, das in den Staub und Schatten der Hütte gekritzelt war.

Er knetete an ihrem Arm herum. »Aufwachen, Ellen! He! Ist schon später, als ich dachte. Wenn wir nicht auf Draht sind, schnapp'n sie uns. So weit sind sie nicht von uns weg.« Lauter, als sie ihn zuletzt hatte reden hören; seine Stimme klang wieder nüchtern, kalt, die Stimme eines Mannes, der einen Vertrag erfüllt.

Sie wandte ihm das Gesicht zu, Erinnerungen wären ihr lieber gewesen als sichtbare Erscheinungen. »Ja«, erwiderte sie, »wir müssen los.« Aber sie regte sich nicht.

»Ich hab dich gewarnt«, sagte er. »Wer hier was zu verlieren hat, bist du. Wenn ich mein Leben lang im Busch rumkrauche – ich weiß, daß mir nichts andres blüht.«

Danach kroch er nach draußen.

In der Stimmung, in der sie sich befand, hätte sie lieber weiter vor sich hingedöst. Der Morgen verwandelte alchimistisch Stahl in Gold, das an ihrer Haut hinrann und das Fleisch wieder zum Leben brachte. Schläfrig sah sie zu ihren Achselhöhlen hin. Alles, was sie um sich gewahrte, gehörte einem goldenen Zeitalter an und war ohne Beziehung zu ihrem welken, verunstalteten und durch Beraubung geschwärzten Körper, noch auch zu der luxuriös aufgeputzten und geschmückten Gestalt, und nicht einmal zu ihrem plumpen, unförmigen Mädchentum. Sie legte ihre Wange reibend auf den Arm und hoffte, in tiefere Schichten der Erfahrung zu gelangen als jene, die er allein fühlbar zu machen wußte.

Ihr schauderte vor der Gans, die ihr Grab überquerte. Sie setzte sich hoch. Sie mußte sich bekleiden.

Der entblätterte Gürtel lag neben ihr auf einem Staubhaufen, der Ring hing noch an einer der Ranken. Sie schob den Ring auf den Finger, an den er gehörte, und kroch so, wie sie war, nach draußen. Sie ging, da sie noch nicht bereit war, sich sehen zu lassen, in den Busch, wo sie bald entdeckte, was sie brauchte: Sie zerrte an einigen das Gebüsch durchflechtenden Ranken, riß sie ab und band sie sich um die Hüfte, so daß sie sich wieder bekleidet vorkommen konnte. Die Ranken waren zäher, die Blätter daran ledriger als bei den Schlingpflanzen, die sie bisher verwendet hatte. Ihren Ring, meinte sie, könnte sie weiterhin tragen, da keine Schwarzen in der Nähe waren, vor denen sie ihn hätte verstecken müssen; aber dann schob sie ihn doch auf eine Ranke, die sie umbog und einen Knoten machte. Hätte man sie nach dem Grund dafür befragt, sie würde vermutlich keine Antwort wissen – doch, antworten würde sie: »Meine Finger sind so abgezehrt und dünn, ein Ring würde abrutschen und verlorengehen.«

Diese Erklärung machte ihr Freude, ebenso wie sie es genoß, sich hinzuhocken und ihre Notdurft zu verrichten.

Als sie an den Rastplatz zurückkehrte, sah sie, daß er die Hütte abgerissen und die Teile in Stücke geschlagen hatte. Auch die Asche hatte er zusammengeharkt und mit Laub bedeckt. Er wartete schon auf sie.

Als sie den verdrossenen Blick sah, mit dem er ihren neuen Gürtel musterte, sagte sie so nett, wie sie konnte: »Bitte sei nicht böse. Ich hatte noch einiges zu erledigen und hab' dich ja auch nicht lange warten lassen.«

»*Ich* hab' nichts zu verlieren«, murmelte er, und sie brachen auf.

Es war kein sehr ermunternder Anfang, dachte sie, während sie ihm zunächst mit forschen Schritten folgte, dann aber merkte, daß ihr die Knöchel weh taten und daß ihre Füße sich noch nicht von der ersten Wegstrecke erholt hatten.

Er hatte einen Speer, eine Keule und das schwere Netz bei sich, das aus seiner Zeit mit den Eingeborenen stammte; es zurückzulassen wäre sicher unklug gewesen. Er hatte, nachdem ihm die Hülle aus Rinde verlorengegangen war, keinen Versuch unternommen, seine Blöße zu bedecken. Sein einziges Kleidungsstück war der Gürtel, an dem die gerettete Axt als Überbleibsel aus seiner weißen Vergangenheit hing.

An diesem Morgen störten die Narben auf dem Rücken des Sträflings sie nicht, nicht einmal jene, die sie mit den Nägeln aufgerissen haben mußte und auf deren verkrustetem Blut es von Fliegen wimmelte.

Er schritt aufrecht voran, und sie sah, daß seine Gesäßbacken hager und fest waren. Sie wunderte sich zuerst, daß sie auf seine Gesäßbacken schaute, und das auch noch ganz ungerührt. Aber vielleicht war es gar nicht so überraschend. Sah sie davon ab, daß sie nackt waren, dann hätte dies auch eine Wanderung durch einen wilden Garten sein können, bei der er sie höflich, wenn auch zu forsch führte.

Als dann wieder Mitgefühl in ihr aufkam, war es nicht wegen des zerschundenen Rückens, sondern eher wegen der Gesäßbacken: daß dieser mißmutige, kraftvolle Mann durch die nackten Gesäßbacken so abhängig von ihr und ihrer Gunst wirkte. Sie hätte sie streicheln und dadurch einiges gutmachen mögen, wenn eine solche Geste nicht ein edles Geschöpf zum Pferd oder zum Hund degradiert hätte. Aber sie bemitleidete den Sträfling wirklich und hätte gern die ihm zugefügten, inneren Wunden geheilt, von denen sie durch Andeutungen erfahren hatte. Ob sie ihn lieben konnte? Sie glaubte schon; es war ihr nie klargeworden, wie sehr es sie danach verlangte, rückhaltlos zu lieben und in ihrer Liebe bedingungslos anerkannt zu werden. Aber würde dieser Mann mit den schlanken, Verachtung ausdrückenden Gesäßbacken sie seinerseits lieben?

Bei Tageslicht war sie kaum imstande, sich des Vertrags zu entsinnen, den sie in den Nachtstunden eingegangen waren. Hatte einer von ihnen Liebe aufrichtig als Unterpfand angeboten? Oder hatten sie sich nur im Wellengang ihres gemeinsamen Elends an ein Floß geklammert? Sie entsann sich ihrer Panik, ihrer sinnlichen Beglücktheit (nichts von der Lüsternheit, die Garnet Roxburgh entfacht hatte) und der Dankbarkeit für die Freundlichkeit, die Kraft und überhaupt die Anwesenheit dieses Mannes, der wie sie ein Überlebender war. Sie erinnerte sich auch an das, was sich ihr in strahlenden Buchstaben eingegraben hatte: *Kannst du mich lieben, Ellen?* War ihm wirklich an Liebe gelegen? Oder hatte er ihren Körper nur als Teil einer Abzahlung ihrer Schuld benutzt?

Sie erschrak über ihre eigenen Gedanken, ebenso wie sie erschrak, als Jack Chance plötzlich ohne Vorwarnung stehenblieb und sie in ihrer Versunkenheit mit ihm zusammenstieß.

»Was ist, Jack?« brachte sie keuchend hervor.

Er gab keine Antwort, vielleicht, weil er sie halbwegs für närrisch hielt. Daß er innehielt, bedeutete zweifellos, daß Feinde in der Nähe waren oder daß er ein jagdbares Tier entdeckt hatte. So drängte sie nicht auf Antwort und löste sich aus der erzwungenen Nähe, doch nicht so weit, daß sie nicht durch die Wärme ihrer unterbrochenen Gemeinsamkeit verbunden geblieben wären.

Während sie beieinander standen, pflückte sie eine jasminartige Blume, die weiß, aber duftlos war. Der Geruch der Blume gab ihr das Gefühl, nichtig und überflüssig zu sein. Schweißtropfen fielen von ihr auf die makellosen Blütenblätter.

Er setzte sich wieder in Bewegung, und sie folgte ihm. Keiner von beiden sprach. Vielleicht haßte oder verachtete er sie als eine Person, die für ihn nicht viel mehr als ein zufällig getroffenes Flittchen war.

Für sie war der Marsch eine Art Arbeitsduell geworden. Die steigende Sonne griff sie mit ihren Bronzewaffen an und schlug sie auf Kopf und Schultern. Sie senkte den Kopf; der Sträfling rührte offensichtlich keinen Finger.

Sie kletterten auf und ab über Kämme aus Quarz und Granit, die ihren zerschundenen Füßen zusetzten, Zweige wippten und schlugen ihr wie zudringliche Trommelschlegel dumpf gegen die Brust und, schändlicher noch, gegen ihre nur durch den Blätterschurz geschützten Gesäßbacken, während noch gehässigere, niedrig gewachsene Sträucher Arme, Schenkel und die ganze Körperfassade marterten und zerstachen.

An einer Wegbiegung hätte sie sich hinsetzen und weinen können, aber als sie nach vorn blickte, sah sie, daß der Sträfling aus aufgerissenen Wunden blutete, weil er einen Pfad durch das Unterholz gehackt hatte. Als sie ihn eingeholt hatte, stellte sie fest, daß Dornen bei ihm im Fleisch steckengeblieben waren und Blut aus den Stellen vorquoll, das tränenförmig an den Wundrändern hing.

Er glaubte, sie sei noch weit hinter ihm zurück, und rief: »Bist sicher müde, schätz' ich, hä?«

Sie antwortete mit einem tonlosen »Nein« und zog den Schleim hoch, der ihr aus der Nase zu tropfen drohte.

Sie war ihm für seine Frage so dankbar, daß sie ernsthaft erwog, ihn zu fragen, ob er sie liebte, beherrschte sich aber und tat das als albern ab. Er hätte dann vielleicht etwas gesagt, wovon er glaubte, daß sie es gern hören würde, oder überhaupt nicht geantwortet. Immerhin würde während der Jahre, die sie gemeinsam auf dem Marsch nach Moreton Bay verbrachten, noch Gelegenheit genug sein, sich Gewißheit zu verschaffen.

Nach einiger Zeit lachte er plötzlich auf und fragte: »Kannst du singen, Ellen?«

»Ich bin musikalisch nicht sehr begabt.«

Trotzdem versuchte sie, aus dem Gedächtnis ein Lied zusammenzubekommen, mit dem sie ihn, wiederum aus Dankbarkeit, unterhalten könnte, und so fiel ihr eine Ballade ein, die ihre Schwiegermutter ihr an einem regnerischen, müßigen Nachmittage einzuüben versucht hatte. (Die alte Mrs. Roxburgh tappte nur zu gern mit den Fingern auf den Tasten herum, und ihr Vergnügen kannte keine Grenzen, wenn sie mit den Händen über Kreuz spielte.)

Und so sang Mrs. Roxburgh für ihren Befreier:

Als ich dich traf, so warm und jung,
Da schien mir alles an dir wahr,
Dein Mund versprach mir ach, so viel,
Daß ich an dir nichts Falsches sah.

Dann hast du dich geändert, doch
Noch hoffnungsvoller liebt' ich dich
Und dacht', betrügst du andre auch,
Mir bleibst du treu, verläßt mich nicht.

Doch geh, Betrüger! geh –
Das Herz, das einem traut' wie dir,
Der so gemein und niedrig ist,
Verdient, daß du es brichst …

Ihrem Begleiter war nicht anzumerken, ob ihr Lied ihm Freude gemacht hatte. Er ging sogar so weit, daß er in einen Busch spuckte, an dem sie vorbeikamen. (Mutter Roxburgh hatte besonders gegen jene Leute von niederem Stande etwas, die spuckten.)

Ellen erinnerte sich unterdes an ein Liedchen, das sie von noch früher her kannte:

Klein Willie Winkie
Rannt' durch die Stadt
Treppauf und treppab
Als Hemdenmatz;
Tappt' an die Fenster,
Lugt' rein, wenn's schon spät,
Wenn die Kinder nach acht
Schon lang sind im Bett...

Sie sang es leise und beschämt, weil sie so wenig musikalisch war, aber es mußte ihm gefallen haben, denn er rief zu ihr zurück: »Weiter! Warum hörst du auf?«

Sie kicherte vor sich hin. »Mehr kenn' ich davon nicht – falls es überhaupt länger ist.«

Sie setzten ihren Weg mühsam fort.

Gegen die Eintönigkeit und das Schweigen an rief sie: »Jetzt bist du dran, Jack.«

Er grunzte. »Ich weiß keins. Keins jedenfalls für die Ohren einer Lady.«

Sie hätte ihn daran erinnern können, daß sie nur eine Lady von Gnaden der Roxburghs war, aber entweder wurde ihr bei dieser Kletterei das Atmen schwer, oder sie war von ihrem Gefährten so weit beeinflußt, daß ihr Vorsicht geboten schien.

Nach dem nächsten Abstieg gerieten sie in ein Gewirr von Bäumen, hinter dem sich der Wald verdichtete. Nach der Gluthitze der Sonne kam ihnen die dunkle Kühle wie flüssig vor; die feuchten Blätter waren wie ein linderndes Pflaster für ihre von Dornen gemarterte Haut; die Füße sanken dankbar in den Teppich aus Humuserde und Moospolstern.

Dies veranlaßte den Sträfling, über die Schulter hinweg, auf der er das Netz trug, zuzugestehen: »Mab hatte eine süße Stimme, aber für Lieder hatte ich nie viel übrig.« Nach einer Pause von wenigen Schritten, die er aus Feinfühligkeit einlegte, gab er zu: »Ich hab Vogelstimmen immer gut nachmach'n können. Das ist der Grund, warum ich das Fangen berufsmäßig betrieb.«

Nichts hätte sie dazu bewegen können, das eintretende Schweigen durch eine wenig berufsmäßige Bemerkung zu unterbrechen. Sollte ihre bloße leibliche Anwesenheit ihn stören, so würde das Laubpolster ihm sicherlich helfen, dies als weniger aufdringlich zu empfinden.

Er begann dann, sein Talent hörbar zu demonstrieren. An dem Zirpen, den schwebenden Tönen, dem üppigen Trällern, unter dem der Vogel seine Eitelkeit wie hinter einem harmlosen Jubilieren zu verbergen schien, glaubte sie, die Drossel zu erkennen.

»Hatte immer 'ne kleine Vogelorgel bei mir, aber hab' sie nur selten gebraucht. Mit meiner Stimme, würd' ich sag'n, klappte es besser.«

Etwas tiefer im Wald, wo es am dunkelsten war, ließ er ein langgezogenes Nachtigallschlagen vom Stapel: Die Töne flossen über und glühten um sie herum und schienen dazu angetan, noch schlimmere Schatten bloßzulegen als die, unter denen sie sich vorbewegten. Trotz ihrer Erschöpfung und ihrer zerschundenen Füße, was beides Melancholie in ihr erweckt haben mochte, schluchzte sie in einer stillen Freudigkeit vor sich hin, bis sich dann irgendwo entfernt im Sonnenlicht ein wirklicher Vogel durch ein trockenes, zynisches Krackeln ankündigte, ein Geräusch, das ihr typisch für das Land zu sein schien, in das sie und der Sträfling verbannt waren.

Bald darauf traten sie wieder in das Flammen hinaus, mit dem sie sich als normale Bedingung ihres gegenwärtigen Daseins abgefunden hatte.

Sie setzten ihren Marsch fort, wobei sie es nicht wagte, sich nach dem Fortgang der Dinge zu erkundigen, mutmaßte aber, daß ihr Führer darüber Bescheid wußte, dies aber für sich behalten wollte. Im Banne der mysteriösen Zeitlosigkeit mochte sie es vorgezogen haben, die Wanderung zu verlängern, statt sich den Fragen derer stellen zu müssen, die sie bei ihrer so gänzlich formlosen Ankunft in Empfang nehmen würden.

Sie mochte gar nicht daran denken, denn die Siedlung bei Moreton Bay war mittlerweile für sie zu einer Anlage aus Stein und Ziegeln geworden, aus Staub und Gluthitze, Eisen und Folterqualen, als wäre sie selbst ihr erst gestern entronnen.

Eines Abends, nachdem sie gebratenes Leguanfleisch gegessen hatten und, um sich zu wärmen, am Feuer saßen, erzählte er ihr: »Ich war während der Jahre in der Siedlung nie ohne Fesseln. Sie hielten uns Lebenslängliche in Eisen. Ich wußte nicht mehr, was es hieß, sich frei bewegen zu können, aber da ich behindert und so langsam war, entdeckte ich um so mehr. Ich kannte schließlich jeden Stein, jeden Baumstumpf auf den Wegen um Moreton Bay – die Haare in der Nase meiner Mitgefangenen, die Hühneraugen auf den Zehen der Leute vor mir auf der Tretmühle. Und dies schwere

Licht, unter dem man im Sommer ausgepeitscht wurde. Nichts davon vergißt man, Ellen.«

Sie würde es auch nicht vergessen.

Er sagte: »Aber wir hatten auch unsren kleinen Spaß und so was wie den ein' oder andern Luxus. Einige von den Kerls im Holzlager – da komm' die ›Besseren‹, die mit kürzeren Strafzeiten, hin und machen da so allerhand Sachen – Nägel und Bolzen, Stiefel, Seife und so –, einige von diesen armen Schluckern, die backen schon mal einen Kürbis oder ein Brot aus Kartoffeln und schmuggeln davon was zu uns raus, zum Mob, wenn wir gut mit ihnen stehn. Prima war das, sag ich dir. Un' Tobacco! Da war ein älterer Kunde, der seine Strafe fast hinter sich hatte und den sie angestellt hatten, die Kräh'n in den Kornfeldern zu verscheuchen. Dieser alte Kauz – ein Gentleman war er allemal – hatte da so allerhand von dem Kraut angepflanzt und versteckte einen Placken davon unter einem Stein auf unsrem Weg. Wir stopften das in eine Pfeife, und die ging zwischen uns rum, wenn der Aufseher grade nicht da war.«

Seine sonst leblosen Augen glänzten. »Bei Gott, ich gäbe was drum, wenn ich jetzt eine Pfeife voll hätte! Oder 'n Priem zum Kauen.« Da er beides nicht hatte, spuckte er ins Feuer und leckte sich mit der Zunge die gierigen Lippen.

Ihr war schon vorher aufgefallen, daß die besseren seiner Zähne braun angelaufen waren, was also wohl der Tabak bewirkt hatte; die meisten anderen Zähne waren nur verrottete Stümpfe.

Er legte ihr die Hand aufs Knie. »Was wir hab'n, Ellen, ist oft besser, als was wir nicht hab'n.«

Ihr schauderte kaum merklich.

»Was ist dir?« fragte er.

»Es ist kalt abends um diese Zeit.« Sie hoffte, vor ihm verborgen zu haben, was es eigentlich war.

Er schien davon so weit überzeugt, daß er sie an sich zog – nachdem er sie seit Tagen nicht berührt und ihre Nähe gemieden hatte, vielleicht auch, weil ihm die Erinnerung an seine tote Geliebte nachging.

Also suchte sie wieder gutzumachen, daß sie flüchtig vor ihm zurückgewichen war. »Wollen wir nach drinnen gehen? Da ist es immer wärmer.«

»Wenn du meinst«, sagte er und lachte, aber freundlich.

Weil es dies war, wonach es sie so sehr verlangte, erschauderte sie wieder und hoffte, er würde das für ein Zittern halten.

Sie wollte geliebt werden. Sie sehnte sich danach, daß die weite dunkle Leere ausgefüllt würde, ermunterte ihn, einzudringen in sie, und preßte ihre Lippen auf seinen Mund und das, woran sie sich nur momentan als an eine Höhle mit zerbrochenen, fleckigen Zähnen erinnerte.

Was sie ihm bot, war bis zu einem gewissen Grade sicherlich eine Entschädigung für alles, was er gelitten hatte, aber wurden ihr damit auch ihre Sünden vergeben? Der Untreue, des Betrugs und der Lüsternheit hatte sie sich schuldig gemacht. Könnten sie nur ihre Wanderung nach Moreton Bay verlängern, sich womöglich ganz in ihr verlieren, dann würde es ihr, hoffte sie, in all ihrer Unzulänglichkeit gelingen, ihn zum Glauben an wahre Liebe zu bekehren.

So schrie sie auf, und er verdoppelte seine Liebesanstrengungen. Oder war es Verzweiflung? Nachdem sie erschöpft voneinander gelassen hatten, suchten sie sich gegenseitig weiter mit den Händen verhärteter Verbrecher zu besänftigen.

Wieder entsann sie sich der Zähne und fand sich getrieben, seinen Hals, seine Wange, seine Schulter und eine seiner Brustwarzen zu küssen, um ihre Gewissensbisse als zärtliche Besessenheit erscheinen zu lassen.

Weil er nun nicht mehr auf sie einging, fragte sie: »Gab es nach Mab keine Frau, Jack, die du hättest lieben können?«

Sie lag da und horchte zu ihm hin. Wind wühlte in der Bedachung der Hütte, die in manchen Augenblicken keinen Schutz gegen die kalte Befragung durch das Sternenlicht bot.

»Keine Frau in Moreton Bay«, setzte sie hinzu, »mit der du eine Beziehung hättest anknüpfen können?«

Niemand konnte sich so grob und ungeschickt ausdrücken wie Ellen Gluyas.

»Da war eine«, sagte er, »in der Frauenfabrik. Aber wer in Ketten könnte sich schon einer Frau nähern? Mit dem Eisen, das einem die Beine zerfrißt? Und die Frauen – sie waren nicht in Ketten, aber so gut wie. Die armen Dinger kamen kaum dazu, richtig Luft zu holen. Sie mußten Werg zupfen und andre Arbeiten machen. Sie machten die Wäsche für uns Männer, soweit das überhaupt geschah.«

Ihr Interesse war damit in gewisser Weise gestillt; mehr noch, als er sich auf sie wälzte und sie mit seinem ganzen Gewicht zu Boden drückte.

Er grunzte vor sich hin und sagte, als er bereit war, den Faden wiederaufzunehmen: »Da war eine, ja – eine Irin –, wir sahen uns an. Ich weiß, verdammt, nicht mal, wie sie hieß, hab's auch nicht erfahr'n, als wir dann miteinander sprechen konnten. Manche stellen sich an mit Namen, frag'n nicht danach und nennen sie nicht – das ist wie mit denen, die nicht sag'n, warum sie verurteilt sind und auch nicht, wie lange. Andre wieder, die geb'n damit an – mach'n groß was davon her –, das' wie mit den verschiedenen Leuten im wirklich'n Leben. Und manche, die bohr'n wie mit'm Brecheisen in ei'm herum. Was mich angeht, ich respektier' das, wenn ich merke, daß einer empfindlich ist.«

Sie war nie unempfindlicher gewesen, wartete aber, bis er fortfuhr, nachdem er seine Hand in das feuchte Haar zwischen ihren Schenkeln geschoben hatte.

»Diese Frau sah ich dann öfters. Sie gehörte zu 'ner Gruppe, die sie morgens früh von der Frauenfabrik zum 'ospital schickten – wie uns zum Hacken rings um den Point oder zum Maisschälen oder zum Steinebrech'n für den Straßenbau. Diese Frau'n war'n Schwestern, verstehst du, aber ich wette, keine von denen hatte Erfahrung als Schwester, bevor sie zur Kolonie kamen. War'n grobes Pack. Einige war'n Nutten. Aber das war nur wie eine Sau unter andern. Diese Irin jedenfalls guckte immer in unsre Richtung – zu mir, dachte ich natürlich, obwohl's die andern war'n, die nach ihr rief'n. Sie hatte Wimpern, wie sie manche Irinnen hab'n, so dick, als wär'n sie zusammengeklebt oder als säßen Flieg'n drauf.«

Sie versuchte, in der Dunkelheit mit den Wimpern zu zucken, aber hatte, merkte sie, kaum noch welche; sie waren vielleicht abgesengt von der Sonne oder durch Nahrungsmangel ausgefallen.

»Und?« fragte sie, weil sein Schweigen sich so lange hinzog.

»So verbracht'n wir da die Zeit – ein Mundvoll Kürbisbrot, ein Zug am Tabak von dem Krähenmann oder 'n bißchen Kautabak, ein Blick auf die Dublin- und Cockney-Nutten, um rauszukrieg'n, was sich bei der Bande tat. Und dazwisch'n die harte Arbeit. Oder härter noch, wenn sie uns nackt auszogen und uns an die Pfahlkreuze banden – uns moralische Gesundheit einzubleu'n.«

Sie zuckte zusammen.

»Einmal fiel ich hin. Ohnmächtig, nehm ich an, aber weiß es heut noch nicht. Der Arzt, der dabeistand – das war für unser körperliches Wohlbefinden –, trat mich, um zu sehn, ob ich tot wär'. Mußt' ich eig'ntlich sein. Als sie mich auf die Füße stellt'n, konnt' ich mich kaum halt'n. So schlimm wie diesmal hatt' es mich noch nie erwischt. Die Knoch'n, würd' ich sagen, standen mir aus der Haut raus. Und die Flieg'n war'n an der aufgeplatzten Haut zugange. Ich war infiziert. Aber ich war 'n Brecher, ob in der Mühle oder beim Steineschlag'n. Und so schickte mich der Arzt ins Hospital.«

Sie klammerte sich vor Grauen an ihn, abgestoßen: der Geruch allein von faulendem Fleisch (oder verrotteten Zähnen). Aber weder durch die Erinnerung an diese Irin noch aus Geistesabwesenheit regte sich bei ihm etwas wie Dankbarkeit für ihre Anteilnahme.

»Ich war wie im Delirium die erste Zeit. Wußte von nichts und niemand. Beim Beten vom Kaplan – sehr teilnahmsvoll – kam ich zum erstenmal zu mir. Einmal am Sonntag, als besondr'r Vorzug, besucht der Kommandeur das Hospital. Ich kriegte nun wieder alles mit und konnte – hassen. Er guckt mich an, seh' ich, so seitwärts aus den Aug'n. Hat seine Missus bei sich, ein hübsches kleines Ding mit rosaroten Rosen an ihrer Haube. Hat keine Farbe im Gesicht, so wie die Patienten von ihrem eign'n Gestank – einige von denen lieg'n auf den Brettern in ihrer Scheiße, die die Schwestern kaum wegzumach'n bereit sind. ›Oh, wie grauenvoll! Was – oh, was bloß könn' wir für sie tun?‹ quiekt die Lady hinter ihr'm Taschentuch. Sie tat mir richtig leid. Ich konnte nicht anders! Aber dann haute sie rasch ab, kaum daß sie ihr Gejammer los war.«

Er murmelte noch einiges und sagte dann:

»Die Irin wischte mir den Arsch. Mit ihrer grob'n Hand. Aber die Wimpern. ›Wenn ich wieder aufstehn kann‹, sag' ich zu ihr, ›dann hilfst' mir, was? Sobald sie davon red'n, daß ich entlass'n werd'n soll.‹ Sie hat's mir nicht versproch'n, aber an ihr'm Gang sah ich, daß sie verläßlich ist. Und so kam's, daß ich das letzte Mal und mit Erfolg in Moreton Bay ausbrach.«

Sie hatte vor Durst einen bitteren Geschmack in der Kehle. Sie wäre am liebsten nach draußen gegangen, um was zu trinken, gleichgültig, ob er mit seiner Geschichte zu Ende war oder nicht. Galt ihr Versprechen ihm ebensoviel wie das Schweigen der Irin? Diese Frage quälte sie.

»Eines Abends lenkte sie die Wache ab, kurz bevor sie abgelöst wurde. Es war ein Tag wie in der Hölle. Auf ihre Musket'n gestützt, standen sie schwitzend da und dacht'n nur an Abmarsch zum Futtern in den Baracken. Von ei'm Faß aus, das ich schon lang' im Auge hatte, kletterte ich die Mauer hoch. Selbst die Stacheln an dem Eisen war'n mir dabei 'ne Hilfe. Wenn ich mir daran auch die Hände aufgeschlitzt habe.«

Aus dem Ton seiner Stimme schloß sie, daß dies alles sein mußte, und da nun packte er sie und zerdrückte sie fast aus, wie sie wußte, Dankbarkeit: Er nahm sie als Ersatz für diese Irin mit den aufgeklebten Wimpern; sie durfte, sie wollte sich ihm nicht widersetzen; sie erwiderte seine Umarmungen, als wäre sie es, die er meinte.

Es war die Frau in ihr, die sich widersetzt haben mochte und Mrs. Roxburgh, als das Fieber nachließ, sagen hörte: »Jetzt aber bist du frei, Jack, und wirst es bleiben, wenn es nach mir geht.«

Er gab keine Antwort, vielleicht hatte er sie in der um sie herum entstandenen Stille nicht gehört.

Sie selbst hinderte die Stille nicht daran, die Schritte zu hören, die sich ihnen aus zwei verschiedenen Richtungen näherten und offenbar sie selbst zum Ziel hatten. Sie lag ausgestreckt auf der entrollten Liege. Die kirschrot gestreifte Seide bauschte sich schimmernd unter einer Sonne, wie Cheltenham sie nie erlebt hatte, die vergoldeten Schnörkel glommen und knisterten unter der unnatürlichen Hitze (das goldene Blattwerk schälte sich in der Tat wie sonnverbrannte Haut ab). Sie beschattete ihre Augen und legte sich auf dem Polster zurecht, als erwartete sie Besuch. Sie hatte, bemerkte sie, den Blätterschurz, mit dem sie üblicherweise bekleidet war, abgestreift, und die Haare auf ihren Schenkeln schienen sich in der gleichen Weise gekräuselt zu haben wie die Schnörkeleien auf der Liege, auf der sie auf Kissen wartete, die in ein dunkelrotes Meer verschmolzen.

Ringsum wucherte Staub zwischen den Steinen. Auf der einen Seite, wo sich der Rinnstein befunden hätte, wenn dies eine Straße gewesen wäre, hatte ein ausgetrocknetes Flußbett Furchen in dem verkrusteten Schlamm hinterlassen. Einige Kälber, die zu früh für ihr Alter schon Milch hatten, trotteten an ihr vorüber, schnüffelten im Staub nach Grashalmen, bis die Fliegen, von denen es auf ihren Rümpfen wimmelte, sie taumelnd in Trab brachten.

Alles dies, während sich ihr die Schritte, wie sie gewahr wurde, näherten.

Es war die Gruppe der Frauen, die bewacht von ihren Unterkünften zum Hospital marschierten. Ihre Schürzenkleider aus grobem, graugrünem Tuch paßten sich schamhaft ihren Brüsten und Gesäßbacken an; ihre Stiefel schienen nur zu schwerer Erdarbeit geeignet.

Sie lag, über ihre Nacktheit hinstreichend, mit dem Nacken auf dem kirschrot schwitzenden Polster, und es konnte nur sein, daß sie auf ihren Liebhaber wartete. Bald darauf nahte er ihr mit einer Selbstgewißheit, die ihre Versprechen bewirkt haben mußten.

Aber bevor sie Besitz von ihm ergriff, hielt sie es für gut, ihm ins Gedächtnis zu rufen: »Ich bin es, von der du abhängig bist.«

Er bestätigte ihr durch Worte wie auch durch körperliche Inbrunst, daß immer nur sie es gewesen war, nicht etwa Mab und schon gar nicht diese irische Nutte.

Als sie ihn mit ihren Brüsten und Schenkeln bedeckte und ihn in eine Leidenschaft wiegte, die sie erst in einem Land der Dornen, Peitschen, Mörder, Diebe, des Schiffbruchs und der Ehebrecherinnen entdeckt hatte, weigerte sich die vergoldete Liege, nachzugeben, auch dann noch, als eins ihrer Beine knirschte.

Und als die Gruppe der Frauen sie erreichte, kam, wie sie um ihre Küsse herum bemerkte, von der entgegengesetzten Seite die Bande der männlichen Verbrecher mit einem fast sinnlich verspürbaren Klirren der Ketten angeschwankt. Unter den Frauen erhob sich ein murmelndes Stimmengewirr. Eine giftige Stimme stellte fest, daß eine arme Hure ihre Beine ebenso weit spreizen könne wie ein vermögendes Kebsweib. Sie hörte nicht weiter hin. Sie hätte ihren Liebhaber lieber erstickt, statt ihn wieder den Riten des Strafvollzugs und der Ketten zu überlassen. Aber er würgte seinen Kopf frei, gerade als die von Fliegen bedeckten irischen Wimpern zuckenden Beifall zollten, nicht ihm, sondern seinem Doppelgänger unter den Kettensträflingen. Sie war so erregt, daß sie heftig auf das plötzlich versteinerte Polster einschlug, auf dem eben noch ihr Kopf weich gelegen hatte.

»Mab!« schrie sie gequält.

Das Licht nahm um sie herum eisengrau getönt zu, eine Färbung, vor der sie sich ängstigte, weil sie noch spürbarer ihr zerschundenes Fleisch und ihre körperliche Erschöpfung bewußt machte. Er hatte ihr sein graues Gesicht zugewandt und stützte sich, da kein Kissen vorhanden war, auf den Arm.

»Was ist?« fragte er.

Daß er sie fragte, überraschte sie, weil sie gemeint hatte, er schliefe noch.

»Du mußt geträumt haben«, erwiderte sie unsicher.

»Geträumt, würd ich sagen, hast du.«

»Beide also. Was ich geträumt habe, möchte ich so schnell wie möglich vergessen. Vergiß du deinen Traum auch«, riet sie ihm mit einer Stimme, die wie ein Echo auf Mr. Austin Roxburgh klang, wenn er gereizt und nichts als vernünftig war.

Sie legte sich in der Hoffnung zurück, noch ein bißchen dösen zu können, wußte aber, daß er jeden Moment aufstehen könnte, um zu verkünden, daß sie sich für den Tagesmarsch bereitmachen müßten.

Ob es nun heute, morgen oder gestern war, alles glich einem endlos vorüberziehenden, nahtlosen Wandteppich, dessen Muster sich ständig wiederholten und austauschbar waren. Riesenhafte, hölzerne Vögel stelzten über die Erde und stockten, um die ihnen entgegenkommenden, ähnlich bewegten Erscheinungen zu mustern, oder flatterten auf und davon in Sicherheit, wenn ungewohnte, groteskere Gebärden sie in ihrem Sinn für Sicherheit verstörten.

Einmal fiel sie hin und jagte dadurch eine Wolke von aschgrauen Papageien himmelwärts. Sie wollte auf der Erde liegenbleiben, um vielleicht zu werden, was sie wirklich war: Schmilzt erst das Fleisch, und das Skelett darin stellt sich Glied um Glied in seinem endgültigen Weiß zwischen Steinen und unter diesem harten Himmel dar, dann kann es diesem Land am Ende angehören.

Aber er kniete sich nieder und schlug ihr mit den Fäusten auf den Kopf. »Komm hoch, verdammt noch mal!« schrie er. »Wozudenkstesinnwirhier? um zu verrecken?«

Sie bekam nicht genug Luft, um ihm antworten zu können, bevor er sie hochriß und mit sich schleppte. Wieder trotteten sie an dem zeitlosen Fries aus brennend heißer Erde und Geistern und noch geisterhafteren lebendigen Figuren hin.

An diesem Abend machte er nicht erst den Versuch, eine Hütte zu errichten oder nach etwas Eßbarem zu jagen. Er war es, der wie tot zu Boden sackte.

»Mein Liebster? Liebling?« Sie nahm seinen Kopf, der wie abgelöst vom Körper, wie eine seltene Frucht war, in die Arme. »Jack?« Im Augenblick war sie ihrer beider einzige Kraft.

Dann lagen sie nebeneinander, spröde, als wären sie Äste. Hätte jemand auf sie getreten, ihre Knochen wären zerknackt, im gleichen Augenblick und hörbar.

Als sie aufwachten, stand die Sonne hoch am Himmel. Endlich einmal drängte keiner von beiden, sie müßten los und weiter. Jeder hätte dankbar sein können. Kaum daß sich einer von ihnen regte, nur daß er den ihr nächstliegenden Arm ausstreckte und sie ihre Finger zwischen seine schob, doch steif und träge wie kalter Toast im Grill.

So lagen sie in untätiger Gemeinsamkeit und dösten dahin, fühlten das Blut pulsieren und grunzten (er bellte einmal auf) und wälzten sich, von Baumschatten gesiebt, herum, während Ameisen über ihre fast nichts fühlende Haut krochen.

Die Vogelrufe mußten sie am Ende dadurch hochgezwungen haben, daß sie auf verborgene Erinnerungen anspielten. Die Vögel selbst blieben so gut wie unsichtbar, und tauchte einmal einer auf, dann eher als ein Schatten mit Flügeln, die statt mit Federn mit Blättern befiedert schienen. Aber ihre Stimmen konnten ihre Anwesenheit nicht leugnen und mochten sogar etwas wie Lebensfreude zelebriert haben.

Gegen Mittag nach wie immer wieviel Tagen setzte er sich hoch, horchte eine Weile, hob die Hände, die zwischen seinen hageren Knien hingen, und nahm den Speer, von dem ihr Leben abhing; dann verließ er die Stelle, die, nahm sie an, als ihr Lager zu gelten hatte, obwohl kein Feuer brannte und sie ohne Hütte war. Sie sah ihn einmal stolpern, bevor er ihr aus den Augen entschwand, und erschreckt durchfuhr es sie: Was, wenn er ihr verlorenging? Falls das bei jemandem möglich war, dessen Willen stärker als sein Körper sein mußte. Ebenso wie ihr Wille durch Mißgeschick geschärft worden war, mußte das Mißgeschick selbst bei einer jeden körperlichen Begegnung kapitulieren. Oder jedenfalls war das ihre Überzeugung.

Sie verbrachte die Zeit damit, Feuer zu machen, so wie sie das bei den schwarzen Frauen gesehen hatte, die dazu Zweige und Fasern verwendeten, und wartete auf ihn. Als sie am Feuer saß und er immer noch nicht kam, tropften ihre Tränen auf ihre kantigen Kniescheiben und hinunter auf ihre schmutzigen Schenkel. In gewisser Weise trösteten die Tränen sie über seine Abwesenheit hinweg, und es drückte sich in ihnen auch ihre Zuneigung zu ihm aus: seine abgehärmten Arme, seine hohlen Wangen und mehr als anderes an ihm seine abgebrochenen Zähne, vor denen sie sich geekelt hatte.

Als er zurückkehrte, sah sie als erstes das große Bündel gescheckter Federn, das er in den Armen trug, dann aber einen langen Hals, der ihm wie eine gebrochene Sprungfeder aus einem Schachtelmännchenkasten bis zu den Schienbeinen hinabhing, und ein Paar im Tod verkrümmter Klauen, so daß sie wußte, daß er einen von den Riesenvögeln mit dem hölzernen Gang und dem menschlichen Verhalten erlegt hatte. Also stand ein Fest bevor.

Bei der Vorbereitung sprachen sie nicht miteinander, sondern unterhielten sich durch Grunzer und Geschnüffel; wenn ihre Hände sich berührten, dann gewiß nur durch Zufall. Sie glaubte, bei dem

Sträfling moralische Bedenken sich selbst gegenüber zu spüren, weil er den menschlichen Vogel getötet hatte, und außerdem schien er die Art zu mißbilligen, wie sie den toten Vogel ausbreitete. Hunger, wußte sie, machte sie blind. Während sie den Vogel rupfte, riß sie mehr als einmal Stücke der bläulichen Haut herunter, in der die Federn steckten.

Einmal konnte sie der Versuchung nicht widerstehen und legte sich einen solchen breiten Streifen um den Hals: »Sieh mal, Jack! Meine Federboa!«

Sie lachte über ihren Einfall, als sie dann aber seine Verwunderung sah, war sie nur froh, daß er nicht die frivole Anspielung mitbekam, die für sie in dieser Pose lag.

Als sie auf dem zähen, doch glücklicherweise schwammigen, halb gerösteten Fleisch kaute, fragte sie, ohne die Folgen zu bedenken: »Als du unter Schwarzen lebtest, hast du da jemals den Geschmack von . . .«, hielt aber inne, bevor sie sich bloßstellte.

»Den Geschmack wovon?«

»Sie haben einmal einen Dugong gefangen«, murmelte sie«. Der schmeckte wie Schwein.«

»Ja, das ist so. Ich weiß.«

Sie warf den Knochen weg, den sie abgenagt hatte. Sie fürchtete, ihn zu langweilen. Sie war froh, die Gefahr abgewendet und ihm verschwiegen zu haben, daß sie Menschenfleisch gegessen hatte – an einem wie von Perlen schimmernden Morgen, der in seiner Stille unwirklich schien. Aber auf die Dauer würde sie nicht wissen, wie sie sich von Schuld freisprechen oder dem Sträfling den sakramentalen Sinn einer Handlungsweise erklären könnte, die ihm nur als abstoßend und unmenschlich erscheinen mochte. Er würde es nicht verstehen, ebensowenig wie er begreifen konnte, was sie mit der Federboa meinte, die sie sich so leichtfertig um den Hals gehängt hatte.

Durch die Mahlzeit gestärkt, machte er sich daran, Zweige abzuhacken und wie sonst eine Unterkunft zu errichten, in der sie auch diese Nacht ihres gemeinsamen Lebens verbrachten. In dieser Nacht aber schwieg er und berührte sie auch nicht, und bedrückt fragte sie sich, ob sie ihn vielleicht durch ihr Verhalten oder auch nur durch ihre unausgesprochenen Gedanken abgestoßen habe.

Der Morgen, der folgte, war so vollkommen, so zart vom Singen der Vögel, von hingetupftem Licht und vom Treiben der Blätter erfüllt, daß sie hoffte, er würde erhalten bleiben und nicht von ihm zerstört werden; inständig wünschte sie sich, daß der Marsch, der ihnen auf der nächsten Wegstrecke bevorstand, aufgeschoben werden möchte.

Sie blickte zu ihm hin, um zu sehen, ob sich ihr inniger Wunsch ihm mitgeteilt habe, so wie es manchmal mit ihren Gedanken geschah.

Aber er war weit davon entfernt, sich in ihre Gedanken und Wünsche einzumischen, er sah so abwesend vor sich hin, daß sie in der Welt, in die er sich zurückgezogen hatte, überhaupt nicht zu existieren schien. Es war dies eine Situation, die sie bei ihrer augenblicklichen, durchscheinenden Gemütsverfassung als angenehm empfand. Sie war bereit zu glauben, daß durch die Ruhe und das genossene Straußenfleisch in ihm etwas wiederhergestellt worden war, das sie als Autorität und Stärke in Erinnerung hatte, und war sogar überzeugt, daß sie an ihm einen Adel gewahrte, der die Herkunft des in Ungnade gefallenen Sträflings weit überstieg und Garnet Roxburghs Meinung, daß es sich bei diesen »Schurken« um »den Abschaum aus den Gossen Londons« handelte, widerlegte. Sie kam empört zu dem Schluß, daß sie in den Augen ihres Schwagers ebenfalls eine Verdammte sein mußte, weil die uneingeschränkte Gemeinsamkeit mit dem Sträfling sie zu seiner Komplizin gemacht habe.

Oh, aber wie ungerecht! mochte Mrs. Roxburgh unter solchen bestialischen Umständen zu ihrer Verteidigung vorgebracht haben.

Und sie liebte diesen Mann, wenn sie ihn auch zugleich bemitleidete und ihn brauchte. Sie liebte ihn trotzdem.

»Liebe«, gab die alte Hippe mit mehr als zittriger Stimme zu bedenken, »Liebe« ist selbstlos, niemals nur sinnlich. Ellen war außerstande, sich an einer Unterhaltung zu beteiligen, deren Thema so weitläufig war, daß es nur instinktiv begriffen werden konnte.

Sie hob die Arme. Liebe war es, ob selbstlos oder sinnlich, die ihren Brüsten die jugendliche Haut und ihren von Blättern gemusterten Hüften die weichen Mulden wiedergegeben hatte; die von ihren schwarzen Lehrmeisterinnen rituell abgesengten Härchen in ihren Achselhöhlen regten sich wieder.

Ihr Gesicht konnte sie nicht sehen, es sei denn, sie wandte es ihm zu, damit es sich in seinem Gesicht spiegelte.

Die täuschenden Vorstellungen von Schönheit und aufgehobener Zeit verstärkten sich, als der Tag zur Neige ging. Die Vögel, die auf den zwischen Bäumen aufgehängten Trapezseilen balancierten, hatten sich an die Eindringlinge gewöhnt und ließen sich, schien es, an Lichtstreifen herab. Einige wurden noch aus halber Höhe von der Angst zum Himmel hinauf katapultiert, andere landeten, erst noch flatternd und trippelnd, wie braune Blätter und suchten pickend in lockerer Erde und in den Spalten zwischen abgefallener Rinde nach Nahrung.

Von Rastlosigkeit erfüllt, stand sie am späten Nachmittag auf und wanderte auf eigene Faust ohne besonderes Ziel davon; sie geriet dabei in ein Dickicht und stieß danach auf einen von Lilien übersäten Teich. Die Schönheit der Blumen widersprach den Erfahrungen, die sie als Sklavin bei den Schwarzen gemacht hatte, aber ohne sich davon stören zu lassen, sprang sie hinein und tauchte nach den Wurzeln, wie sie es bei den eingeborenen Frauen gesehen hatte. Sie war, so schwerfällig und ungeschickt sie sich dabei anstellte, entschlossen, ihrerseits etwas beizutragen und ihm Lilienwurzeln zum Essen zu bringen.

So fand er sie, aus dem Wasser auftauchend, vor: atemlos, glotzäugig und halb blind, mit verworrenem Haar und Schultern, die vom glitzernden Wasser troffen.

Er kauerte sich am Rand des Wassers neben den aufgehäuften Lilienwurzeln hin. »Eine Lady hab' ich befrei'n woll'n«, rief er, »nicht eine Eingeborene, eine *Lubra*!«

»Aber hungern willst du auch nicht, wie?« sagte sie prustend. »Selbst wenn du'n Gentleman wärst.«

Worauf er ins Wasser schlüpfte und auf sie, die vor ihm zurückwich, zuruderte. Es war traurig, daß dabei das Lilienbeet durcheinandergeriet, aber so mußte es sein, wenn sie sich wieder miteinander vereinen wollten, und letzten Endes war dies auch der Zweck des Teiches: daß sie sich fingen, sich einander entzogen, zusammenstießen, lachend tauchten und, den Mund voll von schlammigem Wasser, wieder hochkamen.

In den Lücken zwischen dem zerstückelten Linienfleisch schnitt er das Wasser mit der flachen Hand und spritzte es ihr ins Gesicht. Diesen Jungentrick konnte sie nicht nachmachen, hielt aber auf ihre Weise mit, indem sie platschend Wasser schöpfte und ihm Händevoll davon ins Gesicht schleuderte.

Er packte sie an den schlüpfrigen Handgelenken, und sie küßten einander, umschlangen sich, ließen sich dann wieder los und torkelten aus dem Wasser. Ihre Schmerzen machten sich jetzt wieder bemerkbar. Er bückte sich und streifte einen Blutegel bei ihr ab.

Während sie – glücklich, würde sie es genannt haben – am Ufer lagen und sich ausruhten, spürte sie wieder die Rastlosigkeit in sich, und ihre Augen streiften über die Zweige eines Baumes hin, der nicht weit von dem fürsorglichen Wasser stand. Sie mußte daran denken, wie die Schwarzen sie angetrieben hatten, auf einen Baum zu klettern und ein Opossum aus einem Astloch zu holen, und wie sie, als sie abgehärtet genug war, regelmäßig auf Bäume gestiegen war und nach Vogelnestern und wildem Honig gesucht hatte. Es war oft schwierig und aufreibend gewesen, dieser Baum aber war mit Zweigen ausgestattet, die fast einer Leiter mit Sprossen glichen.

Sie konnte der Versuchung nicht widerstehen.

Jack, der Sträfling, ihr Retter und Geliebter, mußte eingenickt sein. Seine Hand, die wie ein Schloß war, hatte sich leicht geöffnet und ließ sie damit frei. Sie bewegte sich vorsichtig von ihm fort, erinnerte sich dabei, ohne sich daran erinnern zu wollen, an jene andere Hand, auf die sie unabsichtlich getreten war. Sie wollte diesen schlafenden Mann nicht verletzten, der sich auf sie verließ und den sie aufrichtig liebte.

Tief atmend begann sie zu klettern, setzte ihre gedunsenen Füße gespreizt auf die rußigen Sprossen. Sie genoß es, alleine etwas zu unternehmen, das sie gleichzeitig von Schuldgefühlen frei machte. Als sie höher hinaufkam, traf die Sonne sie mit eben dem Goldschimmer, mit dem sie das Laub überzog.

»He! Ellen!«

Auch Jack Chance kletterte herauf, aber sie wagte es nicht, nach unten zu sehen. Sie hatte Angst, sie würde fallen. (Oder waren es die zerschundenen Hände, die verrotteten Zähne?)

Die von ihrem Gewicht belasteten Zweige erbebten und umschwenkten sie wie quastenbesetzte Fächer. Gemeinsam mit Licht und Luft waren sie bei diesem verwegenen Unternehmen ihre Verbündete. Sie bekam nur vage mit, daß die Stacheln, mit denen der schwarze Stamm bewehrt war, ihre Haut aufschlitzten. Sie faßte einige Male nach ihrem Blätterschurz, um sich zu vergewissern, daß er auch hielt. Einmal traute sie sich doch, nach unten zu blicken, und da sah sie den an einer Ranke baumelnden Ring und nicht weit darunter den Schädel des Sträflings dunkel vom Wasser, nur an dem Wirbel in der Mitte nicht, wo die gebräunte Kopfhaut durchschien.

Sie spürte ein Würgen in der Kehle, war es allein aus Mitgefühl? Daß sie dem Mann davonklettern konnte, machte sie weniger abhängig von ihm. Sie spürte wieder so etwas wie einen Krampf, fand aber nicht die Zeit, sich darüber klarzuwerden; zu nahe war sie bereits am Wipfel des Baumes. Sie streckte den Kopf zwischen den Zweigen vor und klammerte sich schwankend und atemlos vor der auf sie eindringenden Dunsthitze an.

Wäre sie allein gewesen, sie würde, vom Baum und ihrem Frohlocken auf und nieder geschwenkt, hier endlos gehangen haben, unter diesen Umständen aber hielt sie es für richtig, ihn zu warnen: »Es ist besser, du kletterst nicht höher, Jack. Sonst brechen die Zweige noch unter uns.« Das war eine Binsenwahrheit, und so klang ihre Stimme unsicher.

Er hielt sich nicht an ihren Rat, sondern schien um so beharrlicher entschlossen, sie zu erreichen oder sie mit sich in einem Katarakt aus flammendem Licht und Grün zum Sturz zu bringen, tief hinunter und gemeinsam in die Erde hinein.

»Jack!« rief Mrs. Roxburgh und diesmal im Befehlston. »Ich verbiete dir das! So ein Wahnsinn!«

Aber er gehorchte nicht, und in ihrer Wut kletterte sie zu ihm hinab. Sie mußte ihm dabei mit dem Zeh ins Gesicht gestoßen haben, aber sie bedauerte das nicht. Es hätte ihr nichts ausgemacht, wenn sie dieser Bestie ein Auge ausgestoßen hätte. Sie hatte nicht den Wunsch, zu sterben – auch nicht dann, wenn es ihr geliebter, rechtmäßiger Ehemann von ihr erwartet hätte.

Als sie auf einer Höhe mit dem Sträfling war, stieß sie keuchend hervor: »Willst du uns umbringen?« In dieser Höhe war der Mast zwischen ihnen noch geschmeidig genug, so daß er schwankte, wenn auch weniger bedrohlich.

Durch die Anstrengung waren seine Augen dumpf geworden: Nie hatten sie blasser, nie so verloschen gewirkt. »Wenn du mich liebst«, flüsterte sie ihm zu, »glaubst du dann nicht auch an meine Dankbarkeit und – Liebe?«

Aber das brachte keinen Glanz in seine Augen; vielleicht lag es daran, daß sie die Dankbarkeit erwähnt hatte. Obwohl er schweißüberströmt war, fühlte seine Haut sich kalt an, die sie, indem sie sich um den Stamm herumschob, zu wärmen suchte; sie preßte sich an ihn, so gut es ging, und rieb und knetete mit der freien Hand seine Hüfte, seine Schulter und die Sehnen an seinem Hals.

»Jack?« Seine Lippen waren kalt und dünn wie ein Strich.

So runzelte Mrs. Roxburgh die Stirn und seufzte und blickte in ihrer Verzweiflung durchs Laub nach draußen ins Freie.

»Mein Gott«, rief sie, »das muß eine Scheune sein! Oder vielleicht sogar ein Haus? Und nur wenige Meilen entfernt. Sind das nicht bebaute Äcker? Oh, Gott sei gelobt! Es ist vorüber!«

Bevor ihr die Tränen in die Augen schossen, erkannte sie, die unter Vieh gelebt hatte, das, was von hier wie Maden oder Kokons wirkte, als Schafe.

»Ah, mein Gott!« brach es aus Ellen Gluyas heraus, und dann murmelte sie: »Leben, aah *Leben*!« Sie hatte kaum das nachgiebige Gatter beiseite geräumt, da kamen sie schon, wollig vorbeitrottend, und lockten die Erinnerung vor.

Er sah in die Richtung, in die sie gezeigt hatte. »Das' 'ne Farm, klar – einige Stunden zu Fuß, würd' ich sag'n. Das' Oakes, schätze ich. Und dahinter in der Ferne siehst du den Fluß. 'ne bösartigere Schlange als den Brisbane River gibt's nirgends sonst in der Welt.«

Seine Stimme klang möglicherweise zu nüchtern, zu sachlich und abgemessen, hätte sie es sich genauer überlegt, aber sie konnte nun nicht mehr abwarten, sie wollte festen Boden unter den Füßen haben. Sie glitt hinunter. Ihr Haar machte ihr Sorgen, es war immer noch reichlich kurz, als wäre es ihr wegen eines Verbrechens, das sie begangen hatte, abgeschnitten worden.

»Meinst du, die werden uns für menschliche Wesen halten?« fragte Mrs. Roxburgh ihn, als er neben ihr stand.

Sie konnte nicht aufhören, ihr Haar, ihre Arme, ihre wimpernlosen Augenlider zu betasten, während er ihr die ermutigende Bestätigung vorenthielt, auf die sie hoffte. Schweigend erreichten sie ihre Unterkunft.

Es wurde allmählich Abend, war aber dunkler, als es hätte sein sollen; nach dem Licht zu urteilen, war mit Sturm zu rechnen.

»Wir haben wenigstens noch was zu essen«, bemerkte Mrs. Roxburgh. »Wir brauchen unsre ganze Kraft für die letzte Strecke. Sollten wir nicht vorher was essen?«

»Aber siehst du nicht, der Sturm kann jeden Moment losbrechen.«

»Vor Stürmen habe ich keine Angst. Ich habe schon zu viele erlebt.« Sie machte sich über die Reste vom Emu her. »Iß!« befahl sie ihm. »Es ist genug da.«

»Ich hab' keinen Hunger«, murmelte er.

Obwohl sie sich, was das Essen anging, an diesem Abend einigermaßen zimperlich anstellte, verschlang Mrs. Roxburgh am Ende doch das sehnige Fleisch, nachdem sie die Ameisen weggewischt und einige Maden entfernt hatte. »Unsre ganze Kraft«, wiederholte sie kauend.

Er saß, ohne zu essen, da und sah auch nicht zu ihr hin.

»Oh, Jack«, rief sie mit vollem Mund, »du bist doch nicht – eingeschnappt, oder? Oder ist es wegen des Sturms? Ein Mann hat doch keine Angst vor Donner und Blitz.«

Er blieb ihr die Antwort schuldig.

Gewissensbisse überkamen sie, weil sie ihm Vorwürfe gemacht hatte, wo sie doch wußte, weswegen er schwieg. Sie war seiner Feinfühligkeit einfach nicht gewachsen. *Gluyas' Ellen, ein regelrechter Vielfraß – und im übrigen eine lüsterne Nutte.* Selbsterkenntnis veranlaßte sie, die Bissen hinunterzuschlingen und dann erbarmungslos zu rülpsen.

Daraus wurde ein heftiger Schluckauf, als sie nicht weit entfernt einen älteren Eingeborenen entdeckte. Er mußte sie zufällig aufgespürt haben. Er war zu alt und zu ängstlich, als daß er sich sofort hätte zurückziehen können, und so stand er da und beobachtete sie furchtsam.

Jack Chance zögerte nicht und versuchte, den Fremden dadurch zu beruhigen, daß er mit ihm sprach. Der alte Mann murmelte nur zusammenhangslos.

»Was will er?« fragte sie, vom Schluckauf geplagt, heiser.

Der Sträfling gab sich weiter Mühe, mit dem Mann zu sprechen. Wenn der Eingeborene schwieg, dann wohl, weil der Anblick der Nahrung ihn geradezu hypnotisierte.

Der Sträfling hackte mit der Axt ein Stück von dem Kadaver ab. Der alte Mann nahm schweigend das Fleisch entgegen, versteckte es unter seiner Rindenhülle und verließ sie rückwärts gehend.

In ihrer Nervosität fragte Mrs. Roxburgh verzweifelt: »Was hat er gesagt?«

»Wir konnten uns nur schlecht verstehn. Sein Stamm lagert irgendwo westlich von hier, wie's scheint.«

»Aber wir hätten ihn festhalten sollen!« Niemand konnte ihr unterstellen, sie habe »töten« gedacht, weil niemand ihre Gedanken lesen konnte, oder wenn doch, dann weil sie verständlicherweise erregt war. »Er geht jetzt zurück, und dann kommen sie und bringen uns um, wenn wir nicht sofort aufbrechen.«

Er erinnerte sie daran, daß die Schwarzen sich davor fürchteten, nachts ihr Lager zu verlassen, und daß der Sturm sie obendrein davon abhielte.

Sie hätte sich vielleicht davon überzeugen und sich beruhigen lassen, wenn sie mittlerweile nicht eine so niedrige Meinung von sich selbst gehabt hätte. Es war auch der Schluckauf, der sie anhaltend peinigte, und hinzu kamen die schwarz geballten Wolken, die schon fast die Baumwipfel streiften, und der aufheulende Wind, der die Bäume umzulegen drohte. Sie wünschte, sie wäre noch das Mädchen, als das ihr die Launen der Natur durch das enge Zusammenleben mit ihr verständlich waren, oder die Lady, die sie durch Anpassung geworden war und sich dabei Manieren, eine gewisse Bildung und den Glauben an den Mann als Vernunftwesen angeeignet hatte (ob das auf den verurteilten Missetäter oder ihren so zerbrechlichen, verstorbenen Ehemann zutraf, wußte sie nicht mit Sicherheit zu sagen). Bei Lage der Dinge konnte Mrs. Roxburgh nur in ihre Unterkunft kriechen und hoffen, daß sich die göttliche Vorsehung ihrer annehmen werde. Sie mochte auch gewünscht haben, allein zu bleiben, hörte nun aber den Sträfling Jack Chance hinter ihr hineinkriechen.

Kurz danach brach der Sturm los. Der Regen, der ihm folgte, peitschte auf die trockene Erde, die Zweige und die hilflosen Blätter ein. Es dauerte nicht lange, bis die Nacktheit der innerhalb der Hütte aneinander gedrängten Kreaturen gänzlich überschwemmt war.

In einer Pause während dieser stürmischen Regenattacke schlug Mrs. Roxburgh zögernd vor: »Zum Schlafen kommen wir nicht, Jack. Wir sind bis auf die Knochen durchnäßt und in einer jämmerlichen Lage. Ist es nicht vernünftiger, wir brechen auf und versuchen, die Farm zu erreichen?«

Er, der zusammengerollt auf der Seite lag, ging auf sie nicht ein.

»Vielleicht kommt der Mond durch.« Sie erinnerte sich nicht, in welcher Gestalt der Mond zu erwarten wäre.

Was sie sah, war eine Lampe, die in einem Farmhaus auf dem Fensterbrett stand; sie hörte die Leute aus den Betten kommen, zur Tür laufen und jemanden ihresgleichen willkommen heißen.

Sie kaute auf dem Daumennagel und merkte, daß er bis aufs Fleisch abgenagt war.

»Du bist ein richtiger Spielverderber«, beklagte sie sich, »wo wir doch allen Grund hätten, zu feiern.«

Aber schließlich schien sich der Regen erschöpft zu haben; der Sturm ließ nach; ein stählernes Schimmern anstelle der totalen Finsternis hätte den Überlebenden in der Hütte Mut machen sollen.

Mrs. Roxburgh hatte immerhin so weit überlebt, daß sie gähnte und sagte: »Am meisten, glaube ich, freue ich mich auf meinen ersten Schluck Tee – aus einer Porzellantasse.« Dann, um ihren Diener zu erheitern, fragte sie: »Bist du auch so scharf auf Tee, Jack?«

Er konnte sich nur dazu bringen, vor sich hinzumurren: »Zu lange her, seit ich getrunk'n hab', was du Tee nennst. In der Siedlung war das bloß so 'ne grüne Soße, wenn der Krähenmann uns mal eine Prise verschaffte.«

»Woran dann«, versuchte sie es noch einmal, »erinnerst du dich? Was würdst du dir wünschen?«

Sie behandelte ihn, als wäre er ihr Kind, und schien jetzt so etwas wie Interesse in ihm geweckt zu haben. »Eine Mahlzeit mit gekocht'm Beef. Gemüse dazu. Erbsen v'lleicht.«

Er war ein einfacher Mann, und sie konnte nicht anders, sie hatte ihn gern.

Sie lächelte über ihre Großzügigkeit und über das herzhafte Mahl, das ihr Gefährte heraufbeschworen hatte, vor sich hin, er aber fuhr ihr dazwischen. »Das haben woll'n ist schön und gut«, hielt er ihr vor, »aber ob man's kriegt, ist 'ne andre Sache.«

Woraufhin er in sich zusammensank.

Sie war bestürzt, als sie ihn so in der Dunkelheit und Nässe vor sich hinwimmern hörte. »Aber Liebster – mein Liebling«, flüsterte sie und tätschelte das Kind, zu dem er geworden war, »du weißt, daß ich alles wieder gutmachen werde, was man dir angetan hat. Keiner täte so viel für dich wie ich« – sie hatte das Gesicht an seinen feuchten Nacken gelegt und weinte nun auch –, »nicht einmal Mab.«

Sie zwang ihn zu sich herum, so daß er ihr ins Gesicht sah. Sie drückte ihn an ihre nasse, lappige Brust, ihn, ihren kleinen Jungen, den sie in seiner Hoffnungslosigkeit und Verzweiflung so sehr bemitleidete.

Und wirklich nuckelte er einen Moment an ihrer Brust, nicht wie ein saugendes Kind, eher wie ein Lamm, das mit dem Maul gegen das Euter stößt, faßte sich dann aber und erklärte: »Mab ist der Grund, weshalb ich hier in die Strafkolonie kam.«

»Mab? Aber wieso?«

»Ich hab' sie umgebracht. Ihr den Hals durchschnitten.«

Sie zitterten, erschauderten in ihrer Umarmung.

»Desweg'n hab' ich lebenslänglich gekriegt.«

»Vielleicht gibt's einen Grund«, plapperte sie, »daß nicht *du* schuldig bist.« War es nicht so, dann mußten sie einen Grund finden, damit keiner sie als Komplizin dieses Mörders verdächtigen konnte.

»Oft gibt's Gründe, daß Unschuldige verurteilt werd'n, aber die Richter sehn das nun mal so – wenn sie's nicht schwarz auf weiß vor sich hab'n.«

Er preßte seine Arme noch fester um sie, als wollte er sie ins Unrecht hineinziehen und sie noch dichter an das von ihm begangene Verbrechen heranrücken.

»War sie dir – untreu?« sagte Mrs. Roxburgh keuchend und hielt aus gutem Grund inne.

»Ja. Das war sie. Mab, stellt' ich fest, hatte sich mit ei'm jung'n Bursch'n eingelassen, ei'm Schwertschlucker und Feuerspucker. In der Nacht, wo ich sie erwischte, haute er ab. Mab war ganz durcheinander. V'lleicht dachte sie, sie könnt' mir beweis'n, was sie mir wert war, schlug also einfach die Decke zurück und zeigte mir, was sie zu biet'n hatte. Aber kriegte mich damit nicht rum. Ihr Galan ließ die Dinger, die er bei sei'm Job brauchte, zurück, als er verduftete, und so kam's, daß Mab – daß wir beide Unheil über uns bracht'n.«

Die Nacht war still geworden, nur ein einzelner Vogel huschte vorüber, und ein letzter Regenguß platterte nieder.

»Hältst mich für schuldig? Hm?« Ihr Monstrum von Kind stieß nach ihr und knuffte sie, um sich von ihr seine Unschuld bestätigen zu lassen.

Sein Verlangen wurde noch entschiedener, die nassen Hände schienen entschlossen, sie zur Vergebung zu bewegen.

Sie dachte nach und sagte: »Ich glaube, viele haben Menschen getötet, die sie liebten – aus weniger schwerwiegenden Gründen.«

Sofort nahm er die Hand von ihrem Hals und küßte sie über und über mit seinem vom Regen nassen Mund, aus dem ihm in seiner Erleichterung der Speichel troff.

»Da siehst du, Ellen, da! Ich wußte, daß wir uns verstehn würd'n.«

Aber war das wirklich so? Da sie jetzt wieder Liebende waren, konnte er sie der Untreue verdächtigen und sie in der Nacht mit seiner kleinen Axt umbringen.

Sie hatte nur den Wunsch, ohne Schmerzen zu sterben, wußte aber zugleich, daß sie den Tod nicht wollte. Als er sie in der feuchten Dunkelheit betastete und sie an sich zog, hoffte sie nur, daß sie ihn in seinen Erwartungen nicht enttäuschen würde.

Als er sein Verlangen an ihr gestillt hatte, sagte er abrupt: »Du warst nicht mit'm Herz'n dabei. Es ist, als wär's für dich vorbei.«

»Oh«, stöhnte sie, »alle Knochen tun mir weh!«

»Nicht mehr als sonst, würd' ich sag'n.«

»Du darfst nicht zu viel von mir erwarten. Du weißt selbst, daß du Mab nach wie vor liebst.« Es gab für sie keinen Grund mehr, ihm mit Bitterkeit oder Vorwürfen zu kommen.

Er streichelte sie, schien aber dabei abwesend.

»In der Nacht, in der ich Mab erledigt hab', wußt' ich nicht, was sollt' ich als erstes tun. Ich kam nicht auf die Idee, daß der junge Bursche die Familie, bei der sie wohnte, warnen und ihr die Situation, in der ich war, schildern könnte. V'lleicht hatt'n die Leute selbst was gehört und kamen, um nachzusehn. Aber das tat'n sie nicht. Der Schwertschlucker, schätz' ich, war froh, daß er so unauffällig und schnell abhauen konnte und nicht reingezog'n wurde in den Schlamassel. Mab – ich weiß nicht. Sie nahm's hin, wie's mit ihr kam. Sie gab kein' Laut von sich und regte sich nicht, auch als sie wiss'n mußte, daß es mir ernst war.«

Er sprach mit einer Wärme und einer Eindringlichkeit, wie sie es noch nicht an ihm erlebt hatte; was er ihr erzählte, vermutete sie, hatte er noch keinem vorher erzählt.

»Ich blieb in ihr'm Zimmer, war doch alles egal. Ich konnt' einfach nicht denken, nur immer an Mab. Das war so eine elende Bude, in der sie wohnte. Kaum Möbel drin. Eine große Frisierkommode, womit die Familie, die ihr das Zimmer vermietet hatte, nichts anfangen konnte. Da hatte Mab ihr bißchen Zeug drin. Nicht viel mehr – nur noch ein Waschbecken auf'm Fußboden ohne Ständer dafür – ein Nachttopf, den sie aus'm Fenster leerte – ein Stuhl, wo der Sitz fast ganz raus war. Ich wußte, wie hart das Bett war, hab's aber nicht jedesmal gemerkt. In der Nacht hab' ich alles bis in die letzte Ecke auswendig gelernt. Und Mab, Ellen! Ich war nie schlimmer verliebt in sie, und sie hatte nie größ'res Vertrau'n zu mir als in dieser letzt'n Nacht.«

Aber es war Ellens Hals, den er mit neu aufkommender Leidenschaft küßte, aber sosehr sie seit Anfang der Dunkelheit von Angst, Grauen und auch Vorsicht durchwühlt war, sie ging, merkte sie, voll auf ihn ein. Sie durfte nicht vergessen, daß sie morgen wieder Mr. Austin Roxburghs Witwe sein würde und sich nicht nur für einen Mörder, sondern auch einen Mann einsetzen mußte, der ihr das Leben gerettet hatte.

»Das ist mehr, Ellen, als irgendwer von mir weiß. Und sicher wirst du das geg'n mich aussag'n.«

Mrs. Roxburgh wollte nicht lügen, aber auch nicht die ganze Wahrheit sagen. »Erinnern werde ich mich nur an das«, erklärte sie ihm, »was du von mir als Zeugin für richtig hältst«, denn ihr Verlangen nach Liebe hatte sich wieder eingestellt.

Nach einer Weile hörte sie ihn sagen: »Ich hab' jetzt meine Sinne wieder beisamm'. Ich wußte doch, daß ich bis morg'n nicht bleibe.«

Sie hatte gedöst und fuhr auf, begriff aber zuerst nicht, daß der Morgen, auf den er sich bezog, nicht ihr Morgen sein würde.

»Ich erinnre mich noch, wie einmal eine Freundin von Mab schon vor Tagesanbruch kam und die beiden Mädchen zum Markt ging', um die Kresse zu besorg'n, die sie verkauft'n. Ich dann raus aus dem Haus und machte mich auf den Weg nach Putney, unterwegs aber überlegte ich's mir. Ich kaufte mir 'ne Hacke und eine Laterne und ging zu den Hafenarbeitern. Bekam da in den Abwasserkanälen Arbeit. Lebte ziemlich gut von den wertvollen Sachen, die man da unten findet. Erstaunlich, was alles so in die Kanalisation gekippt wird. Hatte es wirklich gut, abgesehn von der Luft, an die man sich erst gewöhn' muß. Und an die Ratten. Das ist noch das Schlimmste. Die gehn auf ein' los, wenn man nicht aufpaßt. Und ihr Biß geht tiefer und ist dreckiger als die verfluchte Peitsche in Moreton Bay.«

Er lachte, und mittlerweile gelang es auch ihr, das Ganze als einen, wenn auch düsteren Witz zu sehen. Sie fand sich verpflichtet, ihm in die unterirdische Dunkelheit, durch die er sie führte, zu folgen, ungeachtet, wie sehr die stehende Luft stank und sie das Rascheln und Platschen der Ratten erschreckte. Es war ihr immerhin nicht bestimmt, gebissen zu werden. Sie suchte, sich an den Schlamm zu gewöhnen, und durchwühlte ihn bis zu den Ellbogen nach »wertvollen Sachen«, wobei sie hoffte, einen Sovereign oder mindestens einen silbernen Löffel zu finden. Ebenso inständig aber hoffte sie, daß es ihr erspart werden möge, mit einer ertrunkenen Katze in Berührung zu kommen.

»Ich brachte meine Beute immer zu einem Juden in Stepney, der mir die Hälfte zahlte von dem, was es wert war. Aber mich zu beschwer'n, dazu reichte die Position nicht, in der ich mich befand. Mir genügte es, wenn ich mir den Bauch vollschlagen konnte und 'n Bett zum Schlafen hatte – 'n bißchen Kleingeld braucht' ich allerdings auch, um die Wache zu schmieren, wenn sie 'n schlecht'n Tag hatte. Da sind Schenken genug in Stepney und Wapping, in denen trieb ich mich rum – blieb nie zu lange –, an den Gesichtern erkennt man, wenn die Polente mal wieder auf Streife ist. Da nahm ich 'ne heiße Mahlzeit zu mir – Mehlklöße dazu, wenn ich richtig hungrig war – und hab' mich verpißt. Pennte in einem der Häuser am Fluß, die offen für Leute wie ich war'n. War die Bude voll, dann gab's schon mal einen umsonst für alle. Ping'lig war keiner – auch die Wanzen nicht. Von den Weibern ganz zu schweig'n.«

Von denen brauchte er auch nicht zu reden. Er konnte nicht ahnen, wie sehr sie an allem teilnahm. Aus Scham oder in der Hoffnung auf Vergebung drückte sie sich noch enger an ihren unschuldigen Retter.

»Zu Ende mit mir«, sagte er, »ging's dann in dieser Hütte in Putney – die schönste Gegend, die man sich vorstell'n kann. Und dann meine Vögel da. 'türlich, ich wußte, es mußte Schluß mit den Vögeln sein. Aber ich war doch stolz auf das alles. Wollt' mir das noch mal ansehn. Und so ging ich da eines Abends im Dunkeln hin und schlich mit der Laterne rein. Es roch – roch wie der Tod selbst – nach Vogelscheiße und tot'n Vögeln. In den Käfigen nichts als Skeletts in Federn. All meine Hänflinge und Finken. Ich hatte auch 'n paar Nachtigallen. Na ja – so leise ich war und immer nur mit der Laterne, eine Frau, die an der Ecke wohnt, muß wohl doch was gemerkt hab'n und kommt rein und sagt, sie hätt' alles für die Vögel getan, bis es ihr mit dem Geld zuviel wurde. Ich glaub', sie war ehrlich. Ihr Alter war's, glaub ich, der mich verpfiff. Konnt' ihn nie leid'n. Einer von dies'n Krakeelern. Und prompt am andern Morgen kommt die Polente. Fand'n mich im Obstgart'n unten am Fluß. Ich kriegte doch den Gestank von den toten Vögeln nicht aus der Nase. Und für den Fluß hatte ich schon immer was über – schon von Hartfordshire her, wo ich als Junge gelebt hab'. Der Fluß, ja – manchmal hat er die Farbe von Tauben, beides, Himmel und Wasser. Ich liebe den Fluß. Na ja, und dann kamen sie. Es war Zeit, nehme ich an. Was hätt' ich andres tun könn'?«

Er gähnte, als wäre er erleichtert, das alles erzählt zu haben, und muß bald danach eingeschlafen sein.

Sie konnte nicht abschütteln, was sie vor Augen hatte. Sie sah vor sich die Hülse eines Vogels mit verkrümmten Klauen, der zwischen verstreuten Samenkörnern im kotigen Sand auf dem Rücken lag. Die aufgeschlitzten Augenlider verschwammen als letztes vor ihr.

Sie hatten sich gelöst und schwebten malvengrau durch den Obstgarten und über das taubenfarbene Wasser.

Während sie mit zuckenden Wimpern dalag, nahm das Innere der Laubhütte die Stelle des magisch vorübergleitenden Traums ein. Es mußte noch sehr früh sein, denn das Licht schimmerte stählerner als bei Tagesanfang. Während der Nacht war die Feuchtigkeit durch die Wärme ihrer Körper getrocknet. Geblieben war der vertraute, wenn auch stärkere Fuchsgeruch.

Mrs. Roxburgh richtete sich so weit auf, wie es die niedrige Blätterbedachung erlaubte. Ihre Glieder waren steif und schmerzten, aber weniger verkrampft und verkrüppelt würde sie sich auch in einer vornehmeren Umgebung nicht gefühlt haben. Sie hatte vielleicht erwartet, an so einem Tag mit einem Gefühl der Freude zu erwachen oder in einem Tumult wilder Empfindungen davongetragen zu werden, aber über dies alles hinweg wußte sie, daß sie auf jemanden aus einem bestimmten Grund böse war.

Sie stieß mit dem Fuß gegen seine Schenkel. »Wach auf!« rief sie. »Wenn es so weitergeht, ist die Sonne längst hoch, bevor wir aufbrechen.«

Irgend jemand mußte der Auffassung sein, daß die Situation Strenge von Mrs. Roxburgh forderte, und so stieß sie noch einmal zu und verletzte sich am Zeh. »Jack? Herrgott nochmal!« Sie hätte weinen können, weniger wegen der Schmerzen, eher weil es ihr nicht gelingen wollte, Würde und Autorität hervorzukehren. »Die Schwarzen kommen bestimmt«, schrie sie ihn an, »nachdem der alte Mann sie gewarnt hat. Und alles ist dann vorbei, für mich und – für dich auch, vielleicht.«

Sie versetzte ihm einen letzten, etwas sanfteren Tritt und kroch nach draußen.

Ächzend krümmte sie sich, als läge die Bedachung noch auf ihrem Kopf und drückte ihn hinab auf die Schulter, wußte aber, daß ihre Wut sich gegen sie selbst richtete. Ihre Stärke lag vielleicht in ihrer Fähigkeit zur List und in ihrer Hartnäckigkeit, von denen das eine möglicherweise durch die Anwesenheit eines Mannes herausgefordert worden, das andere aber auch von ihm abhängig war: Sie wollte zwar überleben, wäre aber zweifellos gescheitert, wenn der Sträfling sie nicht mit sich geschleppt hätte. Natürlich hatte er die Kraft, die körperliche Kraft dazu, schien aber auf dieser letzten Wegstrecke die moralische Stärke von ihr zu fordern, die sie ihm im Anfang vorschnell verheißen hatte.

Während sie jetzt im grauen Morgenlicht dastand und sich Arme und Schultern rieb, war es nicht der Sträfling, auf den ihre Verachtung zielte, es war ihr schwankendes moralisches Ich, auf das sie ganz und gar angewiesen war. Erregung, gemischt mit Heiterkeit, ließ sie erschaudern, während sie die Landschaft betrachtete und sich der Macht bewußt wurde, die der einzelne auf die Seele eines anderen ausüben kann.

Sie hörte ihn im Innern der Hütte seufzen, gähnen, husten und unwillig ins Leben zurückkehren. Sie bedauerte, ihn getreten zu haben, und überlegte, wie sie das gutmachen könnte. Er würde kaum glauben, daß ihre Wut sich nicht gegen ihn gerichtet hatte, wo ihr selbst dies doch auch erst hinterher klarwurde.

Schließlich kam er und gesellte sich ihr in dem von Licht durchzitterten Morgen, und sie sagte schlicht: »Es tut mir leid.«

»Was?« Diese Schlichtheit seinerseits machte es für sie um so schwieriger; dabei war er gar nicht so einfach, wie es sein Leben und sein Schicksal bezeugten.

»Brechen wir sofort auf«, sagte sie, »an diesem Tag, der so wichtig ist.«

Sie nahm seine Hand, und eine Weile gingen sie nebeneinander her. Er blieb nur wenig zurück, und an diesem Tag war sie es, die führte; die Hand, die sie hielt, war wie leblos.

»Was tut dir leid?«

Er kam wieder auf etwas zurück, das sie in der Hoffnung vergessen wollte, daß sein manchmal vorherrschendes schlichtes Wesen auch ihn dazu bringen würde, das Thema fallenzulassen. Doch schien es, als überwögen seine Zweifel.

»Wolltst dich für das entschuldig'n, Ellen, was wir einander gewesen sind, wie?«

»Wie kannst du nur so etwas fragen? Manchmal bist du aber auch kaum sehr taktvoll, Jack!« An ihrem Hals hätte die Röte sichtbar werden können, die ihrer Verlegenheit entsprang, wäre er nicht von Dreck verkrustet gewesen und ihre Haut so rauh wie Rinde geworden; sie wußte, und das war noch schlimmer, daß die Röte überdies von der Wut verursacht war, die sie gegen sich selber hegte.

»Oh, ich bin wahrhaft'g nicht das, was man ein' Gentleman nennt. Ich find' nicht immer die richt'gen Worte. Und handle so, wie ich fühle. Ich dachte, du wüßtest das mittlerweile.«

»Ja, natürlich weiß ich das!« erwiderte sie mit fester Stimme nachdrücklich und trocken. »Und *du* müßtest wissen, daß es mir in meiner Zuneigung zu dir nicht schwerfällt, deine Fehler zu übersehen.«

Weil sie in ihrer Verlegenheit seine Hand losgelassen hatte, gelang es ihr jetzt, das Schrittempo zu verschärfen.

Und was würden die anderen sagen? fragte sie sich, als der Abstand zwischen ihnen ihr erlaubte, persönlicheren Gedanken nachzuhängen. Selbst wenn der begnadigte Sträfling sich an die Anstandsregeln hielt, würde die Gesellschaft dann nicht sie in seinen Augen oder, schlimmer noch, den Sträfling in ihren Augen gespiegelt sehen?

Sie schritt oder stolperte voran, hinein in die Sonne, die sie blendete. Sie hörte ihn schwerfällig folgen, wie ein Tier eher als ein Mann.

Keuchend rief sie über die Schulter zurück: »Bist du sicher, daß dies der richtige Weg ist?«

»Wenn nicht, dann sind wir jedenfalls nicht weit ab«, murmelte er eher auf den Boden vor sich hin.

Sie wußte ziemlich genau, daß ihr Instinkt und ihre Verzweiflung sie auf direktem Wege zu der Farm führen würden, die sie am Abend zuvor ausgemacht hatten, aber jetzt zehrte die Anstrengung an ihren Kräften.

Also blieb sie stehen und wartete auf ihn. »Bist du müde?« fragte sie ebenso fürsorglich wie erwartungsvoll.

»Besonders frisch fühl ich mich nicht.«

Die Ränder unter seinen blutunterlaufenen Augen hatten sich vertieft. Wie würden Leute, die ihn nicht kannten, geschweige denn als Liebhaber kennengelernt hatten, dieses Wrack von einem Mann empfangen?

In Gedanken ständig mit dem, was unvermeidlich war, befaßt, stieß sie aufgeregt hervor: »Ich seh sicher zum Fürchten aus, Jack, hm? Und mein Haar erst!« Das bekümmerte sie mehr als ihre Nacktheit, denn Haar ist immerhin ein Vorhang, hinter dem man sich zur Not verstecken kann.

»Ich kann mir nicht denk'n, daß dich die Leute da kenn'.«

Er wischte ihr über den Mund und küßte sie. Das wäre nicht unnatürlicher als zuvor gewesen, befände sie sich nicht im Begriff, in das zurückzukehren, was man gemeinhin als Zivilisation bezeichnet, und das nackt wie ein neugeborenes Kind.

Es war dies der Moment, in dem Mrs. Roxburgh an sich hinunter sah und entdeckte, daß der Blätterschurz verlorengegangen war, den sie als Zeichen der Sittsamkeit getragen hatte; weit schlimmer aber war, daß ihr damit auch der zwischen den Blättern verknotete Ehering abhanden gekommen war.

Tief erschüttert begann sie zu weinen. »Wir müss'n zurück! Was meinst du? Hab' ich ihn bei dem Wasserloch gelass'n? Oder in der Hütte?« Sie konnte sich nicht erinnern. »Die einzig'n Stell'n, die in Frage komm'. Mein Ring!« stöhnte sie.

»Du führst dich auf wie 'ne blöde Kuh«, sagte er.

Und wenn schon – sie war einfach zu müde, zu zerschlagen und vor der Zeit häßlich, war leichtfertig selbst in ihren besten Momenten oder vielleicht nur jemand, gegen den die Umstände sich verschworen hatten.

So sagte sie: »Du bist einfach unfähig, zu begreifen. Mein Ehering!«, und wandte sich ab, um ihren Weg fortzusetzen.

»Was hast du an dem Ring – bringt er dir etwa dein' Mann zurück?«

Sie hatte ihn bereits hinter sich gelassen; sie haßte diesen als Mörder verurteilten Mann.

»Aber auch ohne Ring sind wir geword'n, was wir füreinander sind.«

Sie gab sich, so recht er mit seiner Unverschämtheit hatte, nicht geschlagen; er mußte hinter ihr herlaufen und schlug sie, als er sie eingeholt hatte, mit der flachen Hand auf den Kopf. »Wenn du von den Schwarzen erwischt werd'n willst, dann geh – viel Glück, und sieh zu, daß du klarkommst!«

Sie fiel zu Boden, und er setzte sich neben sie hin und wartete darauf, daß sie sich wieder faßte.

»Du hast oft recht, Jack. Ich sehe es nur nicht immer ein.«

Er blickte hilflos und erschöpft zu ihr, der es nicht anders ging.

Aber sie raffte sich auf.

»Es kann nicht mehr weit sein«, sagte sie, obwohl die Strecke, die sie hinter sich gebracht hatten, weit kürzer schien als das, was noch vor ihnen lag; sie hoffte fast, daß es so sein möge.

Als sie wieder auf den Füßen standen, humpelte sie voran und übernahm die Führung, was er auch von ihr zu erwarten schien. Sie mußte wahrhaftig zum Fürchten aussehen; am heftigsten schmerzten sie ihre zerschundenen Füße; die feuchte Kälte der Nacht saß ihr noch in den Gliedern; am unerträglichsten aber marterte sie wie immer gegen Mittag die brennende Sonne. Die vor ihr verschwimmende Landschaft ließ sie befürchten, daß sie von Fieber befallen sei.

Sie verlangsamte ihre Schritte, und als er auf ihrer Höhe war, grinste sie ihn wild und eindringlich an. »Wir müssen uns gegenseitig helfen, nicht war? Ganz gleich, was bei alldem herauskommt.«

»Ja«, erwiderte er mit einer Teilnahmslosigkeit, in der sich nichts von den Gefühlen ausdrückte, auf die sie gehofft hatte; noch verriet sein durch einen Schleier von Schweiß herüberstarrender Blick, ob er in seinen Gedanken überhaupt mit ihr befaßt war.

Aber nach einer weiteren kurzen Wegstrecke legten sie vorstrauchelnd die Arme umeinander, als wären sie ein Herz und eine Seele.

Sie erzählte ihm: »Selbst im Mittsommer war das Wasser, das man aus der Quelle unter dem Ahornbaum heraufholte, so kalt, daß es einem den Atem verschlug. Pa fand sie eines Tages, er hatte die Hände eines Wünschelrutengängers. Die Rute schlug bei mir auch aus, aber nicht jedesmal.« Sie seufzte. »Es war das kälteste Wasser, das ich je erlebt habe.«

Und das, während sie hier über die glühenden Steine tappten und über ihnen ein Vogel lachte.

»Hab' ich dir je erzählt, Jack, wie ich einmal ganz zur St.-Hya's-Quelle gegangen und in das Wasser getaucht bin? In den Tag'n pilgerten die Leute weg'n ihrer Krankheit'n zu dem Heiligen. Wesweg'n ich hinging, weiß ich nicht mehr, jedenfalls jetzt nicht hier in der Ferne. Weiß auch nicht, ob ich geheilt wurde. Ich glaub' nicht, daß einer von dem geheilt wird, womit er gebor'n ist. So jedenfalls denk' ich heute darüber.«

Woran sie hierbei dachte, war die Zeichnung in einem Buch, das sie in Mr. Roxburghs Bibliothek gefunden hatte und auf der die Einwohner zu sehen waren, die aus den Städten in der Ebene flohen. Was immer sich ereignet haben mochte, die Paare hielten sich ebenso verzweifelt umschlungen wie sie und der Sträfling und waren auch nackt. Wegen ihrer Nacktheit hatte sie ihren Mann nicht gebeten, ihr das Bild zu erklären.

Jetzt, wo sie von einer Hölle in eine, mochte der Empfang in Moreton Bay noch so aufwendig sein, vielleicht noch schlimmere flohen, stützte sich dieser Mann so schwer auf sie, daß sie nur hoffen konnte, ihrerseits nicht eine ähnlich niederziehende Last zu sein. An körperliche Kraft glaubte sie nicht mehr, es war allein der Wille, der zählte.

»Meinst du, du wirst in die alte Heimat zurückfahren, wenn wir wieder in der Zivilisation sind?« Ihre Zähne klackten, als hätte sie Kiesel im Mund. »Oder vielleicht sind die Erinnerungen zu schmerzlich, die dort in dir wach werden.« Ihre Hand hatte sich von ihm gelöst, ihr Arm aber glitt wie aus Papier auf und nieder an seinen Rippen. »Sydney, heißt es, ist eine aufblühende Stadt. Ich würde zu Sydney raten. Ergreifst da einen Beruf, bei dem du mit dem Geld, das man dir zahlt, auskommst. Mein Mann wird dir dabei großzügig unter die Arme greifen – darauf kannst du dich verlassen.«

Was sie dachte, tat, sagte, wußte sie nicht – stürbe vielleicht im Stehen, wenn sie jetzt nicht eine kühle Brise aus den Büschen vor ihnen gestreift hätte.

Als sie unter den Bäumen hervorkamen, sahen sie vor sich ein Feld mit Reihen von methodisch angelegten Pflanzen und nicht weit dahinter das Haus und die eindrucksvollere Scheune, beide aus grob behauenen Holzschindeln gebaut.

»Da, siehst du? Genau, wie wir es uns vorgestellt haben!«

Sie drehte sich, während sie das sagte, zu ihm um, aber erkannte ihn, den Sträfling Jack Chance, nicht: Ein Dämon hatte Besitz von ihm ergriffen.

»Ah, Ellen, ich hör' sie schon die Ständer zum Peitsch'n aufstell'n – am Torweg zu den Baracken! Sie wart'n schon auf mich!«

Gleich darauf drehte er sich um und rannte springend zurück in den Busch; das Skelett, das er war, mußte wieder zu Kräften gekommen sein.

Mit ihren zerrissenen Händen griff sie vergeblich in die Luft. »JACK! Verlaß mich nicht! Ich komme um, wenn du mich allein läßt! Ich geh' nicht allein über das Feld – ich hab Angst vor den Gesichtern.«

Aber sie ging doch. Sie stapfte schwer zwischen den Reihen der gepflegten Pflanzen hindurch, als wären sie, kühl und saftig, wie sie waren, als Polster für ihre Füße dorthin gesetzt.

»Das sind – Kartoffeln?« Sie seufzte unnatürlich laut und fand dann eine Wegspur, die an der Anhöhe hinunter zur Scheune führte. Furchen und Hufspuren waren wie in Eisen gegraben. Sie fiel zwischen den Dunghaufen hin und kroch, seitwärts geneigt, durch die abschüssigen Furchen weiter bis zur Scheune, wo ein Paar Männerstiefel sie stoppte, die grau und verrunzelt waren wie die Erde, in der sie standen.

Mrs. Roxburgh konnte nicht erklären, warum sie hier war oder ob sie auf dem Wege hierher oder überhaupt einen Zweck verfolgt hatte.

8

»*Nackt?*« Die Stimme war gerade noch hörbar; es war eine Frau, die das in einem Ton sagte, den sie, hatte sie geglaubt, nie wieder zu hören bekommen würde.

Sie hörte Schritte, die auf knarrenden Brettern näher kamen, dann sich hinter eine quietschende Tür zurückzogen.

Sie lag mit dem Kopf im Schmutz, weil sie ihn nicht heben konnte; die Fliegen machten sich teils auf Blut, teils auf dem feuchten Kuhdung zu schaffen, von dem ihre Arme beschmiert waren.

Dann quietschte die Tür ein zweites Mal, die Stiefel kamen zurück, und sie wurde in etwas gehüllt, das ein Mantel hätte sein können oder einfach eine grobe Wolldecke war.

Mrs. Roxburgh war dankbar dafür, ganz gleich, was es war, und dankbar auch hörte sie die Stimme der Frau. »Ah da, meine Liebe! Hier sind Sie. Niemand will wissen, was mit Ihnen geschehen ist, bevor Sie es nicht von sich aus erzählen.«

In das umfängliche Gewand oder die Decke und auch darein gehüllt, was wie echte Besorgtheit der Frau klang, dachte sie nur, sie würde niemals etwas »erzählen« wollen (man kann über Seelenstärke, über Tod oder Liebe kaum etwas erzählen, aber weniger noch über die eigene Unentschiedenheit).

Als sie Zähne, Kiefer und ihre Glieder so weit in Gewalt hatte, daß sie es wagen konnte, zu sprechen, sagte Mrs. Roxburgh: »Ich will nur schlafen und vergessen«, wobei sie aus Erfahrung wußte, daß sie Unmögliches anstrebte.

»Das soll'n Sie auch«, sagte die mächtige Frau und nahm sich ihres neuen Kindes an.

Danach wurde das Kind, wenn auch fürsorglich (der Eigentümer der verrunzelten Stiefel mochte dabei mitgeholfen haben; sie war sich dessen nicht sicher), auf die letzte Wegstrecke seiner langen Reise gebracht.

»Wir müssen alle einander helfen«, sagte Mrs. Roxburgh kichernd, als ihr Zeh schmerzhaft mit einer splittrigen Stufe in Berührung kam, »ist es nicht so?« Dann wurde sie über die Schwelle gehoben.

»Jesses, ja«, stimmte die Frau zu; Hitze und Mühsal mochten ihrer Stimme zugesetzt haben, ohne ihr aber Güte und Überzeugungskraft zu nehmen.

Mrs. Roxburgh beugte den Kopf wie unter einem Gewicht; soweit sie sich erinnerte, hatte sie sich noch nie in einem so muffigen oder so dunklen Haus befunden. In der vagen Hoffnung, zwischen den Zweigen hindurch einen Blick auf den Himmel tun zu können, suchte sie hochzuschauen, aber ihre Kräfte reichten nicht. Vielleicht würde sie immer niedergebückt bleiben, und jene, die gut von ihr dachten, würden ihr Gebrechen für Demut halten.

Diese Frau gewiß, die um sie blieb, während sie zugleich Anweisungen nach draußen gab. »Nein nein, Ted! Die Wanne bring' ich schon selber her – kann nur den vollen Kessel nicht tragen und auch den Eimer mit kaltem Wasser nicht. Wir wollen doch die arme Seele nicht verbrühen.«

Sie hatten sie zum Warten auf etwas gesetzt, das sie in der Dunkelheit mit tastenden Fingern als eine Art ledernen Thron erkannte, in dessen Holzrahmen ziemlich grob Blattmuster geschnitzt worden waren. War ein Thron für sie nicht zu schade? Roßhaar, das sie durch ihr rauhes Gewand stach, schien ihr das zu bestätigen.

Gedemütigt ließ sie den Kopf tiefer noch hängen.

Die Wanne war, so hörte es sich jedenfalls an, über die Bretter zu ihr herangezogen worden. Das hineingegossene, auf Zink treffende Wasser zischte wütig. Um ihren schweren Wollumhang, um die Schmerzen, die sie litt, um ihre Liebe, ihre Scham und Dankbarkeit herum, die sie niemandem gegenüber je gebührend ausgedrückt hatte, war sie nun in eine dampfende Wolke gehüllt.

»Nein«, schrie sie, »ich glaub' nicht, daß ich's aushalten kann.

Die Männerstiefel zogen sich wie erschrocken zurück.

»Ich misch' es mit kaltem«, versprach ihr die Frau. »Sie brauchen jetzt keine Angst mehr zu haben, meine Liebe.«

Das hätte sie wirklich gerne geglaubt; sie hätte gern die Hand der Frau genommen und sie angesichts ihrer Erfahrungen für dieses Versprechen geküßt.

Nur daß die Frau, als sie jetzt allein waren, ganz damit beschäftigt war, ihre Patientin zu entkleiden. So ungläubig schweigend die Frau das, was sie zu sehen bekam, betrachtete – Mrs. Roxburgh hörte ihr Entsetzen.

Dann begann ein umfängliches Einseifen, sie roch es, und ein Abreiben mit Flanell, nach dem sie plötzlich aufsprang und sich ungesellig in eine Ecke ihres stichelhaarigen Thrones zurückzog.

»Nun aber, langsam! Langsam!« sagte die Frau und hantierte entsprechend sanfter an ihr. »Wie ist Ihr Name, Liebe?« fragte sie.

»Ellen.«

»Ellen und?«

Das Wasser schlippschlappte träumerisch, der tropfende, seifige Flanell umglitt sie.

Die Frau bestand nicht auf einer Antwort. »Ich bin Mrs. Oakes«, teilte sie ihr statt dessen mit. »Und mein Mann – Ted Oakes – war früher Sergeant. Wir war'n mit die ersten, die herkamen. Mit den Leuten von Wilshur. Ted erhielt nach seiner Dienstzeit eine Prämie, und so kamen wir hier am Brisbane River zu 'ner Farm. Wir haben's gut hier«, fügte sie hinzu, falls ihre Patientin daran Zweifel hätte.

Ellen war nur zu bereit, ihr zu glauben. Sie saß, vor sich hinwimmernd, in dem dunklen Haus, angerührt von allem, woran ihre Sinne sich erinnerten; durchs Knarren der Bretter und den warmen Flanell hindurch vom Geruch von Milch und Räucherschinken und von – ja, das war's – geschorener Wolle. Draußen die dumpfen Hufe von Kühen auf harter Erde. Es war fast nicht zu ertragen, diese angestaute, von der Gegenwart aufgewühlte Erinnerung.

»Bleiben wir noch ein bißchen im Bad, Ellen?« fragte Mrs. Oakes.

Ellen schüttelte den Kopf. Sie befürchtete, Blasen anstelle von Worten würden ihr aus dem Mund kommen, wenn sie spräche.

»Na gut, fürs erste vielleicht nicht«, stimmte ihr Mrs. Oakes zu. »Alles hat seine Zeit.«

Es müßte sie in Verlegenheit versetzen, wenn ihre Patientin sie nicht informiert hätte: »Ich habe meinen Ehering verloren, ich habe ihn fast bis hier auf dem ganzen Weg vom Wrack, auf eine Ranke gezogen, bei mir getragen.«

Mrs. Oakes horchte gespannt auf. »Dann sind Sie eine der Überlebenden«, fragte sie, »von dem Wrack, von dem wir so viel gehört haben? Von der *Bristol Maid*?«

Es war zu entsetzlich, als daß sie hätte antworten können.

»Sind Sie Mrs. Roxburgh?« fragte die Frau.

Die Patientin schüttelte den Kopf. »Sie werden mich nicht verklagen? Mich an das Kreuz zum Auspeitschen fesseln? Keiner wird's glauben, aber nicht jeder ist schuld an den Verbrechen, die er begangen hat.«

»Kommen Sie, meine Liebe, bleiben Sie ruhig, steigern Sie sich nicht in irgend was hinein. Keiner denkt dran, Sie zu verklagen.«

»Auch nicht, wenn ich schuldig bin? Nicht ganz, aber doch zum Teil.«

In der eintretenden Stille, die nur vom Plätschern des Wassers und vom Flappen des Flanellhandtuchs unterbrochen wurde, setzte sie zögernd hinzu: »Ich bin nicht Mrs. Roxburgh, was immer Sie denken mögen. Ich bin Mab, aber ihren Nachnamen kann ich Ihnen nicht sagen.«

Mrs. Oakes mußte hinausgeschlichen sein, denn Ellen hörte bald darauf mit: »Wenn die Jungens zurückkommen, Ted, muß John zur Siedlung reiten und melden, daß wir eine Überlebende im Haus haben, und fragen, was wir tun sollen. Es ist die Frau mit Namen Mrs. Roxburgh – das arme Ding redet im Fieberwahn.«

An dem Schurren und Gebrumm ließ sich erkennen, daß Ted Oakes mit der Sache am liebsten nichts zu tun gehabt hätte. Es war seine Frau, die die Rolle des Sergeanten übernommen hatte.

»Es ist einfach unsre Pflicht«, mahnte sie ihn, »und jetzt komm und hilf mir, sie zum Bett tragen.«

Sie hoben Mab höher, als sie es seit langem gewohnt war. Sie wand sich inmitten von Wolle und Federn.

»Woll'n Sie mich ersticken?« rief sie.

Aber beruhigte sich nach ein oder zwei Klapsen.

Die Jungen mußten nach Hause zurückgekommen sein. Sie hörte, wie sich männliche Körper auf den Bänken rekelten, hörte sie fragen, dann aufstöhnen und, während sie ihre Suppe schlürften, protestieren. Sie hörte Fäuste auf den Tisch schlagen und nach einer Pause die wütenden Hufschläge eines Pferdes, das allzu rasch vom Trab zum Galopp gespornt wurde.

Mrs. Oakes brachte eine gelbe Kerze und dann noch eine, die das Dunkel kaum erhellten, eher die abgelegenen Teile des Zimmers noch dunkler erscheinen ließen.

»Was möchten Sie zum Abendessen?« fragte sie, als hätte sie eine Auswahl von köstlichen Speisen zu bieten.

»Ich weiß nicht«, gab Mrs. Roxburgh zur Antwort und rieb sich den Kopf verdrossen an dem Federkissen. »Ich erinnere mich, daß das Hausmädchen es mir immer auf einem Tablett brachte.«

Mrs. Oakes hörte nicht weiter zu, sondern ging und holte eine Schüssel mit Essen. »Da!«

Sie löffelte etwas von dem weichen, süßen und mildschmeckenden Brei der Patientin in den Mund. Ellen schrie leise auf, während sie kaute und schluckte: Sie war den Erinnerungen nicht gewachsen, die dieses Essen in ihr hervorrief. So hatte sie auch bald genug und biß die Zähne ungeachtet der Bemühungen ihrer Pflegerin zusammen.

»So bekommen wir Sie nie wieder auf die Beine.« Mrs. Oakes seufzte.

Sie verließ das Zimmer mit dem kaum angerührten, lauwarmen, mit Brot vermischten Milchbrei.

Als ihre Augen sich jetzt an das Dämmerlicht gewöhnt hatten, nutzte Mrs. Roxburgh die Abwesenheit ihrer Pflegerin, um den Raum von ihrem Lager aus näher zu betrachten. Er wirkte mit seinen schmucklosen, aus grauen Platten bestehenden Wänden so gut wie leer. Die wenigen kargen Möbelstücke schienen nur äußerst bescheidenen Zwecken zu dienen. Was an Verzierungen zu erkennen war, bestand aus unfertigen, kunstlosen Schnörkeln, die angebracht worden sein mochten, um den Handwerker zu beschäftigen, aber keineswegs die Stühle oder den Schrank verschönten. Sie schloß die Augen, weil sie sich von der Erinnerung an ihre eigene Einrichtung umdrängt fühlte, von der Ansammlung von ausgekehlten oder geriffelten Tisch- und Stuhlbeinen, gebauschten Seidenvorhängen und klirrendem Kristall unter düster wallenden Girlanden aus spöttischem Brokat. (Nichts davon gehörte unter wie immer gearteten Umständen ihr, am wenigsten noch, seit sie sich entschieden hatte, die Abwasserkanäle nach Wertgegenständen zu durchkämmen.)

Als sie die Augen wieder öffnete, entdeckte sie im Spalt zwischen den Fensterläden ein Gesicht, das dunkler war als die Nacht dahinter.

Sie hätte aufgeschrien, hätte ihre Pflegerin nicht neben ihr am Bett gestanden.

»Sind sie gekommen, mich zu holen?«

»Wer?«

»Die Schwarzen!«

Mrs. Oakes sagte: »Das ist Jimmy. Ihm – und all unsren Eingeborenen – würde ich trauen, wenn Ted und die Jungens mich einen Monat lang hier im Haus allein ließen.«

Wie einfältig Mrs. Oakes war. Mrs. Roxburgh glaubte nicht, daß sie je wieder irgend jemandem, gleich welcher Hautfarbe, trauen würde. Nicht einmal sich selbst, dachte sie, würde sie trauen.

Sie begann plötzlich zu zittern. »Sie bleiben einen Monat lang weg, sagen Sie?«

»Aber nein doch – nein!«

Mrs. Oakes verriegelte die Fensterläden.

Sie legte die Hand auf die Stirn ihrer Patientin, ging und holte eine bitter schmeckende Medizin.

Als sie sich von dem beharrlichen, übelriechenden Löffel frei gemacht hatte, sagte Mrs. Roxburgh keuchend: »Mein Mann war krank.«

»Ihr Mann?«

»Ja.«

Mrs. Oakes legte den Löffel auf eine Untertasse.

»Aber so gebrechlich Mr. Roxburgh auch war, er hätte alles getan, um mich zu retten – aber er wurde von den Schwarzen ermordet.«

»Tss, tss!«

»Der arme Jack! Mein lieber Mann!«

»Regen Sie sich nicht auf, Kindchen. Ich bleibe hier bei Ihnen. Niemand tut Ihnen was – und wenn, dann nur im Traum. Gegen Träume bin ich natürlich machtlos, ich kann Sie nur wachrütteln, wenn ich so etwas merke.«

Mrs. Oakes machte es sich auf dem ledernen Roßhaarthron bequem.

Mrs. Roxburgh setzte sich zwischen den Federkissen hoch. »Sie haben Mr. Roxburgh ermordet – aber werden die Weißen nun auch Jack töten?«

Mrs. Oakes gab sich, als wäre sie eingenickt.

Das gleiche leckgeschlagene, treibende Boot brachte sie an die Küste des Morgens. Mrs. Oakes' großes Gesicht war vom Schlafen auf den ledernen Decksplanken verformt. Mrs. Roxburghs Glieder schienen für immer versteift, ihre Lippen waren so fest verklebt, daß sie durch den Mund keine Luft holen konnte.

Mrs. Roxburgh unterrichtete ihre Mitüberlebende: »An den meisten dieser Küsten sind Muscheln, mehr als genug, aber sehen Sie zu, daß Sie sich nicht die Hände daran verletzen. Und Wasser – könnten wir nur den Tau mit unseren Taschentüchern schöpfen.«

Mrs. Oakes brachte ihr Haar mechanisch in Ordnung. »Was ich Ihnen jetzt bringe, wird Ihnen schon eher Kraft geben als dies verrottete Muschelgetier – falls Ihnen ein frisches Ei und ein Becher Milch, noch warm von der Kuh, nicht auch zu Traumgespinsten zerrinnen.«

Mrs. Roxburgh lehnte nicht ab, was sie sich, hatte sie das Gefühl, eigentlich hätte versagen sollen.

Als dann aber Mrs. Oakes brachte, was sie zu bieten hatte, war sich Mrs. Roxburgh darüber klargeworden, daß sie recht daran tat, es auch anzunehmen. »Er hat einen Speer und ein Netz bei sich, also braucht er nicht zu verhungern. Wie sollte ich sonst dieses Ei essen dürfen?«

»Ich weiß es auch nicht, Liebe«, erwiderte Mrs. Oakes, hätte es allerdings doch gern gewußt.

Ein Mundvoll Ei schwappte auf Mrs. Roxburghs Zunge, während die von draußen hereinkommenden Geräusche an ihr Ohr drangen: Hennen, die gackernd ihre morgendliche Arbeit verrichteten, Hornissen, die vor einer Mauer schwirrten, ein Kalb, dem das Euter entzogen worden sein mußte. Nachdem die Pflegerin gegangen war, döste die Patientin unter den durchzwitscherten Stunden vor sich hin. Wenn sie die Augen öffnete, schien ihr nichts so unwichtig, daß sie nicht darüber gestaunt hätte. Sie heftete die Augen auf den Wirbel in einem Brett des abgetretenen Fußbodens, auf das wächserne Perlenband um eine erloschene Kerze, auf einen Lichtfleck, der dick und gelb schien wie das vorher genossene Eidotter, bis Schläfrigkeit sie schließlich wieder überkam.

Aus der Schwere um sie herum schloß sie, daß es gegen Mittag sein mußte, worauf sie Hufschlag im Hof hörte und dann, wie ein Reiter, dann ein zweiter absprangen und sich undeutlich miteinander besprachen.

Was immer ihr bevorstehen mochte, sie hoffte, sich überzeugend freisprechen zu können.

Sporen klirrten im Durchgang, der gleichzeitig dumpf unter den Schritten der sich, wie sie gewahrte, nähernden Pflegerin dröhnte.

Mrs. Oakes' redliche Wangen glühten vor Freude und Erleichterung. »Hier kommt Leutnant Cunningham, meine Liebe, der Garnisonarzt. Nicht einmal in Sydney wären Sie in besseren Händen als bei ihm.«

»Mrs. Roxburgh?« Die Stimme des jungen Leutnants klang entschieden, wie er es seinem Rang und seinem Geschlecht schuldig schien.

Der Gong, der als Echo in ihr ertönte, verwirrte sie dermaßen, daß sie sich gegen die schlimmste Beschuldigung nicht hätte wehren können.

Der Arzt faßte ihr Handgelenk, das bei dem abgeschotteten Licht auch gut ein aufgerolltes Stück Rinde hätte sein können. Er zitterte leicht, fühlte sie. Die abstrakte Seite seines an sich praktischen Berufes erlaubte es ihm, während er ihren Puls fühlte, eine Art mystischer Unverbindlichkeit zur Schau zu tragen und es dabei zu vermeiden, der Patientin ins Gesicht zu sehen.

So hatte sie einen Moment Gelegenheit, den Besucher zu mustern. Während das Gesicht der Pflegerin rot war, war das des Arztes rosafarben, offenbar noch nicht vom Klima verfärbt, nahm sie an. Zwischen dem Kragenrand seiner Uniform und seinem Hals zog sich ein schmaler weißer Streifen hin. Nach der Art, wie dieser Streifen in dem verdunkelten Raum schimmerte, mußte es, meinte sie, Haut sein. In seinem Äußeren wirkte der junge Mann dadurch ungeschützt und verletzlich, was zusammen mit dem leichten Zittern seiner rücksichtsvollen Hand an ihr den Eindruck erweckte, daß der Leutnant möglicherweise noch nie in eine Leidenschaft verstrickt worden war.

Sogleich schämte sie sich ihrer Gedanken und sah zu ihrer Pflegerin, ob diese vielleicht etwas davon mitbekommen haben mochte, aber es war zu dunkel im Zimmer, und natürlich waren ihre beiden Besucher zu unschuldig für derlei.

Jetzt erst ging Mrs. Roxburgh auf, daß die Kenntnis seiner selbst eine Quelle der Verlegenheit, ja der Gefahr sein konnte.

»Mehr Licht bitte, Mrs. Oakes.« Es war deutlich, daß Leutnant Cunningham es besser mit älteren Frauen konnte und gewöhnlich mit Untergebenen zu tun hatte, die seinen Befehlen folgten.

Als Mrs. Oakes einen Fensterladen öffnete, wimmerte die von dem Lichtstrahl getroffene Patientin auf. Sie hätte sich noch mehr bloßgestellt gefühlt, wäre ihr nicht bewußt gewesen, daß sie den Leuten ein Geheimnis bleiben mußte: Ihr Körper, um den es ihnen in ihrer Fürsorge ging, war der geringste Teil ihrer selbst.

Sie lag reglos da, nur ihre Mundwinkel zuckten unter dem Anflug eines auf den Arzt gerichteten Lächelns, als dieser, von Mrs. Oakes assistiert, seine Untersuchung vornahm.

»Ein bißchen kitzlig, was?« Die Pflegerin lachte nachsichtig.

Der Doktor runzelte die Stirn. »Eine Empfehlung von Käpt'n Lovell« – Leutnant Cunningham entledigte sich dieses Auftrags mit formellem Ernst, in den sich etwas von seinem eigenen guten Willen mischte –, »dem Sie von Ihren Erlebnissen berichten möchten, sobald Sie gesundheitlich dazu in der Lage sind. Ich werde mich unterdes um Sie kümmern«, versicherte er ihr und klopfte ihr ein-, zweimal auf die Rippen, um seine Befugtheit zu unterstreichen, »ich und Mrs. Oakes«, fügte er höflich hinzu. »Wir werden dafür sorgen, daß Sie bald wieder auf die Beine kommen, und Sie dann nach Moreton Bay bringen.«

Mrs. Roxburgh konnte auch nur den Gedanken daran nicht ertragen; sie verkroch sich. »Ich könnte einen solchen Weg mit meinen Füßen nicht aushalten. So kaputt sind sie.«

»Wir schicken Ihnen einen Wagen. Gefedert ist er allerdings nicht, aber es ist das Beste, was wir an Fahrzeugen haben.«

»Und wenn wir nun überfallen werden, von Schwarzen oder – schlimmer noch – von ausgebrochenen Sträflingen?«

Der Leutnant lächelte amüsiert. »Keine Sorge. Sie werden von Militär begleitet.«

Mrs. Roxburghs Verzweiflung war damit nicht aus der Welt. »Muß ich mir die Schreie der Gefangenen anhören, wenn sie ausgepeitscht werden?«

Jetzt war es der Arzt, der seinerseits verzweifelte; er hatte noch nie mit einer ähnlichen Situation fertig werden müssen. »Sie werden sehn, der Kommandeur ist human gesinnt, anders als sein Vorgänger, von dem Sie gehört zu haben scheinen.«

»Was wurde aus diesem Mann?«

Dem jungen Mann brach der Schweiß aus, was auch sein goldblonder Bart nicht verbergen konnte. »Er ist bei einem Unfall umgekommen.«

»Ist er ermordet worden? Oder einfach tödlich verunglückt?«

»Besser, Sie stellen keine Fragen über Dinge, die Sie nichts angehen.«

Ihr Herz, fühlte sie, schlug bis in den Hals. »Es geht mich wohl etwas an – die Guten und die Schlechten, warum sitzen beide in demselben Boot? –, und was ist mit dem Unterschied zwischen Getötetwerden und Mord? Bis wir das nicht wo wissen, wird es keine Gerechtigkeit geben – nur den gottgegebenen Hammelbraten am Sonntagmittag für diejenigen unter uns, mit denen das Glück es gut meint.«

Da sie, wie er sah, völlig von Sinnen war, wandte er sich ab.

»Spielen Sie auch ›Katzenwiege‹?« fragte sie.

Statt zu antworten, holte der Arzt einige Päckchen mit Medikamenten aus einer Reisetasche, die er am Sattel mitgeführt haben mußte, nahm die Pflegerin beiseite und gab ihr mit leiser Stimme Anweisungen.

Dann in lauterem, fast scherzhaftem Ton, der für die Ohren der Kranken bestimmt war: »Es kommt hauptsächlich auf Ruhe an, Mrs. Oakes, und gute Ernährung. Mrs. Roxburgh hat zum Glück eine bemerkenswert kräftige Konstitution. Sie wird es zu einem hohen Alter bringen, würde ich sagen.«

Aber Mrs. Roxburgh sagte nur wimmernd: »Was soll ich mit einem hohen Alter? Ohne meinen Mann?«

Mrs. Oakes saugte an ihren Zähnen und murmelte schnalzend: »Herrgott, wie ist das traurig! Aber es war nicht anders zu erwarten«, und der liebenswürdige junge Arzt pflichtete ihr bei: »Sie werden das alles dann mit anderen Augen sehen, Mrs. Roxburgh. Mrs. Lovell ist schon dabei, Kleidungsstücke zusammenzubringen. Alle Damen steuern dazu bei. Und wieviel leichter ist es jetzt, wo wir wissen, wie groß Sie sind, und Ihre Maße kennen.« Er wurde verlegen und unterbrach sich, beeilte sich aber, um zum Abschied zu kommen. »Sie können sicher sein, Mad'm, man wird Ihnen einen warmherzigen Empfang bereiten. Wir haben vom Schiffbruch der *Bristol Maid* gehört und waren zutiefst schockiert, weil wir annehmen mußten, alle an Bord seien ums Leben gekommen.«

»Wie haben Sie davon erfahren?« fragte Mrs. Roxburgh.

Am Ende konnte sie diesem bislang liebenswürdigen, aber zu glatten, zu unverbindlichen jungen Mann doch nicht trauen (oh, sie hätte es wissen müssen!).

»Erfahren haben wir es von dem, soweit wir wissen, einzigen Überlebenden. Natürlich können noch andere, wie Sie zum Beispiel, überlebt haben. Wir hoffen es – auch, daß wir sie noch finden.«

Sie sah ihn mit einem Blick an, den er später dem Kommandeur vergeblich zu schildern versuchte. »Alle tot. Einige wahrscheinlich aufgegessen. Nur die Verdammten überleben.«

Hiernach verabschiedete der Arzt sich, hörte aber noch durch die Tür, die Mrs. Oakes hinter ihnen geschlossen hatte, die gedämpfte Stimme. »Für mich selbst bitte ich um nichts. Nur um Gnade für meinen armen Mann. Ich bin es, die das Verbrechen begangen hat. Ich glaube, er vertraute mir nicht mehr. Das war der Grund, weshalb er zurückrannte.«

Dies bewirkte immerhin, daß die beleibte Mrs. Oakes ihn schwer aufstampfend vom Krankenzimmer fortführte, dennoch verfolgte den Arzt die leiser werdende Stimme aus der Dunkelheit. »Selbst wenn Jack nicht – umgebracht wird – wenn er sich nur einfach hinlegt und stirbt –, muß ich mich als seine Mörderin stellen.«

Am Abend war die Pflegerin nach der Nachtwache und der am Tage nötigen Krankenpflege so ausgelaugt und erschöpft, daß sie, nachdem sie ihren Mann und ihre drei unersättlichen Söhne mit Essen versorgt hatte, zu ihrem Mann sagte: »Es wäre sehr lieb von dir, Ted, wenn du heute nacht die Wache bei Mrs. Roxburgh übernähmest. Ich bin am Ende meiner Kraft – vorläufig jedenfalls«, beeilte sie sich, beruhigend hinzuzufügen.

Ted Oakes, ein stattlich gebauter Mann, starrte sie so entsetzt an, daß seine Frau sich gerechtfertigt gefühlt haben mochte, wenn sie ihm statt dessen einen bitterbösen Vorwurf gemacht hätte.

Aber Mrs. Oakes reagierte keineswegs bösartig, auch nicht, als er murmelte: »Aber wie könnte ich das, Emily. Was soll ich tun, wenn sie sich zum Beispiel naß macht?«

»Du würd'st es wahrscheinlich gar nicht merk'n«, erwiderte sie, »und wenn sie's dir sagt, weckst du mich im Zimmer nebenan.«

Ted Oakes hob seine mächtige Brust und schüttelte sich, um seinen Unwillen zu bekunden. »Und«, sagte er, »wenn sie mich nun was fragt? Was soll ich dann sag'n? Ich hab' doch überhaupt keine Übung im Umgang mit einer Lady.«

»Von einer Lady, glaub ich, kann bei dem armen Ding, unter uns gesagt, nur bedingt die Rede sein.«

Mrs. Oakes ließ sich nicht weiter aus, aber nachdem sie abgewaschen, die Pfanne ausgescheuert, er seine zweite Pfeife geraucht und sie der Patientin die Pillen zu schlucken gegeben hatte, löschte sie die Kerzen außer einer, die sie hinter einem von ihr selbst während seiner langwierigen Freierszeit bestickten Schirm versteckte, und manövrierte ihr Opfer auf den ledernen Roßhaarthron zu. »Da!« Es war nicht ausdrücklich ein Befehl, den sie ihm gab. »Da sitzt du, weiß der Himmel, nur am Rande des Schlachtfelds, nicht weit von der Tür und hinter dem Schirm versteckt, und rufst mich, wenn Not am Mann ist. Das arme Ding würd's nicht mal merken, wenn Jemmy statt deiner da säße, so schwer, wie sie vom Laudanum ist, das Mr. Cunningham ihr verschrieb.«

Ohne eine Widerrede abzuwarten, überließ Mrs. Oakes ihren Mann sich selbst. Es war eine Situation, aufregender, als Sergeant Oakes sie je erlebt hatte, schlimmer noch als jede Meuterei in der Gefangenenbaracke oder jener Überfall von Ausbrechern auf den Käpt'n, nachdem sie die Leiche mit blutigem Kopf, ausgeschlagenen Augen und abgeschnittenen Geschlechtsteilen vom Berg heruntergebracht hatten. Doch immerhin war es still in dieser Nacht, in der sich das Schnarchen seiner im Nebenraum untergebrachten Söhne mit den Atemgeräuschen der jenseits des wackligen Schirms schlafenden Fremden vermischte.

Wenn sie nun aufwachte! Der kalte Schweiß brach Sergeant Oakes unter seinem Flanellhemd aus. Aber das mochte ihm im Halbschlaf nur so vorgekommen sein.

Er fuhr hoch, von einem Windstoß geweckt, der um die Dachrinne pfiff und irgendwelche losen Schindeln zum Klappern brachte; aber nein, es war die Stimme dieser Frau.

»Seid Ihr's Mr. Roxburgh – Austin, du?«

Dem Sergeanten stockte vor Entsetzen der Atem.

»Ah, ich weiß, er ist's nicht. Mr. Roxburgh hatte nichts gegen mich. Oder doch?« Sie seufzte. »Es ist schwer, zu wissen, was Menschen einander angetan haben können.«

Dem Bewacher prickelte es auf der Haut, ohne daß dazu das Roßhaar nötig gewesen wäre, mit dem das Polster gestopft war.

»Ich weiß, wer es ist«, versicherte die Frau ihm. »Es ist Jack. Du brauchst keine Angst zu haben. Gib mir wenigstens deine Hand, Liebster. Ich tu sie dahin, wo sie ganz schnell warm wird.«

Der Bewacher wand sich so heftig, daß die abgeschirmte Kerzenflamme flackerte und fast verlosch, sich aber wieder aufrichtete.

»Jack?«

Sergeant Oakes räusperte sich. »Es ist nicht Jack. Es ist niemand.«

»Mach mir doch nichts vor!« Sie lachte nicht, es mußte die Decke sein, die verrutscht war.

Als dem Sergeanten, wie wenn ihn eine Hand auf die Schulter geschlagen hätte, ein Einfall kam, senkte er die Stimme und flüsterte eher entschieden als verzweifelt: »Niemand, wirklich. Es ist Mrs. Oakes – Ihre Pflegerin.«

Die Patientin schien vorübergehend beruhigt, nur rekelte und wälzte sie sich, bis sie schließlich in ein längeres, kaum verständliches Gefasel verfiel. »Armer Pa! Ich würd' dich überall an dei'm Atmen erkennen. Du warst immer mehr Schweigen als Wörter. Hast mich nie gekannt, wie ich mei'n Vater kannte. Hatte Zeit dazu, all die Winter, all die Schafe un' das Kartoffelhack'n. Hätt'n die paar Meil'n nach Tintagel fahrn soll'n, den Tag, als wir das Kalb zu Borlase bracht'n. So hab ich's nie gesehn – Tintagel. Es war Mr. Austin Roxburgh, der kam. Vornehme Leute! Meine Decke so weich aus Seide. Mir gefiel's als Musch ein'n Sommer lang. Nicht die Schwan'daunen. Die war'n schwarz. Und später. Nachts war's so kalt, daß wir unsre Zähne aneinander klappern hört'n, wenn wir uns küßt'n. Armer Pa! Dich liebt' ich auch. Wüßtest du's, du würd'st nich maul'n da hinter dem alt'n Schirm.«

Da er Wasser lassen mußte, stahl sich der Bewacher fort, aber als er zurückkam und seinen Posten wieder bezog, war sie immer noch dabei, aber weniger persönlich sozusagen.

»Hüü opp, Tiger! Wenn's dir recht ist. Wir sind hier nicht auf'm Hügel nach Zennor.«

Und wieder: »Meine Schafe sind noch nicht im Stall, und Reg'n kommt, groß wie Kanon'kugeln, scheint's. Puuh! Los! Um Himmels will'n, rennt!«

Er zitterte, als er sie vorbeihuschen fühlte, den Regen, die Wolle; in einem Vlies waren Dornen.

»Oh«, seufzte sie, »du hast die Schütte nicht voll, Mattie, mir kein Feuer gemacht, das mir die Gedank'n wärmt.«

Der Kopf platzte ihm fast vor Müdigkeit und Verwirrung.

»Oh, Mrs. Daintrey, hab'n Sie Appetit auf Kakao? Oder verdirbt der uns die Laune?«

Sie ließ ihn nicht zur Ruhe kommen.

»Mrs. Oakes, Ihr Eh'mann ... Mein Eh'mann, Mrs. Oakes, hatte 'n Grübchen ...«

Verdammich, was kommt als nächstes!

»Ellen weiß Bescheid mit Zeichen. Dies ist schwärzer als alle Gesichter, die ich je gesehn hab'. Die ganze Welt geht dran zugrunde. Schließ'n Sie's Fenster, bitte? Oh, bitte ... Sergeant ... ziehn Sie die ... die Pistole ...«

Es war Emily, die sich über ihn beugte. Er erkannte das am Geruch ihres Haares. Die Kerze war im Ständer niedergebrannt und roch nach erkaltetem Wachs.

»Hat sie eine ruhige Nacht gehabt?«

Er konnte sich nicht rasch genug aus dem gemarterten Leder herauswürgen. »Kann ich nicht beurteil'n. Sie hat geschlafen, nehme ich an. Beide ha'm wir geschlaf'n. Aber es war wie im Tollhaus, Emily.«

Er begab sich geradenwegs in den Morgen, den er kannte, und wischte sich die Hände an dem ziemlich fettigen Tuchfetzen ab, mit dem er die Euter der Kühe vorm Melken abrieb.

Mrs. Oakes gab durch einen ihrer drei Söhne Nachricht nach Moreton Bay: Mrs. Roxburgh sei sichtlich auf dem Wege der Besserung, wenn auch wohl noch nicht in der Verfassung, eine Reise zu unternehmen. Mrs. Oakes war feilich keineswegs glücklich darüber, ihre Patientin entlassen zu sollen; sie hatten sich miteinander angefreundet. Mrs. Oakes konnte sich kaum noch vorstellen, wie sie ihre Tage ohne die von ihr verhätschelte Person zubringen sollte, wenn man sie ihr entführte und sie mit den Männern allein ließ, deren Sorge hauptsächlich dem Vieh und dem Wetter galt. Sie hätte liebend gern ein kleines Mädchen als Tochter gehabt, aber das war ihr versagt worden, und so war an deren Stelle die kranke Fremde getreten, die auf ihre Weise auch wie ein Kind war.

Am glücklichsten waren sie, wenn sie Pfefferminztee tranken und Andenken an die alte Heimat durchsahen. Die vergilbten Briefe mit verblichenen Haarlocken weckten in der Farmersfrau ein angenehmes Gefühl der Trauer. »Schmerzlich, nicht wahr?« Sie lächelte und wischte sich eine Träne aus dem Auge.

»Bereuen Sie Ihr Leben?« fragte Mrs. Roxburgh.

»Nein. Warum sollte ich? Dies hier ist es, wohin ich jetzt gehöre. Bei Männern ist das vielleicht anders. Eine Frau, finde ich, ist eher wie Moos oder wie Flechten, die an Bäumen oder Felsen wachsen, ähnlich, wie sie sich an ihren Mann hält. Und das ist es, wohin wir gehören.«

»Ich habe keinen Mann – keine Kinder. Ich bin in jeder Beziehung frei.«

Mrs. Oakes suchte ihre Freundin aufzumuntern: »Aber das braucht doch längst nicht das Ende zu sein!«

Ihre Unterhaltung hätte vielleicht eine peinliche Wendung nehmen können, wenn in diesem Augenblick nicht Tim von der Siedlung mit einem Kleiderpaket von Mrs. Lovell zurückgekommen wäre: »Zum Anprobieren, wegen der Größe.«

»Ah, sind die aber hübsch! Finden Sie nicht, Mrs. Roxburgh?« Mrs. Oakes konnte gar nicht genug in dem Kleiderpaket herumwühlen. »Sie müssen zugeben, die Leute sind wirklich sehr freundlich.«

Es war von Unterwäsche bis zu Miedern alles vorhanden, dazu zwei Kleider, eins aus schwarzem Paramatta im Hinblick auf ihre Witwenschaft und eins weniger dunkel aus granatroter Seide.

»Ich will Ihnen in Ihren Gefühlen nicht zu nahe treten, Mrs. Roxburgh, aber dies paßt doch genau zu Ihrem Schönheitsstil.« Mrs. Oakes hob das granatrote Seidenkleid vor ihr hoch. »Es ist ganz besonders reizend, finden Sie nicht?«

Mrs. Roxburgh lachte leise. »Ich weiß nichts von meinem ›Schönheitsstil‹ und auch nicht, was mir steht, mir geht es, glaube ich, nur darum, bekleidet zu sein, jetzt, wo ich in die Welt zurückkehre.«

Im Augenblick ließ sie es mit dieser Rückkehr auf sich beruhen; sie nahm die Kleider, die ihr geschickt worden waren, nicht begeistert, sondern eher aus Notwendigkeit an. Seit sie wieder auf den Beinen war, hatte sie eine Vorliebe für den alten selbstgewebten Umhang, den sie von der Farmersfrau erhalten hatte. In dieses formlose, graubraune Gewand gehüllt, schlurfte sie überall hin in fast alle Winkel dieses redlichen Hauses, blieb häufig nachdenklich vor einem Milcheimer oder vor einem Regal mit Broten stehen oder tastete sich auf den Hof hinaus, wo sie alles, was es dort gab, in Augenschein nahm, eine Henne zum Beispiel, deren Küken unter ihrem Gefieder Zuflucht suchten, oder aneinander gedrängte Lämmer mit ihren albernen Gesichtern. Vor allem aber die Sonne, von der sie nicht wußte, ob sie in ihr eine Quelle des Lebens sehen oder sie als Ursache und Zeugin von so viel Leid und Häßlichkeit verabscheuen sollte.

Ihre eigene, zumindest körperliche Häßlichkeit baute sich allmählich ab, wovon sie sich durch Berühren und ihr Bild in einem verzerrenden Spiegel überzeugte, den die Oakes' als einzigen im ganzen Hause besaßen. In seiner Tiefe spiegelten sich verfließende Züge wider, in denen sie zuerst zögernd, dann dankbar Spuren nicht gerade von Schönheit, aber doch von dem entdeckte, was man »gutes Aussehen« nennt.

An einem Abend, an dem das Licht und die Geräusche im Haus und auf dem Hof unwiderstehlich wohltuend waren, ging Mrs. Roxburgh so weit, daß sie den alten wollenen Umhang fallen ließ und sich völlig entblößt vor den Spiegel stellte. Sie war zuerst so verwundert, daß sie sich nicht zu regen wagte, aber dann begann sie, sich zu streicheln, und stieß dabei kleine, kaum hörbare Freuden- und Wehrufe aus, nicht wegen ihres geschmeidigen Körpers, sondern um der Personen willen, deren Umarmungen ein gemeinsam empfundenes, liebevolles Entzücken bewirkt hatten.

Als Mrs. Oakes kam, um ihre Patientin zum Abendessen zu bitten, fand sie Mrs. Roxburgh in dem granatroten Seidenkleid vor.

»Aah! Sehn Sie! Hab ich es nicht gesagt?« Die gute Frau errötete, weil sie dies mit scharfem Blick vorausgesehen hatte.

Mrs. Roxburgh schimmerte und glühte in der Tat innerhalb dieser schmucken Hülle, wurde aber plötzlich ganz aufgeregt. »Gehn Sie, bitte, lassen Sie mich! Es war töricht von mir.«

»Aber, Liebe, ich verstehe Sie nicht! Das ist doch perfekt, wie es gar nicht perfekter sein kann.«

»Ich hätte es nicht tun sollen. Bitte, gehn Sie! Ich ertrage es nicht, angestarrt zu werden.«

Mrs. Oakes blieb nichts übrig, als sich zurückzuziehen, und als Mrs. Roxburgh schließlich erschien, war sie von Kopf bis Fuß ganz Witwe. Das schwarze Kleid verlieh ihrer Haut einen gelblichen Schimmer, und ihr Haar, das inzwischen hinlänglich nachgewachsen war, hatte sie zu einem strengen Knoten zusammengebunden, den sie am Hinterkopf festgesteckt hatte.

»Ist es nicht für die Jahreszeit ziemlich kalt?« Sie hatte die Arme, wie um sich zu schützen, vor sich verschränkt.

»Ein bißchen feucht ist es, würde ich sagen«, erwiderte Mrs. Oakes abwesend.

Der Farmer und seine drei Jungen unterbrachen ihre Besprechung aus Respekt vor der Würde und den Gefühlen der Witwe, die sich zwischen sie auf eine der harten Bänke setzte, von ihrer Suppe aß und die Stirn runzelte, entweder wegen der Gedanken, die ihr durch den Kopf gingen, oder wegen eines übergroßen Kartoffelklumpens.

In eben dies Witwenschwarz gekleidet, saß sie im Schatten eines Baumes, wischte sich Biskuitkrumen vom Schoß und trank gerade den letzten Schluck aus einem Glas mit Zitronensaft, als überraschend Leutnant Cunningham erschien. Der ausladende Baum mit seinem dunkel glänzenden, fast schwarzen Laub gehörte anscheinend zu einer einheimischen Sorte, die der Arzt aus Loyalität zu seinem Mutterland nicht beachtete, doch ein Rest an ästhetischem Empfinden bewirkte, daß er innehielt, um sich an diesem Schwarz in Schwarz konturierten Bild vielleicht nicht gerade zu ergötzen, es aber doch zu bewundern. Was ihn daran so eigentümlich befriedigte, war vielleicht die Atmosphäre ruhiger Gelassenheit, die von der Frau und dem von Lichtflecken durchspielten Baum ausging.

Die Patientin fuhr erschrocken auf, als sie den Doktor in ihrer Nähe gewahrte, als müsse sie sich darauf gefaßt machen, daß ihre kostbare Genesungszeit nun beendet und der Eindringling nur gekommen sei, um sie zum Leben zu verurteilen.

»Ich habe Sie nicht erwartet«, sagte sie (in Wahrheit hatte sie täglich mit seinem Eintreffen gerechnet) und hob die Hand, um den Schutz, den ihr der schattige Baum bot, noch zu verstärken,

»...denn nach Ihrem letzten Besuch war ich zu der Ansicht gekommen, daß Sie wohl kaum geneigt sein dürften, unsere Bekanntschaft zu erneuern.«

Ihre Stimme klang nüchtern und sachbezogen und war frei von Groll oder Koketterie.

»Das stimmt – in etwa«, erwiderte der junge Mann. »Denn da Sie wie erwartet genesen sind, waren weitere Besuche nicht erforderlich.«

Sie befeuchtete ihre ziemlich schmalen Lippen.

»Ich bin heute gekommen«, fuhr er fort, »um die Grüße des Kommandeurs zu überbringen und Ihnen zu sagen, was er für Ihren Besuch vorgesehen hat.«

»Ich glaube, ich bin dazu noch nicht imstande.« Sie wandte das Gesicht hinter der sie nicht mehr schützenden Hand ab, die sie so steif hielt, daß er nicht umhin konnte zu bemerken, wie sehr sie zitterte.

»Wenn Sie sich darauf einstellen, werden Sie es schon schaffen«, riet er ihr, entsprechend seiner Jugend und Unerfahrenheit, freundlich.

Sie sah an ihm vorbei in die bereits in der Hitze verschwimmende Landschaft und suchte dort nach Ermutigung, ohne sie wirklich zu erwarten.

»Sie verstehen sicher nicht, wie schwer es mir fällt, mich von meinen Freunden, den Oakes', zu trennen.« Sie wußte, während sie sprach, daß sie damit eine wenig stichhaltige Entschuldigung vorbrachte.

»Aber Sie können ihre Hilfe nicht unbegrenzt in Anspruch nehmen!« Er hatte nicht beabsichtigt, ihr das in einem so harten Ton zu sagen.

Daß sie ihm darin zustimmen mußte, war ihr klar; in diesem Moment zu schweigen wäre kindisch, aber sie antwortete nicht.

Dies ermutigte Leutnant Cunningham, sich seines Auftrages und damit seiner Verantwortung zu entledigen. »Mrs. Lovell, kann ich Ihnen versichern, wird dafür sorgen, daß es Ihnen während Ihres Aufenthaltes in der Siedlung an nichts fehlt.«

»Den Anblick der Gefangenen, glaube ich, kann ich einfach nicht ertragen.« Mrs. Roxburgh erstickte fast an ihren Worten.

»Als Gast des Kommandeurs werden Sie die Gefangenen kaum zu sehen bekommen!« Der Leutnant mochte aus Verlegenheit und weil es ihm notwendig schien, gelogen haben.

Aber er fühlte sich zunehmend gedrängt, seine Instruktionen weiterzugeben und diese irregeführte Witwe mit ihren Zwangsvorstellungen unverzüglich zu verlassen; er hatte bisher nur mit friedlichen Ehefrauen und lebhaften Mädchen zu tun gehabt.

»Am nächsten Freitag wird der Kommandeur ein von Militär eskortiertes Fahrzeug mit einer Dame als Ihrer Begleiterin schicken. Darauf, Mad'm, daß dieses Fahrzeug ungefedert ist, habe ich Sie schon vorbereitet.«

So würde es nun also stattfinden, dachte Mrs. Roxburgh. »Ich werde mein Bestes tun und versuchen, mich so zu verhalten, wie man es von mir erwartet.«

Der junge Leutnant fand das alles recht seltsam, aber nur vorübergehend; ihn ging die Sache nichts mehr an.

Er bemerkte noch: »Ich hatte gedacht, Mrs. Roxburgh, Sie würden angenehm davon berührt sein, daß man sich so viele Gedanken um Sie und Ihr Wohlbefinden macht.« Der Arzt gab sich übertrieben heiter. »Ich muß Ihnen sagen, daß sich Seine Exzellenz, der Gouverneur, schon sehr darauf freut, Sie kennenzulernen, und begierig darauf ist, nach Ihrer Ankunft in Sydney den Bericht über Ihre Erlebnisse von Ihnen persönlich zu hören.«

»Seine Exzellenz? In Sydney!« Mrs. Roxburgh ließ ihre Hand hilflos in den Schoß fallen; sie mochte sich außerstande fühlen, dieses letzte der Verhöre über sich ergehen zu lassen.

»Es ist, soviel ich weiß, vorgesehen«, schloß er, »daß der Zollkutter der Regierung Ihnen zur Verfügung gestellt wird, sobald er einen anderen Auftrag hinter sich gebracht hat.« Es war für ihn in gewisser Weise tröstlich, die offizielle Seite der Sache hervorkehren zu können, denn wieder begannen ihn die Augen dieser Frau zu beunruhigen.

»Ich muß es versuchen«, murmelte sie mit leiser, tonloser Stimme. »Ja, Sie haben recht. Und wenn nur wegen meines Gnadengesuchs. Ich darf nicht vergessen, ich bin für jemanden verantwortlich – für alle, die verstoßen wurden.«

Leutnant Cunningham gewann seine Kaltblütigkeit erst wieder zurück, als er, ungeachtet der ihm entgegenschnellenden, peitschenden Zweige, sein Pferd auf dem Heimweg zum Galopp trieb. Er faßte sich ins Gesicht und merkte, daß er aus einer Rißwunde blutete. Er lachte erleichtert und aufgeräumt, riß im Vorbeireiten eine Gerte von einem Busch und spornte sein Pferd mit Schlägen zu noch größerer Schnelligkeit an.

Am folgenden Freitag weckte die Farmersfrau ihre Freundin früher als nötig. So wenig Ungewöhnliches geschah in Mrs. Oakes' Leben, daß jedes irgendwie abweichende Ereignis etwas wie eine Gefühlsspaltung hervorrief. Die Männer würden das nicht zugegeben haben, ließen sich aber seit Tagesanbruch nicht sehen, um nicht in das Abschiedsgeschehen einbezogen zu werden. Sergeant Oakes würde Mrs. Roxburgh nie die Nacht verziehen haben, in der er an ihrem Krankenbett wachen mußte. Für die Söhne war Sprache kein Verständigungsmittel, oder höchstens nur dann, wenn sie unter sich waren und einander anraunzten. Doch würden sie sich an sie als eine Erscheinung erinnern, die vor dem Wurf der Lämmer auftauchte, zwischen Saat und Ernte, vor Freiertum und Heirat. Durch sie hatten sie einen flüchtigen Einblick in ein nie recht begreifliches Mysterium gewonnen, sie war für sie mehr als eine Frau, die nackt aus dem Busch in ihr reales, geregeltes Leben gekrochen war: Mrs. Roxburgh von der *Bristol Maid*, ein Mythos, den ihre Kinder schließlich kichernd und ungläubig abtun würden, weil er ihnen zu vertraut und doch bruchstückhaft war.

»Ah, da sind Sie, Mrs. Roxburgh, meine Liebe«, rief Mrs. Oakes an dem Freitagmorgen aus, »ich habe Ihre Sachen zusammengepackt.«

Es war aus ihnen ein unförmiges Paket gemacht worden, sowenig auch diese Dinge ihr gehörten oder überhaupt je irgend etwas ihr Eigentum gewesen war.

Die beiden Frauen saßen noch eine Weile auf der Veranda zusammen. Sie vertrauten sich und waren einander so verbunden, daß sie sich an Händen hielten; Mrs. Oakes' trockene, schwammige Handfläche und Mrs. Roxburghs Hand, die das Schicksal so zugerichtet hatte, daß alle darin verzeichneten, ursprünglichen Pläne längst verlorengegangen waren und die Zukunft unentzifferbar geworden war.

Es lag der Farmersfrau fern, sich über das eine oder das andere Gedanken zu machen; für sie war die Hand ganz einfach kostbar, und so drückte sie sie und bekannte, um bis zu einem gewissen Grade um das Unvermeidliche herumzukommen: »Ich habe doch nun wahrhaftig vergessen, den Futterbrei für die Hühner aufzukochen.«

»Dann gehn wir doch«, schlug Mrs. Roxburgh ähnlich ausweichend vor, »und tun gemeinsam, was Sie vergessen haben.«

Aber sie blieben sitzen. Der Morgen schläferte zu sehr ein. Wären die Nadeln nicht gewesen, diese Tochter hätte, angezogen vom

Duft der Wäsche und des Mehls, ihren Kopf auf die von der Brust gebauschte Schürze der Mutter gelegt; Mama hatte nie so gerochen, sondern nach Lavendelwasser und Veilchendrops und nach der Kalkkreide, die sie auch dann noch in die Handschuhe blies, als sie sie nach der Entlassung aus Lady Otterings Diensten nicht mehr benutzte.

Diese durchsichtigen Ausflüchte und duftigen Selbsttäuschungen konnten kaum aufrechterhalten bleiben: Die Frauen wurden aus ihren Gedanken aufgeschreckt durch ein plötzliches Klirren und Stoßen von Metall, durch knirschende Räder und bald danach durch ein abgerissenes Stimmengewirr.

Mrs. Oakes stieß heiser hervor: »Der Wagen, Ellen!«, als könnte es etwas anderes sein als das, wovor beide sich fürchteten.

Die gute Frau stampfte mit solcher Wucht zum Hof hinaus, daß die Veranda ins Schwanken geriet.

Mrs. Roxburgh beugte sich geduckt vor, als suchte sie Schutz vor dem, was ihr bevorstand. Einen Augenblick lang war dies in Schweigen und in den Geruch von Leder und vom Schweiß der Pferde gehüllt. Mrs. Oakes schien sich aus ihrem Leben zurückgezogen zu haben; niemand war zur Hand, der eine Person geleitet hätte, die für Mrs. Roxburgh selbst seit langem als verlorene Seele galt.

Jemand näherte sich schließlich über eine zerbrechliche Brücke, schien es, die sich über den Abgrund der Stille spannte. Es waren nicht die Schritte ihrer Freundin. Mrs. Oakes war wirklich dazu gebracht worden, sie zu verlassen. Mrs. Roxburgh faltete die Hände in einer Geste im Schoß, die sie gelernt und dann vergessen hatte. Könnte sie sich nur dieser Lektionen entsinnen, dazu einiger hilfreicher Sprüche aus dem Gebetbuch.

Die Schritte der Fremden traktierten die Bretter nicht so sehr mit Verachtung als vielmehr mit amüsiert hingleitender Ironie. Es waren die Schritte von jemandem, die immer ungläubig bestreiten würde, dort zu sein, wo sie sich zufällig wirklich befand.

Eine nicht unangenehme, etwas affektierte Altstimme richtete sich auf ihr Ziel: »Mrs. Roxburgh? Ich bin gekommen, um Sie auf der Fahrt zur Siedlung zu begleiten. Sie werden sich kaum entsinnen«, erinnerte die Frau, die unleugbar eine Dame war, sie, »wir kennen uns von früher her – wodurch dieses Treffen – für mich jedenfalls – zu einer höchst angenehmen Begegnung wird.«

So konnte Mrs. Roxburgh nicht umhin, sich näher mit dieser Bekannten, die zugleich eine Vorbotin war, zu befassen, und fand sich einer von den Spitzen ihrer Stiefel bis zum Bogen ihrer bemerkenswert scharf geschnittenen Nase wählerisch in Braun gekleideten Person gegenüber.

»Entsinnen Sie sich noch«, fragte sie etwas freundlicher, betroffen vielleicht durch die Geschichten, die sie gehört hatte, und durch den Empfang auf dieser bescheidenen Farm, »wie wir uns an dem Tag, an dem unsere gemeinsamen Freunde, die Merivales, Ihnen einen Besuch abstatteten, an Bord des Schiffes trafen? Aber sicherlich doch?« Es klang wie ein Bitten, auf das sie sich mit dieser letzten Frage verlegte.

Aus einem Wirrwarr von Gefühlen, aus Sturm und Schiffbruch, Tod und Verzweiflung, Vertrauen und Betrug begann sich Mrs. Roxburgh an die anklagend vorspringende Nase dieser braunen Frau zu erinnern.

»Ja«, seufzte sie. »Natürlich – Miß . . .?« Die Lady konnte kaum ihre Jungfräulichkeit dadurch verloren haben, daß sie die Männer abschreckte oder denen, die ihr unklugerweise zu nahe kamen, die Gedärme aus dem Leib riß.

»Scrimshaw«, kreischte der Schnabel gedämpft, um einem lükkenhaften Gedächtnis nachzuhelfen.

Die Augen, dunkel genug, um die lässige Gegnerin einzuschüchtern, drangen ebenso tief ein wie die Augen Mrs. Roxburghs. Am Ende schienen die Frauen einander zu verstehen.

Miß Scrimshaw hob ihre fest in braunem Leder steckende Hand. »Mrs. Roxburgh«, erklärte sie, »ich möchte Sie nicht unnötig zur Eile treiben, schlage aber aus praktischen Gründen vor, daß wir sofort aufbrechen, um noch vor Anbruch der Nacht unser Ziel zu erreichen. Hierzulande überläßt man sich besser nicht irgendwelchen Zufälligkeiten, wie ich nach mehrmonatigem Aufenthalt weiß.«

»Ich richte mich ganz nach Ihnen«, murmelte Mrs. Roxburgh, die ihr ganzes Leben unter der Aufsicht anderer Leute verbracht hatte.

Miß Scrimshaw wurde lebhaft. »Sehn Sie hier!« rief sie so ungestüm aus, daß der Speichel ihr aus dem Mund spritzte. »Dies schickt Ihnen Mrs. Lovell, ach ja, sie ist wirklich die Güte selbst.« Die Begleiterin entfernte das Band von einem Karton, den sie am linken Arm trug. »Sie meinte, es würde Ihnen gewiß an einer Haube fehlen, und wollte nicht, daß Sie womöglich mit bloßem Kopf reisen müßten.«

Mit der beschwörenden Geste eines Zauberers zog Miß Scrimshaw etwas aus dem Karton, das ein Überbleibsel aus der Mädchenzeit einer Frau gewesen sein mußte, ein von Gaze überzogenes, etwas verbeultes Ding, von dem die wippenden Stiefmütterchen oder Gänseblümchen sorgsam abgetrennt und durch ein breites Kreppband ersetzt worden waren, ebenso wie man anstelle der bunten Streifen Kreppbänder und über alles hin einen Schleier, ebenfalls aus Krepp, angebracht hatte.

Miß Scrimshaw entblößte die Zähne, um in der Empfängerin eine Begeisterung zu wecken, an der es ihr zu fehlen schien.

Dann stimmte Mrs. Roxburgh ihr zu: »Ja, das ist von Mrs. Lovell sehr fürsorglich und freundlich«, und setzte die Haube auf und zog den Schleier zusammen, um ihr Gesicht dahinter zu verbergen.

Während Miß Scrimshaw Vorbereitungen für die Abfahrt traf, machte sich Mrs. Roxburgh vergeblich auf die Suche nach Mrs. Oakes. Aber am Ende schien auch das, wie fast alles andere, gleichgültig.

»Das scheinen sehr nette Leute zu sein, wie ich gehört habe«, bemerkte Miß Scrimshaw, während sie in dem ungefederten Wagen Platz nahmen.

Mrs. Roxburgh war außerstande, zu antworten. Die Kavalleristen gaben ihren Pferden die Sporen, die sich ihrerseits in Gang setzten und ihren Dung fallen ließen. Erst als sie hügelab davonfuhren, hob sie den Witwenschleier, um zurückzublicken, und dort an der Ecke der primitiven Scheune stand ihre Freundin wie eine grob modellierte Statue. Mrs. Roxburgh war betroffen; alles, was man wirklich achtet und liebt, dachte sie, wird einem nur allzu bald und allzu willkürlich entrissen. Und dann stellten sich die Gerüche ein: die Wäsche, das gebackene Brot, der aufgekochte Futterbrei, und sie mußte niesen.

Sie ließ den Schleier dankbar wieder herab.

Miß Scrimshaw sagte: »Es liegt irgend etwas in der Luft. Ah, ich kann es gut nachempfinden, und regelmäßig fühle ich mich betroffen. Ach Gott ja, wie sehr haben wir zu leiden! Aber müssen damit, denke ich, fertig zu werden versuchen.«

Der Wagen fuhr rumpelnd in Richtung Moreton Bay und erreichte in der Dämmerung die Wege, die die verstreuten Gebäude der Siedlung miteinander verbanden.

»Sie sehn, Mrs. Roxburgh, ich hatte mit meinem Zeitplan recht«, verkündete Miß Scrimshaw und lachte.

Mrs. Roxburgh war jetzt noch froher über den Schleier, der vom Rand der Haube her ihr Gesicht bedeckte. Er dämpfte das Licht und verbarg die Gedanken. Aber würde sie die Geräusche zu hören bekommen, vor denen ihr mehr als vor allem anderen graute? Im Augenblick noch nicht.

Das Haus des Kommandeurs lag, soweit es im Zwielicht zu erkennen war, in einem geräumigen, gepflegten Garten, aus dem die von der Dämmerung getragenen Düfte durch die Fenster ihres knochenbrecherischen Fahrzeugs hereindrangen. Der Wohnsitz selbst, zu dieser Stunde eher eine Ansammlung von Lichtern und erhellten Fenstern, entpuppte sich als eine unförmige Anlage hinter vorspringenden Veranden und wirkte kaum anmaßend behördlich, schien eher bequem und wohnlich.

Mrs. Roxburgh fühlte sich zu dem Haus hingezogen. Sie hätte sich dort lieber, ohne empfangen zu werden, unauffällig vergraben. Aber das konnte nicht sein. Der Kommandeur erwartete sie schon, er war nach draußen gekommen und stand auf der Treppe – eine stattlich gebaute, ansehnliche Erscheinung, ein Offizier, der offensichtlich Freude an den Machtbefugnissen hatte, die das Kommando über einen abseits gelegenen, wenn auch unwichtigen Außenposten mit sich bringt.

Kapitän Lovells Hand geleitete seinen Gast aus dem Wagen und zwang sie die Verandastufen hinauf. »Sie sind fast so pünktlich, wie Miß Scrimshaw es gewünscht hat.« Er sah hinter sich und warf einen ironisch-anerkennenden Blick auf seine Angestellte, die im Ansatz kicherte, soweit es ihr die gebotene Ehrerbietigkeit gestattete.

»Kommen Sie!« befahl er der Gefangenen. »Alle warten schon gespannt darauf, Sie zu sehen.«

»O nein, bitte!« protestierte Mrs. Roxburgh.

Miß Scrimshaw kam der ihr Anvertrauten zu Hilfe. »Die arme Mrs. Roxburgh ist, gelinde gesagt, erschöpft.«

Unter dem Licht des Hauseingangs wirkten die Augen des Kommandeurs emailleblau; er hatte jene Art von Gesicht, die zum Erröten und Anschwellen neigt, und einen Mund, der sich verdüsterte, wenn ihm etwas in die Quere kam; all dies aber, das dem Aussehen eines anderen abträglich gewesen wäre, verstärkte nur den Eindruck, den Kapitän Lovells Physiognomie erweckte.

Gerade als er im Begriff war, diesen Eindruck voll zur Geltung zu bringen, erschien eine Person, vermutlich seine Frau, die umgeben war von einer Schar kleiner, hellhaariger, blauäugiger und allesamt gespannt dreinschauender Kinder. Haarfarbe und Teint der Mutter waren ebenfalls hell. Sie machte einen etwas zerknitterten

Eindruck, nicht unähnlich der gazeartigen Haube, die ihr gehört haben mußte, bevor sie dem Gegenstand ihrer Mildtätigkeit übergeben wurde.

»Alle wollen sie sehen, aber das kommt erst in Frage, wenn sie wieder einigermaßen bei Kräften ist.« Die Entschiedenheit, mit der Mrs. Lovell das sagte, überraschte bei einer so zerbrechlichen und offensichtlich von ihren Kindern überforderten Person. »Mrs. Roxburgh ist kein Schaustück, Tom.«

Der Kommandeur schnaufte zwar unwillig und brummte vor sich hin, nahm die Zurechtweisung aber einigermaßen liebenswürdig hin. »Hört man deine Mutter so reden, dann könnte man denken, ich wäre ein Tyrann. Ist es nicht so, Kate?« sagte er, zum ältesten der kleinen Mädchen gewandt, dem aber seine Frage zu albern vorkam, als daß es darauf geantwortet hätte.

An der Spitze ihres Kindertrupps und begleitet von der unvermeidlichen Miß Scrimshaw, führte Mrs. Lovell ihren Gast zu dem für sie vorgesehenen Zimmer.

»Nach allem, was Sie durchgemacht haben, kann ich mir vorstellen, daß Sie gern allein gelassen werden möchten. Nicht, daß Sie nicht schon genug allein gewesen wären«, fügte Mrs. Lovell hinzu und wurde rot, »monatelang verloren im Busch – zusammen mit Schwarzen freilich, wie wir erfahren haben – und dem Mann, der Sie gerettet hat.« Mrs. Lovell errötete noch heftiger. »Sie werden es, meine ich, als angenehm empfinden«, sagte sie, »ein Zimmer für sich zu haben mit all den Bequemlichkeiten, die nun einmal die Zivilisation zu bieten hat.«

Mrs. Roxburgh fühlte sich vor den Augen von Mrs. Lovell wie entblößt, ebenso wie sie vor all jenen, die sie betrachteten, entblößt und, schlimmer noch, als Gefährtin eines »Schurken« dastehen würde, mit dem sie in Hütten aus Laub und Rinde gehaust hatte. Für die Kinder war sie noch interessanter: Sie sahen sie am Rande eines Eingeborenenlagers hocken und ihre Notdurft verrichten. Nur die Kinder mochten ahnen, wie abgrundtief nackt sie sich vorgekommen war, als sie im tiefen Wald einen menschlichen Schenkelknochen abgenagt hatte. Vielleicht waren es darum auch diese Kinder, die ihr in ihrer Unschuld und Unvoreingenommenheit letzten Endes über ihren Abscheu vor sich selbst hinweghelfen könnten.

Mittlerweile hatte die Mutter, die wieder freundlich wie zuvor und voller Takt war, einen Krug mit Gerstensaft und einen Teller mit Obst »aus unserem eigenen Garten« hereingebracht. Falls Mrs.

Roxburgh ganz für sich bleiben wolle, würde ein Hausmädchen ihr einen Imbiß aufs Zimmer bringen. »Denken Sie bitte nicht, Mrs. Roxburgh, daß mein Mann oder überhaupt irgend jemand etwas von Ihnen erwartet, das Ihnen unangenehm wäre. Wir sind so glücklich, Sie lebend unter uns zu wissen.«

Wonach Mrs. Lovell auf der Woge ihrer Kinder davonsegelte.

»Sie müssen wissen, meine Liebe«, erklärte ihr Miß Scrimshaw, »daß Sie hier so etwas wie eine Heldin sind und dafür entsprechend zahlen müssen.«

»Ich kann nicht behaupten, etwas zu sein, das ich nicht bin.«

Miß Scrimshaw war zu wohlerzogen oder zu klug, als daß sie auf ihrem Standpunkt beharrt hätte.

Mrs. Roxburgh empfand es als Erleichterung, daß sie mit Hilfe des Kreppschleiers ihre steigende Erregung so lange verbergen konnte, bis die alte Jungfer gegangen war; als sie ihn dann hob, gewahrte sie, daß sie sich auf die Lippen gebissen hatte und ihr Mund blutete. Kurz danach warf sie sich als ein Bündel aus Falschheit und mildtätig geschenkten Kleidungsstücken aufs Bett, um sich teils ihrem Schuldbewußtsein, teils ihren aufgestauten Gefühlen zu überlassen.

Sie zwang sich zur Selbstbeherrschung, als sie dann das Mädchen mit dem kalten Imbiß hereinließ. Heißhungrig stopfte sie sich abwechselnd Schinken und Hammelfleisch in den Mund, bis sie ein heftiger Schluckauf überkam. Es war das zu fette Fleisch zusammen mit ihrer gierigen Lüsternheit.

Als sie schließlich einschlief, träumte sie von einer überirdischen Liebe, die in ihrer leiblichen Gestalt vor ihr dahinschritt und jederzeit entschwinden konnte, in Putney oder sonst irgendwo in der realen Welt.

Sie wachte früh auf und war so erfrischt, daß sie sich selbst auf Besuch bei einer Freundin vorstellte: bei Mrs. Daintrey vielleicht in Gloucestershire? Oder konnte es der oft beschworene, aber nie abgestattete Besuch bei Mrs. Aspinall in Hobart Town sein? Diese Möglichkeit schied aus, stellte sie erleichtert fest, als ihr bewußt wurde, wo sie in Wirklichkeit war.

Sie stand auf und kam, nachdem sie sich im Zimmer umgesehen hatte, zu dem Schluß, daß sie sich in dem Waschbecken waschen müsse, das sich zu diesem Zweck im Zimmer befand. Die Seife, die nach nichtkolonialen Maßstäben grob war, brachte sie zum Lachen, als sie sich voller Glück damit einseifte. Ja, sie war glücklich. Sie hätte aus ihrem Haar gern eine richtige Frisur gemacht, wenn es lang genug gewesen wäre.

Während der Nacht hatte jemand ihr grobes Wollgewand entfernt und statt dessen ein Musselinkleid hingelegt, das mit Stiefmütterchen bestickt war, mit »Seelenfriedchen«, wie sie sie hatte nennen hören. Als sie den frischen Unterrock angezogen hatte, den sie ebenfalls fand, und darüber das hübsche Kleid mit der kobaltfarbenen Seidenschärpe, stellte sie fest, daß sie durch lange Entwöhnung das Korsettmieder übersehen hatte, und fand sich gehalten, das ausgelassene Kleidungsstück, weil es sich so schickte, unterzuziehen.

In anderen Teilen des Hauses regte es sich schon: Töpfe wurden von einem Küchenregal heruntergezogen, der Rauch eines Holzfeuers stieg auf, eine männliche Stimme gab Anweisungen. Sie hoffte, unentdeckt hinunterschlüpfen zu können, was ihr auch gelang; selbst die Kinder bemerkten sie nicht. Sie begab sich auf leicht abschüssigen Wegen vorbei an künstlich angelegten Terrassen in den Kommandeursgarten, wo Pampelmusen- und Zitronenbüsche, Bananenbäume und Guaven friedlich mit Kohlpalmen, Teestauden und steif ausgeschnittenen einheimischen Palmen beieinanderstanden. An einem Palmblatt, an dem sie Halt suchte, schnitt sie sich die Hand.

Von der untersten Terrasse aus führten Steinstufen zu einem schlammigen Fluß. Ein weißer Silberreiher stolzierte im seichten Wasser umher, breitete dann die Flügel aus und entschwand in der Ferne. Am jenseitigen Ufer hörte sie etwas, das die Rassel des Krähenmannes hätte sein können. Sie schaute unwillkürlich verstohlen um sich. Zu dieser Stunde war die Gelegenheit zur Flucht günstig, aber die vielen arglosen Freundlichkeiten, die sie in Moreton Bay erfahren hatte, hielten sie davon ab.

Sie blieb statt dessen stehen und genoß die feuchte, geradezu anfaßbare Luft, bevor sie freiwillig zu dem Gefängnis zurückkehrte, zu dem sie, eine Lebenslängliche von Geburt an, verurteilt worden war.

Auf halber Höhe des ansteigenden Geländes begegnete ihr eine Kindergruppe mit Kate, der ältesten Lovell, einem hellblonden Jungen und zwei lebhaften jüngeren Mädchen.

Kate teilte ihr mit: »Wir sind auf der Suche nach Ihnen, Mrs. Roxburgh, um Sie zum Frühstück zu holen.« Sie sprach förmlich und steif, als läse sie aus einem Schulaufsatz vor, während die anderen im Takt mit ihrer Schwester herumalberten, bis schließlich alle in Gelächter ausbrachen.

Mrs. Roxburgh hatte wieder den Eindruck, daß sie in ihr die nackte Überlebende sahen, die zweifellos gerade im väterlichen Garten hinter einer Bambusstaude ihre Notdurft verrichtet hatte. Sie strich ihr Kleid glatt und wandte sich dann an die Kinder: »Ihr werdet hoffentlich mit mir frühstücken und mir helfen, den Morgen gut zu überstehen.«

Das klang ihnen zu fremdartig, als daß sie weiter darüber nachgedacht hätten.

Eins der kleinen Mädchen verkündete mit fester Stimme: »Wir haben schon Frühstück gehabt.«

»Wir müssen zum Unterricht zu Miß Scrim«, erklärte der Junge. »Wenn wir fehlen, kriegen wir Schläge von unserem Vater.«

Mrs. Roxburgh hörte sich selbst sagen: »Aber gewiß müßt ihr eure Aufgaben machen, wenn ihr es nicht tut, habt ihr mit Recht Strafe verdient.«

Ihre zu spontane Zurechtweisung würde sie vielleicht bedrückt haben, hätten die Kinder sie nicht an die Hand genommen und sie die Anhöhe hinaufgeführt. Sie schienen lehrerhaftes Verhalten als ebenso selbstverständlich hinzunehmen wie die Umgebung, in der sie lebten.

Am Ende des Morgens, als der wilde Schwarm der erleichterten Kinder dem Unterrichtsraum entströmte, kam Miß Scrimshaw zu Mrs. Roxburgh ins Zimmer. »Ich hätte Sie darauf vorbereiten sollen«, sagte sie, »Kapitän Lovell kommt heute früh vom Kommissariat zurück und würde gern noch vorm Essen mit Ihnen sprechen. Er muß einen Bericht für Seine Exzellenz schreiben.«

»Ich kann das kaum ablehnen, nicht wahr?« erwiderte Mrs. Roxburgh.

»Das müssen Sie selbst wissen.« Miß Scrimshaw genoß es, wenn andere von ihr abhängig waren, achtete aber darauf, daß sie die Beziehung zu ihr nicht mißbrauchten.

»Wie haben Sie den Morgen verbracht?« fragte sie weniger streng.

»Ich habe im Garten gesessen, das wechselnde Licht betrachtet und mich mit den Geräuschen im Haus vertraut gemacht.«

»Auf die Weise kann man sicherlich auch etwas lernen«, sagte Miß Scrimshaw und lachte. »Ich werde Sie jedenfalls abholen, wenn der Kommandeur eintrifft.«

Ohne ihrer Mißbilligung weiter Ausdruck zu geben, überließ sie Mrs. Roxburgh ihren passiven Beschäftigungen.

Die Gefangene hatte in der Tat Gewissensbisse wegen ihrer Untätigkeit. Sie war einmal aus ihrer Lethargie aufgerüttelt worden, als ihr war, als kniffe oder schlüge sie jemand, weil sie sich nicht an der Suche nach Yamswurzeln oder am Hacken von Farnkräutern beteiligte. Sie wußte allerdings, daß es wichtiger war, sich den hinterhältigen Angriffen von tückischen Personen nicht auszusetzen. Denn sie hörte die Schritte und Stimmen der ein und ausgehenden Morgenbesucher. Mrs. Lovell empfing die Damen der Garnison, die alle sicher sehr freundlich, aber eben auch neugierig waren.

Und nun also der Kommandeur.

Er empfing sie stehend inmitten eines Raumes, der sie beeindruckt hätte, wenn sie empfänglicher gewesen wäre und nicht das gleiche Schicksal wie die Möbel erlitten hätte, die nach dem Transport über weite Strecken am Ende ramponiert, zerkratzt und verstaubt waren, wenn ihnen auch ein Hauch aus besseren, hochmütig verbrachten Tagen blieb. Schimmelgeruch von einem abgetretenen, verfilzten Teppich lag in der Luft und mischte sich dem von der Veranda hereinströmenden Duft von Zitrusfrüchten und Guaven bei. Sonnenstrahlen hinderten sie daran, die weniger aggressiven, in den fadenscheinigen Teppich eingewebten Muster zu erkennen, ebenso wie vergoldete Gitter sie behindert haben würden, falls sie den Wunsch gehabt hätte, die streng in Reihen angeordneten Bücher zu begutachten. Aber du liebe Zeit, sie war höchstens immer nur anderen zu Gefallen an Büchern interessiert gewesen, und der Kommandeur sah nicht so aus, als erwartete er irgendwelche Gefallen. Er runzelte die Stirn und klappte seine Taschenuhr zu. Die Familie aß um drei, hatte sie gehört. So blieben ihm gute zwei Stunden, sein Opfer zu foltern, falls er darauf erpicht war.

Am Anfang machte er ganz in Charme. »Ich hoffe, Sie haben sich einigermaßen ausgeruht, Mrs. Roxburgh?« Er lächelte sie unter sandfarbenen Augenbrauen an und schob ihr einen schweren, klauenfüßigen Sessel hin.

Sie dankte ihrem Gegner. Der rissige Ledersitz war so breit, daß sie wie gestrandet in der Mitte Platz nahm und Halt an den Schnitzereien suchte, die, vermutete sie, von Händen poliert worden waren, die wie ihre eigenen nervös geschwitzt hatten.

Der Kommandeur wirkte zwar nicht nervös, aber er verhielt sich doch so zögernd, wie man es bei einem Mann von seiner Autorität nicht erwartet hätte. »Sie werden verstehen, ich habe einen Bericht für den Gouverneur zu schreiben über die Umstände, die zu dem Schiffbruch führten, und darüber, wie Sie das Unglück überstanden und gerettet wurden.« Er seufzte und grub den Ellbogen in seine Schreibtischauflage. »Ich wäre also dankbar, wenn Sie mir berichten wollten, wobei ich nur hoffe, daß dadurch keine kaum verheilten Wunden aufgerissen werden. Aber ich denke, dies kann geschehen, ohne daß es Sie unnötig belasten müßte.« Die Anstrengung schien bei ihm zu Blutandrang geführt zu haben, er erneuerte zwar sein Lächeln, richtete es aber auf das leere Blatt Papier vor sich.

»Niemand – nichts – könnte mich belasten – jetzt nicht mehr, Kapitän Lovell.« War dies auch eine harte Behauptung, so blieb es ihr doch immerhin erspart, in seine Richtung sehen zu müssen; es waren einzelne scharfe Gesichtszüge und seine ziemlich groben Handgelenke, die vernarbte Wunden aufreißen könnten.

»Dann erzählen Sie mir bitte mit Ihren eigenen Worten«, sagte er, »wie alles sich zugetragen hat.« Mangelnde Aufgeschlossenheit konnte sie ihm kaum vorwerfen.

»Hm«, murmelte sie abwägend mit gesenktem Kopf und fuhr sich mit der Zunge über die Unterlippe, »wir erlitten Schiffbruch, wie Sie wissen – wie Sie es von jenem anderen Überlebenden erfahren haben.« Sie fühlte, wie ihr der Schweiß ausbrach. »Was soll ich Ihnen erzählen«, sagte sie keuchend, »wenn Sie alles schon wissen?« Das war eine wenig befriedigende Feststellung.

Sie durfte nicht zu dem Kommandeur hinschauen, sondern mußte ihre Blicke für einen Waffengang aufsparen, der mehr Gewandtheit erforderte. Sie starrte also auf ihre Hände, die sie inmitten der Stiefmütterchen auf die kobaltfarbene Schärpe gelegt hatte, als quälten sie Bauchschmerzen; es mußte ihr gleichgültig sein, ob er sie für schwächlich hielt.

Der Kommandeur faßte sich in Geduld. »Nur dadurch, daß wir verschiedene Versionen derselben Geschichte hören, finden wir die Wahrheit heraus. Das ist vor jedem Gericht so, Mrs. Roxburgh.«

»Oh«, rief sie, »ich habe nie vor Gericht gestanden. Vielleicht ist das der Grund, warum ich nie sicher sein konnte, ob ich, was immer geschehen sein mochte, die Wahrheit wirklich herausgefunden hatte, Kapitän Lovell. Aber trotz alldem habe ich den Schiffbruch überlebt.«

Sie hätte jetzt gern zu ihm hingesehen, glaubte aber, daß es ihr dazu an Kraft fehlte.

Sie fuhr mit gesenktem Kopf fort, zu erzählen. »Mein Mann wurde getötet. Ja, das ist die Wahrheit – eine Wunde, die vielleicht nie heilen wird. Das Blut, das hervorschoß, als ich den Speer aus seinem Hals zog! Nie werde ich dieses grelle Licht vergessen und die Fliegen.«

Der Kommandeur machte sich eifrig Notizen.

»Dann führten die Schwarzen die Besatzung weg.« Sie befeuchtete sich die Lippen; sie konnte nicht umhin, nach etwas zu fragen, das sie bisher nicht hatte wissen wollen: »Wer ist dieser andere Überlebende?«

Aber der Kommandeur, der sich kriegsgerichtlich mit einer Frau auseinandersetzte, verhielt sich ebenso verwirrend, wie sie verwirrt war. »Die Schwarzen – sind Sie von ihnen gut behandelt worden?« Er sagte das mit einer Feinfühligkeit, die an jemandem, der so exaltiert und zugleich grobschlächtig war, überraschte.

Sie durfte ihn nicht ansehen, wie sie es sich im Anfang vorgenommen hatte.

»Na ja«, setzte sie an und hielt dann inne, »sie waren nicht unfreundlich – wenn man bedenkt, daß auf sie geschossen worden war. O ja, der arme Mr. Courtney eröffnete das Feuer – der Steuermann. Einige von den Stammesangehörigen wurden getötet. Also brachten sie Kapitän Purdew – und Mr. Roxburgh aus Rache um. Nein«, fügte sie hinzu, »sie behandelten mich, würde ich sagen, verhältnismäßig gut. Natürlich, sie schlugen und kniffen mich und hielten Feuerstäbe unter mich, um mich zu zwingen, auf Bäume zu klettern, wo ich für sie Opossums und alten wurmstichigen Honig herunterholen mußte. Sie wollten auch, daß ich ein widerliches Kind säugen sollte, aber ich konnte nicht. Ich hatte keine Milch. Ich hätte nicht einmal das Kind nähren können, das auf See tot geboren wurde.«

An diesem Punkt war es der Kommandeur, der, spürte sie, angewidert war.

»Oh, ich verdamme die Schwarzen nicht! Das Kind starb. Das wäre auch geschehen, wenn es nicht so abstoßend gewesen wäre. Ich hatte also keine Schuld, oder?«

Während der Stille, die eintrat, war nur das Kratzen seiner Feder zu hören.

»Niemand ist schuld, und alle sind es, was auch immer geschieht.« Weiter kam sie nicht mit ihren stockenden Worten.

»Und dann?«

Von hier an wurde die Geschichte einigermaßen verwickelt.

»Oh«, sie hob den Kopf und auch den Hals, dessen Adern, vermutete sie, vorstanden; sie zog die Nasenflügel ein, so daß die Nase wirken mußte, als wäre sie nur aus Knochen, »die schwarzen Kinder! Die Kinder waren nicht so bösartig, wie es die Eltern wohl gern gehabt hätten. Wir spielten *purru, purru*...«

»*Purru, purru*?« sagte Kapitän Lovell sehr ernst, sehr amtlich.

»Ein Ballspiel«, erwiderte sie. »Wir hüpften auch miteinander herum, und ich sang ihnen etwas vor.«

»Was haben Sie gesungen?« Es war, als wäre er entschlossen, eine Ungehörigkeit zu begehen.

Sie konnte sich nicht erinnern, also verzieh sie ihm. »Irgend was Unsinniges oder so.« (Nicht *Geh, Betrüger, geh!* das war später, nicht wahr? und vor einem anderen). »Es war, während wir zum Festland übersetzten und die Kinder bei der rauhen See Angst hatten. Ja«, sagte sie bekräftigend, »da muß es gewesen sein.«

»Und wann kamen Sie an?«

Es war Mittag geworden. Der Kommandeur schwitzte; der Schweiß tropfte ihm auf den Uniformkragen, den er aus Korrektheit nicht aufknöpfte. Mrs. Roxburghs Musselinkleid war durchnäßt; an der Schärpe wurde so etwas wie eine Hochwassermarke sichtbar.

»Sehen Sie, Kapitän Lovell« – suchte sie ihn zu begütigen, solange dies noch leicht möglich war –, »es ging dabei um eine Zusammenkunft der Stämme, ein großes Fest sollte gefeiert werden.«

»Und haben Sie teilgenommen an diesem Fest?«

»Soweit Frauen daran teilnehmen durften, ja. Es sind die Männer, die ihre Tänze vorführen. Die Frauen begleiten sie nur, sie singen und klatschen auf die Schenkel. O ja, ich habe da mitgemacht, denn ich war ja eine von ihnen.«

»Haben Sie das, was Sie zu singen hatten, auch verstanden?«

»Natürlich nicht. Ich war nicht lange genug mit dem Stamm zusammen, so daß ich nur wenige allgemein gebräuchliche Wörter gelernt habe. Aber sicher läßt sich begreifen, was mit den Wörtern gemeint ist, auch wenn man sie selber nicht versteht.«

Der Kommandeur hatte das wahrscheinlich nicht verstanden, weil er schrieb. Mrs. Roxburgh vermutete, daß alles, was sie verstand, nur wenig mit Wörtern zu tun hatte, trotz aller Belehrung durch Mr. Roxburgh und seine Mutter. So würde es in ihrem Leben immer sein.

»Eines Morgens sehr früh«, entsann sie sich, »als ich in einer Waldlichtung auf einige Angehörige meines Stammes traf, habe ich alles bis ins letzte so genau verstanden, wie, glaube ich, nie zuvor.«

»Was taten die Schwarzen dort im Wald?«

»Es war eine geheime Zeremonie. Sie waren böse auf mich und verjagten mich.«

»Weil Sie gesehen hatten, womit sie beschäftigt waren?«

»Es war zu privat. So hatte ich da nichts zu suchen, wie mir später klar wurde. Eine Art von Kommunion.«

»Wenn das einen solchen Eindruck auf Sie gemacht hat, sollten Sie es auch beschreiben können, würde ich denken.«

»O nein!« Sie senkte die Augen, die sie in der Erregung flüchtig gehoben hatte.

Der Kommandeur warf die Feder hin und setzte sich so abrupt zurück, daß sich der Sessel und seine Hacken schurrend in den fadenscheinigen Teppich gruben.

»Um auf die eigentliche Geschichte zurückzukommen – bei diesem Fest war's doch, daß Sie den entlaufenen Sträfling trafen, der Sie, soweit ich unterrichtet bin, gerettet hat?«

»Ja«, sagte sie und fügte hinzu: »Es bekümmert mich, daß Freunde, von denen ich etwas hielt, gegen mich ausgesagt haben sollen.«

Der Kommandeur konnte seine Verärgerung nicht unterdrücken. »Ist es nicht nur natürlich, daß Leute sich gegenseitig über wichtige Dinge unterrichten?«

»Ja, das ist unvernünftig von mir, ich weiß. Mr. Roxburgh hat mir dies oft vorgeworfen.« Sie lächelte mit einem Blick auf ihre Hände, die sie auf der Schärpe aufeinanderlegte.

»Dieser Mann – der Sträfling«, fragte Kapitän Lovell sie, »wird Ihnen, nehme ich an, seinen Namen – oder *einen* Namen – genannt haben?«

»Ja. Chance. Jack Chance.« Sie sprach den Namen weich aus, weil sie sich nicht erinnern konnte, ihn jemals ganz ausgesprochen zu haben.

Der Kommandeur sprach ihn nach, aber nur flüsternd. Seine Feder schrieb ihn nieder und versah ihn mit einem Schnörkel – beides aber am Rande, weil er bezweifeln mochte, daß es der richtige Name sei.

»Glauben Sie, er hätte mich belogen?« fragte sie scharf.

»Es gab da mal einen Chance, der ausgebrochen ist, aber das war vor meiner Zeit. Ich weiß es aus den Akten meines Vorgängers.«

Kapitän Lovell fuhr fort, den Namen »Chance« zu umschnörkeln. »Wie hat er Sie behandelt?«

»Fürsorglich und äußerst freundlich.«

»Er hat nicht gerade den besten Ruf.«

»Oh, ich weiß, er ist ziemlich grob. Aber ich bin an Grobheit gewöhnt, Kapitän Lovell.«

Sie sah zu ihm hin, um ihre Feststellung zu bekräftigen, und seine blauen Augen blitzten sie an.

»Habe ich nicht unter Schwarzen gelebt? Und hätte ich's nicht – leben heißt doch, mit Grobheit umgehen müssen.«

»Nach dem, was ich von der Roxburgh-Familie gehört habe, müssen Sie, Mrs. Roxburgh, doch ein recht behütetes Leben geführt haben.«

»Vor seinen Gedanken und Vorstellungen kann man nicht immer behütet werden, Kapitän Lovell.«

Das mußte ziemlich abwegig geklungen haben. Seinem leicht verzogenen Mund merkte sie sein Mißfallen an; er war bei Frauen zweifellos nur ein schmiegsames Wesen und Willfährigkeit gewohnt.

»Dieser Mann namens Chance«, fragte er, »wie kam es, daß er, nachdem er Sie so, sagen wir, ritterlich gerettet und auf dieser strapaziösen Wanderung begleitet hatte, bei der Ankunft in der Nähe der Oakes-Farm in den Busch zurücklief?«

»Er hatte natürlich Angst.«

»Aber mußte er nicht annehmen, daß seine Tat ihm zu seinen Gunsten angerechnet und er womöglich begnadigt werden würde?«

»Daß er begnadigt werden würde, habe ich ihm versprochen.«

Der Kommandeur runzelte die Stirn.

»Aber seine Angst war damit natürlich nicht behoben«, sagte sie, »nach allem, was er durchgemacht hatte. Die Narben davon trägt er noch auf dem Rücken.«

»Die stammen von früher, aus vergangenen Zeiten«, brummte Kapitän Lovell.

Dann blickte er seiner Zeugin ins Gesicht und sagte: »Waren Sie es vielleicht, durch die er den Mut verloren hat? Ich habe es schon erlebt, daß Männer durch den Einfluß von Frauen, die stärker waren als sie, ängstlich wurden.«

»Er war selbst stark. Er kann nicht durch irgendwelche Handlungen meinerseits entmutigt worden sein. Ich hatte ihm, wie gesagt, versprochen, daß er begnadigt werden würde.«

»Aber meine liebe Mrs. Roxburgh«, sagte der Kommandeur, »jemanden zu begnadigen ist Sache von Seiner Exzellenz, der sich dabei auf meine Empfehlung stützt.«

Sie rang die Hände. »Aber ich habe es versprochen, Kapitän Lovell! Mir ist im Leben alles genommen, selbst mein Ehering, den ich noch bis zum letzten Tag hatte, ist verlorengegangen. Nichts habe ich mehr! Das ist der Grund, warum ich – und gewiß darf ich doch nach allem, was ich durchgemacht habe, auf eine Belohnung hoffen? Auf Gnade für den Mann bestehe, der mich gerettet hat.«

Nachdem sie sich bekümmert in Schweigen gehüllt hatte, schien der Kommandeur auf ein Echo zu horchen.

»Vielleicht ist Ihnen, Mrs. Roxburgh, nicht gegenwärtig, daß der Mann wegen der brutalen Ermordung seiner Geliebten verurteilt wurde, die selbst eine Dirne niedrigster Sorte war.«

»Oh, Kapitän Lovell«, rief sie, »die meisten von uns haben sich der Brutalität, wenn nicht gar des Mordes schuldig gemacht. Verdammen Sie ihn deswegen nicht. Er selbst ist ein Opfer der Brutalität des Lebens und wurde dadurch gebrochen.«

Sie hörte, fühlte sich keuchen aus der ganzen Verzweiflung der Farm heraus, auf der sie aufgewachsen war: das Kalb mit dem Messer an der Kehle; die zischende Gans, deren Hals sie selbst durchschnitten hatte; zugleich aber sah sie, schlimmer und bedrückender noch, das Grauen in Jack Chances Augen vor sich und den Mund, dem ihr eigener nicht die Liebe und Freundlichkeit übermitteln konnte, aus denen Vertrauen hervorgeht.

Der Kommandeur füllte für seine Gefangene großzügig ein Glas mit Brandy. »Es ist Ihr zartfühlendes Herz, dem Sie folgen«, stellte er anerkennend mit kaum einem Anflug von Ironie fest.

»Es ist meine Pflicht«, widersprach sie, »die mir verbietet, zu schweigen.«

War er ironisch genug, ihre Behauptung in Frage zu stellen? Sie war zu aufgewühlt und auch zu benommen vom Brandy, als daß es sie jetzt noch scherte, welche Richtung ihre Verteidigung nehmen würde. Das so gut wie leere Glas hing in ihrer Hand herab.

Als sie ihm, weil es an ihr nagte, plötzlich die Frage stellte: »Wer ist der andere Überlebende?«

»Ein Mann namens Pilcher, der Zweite Maat, der das Kommando über die Pinasse führte, als sie durch den Sturm vom Langboot getrennt wurde. Erinnern Sie sich?«

»Ja, ich weiß. Mr. Pilcher, das war der Zweite Maat.«

»Und auch an die Situation, in der Sie ihn zuletzt sahen?«

»Ja, ich denke schon. Aber es herrschte schon seit Wochen Sturm – es war wie im Traum – wie in einem Alptraum. Ich glaube, ich war wie im Delirium durch all das Salzwasser, das ich getrunken hatte – und die Geburt meines kleinen Jungen. Hätte Mr. Roxburgh mich nicht die ganze Zeit gestützt, dann wäre ich nicht hier.«

Sie stellte das leere Glas auf den Schreibtisch und drehte an dem unsichtbaren Ring an ihrem Finger.

»Ich denke«, sagte der Kommandeur mit grausamer Beharrlichkeit, »ich sollte Sie mit dem anderen Schiffbrüchigen zusammenbringen. Er ist ein bißchen durcheinander, der arme Teufel. Er arbeitet augenblicklich als Schreiber im Kommissariat und scheint wenig geneigt, in den Süden zu gehen oder heimzureisen. Ja, Sie sollten wirklich mit ihm zusammenkommen. Vielleicht vertreibt der Austausch gemeinsamer Erfahrungen einige der Gespenster, von denen Sie in Ihrer Erinnerung heimgesucht sind.« Der Kommandeur stand vor seinem Opfer und blickte auf sie mit einem Ausdruck herab, der wissenschaftliche Unverbindlichkeit oder Vergeltungssucht bedeuten konnte, wenn er dies auch, zur Rede gestellt, als Fürsorglichkeit ausgegeben haben würde.

»Ja, ich möchte mich mit Mr. Pilcher treffen, um zu hören, was er zu berichten hat.«

Der Kommandeur klappte den Deckel seiner Taschenuhr zurück, und im gleichen Augenblick ertönte von draußen ein Gong. »Sehr gut!« erklärte er. »Ich hoffe, Sie freuen sich ebenso aufs Essen wie ich. Es gibt, soviel ich weiß, junges Schwein. Oder Chaudfroid aus Geflügel, wenn Sie das vorziehen. Und ein Milchgetränk mit Zider.«

»Danke, ich habe keinen Appetit. Ich möchte lieber aufs Zimmer gehen.«

»Aber Sie sind bereit, Mr. Pilcher heute abend zu empfangen?«

»Wenn Sie und Mr. Pilcher es wünschen, ja.«

Mrs. Lovell versuchte, ihren Gast zu einer kleinen Portion Chaudfroid oder wenigstens einem Glas von dem Zidergetränk zu überreden, was sie aber beides ablehnte.

Mrs. Roxburgh würde vor sich hingedöst haben, hätte sie nicht in Erwartung des angedrohten Besuches steif und verkrampft dagelegen. Außerdem grummelte es in der Ferne, und auf den Donner folgte ein Wolkenbruch, der auf das Laub in dem dunkelnden Garten niederrauschte. Danach strömte der Duft von Zitronenbüschen und durchnäßtem Staub ins Zimmer. Selbst das Licht schien durchwaschen, es war vom Glanz der Zitronen durchsetzt, und die Schatten waren von einem schwärzlichen Blau.

Miß Scrimshaw kam, um sie aufzufordern, am Teetisch Platz zu nehmen. »Allein hier im Dunkeln zu sitzen«, sagte sie warnend, »das legt sich Ihnen aufs Gemüt.«

Aber Mrs. Roxburgh wünschte keinen Tee. Sie bemerkte beiläufig, daß sie »halbwegs Besuch erwartete«.

Miß Scrimshaws diskrete Zurückhaltung war dadurch auf eine harte Probe gestellt, aber sie erwiderte nur: »Vielleicht hat die Person sich von dem stürmischen Wetter abhalten lassen und ihren Besuch, da es reichlich spät wurde, verschoben. Der Besuch wird Ihnen morgen um so angenehmer sein.«

Mrs. Roxburgh klärte die alte Jungfer weder über das Geschlecht der erwarteten Person noch über den Zweck des Besuches auf, und Miß Scrimshaw, die bei Geheimnissen aufblühte, ging beschwingt davon.

Am Tag nach dem nicht stattgefundenen Besuch stand Mrs. Roxburgh noch früher als an ihrem ersten Morgen in Moreton Bay auf und zog das schwarze Paramattakleid an, das vom Dienstpersonal ausgebürstet und diskret in ihr Zimmer zurückgebracht worden war. Während der Nacht war es ihr eingefallen, einen einsamen Spaziergang zu unternehmen, um sich mit der Umgebung bekannt zu machen, bevor ihre Eigenart durch menschliche Betriebsamkeit beeinträchtigt würde. Daß ihre eigenen Gedanken das, was sie sah und hörte, beeinflussen könnten, war eine Möglichkeit, die sie mühelos abtat.

Alles ähnelte dem, was sie bereits gemeinsam mit dem Sträfling Jack Chance erlebt hatte: der Staub, die Steine, die Furchen, über die sie mühsam genug hinstrauchelte; die einheimischen Bäume waren durch menschliche Eingriffe entstellter und eher wie Krüppel, die Stein- und Ziegelhäuser traditionsgemäß robust, während die eher improvisierten Schuppen aus lehmbeworfenem Flechtwerk errichtet waren. Es war die Stunde, bevor das arthritische Alter und jugendliche Neugier sich zu regen begannen; die bescheidenste Wohnstatt summte von der Achtbarkeit, die ihr der Schlaf verlieh. Als sie die Fremde zu Gesicht bekam, galoppierte eine Sau mit ihrem Gefolge von quietschenden Ferkeln auf und davon in Sicherheit, und ein braunroter, räudiger Hund sprang hinterher und schnappte nach ihnen.

Sie bestieg einen Hügel und kam zu der außer Betrieb gesetzten Wind- oder Tretmühle, rings um sie als Abfall ausgedroschene Kornstoppeln und nicht weit davon eine Handkarre, an der ein Rad fehlte. Kinder mochten hier ihren Spielen überlassen worden sein, wäre die Anzahl der Dinge geringer und ihre Kenntnis unvollkommener gewesen. Sie überquerte die zerschundene Grasfläche, die sie von der Mühle trennte, um die Nagelköpfe in den ausgetretenen Brettern zu berühren, die von Füßen blank poliert worden waren, und sich erneut mit diesem Höllenpfad bekannt zu machen.

Ein Vogel rief, oder war es eine Warnung, die er ausstieß?

Der Laut lenkte ihre Aufmerksamkeit auf Stimmen am Fuß des Hügels, deren Widerhall durch die morgendliche Stille verstärkt wurde. Es waren die Stimmen von Männern, die, als sie sich der Höhe näherten, lauter, mißtönender wurden. Manchmal wurde das Gewirr durch knappgehaltene Befehle und dann wieder durch dumpf ausgestoßene Flüche unterbrochen. Dies war es, wurde ihr bewußt, was sie sich von Herzen gewünscht hatte: So schmerzhaft sich dieses Aufeinandertreffen auch erweisen mochte – sie wurde dadurch doch mit den Gefährten des Mannes in Berührung gebracht, dem sie unrecht getan haben mochte.

Der durch den Busch heraufsteigende Trupp war jetzt so nah, daß sie das Klirren des Eisens, das Gerassel der Ketten hörte. Impulsiv wollte sie beiseite springen, um den Trupp ungesehen beobachten zu können, aber Angst, Gewissensbisse oder das höllische Verlangen, wiederum an dem teilzunehmen, was sie aus leidvoller Erfahrung kannte, veranlaßten sie, wie angewurzelt auf dem Weg stehenzubleiben, auf dem die Männer vorbeikommen würden.

Mit gesenkten Köpfen schleppten sie sich auf sie zu, so daß sie nicht gleich mit dem konfrontiert wurden, was ihnen auf den ersten Blick als eine Augentäuschung vorkommen mußte. Als erste entdeckten die beiden den Kettensträflingen vorangehenden Wachsoldaten die Frau in Schwarz. Sie erstarrten und schnappten nach Luft und brachten ihre Musketen in Anschlag, als wollten sie die Gefangenen gegen einen Befreiungsversuch verteidigen. Dann warfen die Anführer der Sträflingskolonne die Köpfe wie graubraunfarbige Tiere hoch. Da sie abrupt anhielten, stießen die ihnen folgenden Männer gegen sie und gerieten durcheinander; ein wildes Fluchen brach bei der Karambolage von Körpern und Köpfen aus.

Mrs. Roxburgh raffte sich auf und wollte beiseite treten. Alle Männer in der Kolonne suchten sich gierig an ihrer Erscheinung satt zu sehen. Die rot geblähten Backen eines tölpelhaften Wachsoldaten zitterten; ein anderer, der weniger hitzig reagierte, hatte die Lippen ungläubig oder mißbilligend zugeknöpft. Die Augen der Gefangenen verschlangen die Gestalt mit unverhohlener Lüsternheit, oder sie gruben die verschüttete Vergangenheit aus und verzweifelten an dem, was sie wiederentdeckten. Mrs. Roxburgh ihrerseits fand sich in furchtbarer, krampfartiger Erregung mit diesem Pöbel vereint, mit diesen Männern, deren Haut über den verfilzten Bärten ledrig war, deren Augen vor Haß glühten oder sich unter einem Katarakt von Gram dumpf verfärbten und deren Hände von den Strapazen bis auf die Knochen abgezehrt waren. Sie nahm alles das wahr und roch auch den darüberliegenden Fuchsgestank, der ihr vertraut war. Wenn sie von Narben entstellt waren, so wurden diese doch wenigstens von den Arbeitskitteln verdeckt; noch würde sie ihre Körper, während sie schlafend in ihren Armen lagen, erschauern fühlen, wenn auch das Rasseln der ewig bewegten Ketten ein Mißtrauen aufkommen ließe, das ihre Zärtlichkeit oder Leidenschaft ihnen niemals austreiben könnte.

Dann sah sie, daß ein Aufruhr um sie herum ausgebrochen war; der Busch flammte auf, knackte und sprühte vom Schauer der Flüche, der zotigen Witze, des Gelächters und der vereitelten Begierden, dem er ausgesetzt wurde.

Einer der Kerle rief: »Ich hab' 'ne beßre als sie in Hounslow gerammelt und hab mir 'n Tripper geholt.«

»Ay, kannst' nie vorher wiss'n, wo dir so was passiert.«

»Passiert ihr vielleicht mit mir, sag' ich ganz offen, Billy, hätt' ich die Chance, ihr mit'm Ständer zu komm'.«

Eine der Wachen hatte sich den Gefangenen mit gehobener Muskete genähert.

»Das ist hier kein Ort für eine Lady, Mad'm«, erklärte ihr der diensthabende Korporal mit bebender Stimme. »Besser, Sie gehn zurück in die Siedlung.«

Mrs. Roxburgh bedauerte, daß sie ihren Schleier vergessen hatte. Sie erinnerte sich kaum, was sie als Antwort gemurmelt hatte. Was immer sie eher flüsternd bemerkt haben mochte, ging unter in dem Tumult von Schimpfworten, Warnrufen, nachgeahmten Furzlauten und vor allem im Klatschen von Schlägen. Sie ging so schnell und wendig davon, wie es ihr Rock und die auf dem Weg verstreuten

Zweige erlaubten, war aber noch nicht ganz an der Gefangenenkolonne vorbei, als sich einer ihr zudrehte und sie anspuckte. Sie fühlte den Speichel an ihrer Backe hinuntertropfen.

Das verstärkte Gegröle würde sie noch mehr gedemütigt haben, wäre es nicht zum Teil ihre Absicht gewesen, sich den Demütigungen als Strafe für ihre Unterlassungen und Unzulänglichkeiten auszusetzen. Bestraft und gedemütigt fühlte sie sich dennoch. Während sie ihren Rock über die Steine und die unbarmherzigen Grasbüschel zog, stimmte es sie traurig, denken zu müssen, daß sie niemals von einer der beiden unvereinbarten Welten akzeptiert werden würde, ebensowenig, wie diese beiden sich jemals vereinen könnten.

Sie ging weiter, wischte sich den Speichel aus dem Gesicht und gelangte, nachdem sie einen seichten Flußlauf überwunden hatte, schließlich zu dem, was die Bewohner zweifellos als die Straßen ihres Gemeinwesens betrachteten. Sie sollte sich mittlerweile von ihren krankhaften Gedanken und Absichten frei gefühlt haben, um unbelastet zu dem gastfreien Haus des Kommandeurs, zu seinen Zitronengrotten und den hübschen Kindern zurückkehren zu können, als sie gerade in diesem Moment bemerken mußte, daß ihr eine zweite Prüfung bevorstand, die ebenso unvermeidlich war wie die erste, weil sie ihrem eigenen Wunsch entsprach.

Was sie jetzt vor sich sah, konnte nur die Gruppe der weiblichen Gefangenen sein, die von der Frauenfabrik zum Hospital marschierte, wo sie tagsüber arbeiteten. Sie wurden weniger streng bewacht als die männlichen Verbrecher. Die Männer, die sie begleiteten, waren nur zum Schein Wachsoldaten. In einem Fall mutmaßte sie, daß die entgegenkommende Willfährigkeit des Mannes auf Dienste zurückzuführen sein mußten, die ihm geleistet worden waren. Der junge Mann schlenderte eher, als daß er marschierte, und plauderte mit dem Mädchen an seiner Seite mit einer von keinen weiteren Erwartungen irritierten Vertraulichkeit, wie sie für manche Ehen charakteristisch ist. Verzweiflung und zügelloser Haß, wie sie die männlichen Gefangenen von menschlichen Wesen unterschieden, waren nirgends auch nur im Ansatz zu bemerken, doch als die Frauen in ihren staubgrauen, schlecht sitzenden Uniformen näher kamen, machten sie in ihrem Auftreten eher einen schlampigen Eindruck, sie gerieten aus dem Tritt, und ihr Gang wirkte verworren. Mit ihrem Gelächter meinten sie zweifellos die Fremde; durch vereinzeltes Kichern, das die allgemeine Heiterkeit schrill übertönte, gewann es an Schärfe.

Mrs. Roxburgh senkte den Kopf. Ihre Begegnung mit den Frauen konnte sich als beunruhigender erweisen als das Zusammentreffen mit den Männern, denn Frauen, besonders solche, die unter Anklage gestanden haben, sind einer anderen Frau gegenüber mißtrauischer, die ihre Gedanken durchschauen und sich in ihre Phantasien einmischen könnte. Die Frauen würden zweifelsohne befürchten, daß sie, eine Fremde und *Lady*, sich ihre mehr obszönen Träume vorstellen könnte, ihr Ersatzverhalten für vereitelte Liebe, die Zärtlichkeiten, die sie mit ihrem Ehemann in dessen Abwesenheit austauschten, oder ihre Machenschaften, um einen möglichen Geliebten an sich zu ziehen.

Der Abstand zwischen ihr und den Frauen hatte sich so verringert, daß ein gegenseitiges Abschätzen unausbleiblich war. Sie ihrerseits stellte fest, daß einige der Gesichter erstorben waren, während das in anderen noch vorhandene Leben Hoffnungslosigkeit zum Ausdruck brachte, trotzige Verstocktheit oder träge Verderbtheit. Die Frauen starrten ihre Anklägerin (denn nichts anderes konnte sie sein) aus Augen an, die zwischen Polstern eingesunkener Haut und gedunsenen Wangen hervorsahen, während ihre Münder schief in den Angeln der Ungläubigkeit und Verbitterung hingen. Überreste von irgendwelchen Reizen oder von Schönheit wirkten, als müßten sie, um fortexistieren zu können, geheuchelt werden.

Eine junge Frau, unverkennbar irisch nach ihrem Äußeren, schwarz mit verfilzten Löckchen und Wimpern, so üppig, daß sie von Fliegen durchwimmelt sein konnten, begrüßte die Fremde keck: »Moi'n, Ma'm. Spazier'n gehn an so ei'm Tag is wie Freiheit, die wir alle teil'n un' genieß'n könn'.«

Die anderen mit Ausnahme von denen, die gestorben waren, johlten vor Freude über die Kühnheit ihrer Gefährtin. Die Wächter stimmten in ihr Lachen ein. Troffen ihre Worte auch von Ironie, so hatte sie sie doch so unbändig humorvoll vorgebracht, daß niemand ihr Unverschämtheit vorwerfen konnte.

Mrs. Roxburgh blieb zögernd am Wegrand stehen. Sie hätte gern mit der so fragwürdig fröhlichen Irin gesprochen, ihre Hände genommen, sie an sich gedrückt und ihr auf irgendeine Weise zu erkennen gegeben, daß sie beide nach Zielen gestrebt und verloren hatten. Da aber wurde die aufgelockerte Kolonne vorwärts gedrängt, und der letzte hilflose, aber seltsam tröstliche Blick der Frau bestätigte ihr, daß sie einander verstanden haben würden.

Die Gefangenen marschierten in der furchtbaren Verlassenheit ihrer groben Kittel davon, und ihre zerschundenen Stiefel durchgruben den Staub, während sich Mrs. Roxburgh demütig abwandte und in Richtung der »Residenz« des Kommandeurs fortging.

Hier tauchte eine sofort erkennbare Gestalt an der Pforte auf. Ihrer Natur gemäß war Miß Scrimshaw dabei, Ausschau nach dem oder jenem zu halten. In ihrem braunen Gewand stand sie mit ihrem angepappten Haar und ihrem schwingenden Schal im Windschatten ihrer ausgestreckten Hand und blickte ihrer Freundin entgegen.

»Oh«, rief sie, als sich die Abtrünnige näherte, »Sie sollten in Moreton Bay nie ohne Begleitung ausgehen. Wenn Sie an die frische Luft möchten, wird Mrs. Lovell für Sie die Pferde anspannen lassen, vorausgesetzt natürlich, es ist zu einer vernünftigen Zeit.«

»Wie Sie sehen, Miß Scrimshaw«, entgegnete ihr Mrs. Roxburgh, »bin ich nicht zu Schaden gekommen.«

Nahm die alte Jungfer auch den Arm ihrer Freundin an sich, so mochte sie doch vorerst noch in Ungewißheit verharren. Anscheinend war tatsächlich nichts an Mrs. Roxburgh gebrochen, doch Miß Schrimshaw selbst hatte trotz ihrer ledrig verwitterten Zähigkeit schon manch eine geistige Wunde davongetragen.

»Ich bin jedenfalls froh, daß Sie gekommen sind«, sagte sie, während sie Mrs. Roxburgh auf sicheres Gelände zurückführte. »Ich habe eine gute Nachricht für Sie. Ihr Bekannter wird heute abend hier eintreffen. Was auch ihn veranlaßt haben mag, seinen Besuch zu verschieben – der Kommandeur wird auf alle Fälle dafür sorgen, daß Mr. Pilcher Ihnen seine Aufwartung macht.«

Sie blickte zu Mrs. Roxburgh hin, um deren Anerkennung entgegenzunehmen oder um sich in dem von ihr gehegten Verdacht durch deren Gesichtsausdruck gerechtfertigt zu sehen. Aber Mrs. Roxburgh verzog keine Miene, ihr Gesicht blieb so undurchschaubar, als wäre es von dem Witwenschleier verhangen, den, bemerkte Miß Scrimshaw, ihre Freundin nicht trug.

Nach dem üppigen Essensritual in der Residenz wandte sich der Kommandeur an seinen Gast und lächelte, als hätten sie ein Geheimnis miteinander: »Die Person, von der wir sprachen, wird, schätze ich, um halb sechs hier sein« – er klappte seine Taschenuhr auf und betrachtete sie stirnrunzelnd –, »oder spätestens um sechs.« Er schloß seine Uhr und lächelte wieder, grundlos, wie es Mrs. Roxburgh schien. »Er wird es diesmal gewiß nicht versäumen, seiner Pflicht nachzukommen.«

Eins der kleineren Mädchen fragte: »Kriegt Mr. Pilcher von Mrs. Roxbury Schläge?«

»Wie kannst du nur so etwas denken!« Die Mutter wurde rot wegen dieser Vermutung ihrer Tochter.

»Aber warum muß er dann erst gezwungen werden?« fragte Totty erstaunt.

»Aber sie sind alte Freunde. Es ist keine Rede davon, daß er *gezwungen* werden mußte!«

Mrs. Lovell war so verlegen, daß sie die Stimme senkte, als sie Mrs. Roxburgh informierte: »Sie werden ihn im *kleinen* Salon empfangen, meine Liebe.« Dies war freundlich gemeint, die Situation wurde dadurch aber noch rätselhafter und die Neugier erst recht angestachelt. »Dort haben Sie beide es bequem und sind unter sich. Es sei denn, Sie möchten Miß Scrimshaw dabeihaben.«

Mrs. Roxburgh deutete höflich an, daß sie lieber auf Miß Scrimshaws Anwesenheit verzichte.

Sie würde sich verwundert gefragt haben, auf welche Weise sie die Zeit bis zu dem Besuch am besten verbrächte, wäre ihr nicht klar gewesen, daß dieses unangenehme Ereignis schon sehr bald stattfinden sollte. So setzte sie sich im kleinen Salon zurecht und hoffte nur, daß Miß Scrimshaw ihr nicht schon vorher mit ihren Ratschlägen käme.

Die diskrete Dame jedoch ließ ihr Stichwort nicht außer acht: Als es soweit war, verkündete sie schlicht: »Ihr Besucher ist da«; und überließ beide sich selbst.

Mrs. Roxburgh hatte sich vorgenommen, bei seinem Erscheinen nicht aufzustehen, tat es aber sofort, als er hereinkam, denn sie konnte kaum eine Person verurteilen, deren Vergangenheit nicht weniger fragwürdig war als ihre eigene.

So stand sie also da, von Kopf bis Fuß eine von einer gewissen Nervosität befallene Dame, befeuchtete ihre Lippen und betupfte sie fahrig mit einem der ihr zur Verfügung gestellten Taschentücher. »Wollen Sie sich nicht setzen, Mr. Pilcher?« forderte die Dame ihn unruhig auf. »Ich bin so sehr froh, daß Sie herkommen konnten. Dies hier ist vielleicht der bequemste Sessel. Oder sitzen Sie lieber etwas aufrechter?«

Der Rheumatismus in ihrer Schulter, den sie sich zweifellos durch das Schlafen auf feuchter Erde geholt und der sie seit Beendigung ihrer strapaziösen Wanderung nicht geplagt hatte, machte ihr schmerzhaft zu schaffen. Von »all dem« konnte Mr. Pilcher nichts wissen – oder vielleicht doch? Sie wußte nicht, bis zu welchem Grade ihre Blicke ihm einiges davon verrieten.

Aber der Maat schien nicht zu argwöhnen, daß er irregeführt werde. Seine eigenen Verhältnisse, die Umstände, unter denen er sein Leben zu führen hatte, waren ihm wichtiger; und außerdem sah er höchstwahrscheinlich in ihr eine Person, die ihn anklagen und Rechenschaft von ihm fordern würde.

»Danke«, sagte er, als sie dann unbehaglich einander gegenüber Platz genommen hatten.

Mr. Pilcher war, gelinde gesagt, gealtert. Sein Anblick veranlaßte sie dazu, sich ins Haar zu fassen und sich nach einem Spiegel umzusehen, den sie aber nicht sofort entdeckte. Er war so dünn, daß er in Teilen durchsichtig wirkte, und seine Falten waren noch tiefer eingeschnitten als schon damals. Sie war sich nicht sicher, aber es konnte sehr wohl sein, daß er an Herzanfällen litt.

»Aber man sieht doch«, sagte sie in einem Ton, den sie von einer Gönnerin oder einer Schwiegermutter her kannte, »daß Sie in ausgezeichneter gesundheitlicher Verfassung sind, Mr. Pilcher. Wie froh ich darüber bin – wie sehr froh.«

Er ließ den Kopf hängen, sein Haar war bis auf die Stoppeln so kurz abgeschnitten wie bei einem Sträfling.

»Ich kann mich nicht beklagen«, stimmte er ihr formell zu, ohne daß in seiner Stimme etwas von der Gehässigkeit lag, die sie an ihm kannte.

»Ich würde Ihnen gern etwas anbieten, aber ich bin selbst nur Gast in diesem Hause.« Nachdem sie so der Höflichkeit Genüge getan hatte, ließ die große Dame eine Hand über die Sessellehne herabhängen.

»Nein, nichts«, versicherte er, »ich brauche wirklich nichts.«

Nachdem jetzt beide den gesellschaftlichen Regeln genügt und ein Einvernehmen, soweit menschlich möglich, zwischen sich hergestellt hatten, sah Mrs. Roxburgh ihren Besucher an und stellte an ihn ebenso entschieden wie brutal die Forderung: »Jetzt müssen Sie mir alles erzählen, was sich, seitdem wir uns zuletzt sahen, zugetragen hat.«

Sie wollte ihren Besucher damit, bis zu einem gewissen Grade wenigstens, ermutigen, doch als sie ihre eigene Stimme hörte, wurde sie an die schwarzen Schwäne erinnert, die sie während des Zusammenlebens mit ihrem Adoptivstamm beobachtet hatte. Ganz genauso zischten die Vögel, wenn sie ihre Hälse bogen und ihre roten, spatelförmigen Schnäbel vorstreckten, um sich gegen Eindringlinge zur Wehr zu setzen.

Obwohl Mrs. Roxburgh sich in ihrem schwarzen Kleid blaß fühlte und so auch aussehen mußte, fragte sie sich, wie Mr. Pilcher sie wohl fände, konnte ihm das aber nicht ansehen, da er schon beim Erzählen war.

»Sie werden sich erinnern, als wir uns – nach dem Kalfatern – in der Bucht absetzten, kam Sturm auf und trennte die beiden Boote.«

Mrs. Roxburgh bemerkte, daß er nicht beabsichtigte, ihr zu antworten, sie aber tat das. »Ja«, sagte sie ernst, »das werde ich nicht so leicht vergessen.«

Wie jeder gute Navigator ließ es Mr. Pilcher nicht zu, daß man ihn ablenkte. »Na gut«, fuhr er fort, »wir wurden also mit solcher Wucht nach Süden getrieben, daß es mich nicht überrascht hätte, wenn wir auf ein zweites Riff aufgelaufen wären. Besonders mit den Leuten, die ich an Bord hatte – all die Anfänger von der *Bristol Maid.*«

Mrs. Roxburgh sah vor sich die Haare, die auf den Knubben der großen Zehen des Steuermanns vorstanden, nahm aber Abstand davon, sich diesen Mann in ganzer Gestalt vorzustellen. Sie wurde gewahr, daß es Mr. Pilcher darauf anlegte, die Einzelheiten und die Personen in seinem Leben zumindest von dem Zeitpunkt an nach seinem Geschmack zurechtzustutzen, zu dem sich die Pinasse von dem schwerfälligen Langboot trennte. Sie beneidete den Maat darum, daß er im Geiste zu seinem eigenen Führer geworden war. Die Vorkommnisse in ihrem eigenen Leben waren von seiten jener bestimmt worden, die dergleichen entscheiden.

»Ohne Karten und bei einem solchen Sturm war es unmöglich, das Boot auf Kurs zu halten. Die Vorsehung selbst, kann ich nur sagen, muß uns begünstigt haben«, bemerkte Mr. Pilcher.

Als er sich jetzt von ihr angestarrt sah, schlang er die Hände um eins seiner abgezehrten Knie.

»Wir hatten Glück, denn als der Sturm nachließ, befanden wir uns in der Nähe der Küste an einer Stelle, wo die Pinasse leicht an Land gebracht werden konnte. Und froh war ich, das Boot los zu sein. Und die See auch. Ich fahr' nie wieder zur See.«

Er hustete und spuckte den Auswurf in sein Taschentuch. Er konnte nicht ahnen, ob seine Zuhörerin die Stirn runzelte, weil sie seine Entscheidung, den Beruf aufzugeben, mißbilligte oder weil ihr diese üble Angewohnheit zuwider war.

Seine Stimme wurde kratzig und schwankte. »Von da an lebten wir vom Land sozusagen und nicht so mager wie vorher, wenn es auch oft ziemlich knapp war. Hunger bringt einen dazu, den andern zu hassen.«

»Ja«, stimmte sie ihm zu. Nur ein Mann, dachte sie, konnte so selbstvergessen und so langweilig sein.

Aber weil ihre Schwiegermutter ihr beigebracht hatte, daß die Rolle einer Lady im Zuhören besteht, neigte sie sich ein wenig zur Seite und stützte das Kinn in die aufnahmebereite Hand.

»Manche war'n fürs Losen, wer als nächster drankommen sollte, aber daran hab' ich mich nicht beteiligt.«

»Und die anderen? Sie waren dafür, einander zu essen?«

Mr. Pilcher schluckte. »Ja, manche von ihnen wurden gegessen.«

Nie mochte der Maat Mrs. Roxburgh so hassenswert vorgekommen sein wie jetzt.

Vertrauensvoll teilte er ihr mit: »Für die Schwarzen sind die Hände die größte Delikatesse.«

»Haben Sie es ausprobiert?« fragte Mrs. Roxburgh.

Mr. Pilcher erregte sich so sehr, daß er aufstand und durchs Zimmer ging. »Hätten Sie's, Mrs. Roxburgh – frage ich Sie«, sagte er schließlich.

»Ich weiß nicht. Es käme ganz darauf an, glaube ich.«

Da sie sich im eigenen Netz gefangen sah und Mr. Pilcher sich wieder in den Sessel fallen ließ, mühte sie sich hoch und stellte sich auf die Füße. Schmerzen im Bein oder die Wurzel eines unsichtbaren Baumes brachten sie zum Stolpern.

Von der Warte seines Sessels aus wagte der Maat zu bemerken: »Auch Sie, nehme ich an, haben Schweres durchgemacht, Mrs. Roxburgh – bevor Sie befreit wurden.«

»Ja«, antwortete sie. Als ob es jemals so etwas wie eine Befreiung gäbe!

»Sie haben, heißt es, unter Schwarzen gelebt.«

»So ist es – und ich habe dabei viel gelernt, was ich sonst nie erfahren hätte.«

Sie stand mit dem Rücken zu ihm, nachdem sie den Spiegel entdeckt hatte, von dem sie wußte, daß er in Mrs. Lovells kleinem Salon vorhanden war. Vor Pilcher versteckt, konnte sie ihn, der sich in seinem Sessel niedriger als sie befand, von dort aus beobachten. Aber am Ende war der Nachteil auf ihrer Seite: Sie war konfrontiert mit ihrem eigenen überwachen Spiegelbild.

»Und wurden von einem Buschläufer zur Siedlung gebracht, einem ausgebrochenen Sträfling, wie ich hörte.«

»Ich hatte das Glück.«

»Der sich wieder davonmachte, gerade in dem Augenblick, wo ihm Gerechtigkeit widerfahren sollte.«

»Er bekam Angst. Das war der einzige Grund – hoffe ich –, weswegen er davonlief. Wenn die Wahrheit auch viele Gesichter hat und von manchen Standpunkten her nur schwer zu erkennen ist. Sie werden das verstehen, Mr. Pilcher, nachdem Sie erlebt haben, wie der Sturm die Pinasse von dem Langboot getrennt hat.«

Eine Welle der Bösartigkeit, meinte sie, müßte ihr aus diesem Mann, wie sie ihn von der *Bristol Maid* und von dem Abend an der Bucht her kannte, entgegenschlagen, aber er murmelte nur: »Das ist wahr«, und sah dabei alt und abgehärmt aus.

»So hoffe ich also«, sagte sie, nachdem sie sich zu ihm umgewandt hatte, »daß wir uns beiderseits mit unseren Unzulänglichkeiten abfinden können, da sich doch keiner von uns traut, in allen Fällen die Wahrheit zu sagen. Mögen wir also Freunde bleiben.«

Seine Augen, die schon bei seinem Eintreten wäßrig gewesen waren, begannen überzufließen.

»Freundschaft ist mir als einziges geblieben, seitdem mein Mann auf der Insel durch einen Speer getötet wurde. Ich habe ganz vergessen zu fragen – oder haben Sie mir es je gesagt? –, ob Sie eine Frau haben, Mr. Pilcher?«

Er hörte auf zu schnaufen und schien sich zu verhärten, als erstarrte er angesichts der Vergangenheit. »Ja«, sagte er, »ich hatte eine. Aber liebte sie nicht, als ich mich darauf einließ. Ich schämte mich, glaube ich, weil ich das für eine Schwäche gehalten haben mußte. Und so starb sie, wie ich es sehe.«

Er saß da und wiegte sich in der Erinnerung.

»Liebe war Schwäche. Willensstärke – *Ganzheit*, wie ich es mir vorstellte – ist es, wozu ich mich erziehen wollte. Das war es, weswegen ich Sie bewunderte, Mrs. Roxburgh – die kalte, unberührbare Lady.«

»Ich habe immer geglaubt, Sie haßten mich – um etwas willen, das ich nie war.«

»Das tat ich auch – Sie und Ihren vornehmen Mann – und hatte damals meine Freude daran, Sie beide auf die gleiche Ebene mit uns anderen gestoßen zu sehen. Und stahl Ihren Ring.«

»Ich habe ihn Ihnen gegeben.«

»Hier«, sagte er und suchte ihn aus seiner Westentasche hervor. »Ich bringe ihn zurück, den Ring, den ich mir nahm.«

Sie sah ihn, der mit seinem Kranz aus fast schwarzen Granatsteinen im Halbdunkel glitzerte.

»Behalten Sie ihn«, sagte sie. »Ich habe keine Verwendung dafür.«

»Ich auch nicht«, sagte der Mann beharrlich, als wäre der Ring ihm zuwider.

So nahm sie ihn aus seinen zitternden Fingern, ging zum Fenster und warf ihn in die Kapuzinerkressen dort unten, wo sich die breiten Blätter über ihm schlossen. »Ein Kind wird ihn finden«, sagte sie, »und seine Freude daran als Spielzeug haben. Oder ein Gärtner hat Nutzen davon – nach seiner Entlassung.«

Sie lachte, um ihnen die Situation zu erleichtern. »Ich danke Ihnen, Mr. Pilcher, daß Sie zu Besuch gekommen sind. Ich hoffe, wir sehen uns noch, bevor ich von Moreton Bay zurückfahre.«

Aber sie glaubte nicht, daß beide dies wirklich wünschten.

In der Abwesenheit von Gefangenen, Wachen, Zeugen und Inquisitoren war der frühe Morgen eine alles lindernde Wohltat, besonders, wenn die jungen Lovells hereinstürmten, aufs Bett kletterten, sich an sie kuschelten und darauf bestanden, daß sie ihr von den schwarzen Kindern erzählte, die sie gekannt hatte. Unschuld herrschte im Licht aus dem Garten und zum größten Teil auch in ihren Erinnerungen vor; schwarz und weiß waren austauschbar. Konnte sie nicht damit rechnen, in Gesellschaft der Kinder geheilt zu werden?

»Waren sie gut, die Kinder?« fragte einer der Jungen.

»Ja, das waren sie – vielleicht nicht immer, aber im Herzen doch.« War dies nicht die Wahrheit trotz der Kratzer und Kniffe, die sie ihr auf Geheiß ihrer Eltern beigebracht hatten? Sie entsann sich der Augen der schwarzen Kinder.

Ihre weißen Ebenbilder, die Lovells, rangelten sich unterdrückt kichernd im Bett. »Wir sind nicht gut«, sagte Kate.

»Miß Scrim hält uns für unausstehlich«, bestätigte es ihr der junge Tom.

»Vielleicht sind wir's wirklich!« Totty kicherte noch ein bißchen vor sich hin.

»Niemand ist immer nur gut«, räumte Mrs. Roxburgh ein. »Ich auch nicht. Aber ich werd's hoffentlich noch lernen.«

Es klang so eigenartig, daß sie einander ansahen und bald danach gingen.

Fast jeden Morgen tauchten sie in ihrem Zimmer auf. Sie war vielleicht verrückt, aber es war auf harmlose Weise vergnüglich, und außerdem stellte sie, anders als ihre Eltern und Miß Scrimshaw, keine Forderungen. Sie streichelten ihre Arme, ihre Schultern und ihre Wangen, deren Haut nach außen weich war, innen aber einen robusten Kern barg. Hätten die Eltern davon gewußt, sie wären vielleicht mit diesen so zarten Riten nicht einverstanden gewesen, für welche die Kinder selbst keine Erklärung wußten; die frühmorgens in Mrs. Roxburghs Bett genossenen Vergnügungen blieben möglicherweise ihr Geheimnis.

Am Morgen nach Mr. Pilchers Besuch kamen sie nicht. Sie wunderte sich darüber nur beiläufig, während sie gähnend in ihre Kleidung schlüpfte, was sie mittlerweile in der gebührenden Reihenfolge tat. Sie zog ihr Musselinkleid mit dem Stiefmütterchenmuster an, ein Geschenk einer Offiziersfrau, die ständig versuchte, ihrer Bewunderung über jemanden Ausdruck zu geben, deren moralische Stärke und Ausdauer ihr die Kraft gegeben hatte, diese wahrhaft höllischen Prüfungen zu überstehen. Mrs. Roxburgh andererseits fühlte sich beschwingt, leichtfertig, unglaubwürdig, wenn sie das Geschenk der ernsten jungen Frau trug.

Wie praktisch an jedem Morgen unternahm sie einen Spaziergang in den Garten, wo das Licht sie mit angemessener Leichtfertigkeit umtanzte. Ich bin es nicht wert, dachte sie wieder und wieder, daß jemand an mich glaubt, und am wenigsten verdiene ich das Vertrauen der Kinder.

Sie schaute sich um, um festzustellen, ob irgend jemand ihr Geheimnis mitbekommen haben mochte, und da entdeckte sie die barfüßige Kate, deren Haar vom Licht durchsichtig schimmerte und die mit dem Blick auf etwas, das sie in Händen hielt, wie entzückt daherkam.

»Kate?« rief Mrs. Roxburgh, deren Schuldgefühle, die immer nur allzu bereit waren, sie zu quälen, durch die Reinheit des empfindsamen Kindes geweckt wurde.

Kate mochte aufgeschreckt sein; ihre Verzücktheit war jedenfalls verflogen.

Als sie näher kam, fragte Mrs. Roxburgh sie: »Was hast du da in der Hand?«

»Nichts!«

Das Kind trug vor sich ein totes flaumiges Küken, dessen Kopf an seinem erschlafften Hals herabhing und dessen erloschene Augen zu kleinen rötlichen Höhlen geworden waren.

»*Nichts!*« schrie Kate noch einmal und warf das Küken von sich.

Und lief fort.

Es kam Mrs. Roxburgh vor, als sei diese braune Flußbiegung mit ihren dünstenden Zitronenpflanzungen, den zu ordentlich mit Ringelblumen und Phlox verzierten Gartenbeeten und den jenseits einer Hecke auf schlickigem Treibsand lagernden, riesenhaften Kürbisgewächsen wie gemacht für die Offenbarungen des Bösen wie ebenso auch die flach gebaute, planlos auswuchernde und vermeintlich so gastfreie, offizielle Residenz, der die gebärfreudige Mrs. Lovell und ihr autoritärer Ehegatte vorstanden.

Oder vermutete sie in ihrer Umgebung Ausstrahlungen, für die ihre Anwesenheit verantwortlich war?

Vergeblich suchte sie, das Zittern, das sie angesichts ihrer Überlegungen ergriff, zu unterdrücken.

Da die Kinder über ihren Schulaufgaben saßen, kam Miß Scrimshaw heraus und mußte es wohl oder übel bemerken.

Sie nahm die Hand ihrer Freundin und fühlte den Puls. »Wie *kalt* Sie sind, Mrs. Roxburgh!« Sie holte einen Schal. »Fühlen Sie sich nicht wohl? Haben Sie sich womöglich in diesem wechselhaften Klima, anfällig, wie Sie es gewiß noch sind, eine fiebrige Erkältung geholt?«

»Nein«, erwiderte Mrs. Roxburgh, »mir geht es gut. Aber, mein Gott, ich kann hier nicht bleiben!«

»Das sollen Sie auch nicht. Sie brauchen deswegen nicht einmal zu fliehen. Seine Exzellenz hat den Regierungskutter beauftragt, Sie nach Sydney zu bringen. Er kann täglich hier eintreffen.«

»Ich weiß nicht, warum ich vor anderen begnadigt werden soll, die es eher verdienen.«

»Ich rate Ihnen, vergessen Sie das alles.« Miß Scrimshaw sprach flüsternd, als wäre dies eine Sache, die nur sie beide betraf.

Sie geleitete ihre Patientin zu einem Rohrstuhl auf der Veranda und ging zur Küchenverwaltung, um eine Fleischbrühe mit Toastwürfeln zu bestellen; nicht, daß Miß Scrimshaw so einfältig gewesen wäre, dies für eine Art Allheilmittel zu halten, aber sie hatte Respekt vor Konventionen, die andere vermeintlich als Trost empfanden.

Während ihrer Abwesenheit schlich sich Kate Lovell aus dem Unterrichtsraum, und sie und Mrs. Roxburgh hielten einander kurze Zeit umschlungen.

»Ja«, flüsterte Mrs. Roxburgh, »ja. Ich verstehe. Und du wirst es auch einmal verstehen.«

Kate lief zurück, und Mrs. Roxburgh hatte sich wieder gefaßt, als Miß Scrimshaw kurz darauf mit der Bouillon kam und sie abschmeckte, ob sie auch heiß genug und angenehm gewürzt sei.

Mrs. Roxburgh verzichtete auf das Mittagessen (um drei nach der Taschenuhr des Kommandeurs), was Mrs. Lovell sehr bedauerte und herauskam, ihrer Freundin aufgeregt gut zuredete und den Kokon von Schal noch fester um ihre Schulter zog.

Es überraschte sie, von einer so unschuldigen Person wie Mrs. Lovell zu hören: »Sie dürfen nicht so unbarmherzig mit sich selbst sein, meine Liebe. Was auch in der Vergangenheit geschehen sein mag, Sie haben noch so vieles vor sich. Eine Frau hat doch immer die Zukunft im Auge, meinen Sie nicht? So unwichtig wir auch sind, es geht immer alles nur auf unwichtige Weise. Sie werden immer abhängig von uns sein, weil wir die Quelle der Erneuerung sind.«

Mrs. Lovells verblaßte Augen leuchteten auf, ihre gequälte Art verlor sich in diesem Moment innerer Begeisterung. Sie war so sehr über sich selbst überrascht und auch erfreut über sich, daß Mrs. Roxburgh ihre Freude hätte teilen können, wäre ihr nicht der Kommandeur zu Gesicht gekommen, der sich ihnen vom Eßzimmer her näherte.

Kapitän Lovell war sichtlich an dem Geheimnis interessiert, das seine Frau und deren Verbündete miteinander teilten. Abgesehen davon, daß ihn die Eifersucht plagte, war er gereizt, weil sich ein Stück Hammelfleisch in seinen Zähnen festgesetzt und er noch eine dienstliche Pflicht zu erfüllen hatte.

Er unterrichtete Mrs. Roxburgh: »Ich habe den Kaplan gebeten, Ihnen heute nachmittag einen Besuch abzustatten. Nahrhafte Kost ist nicht alles, nicht wahr? Niemand soll uns vorwerfen, daß wir nicht auch für Ihr seelisches Wohlbefinden gesorgt hätten. Sie werden auf alle Fälle feststellen können, daß Cottle gar nicht so übel ist.«

»Das ist wirklich nicht nötig, danke«, erwiderte Mrs. Roxburgh. »Ich meine, ich würde nur ungern die Zeit von jemandem beanspruchen.«

Mrs. Lovell klapste ihrer Freundin auf die Schulter. »Aber kommen Sie, Mrs. Roxburgh! Wieder tun Sie sich selbst unrecht. Im übrigen ist Mr. Cottle nicht so ein ›Verkünder‹, wie es nach den Worten meines Mannes klingt. Außerdem wird's Ihnen guttun.«

Sie gehörte zu jener Art praktischer, von ihren täglichen Pflichten zu sehr beanspruchten Frauen, die sich nicht allzu viele Gedanken über Religion machen, die aber all jenen gern etwas moralistischen Pudding empfehlen, denen er ihrer Ansicht nach nottut. Da ihm durch sein Pflichtgefühl und sein gutes Aussehen jeder Sinn für Humor abhanden gekommen war, mochte ihr Mann seiner Frau die ins Weltliche übersetzte Version seines mehr lehrhaften Ratschlages übelgenommen haben, wenn er nicht auch ihr Liebhaber gewesen wäre.

Was Mrs. Roxburgh anging, so nahm sie wieder einmal das Schicksal oder die Ketten hin, die ihr die Menschen um sie herum auferlegten. Es war von ihr aus nicht allein Schwäche: Hatte nicht schon ihr Überleben bewiesen, daß sie über eine gewisse Stärke verfügte?

Nichtsdestoweniger erwartete sie den Besuch des Kaplans, der ebenso wie das Treffen mit dem Zweiten Maat in Mrs. Lovells kleinerem Wohnzimmer stattfinden sollte, voller Vorahnungen. Da es tagsüber schwül gewesen war, standen die Fensterläden am Abend offen, um das Hauchen einer noch so schwachen Brise hereinzulassen. Das kupferfarbene Licht, das auf dem Teppich und den Möbeln lag, wirkte irgendwie bedrohlich. Wegen der Hitze hatte Mrs. Roxburgh das Musselinkleid nicht gewechselt und den Wollumhang übergezogen, wie es dem Kaplan vielleicht genehmer gewesen wäre.

Die Hausbewohner schlenderten höchstwahrscheinlich zwischen den Büschen umher oder spielten dort oder bummelten durch den Küchengarten, denn sie gewahrte die aufmerksame Stille, die in zeitweise von ihren Insassen verlassenen Häusern herrscht. Es war nicht so sehr der unerwünschte Besuch als vielmehr ein aufkommendes Gefühl der Feindseligkeit, das Mrs. Roxburgh daran hinderte, den Frieden und die eingetretene Ruhe zu genießen. Aus der quälenden Leere von gemartertem Gesträuch und gefurchten Straßen her vernahm sie das dumpfe Hämmern auf Metall, das in Holz getrieben wurde, Stimmen von Männern, die laut Anweisungen gaben, und schließlich einen dunklen Trauergesang, der begleitet war von einem durch Abgeschlossenheit und Entfernung gedämpften, mehrstimmigen Klappern wie von Löffeln, die auf Zinnteller geschlagen wurden.

Wenn in diesem Augenblick Stille in dem kleineren Wohnzimmer eintrat, dann konnte es daher kommen, daß der Kaplan vom Garten her über die Verandafliesen vorbei an den offenen Fensterläden ging und, ohne sich anzumelden, ins Zimmer kam. Ihre Aufmerksamkeit wurde zwangsläufig durch die Anwesenheit von Mr. Cottle abgelenkt, einem kleinen Mann mit hellroten Lippen und lebhaften Augen, der vielleicht nicht ganz glücklich in der statt seines Rockes getragenen Pfarreruniform war, die aber seine überschäumende geistige Energie nicht verbarg. Das nervöse Rucken seines Kopfes und das Falten und Entfalten seiner Finger vermittelten nicht den Eindruck, als könnten ihn die Enttäuschungen, die er erlitten hatte, daran hindern, diese Energie weiterhin zur Besserung und Rettung von Seelen einzusetzen.

»Mrs. Roxburgh!« Er lächelte, und wenn sein Lächeln ebenfalls nervös wirkte, so feuerte er bei dieser Belagerung doch listig seinen ersten, von Begeisterung getragenen Schuß ab. »Ich glaube – wenn meine Frau recht hat –, daß Sie und ich mehr oder weniger aus dem gleichen Teil unserer alten Heimat stammen.« Das bläulich umschimmerte Grübchen in seinem glattrasierten, spitzen Kinn war etwas, das sie ansprach.

Der arme Mr. Cottle, er war so klein, seine Armeestiefel waren zu groß für ihn, und seine Uniform, am rechten Ellbogen durchscheuert, war an dieser Stelle wenig geschickt mit einem Flicken ausgebessert (nur vage erinnerte sie sich an eine kleine, aber beflissene Frau, die zu Mrs. Lovells Morgenbesucherinnen gehört hatte).

»Aus welcher Gegend?« fühlte Mrs. Roxburgh sich verpflichtet zu fragen.

»Aus Somerset – genauer gesagt, Withycombe.«

»Oh«, erwiderte sie mit traurigem Blick, der seine Glaubhaftigkeit in Frage stellte, »das ist auf der anderen Seite des Flusses. Sie sind aus England.« Sie lachte, nicht unfreundlich, aber doch bemüht, irgendwelche Illusionen über ihre Verwandtschaftlichkeit nicht aufkommen zu lassen. »Ich wurde in einem armen Land geboren; vielleicht fühle ich mich gerade deswegen besonders zu Wiesen hingezogen. Ich habe die üppigen, fruchtbaren Felder bei Ihnen bewundert, Mr. Cottle, als ich nach meiner Hochzeit mit Mr. Roxburgh nach Gloucestershire fuhr.« Wieder lächelte sie liebenswürdig, und der Kaplan schmolz vor Erleichterung, wenn nicht gar Dankbarkeit.

»Ich hoffe, Sie sind nicht abgeneigt, mich anzuhören« – Mr. Cottle wurde in seiner Nervosität von Sekunde zu Sekunde hitziger –, »wenn ich Sie daran erinnere, wie tröstlich der Glaube für Sie sein kann – angesichts eines Verlustes, der Sie durch die Umstände, unter denen Sie ihn erlitten, doppelt schmerzen muß.«

Mrs. Roxburgh senkte die Augen.

»Von anderen sind Sie gekleidet und ernährt worden seit dem, was sich uns allen als Ihre wunderbare Errettung darstellt. Ich lege Ihnen das Evangelium ans Herz« – Mr. Cottle klopfte auf seine Rocktasche, um seiner Empfehlung Ansehen und Gewicht zu geben – »und ich lade Sie im Namen Ihrer Mitgläubigen ein, gemeinsam mit ihnen an diesem Sonntag Zeugnis abzulegen und auch an den folgenden Sonntagen, die Sie in Moreton Bay verbringen.«

»Oh«, stöhnte Mrs. Roxburgh auf, »ich weiß nicht, was ich überhaupt noch glaube.«

»Ich kann in Ihren Glaubenszweifeln nicht mehr als ein zeitweiliges Abgleiten sehen«, versicherte ihr Mr. Cottle und fügte beteuernd hinzu: »Das Schwanken einer wahrhaft christlichen Seele.«

»Ich weiß nicht, Mr. Cottle, ob ich Christin oder gar wahrhaft christlich bin«, murmelte Mrs. Roxburgh.

Der Kaplan stutzte.

»Wenn mir eine Seele gegeben wurde, so ist sie, denke ich, möglicherweise verloren«, sagte sie.

Mr. Cottle schien sich in seinen zu großen Armeestiefeln auf die Fußballen zu erheben. »Wenn es so ist, schlage ich vor, daß Sie sich in der Gemeinde von Moreton Bay auf den Weg des Glaubens zurückführen lassen.«

Mrs. Roxburgh bekannte: »Ich bin nie imstande gewesen, mich dem gewachsen zu zeigen, was andere von mir erwarteten.«

»Demut trägt ihren Lohn in sich, wie Sie es erleben werden, wenn Sie sich uns anschließen. Es wird Ihr Herz erfreuen, zu hören, mit welcher Inbrunst sich die Menschen dem Chorgesang hingeben.«

»Gibt es in der Siedlung eine Kirche? Ich habe auf meinen Spaziergängen keine gesehen.«

»Nein«, erklärte er ihr, »wir haben keine, noch nicht. Der Gottesdienst wird in einer Halle bei den Gefangenenbaracken abgehalten.«

»Unter den Augen der Gefangenen, von denen einige zu lebenslänglicher Haftstrafe verurteilt sind, könnte ich daran nicht teilnehmen.«

»Sie bekämen sie gar nicht zu sehen, Mrs. Roxburgh. Sie würden vorn in der Gemeinde sitzen, gemeinsam mit dem Kommandeur und Mrs. Lovell und den Offizieren der Garnison. Die Gefangenen werden erst nach dem Eintreffen der offiziellen Teilnehmer hereingelassen und zu den hinteren Bänken geführt, wo sie von Soldaten streng bewacht werden. Sie haben nichts zu befürchten, versichere ich Ihnen.«

»Nur mein Gewissen, und das kann furchtbarer sein als der mir ersparte Anblick von Verbrechern.«

Die Lippen des Kaplans bewegten sich wortlos, bis er hervorbrachte: »Falls Ihnen das mehr liegen sollte, kann ich Ihnen eine kleine ungeweihte Kapelle empfehlen, gebaut wurde sie von jener unglückseligen Person, die Ihnen bekannt ist – von Mr. Pilcher von der *Bristol Maid*, der jetzt beim Kommissariat beschäftigt ist. Schon bald nach seiner Ankunft begann er, in seiner Freizeit eigenhändig an dieser Kapelle zu arbeiten, was manche vielleicht für eine fixe Idee halten. Es ist natürlich architektonisch kein Meisterwerk, aber daß es der Mann aufrichtig meint, bezweifle ich nicht. Vielleicht sagt Ihnen das mehr zu, Mrs. Roxburgh.« Seine Augen funkelten hektisch, da er glaubte, diese verschlossene Frau aus Cornwall durchschaut und in ihr die Quietistin entdeckt zu haben.

Aber Mrs. Roxburgh sagte: »Es liegt mir fern, Mr. Pilcher bei seinen Gebeten zu stören.«

»Es läßt sich einrichten, wenn Sie es wünschen. Er wird sich geschmeichelt fühlen, wenn er sieht, daß Sie an ihm und seinem Bauwerk Interesse nehmen.«

Mrs. Roxburgh lächelte, in ihren Augen aber lag Trauer. Einen Moment, aber nur einen Moment lang fürchtete Mr. Cottle, er hätte sich irremachen lassen. Dann warf ihm sein Glaube einen Rettungsring zu, und er griff danach und postierte sich mitten auf dem Teppich, entschlossen, einen Mitmenschen zu erretten, der im Begriff war, geistlichen Schaden zu nehmen.

»Mrs. Roxburgh«, verkündete er, »ich bitte Sie, mit mir in ein kurzes Gebet einzustimmen. Vertrauen Sie sich meiner Führung an, und Sie werden wie viele andere gewahren, daß Jesus Sie erwartet.«

Mrs. Roxburgh saß wie versteinert da. »Ich habe die Sprache verlernt!« kam es ihr nach einer Weile über die steinernen Lippen.

Da der Geist jetzt in ihm rege war, ließ sich der Evangelist nicht entmutigen. Er war auf die Knie niedergegangen, in welcher Haltung seine Armeestiefel, die besten, die ihm von seiten des Kommissariats angepaßt werden konnten, noch geräumiger und seine flakkernden Augenlider in ihren Höhlen noch weißer und entblößter wirkten.

Mrs. Roxburgh, die mit den Händen auf ihrer Schärpe verzweifelt dasaß, fühlte, wie vertiert sie aussehen mußte.

Aber der Kaplan hatte zu beten begonnen: »Unser Herr und Schöpfer – der du dich voller Erbarmen einer Person angenommen hast, deren Leben aufs furchtbarste bedroht war, erleuchte, bitte ich dich, ihr bedrücktes Herz und erspare ihrer Seele alle wirklichen und eingebildeten Qualen ...«

Plötzlich war es der Kaplan, der sich aufs furchtbarste bedroht sah: Jenseits seiner ehrfurchtsvoll gesenkten Augenlider hatte die Frau aus Cornwall zu schreien begonnen.

»Was – ja, da ist es! Sie dürfen es nicht, nein, um Gottes will'n, nein! Sie peitsch'n ihm die Haut von den Knochen. Die Seele schlag'n sie ihm aus dem Leib – und schlimmer ist das, tausendmal schlimmer, als schlüg'n sie den Mann tot!«

Noch kniend, hatte Mr. Cottle die Augen geöffnet und sah da die Frau, die auch Mrs. Roxburgh war, wie einen Pfau in Mrs. Lovells kleinerem Wohnzimmer kreischen; während aus der Ferne über das Flußbett herüber und zwischen den dünstenden Reihen der Zitronen, Pampelmusen und Guaven hindurch der Stimme eines menschlichen Wesens geantwortet oder sie flehentlich in einem so außerirdischen Ton angerufen wurde, daß der Kaplan es nicht bemerkt haben würde, hätte die zu Bekehrende seine Aufmerksamkeit nicht dorthin gelenkt.

»Geh!« schrie sie. »Los! Los! Wir können's doch noch? Oh, wir müssen!«

Der Kaplan fühlte, wie ihre Fingernägel sich in sein Handgelenk gruben, das sie aus seiner betenden Verklammerung gerissen hatte. Ihre Hartnäckigkeit gestand ihm wenig Würde zu, als er tapsend in seinen elenden Stiefeln auf die Füße kam.

»Meine liebe Mrs. Roxburgh«, sagte er mit einer Stimme, die zum Durchkommen doppelt solange wie sein Aufstehen brauchte, »dies ist eine Strafsiedlung für Schwerstverbrecher. Kapitän Lovell ist, verglichen mit seinem Vorgänger, menschlich. Aber Strafe, wenn sie ansteht, muß in gewissen Fällen sein.«

Er fühlte das Blut dort, wo sie ihn am Handgelenk gepackt hatte, tropfen.

»Ich rate Ihnen«, fuhr er fort, aber hätte sich das auch sparen können: Sie war ihm entglitten und lag niedergestreckt auf dem Teppich.

So war der Kaplan von dieser Last befreit und ging, während er sich die Stirn, die Augen und die hektischen Kinnbacken rieb, auf die Suche nach Damen, welche sich dieser hysterischen Weibsperson annehmen könnten, die ihn nicht nur aus seinen Gebeten aufgeschreckt, sondern ihn fast um seinen Verstand gebracht hatte.

Es war Miß Scrimshaw, die Mrs. Roxburgh einige Zeit danach mitteilte, daß sie ohnmächtig geworden war. Diese selbst lag auf ihrem Bett und schaute über sich auf die weiße Zimmerdecke. Die Lippen in Miß Scrimshaws braunem Teint waren weiß, denn die Szene, deren Augenzeugin sie gerade geworden war, war äußerst betrüblich: schluchzende Kinder, erregtes Dienstpersonal und ihre Freundin Mrs. Roxburgh kalt ausgestreckt in ihrem verrutschten Musselinkleid. Unter ruhigeren Verhältnissen mochte das Bild das kühle Auge und den ästhetischen Sinn der alten Jungfer als eine Art Dornröschenszene angesprochen haben. Aber allein schon der in seiner schäbigen Uniform zappelnde Kaplan hinderte sie daran, das, was sie sah, gebührend in sich aufzunehmen.

Miß Scrimshaw hatte für diesen kleinen, evangelistisch beflissenen Geistlichen nichts übrig. Sie bewunderte große Männer, gutaussehende Offiziere im Dienste Seiner Majestät und jene Männer im Offiziersrang, falls auch sie groß waren, die zu höheren Karrieren bestimmt schienen. Sie war, wie man wußte, als Mädchen ein Verlöbnis mit einem Marineoffizier eingegangen, der auf Antigua an Fleckfieber gestorben und dem sie in der Erinnerung mehr oder weniger treu geblieben war, wenn sie auch einem verwitweten Bischof das Jawort gegeben hätte, falls er sie darum gebeten haben würde.

All dies ging Miß Scrimshaw durch den Kopf, während Mrs. Roxburgh unter ihrer Aufsicht vom Teppich aufgehoben und davongetragen wurde, und auch später, während sie als die Sibylle, die sie war, die Schläfen ihrer Freundin grübelnd mit duftendem Eau de Cologne einrieb.

Aber woran Miß Scrimshaw sich während ihrer Handreichungen nicht zu erinnern wünschte, war das Gebrüll des Mannes, den sie am Torweg zu der Gefangenenbaracke am Pfahlkreuz hochgezogen hatten. Sie mußte dies aus ihrem Gedächtnis streichen wie auch anderes, das nackt oder zu einschneidend war und das ihre Erziehung und ihr ungewisser sozialer Status sie zu übersehen gelehrt hatte. Sie hoffte nur, ihre Freundin Mrs. Roxburgh würde es ihr nicht zu schwer machen.

Aber Mrs. Roxburgh, die wieder zu sich gekommen war, schien

die Vernunft selbst als ihren Leitstern gewählt zu haben. »Finden Sie nicht, daß er ein lästiger kleiner Mann ist?«

»Wer?« fragte Miß Scrimshaw, die sich wie immer vorsichtig ausdrückte.

»Mr. Cottle.«

»Ja, wahrhaftig!« Miß Scrimshaw stimmte ihr so herzhaft zu, daß sich dabei ihre ziemlich gelben Zähne entblößten.

»Wenn er es auch gut meint.«

»Gut gemeint ist nicht immer genug.« Nach kurzem Nachdenken fügte Miß Scrimshaw großmütig hinzu: »Wir sollten, meine ich, für kleinere Tugenden dankbar sein, wenn das Laster so oft die Szene beherrscht«; wobei sie hoffte, nicht zu auffällig auf den Vorfall zurückgegriffen zu haben, der zu Mrs. Roxburghs Zusammenbruch geführt hatte.

Diese aber verbrachte den Abend einigermaßen heiter, indem sie der kleinen Kate beim Malen eines Aquarells half und sich, nachdem der Teetisch abgeräumt worden war, mit dem Kommandeur, Mrs. Lovell und Miß Scrimshaw zu einer Partie Whist zusammensetzte.

Der frühe Morgen, einst eine Quelle harmloser Freuden, war zu einer Brutstätte bedrohlicher Gedanken geworden. Die Kinder kamen nicht mehr zu ihr seit dem Schreck, der ihnen in die Glieder gefahren war, als sie sie, wie sie dachten, tot im Bett vorgefunden hatten, eine Täuschung, die sie nicht so leicht vergessen konnten. Aber nach wie vor erwachte sie beim ersten Grau, das sich aus der sie umgebenden Dunkelheit herausfilterte; es war dies die Stunde, in der sie sich ganz abgesondert und allein und sich folglich aufgefordert fühlte, das Labyrinth des Gewissens zu durchforschen. Wenn dann das Licht sich verdichtete, schien sie selbst von ihrem Schatten verlassen und fand sich, wie ekstatisch die Vögel auch sangen, wie zuvor von Stille umschwebt, unter der sie dann zwischen Büschen eher umherstapfte als -wanderte, die gesichts- und fühllos genug und somit ein Spiegelbild ihrer Hoffnungen waren.

Als sie sich an so einem Morgen einen Weg durch das dichter wuchernde Buschwerk bahnte und sie jenseits der umgrenzten Siedlung, aber immer noch in Sichtweite des braunen, träge strömenden Flusses eine rauhere Gangart anschlagen mußte, stockte sie plötzlich, denn vor sich gewahrte sie flüchtig etwas, das eher ein fließendes, flackerndes Licht als eine fest in der Erde gegründete Form zu sein schien: Es war ein gebrochenes Weiß, und es hatten sich ihre Gedanken aus dem, was sie um sich sah, in die dunklen Verliese ihres Geistes zurückgezogen.

Dann entdeckte sie, daß sie zwischen den staubigen Keulenbäumen zu einem kleinen, bäuerlichen, aus grob behauenen, aber weiß getünchten Steinen errichteten Bau gekommen war, und ihr ging auf, daß dies Pilchers »fixe Idee« sein mußte, die ungeweihte Kapelle, die der in Amt und Würden befindliche Geistliche erwähnt hatte. Ihr Herz schlug stockend, das Atmen machte ihr Mühe, als sie sich vorsichtig der offenen Eingangstür näherte und dabei den Rock hob, um nicht über die umherliegenden Felsbrocken und die knakkenden Zweige zu stolpern. Was sie befürchtete, war, daß Pilcher im Innern sein und sie bei diesem Vergehen ertappen könnte, denn ein Vergehen mußte es in den Augen des Erbauers nach ihren Erfahrungen mit diesem Mann sein – Erfahrungen, nicht unähnlich denen, die sie mit sich selbst gemacht hatte.

So daß Mrs. Roxburgh es in gewisser Weise als eine bedauerliche Handlung empfand, als sie den Fuß über die getünchte Schwelle setzte. *Ellurnnnn* hörte sie ihren Namen nicht von einer, sondern von mehreren Stimmen ertönen. Doch niemand verstellte ihr beim Eintritt in die primitive Kapelle den Weg. Das Innere war kahl, es befanden sich darin nur eine Holzbank und ein grob gezimmertes Gestell, das den Platz des in einer richtigen Kirche üblichen Abendmahlstisches einnahm, auf dem sich aber keine der konventionellen Schmuckgegenstände befanden, sondern ein leeres Vogelnest, das dort zufällig oder auch absichtlich hingekommen sein mochte. Über dem Altar waren auf einen himmelblauen Streifen an der Wand in ausgelaufener Ockerfarbe in krackeligen Buchstaben die Worte GOTT IST DIE LIEBE geschrieben. Nichts weiter – nur der türlose Eingang, durch den sie hereingekommen war, und zwei schmale unverglaste Fenster in den Seitenwänden der Kapelle.

Mrs. Roxburgh fühlte sich so schwach in den Knien, daß sie sich auf die unebene Bank fallen ließ, so hilflos, daß ihr die Tränen übers Gesicht rannen, während an ihre benommenen Ohren wieder ihr eigener Name, diesmal aber eher gemurmelt, drang.

Alles dies bei heller, die weiße Kapelle durchflutender Sonne. Vögel, zuerst einer, dann ein zweiter, flogen durch ein Fenster herein und zum gegenüberliegenden hinaus. Es war kaum etwas aufzuhalten, weder Flug noch Gedanken oder Vorstellungen. Hätte sie nur ihre Tränen zurückhalten können, aber sie hatte keine Kontrolle über sie, während sie dasaß und den Verrat an ihren irdischen Liebschaften noch einmal durchlebte und der angreifende Roxburghsche HERR DER HIMMLISCHEN HEERSCHAREN scheinbar triumphierte und die Worte zertrampelte, die sie bedachte.

Sie mußte sich schließlich ausgeweint haben: So deutlich wie jetzt hatte sie bisher die Exkremente der Vögel auf dem behelfsmäßigen Altar und in den Rissen der Holzbank nicht sehen können. Sie versuchte, keine Erklärung für den Seelenfrieden zu finden, der sie überkommen hatte (sie hätte dies nicht dem Beten oder der Vernunft zuschreiben können), sondern hüllte sich in die Stille wie in Seligkeit. Dann, nachdem sie sich ausgeschnupft und ihren Schal zurechtgerückt hatte, ging sie nach draußen, um in die Siedlung zurückzukehren, von der es ihr manchmal vorkam, als würde sie dort für immer gefangengehalten.

Sie wußte sich zwar gewarnt, das Vollkommene nicht wider ihr besseres Wissen aufheben zu wollen, dennoch blickte sie einmal in Richtung der Kapelle zurück. Dort sah sie eine Gestalt, die sich ihr als der gescheiterte Seemann und hingebungsvolle Baumeister entpuppte. Sie gab sich alle Mühe, seine Anwesenheit nicht zur Kenntnis zu nehmen, er aber begann, an dem Abhang hochzuklettern, wobei die Sträucher auf seinem Weg vor- und zurückschnellten und er Felsbrocken lostrat, von denen einer nicht weit von den Füßen der Eindringlingin landete.

Sie hastete davon, und als sie die Siedlung erreichte, spürte sie sofort, daß etwas geschehen war, das die Apathie verscheuchen und die erwartungsvolle Gespanntheit aufheben würde.

Eine der ihr zugewiesenen Dienerinnen kam aus dem Haus gerannt und rief ihr vom Rande der Veranda entgegen: »Oh, Mad'm, der Kutter ist auf dem Fluß. Er ist von der Mühle aus gesichtet worden.« Über dieses Ereignis, das ihr eigenes Los nicht erleichtern konnte, war die Frau dennoch dermaßen aufgeregt, daß Mrs. Roxburgh von Gewissensbissen befallen wurde.

»Und wann fährt er ab?« wagte sie zu fragen.

»Wer weiß?« antwortete die Frau. »Ich hab damit nichts zu tun«, und fand sich in die Wirklichkeit und auf die bleischweren Sohlen ihrer Stiefel zurückversetzt.

Mrs. Roxburgh hätte der Frau gern aus ihrer Ernüchterung herausgeholfen, aber es fiel ihr nichts ein, was sie hätte sagen können, und so murmelte sie nur: »Danke, Mary«, senkte den Kopf und ging nach drinnen.

Überall herrschte an diesem Morgen ein Kommen und Gehen, Türen wurden geschlagen, vereinzelte Stimmen und ein Lachen und Trippeln waren in den Gängen zu hören (die Unterrichtsstunden waren offenbar abgesetzt worden). Mrs. Roxburghs Zelle schien der einzige Ort im Haus zu sein, der von der Ankunft des Kutters unberührt blieb.

Natürlich hätte sie nach draußen gehen und sich dem erregten Treiben anschließen sollen. Wenn sie zögerte, ihre lange erhoffte, sich jetzt endlich verwirklichende Freilassung zu feiern, dann, weil sie die Augen nicht vor einer mit so viel Ungewißheit belasteten Zukunft verschließen konnte. Hätten sich die Mauern plötzlich vor ihr aufgetan, dann hätte sie sich womöglich abgewandt und wäre in den Busch zurückgelaufen und hätte die ihr bekannten Gefahren und die Nacktheit eher noch auf sich genommen als die kaum zu verhüllende Schmach.

Es ging schon auf die Essenszeit zu, als Miß Scrimshaw mit hochwichtigem Getue ins Zimmer gestürzt kam. »Sie haben gewiß die Neuigkeiten gehört«, begann sie atemlos, »aber sicher noch nicht alle Einzelheiten, denn auch mich hat man bis zum letzten Moment im dunkeln gelassen. Mrs. Lovell ist so geschwächt und erschöpft, daß der Kommandeur sie in seiner Herzensgüte nach Sydney schickt, wo der Klimawechsel ihr guttun wird. Die Kinder, die zu klein sind, als daß man sie hier allein zurücklassen könnte, werden sie begleiten. Und ich werde auch mitfahren, um für die notwendige Disziplin zu sorgen!« Die Gouvernante trat stattlich ein oder zwei Schritte vor. »Wir segeln übermorgen, bei günstigem Wind, versteht sich.«

Dann wurde Miß Scrimshaw, sich besinnend, von ihrem knochigen Hals herauf bis in ihre braunen, flaumig behaarten Wangen tiefrot. »Oh«, rief sie, »wie kann ich mich nur so hinreißen lassen, wo Sie es doch sind, die am meisten Grund haben, sich über die Ankunft des Kutters zu freuen!«

»Ich weiß nicht recht«, stieß Mrs. Roxburgh hervor. »Ja, ich bin froh, natürlich, aber noch froher bin ich über Ihre Gesellschaft – bei meiner Rückkehr in die Welt. Ich war so lange fern von ihr, daß es mir sicher nicht leichtfallen wird, mich wieder an sie zu gewöhnen.«

Von Gefühlen übermannt, ließen die beiden Frauen sich dazu hinreißen, einander zu umarmen. »Wir werden, davon bin ich überzeugt, unsere Fehler machen«, sagte Miß Scrimshaw vorausschauend, »aber besteht das Leben, weitab von jeder übersichtlichen

Planung, nicht aus einer Folge von Fehlern, die wir, nur wenn wir Glück haben, einigermaßen wohlbehalten überstehen?«

Dann lachte sie, löste sich von ihrer Freundin, strich ihr Brusttuch glatt und wandte sich strikt den praktischen Dingen zu. »Wenn wir rechtzeitig fertig sein wollen, müssen wir *systematisch* vorgehen. Allein schon die Kinder! Die arme Mrs. Lovell ist zu belastet, und außerdem ist sie, was Sie vielleicht nicht wissen, in anderen Umständen.«

Einigermaßen schüchtern bot Mrs. Roxburgh Miß Scrimshaw ihre Hilfe an.

Aber das ältere Fräulein entsann sich, daß sie in ihrem Bericht etwas nicht erwähnt hatte, das auf den ersten Blick nicht zur praktischen Seite der Sache gehörte. »Mit uns an Bord wird ein Mr. Jevons aus London sein, der die Fahrt des Kutters nach Moreton Bay benutzt hat, um Bekannte von sich, die jungen Cunninghams, aufzusuchen.«

Miß Scrimshaw warf ihrer Freundin einen Blick zu, vielleicht um festzustellen, ob diese ihr vorwürfe, daß dies doch wohl ziemlich belanglos sei, da sie aber nichts dergleichen bemerkte, fuhr sie aufgeräumt fort. »Mr. Jevons ist, soviel ich weiß, ein Kaufmann von beträchtlichem Wohlstand, aber wir wollen ihn deswegen nicht verurteilen.« Miß Scrimshaw war an diesem Morgen so nachsichtig. »Ein Witwer«, fügte sie hinzu, um dem Mann ein gewisses Maß an Tugend zu bescheinigen. »Ich war zufällig im Häuschen der Cunninghams zu Besuch, und so machte ich seine Bekanntschaft. Ich glaube, sagen zu können, daß wir seine Gesellschaft als angenehm und hilfreich empfinden werden.« Nach dieser Voraussage ging Miß Scrimshaw, um eine Liste des »notwendigen Zubehörs« aufzustellen.

Mrs. Roxburghs Hab und Gut und ihre Bedürfnisse waren so gering, daß ihr die Vorbereitungen wenig Mühe verursachten und sie sich unter Anleitung von Miß Scrimshaw schon bald daranmachen konnte, Jäckchen, Stiefeletten, Decken, Schals und Schnürschuhe kleiner bis kleinster Schuhgröße zusammenzupacken, dazu Bleistifte, Fibeln, Bestecke, Bettzeug und »Kates altes Häubchen mit Primeln darauf; sie sieht so hübsch damit aus«.

»Und eingemachtes Fleisch!« schrie die Quartiermeisterin fast. »Und Vierpfundbrote – mindestens sechs!«

»Aber, meine liebe Miß Scrimshaw«, seufzte Mrs. Lovell von dem Sofa aus, auf dem sie, um sich zu schonen, lag, »wir treten schließlich keine Heimreise an, und in Sydney wohnen wir bei den Huxtables.«

»Auf diese Weise«, erklärte Miß Scrimshaw, »sind wir für alle Eventualitäten gerüstet.«

Als der Kommandeur zur Essenszeit erschien, beglückwünschte er als erstes Mrs. Roxburgh zu ihrem unmittelbar bevorstehenden Aufbruch in die Zivilisation. Durch seinen Großmut seiner Frau und seiner Familie gegenüber hatte Kapitän Lovell auch in seinem Äußeren gewonnen; er hatte nie besser ausgesehen (und empfand das aller Wahrscheinlichkeit auch selbst so), als er sich nach dem Dankgebet jetzt mit auf der Uniform gefalteten Händen und gut sichtbarem Ehering an den Tisch setzte, Kate unterm Kinn kraulte und Miß Scrimshaw wegen ihrer geradezu militärischen Tüchtigkeit Komplimente machte. Die Welt gehörte in diesem Moment, wie es wohl auch zu anderen Zeiten war, ihm.

Während sie die ihr von Mr. Cunningham verordnete Gerstensuppe umrührte, fragte seine Frau ihn beiläufig: »Hoffentlich läßt man dich einigermaßen in Ruhe, Lieber?«

»Ah ja. Ich kann mich nicht beklagen«, antwortete Kapitän Lovell. »Da ist immer dieses Problem mit dem Tabak. Und Bragg hat einen dritten Versuch unternommen, diesmal mit einer Küchengabel.« Die Anwesenheit der Kinder verbot es ihm, näher darauf einzugehen.

Alle hatten etwas am Essen zu nörgeln, und einige beschwerten sich über das zähe, wenn nicht gar schwarz verbrannte, eklige Hammelfleisch. Der kleine Totty wurde auf sein Zimmer geschickt. Aber Mrs. Roxburgh mußte annehmen, daß der Kommandeur das war, was die Welt für gerecht hält.

Als sie sich vom Tisch erhoben, trat sie an ihn heran und sagte: »Ich darf Sie an mein Gnadengesuch erinnern, Sir.«

»Ihr Gnadengesuch, Mrs. Roxburgh?« Er hob die Augenbrauen, und sein Lächeln erschien durch einen kleinen Spritzer Hammelfett um so brillanter.

»Für den Sträfling«, sagte sie, »den Mann mit Namen Chance – dem ich mein Überleben verdanke.«

»Und wieso muß ich daran erinnert werden? Meine Aufgabe ist es, in Moreton Bay dafür zu sorgen, daß Gerechtigkeit geschieht.«

Mit häuslichen Tugenden und amtlicher Unanfechtbarkeit ausgestattet, sollte es diesem stattlichen Gentleman eigentlich gelingen, sie anstandslos zu überzeugen.

»Haben Sie kein Vertrauen zu mir?« fragte er.

»Doch, doch«, murmelte sie, »aber ich weiß nicht so recht«, und brach ab.

Er tippte sie aufs Handgelenk. »Sie sollten mehr Vertrauen zu sich selbst haben.«

Wonach sie ihn verließ und sich alles aufbürden ließ, was Miß Scrimshaw für die Reise als notwendig erachtete.

Am späteren Nachmittag unterrichtete sie der diensthabende Offizier, nachdem er persönlich einen Erkundungsgang unternommen hatte: »Ich glaube, wir werden Gäste an Bord haben, und zwar Mrs. Cunningham, die Frau des Arztes, und einen Verwandten von ihr, einen Mr. Jevons aus London.«

Für eine Person ihres Ranges und ihrer Erfahrung schien Miß Scrimshaw reichlich aufgeregt. »Ich muß Ihnen sagen, Mrs. Roxburgh, er trägt einen Ring mit einem Diamanten. Aber einen Diamanten zu tragen, wenn das auch nicht gerade nach meinem Geschmack ist – bei einem Mann –, ist natürlich nicht unbedingt tadelnswert.«

Um ihre Freundin zu beruhigen, sagte Mrs. Roxburgh: »Mr. Roxburgh – mein Ehemann – trug einen Siegelring.«

»Ah«, stimmte ihr Miß Scrimshaw zu, »das ist es doch eigentlich, was man von einem Gentleman erwartet, nicht wahr?«

Mehr Zeit war nicht, da Mrs. Cunningham und ihr vermeintlicher Vetter bereits die Verandastufen hinaufkamen.

Die Frau des Arztes war eine kräftig gebaute, dunkelhäutige junge Person, die neben ihrem Gatten, wäre er anwesend gewesen, schlicht gewirkt hätte. Vielleicht hatte sie von der Jevons-Seite her etwas von dem »beträchtlichen Wohlstand« in die Ehe gebracht.

Mr. Jevons seinerseits war ebenfalls groß und dunkel und wohlbeleibt, in seiner Beleibtheit aber nicht schwammig. Mrs. Roxburgh fühlte sich unwiderstehlich gedrängt, zu dem Ring mit dem Diamanten hinzublicken, und entdeckte auf dem Finger daneben einen Ehering. Während eben dieses Zeichen die dem Kommandeur eingeborene Selbstgefälligkeit zu steigern schien, sah Mr. Jevons' Hand dadurch seltsam verletzlich aus. Sie tat diesen Gedanken, der ihr vermutlich durch ihre eigenen unseligen Erfahrungen gekommen war, schnell als töricht ab.

Beide, Mrs. Cunningham und ihr Vetter, vermieden es, auf die

Ereignisse einzugehen, durch die Mrs. Roxburgh nach Moreton Bay gekommen war; Mr. Jevons bemerkte nur ganz allgemein: »Es kann Ihnen nach den Prüfungen, denen Sie ausgesetzt waren, nicht leid tun, die Kolonie verlassen zu müssen, um die weite Heimreise anzutreten.«

»Wie sollte das anders sein?« erwiderte sie einigermaßen unbeteiligt. »Wenn ich auch nicht sagen kann, daß mich irgend etwas nach Hause zieht.«

Dabei ließ man es bewenden, während Mr. Jevons sich dann in angemessener Weise über die Zukunft von Neusüdwales äußerte und andeutete, daß er vorhabe, in Sydney Geld anzulegen, um von der fortschreitenden Entwicklung der Stadt zu profitieren.

Er war Inhaber, schien es, eines Eisenwarengeschäftes in der Oxford Street, zu dem er wochentags immer von seiner kleinen Wohnung in Camberwell hinführe.

»Kleine Wohnung? Aber hör mal, Vetter George! Würden Sie das Haus einmal sehen, Miß Scrimshaw, es würde Ihnen als ein regelrechtes Herrenhaus vorkommen.«

Miß Scrimshaw brachte ein Lächeln zustande, das nur als vergebungsvoll beschrieben werden könnte, und suchte sich zu rechtfertigen, als die beiden gegangen waren.

»Mrs. Cunningham ist eine unerfahrene und irgendwie geschmacklose junge Frau. Aber Mr. Jevons ist alles andere als ein Angeber. Wie finden Sie ihn?«

»Freundlich, würde ich sagen. Seine Hände sehen so freundlich aus.«

»Seltsam, diese Beobachtung, die Sie da äußern! Ich würde nie auf die Idee kommen, seine Hände zu betrachten, nur wegen des Diamantringes vielleicht, und den sehe ich mir lieber nicht an.«

Mrs. Roxburgh hatte das Gefühl, daß Miß Scrimshaw sich des Diamantringes bemächtigen würde, sobald sie in der Lage dazu wäre.

Mrs. Roxburgh war über diese Zerstreuungen während der letzten Stunden in Moreton Bay froh, fürchtete sie doch, erneut das Geschrei der an das Kreuz gefesselten Gefangenen hören zu müssen; sie wagte es auch kaum, zu schlafen, aus Angst, der Sträfling Jack Chance würde ihr im Traum erscheinen und ihr seine Liebe anbieten. Schlief sie kurz ein, dann hatte sie es, vielleicht aus Willensstärke, traumlos mit Nachtmahnen zu tun.

Wenn andererseits Kapitän Lovell nicht schlafen konnte, dann lag es nicht an Gedanken an die Trennung von Frau und Kindern, sondern an dem Bericht für Seine Exzellenz, an dem er noch in der Nacht vor dem Auslaufen des Kutters schrieb. Um seiner Würde als Kommandeur zu genügen, war er innerhalb der ihm durch die Geschichte gesetzten Grenzen von skrupelloser Gerechtigkeit.

So kratzte denn seine Feder bei Kerzenlicht über das Papier, indes er seinen Sätzen Schliff zu geben versuchte:

... eine Frau von einiger Intelligenz, aber zu Verschlossenheit neigend oder verwirrt, würde ich sagen, durch die Prüfungen, denen sie jüngst unterzogen wurde. Es ist schwer, hinter die Wahrheit zu kommen, ob nun durch die Berichte von Mrs. Roxburgh oder die von dem unglückseligen Zweiten Maat Mr. Pilcher. Vielleicht geben sich beide, da sie noch kaum Abstand von den Ereignissen haben, gewissen Täuschungen hin, um sich abzuschirmen oder sich zu trösten.

Mr. Pilcher bemüht sich vorerst nicht, sein Los zu verbessern, sondern scheint sich damit abgefunden zu haben, bis an das Ende seiner Tage als Schreiber im Kommissariat zu arbeiten. In seiner Freizeit widmet er sich ganz der Kapelle, die ich bereits erwähnt habe und die er zweifellos aus Bußfertigkeit wegen irgendwelcher von ihm begangener Sünden gebaut hat.

Mrs. Roxburgh, so unbestimmt ihre Vorstellungen von der Vergangenheit sind, hat keine fest umrissenen Pläne für die Zukunft. In Erregung gerät sie nur, wenn die Rede auf das Schicksal des entlaufenen Sträflings Chance kommt. Mit großer Leidenschaft fordert sie Gnade für ihn und Wiedergutmachung durch uns und wird deswegen zweifellos schon bald, nachdem Sie dieses Schreiben erhalten haben, bei Eurer Exzellenz vorstellig werden. Es besteht kein Grund, in ihre Erzählung Zweifel zu setzen, wonach der Mann sie zu einer Farm in den Außenbezirken der Siedlung gebracht habe, wenn die Dame auch nicht bereit ist, auch nur die geringsten Einzelheiten über ihren Marsch preiszugeben, was vermutlich auf ihre Scheu zurückzuführen ist, denn entdeckt wurde sie ohne einen Fetzen am Leibe von Sergeant und Mrs. Oakes, nachdem der Sträfling sie verlassen hatte und in den Busch zurückgeflohen war, wahrscheinlich aufgrund seines Taktgefühls oder aus Angst vor Vergeltungsmaßnahmen.

Ich schlage vor, eine Streife auf die Suche nach diesem mutmaßlich geistig gestörten Elenden auszuschicken, und sollte er, was ich hoffe, aufgespürt werden, dann würde ich dem Gnadengesuch von Mrs. Roxburgh meine Bitte um die Gewährung von mildernden Umständen hinzufügen. Zugegeben, der Mann hat einen üblen Mord in den Londoner Slums begangen und ist zu lebenslänglicher Haftstrafe verurteilt worden, aber es ist meine bescheidene Meinung, daß er durch das, was er durchgemacht hat, an Leib und Seele gebrochen ist und seine Tat dadurch gesühnt hat, daß er der jetzt wieder gesundeten Dame das Leben gerettet und sie uns zugeführt hat.

Ich habe als Ihr gehorsamster Diener die Ehre, Sir, und unterzeichne . . .«

Kapitän Lovell war so erleichtert, diese verteufelt heikle Angelegenheit zu Papier gebracht zu haben, daß er der Versuchung nicht widerstehen konnte, seiner normalerweise schon üppig verzierten Unterschrift einen Extraschnörkel hinzuzufügen.

Der Morgen war klarer, weniger unbestimmt als die Gefühle, die das baldige Auslaufen des Kutters heraufbeschwor. Der Kapitän war mit einigen Männern der Besatzung und seinem Passagier Mr. George Jevons im Beiboot vorangefahren. Sie waren bereits an Bord der *Princess Charlotte* gegangen, als das Walfängerboot mit der größeren Gruppe der Passagiere die letzte Flußbiegung hinter sich brachte, die es noch von dem Kutter trennte. Es befanden sich darin der Kommandeur und seine Gattin, deren entweder johlende oder weinende Kinder, Miß Scrimshaw, Mrs. Roxburgh (sie mußte es, verborgen hinter ihrem Witwenschleier, sein), außerdem das zugehörige Gepäck und eine große Anzahl von eher unförmig verschnürten Bündeln.

Bei der kippeligen Aktion, die Damen und Kinder an Bord zu hieven, erwies sich keiner so hilfreich wie Mr. Jevons. Mrs. Lovell, die bei dem Gedanken an die bevorstehende Trennung weinte, hing, von Schwäche befallen, in den Armen ihres Mannes, so daß Miß Scrimshaw ihr mit ihrem Riechfläschchen helfend beisprang. Miß Scrimshaw selbst, die auch das »Ozon« tief einatmete, erklärte jedem, der es hören wollte, daß sie sich »nie so frei fühlte, als wenn sie sich zu einer Ozeanreise einschiffte«.

Mrs. Roxburgh war in Schweigen versunken, hob aber ihren

Schleier, um die Ufer mit den Mangroven und den braunen Fluß, der sich bei dieser Gelegenheit in Blau präsentierte, besser sehen zu können.

»Was für ein Bild!« bemerkte, an ihre Freundin herantretend, Miß Scrimshaw.

»Ja«, stimmte ihr Mrs. Roxburgh zu. »Das ist es.«

Denn was sie sah, war wirklich wie ein in pastosen Ölfarben gemaltes Bild, ganz im Gegensatz zu den schillernden Wasserfarben um Hobart Town, beide jedoch auf ihre Weise der Wirklichkeit, wie sie diese erlebt hatte, entrückt.

Offensichtlich zu weiblicher Gesellschaft hingezogen, kam der Kaufmann Mr. Jevons dorthin geschlendert, wo die beiden Damen an der Schiffswand standen. »Ein Bild aber, würde ich sagen, das Mrs. Roxburgh mehr ansprechen dürfte, wird die Themse bei London sein, wenn sie den Fluß zum erstenmal zu Gesicht bekommt.«

Mrs. Roxburgh verharrte so eigentümlich in Schweigen, daß Miß Scrimshaw sich verpflichtet fühlte, ihre Hand zu nehmen und die Unterhaltung mit ein paar Klapsen in Gang zu halten. »Ah, Mr. Jevons, seien Sie nicht so hart gegen all jene, die in der Kolonie zurückbleiben. Sie machen mich noch ganz krank vor Heimweh.«

Auf die Gefahr hin, daß Miß Scrimshaw sich übergangen fühlen könnte, äußerte Mr. Jevons die Hoffnung, Mrs. Roxburgh dem Kreis seiner Familie in Camberwell vorstellen zu dürfen, dem seine Schwester als Haushälterin und Pflegemutter seiner drei jungen Töchter vorstünde.

Ihm schien sehr daran gelegen, die Bitterkeit, die für sie mit der Ankunft verbunden war, zu dämpfen, aber Mrs. Roxburgh geriet nur in Verlegenheit darüber, daß ihre Freundin, so unvermeidlich dies auch unter den gegebenen Umständen war, von einer Einladung ausgeschlossen sein sollte, die sie sich so sehr wünschte.

Miß Scrimshaw aber zeigte sich ganz unaffektiert begeistert. »Ah, schau an! Eine Heimkehr wie ins gemachte Nest!« Es konnte auch Überdosis an Ozon sein, durch die sie aufgeputscht war.

Mrs. Roxburgh war irgendwie verstört durch den uneingeschränkten Beifall des Fräuleins. Sie entfernte sich und fand gleich darauf Gelegenheit, den Kommandeur privat anzusprechen, was sie bis zuletzt aufgeschoben hatte.

»Kapitän Lovell«, sagte sie, »ich kann Ihnen nicht genug für Ihre Freundlichkeit danken und dafür, daß Sie sich, wie ich annehme, mit Erfolg beim Gouverneur einsetzen werden.«

Immer bereit zu kokett-belehrenden Gesten, tippte er ihr mit dem versiegelten Schreiben auf den Arm, das er in Kürze Kapitän Barbour übergeben würde. »Sie vertrauen mir also?«

Sie stand da, als überlegte sie noch. »Ja, ich hoffe, ich kann es.«

In dem Licht, das vom Fluß her auf das scharlachrote Siegel fiel, glänzte es wie eben geronnenes Blut.

Der Kommandeur konnte nicht umhin, den Pulsschlag am Hals dieser Frau zu bemerken, die ihn mehr bewegte und aufrührte, als es sein Verhältnis als Hausherr zu ihr und seine Amtsstellung eigentlich zuließen.

Kurz darauf versammelten sie sich zu etwas, das Miß Scrimshaw als *Déjeuner à la fourchette* bezeichnete, nahmen es erfreut zu sich, und Kapitän Lovell verabschiedete sich von seiner weinenden Frau und den aufgeregten Kindern.

Aber als er in dem längsseits vertäuten Beiboot stand, mochte es eher die Frau in Schwarz sein, die seine Aufmerksamkeit auf sich zog.

Mrs. Roxburgh stand allein an der Schiffswand und starrte, schien es, zu den grauen Mangroven auf dem Küstenvorland, die sich ölig im schlammigen Wasser widerspiegelten, denn die Sonne war gesunken, und der Himmel schluckte die letzten ihrer blau zukkenden Streifen von der braunen Wasserfläche des Flusses. In dieser Haltung beobachtete der Kommandeur sie, ebenso Mr. Jevons und, intensiver noch, Miß Scrimshaw. Nie würde sie das vergessen, was wie ein plötzlicher Schmerzensschrei klang, ein Schrei, ebenso schnell unterdrückt, wie er ausgestoßen worden war.

Sie trat vor, um ihr Mitgefühl auszudrücken und sie zu stützen, aber Mrs. Roxburgh zog den Schleier vors Gesicht; ihre Schritte waren fest, ihre Stimme trocken und unbewegt. »Gehn wir nach unten«, erklärte sie. »Wir haben Abschied genommen. Ich habe allen gegenüber, hoffe ich, meine Pflicht getan.«

Den Nachmittag verbrachten die beiden Damen in der ihnen zugewiesenen Kabine. Mrs. Roxburgh mußte am Ende fest eingeschlafen sein. Als sie aufwachte, sah sie, daß ihre Begleiterin sich zurückgezogen hatte, wahrscheinlich, um sich den Pflichten zu widmen, um derentwillen sie angestellt worden war.

Im schwindenden Licht wirkte die enge Kabine so sauber, so bewundernswert mit Teak und Messing ausgerüstet, und das gegen die Bordwand schwappende Wasser schien so wenig mit dem Grauen zu tun zu haben, in das der Ozean den Reisenden durch die ihm innewohnende Dämonie versetzen kann, daß sie leichteren Herzens in die geordnete Welt zivilisatorischer Wesen zurückkehren sollte. Wenn ihr dennoch gewisse Befürchtungen zu schaffen machten, dann waren sie in erster Linie durch das unberechenbare Verhalten ihrer Freundin am Morgen verursacht. Was wie Miß Scrimshaws ablehnende Haltung gegenüber dem freundlichen, aber ziemlich langweiligen Geschäftsmann erschien, war zusammen mit der für die Jungfer untypischen, ja geradezu gönnerhaften Behandlung der Angelegenheit etwas, woran Mrs. Roxburgh ernsthaft herumrätselte.

Aber ihre Verwirrung verlor sich allmählich, als sie in der Dämmerung aufstand und sich, besänftigt von den Wassergeräuschen, dem metallischen Rasseln der Hebel und den gedämpften Stimmen der Besatzung, Gesicht und Hände mit Eau de Cologne erfrischte und sich umzog. Erst dann zündete sie eine Kerze an, um ihr immer noch dürftiges Haar besser ordnen zu können, und war gerade vorm Spiegel dabei, sich ein oder zwei Löckchen zu drehen, als ihre Begleiterin zurückkam.

»Nicht ganz im Dunkeln, aber doch fast!« wies Miß Scrimshaw sie vorwurfsvoll zurecht. »Oh!« rief sie dann aus, »Sie tragen das Kleid, das Ihnen, wie ich immer schon fand, so gut steht!«

»Ich habe es angezogen«, erwiderte Mrs. Roxburgh, »weil ich sonst nichts zum Wechseln habe.«

»Sie kommen darin, wenn ich so sagen darf, ganz groß heraus.«

Mrs. Roxburgh sah sich unwillig in der granatroten Seide prangen. Wenn Miß Scrimshaw sich während Mrs. Roxburghs Schlaf umgezogen haben sollte, dann hatte sie nur ein anderes Braun gewählt, dem sie als zusätzlichen Schmuck ein kühn um den Kopf geschlungenes Onyxband beigefügt hatte.

Nachdem sie sich im Spiegel vergewissert hatte, daß sie aufs vorteilhafteste aussah, wandte sich Miß Scrimshaw um, und Mrs. Roxburgh wurde gewahr, daß sie von jemandem einem Frage-und-Antwort-Spiel unterzogen werden sollte, die sie als ihre Verbündete betrachtet hatte.

»Haben Sie bemerkt«, begann die Fragestellerin, »daß Mr. Jevons an Ihnen ein ungewöhnliches Interesse hat?«

»An mir? Aber das ist doch albern! Wie soll Mr. Jevons an jemandem ein Interesse haben, die ihrerseits ganz und gar uninteressiert ist?«

»Männer« – Miß Scrimshaw schien dem Worte eine besondere Würze geben zu wollen – »fühlen sich zu allem hingezogen, das schwierig und möglicherweise unerreichbar ist.«

»Oh, ist mir das zuwider!« sagte Mrs. Roxburgh protestierend. »Und auf keinen Fall würde ich die Interessen anderer verletzen wollen.«

»Ah, meine Liebe!« In der Bemühung, ihre Freundin von jeder Last zu befreien und sich selbst angesichts irgendwelcher aufgegebener Leidenschaften Linderung zu verschaffen, sagte Miß Scrimshaw lachend: »Um ganz offen zu sein, Mrs. Roxburgh, ich könnte mich nicht dazu bringen, das Bett mit jemandem zu teilen. Mir geht nichts darüber, mich ungestört wohlig ausstrecken zu können.«

Mrs. Roxburgh argwöhnte, daß die ihr wieder zur Freundin gewordene Miß Scrimshaw sich in etwas eingelassen hatte, das ihr am wenigsten behagte – ins Vulgäre.

Miß Scrimshaw erkannte, daß sie sich vergriffen hatte. »Jetzt werden Sie mich für schamlos halten. Aber Offenheit ist eine nur zu natürliche Falle – wie Sie mir sicher zugeben werden –, wenn man sich im Busch einen Weg zu bahnen versucht.«

Mrs. Roxburgh hätte sie umarmen können.

»Wenn Sie bereit sind, mir zu vergeben«, bat das Fräulein sie, »dann lassen Sie uns jetzt an Deck gehen und gemeinsam die frische Luft genießen.«

»Tun wir das!« stimmte Mrs. Roxburgh ihr zu.

Und so tasteten die beiden Damen sich zum Niedergang vor, und als sie an Deck kamen und Halt gefunden hatten, hakten sie einander ein und schlenderten durch das Dunkel.

Über ihnen herrschte ein Juwelengefunkel von Sternen, wie es Ellen Roxburgh als letztes zu sehen hoffte, bevor sich der Sarg schloß, es wehte eine ständige, aber keineswegs bösartige Brise, das Tauwerk knarrte, und das straff gebauschte Segeltuch machte, daß ihr Schritt einen Moment auf den Stufen der Erinnerung verhielt. Sie mochte gestrauchelt sein, hätte der Arm ihrer Gefährtin sie nicht gestützt.

Als es Miß Scrimshaw war, die nicht gerade strauchelte, aber mit äußerster Begeisterung ausrief: »Ah, wie gern wäre ich ein Adler!«

»Ein Adler. Warum?« Sie sah zwar selbst den gebogenen, das Halbdunkel durchschneidenden Schnabel, die unter den Sternen glitzernden, herstarrenden Augen, aber es wäre unhöflich gewesen, hätte Mrs. Roxburgh sich nicht sanft überrascht gezeigt.

»Um zu schweben!« stieß Miß Scrimshaw schnaufend hervor. »Zu den Höhen hinaufzugelangen! Zu atmen! Auf Felszacken zu hocken und alles dort unter einem zu betrachten! Der Erde enthoben und endlich frei!«

Mrs. Roxburgh war ganz benommen von dem plötzlichen Redeschwall.

Da sie einmal in Schwung war, ließ Miß Scrimshaw es sich nicht nehmen, noch mehr zu offenbaren. »Ist Ihnen je aufgegangen, daß ich nur der Gestalt nach eine Frau bin, nicht aber in meinem eigentlichen Wesen?«

Irgendwie über sich selbst erstaunt, blieb Mrs. Roxburgh unentrinnbar der Erde verhaftet. »Ich bin zu oft verletzt und gegeißelt worden«, versuchte sie, es zu erklären. »Oh nein, die Felshöhen sind nicht für mich da!« Sie mochte hilflos gestockt haben, hätten die Worte ihrer schlichteren Freundin Mrs. Oakes nicht den Weg auf ihre Zunge gefunden. »Eine Frau ist, wie ich meine, eher wie Moos oder Flechten, die sich an einen Baum oder an Felsen halten, wie sie sich an ihren Mann hält.«

Hätte es eine der beiden an Deck unter Sternen und gebauschten Segeln hingehenden Frauen gedrängt, für den eigenen Standpunkt zu kämpfen und die andere zu bekehren, so wäre dies nicht der richtige Augenblick dazu gewesen, denn eine menschliche Gestalt war groß und schwarz aus dem Niedergang aufgetaucht und hätte ihnen bedrohlich vorkommen müssen, wenn nicht schon einige Schritte vor ihr die Stimme von Mr. Jevons zu hören gewesen wäre.

»Mrs. Lovell hat zum Tee Platz genommen und lädt die Damen ein, ebenfalls zu kommen, falls Ihnen danach zumute ist.«

»Ah, wie pflichtvergessen ich bin!« rief Miß Scrimshaw aus. »Die See ist mir zu Kopf gestiegen und hat mich ganz verrückt gemacht!« Indem sie sich unter dem flatternden Onyxband von Mrs. Roxburgh losmachte, tapste die Adlerin über das Deck hinüber zum Niedergang und verschwand.

Dem Kaufmann war somit Gelegenheit geboten, Mrs. Roxburgh den Arm anzubieten, worauf sie einging. »Danke«, murmelte sie und nahm den Arm (was anderes hätte sie tun sollen?).

Wie schon bei ihren anderen Begegnungen machte er einen gesetzten, verläßlichen Eindruck, eine Eigenschaft, die ihr hier in der Nacht und auf See nur angenehm sein konnte, wenn sie dabei auch im Auge behalten mußte, daß Gesetztheit leicht mit Selbstgefälligkeit übereingeht und daß Mr. Jevons Ansprüche stellen könnte, die sie, dachte sie, selbst dann nicht zu erfüllen beabsichtigte, wenn sie unbelastet von einer Vergangenheit gewesen wäre, in der ihre Pflicht zur Treue mit ihrer schandbaren Leidenschaftlichkeit in Konflikt geraten war.

»So wie die Zeichen stehen«, teilte ihr Mr. Jevons mit, »können wir, ohne Zwischenfälle befürchten zu müssen, mit einer ruhigen Überfahrt nach Sydney rechnen.«

»Ich glaube nicht an Zeichen«, erwiderte Mrs. Roxburgh, was, wußte sie, kaum der Wahrheit entsprach.

»Ich schon«, sagte der Kaufmann mit größerem Vertrauen als sie.

Hatte er unwillkürlich ihren Arm gedrückt? Sie war sich dessen nicht sicher; auf alle Fälle durfte sie es nicht so weit kommen lassen, daß sie sich aufgehoben fühlte bei ihm.

Als sie den Speisesalon betraten, war es Miß Scrimshaw, die am Teetisch den Vorsitz hatte, denn eins der kleineren Kinder hatte Milchbiskuitkrumen auf seinen Kittel verschüttet, und die Mutter war dabei, die Krumen zu beseitigen und das Kind zu trösten.

Kate und ihr ältester Bruder spielten, ganz mit den Verwirrfäden beschäftigt, Katzenwiege.

»Guck'n Sie, Mrs. Roxburgh! Wir stecken fest. Tom hat schuld.«

»Überhaupt nicht!« knurrte Tom und trat sie unter dem Tisch. »Immer machen die Mädchen Theater, wenn sie in der Klemme sind.«

Mrs. Roxburgh beugte sich vor, entwirrte die Fäden mit leichter Hand und gab Kate ihren, so daß weitergespielt werden konnte. Kate war begeistert. Sie bewunderte Mrs. Roxburgh und zweifelte nicht daran, daß auch sie von ihr geliebt wurde. Der Vorfall mit dem verstümmelten Küken schien sie einander noch näher gebracht zu haben.

Es war Mr. Jevons, der Mrs. Roxburgh ihren Tee brachte, zusammen mit einem Stück Kuchen, das so voller saftiger Früchte war, als wäre es mit Edelsteinen besetzt. Mr. Jevons näherte sich, ganz männliche Autorität und die Ruhe selbst, als ihn plötzlich ein unerklärliches Mißgeschick zum Stolpern brachte, ob es über das Bein eines Kindes, ein Stuhlbein oder über eine Falte im Teppich war, wußte niemand zu sagen. Oder war es der Teufel selbst, der seine Hand im Spiel hatte? Was immer der Grund gewesen sein mag, Mr. Jevons sah jedenfalls den Kuchen vom Teller rutschen und die Tasse mit Schwung über den Rand der Untertasse zu Boden fallen.

Kniend sah er, wie der Teefleck sich zwischen den Falten von

Mrs. Roxburghs Rock dunkler werdend ausweitete. Die Aufregung, kann man sich vorstellen, war groß, so groß, daß Mr. Jevons einen nervösen Anfall bekam, den er, während er auf dem Fleck wirkungslos mit seinem Taschentuch herumwischte, nicht verbergen konnte.

Mrs. Roxburgh blickte auf diesen zittrigen Ochsenfrosch von einem Mann hinab und fand sich nahezu gleichgültig mit ihrem Los ab, bis schließlich sie sich regte und sich der entstandenen Situation annahm.

Sie beugte sich vor und fuhr ihn an: »Lass'n Sie das! Es ist nicht der Rede wert.«

»Aber ich habe Ihr Kleid schmutzig gemacht!« quakte der Ochsenfrosch zerknirscht.

»Es gehört mir nicht, und schaden tut es ihm auch nicht«, sagte sie, ohne einzulenken.

Sie mochte seine Hand flüchtig berührt haben, denn das Zittern hörte auf, eher wahrscheinlich durch Überraschung als durch ihren Befehlston.

»Es ist wirklich nicht der Rede wert, Mr. Jevons, glauben Sie mir«, sagte sie noch einmal mit normaler Stimme.

Weil sie so leise und nur zueinander gesprochen hatten und die Kinder sich um den Kuchen balgten und Miß Scrimshaw kopfschüttelnd schimpfte, während sie die Scherben der zerschmissenen Tasse aufsammelte und mit einem Schwamm an den Fleck heranging, hörte oder bemerkte auch niemand, daß Fremde hier ein Geheimnis miteinander teilten.

Als die Ruhe wiederhergestellt war, brachte Tom Mrs. Roxburgh eine neue Tasse Tee. Ihre Augen wurden feucht, alles um sie verschwamm, aber es stieg eben Dampf aus dem Tee auf, und wenn sie schwer atmete und sich rastlos fühlte, so war doch, sagte sie sich, ihr Korsettmieder noch nicht aufgebrochen.

Mr. Jevons, ganz wieder der stattliche Geschäftsmann, beachtete den Fleck nicht weiter, soviel häßlicher er durch seine und Miß Scrimshaws Bemühungen geworden war. Er nahm Abstand davon, die schwelende Gestalt in granatroter Seide neben der schwangeren Mutter im Nest mit ihren schläfrigen, molligen Kindern zu betrachten, ein von der gleichen Lichtsphäre umfangenes atmendes Standbild.

Er gewahrte nicht, daß Kate Tom trat und daß Tom es ihr knuffend heimzahlte; sie befanden sich in einer anderen Umlaufbahn.

Auch suchte Miß Scrimshaw ihnen nicht die Disziplin aufzuzwingen, deren Verfechterin sie war: Sie war zu sehr mit sich beschäftigt, die Onyxsteine an ihrem Band klickten und zerspellten mögliche Zweifel; denn sosehr kryptische Adler gedankliche Vorstellungen und Träume zu durchschweben bestrebt sind und dies auch tun, aufgrund ihrer menschlichen Natur können sie nur zufällig einen Strohhalm fassen, der auf ein geordnetes Universum weisen mag.

Patrick White

Der Maler

Aus dem Englischen von Wilhelm Borgers und Erwin Bootz.
569 Seiten. Serie Piper 1094

Seine ersten begabten Zeichnungen hatte Hurtle Duffield an die Wand eines Lagerschuppens geschmiert. Doch niemand ahnte, daß einstmals aus ihm jener gefeierte Künstler werden würde, dessen rätselhafte Bilder von der Sidneyer Gesellschaft »Gott-Malereien« genannt werden sollten. Von den mittellosen Eltern an einen reichen Viehzüchter verkauft, lernt Hurtle den privilegierten Lebensstil kennen, und den moralischen Preis dafür verachten. Wie ein Vivisector wird er diese Welt, die er nicht lieben kann, im Zerrspiegel seiner Kunst gleichsam sezieren … Dieser wahrhaft packende Künstlerroman bekräftigte Whites Ruhm, der »Faulkner Australiens« zu sein.

»Ein starker, in aller Brutalität erschütternder, überzeugender Roman, dessen unverwechselbare Gestalten man vor sich zu sehen glaubt.« Frankfurter Neue Presse

PIPER